À l'ombre du clocher

DU MÊME AUTEUR

Saga LE PETIT MONDE DE SAINT-ANSELME :

Tome I, *Le petit monde de Saint-Anselme*, *chronique des années 30*, roman, Montréal, Guérin, 2003.

Tome II, *L'enracinement*, *chronique des années 50*, roman, Montréal, Guérin, 2004.

Tome III, *Le temps des épreuves*, *chronique des années 80*, roman, Montréal, Guérin, 2005.

Tome IV, *Les héritiers*, *chronique de l'an 2000*, roman, Montréal, Guérin, 2006.

Saga LA POUSSIÈRE DU TEMPS :

Tome I, *Rue de la Glacière*, roman, Montréal, Hurtubise HMH, 2005.

Tome II, *Rue Notre-Dame*, roman, Montréal, Hurtubise HMH, 2005.

Tome III, *Sur le boulevard*, roman, Montréal, Hurtubise HMH, 2006.

Tome IV, *Au bout de la route*, roman, Montréal, Hurtubise HMH, 2006.

Saga À L'OMBRE DU CLOCHER :

Tome I, *Les années folles*, roman, Montréal, Hurtubise HMH, 2006.

Tome II, *Le fils de Gabrielle*, roman, Montréal, Hurtubise HMH, 2007.

Tome III, *Les amours interdites*, roman, Montréal, Hurtubise HMH, 2007.

MICHEL DAVID

À l'ombre du clocher

Tome IV

Au rythme des saisons

Catalogage avant publication de Bibliothèque et Archives nationales
du Québec et Bibliothèque et Archives Canada

David, Michel, 1944-
    À l'ombre du clocher
    Sommaire : t. 1. Les années folles – t. 2. Le fils de Gabrielle – t. 3. Les amours
    interdites – t. 4 Au rythme des saisons.
    ISBN 978-2-89428-884-9 (v. 1)
    ISBN 978-2-89428-973-0 (v. 2)
    ISBN 978-2-89428-983-9 (v. 3)
    ISBN 978-2-89647-086-0 (v. 4)

    I. Titre. II. Titre : Les années folles. III. Titre : Le fils de Gabrielle. IV. Titre :
    Les amours interdites – V. Titre : Au rythme des saisons.

PS8557.A797A62 2008   C843'.6   C2006-941775-X
PS9557.A797A62 2008

Les Éditions Hurtubise HMH bénéficient du soutien financier des institutions
suivantes pour leurs activités d'édition :

- Conseil des Arts du Canada
- Gouvernement du Canada par l'entremise du Programme d'aide au développe-
  ment de l'industrie de l'édition (PADIÉ)
- Société de développement des entreprises culturelles au Québec (SODEC)
- Programme de crédit d'impôt pour l'édition de livres du gouvernement du
  Québec

Illustration de la couverture : Polygone Studio
Maquette de la couverture : Olivier Lasser
Mise en page : Andréa Joseph [PageXpress]

Éditions Hurtubise HMH ltée   Distribution en France :
1815, avenue De Lorimier   Librairie du Québec / DNM
Montréal (Québec)   30, rue Gay-Lussac
H2K 3W6   75005 Paris
                                     www.librairieduquebec.fr

ISBN : 978-2-89647-086-0

Dépôt légal : 1er trimestre 2008
Bibliothèque et Archives nationales du Québec
Bibliothèque et Archives du Canada

Imprimé au Canada
www.hurtubisehmh.com

Tu peux dormir, le temps nous veille
Une heure, un siècle, une heure encore.
Chaque seconde a sa pareille.

Gilles Vigneault
Au temps dire

Les personnages

9

Émérentienne Veilleux : épouse de Napoléon, âgée de cinquante-huit ans. Elle est la mère d'Ernest.

Ernest Veilleux : jeune cultivateur de trente-deux ans.

Yvette Veilleux : épouse d'Ernest et mère de Marcelle (huit ans), d'Albert (sept ans) et de Maurice (cinq ans).

La famille Tremblay

Magloire Tremblay : veuf de soixante-cinq ans et père d'Eugène, de Rémi et de Germaine.

Eugène Tremblay : grand et gros cultivateur de trente et un ans.

Thérèse Tremblay : épouse d'Eugène et mère de Claire (cinq ans).

Rémi Tremblay : fils de Magloire, âgé de vingt-cinq ans.

Germaine Tremblay : fille de Magloire, âgée de vingt-quatre ans.

La famille Hamel

Isidore Hamel : cultivateur de quarante-huit ans. Il est le voisin des Tremblay.

Angèle Hamel : épouse d'Isidore et mère de Corinne (vingt-deux ans), d'Aimé (vingt et un ans), d'Omer (seize ans) et de Georges (dix ans).

La famille Fournier

Laurent Fournier : cultivateur de quarante-six ans.

Fernande Fournier : épouse de Laurent et mère de Florence (vingt ans), d'Annette (quinze ans) et de Germain (dix ans).

La famille Tougas

Henri Tougas : cultivateur de cinquante-neuf ans.

Amanda Tougas : épouse d'Henri et mère d'Antonius (vingt-neuf ans), de Charles (vingt-trois ans) et de Lionel (vingt et un ans).

Emma Tougas : épouse d'Antonius et mère de Maurice (huit ans), de Lucien (six ans) et de Gustave (quatre ans).

Chapitre 1

Saint-Jacques-de-la-Rive

En cette fin de mars 1900, la lourde giboulée qui tombait depuis le début de l'avant-midi venait subitement de se transformer en une pluie froide et drue. Poussée par un fort vent, elle transperçait les vêtements et faisait claquer les dents.

Réfugié sur la large galerie du nouvel hôtel Traversy de Pierreville, un jeune prêtre à l'allure athlétique cherchait à se protéger tant bien que mal de l'ondée après avoir repoussé sa grosse valise près du mur, à l'abri. L'homme de plus de six pieds, au gabarit des plus imposants, enfonça son béret sur sa tête et attacha le dernier bouton de son lourd manteau noir avant de plonger profondément ses mains dans ses poches. Depuis près d'une demi-heure, il scrutait la route, attendant, de toute évidence, l'arrivée d'une personne.

— Est-ce que, par… par… hasard, c'est moi que vous a… attendez, monsieur l'abbé? bégaya quelqu'un dans son dos.

Roland Groleau se tourna tout d'une pièce vers la voix qu'il venait d'entendre pour découvrir un petit homme âgé d'une soixantaine d'années au visage chafouin et à la tuque enfoncée jusqu'aux yeux.

— Ça dépend, répondit le prêtre. Êtes-vous le bedeau de Saint-Jacques-de-la-Rive?

— En plein ça, monsieur l'abbé. A… Anatole Duchesne, be… bedeau de Saint-Jacques, pour vous ser… servir. Mon… monsieur le curé m'a en… envoyé vous chercher, dit le bedeau en se penchant pour s'emparer de la valise noire du prêtre. Vinyenne! s'exclama-t-il avec une grimace, en laissant retomber le bagage qu'il était parvenu à soulever d'à peine quelques pouces. Vous a… avez dévalisé le cof… coffre-fort de mon… monseigneur Cousineau a… avant de partir, on dirait.

Le jeune vicaire salua d'un rire franc cette saillie. L'haleine du bedeau venait de lui révéler que l'homme devait être arrivé à l'hôtel bien avant lui et qu'il en avait profité pour se réchauffer sérieusement en ingurgitant le contenu de quelques verres d'alcool.

— Laissez faire ma valise, je m'en charge, dit Roland Groleau en la soulevant sans aucun effort. Où est la voiture?

— Dans la cour de… de l'hôtel. Sui… Suivez-moi.

L'un derrière l'autre, les deux hommes quittèrent l'abri de la galerie et se dirigèrent vers la cour arrière qui faisait face au magasin général Murray. L'endroit était boueux et empestait le crottin.

L'ecclésiastique découvrit un solide cheval bai attelé à un boghei mal protégé par un minuscule toit en toile noire. Il déposa son lourd bagage à l'arrière du véhicule. Lorsqu'il prit place aux côtés du bedeau qui avait déjà saisi les rênes, la voiture tangua dangereusement sous son poids.

Le vent s'était soudainement calmé, mais la pluie continuait de tomber, noyant tout le paysage dans une grisaille uniforme. Le prêtre s'essuya le visage et releva le col de son manteau pour éviter que la pluie ne lui coule dans le cou.

— Est-ce que Saint-Jacques-de-la-Rive est loin d'ici?

— En… Environ cinq milles, répondit l'homme en mettant l'attelage en branle. Vous allez voir que ça va vous pa... paraître pas mal loin avec les che... chemins qu'on a ce prin... printemps, poursuivit-il. Ils sont tout défoncés et les voi... voitures ont de la bouette jus... jusqu'aux essieux.

Durant de longues minutes, l'abbé se contenta de regarder en silence le paysage plat et mouillé qui s'étendait devant lui en cette fin de matinée. Les bordures de neige étaient encore épaisses le long du chemin boueux et les champs étaient couverts d'une neige grisâtre d'où émergeaient ici et là des îlots de terre noirâtre. Le fait d'être durement secoué par les cahots de la route ne semblait pas le déranger outre mesure.

— Si j'ai ben com... compris, vous... vous connaissez pas pan... pantoute Saint-Jacques? demanda soudain Anatole Duchesne en se tournant à demi vers son passager.

— Pas du tout.

— C'est... C'est un beau petit vi... village, vous allez voir.

— Il y a combien de rangs?

— Ben, il y a Saint-Edmond, qui... qui est le long de la ri... rivière. On est dessus. Tous les autres rangs a... aboutissent à ce rang-là : des Orties, Petit-Brûlé et Sainte-Marie, qui a... arrive juste en face de l'é... l'église. Il y a aussi Saint-Paul et Saint-Pierre.

— Qu'est-ce qu'il y a dans le village? demanda le prêtre, curieux.

— Oh! Ayez pas peur! dit le bedeau d'une voix qu'il voulait rassurante. On a tout ce que les au... autres villages autour ont. À part le pres... presbytère et l'église, on a deux fro... fromageries. Celle de Conrad Boudreau, au village, et l'autre, celle de son frère Alfred, dans le rang Saint-Pierre. Puis, en face de l'é... l'église, au coin du rang Sainte-Marie, on a le ma... magasin général de Joseph

Pouliot. À part ça, il y a la for… forge du maréchal-ferrant, Florentin Crevier, à ce bout-ci du vi… village.

— Bon. À ce que je vois, c'est un assez gros village, admit le prêtre, que la conversation heurtée du bègue n'importunait pas.

— Je com… comprends, fit fièrement le bedeau. Saint-Jacques est pas… pas mal plus gros que Saint-Gérard, de l'autre cô… côté de la rivière. Dans le village, on a aussi une quin… quinzaine de maisons.

Les deux hommes se turent durant un long moment, moins intéressés à converser qu'à se protéger de la pluie qui redoublait d'ardeur. Soudain, après un virage, le boghei se mit à ralentir au point de pratiquement s'arrêter. Les roues s'enlisèrent peu à peu dans une épaisse boue noire qui couvrait toute la largeur du chemin.

— Hou donc! Hou donc! hurla le bedeau à sa bête qui se cabrait sous l'effort. A… Avance, maudite carne!

Malgré les injures généreusement distribuées par le conducteur, le cheval parut incapable de tirer le véhicule hors du bourbier.

— Mau… Maudite affaire! On a l'air fin, là! s'emporta le bedeau que la pluie froide dégrisait rapidement. Le v'là qui veut plus avancer pan… pantoute!

— Énervez-vous pas avec ça, fit le vicaire. Je vais pousser.

— Ben non, mon… monsieur l'abbé. Vous allez tout vous crotter. Je vais y aller.

— C'est trop pesant pour vous, affirma le jeune prêtre en descendant déjà de voiture.

— Je vais des… descendre pour faire moins pesant, proposa Anatole Duchesne.

— Non. Restez là et encouragez le cheval à avancer, répliqua le vicaire.

Les deux pieds plongés dans plusieurs pouces de boue épaisse, Roland Groleau retroussa sans façon sa soutane avant de contourner lentement le véhicule.

— Criez-lui d'avancer, ordonna-t-il au bedeau en s'arc-boutant.

Il y eut un « han ! » en provenance de l'arrière et le boghei fit un saut de plusieurs pieds vers l'avant, à tel point que le cheval eut l'air de sursauter en percevant la poussée. Les roues de la voiture semblaient maintenant en terrain plus solide. Le prêtre remonta dans la voiture et reprit sa place aux côtés du vieil homme.

— Cré mau… maudit ! ne put s'empêcher de s'exclamer Anatole Duchesne, admiratif. On peut dire que vous avez les bras so… solides, vous. Un peu plus, on se re… retrouvait dans le fossé.

L'abbé ne fit aucun commentaire. Le bedeau reprit la parole quelques minutes plus tard à leur entrée dans le village.

— C'est la forge de… de Flo… Florentin Crevier, dit-il en désignant un petit bâtiment gris en planches construit à gauche d'une maison à un étage. En face, de l'autre cô… côté de la route, ça pa… paraît pas, mais c'est comme une plage l'été. La rivière est pas creuse et les jeunes ai… aiment ça venir se baigner là quand il fait chaud.

Trois maisons plus loin, Duchesne indiqua la fromagerie de Conrad Boudreau. Un peu plus loin, il montra à l'abbé une petite maison blanche surmontée d'un clocheton.

— Ça, c'est l'é… école du village. De l'autre côté, juste au coin de la route, c'est notre ma… magasin général.

Au lieu de tourner la tête dans cette direction, l'ecclésiastique regarda la belle église en brique rouge au large parvis en bois qui se dressait en face.

— Mais vous avez une belle église ! s'exclama-t-il en essuyant la pluie qui lui mouillait la figure.

— C'est sûr qu'elle est pas lai… laide, affirma le bedeau, plein de fierté. Elle est neuve. L'an… L'ancienne a brûlé il y a six ans, en janvier 1894. On a fi… fini de la re… reconstruire il y a trois ans.

— Le cimetière paroissial est en arrière ?

— En… En plein ça, monsieur l'abbé, répondit-il en engageant le boghei dans l'allée qui longeait l'imposant presbytère en brique rouge, lui aussi.

Le grand bâtiment à un étage était ceinturé par une large galerie à laquelle on accédait par un escalier d'une dizaine de marches. Au bout de l'allée, le visiteur put entrapercevoir un appentis, une remise et une écurie.

— Je vous laisse ici, mon… monsieur l'abbé, dit le conducteur d'une voix hésitante en immobilisant l'attelage au milieu de l'allée. Je vais al… aller dételer à l'écurie.

— Merci, monsieur Duchesne, fit le vicaire en descendant du boghei et en empoignant sa valise. Vous avez bien du mérite d'être venu me chercher à Pierreville par un temps pareil.

— Ça… Ça m'a fait plai… plaisir, monsieur l'abbé.

✦

Au moment où Roland Groleau entrait dans Saint-Jacques-de-la-Rive, Eugénie Dupras prévenait le curé Joyal que son dîner était prêt.

La servante était une petite femme aux manières brusques qui se vantait d'avoir son « franc-parler », comme elle se plaisait à le répéter à qui voulait l'entendre. Son maigre chignon gris et sa robe noire très stricte convenaient parfaitement à son air sévère. Au fil des années, le curé Antoine Joyal avait appris à craindre ses sautes d'humeur et prenait grand soin de ne pas la contrarier inutilement.

Comme le prêtre ne faisait pas mine de quitter son bureau pour se diriger vers la salle à manger, Eugénie Dupras laissa sèchement tomber :

— Je vous le dis tout de suite, monsieur le curé, je ferai pas deux repas à midi et j'ai pas l'intention de faire réchauffer votre dîner. Si vous vous approchez pas tout de suite, vous allez manger froid et ça va être de votre faute.

— Ce ne serait pas bien poli, ma bonne madame Dupras, si je dînais sans attendre le vicaire qui devrait arriver d'une minute à l'autre, répondit patiemment le prêtre en déposant son bréviaire sur le coin de son bureau.

— Comme vous voudrez, se contenta de dire sa ménagère en tournant les talons.

Antoine Joyal poussa un soupir d'exaspération. Âgé d'une cinquantaine d'années, ce fils d'un gros marchand de Nicolet était un petit homme rondelet à qui il ne restait qu'une poignée de cheveux qu'il étalait avec soin sur son crâne dégarni. Mis à part ce petit trait de vanité, l'homme manifestait un calme et une bonté fort appréciés par tous ses paroissiens. Seuls les péchés de la chair et l'ivrognerie avaient le don de le faire sortir de ses gonds. Comme il était un excellent administrateur, monseigneur Cousineau lui avait confié la cure de Saint-Jacques-de-la-Rive au lendemain de l'incendie qui avait ravagé sa vieille église de bois en 1894, avec la mission de la reconstruire dans les délais les plus brefs. Il s'était si bien acquitté de sa tâche que l'évêque avait décidé de le laisser en poste après la reconstruction.

Même s'il n'était pas d'origine terrienne, le curé de Saint-Jacques-de-la-Rive se sentait à l'aise dans ce milieu. Il aurait été parfaitement heureux s'il avait pu compter plus tôt sur un remplaçant pour l'abbé Gérald Perron. Ce dernier avait été emporté à la mi-janvier par une congestion pulmonaire et monseigneur venait à peine de lui trouver un nouveau vicaire. Dans une lettre reçue la semaine précédente, l'évêché lui avait annoncé l'arrivée de l'abbé Groleau le mardi avant-midi et on lui avait demandé de l'envoyer chercher à l'arrivée du train, à Pierreville, ce qu'il avait fait avec plaisir.

Au moment où le prêtre allait quitter son bureau pour passer dans la salle à manger, il entendit des voix dans l'allée. Il se précipita à l'une des fenêtres de la pièce et poussa un soupir d'aise en reconnaissant Anatole Duchesne.

— Ils viennent d'arriver, dit-il à sa cuisinière en se frottant les mains d'aise au moment où il passait devant la porte de la cuisine. Dans une minute, on va être prêts à passer à table. Je vais attendre notre nouveau vicaire au salon.

— C'est correct. Je vais aller lui ouvrir, répondit Eugénie sans montrer aucun empressement en entendant sonner à la porte.

En ouvrant, elle dut lever la tête pour apercevoir la figure du nouvel arrivant.

— Bonjour, madame. Est-ce que je peux voir monsieur le curé ? demanda poliment Roland Groleau en affichant un large sourire.

— Entrez, monsieur l'abbé. Restez pas dans la porte comme ça ; vous allez faire geler tout le presbytère.

L'ecclésiastique saisit sa lourde valise et pénétra dans le couloir en refermant la porte derrière lui.

— Vous allez ôter vos bottes crottées, j'espère ? reprit Eugénie Dupras d'une voix acide en lui montrant ses bottes couvertes de boue.

— Bien sûr, madame. Inquiétez-vous pas pour vos planchers. On a eu quelques difficultés en venant de Pierreville.

À la vue de ce géant qui se pliait pour retirer ses couvre-chaussures, la ménagère ne put s'empêcher de hocher la tête de stupéfaction.

— Vous pouvez accrocher votre manteau à la patère derrière vous, dit-elle au prêtre, une fois qu'il se fut relevé.

Le jeune vicaire retira son épais manteau noir et le suspendit à l'un des crochets de la patère. Il suivit ensuite la servante au salon. Antoine Joyal sursauta en apercevant son nouveau vicaire. L'homme le dépassait de plus d'une tête et faisait près de deux fois sa largeur. Quand il lui tendit la main, celle-ci disparut presque entièrement dans l'incroyable battoir du nouvel arrivant.

— Vous êtes le bienvenu dans cette paroisse, dit le curé en cachant le mieux possible sa surprise devant le colosse que monseigneur Cousineau lui avait envoyé.

— Merci, monsieur le curé. Je suis content de venir vous seconder, répondit simplement Roland Groleau.

— Après le dîner, madame Dupras vous montrera votre chambre. Je vais vous laisser un peu de temps pour vous installer cet après-midi. Après, je vous expliquerai ce que j'attends de vous. Maintenant, on passe à table avant que la cuisinière me fasse une crise, ajouta-t-il à voix basse en affichant un sourire contraint.

Les deux prêtres entrèrent dans la salle à manger. Eugénie Dupras déposa au centre de la table un grand plat dans lequel des morceaux de bœuf baignaient dans une épaisse sauce brune ainsi qu'un bol rempli de pommes de terre fumantes. Une miche de pain frais voisinait déjà avec une assiette couverte d'une demi-douzaine de beignets qui avaient été couverts d'un glaçage à la vanille.

— C'est bien appétissant tout ça, dit le vicaire avec un enthousiasme qui faisait plaisir à voir en déployant sur ses genoux sa serviette de table.

Le jeune prêtre récita le bénédicité avec son nouveau curé et attendit que son supérieur se soit servi pour remplir son assiette à son tour. Si Antoine Joyal avait toujours mangé avec une certaine modération, il ne semblait pas que ce soit le cas de son vis-à-vis. Tout en apprenant à son curé qu'il était natif de Saint-Lucien et qu'il avait exercé son dernier ministère à Saint-Germain, il avalait le contenu de son assiette avec un appétit stupéfiant.

Il aurait été faux d'affirmer que Roland Groleau se goinfrait. On pouvait cependant dire qu'il avait une bonne fourchette, une excellente fourchette même. Le pauvre Antoine Joyal venait à peine d'entamer la petite portion qu'il avait déposée dans son assiette que son vicaire avait fini d'ingérer le contenu fort respectable de la sienne pour se resservir une seconde fois, sous le regard un peu ébahi de son hôte.

Lorsque l'abbé vit son supérieur repousser son assiette quelques instants plus tard sans avoir mangé plus de la moitié de son contenu, il se hasarda à lui demander poliment:

— Est-ce que je peux finir le bœuf, monsieur le curé?

— Bien sûr, consentit Antoine Joyal qui, déconcerté, vit disparaître dans l'assiette de son invité tout ce qui restait dans le plat de service.

Au moment du dessert, le curé mangea un beignet pendant que son vicaire réglait le sort des cinq autres pâtisseries.

— Bon. Je vous laisse aller défaire vos bagages, l'abbé, dit-il à la fin du repas. Vous vous installerez dans la dernière chambre, à gauche, en haut. Quand vous aurez fini, vous viendrez me rejoindre dans le salon.

— Merci, monsieur le curé.

Aussitôt que l'abbé Groleau, chargé de sa valise, eut disparu à l'étage, Eugénie s'empressa d'aller retrouver le curé Joyal. Ce dernier venait à peine de s'asseoir dans son fauteuil préféré, au salon, dans l'intention de s'accorder une courte sieste.

— Mon doux Jésus! s'exclama la brave femme. Mais c'est un ogre que monseigneur nous a envoyé là! Si ça a de l'allure de manger de même! J'ai jamais vu ça! Et pourtant je dois dire que mon défunt mari mangeait en pas pour rire.

— Voyons, madame Dupras! protesta mollement Antoine Joyal.

— Je veux bien croire que notre ancien vicaire était une espèce de chenille à poil qui mangeait comme un moineau, mais lui, monsieur le curé, il mange comme une armée. Ça en est effrayant.

— Il faut tout de même pas exagérer, dit le curé, agacé.

— J'exagère pas. J'avais mis sur la table assez de bœuf pour faire au moins trois repas. Il me reste plus rien. Je vous le dis tout de suite que s'il mange comme ça à tous les repas, on n'aura jamais assez de provisions pour se rendre à l'été.

— Il est jeune, plaida le curé.

— Il est cochon, oui! s'insurgea la cuisinière avec humeur.

— Soyez respectueuse, madame! dit le curé en haussant la voix. N'oubliez pas que vous parlez d'un prêtre!

— En tout cas, reprit la ménagère sur un ton un peu plus mesuré, s'il est pour manger autant, je pense que je vais arrêter de mettre les plats au milieu de la table et je vais vous servir vos assiettées dans la cuisine.

— Vous ferez ce que vous voudrez, madame Dupras, répliqua le curé en lui faisant signe qu'elle pouvait disposer.

Une heure plus tard, le vicaire revint au salon. Lorsqu'il s'aperçut que son curé dormait, confortablement assis dans son fauteuil, il prit place en silence dans le fauteuil voisin, ouvrit son bréviaire et se mit à le lire sans faire de bruit. Son supérieur ouvrit les yeux environ une demi-heure plus tard. Le froissement d'une feuille l'avait tiré brusquement de sa sieste.

— Est-ce que ça fait longtemps que vous êtes là, l'abbé ? demanda le pasteur de Saint-Jacques-de-la-Rive en mettant les lunettes à monture d'acier qu'il avait déposées sur le guéridon près de lui.

— Pas tellement, monsieur le curé, le rassura le jeune prêtre en lui adressant un sourire.

— Bon. Une petite sieste après le dîner, ça fait du bien, fit le prêtre en manifestant une satisfaction évidente.

— Vous avez bien raison.

Le curé agita une clochette et demanda à sa ménagère une tasse de thé. Cette dernière, l'air revêche, se contenta de hocher la tête et de retourner à la cuisine. Elle revint avec un plateau sur lequel une théière, un sucrier et un pot de lait voisinaient avec deux tasses. Les deux prêtres la remercièrent d'une même voix.

— On peut dire que vous arrivez dans le bon temps, l'abbé, fit Antoine Joyal après avoir siroté une première gorgée de thé. La semaine sainte commence lundi prochain et on sera pas trop de deux pour confesser tous les paroissiens.

— Les retraites sont-elles finies, monsieur le curé ?

— Oui. J'ai eu pas mal de monde, à part ça. Bien sûr, les femmes sont venues bien plus nombreuses que les hommes à leur retraite. Mais c'est normal. Ici, dans la paroisse, il y a pas mal d'hommes qui travaillent dans les chantiers tout l'hiver. Ils sont à la veille de descendre. D'habitude, ils sont là pour faire leurs Pâques.

— Est-ce que je peux vous demander quel travail vous avez l'intention de me confier, monsieur le curé ?

— D'abord, la messe de huit heures chaque matin. Je me réserve celle de sept heures, du moins jusqu'à la fin du mois.

— Parfait.

— Je vais m'occuper des chevaliers de Colomb et je vous charge des dames de Sainte-Anne et des enfants de Marie. Je vais vous laisser aussi la préparation à la première communion et à la communion solennelle des jeunes de la paroisse. L'abbé Perron a bien travaillé avant de tomber malade. J'ai pris la relève, mais il y a encore pas mal à faire.

— Je vais commencer à m'en occuper dès demain, si ça vous convient.

— C'est parfait. Pour le reste, on se débrouillera toujours pour les visites aux malades et les heures de bureau, conclut le curé en se levant.

⁓

Les jours suivants, le nouveau vicaire suscita passablement de curiosité chez les paroissiens de Saint-Jacques-de-la-Rive. Le bedeau avait raconté, un peu partout et en exagérant à peine, comment le jeune prêtre avait, sans effort, désembourbé le boghei à la seule force de ses bras. Après l'avoir épié durant quelques jours, on finit par s'habituer assez rapidement à voir ce géant se déplacer dans la paroisse. L'abbé Groleau entreprit sa tournée hebdomadaire des quatre écoles de Saint-Jacques-de-la-Rive dès le lendemain de son arrivée et les enfants s'empressèrent de raconter à leurs parents que le prêtre n'était pas sévère et qu'il ne passait pas son temps, comme monsieur le curé, à parler de l'enfer.

Pour sa part, Eugénie se laissa singulièrement amadouer quand elle découvrit qu'elle n'avait plus à supplier Anatole Duchesne deux fois par jour pour qu'il lui remplisse son coffre à bois. Dès le lendemain de son arrivée, elle aperçut l'abbé Groleau en train de fendre des bûches avec un bel entrain devant la remise. Sans rien dire, le prêtre s'empressa de lui apporter de pleines brassées de bois qu'il corda avec soin dans le grand coffre installé près du gros poêle à deux ponts de la cuisine.

— Voyons, monsieur l'abbé, c'est pas à vous de faire ça, dit-elle au jeune prêtre. Le bedeau est bien capable de s'en charger.

— Laissez faire, madame Dupras. C'est la moindre des choses. Vous nous faites du si bon manger que le moins que je puisse faire, c'est de vous aider à chauffer votre poêle. En plus, ça me fait du bien de bouger un peu.

— Vous trouvez que je fais bien à manger ? demanda la cuisinière, flattée.

— Sans manquer de respect à ma pauvre mère, je trouve que vous faites encore mieux à manger qu'elle… et c'est pas peu dire.

À compter de ce jour, le curé n'entendit plus sa ménagère se plaindre de l'appétit extraordinaire du vicaire. Elle renonça même à remplir les assiettes dans la cuisine. Mieux, elle s'arrangea pour cuisiner au jeune prêtre ses mets préférés quand elle le pouvait. Conscient d'être gâté par la vieille dame, l'abbé Groleau ne manquait jamais de lui demander s'il pouvait lui rapporter quelque chose du magasin général quand il devait sortir.

Si les gens de Saint-Jacques-de-la-Rive s'accoutumaient doucement à la présence du nouveau vicaire, ce dernier apprenait peu à peu à les connaître et, surtout, à se familiariser avec les sujets de préoccupation de son supérieur. Il savait maintenant que ce dernier était obsédé par le fait qu'aucune vocation sacerdotale n'avait vu le jour dans sa paroisse depuis son arrivée, six ans auparavant. Bien sûr, il y avait eu quelques filles qui avaient choisi de porter le voile et deux garçons attirés par les promesses des frères des Écoles chrétiennes, mais aucun prêtre. Monseigneur

Cousineau lui en avait même fait la remarque à quelques reprises, ce qui avait morfondu le brave curé.

Par ailleurs, les traits de son visage se durcissaient quand il racontait tous les efforts déployés depuis trois ans pour attirer à Saint-Jacques-de-la-Rive des religieuses qui pourraient s'occuper d'un couvent. Il semblait en lutte ouverte avec les curés des paroisses environnantes qui rêvaient, eux aussi, d'un pareil établissement sur leur territoire. Le but était de fournir aux jeunes filles les plus talentueuses la possibilité d'effectuer une huitième et une neuvième années, leur permettant ainsi de devenir institutrices. Le curé Joyal tenait beaucoup à ce projet, même s'il n'ignorait pas que l'installation d'un couvent au village aurait peu d'impact sur les garçons. La plupart de ces derniers désertaient l'école avant même de réussir leur septième année. Quoi qu'il en soit, il était encore loin de voir le tout se concrétiser. L'évêque de Nicolet refusait de prendre son parti au détriment des autres paroisses et le prélat le laissait trouver seul le bon moyen de persuader une communauté de venir s'installer à Saint-Jacques. Apparemment, le curé n'y était toujours pas parvenu et l'abbé Groleau se rendait compte que cet échec le faisait rager.

Chapitre 2

Le bois

Les cultivateurs de la région avaient craint durant un bref moment la fin prématurée de la période des sucres quand ils avaient vu tomber une pluie abondante deux jours auparavant. Par bonheur, le mercure avait chuté durant la nuit et cela avait sérieusement freiné le dégel. Si le soleil des dernières journées de mars faisait couler l'eau d'érable en abondance, le gel nocturne empêchait la montée de la sève. C'était ce qui importait le plus. Malgré la pluie, l'épaisseur de la glace sur la Saint-François était demeurée respectable et rien ne laissait présager une débâcle prochaine.

Dans Saint-Jacques-de-la-Rive, le mauvais état des routes allait en s'aggravant. Les ornières étaient devenues si profondes à certains endroits qu'elles rendaient hasardeux tous les déplacements en voiture. Le rang Sainte-Marie n'échappait pas à la règle. Le long virage qui s'amorçait avant d'arriver à la maison d'Henri Tougas, la première du rang, était presque devenu impraticable. La pluie du début de la semaine avait entraîné une section de la route dans le fossé et l'étroite bande restante s'avérait dangereuse.

Ce midi-là, Napoléon Veilleux rentra du village de fort mauvaise humeur. Il suffit à Émérentienne de voir le visage fermé de son mari quand il revint de l'écurie après avoir dételé son cheval pour deviner qu'il était en colère.

— Maudit pays de misère noire! jura l'homme d'une soixantaine d'années en enlevant ses bottes d'un geste rageur, debout sur le paillasson de l'entrée de la cuisine.

Maurice, l'un des trois enfants de son fils Ernest, alla craintivement se cacher dans les jupes de sa mère, occupée à sortir les couverts de l'armoire.

— Calme-toi donc un peu! lui dit sa femme. Tu vois pas que t'as fait peur au petit? C'est pas parce que tu peux pas fumer qu'on doit supporter ta mauvaise humeur.

— Lâche-moi avec ça, toi! grogna son mari.

Le grand-père ne dit rien de plus et enleva son manteau et sa tuque avant de se diriger d'un pas pesant vers le poêle à bois dans lequel il jeta un rondin.

— Qu'est-ce qu'il y a qui fait pas ton affaire? lui demanda sa femme en venant aider sa bru enceinte à dresser la table.

— Il y a que le chemin est plus passable, torrieu! Dans le croche, il y a au moins cinq pieds tombés dans le fossé. Prince a failli se casser une patte en tirant la waggine. Qu'est-ce que Desjardins attend pour se réveiller? C'est le seul moyen de se rendre au village. Si le chemin est bloqué, on va avoir l'air fin. Comment on va pouvoir aller porter notre lait chez Boudreau? Veux-tu ben me le dire, toi?

— Le maire doit le savoir. Lui aussi, il faut bien qu'il apporte son lait au village.

La porte s'ouvrit soudain sur un petit homme sec et nerveux d'une trentaine d'années dont le visage en lame de couteau était en partie masqué par une grosse moustache brune. Sans dire un mot, il retira son manteau et ses bottes avant de venir se réchauffer les mains au-dessus du poêle.

— Ça coule en masse à matin, dit-il sans s'adresser à quelqu'un en particulier. On va avoir de quoi faire bouillir cet après-midi.

Yvette, sa femme, repoussa d'un geste impatient une mèche de ses cheveux châtains qui s'était détachée de son chignon.

— Je vais y aller avec toi après le dîner, dit-elle à son mari qui venait de s'asseoir sur le long banc placé derrière la table de cuisine.

Sa belle-mère regarda la jeune femme un bref moment avant de déclarer :

— Dans ton état, c'est mieux que tu restes ici. Je vais y aller avec les hommes. Tu prépareras le souper en attendant que Marcelle et Albert reviennent de l'école.

Yvette adressa un regard reconnaissant à sa belle-mère. Même si la femme de trente-deux ans avait une taille assez imposante et semblait en excellente santé, elle avait fait deux fausses couches consécutives après avoir donné naissance à ses trois premiers enfants. Émérentienne veillait sur sa bru depuis que le docteur Patenaude lui avait annoncé sa sixième grossesse, au début du mois. Ernest n'avait rien dit. La grossesse était une affaire de femme qui ne le regardait pas.

Lorsqu'elle avait appris la nouvelle, Yvette avait poussé un soupir de soulagement. Elle avait encore à la mémoire les remontrances du curé, l'automne précédent. Il l'avait suspectée d'empêcher la famille. Elle avait eu beau plaider qu'elle venait de faire deux fausses couches consécutives, le prêtre l'avait tout de même menacée de la priver de l'absolution en confession si elle ne tombait pas rapidement enceinte. Le curé Joyal était peut-être un brave homme, mais il ne plaisantait pas avec la morale. Pour lui, le rôle d'une femme mariée était de mettre au monde un enfant chaque année.

Émérentienne servit à tous une généreuse portion de fèves au lard avant de s'asseoir à l'extrémité de la longue table, face à son mari. Napoléon récita le bénédicité et tous se signèrent avant de commencer à manger. Pendant un long moment, on n'entendit dans la pièce que le bruit des ustensiles heurtant la vaisselle.

— On est partis pour faire une bonne année avec les sucres, dit Napoléon en essuyant le fond de son assiette avec une épaisse tranche de pain qu'il venait de couper d'une miche.

— Et ce serait encore ben mieux si la municipalité nous avait vendu le petit bois, ajouta son fils sur un ton amer.

Ernest faisait référence au petit boisé situé de l'autre côté de la route, de biais avec la ferme des Veilleux. Il s'étendait entre les champs du maire de Saint-Jacques-de-la-Rive et ceux de son voisin de gauche, Adjutor Beaulieu. Ce bois de quelques arpents de largeur contenait une bonne quantité d'érables matures que le jeune père de famille rêvait d'entailler chaque printemps depuis quelques années. Tout le problème venait de ce qu'il appartenait à la municipalité et que le maire actuel, Léon Desjardins, avait plusieurs fois refusé de le lui vendre sous divers prétextes.

— Tu vas pas recommencer ! fit sa mère en finissant de boire sa tasse de thé.

— Voulez-vous ben me dire à quoi ça rime de garder un bois de même ? demanda le fils en élevant la voix. Desjardins a une jériboire de tête de cochon ! Il comprend pas que c'est du gaspillage de le laisser sans soin et que ça rapporte rien à Saint-Jacques. Nous autres, on en défricherait une partie pour la cultiver et on garderait le reste pour en faire une terre à bois. Il y a là-dedans une cinquantaine de gros érables qui nous donneraient, bon an mal an, pas mal de sirop.

— Je pense qu'on est mieux d'en faire notre deuil, chercha à le calmer son père en tétant sa pipe vide sans faire un geste vers sa blague à tabac déposée sur une tablette près du poêle. Je me repose un peu, puis après je vais aller dire deux mots à Desjardins sur le chemin qui est à réparer. On peut pas le laisser comme ça.

— Laissez donc faire, p'pa. J'ai promis de lui rapporter aujourd'hui les chaînes qu'on lui a empruntées la semaine passée, dit Ernest en se levant de table. Je vais lui parler aussi de la route, si vous voulez. Je serai pas parti long-temps.

— C'est correct. Dis-lui que le croche après chez Tougas est presque tout dans le fossé. Dans une dizaine de minutes, je vais atteler Prince au traîneau et on va t'attendre pour monter à la cabane.

Ernest Veilleux sortit sans se presser de la résidence familiale. C'était une vieille maison à un étage recouverte de vieux bardeaux de bois gris, au toit pentu et dotée d'étroites fenêtres. Elle se prolongeait à l'arrière par une grande cuisine d'été et une remise. Une étable, une grange et une écurie occupaient le fond de la cour alors qu'un modeste poulailler et une porcherie avaient été érigés plus à gauche sur le terrain. Tout était uniformément gris, exception faite des ouvertures qui avaient été chaulées l'automne précédent.

Le jeune cultivateur prit les chaînes dans la remise et traversa la route. Après avoir longé un des champs d'Adjutor Beaulieu, il passa devant le boisé tant convoité, les chaînes sur une épaule. Au moment où il tournait la tête, un rayon de soleil frappa quelque chose de métallique qui attira son regard. Il s'arrêta brusquement et scruta les arbres. Stupéfait, il découvrit une dizaines de seaux suspendus à des chalumeaux… et ce n'était que ce qu'il pouvait apercevoir du bord de la route.

— Ah ben, baptême ! jura-t-il. Mais il y a quelqu'un qui a percé les érables du bois de la commune ! Ça, c'est du bonhomme Beaulieu tout craché ! Tu parles d'un front de beu de faire une affaire comme ça !

Ernest savait bien que ce geste ne pouvait être attribuable à Léon Desjardins. Le maire possédait déjà une si grosse érablière qu'il n'entaillait même pas tous ses érables.

Involontairement, le jeune Veilleux accéléra le pas en longeant un des champs de Desjardins et entra dans la cour du maire. La maison et les bâtiments de ce dernier étaient sensiblement semblables à ceux que possédait sa famille. Seule la source d'eau pure appartenant aux Desjardins différenciait véritablement les deux fermes. Depuis trois générations, beaucoup d'habitants de Saint-Jacques-de-la-Rive venaient y puiser leur eau de Pâques, le matin de la fête, au lever du soleil, comme le voulait la tradition.

— Mance, va ouvrir au garçon de Napoléon Veilleux, dit Léon à sa femme. J'essaye de réparer le cadran.

Le maire de Saint-Jacques-de-la-Rive venait d'apercevoir son jeune voisin qui entrait dans sa cour.

Léon Desjardins était un gros homme bourru d'une quarantaine d'années dont le caractère abrupt était bien connu de ses administrés. Quand il entendit le bruit des chaînes, il tourna sa grosse tête ronde à demi chauve vers l'une des deux fenêtres de la cuisine pour voir ce que le jeune Veilleux venait de déposer sur la galerie. Sa femme fit entrer le visiteur sur ces entrefaites.

— Bonjour, madame Desjardins. Bonjour, monsieur Desjardins, salua Ernest en pénétrant dans la pièce après s'être vigoureusement essuyé les pieds sur le paillasson.

Le fils de Napoléon Veilleux était toujours un peu intimidé par cet homme qui avait presque l'âge d'être son père.

— Entre Ernest, fit le maire en déposant sur la table le gros réveille-matin Westclock sur lequel il s'escrimait depuis plus d'une heure. Maudite cochonnerie! reprit-il en montrant l'appareil à son visiteur. C'est un cadeau du jour de l'An de mon frère Raoul. Ça a même pas trois mois, et c'est déjà brisé.

— Je vous ai rapporté vos chaînes. Merci ben.

— C'est correct, dit le maire. Veux-tu t'asseoir cinq minutes?

— Merci, mais le père m'attend pour monter à la cabane. Il vous fait demander si vous avez l'intention d'organiser bientôt une corvée pour réparer le chemin à la sortie de la courbe. Il paraît qu'il y en a une partie qui a déboulé dans le fossé.

— Oui, je suis au courant. Je m'en suis rendu compte à matin, moi aussi, en allant porter mon lait. Comme ça coulait ben aujourd'hui, j'ai pensé qu'il y aurait personne pour venir aider. Ça fait qu'à soir, je vais faire le tour du rang et ramasser du monde pour réparer ça demain matin. Je pense que ça commence à presser. Dis-le à ton père.

— On va y être demain matin, après le train, promit Ernest. Si je me trompe pas, il y a une coulée à cette place-là, ajouta-t-il.

— Je le sais ben. C'est ça qui va rendre la réparation compliquée. On va essayer de se débrouiller avec du bois et de la roche, si le tas de roches des Tougas est pas trop gelé, comme de raison.

Le visiteur ne faisant pas mine de vouloir prendre congé, le maire finit par lui demander:

— Est-ce qu'il y a autre chose que je peux faire pour toi?

— Ben, je sais pas trop, monsieur Desjardins. En passant devant le bois de la commune, j'ai remarqué qu'Adjutor Beaulieu s'était pas gêné pour aller accrocher des chaudières aux érables. On dirait qu'il a fait comme s'il était chez eux.

Desjardins quitta sa chaise berçante, souleva un rond du poêle et y secoua sa pipe.

— Qu'est-ce qui te fait dire que c'est le père Beaulieu qui a fait ça ?

— Ben, c'est le voisin le plus proche… à part vous, ben entendu.

— Ce sont pas les chaudières de Beaulieu. Ce sont celles des Tremblay, le corrigea le maire.

— Des Tremblay ! s'exclama Ernest.

— Ben oui.

— Comment ça se fait que vous leur avez permis de faire ça sur une terre de la commune ?

— Pour la simple raison qu'ils sont chez eux et qu'ils ont le droit de faire ce qu'ils veulent avec leur bien, rétorqua le maire en manifestant un peu d'impatience.

— Chez eux ?

— Ben oui, chez eux.

— Depuis quand ?

— Depuis la dernière réunion du conseil.

— Êtes-vous en train de me dire que la municipalité a vendu aux Tremblay la terre à bois que j'essaye de vous acheter depuis trois ans ? explosa le jeune cultivateur, incapable de retenir plus longtemps sa frustration.

— Écoute, mon jeune, fit Desjardins en durcissant le ton. Je le sais que t'aurais ben voulu l'acheter, ce bois-là. T'aurais peut-être pu l'avoir si t'avais été là à la dernière réunion. Tremblay est arrivé et a offert un prix convenable pour le bois. En plus, il va ouvrir un chemin à travers son bois jusqu'au Petit-Brûlé sans que la municipalité ait à payer une maudite cenne noire.

— Ben, moi aussi, j'aurais pu vous faire cette offre-là, rouspéta Veilleux.

— Peut-être, mais t'étais pas là pour égaler l'offre ce soir-là. Les gens dans la salle ont demandé au conseil d'accepter parce que tu sais comme moi que tout le monde veut ce raccourci-là. Il va être ben commode. Qu'est-ce que tu voulais que je fasse ? J'ai ben été obligé de mettre sa proposition aux voix.

— Je suppose que si mon père et moi, on avait travaillé à l'élection de Poulin dans le comté, ça aurait pas nui à notre affaire ? demanda Ernest, sarcastique.

— T'es libre de penser ce que tu veux, rétorqua le maire en élevant la voix.

— Est-ce que le conseil a eu au moins un aussi bon prix que celui que j'offrais ?

— La même chose, mais avec le chemin en plus, dit Desjardins en lui ouvrant la porte.

Dépité au-delà de toute expression, Ernest quitta la maison du maire sans penser à le saluer. Au vrai, il éprouvait une telle rage qu'il se parlait à haute voix tout en gesticulant. En passant devant le boisé que son voisin venait de lui voler, il obéit à la première impulsion qui lui vint à l'esprit. Sans se soucier des empreintes laissées par ses pas, il franchit le fossé et, malgré la neige qui lui arrivait à mi-jambes, se rendit jusqu'aux premiers seaux suspendus à leur chalumeau. Le jeune cultivateur eut d'abord envie de décrocher tous les seaux qu'il voyait. Après un instant de réflexion, il réalisa que le travail, qui serait épuisant sans raquettes aux pieds, n'aurait que peu d'impact. Les Tremblay les raccrocheraient dès le lendemain et se douteraient d'où le mauvais coup venait.

— Pourquoi pas ! finit-il par dire tout haut avec un rire mauvais.

Après avoir jeté un regard furtif autour de lui pour s'assurer de ne pas être vu, il se mit en devoir d'uriner dans quatre ou cinq chaudières déjà remplies au quart d'eau d'érable.

— Tu vas voir, mon Tremblay, comment ça va donner un petit goût pas piqué des vers à ton sirop, dit-il sur un ton guilleret.

Il s'adressait directement à Eugène Tremblay, chose qu'il n'avait pas faite depuis près de douze ans. Une fois de retour sur la route, il se sentit soulagé d'avoir pu se venger de celui avec qui il était à couteaux tirés depuis de nombreuses années.

À son arrivée à la maison, il apprit la mauvaise nouvelle aux siens en se gardant bien de mentionner sa petite vengeance.

— C'est ben enrageant que ça nous soit passé sous le nez comme ça, dit Napoléon, le visage rembruni.

— Surtout qu'on n'a jamais arrêté de dire à Desjardins qu'on voulait absolument l'avoir, ce boisé-là, ajouta son fils en retrouvant sa colère intacte. C'est juste un exemple de plus qu'un rouge va toujours bourrer un autre rouge, même quand il est maire. Mais les Tremblay, ils l'emporteront pas au paradis, je vous en passe un papier...

— Il faut croire que le bon Dieu avait décidé qu'on l'aurait pas, conclut Yvette avec philosophie dans l'intention d'aider son mari à retrouver son calme.

— T'as raison, Yvette, l'approuva sa belle-mère. À cette heure que c'est fait, ça sert plus à rien de se virer les sangs à l'envers pour ça. On n'en mourra pas personne.

— Bon. On a assez perdu de temps comme ça à jacasser, fit Napoléon en enfonçant sa casquette sur sa tête. Arrivez qu'on aille faire bouillir.

Ernest suivit ses parents le cœur encore étouffé de rage. Il devait être écrit quelque part qu'il retrouverait toujours Eugène Tremblay en travers de son chemin. À la seule pensée de son grand et gros voisin, il voyait rouge.

Tout avait commencé une douzaine d'années plus tôt, au début de l'été de 1887. Le fils de Napoléon Veilleux, alors âgé de vingt ans, était tombé amoureux d'Annette Desrosiers, la plus belle fille de Saint-Gérard. Durant plusieurs mois, il était allé veiller une fois par semaine chez cette grande fille brune au sourire aguicheur, sous l'étroite surveillance d'Henri-Paul Desrosiers et de sa femme. Ses amours allaient bon train et il songeait même sérieusement à demander la main de sa belle. Cette année-là, il avait obtenu la permission des parents de la jeune fille de l'amener chez lui à l'occasion du jour de l'An.

Annette s'était bien amusée. Elle avait dansé avec plusieurs jeunes gens, des cousins et des voisins invités à la fête. Ernest ne s'était pas préoccupé un seul instant d'Eugène Tremblay. À ses yeux, ce jeune voisin d'à peine dix-huit ans ne pouvait lui porter le moindre ombrage. Or, il aurait dû se méfier. La belle Annette n'était pas demeurée longtemps insensible au charme du jeune homme. Elle lui permit de venir «accrocher son fanal» à sa porte le dimanche soir, dès la semaine suivante, sans pour autant congédier son premier prétendant plus âgé. Le petit manège de la jeune fille, qui ne cherchait visiblement qu'à se divertir, aurait pu continuer durant des mois, mais le hasard en décida autrement.

Un lundi avant-midi de février, Ernest se retrouva à la fromagerie Boudreau du village en même temps qu'Antonius Tougas, venu porter là ses bidons de lait. Les deux jeunes hommes étaient à peu près du même âge et habitaient aux deux extrémités du même rang.

— Tu t'es fait une nouvelle blonde? lui avait demandé le grand garçon décharné.

— Non. Pourquoi tu me demandes ça? avait fait Ernest, étonné par la question.

— Ben, je pensais que c'était pour ça que tu fréquentais plus la fille du père Desrosiers, avait expliqué l'autre.

— Tu parles d'une drôle d'idée, avait rétorqué Ernest. Moi, Annette, elle me convient. Je pense même que je vais demander sa main à son père ce printemps, avait-il ajouté pour montrer à Tougas le sérieux de ses amours.

— Ah ben là, tu me surprends pas mal, avait reconnu Antonius, un peu mal à l'aise.

L'air embarrassé de son vis-à-vis n'avait pas échappé au jeune cultivateur qui était devenu aussitôt suspicieux.

— Pourquoi tu dis ça? avait-il demandé sur un ton sec.

— Ben. Je veux pas être un porte-panier…

— Envoye! Accouche, sacrement! avait juré Ernest, de plus en plus énervé.

— Il y a qu'Eugène Tremblay se vante partout d'aller veiller avec ta blonde tous les dimanches soirs.

— C'est pas possible ce que tu dis là! avait déclaré Ernest avec assurance. Tout ça, c'est des vantardises d'un petit jeune qui a même pas le nombril sec.

— Je me disais aussi, avait dit Antonius, heureux d'en avoir fini avec cette scène gênante.

— Tu sais ben que le père d'Annette accepterait jamais une affaire comme ça.

— C'est sûr, avait conclu Tougas avant de quitter son voisin.

Mais le doute avait été semé dans l'esprit du jeune homme. Aussitôt, il avait eu le cœur rongé par la jalousie. Tiraillé par l'incertitude durant toute la semaine, il avait été profondément malheureux. Il avait eu beau se répéter que son amie ne pouvait avoir fait une telle chose et que ses parents ne l'auraient pas permis, il n'était sûr de rien. Parfois, il avait jugé la chose possible, puis, un moment plus tard, il s'était traité de tous les noms en se disant qu'il était impossible qu'Annette se soit moquée de lui à ce point.

Bien sûr, il aurait pu atteler le traîneau et se rendre jusqu'à Saint-Gérard en traversant le pont de glace sur la Saint-François pour tirer tout de suite cette histoire au clair. La course n'aurait pas été aussi longue que durant l'été, quand il fallait emprunter le pont à Sainte-Monique. Mais de quoi aurait-il eu l'air devant les Desrosiers en venant demander à sa belle si elle recevait un autre prétendant le dimanche soir ? Trop orgueilleux pour faire une telle démarche, il avait préféré cuire dans son jus durant toute la semaine.

Le samedi soir suivant, il était allé veiller chez la jeune fille en s'efforçant de faire bonne figure. Pas question de perdre la face ! Ce soir-là, Annette lui avait semblé encore plus jolie que d'habitude. De toute évidence, elle l'aimait et ses sentiments à son égard étaient au moins aussi profonds que les siens. Il allait mettre un terme à la comédie de son voisin dès le lendemain soir. Si le jeune Tremblay s'amusait à propager des rumeurs pour le ridiculiser dans la paroisse, il allait le lui faire regretter. Mais auparavant, il allait s'assurer une fois pour toutes que ce blanc-bec ne mettait pas les pieds chez les Desrosiers le dimanche soir.

Le lendemain, tôt après le souper, Ernest était monté à sa chambre et s'était mis à surveiller la maison voisine. Il n'avait pas eu à attendre longtemps. Quand il avait vu la catherine des Tremblay quitter leur cour, il s'était immédiatement douté de la destination du véhicule. Assommé par cette constatation incroyable, il était demeuré un long moment sans réaction, à scruter la route déserte par la fenêtre. Puis, durant plusieurs minutes, il s'était demandé ce qu'il devait faire. Serrant et desserrant convulsivement les poings, il n'avait pu que répéter une dizaine de fois à mi-voix, les dents serrées : « La maudite hypocrite ! »

Allait-il faire irruption chez les Desrosiers pour la confondre ? Non. Il se couvrirait de ridicule. Toute la

paroisse aurait vent de sa mésaventure et on rirait de lui.
Non. Il lui fallait trouver autre chose.

Malgré la douleur et la honte qui l'étreignaient, Ernest
avait fini par trouver une solution. Un peu après huit
heures, il s'était habillé chaudement, prêt à partir.

— Veux-tu ben me dire où tu t'en vas à cette heure-là ?
lui avait demandé son père, qui jouait aux cartes avec sa
mère sur la table de cuisine, à la lueur de la lampe à huile.

— Je viens de me rappeler que j'ai oublié quelque chose
de ben important chez les Desrosiers.

— Tu trouves pas que tu vas arriver là pas mal tard ? lui
avait fait remarquer sa mère.

— Je vais juste entrer et sortir, avait vaguement expliqué
le jeune homme avant de quitter la maison.

— Ma foi du bon Dieu ! avait dit Émérentienne,
vaguement réprobatrice, il faut qu'il soit en amour par-
dessus la tête pour faire tout ce chemin-là juste pour voir
son Annette quelques minutes. Pour moi, il sera pas tard
ce printemps qu'il va vouloir la traîner au pied de l'autel.

Si seulement sa mère avait pu dire vrai ! Ernest s'était
empressé d'atteler son cheval au traîneau. Il avait accroché
le fanal à l'avant puis s'était recouvert les jambes avec la
vieille couverture en fourrure avant de prendre la direction
du village. Parvenu devant chez Crevier, il avait traversé la
rivière et pris la route de Saint-Gérard sans se presser, car
il savait bien qu'Henri-Paul Desrosiers exigeait que le
cavalier de sa fille quitte sa maison à dix heures. Il avait l'intention d'intercepter le jeune Tremblay à la sortie du rang
Lachapelle, là où demeuraient les Desrosiers.

Il n'avait pas eu à geler trop longtemps. Quelques
minutes après dix heures, il avait entendu les grelots de la
catherine des Tremblay et avait placé son traîneau en
travers du chemin. Apercevant cet obstacle à la dernière
minute, Eugène Tremblay avait dû tirer de toutes ses forces

40

sur les guides, au risque de verser sur le côté avec son véhicule doté de hauts et fins patins. Tel un diable sorti de l'enfer, Ernest s'était précipité sur son voisin à qui il concédait tout de même plusieurs pouces et une cinquantaine de livres.

Après le premier moment de surprise, le jeune Eugène s'était si bien débattu qu'il avait renversé son adversaire sans trop de mal et l'avait jeté hors de la catherine. Sans montrer la moindre peur, il s'était alors avancé à sa rencontre. Les paroles avaient été inutiles. Tous les deux savaient pourquoi ils en venaient aux mains.

Aucun des deux belligérants n'avait songé à retirer son épais manteau de laine en cette froide soirée de février. Avec des « han » de bûcheron qui accompagnaient chaque effort, ils s'étaient martelés de coups de poing rageurs durant de longues minutes, à faible distance des chevaux immobiles aux naseaux fumants. Ils s'étaient battus comme des chiens. S'il y avait eu une justice, Ernest aurait dû remporter ce combat haut la main puisqu'il était l'offensé. Mais il n'en fut rien. Eugène avait beau n'avoir que dix-huit ans, il était beaucoup plus solide que son opposant. À un certain moment, il avait frappé Ernest d'une droite qui l'avait expédié dans le fossé. Quand il s'était rendu compte que l'autre ne bougeait plus, le jeune voisin était remonté dans sa catherine et avait pris la direction du rang Sainte-Marie sans plus se préoccuper de son agresseur.

Ernest avait repris conscience peu après. Il s'était hissé difficilement sur son traîneau, misérable et le visage tuméfié. Il n'avait pas cherché à donner la chasse au « voleur de blonde », comme il l'avait appelé toute la soirée. Il n'en avait pas eu la force et même s'il l'avait eue, son traîneau n'aurait jamais été aussi rapide qu'une catherine. Il se savait perdant. À son retour, il avait trouvé la maison plongée dans l'obscurité et s'en était réjoui. Après avoir dételé son cheval et l'avoir bouchonné, il était rentré sans bruit et était immédiatement monté se coucher.

Le lendemain matin, lorsqu'il était descendu à l'heure du train, sa mère avait violemment sursauté en apercevant son visage à l'œil gauche fermé et violacé.

— Bonne sainte Anne! s'était-elle exclamée. As-tu eu un accident avec le traîneau hier soir?

— C'est ça, m'man, avait-il répondu avec mauvaise humeur.

— Regarde-moi donc un peu, avait-elle exigé. On dirait bien que t'as perdu une dent en avant?

— Ben oui, calvaire! C'est pas la fin du monde!

Quand son père l'avait vu dans un état si lamentable, il n'avait fait aucun commentaire. Napoléon avait pensé que son fils aîné avait simplement rencontré quelqu'un qui avait voulu lui faire un mauvais parti. À vingt ans, selon lui, il était d'âge à se défendre tout seul.

À compter de ce jour, Ernest Veilleux n'avait jamais plus adressé la parole à Eugène Tremblay. Lorsqu'ils se croisaient au village ou sur le parvis de l'église, les deux hommes détournaient ostensiblement la tête et s'évitaient.

Évidemment, les gens de Saint-Jacques-de-la-Rive avaient fini par savoir le fin mot de l'histoire. Leur bagarre avait défrayé la manchette paroissiale pendant un certain temps. Le curé Dufour, à l'époque, avait même tenté vainement de les réconcilier. Mais leur haine réciproque avait été la plus forte. Elle avait peut-être même permis à Ernest d'oublier sa peine d'amour plus rapidement. Avant la fin du printemps suivant, il s'était amouraché d'Yvette Dubé, une jeune fille de la région que l'une de ses cousines lui avait présentée.

Le plus drôle avait été que la belle Annette Desrosiers avait réservé à son nouveau prétendant le même traitement qu'au précédent. Quelques mois plus tard, ce dernier s'était rendu compte qu'il avait un concurrent originaire de Saint-Gérard. Celui-ci venait tenir compagnie à son amie de cœur un ou deux soirs par semaine. Moins attaché à elle que l'avait été Ernest Veilleux, le jeune homme l'avait laissée tomber pour s'intéresser à Thérèse Durand, qu'il avait fini par épouser l'année suivante.

Le temps avait passé, au rythme des saisons. Si les deux hommes avaient continué à se détester royalement, leurs épouses, pour leur part, n'avaient jamais partagé leur ressentiment et se parlaient volontiers lorsqu'elles se rencontraient. Elles auraient bien aimé que leurs conjoints mettent fin à leur brouille pour pouvoir se voisiner en toute liberté, mais leurs multiples tentatives de réconciliation avaient lamentablement échoué.

Au fil des ans, leur allégeance politique diamétralement opposée n'avait que renforcé, si besoin était, la haine que les deux voisins se portaient. Ernest Veilleux était aussi conservateur qu'Eugène Tremblay était libéral. Leur appartenance à ces deux partis adverses faussait souvent leur jugement et les poussait à poser des gestes extrêmes, surtout lors des élections.

Jamais, à Saint-Jacques-de-le-Rive, on n'avait vu pareille hargne entre deux personnes.

Chapitre 3

Le quêteux

Le lendemain, comme convenu, les Veilleux revinrent tôt de leur érablière et se joignirent sans tarder au maire pour aller retrouver Isidore Hamel, Laurent Fournier et Eugène Tremblay. Ces trois derniers, armés de pelles et de pioches, étaient déjà au travail sur la route. Malgré le temps frisquet de ce dernier jour de mars, les hommes suaient à grosses gouttes.

Quarante-huit heures auparavant, un éboulis avait causé la disparition d'une section du rang Sainte-Marie dans le fossé. Le trou, d'environ trois pieds de profondeur, avait une circonférence de près de cinq pieds.

— On dirait ben que ça s'est encore agrandi depuis à matin, fit remarquer Desjardins en descendant de voiture. Il me semble que le trou était moins grand quand je suis passé tout à l'heure avec ma waggine.

— Les Tougas s'en viennent avec un chargement de roches. Beaulieu est avec eux autres, lui confirma Eugène Tremblay en ignorant ostensiblement Ernest Veilleux, debout près du maire.

— C'est parfait comme ça, fit Desjardins en voyant Fournier et Hamel en train d'enfoncer des pieux dans le sol à demi dégelé sur le bord du fossé. Nous autres, on a apporté des madriers. On va les clouer sur les pieux et on va remplir ça avec de la roche. Ça va tenir un bon bout de temps. L'eau du dégel emportera pas ça, c'est certain.

— Quand la terre sera ben dégelée, ajouta Napoléon Veilleux, on pourra toujours apporter un voyage de terre pour couvrir la roche.

Les nouveaux arrivés déchargèrent les madriers et rejoignirent les autres dans le fossé en pataugeant dans un mélange de neige et de boue. Après quelques minutes de travail, des cris rageurs les firent lever la tête.

— Avance, calvaire de saint-sépulcre! Envoye! Envoye! hurlait un grand homme maigre debout à l'avant d'une voiture chargée de pierres qui approchait péniblement sur la route.

Henri Tougas tentait inutilement de faire accélérer Major, un vieux cheval fatigué que les cris de son maître n'énervaient plus depuis bien longtemps. Son fils Antonius, aux côtés d'Adjutor Beaulieu, suivait l'attelage à pied. Finalement, le conducteur immobilisa la voiture.

— Voyons donc, Henri, crie pas de même après ton cheval. Tu vas la faire crever d'une maladie de cœur, cette pauvre bête, se moqua Napoléon. Il faut avoir pitié des vieux, tu devrais le savoir, à ton âge.

— Ce cheval-là, il est pas vieux, il est juste paresseux, dit le grand cultivateur en repoussant sa casquette au cuir craquelé dont il n'avait pas pris la peine d'attacher les oreillettes. Même s'il est pas ben vaillant, je pense que j'aime mieux mon Major que ton Prince. Ton cheval est ben trop nerveux à mon goût. Un de ces jours, il va te jouer un coup de cochon, prends-en ma parole.

— Tu dis ça parce que t'es jaloux, fit son voisin, piqué au vif. Il y a pas un maudit cheval dans la paroisse qui vaut mon Prince.

— On dit ça, répliqua Tougas. À part ça, parle pas de mon âge, Veilleux. Tu sais ben que t'es plus vieux que moi.

— Qu'est-ce que vous diriez d'arrêter de vous étriver tous les deux et de nous aider à décharger la roche? demanda Desjardins.

— Whow Léon! Exagère pas, saint-sépulcre! rétorqua l'homme dégingandé. Je viens de me crever pendant une heure avec Adjutor et Antonius à charger cette maudite roche-là. Laisse-nous souffler un peu.

Pressés d'en finir avant l'heure du dîner, les hommes se mirent à remplir le trou avec les roches et couvrirent le tout d'une mince couche de terre tirée du monticule qui s'était répandu dans le fossé.

— Je pense ben qu'on peut pas rien faire de plus avant le dégel, conclut le maire en s'épongeant le visage avec un vieux mouchoir. À cette heure, on va pouvoir aller au village sans risquer de casser une roue.

— Le soleil a l'air de vouloir percer, fit remarquer Eugène sans s'adresser à quelqu'un en particulier. Pour moi, les érables vont couler. On va pouvoir faire bouillir cet après-midi.

L'homme à la stature imposante ne parut pas remarquer le regard haineux que lui décocha Ernest avant de quitter les lieux. Les hommes ramassèrent leurs outils en silence et rentrèrent chez eux.

❧

À la fin de l'après-midi, Napoléon et son fils revinrent de la cabane à sucre au moment où le soleil commençait à décliner à l'horizon. Il faisait déjà sombre. En pénétrant dans la cour, Ernest aperçut une silhouette familière sur la route et s'arrêta brusquement.

— Baptême! p'pa, on dirait ben que c'est Coudonc qui s'en vient par chez nous! s'exclama-t-il en plissant les yeux pour s'assurer que sa vue ne le trompait pas.

— Voyons donc, protesta son père en ne se donnant même pas la peine de tourner la tête vers la route. Il est ben trop de bonne heure dans la saison. On n'est même pas rendus à Pâques. La semaine sainte commence dans trois jours.

— En tout cas, p'pa, s'entêta Ernest, si c'est pas lui, ça lui ressemble en verrat.

— On n'a pas le temps de s'occuper de ça, reprit son père en se dirigeant directement vers l'étable. Arrive qu'on en finisse avec le train. Après, tu pourras aller chercher ta mère à la cabane.

La période des sucres obligeait les Veilleux à changer leur horaire habituel. Souvent, l'un d'entre eux demeurait à la cabane pour faire bouillir la dernière récolte d'eau d'érable pendant que les autres rentraient à la ferme. Yvette restait quant à elle à la maison, autant pour assurer la garde du petit Maurice que pour être présente lors de l'arrivée de Marcelle et d'Albert, à leur retour de l'école du village.

La mère de famille venait d'allumer la lampe à huile qu'elle avait déposée au centre de la table de cuisine. Sa fille de huit ans et son fils de sept ans y étaient déjà installés, tout à leurs devoirs. Maurice, assis par terre, jouait avec un cheval en bois sculpté par son grand-père l'hiver précédent. Profitant du calme relatif de la maisonnée, la jeune femme venait de décider qu'elle allait servir une omelette avec des grillades de lard et des crêpes pour le souper. Elle allait se mettre à la préparation de son repas quand une voix à l'extérieur l'attira à l'une des fenêtres de la cuisine.

Elle jeta un regard distrait dans la cour. Elle vit d'abord son beau-père et son mari qui se dirigeaient vers l'étable. Puis, en tournant la tête, elle aperçut à son tour une haute silhouette qui marchait au centre de la route.

— Veux-tu bien me dire ce que le quêteux vient faire à Saint-Jacques avant même le commencement d'avril?

dit-elle à mi-voix. C'est bien le temps de venir déranger le monde quand on est en plein barda des sucres !

Quelques instants plus tard, des bruits de raclements de pieds sur la galerie lui confirmèrent qu'on s'apprêtait à frapper à la porte. Pendant un bref moment, la jeune mère eut envie de ne pas répondre au visiteur. Puis la crainte du mauvais sort que le quêteux pourrait lancer autant que son désir de se conduire en bonne chrétienne charitable la poussa à ouvrir.

L'épouse d'Ernest se retrouva face à face avec celui que tout le monde surnommait Coudonc à cause de sa manie de glisser l'expression « cou'donc » dans la plupart de ses phrases. L'homme au teint cadavérique semblait sans âge. Son long visage maigre était mangé par une barbe poivre et sel à l'aspect négligé. Ses petits yeux vifs dissimulés sous d'épais sourcils faisaient oublier sa bouche partiellement édentée. Il portait un vieux manteau brun rapiécé et maintenu fermé par une corde. Sa tête était protégée par une casquette à oreillettes en cuir. Un gros bâton de marche et une vieille poche grisâtre qui avait déjà contenu de la farine complétaient son équipement.

Dès que la porte s'ouvrit devant lui, le quêteux tendit la main vers Yvette.

— La charité pour l'amour du bon Dieu, ma bonne dame.

— Tout ce que je peux vous donner, c'est une cenne, dit Yvette sans lui proposer d'entrer dans la maison.

Les trois enfants avaient quitté précipitamment la cuisine et s'étaient regroupés derrière leur mère.

— Cou'donc, est-ce que vous me donneriez pas aussi quelque chose à manger ? demanda l'homme.

— Si vous êtes pas trop pressé, vous pouvez rester à souper, offrit la jeune femme en lui faisant signe d'entrer.

— Il commence à faire noir, constata le quêteux en jetant un bref coup d'œil vers la fenêtre. Peut-être que ça vous dérangerait pas trop si je dormais dans votre grange ?

— Je pense pas que mon mari et mon beau-père vous laissent dormir là. D'abord, c'est trop dangereux pour le feu. En plus, il fait encore bien trop froid pour dormir là la nuit.

— Ça, c'est vrai.

— On vous installera sur une paillasse, derrière le poêle, si ça vous convient.

— C'est ben correct.

— Dites-moi donc, quêteux, il me semble que vous êtes bien plus de bonne heure sur la route que par les années passées. D'habitude, on vous voit jamais dans la paroisse avant le mois de mai, non ?

— Cou'donc, on dirait ben que vous avez pas mal de mémoire, lui fit remarquer le mendiant en lui adressant son plus beau sourire. Vous avez raison. D'habitude, je passe pas mal plus tard. J'ai passé l'hiver chez mon neveu à Saint-Cyrille, mais au commencement de la semaine, j'en pouvais plus d'être enfermé dans la maison sept jours sur sept. Ça fait que j'ai décidé de reprendre la route, même si on gèle ben dur encore pendant la nuit.

— Comment vous vous débrouillez ?

— Il y a du monde généreux partout. Je trouve toujours quelqu'un qui m'offre un coin au chaud pour dormir en échange d'un petit service.

— Bon. Parlant de petit service, allez donc à l'étable pour demander aux hommes ce que vous pourriez faire en attendant que je serve le souper… à moins que vous ayez dans votre poche votre moule à cuillères. J'en ai deux qui sont devenues coupantes sans bons sens. Vous pourriez peut-être les faire fondre et m'en couler deux nouvelles.

— J'ai tout ce qu'il faut, ma bonne dame. Si votre poêle est assez chaud, je vous fais ça tout de suite avant d'aller voir votre mari à l'étable.

Le mendiant sortit de la poche grise un moule à cuillères, un vieux récipient et un peu d'étain. Yvette lui tendit ses deux vieilles cuillères. Il les fit fondre dans son récipient. Ensuite, il coula le mélange dans son moule, le laissa refroidir quelques minutes et démoula une cuillère toute neuve. Il répéta rapidement la même opération pour obtenir un second ustensile qu'il déposa à côté du premier sur la bavette du poêle pour le laisser refroidir.

— Elles sont parfaites, le félicita Yvette en examinant le travail sans toutefois se risquer à toucher aux cuillères encore trop chaudes.

— Elles devraient vous faire usage encore un bon bout de temps, dit Coudonc en rangeant son moule et son récipient. Je laisse mon barda derrière la porte et je vais voir votre mari.

Sur ces mots, le quêteux quitta la maison et se dirigea sans se presser vers l'étable. Malgré sa politesse, le drôle de personnage mettait Yvette mal à l'aise. Si elle s'était écoutée, elle aurait fait comme certains de ses voisins. Elle se serait contentée de lui tendre un sou noir ou alors de lui offrir un bol de soupe et une tranche de pain qu'il aurait mangés sur la galerie. S'il était passé au mois de mai, comme à son habitude, il aurait pu coucher à l'extérieur, sur la paillasse que les Veilleux réservaient aux quêteux. Mais il faisait encore trop froid. Il allait devoir dormir à l'intérieur. Cela l'inquiétait au plus haut point. Elle se méfiait de cet homme.

— Si ça se trouve, il est plus riche que nous autres, dit-elle à mi-voix.

Une heure plus tard, Coudonc revint à la maison avec Ernest. On attendit que Napoléon soit de retour en compagnie d'Émérentienne, demeurée à la cabane à sucre. Avant de prendre place à la table, Ernest et le quêteux remplirent le coffre de bûches d'érable.

Durant le repas, les enfants jetèrent des regards craintifs à l'étranger qui avait pris place aux côtés de leur père. Le silence sembla plus lourd à Yvette. Quand vint le moment de manger les crêpes, Napoléon chercha des yeux le contenant de sirop d'érable sur la table. Il n'y était pas.

— Marcelle, va donc nous chercher le sirop, demanda-t-il à sa petite-fille. Des crêpes sans sirop, ça goûte rien.

— Vous avez ben raison, approuva le quêteux.

— Bonté divine ! fit Yvette au moment où son aînée se levait pour aller chercher le contenant dans le garde-manger. J'ai complètement oublié de vous demander de nous en rapporter de la cabane, dit-elle, piteuse, à son beau-père. J'en n'ai plus une goutte dans la maison.

— Ça parle au diable ! s'exclama Ernest avec mauvaise humeur. On fait du sirop, mais on n'en a pas dans la maison.

— Il est trop tard pour aller en quérir, dit Émérentienne avec calme.

— Attendez, dit le vieux Coudonc en se levant.

Le quêteux se dirigea vers sa poche grise déposée près de la porte d'entrée et en tira une bouteille de sirop doré qu'il déposa sur la table sans plus de cérémonie.

— Ben voyons donc ! protesta Émérentienne. On n'est pas pour vous prendre votre sirop.

— Cou'donc, il est pas en or, mon sirop ! Il y a pas de gêne pantoute à avoir, dit le mendiant en s'assoyant sur le long banc en bois derrière la table. On me l'a donné cet après-midi. Il paraît qu'il a été fait aujourd'hui. Du sirop, c'est fait pour être mangé. Je suis content de le manger avec vous autres. Allez-y. Servez-vous, ajouta-t-il en tendant la bouteille à Napoléon.

— C'est correct, affirma celui-ci en nappant généreusement ses crêpes de sirop après s'être emparé de la bouteille. Mais demain matin, avant de partir, on va vous la remplacer par une bouteille du nôtre. Vous allez voir qu'il est pas piqué des vers.

Ernest et le petit Maurice furent les seuls autres membres de la famille à se servir du sirop offert par Coudonc.

— Vous en prenez pas? offrit l'étranger en tendant la bouteille vers Émérentienne qui s'était contentée de déposer un peu de beurre sur ses crêpes.

— Non, merci.

— Les femmes et les enfants mangent pas de sucré pendant le carême, expliqua Ernest après avoir avalé un gros morceau de crêpe. Nous autres, les hommes, on fume pas.

— Pauvres vous autres, les plaignit Coudonc, ironique. Une chance qu'il reste juste une semaine de carême.

— Riez pas de nous autres, torrieu! jura Ernest. C'est déjà assez dur comme ça. Il y a déjà ben assez qu'on a les femmes sur le dos depuis le commencement du carême. Elles nous surveillent comme des enfants. À force de téter sa pipe vide, mon père est en train de l'user.

Soudain, le cultivateur s'arrêta de parler pour esquisser une véritable grimace. On aurait juré qu'il venait de mordre dans un citron. Après avoir péniblement dégluti, il demanda à la ronde:

— Vous trouvez pas, vous autres, que ces crêpes-là ont un drôle de goût?

— Pantoute! répondirent en même temps sa mère et sa femme.

— C'est la même recette que d'habitude, expliqua Yvette.

— Est-ce que ça se pourrait que ce goût-là vienne du sirop? s'entêta Ernest.

— Moi, j'ai rien remarqué, affirma Coudonc.

Napoléon trempa le bout d'un doigt dans le sirop qui restait dans son assiette et le porta à ses lèvres.

— C'est vrai qu'on dirait qu'il a un petit goût bizarre.

— C'est ben ce que je me disais, reprit son fils. Il a peut-être été fait l'année passée ?

— Non, pantoute. Il a été fait à matin, affirma le mendiant. C'est votre voisin qui me l'a donné.

— Quel voisin ? demanda Ernest, craignant subitement de trop bien comprendre.

— Votre voisin de gauche.

— Ah ben, calvaire ! jura Ernest en proie à une nausée irrépressible.

Le jeune homme se leva précipitamment de table et s'engouffra dans la cuisine d'été pour rejoindre les toilettes sèches situées au bout de la remise. Yvette, inquiète, le suivit. Elle l'entendit rendre bruyamment son repas derrière la porte fermée.

— Cou'donc, qu'est-ce qu'il a, votre gars ? demanda le mendiant, surpris de la réaction d'Ernest.

— C'est nerveux, répondit Émérentienne. Il est en chicane depuis des années avec le voisin. Ils peuvent pas se sentir, tous les deux.

Ce soir-là, il était à peine neuf heures et demie quand on souffla la lampe à huile dans la cuisine. Les enfants étaient au lit depuis deux bonnes heures quand Yvette et son mari montèrent à leur tour dans leur chambre, à l'étage. Émérentienne et Napoléon ne se mirent au lit que lorsque Coudonc se fut étendu sur la vieille paillasse déposée derrière le poêle à bois.

Allongée près de son mari dans le noir, Yvette lui chuchota :

— Veux-tu bien me dire ce qui t'a pris pendant le souper ? Il y avait rien d'indigeste dans ce qu'on t'a servi.

— Je le sais pas, mentit ce dernier.

— Ernest Veilleux, prends-moi pas pour une folle ! Si t'es pour être malade chaque fois que quelqu'un va parler du voisin, on n'est pas sortis du bois.

— Ben non, dit Ernest en caressant doucement de la main la hanche arrondie de sa femme.

— Pas encore à soir ! se plaignit Yvette. Il me semble que pendant le carême, tu pourrais te retenir un peu, non ?

— Aïe ! Il y a déjà ben assez que je me prive de fumer, murmura son mari avec humeur. Il manquerait plus qu'il y ait ça en plus.

— Je suis pas mal fatiguée, fit Yvette, sachant fort bien que cette excuse n'empêcherait pas Ernest d'user de ses droits.

Passive, elle laissa son mari satisfaire son envie, attendant avec une impatience mal déguisée qu'il en ait terminé pour pouvoir enfin sombrer dans le sommeil. C'était toujours la même chose. Dès qu'elle portait un nouvel enfant ou qu'elle allaitait, il voulait profiter de la situation trois ou quatre fois par semaine. À cette pensée, elle retint difficilement un soupir d'exaspération. Qu'est-ce que les jeunes filles avaient toutes à désirer un mari à tout prix ? En quoi être une femme mariée était-il un sort enviable ? En passant devant monsieur le curé, elles devenaient des servantes soumises aux caprices de leur mari. Enceintes bon an mal an, elles devaient s'échiner du matin au soir à nourrir leur famille, à éduquer les enfants et à abattre leur large part du travail sur la ferme.

Ernest roula sur le côté sans même songer à l'embrasser. Elle lui tourna le dos. Elle l'entendit se lever dans le noir et utiliser le pot de chambre placé sous le lit. Il entrouvrit ensuite la porte de la chambre avant de regagner l'abri du lit conjugal.

À trente et un ans, Yvette se sentait déjà vieille et usée. Chaque matin, elle trouvait un ou deux cheveux blancs dans son épaisse chevelure brune. Elle s'empressait de les arracher avec aigreur. Elle était enceinte pour une sixième fois en neuf ans de mariage. Il lui semblait qu'elle avait toujours porté un enfant depuis son mariage. D'accord, elle en avait perdu deux, mais Marcelle, Albert et Maurice, ceux qu'elle avait rendus à terme, étaient en bonne santé. N'avait-elle pas prouvé sa valeur ? N'avait-elle pas rempli le rôle pour lequel elle avait été faite ?

Le bruit lointain d'un rond de poêle déposé un peu trop brusquement la tira un moment du sommeil dans lequel elle se sentait glisser depuis quelques instants. Le quêteux avait dû se lever pour jeter une bûche dans le poêle derrière lequel il était couché. Si son mari n'avait pas entrouvert la porte de la chambre, elle l'aurait fait elle-même. Coudonc avait beau passer dans le village depuis des années, personne ne savait d'où il venait. Elle avait déjà entendu parler, dans sa jeunesse, d'une maison dévalisée par un mendiant. Sans ouvrir les yeux ni bouger, elle récita une courte prière avant de se rendormir.

Chapitre 4

Le retour

Le matin du Vendredi saint, le soleil venait à peine de se lever quand les marches de l'escalier intérieur chez les Tremblay craquèrent sous le poids imposant de Magloire. L'homme de soixante-cinq ans se gratta vigoureusement la poitrine en se dirigeant vers la théière déposée sur le poêle qui ronflait dans la cuisine.

— Bien dormi, monsieur Tremblay? lui demanda sa bru occupée à dresser la table du déjeuner.

— Pas le diable, répondit le gros cultivateur en passant sa main sur sa tête pour aplatir son épaisse chevelure blanche. Je pense que j'ai mal digéré le porc frais que j'ai mangé avant de me coucher.

— Bien, aujourd'hui, vous aurez pas ce genre de problème-là, beau-père, parce que c'est supposé être maigre et jeûne toute la journée.

— C'est pas vrai?

— Bien oui. C'est Vendredi saint. L'aviez-vous oublié?

— Maudite affaire! jura l'homme. Il me semble que monsieur le curé pourrait faire une exception pour ceux qui travaillent.

— Ça, il faudrait que vous lui en parliez quand vous irez vous confesser cet après-midi, conclut la jeune femme en déposant les assiettes sur la table. Après tout, vous êtes le président de la fabrique, ajouta-t-elle avec humour.

— Laisse faire. Si tu penses que notre curé va faire une exception pour quelqu'un, c'est que tu le connais ben mal.

Même si elle n'était âgée que de vingt-cinq ans, Thérèse était le type même de la mère canadienne-française louée par le curé Joyal. D'une tenue irréprochable, elle était animée d'une profonde piété. Son large visage aux traits réguliers était mis en valeur par son strict chignon noir. Elle convenait parfaitement à Eugène Tremblay, un grand et gros homme placide peu porté sur l'effort. Enceinte de trois mois, elle attendait son troisième enfant pour le mois de septembre. Elle avait trouvé dans la foi la force de traverser l'épreuve de la perte de son bébé d'un an, l'automne précédent. L'enfant était mort d'une méningite et le docteur Patenaude n'avait rien pu faire pour le sauver.

— Où est passée Germaine ? demanda Magloire en chaussant ses bottes.

— Votre fille est partie s'occuper des poules.

— Vous auriez dû me réveiller.

— Ils en mourront pas si vous êtes pas là un matin, monsieur Tremblay, dit affectueusement sa bru. Après tout, il y a juste six vaches à traire. Eugène est bien capable de faire ça pendant que Germaine donne à manger aux poules et aux cochons.

— Bon. Je vais quand même aller leur donner un coup de main.

Le vieil homme sortit lentement de la maison et se dirigea vers l'étable. Il faisait maintenant clair à l'extérieur. La résidence des Tremblay était identique à celle de leurs voisins, les Veilleux. Les intempéries avaient donné une teinte grise à ses vieux bardeaux de bois et la tôle de sa toiture portait quelques taches de rouille. Cette demeure au toit pentu avait déjà abrité en cette première année du vingtième siècle deux générations de Tremblay. La famille pouvait se vanter, comme leurs voisins de droite, d'être l'une des premières à s'être installée dans la paroisse. Comme celles de la maison, les ouvertures de l'étable, de la grange et de l'écurie avaient été peintes en vert plus de dix ans auparavant. Le patriarche jeta un coup d'œil distrait à l'habitation avant de se diriger vers l'étable.

— Il va ben falloir se décider ce printemps à chauler tout ça, dit-il à haute voix.

⁓

Thérèse achevait de faire cuire le gruau lorsque sa fille de cinq ans vint la rejoindre dans la cuisine en se frottant les yeux.

— Va te laver le visage, lui ordonna sa mère et rapporte la brosse à cheveux que je te démêle la crinière avant le déjeuner. Tout le monde est à la veille de revenir des bâtiments.

Une chevelure châtain clair bouclée mettait en valeur les traits fins et le front haut de la petite fille. Elle alla chercher la brosse et la tendit à sa mère avant de s'asseoir sagement sur un banc devant elle. Au moment où Thérèse finissait de brosser les cheveux de sa fille, sa belle-sœur Germaine rentrait dans la maison.

— Avez-vous déjà fini? demanda-t-elle à la jeune fille au moment où elle poussait la porte de la cuisine en tenant d'une main un panier à moitié rempli d'œufs.

— Oui, les hommes s'en viennent. Ils sont en train de donner de l'avoine aux chevaux. Tiens, Claire, viens chercher les œufs que ma tante a pris au poulailler. Fais bien attention de pas les échapper, dit-elle à sa nièce en lui tendant son panier avant de retirer sa grosse veste de laine brune.

La cadette des six enfants de Magloire Tremblay était une grande jeune fille de vingt-quatre ans au visage rond sans grâces particulières. Dotée d'un bon sens de l'humour, Germaine possédait des yeux noisette expressifs et une vitalité débordante. Cependant, reproche souvent formulé par sa défunte mère dans le passé, son manque de féminité et sa façon un peu trop directe d'exprimer sa pensée éloignaient d'elle tous les prétendants.

Germaine finissait à peine de se laver les mains quand son frère et son père pénétrèrent à leur tour dans la pièce.

— Il me semble que ça sent pas grand-chose dans la cuisine à matin, dit Eugène à sa femme en s'approchant du poêle.

— Enlève ton grand nez de mes chaudrons, Eugène Tremblay. Ça sent rien parce que j'ai fait cuire juste du gruau.

— C'est ben correct, mais à part ça, qu'est-ce qu'on va manger ?

— Rien. T'es encore ben chanceux d'avoir du gruau. On n'est pas supposés manger de la journée. C'est maigre et jeûne. L'as-tu oublié, toi aussi ?

Magloire esquissa une grimace en prenant place au bout de la table. Il se versa une tasse de thé.

— Ah ben, c'est le boutte de toute, jériboire ! protesta son mari. J'ai faim, moi ! Je suis tout de même pas pour me laisser mourir de faim parce que…

— Fais attention à ce que tu vas dire devant la petite ! le menaça sa femme.

— Aïe ! ça a pas d'allure, cette affaire-là ! On s'est privés durant tout le carême. Pour achever le plat, v'là qu'on mange plus à cette heure !

— As-tu fini de te plaindre, mon gros ? dit sa sœur Germaine en lui tapant sur le ventre au passage. Il y a juste à te regarder pour voir que tu peux survivre vingt-quatre heures avec ces provisions-là.

Mis de mauvaise humeur par cette restriction imprévue, Eugène prit place face à son père, à l'autre bout de la table et, la mine sombre, versa du lait dans le bol de gruau que sa femme venait de déposer devant lui. Il saupoudra généreusement le tout de sucre brun avant de se mettre à manger.

— Après le déjeuner, je pense ben que je vais commencer à faire le ménage de la cabane à sucre, annonça Germaine.

— Je vais y aller avec toi pendant que les hommes vont ôter les chalumeaux et ramasser les dernières chaudières, répondit Thérèse. On va amener Claire avec nous autres.

— C'est vrai que ça sert à rien de continuer, reconnut Magloire. Il fait trop doux. La sève a commencé à monter.

— En tout cas, ça valait la peine d'acheter le boisé à côté de chez Desjardins. Avec ça, si on compare avec l'année passée, on a fait presque le double de sirop.

— Il reste à le payer à cette heure, ce boisé-là, dit son père, la mine sombre. Pour y arriver, on va avoir besoin de l'argent que Rémi va rapporter du chantier… s'il se décide à revenir un jour.

— Je me demande ben ce qui le retarde, fit remarquer Eugène. Aimé Hamel et les deux frères Tougas sont revenus depuis trois jours.

— En tout cas, c'est sûr qu'il s'est pas engagé pour faire la drave, précisa son père. Ton frère a jamais aimé ça. Si je me trompe pas, ça fait six ans qu'il va au chantier et il a toujours refusé de descendre la Saint-Maurice en dravant.

— Ça, vous pouvez le dire, p'pa, fit Eugène. Chaque année, ça prend tout pour qu'il *jumpe* pas au milieu de la saison pour s'en revenir passer le reste de l'hiver les pieds sur la bavette du poêle.

— Au fond, Eugène, il faudrait presque que t'ailles au chantier avec lui pour le surveiller, se moqua doucement sa sœur en jetant un regard de connivence à sa belle-sœur. Toi, t'as toujours aimé ça l'ouvrage dur ; tu pourrais montrer à notre petit frère comment travailler.

— T'es pas malade, toi ! explosa ce dernier, qui n'avait pas perçu la moquerie. Il y a ben trop d'ouvrage à faire ici pour que j'aille passer cinq mois au chantier.

— T'en mourrais pas, Eugène Tremblay, fit sèchement Germaine. À Saint-Jacques, si je me trompe pas, il y a bien un cultivateur sur trois qui est allé passer l'hiver au chantier et l'ouvrage s'est fait pareil. Les femmes ont soigné les animaux et se sont occupées des enfants. J'ai pas entendu dire que quelqu'un était mort de faim ou d'ennuyance l'hiver passé… À moins que cet ouvrage d'homme-là soit rendu trop dur pour toi.

— Tu sauras que l'ouvrage dur me fait pas peur pantoute, protesta Eugène, et ça, même si j'ai ben mal au dos.

— J'avais oublié ton mal de dos. Qu'est-ce que tu veux ? C'est normal. Quand on te regarde, on n'a pas l'impression que t'es aussi fragile que ça, ajouta Germaine, sarcastique. Moi, je disais pas ça pour te critiquer, t'es bien libre de faire ce que tu veux.

— Je voudrais ben savoir ce qui retient Rémi, dit Magloire qui, à aucun moment, n'était intervenu dans l'échange entre son fils et sa fille.

— Comme si vous le saviez pas, p'pa, dit Germaine.

Thérèse fit un signe discret à sa belle-sœur pour l'inciter à se taire, mais cette dernière n'en tint aucun compte.

— Votre Rémi est probablement en train de se soûler dans une taverne de Trois-Rivières avec des gars du chantier qu'il se décide pas à lâcher. C'est la même histoire chaque printemps. On va le voir arriver un beau matin, malade comme un chien, avec seulement la moitié de sa paye.

— Parle donc avec ta tête, ordonna sèchement Magloire à sa fille.

Le silence se fit immédiatement autour de la table. Germaine avait trouvé l'unique moyen de faire sortir son père de ses gonds. À vingt-cinq ans, Rémi était demeuré le « chouchou » de son père, malgré tous ses travers de célibataire prompt à profiter de la vie. Les trois aînés de la famille établis dans la région de Yamaska ne s'étaient jamais gênés pour dire entre eux que leur père avait gâté son plus jeune fils au point de le rendre inapte aux responsabilités du mariage.

— On traînera pas avec le barda des sucres, dit Thérèse pour changer de sujet de conversation. Les confessions sont à deux heures et la cérémonie est à trois heures.

— Ça va durer combien de temps, tout ça ? demanda Eugène, peu enthousiasmé par la perspective d'aller passer plusieurs heures à l'église.

— Ça prendra le temps qu'il faudra, répondit sa femme en commençant à ramasser les assiettes sur la table. Faire ses Pâques est plus important que n'importe quoi.

— Oui, monsieur le curé, répliqua son mari, moqueur.

Thérèse lui jeta un regard mauvais.

— Et le train, lui ? reprit Eugène.

— Les vaches sont capables d'attendre une heure de plus, laissa tomber sa femme sur un ton qui ne laissait aucune place à la discussion.

Pendant que les femmes lavaient la vaisselle et remettaient un peu d'ordre dans la cuisine, le père et le fils attelèrent la voiture et allèrent porter au village deux bidons de lait, fruits de la traite de la veille et du matin.

Le dégel avait réellement débuté trois jours auparavant. La route n'était qu'un immense bourbier parsemé de profondes ornières remplies d'eau de fonte. À plus d'un endroit, l'eau des fossés avait envahi la route, transformant cette dernière en vaste mare. Çà et là dans les champs, des plaques de terre noire apparaissaient, entrecoupées de monticules de neige sale. Au village, quelques vieux s'étaient rassemblés en face de la forge de Florentin Crevier pour observer la descente des glaces sur la Saint-François. C'était à cet endroit le plus étroit de la rivière que se formaient, une année sur deux, les plus gros embâcles. Mais en ce printemps de 1900, les glaces descendaient le courant sans faire d'histoire. Bien sûr, toute l'eau de fonte qui aboutissait à la rivière par divers chenaux la gonflait, mais il n'y avait rien d'alarmant.

— On dirait ben que c'est pas demain la veille qu'on va pouvoir retourner à Saint-Gérard par le pont de glace, fit remarquer Eugène à son père en montrant des blocs de glace porteurs de sapins qui avaient servi tout l'hiver à baliser le chemin sur le cours d'eau.

— On fera le grand tour par Sainte-Monique, comme on l'a toujours fait, dit son père. À moins que Lucien Poulin parvienne à décider le gouvernement de nous construire le pont qu'on demande depuis dix ans.

— On y aurait ben droit. On a voté du bon bord aux dernières élections. À quoi ça va avoir servi de s'être désâmés pour faire élire Poulin s'il est pas capable de nous avoir rien de plus que le maudit bleu qu'on avait avant.

Le père hocha la tête en signe d'approbation. Les Tremblay avaient fait partie des organisateurs d'élection pour les libéraux dans le comté. Après presque vingt ans de gouvernement du parti conservateur et du parti national, les rouges avaient enfin été portés au pouvoir lors des élections provinciales de 1897. Un vent de fraîcheur avait accompagné l'arrivée des libéraux au gouvernement avec, à leur tête, Félix-Gabriel Marchand. Les nouveaux élus avaient promis la fin des scandales comme celui de la baie des Chaleurs qui avait eu lieu sous le gouvernement Mercier.

— Si Marchand arrête de se chamailler avec Chapais pour son histoire de ministère de l'Instruction publique, il va peut-être finir par se rendre compte qu'il y a des choses au moins aussi importantes que d'apprendre à lire et à écrire aux enfants de la province, torrieu! ajouta Eugène.

— C'est loin d'être réglé, cette affaire-là, reprit son père. Poulin raconte partout que monseigneur Bruchési veut rien savoir de ce ministère-là. Il paraît que ça le fatigue pas pantoute qu'il y ait juste vingt pour cent des Canadiens français qui savent lire et écrire… En tout cas, le Rosaire, quand on va le revoir dans la paroisse, on va lui parler entre quat'z'yeux. Je te passe un papier qu'il est mieux de nous trouver une subvention pour nous payer le chemin qu'on va ouvrir entre notre rang et le Petit-Brûlé, à la fin du printemps.

À leur retour à la maison, les deux hommes attelèrent les chevaux au traîneau sur lequel ils firent monter Thérèse, Germaine et la petite Claire. Il y avait de moins en moins de neige sur le chemin étroit qui traversait la terre des Tremblay et l'attelage eut du mal à se rendre jusqu'à la minuscule cabane à sucre construite au cœur de leur érablière. Eugène laissa là tous ses passagers avant de revenir au boisé situé le long de la route, entre la ferme des Beaulieu et celle des Desjardins. Pendant que les femmes allumaient le vieux poêle et allaient chercher de l'eau à la source, le jeune cultivateur entreprit le ramassage des seaux et des chalumeaux dans la nouvelle section de l'érablière des Tremblay. Par chance, la neige autour des érables avait passablement fondu durant les derniers jours, lui rendant la tâche plus facile.

Il savait bien que cet ajout, arraché de haute lutte à Ernest Veilleux, présentait l'inconvénient majeur d'être situé beaucoup trop loin du lieu où l'eau d'érable était bouillie. Mais comment résister au plaisir de faire enrager son ennemi juré ? Lorsqu'il revint à la cabane deux heures plus tard, son père avait terminé le ramassage dans la vieille érablière. Les femmes avaient fini de tout nettoyer à l'intérieur. Un peu avant midi, on déposa les derniers gallons de sirop sur le traîneau et la porte de la cabane se referma sur une autre saison. Quelques minutes plus tard, Magloire laissa les femmes et sa petite-fille descendre devant l'étable.

— On décharge notre barda et on dételle. Après, on vous rejoint pour dîner, annonça le vieil homme.

Au moment où elles arrivaient à la maison, Germaine et Thérèse découvrirent en même temps un homme assis sur la galerie, le dos appuyé au mur, ronflant comme un bienheureux. Le visiteur avait une apparence débraillée et portait une barbe de plusieurs jours.

— Ma foi du bon Dieu ! s'exclama Germaine. Le v'là, notre ivrogne ! Un vrai revenant ! Des plans pour attraper son coup de mort avec son manteau ouvert et pas de chapeau, comme en plein été. Si c'est pas une honte de se mettre dans des états pareils !

Thérèse ne dit rien, mais aida sa belle-sœur à secouer sans ménagement un Rémi Tremblay qui sentait l'alcool de loin. Le jeune homme, un peu malmené, finit par sortir de son lourd sommeil.

— Lâchez-moi ! Lâchez-moi ! répéta-t-il d'une voix pâteuse, en gardant les yeux fermés. Je suis capable de me mettre debout tout seul. Je suis pas soûl pantoute.

— Bien non, se moqua sa sœur. T'es couché sur la galerie juste parce que t'avais envie de respirer du bon air frais, je suppose.

Rémi ouvrit un œil et sembla reconnaître sa sœur.

— Ah ben, sacrement ! Je dois être rendu en enfer ! La Germaine est là, dit-il en ricanant bêtement.

— Si tu veux pas recevoir une chaudière d'eau froide dans le visage, toi, t'es mieux de te lever et d'entrer avant que le père et Eugène reviennent de l'écurie, le menaça sa sœur.

De peine et de misère, Rémi se leva et suivit les deux femmes dans la maison. Sa belle-sœur n'avait pas ouvert la bouche depuis qu'elle l'avait découvert, vautré sur la galerie, mais tout dans son comportement laissait voir qu'elle désapprouvait la conduite du jeune homme.

— Veux-tu manger quelque chose? proposa-t-elle à Rémi au moment où il finissait d'enlever ses bottes et son manteau.

— Non. Je pense que je vais plutôt aller m'étendre une heure. Je mangerai quand je me lèverai.

— Fais à ta guise, intervint sa sœur, mais ôte le couvre-pied avant de te coucher. À part ça, si t'es pour être malade, je te préviens que tu vas nettoyer toi-même les dégâts.

Au retour des hommes, Thérèse se contenta de leur annoncer l'arrivée de Rémi.

— Il est en train de cuver sa boisson en haut, dit Germaine, acide. Pour moi, on le reverra pas sur ses pieds avant le souper.

Personne n'ajouta quoi que ce soit. On se contenta d'avaler le contenu de l'assiette de fèves au lard servie par Thérèse.

— On pourrait peut-être manger du sirop avec du pain pour dessert? suggéra le grand-père.

— Comme vous voudrez, monsieur Tremblay, dit sa bru en se levant pour aller chercher le contenant de sirop d'érable. Nous autres, on va s'en passer un Vendredi saint, ajouta-t-elle en lançant un regard d'avertissement à son mari qui tendait déjà la main vers le carafon.

Magloire haussa vaguement les épaules avant de laisser couler dans son assiette une bonne quantité de sirop blond dans lequel il se mit à tremper de gros morceaux de pain tirés de la miche placée à sa gauche. Il faisait passer le tout avec de larges rasades de thé, sous l'œil désapprobateur de sa bru et de sa fille. Pour sa part, son fils, aussi gourmand que lui, le regardait manger avec envie.

— Bon. Je pense qu'on a juste le temps de laver la vaisselle et de se préparer avant d'aller à confesse et assister à la cérémonie, déclara Thérèse quelques instants plus tard.

— Vous autres, les femmes, vous pourriez peut-être y aller toutes seules cet après-midi, et nous autres, on irait se confesser dimanche matin, avant la grand-messe, suggéra Eugène, sans trop y croire.

— Ton père fera bien ce qu'il voudra, il est assez vieux pour savoir ce qu'il doit faire, déclara sa femme. Mais toi, tu viens avec nous autres. Cet après-midi, il y a rien de pressant à finir.

— Je vais y aller moi aussi, dit Magloire en soulevant péniblement sa masse imposante. Juste le temps de me changer.

Sur ce, le vieil homme monta à sa chambre en provoquant une fois de plus le craquement de chacune des marches de l'escalier.

— C'est parfait comme ça, déclara Germaine en retirant son tablier. On sera pas de trop pour prier pour l'ivrogne qui cuve en haut.

— Si ça se trouve, il va y avoir encore des effrontés installés dans notre banc, dit Eugène en quittant la table à son tour. On dirait qu'il y en a qui pensent qu'on loue ce banc-là juste pour la messe du dimanche.

— Ils doivent se dire qu'on n'en a pas besoin étant donné que ton père, comme marguillier, a droit à son banc réservé en avant, intervint Thérèse.

— Si on le loue, batèche, c'est qu'on en a besoin! rétorqua Eugène. Il y a d'autres familles de la paroisse qui se plaignent aussi de ça.

— P'pa a dit qu'il en avait parlé à la dernière réunion du conseil et que monsieur le curé est supposé en parler dimanche.

∽

Un peu avant deux heures, les Tremblay firent leur entrée dans l'église de Saint-Jacques-de-la-Rive sous une petite pluie fine. Ils avaient gratté vigoureusement leurs pieds contre le rebord des marches du parvis avant de pénétrer dans les lieux. Le bedeau, en position devant l'unique porte déverrouillée, jetait des regards furieux aux paroissiens qui ne faisaient aucun effort pour enlever la boue de leurs chaussures avant d'entrer.

— C'est le temps de l'année que j'haïs le plus, murmura Thérèse à sa belle-sœur. Regarde-moi le bas de ma jupe. Je suis toute crottée. T'as beau faire attention, il y a de la bouette partout.

Une cinquantaine de fidèles avaient déjà envahi l'église dans un silence assez inhabituel. Toutes les statues et le grand crucifix du maître-autel étaient dissimulés sous des voiles violets. Les vitraux ne laissaient entrer la clarté extérieure qu'avec parcimonie. Le petit fanal placé au-dessus de la porte centrale de chacun des deux confessionnaux était allumé, signe que les prêtres avaient déjà commencé à entendre les confessions. Des paroissiens assez nombreux s'alignaient de part et d'autre de chacun des isoloirs qui flanquaient la cabine où le confesseur officiait. De temps à autre, on entendait le bruit du guichet qui s'ouvrait ou se fermait. Lorsqu'une personne quittait l'isoloir, elle était immédiatement remplacée par une autre alors que le confesseur ouvrait le petit panneau coulissant situé de l'autre côté pour entendre les aveux de celui ou de celle qui attendait déjà depuis un moment. Une fois confessé, le pénitent ou la pénitente retournait sans bruit vers son banc et effectuait immédiatement la pénitence imposée par le prêtre.

— Je me demande dans quel confessionnal se trouve le jeune vicaire ? demanda Eugène à voix basse à sa femme.

— Pourquoi ?

— Parce que j'aimerais aller me confesser à lui, avoua son mari, à genoux à ses côtés. Peut-être qu'il donne des pénitences moins grosses que celles du curé.

Thérèse ne se donna pas la peine de lui répondre. Elle fit signe à la petite Claire de s'asseoir avant de quitter l'agenouilloir dans un froufroutement de jupe et de jupon. Elle alla prendre place parmi la demi-douzaine de paroissiens qui attendaient debout près de la porte gauche du premier confessionnal. Son mari l'imita un moment plus tard.

— Oublie pas de tout dire à monsieur le curé, sinon tes Pâques vaudront rien, lui murmura Eugène à l'oreille.

Thérèse se contenta de lui jeter un regard noir avant de se retourner et de prendre une pose de profond recueillement. Pour sa part, Germaine attendait déjà près de l'autre confessionnal, derrière son père.

À trois heures, l'église était pratiquement pleine. Le curé Joyal et l'abbé Groleau quittèrent presque en même temps leur confessionnal et prirent la direction de la sacristie. Anatole Duchesne passa derrière eux et éteignit le fanal allumé à la porte de chacun des confessionnaux pour indiquer la fin des confessions. Quelques minutes plus tard, les deux prêtres, vêtus de vêtements sacerdotaux violets, firent leur entrée dans le chœur et la longue cérémonie du Vendredi saint débuta par la lecture de la Passion du Christ.

— Moi, ce que je trouve dur, murmura Magloire à l'oreille de son fils, c'est cette lecture-là qu'on est obligés d'écouter debout. Ça finit plus.

— Vous avez juste à vous asseoir, p'pa, chuchota Eugène.

— Es-tu fou, toi ? Des plans pour que je me fasse montrer du doigt par tout le monde.

— Chut ! fit Germaine en adressant un regard désapprobateur à son père et à son frère.

☙

À leur retour à la maison, un peu avant cinq heures, les Tremblay eurent le plaisir de découvrir que le train était presque achevé. Rémi avait fini par se lever et faire sa toilette. Lorsqu'il constata l'absence de la famille, il avait pris sur lui d'aller soigner les animaux et de traire les vaches. Quand il rentra accompagné de son frère et de son père, qui n'avaient pratiquement rien eu à faire, le jeune homme était d'excellente humeur et nul n'aurait pu deviner qu'il sortait d'une cuite de trois jours.

Rémi Tremblay était aussi grand que son aîné, mais sans cette veulerie qu'on dénotait dans les traits d'Eugène. Plus mince et plus énergique que son frère, il avait hérité de sa mère d'expressifs yeux noirs et une épaisse chevelure noire et ondulée. Conscient que sa taille mince et ses épaules larges plaisaient aux femmes au même titre que sa moustache de conquérant et ses airs de matamore, le jeune homme ne se gênait pas pour jouer de son charme. Fin causeur, il n'avait pas son pareil dans toute la paroisse pour raconter des histoires et attirer l'attention.

Eugène n'avait jamais pris ombrage de la préférence marquée de son père à l'endroit de son frère cadet. Il n'avait d'ailleurs jamais été jaloux de Rémi. Il allait de soi que ce dernier était le charmeur de la famille à qui seule sa sœur Germaine osait reprocher son manque de maturité.

— Il me semble que ça fait ben longtemps que j'ai pas eu de bec de ma nièce, déclara Rémi en pénétrant dans la maison à la suite de son père et d'Eugène.

Claire, souriante, se précipita dans les bras de son oncle préféré.

— Je pense que je t'ai apporté un petit quelque chose, dit-il en déposant la fillette par terre. Mais je me demande ben ce que c'est. Je sais même plus où je l'ai laissé…

— Mon oncle! protesta Claire, tout excitée par la perspective d'un cadeau.

— Tu devais être trop soûl pour t'en rappeler, dit Germaine sur un ton acerbe, en dressant le couvert.

Rémi fit la sourde oreille. Magloire rayonnait de plaisir. Il était évident que le père éprouvait une grande joie de revoir son fils préféré après cinq mois d'absence.

— Ah! je me souviens. Je pense que je l'ai laissé sur la table du salon. Va donc voir là, conseilla-t-il à la petite fille qui se précipita vers la pièce.

Il y eut un « Oh! » ravi et Claire, folle de joie, revint en tenant dans ses bras une poupée en chiffon à la figure de porcelaine. Dès qu'on la penchait, ses yeux bleus se fermaient. La petite fille l'avait tout de suite prise dans ses bras, comme on prenait un bébé.

— T'as fait une folie, Rémi, dit Thérèse.

— Ben non, protesta le jeune homme. Elle est à l'âge de s'amuser avec ça. C'est pas quand elle va être sur le bord de devenir une vieille fille grincheuse qu'on va avoir le goût de la gâter. À ce moment-là, son caractère sera plus endurable, ajouta-t-il en adressant un clin d'œil à sa belle-sœur.

Germaine comprit qu'elle était l'objet de la pique. Ses traits se durcirent, mais elle ne répliqua rien. Les Tremblay passèrent à table.

— Tu tombes mal, lui fit remarquer sa belle-sœur en déposant devant lui un bol de soupe aux pois, c'est maigre aujourd'hui.

— C'est pas grave, répondit Rémi, insouciant. On se reprendra demain. Moi, de la soupe aux pois et des binnes, j'en ai mangé tout l'hiver au chantier. Mais elles étaient jamais aussi bonnes que les tiennes.

— On a pensé que t'avais décidé de faire la drave cette année, dit Eugène après avoir avalé une bouchée de pain.

— T'es pas malade, toi! Pas de danger. J'en avais plein mon casque du chantier, répondit son frère. Je suis descendu avec les gars lundi matin. On a fêté une couple de jours à Trois-Rivières et me v'là. Vous devriez voir Shawinigan comment c'est rendu gros à cette heure avec le bois et les compagnies de papier. Il paraît même que Hull s'en vient aussi gros. Pour moi, c'est pas demain la veille qu'on va manquer d'ouvrage dans les chantiers.

Eugène jeta un coup d'œil à son père. Les deux hommes devaient penser la même chose.

— J'espère que t'as pas dépensé toute ta paye de l'hiver dans les tavernes, fit Magloire.

— Me prenez-vous pour un fou, p'pa? J'ai pas travaillé comme un chien d'un soleil à l'autre durant tout l'hiver pour jeter mon argent par les fenêtres.

— Bon. Je suis ben content d'apprendre ça.

— Est-ce que vous avez une raison précise de me demander ça?

— Oui et non, répondit Eugène à la place de son père. Imagine-toi donc qu'on est parvenus à décider le conseil de nous vendre le boisé à côté de chez Desjardins.

— C'est pas vrai! s'exclama le jeune homme en riant. Vous avez pas mis la main sur le bois qu'Ernest Veilleux voulait tant?

— Ben oui, reconnut Eugène en affichant un sourire de contentement.

— Il doit être en beau fusil, l'Ernest.

— Il sera comme il voudra, laissa tomber Eugène. On l'a pas volé, ce bois-là. On l'a payé un bon prix et, en plus, on a promis d'ouvrir une chemin au bout jusqu'au Petit-Brûlé.

— Combien ?

— Soixante-dix piastres.

— Calvette ! Vous avez fait fortune pendant que j'étais parti ! s'écria Rémi, au comble de la surprise.

— Ben non, fit son père. Quand on l'a acheté le mois passé, on a pris une chance. On passe chez le notaire Dugas vendredi prochain pour le contrat. On s'est dit que tu pourrais nous passer un peu d'argent en attendant que le député nous ait une subvention du gouvernement.

— Moi, je suis ben prêt à vous prêter un peu d'argent, p'pa, mais je vois pas ce que Poulin vient faire là-dedans.

— Écoute, poursuivit son frère. On a été ses organisateurs dans la paroisse quand il s'est présenté aux dernières élections. On l'a aidé à se faire élire. S'il s'en rappelle pas, on va lui rafraîchir la mémoire s'il le faut. Torrieu ! C'est le premier gouvernement libéral depuis la Confédération. Si Marchand a été élu en 97, c'est quand même un peu grâce à nous autres. Il va falloir que ça paraisse quelque part.

— Je comprends tout ça, reconnut Rémi, mais pourquoi il nous aurait une subvention ?

— C'est ça, la beauté de l'affaire, lui précisa son père. Comme on va ouvrir un chemin au bout de notre bois, un chemin public dont tout le monde va profiter, il serait normal que le gouvernement trouve de l'argent pour nous payer pour cet ouvrage-là.

— Si j'ai ben compris, c'est le gouvernement qui va nous payer notre bois.

— En plein ça. Et même un peu plus, dit Eugène en gloussant, tout content de lui. C'est normal qu'un petit service en attire un autre.

— C'est ben correct comme ça. Je vais vous passer l'argent et vous me le remettrez quand Poulin vous aura eu votre subvention.

Sur ces mots, Rémi se leva de table, sortit sa blague à tabac et se mit en devoir de bourrer sa pipe. Au moment où il s'apprêtait à l'allumer, il se rendit compte des regards envieux de son père et de son frère dirigés vers lui et suspendit son geste.

— Dites-moi pas que vous avez encore promis de pas fumer du carême cette année ?

— Ben oui, dit Eugène en prenant l'air d'un martyr.

— Pauvres vous autres, se moqua gentiment Rémi.

— C'est tout de même pas la fin du monde de se priver de faire de la boucane durant le carême, intervint Thérèse.

— On voit ben que tu fumes pas, toi, répliqua Eugène pour qui cette privation avait toujours été difficile à supporter.

— Voyons, Eugène. Il reste juste une journée de carême, intervint Germaine.

— On pourrait dire une demi-journée, précisa son frère Rémi. J'ai entendu dire que le vrai carême finissait le Samedi saint, à midi.

— Bien non, le reprit vivement sa sœur. T'as dû entendre ça chez tes *chums*. Le carême finit à minuit, pas à midi, le Samedi saint.

— Pour quelques heures…

— C'est là qu'on voit si on est un vrai catholique ou un catholique à gros grain, le coupa Germaine. Parlant de catholique à gros grain, j'espère que t'oublieras pas de faire tes Pâques. Nous autres, on est allés se confesser cet après-midi. Toi, il te reste plus que demain après-midi pour y aller.

— Whow, la mère supérieure! Laisse-moi le temps d'arriver, protesta Rémi. Es-tu rendue que tu travailles pour le curé de la paroisse?

— Non, mais tu connais le curé Joyal aussi bien que nous autres. Lui, les Pâques de renard, il aime pas bien ça. Si tu tiens à te faire montrer du doigt en pleine chaire, t'as le bon moyen.

— C'est correct. Je vais me débarrasser de ça demain. Pour le fumage, je vais aller m'allumer dehors pour pas vous tenter inutilement, conclut le jeune homme en remettant sa pipe dans sa poche de chemise avant de s'emparer de son manteau suspendu à l'un des crochets derrière la porte.

❧

Le retour à la maison de Rémi Tremblay n'était pas passé inaperçu. Corinne Hamel, la voisine, l'attendait avec une impatience d'autant plus fébrile depuis que son frère Aimé et les deux jeunes Tougas étaient revenus du chantier où tous les quatre avaient travaillé durant la saison froide. Il n'y avait pas eu un jour où elle n'avait pas rêvé au retour de celui qui s'était mis à la fréquenter assidûment au début de l'été précédent. L'hiver avait semblé interminable à cette jeune fille douce et réservée au visage de madone. Jour après jour, l'ennui l'avait rongée.

— Sors de la lune, Corinne, n'avait cessé de lui répéter sa mère.

La mère de famille de quarante-cinq ans n'aimait pas particulièrement le jeune voisin et ne ratait jamais une occasion de ramener sa fille sur terre.

— Tu te fais des accroires si tu rêves à ton Rémi, ma fille, lui répétait Angèle Hamel. T'es pas fiancée avec lui et c'est pas demain la veille que tu vas le traîner au pied de l'autel. Il est connu comme le loup blanc dans la paroisse. À vingt-cinq ans, ça me surprendrait bien gros qu'il arrête de courailler. Tu sauras me le dire.

Corinne ne répliquait rien, mais sa mère voyait bien qu'elle croyait vivre le grand amour. Elle avait vingt-deux ans, et Rémi était son premier amoureux déclaré. Tout aurait peut-être pris une autre tournure s'il avait passé l'hiver au village. Le pire avait été de demeurer sans nouvelles de lui durant cinq longs mois. Rémi savait à peine écrire et, même s'il l'avait su, il n'était pas certain qu'il aurait été capable de lui faire parvenir une lettre. En ce début du mois d'avril, elle avait déjà oublié à quel point elle avait été cruellement déçue de ne pas recevoir une seule missive de son amoureux alors qu'Aimé avait trouvé le moyen de donner de ses nouvelles à sa famille en deux occasions durant l'hiver.

En somme, cela expliquait pourquoi la jeune fille ne quittait pas les fenêtres des yeux depuis trois jours, s'attendant à voir apparaître son Rémi d'un moment à l'autre tout en priant qu'il ne lui soit rien arrivé. Quand ses jeunes frères Omer et Georges avaient voulu se moquer d'elle, ils s'étaient fait sèchement remettre à leur place par Isidore Hamel qui, sans le dire, avait l'air de comprendre l'inquiétude de sa fille aînée.

Le hasard voulut qu'Angèle Hamel aperçoive Rémi Tremblay par la fenêtre, titubant au milieu de la route, un peu avant l'heure du dîner. Elle avait interpellé sa fille en train d'éplucher les pommes de terre :

— Tiens! Le v'là enfin ton beau Rémi! Viens voir comment il a l'air fin. C'est-tu possible de se mettre dans des états pareils! Il a l'air plein comme un œuf! Si c'est pas une honte! Une chance que la route est large, sinon on le ramasserait dans le fossé.

Corinne avait lâché son couteau et s'était précipitée vers la fenêtre. Elle avait ensuite eu un geste vers le porte-manteau.

— Non! Tu restes ici, ma fille. T'es pas pour aller te donner en spectacle devant tout le monde au milieu de la route avec un soûlon.

— Mais, m'man, je peux bien aller lui dire deux mots, protesta Corinne, excitée.

— Il en est pas question! De toute façon, dans l'état où il est, il doit pas être parlable. Laisse-le d'abord cuver, ton ivrogne.

Bien malgré elle, la jeune fille avait reconnu le bien-fondé du conseil maternel et avait patiemment attendu, persuadée que son prétendant viendrait lui rendre visite en début de soirée, quand il aurait recouvré ses esprits. Après le souper, elle s'était faite belle et était allée épousseter les meubles du salon. Puis son attente avait commencé.

— Veux-tu que j'aille lui dire que tu l'attends? vint lui chuchoter son frère Georges, un gamin de dix ans.

— T'es bien fin, mais ce sera pas nécessaire, dit sa sœur, le cœur gros.

Ce soir-là, Corinne fut la première de la famille Hamel à se retirer dans sa chambre.

— Ce grand sans-cœur-là va avoir affaire à moi quand il va mettre les pieds dans la maison, déclara Angèle à son mari dès que sa fille eut disparu dans sa chambre. Si ça a de l'allure de se faire attendre comme ça.

∽

Le samedi soir, Germaine et Thérèse préparèrent les vêtements pour le lendemain. Il n'était pas question de se présenter à l'église avec du linge froissé le jour de Pâques. Tout devait être parfait. Les deux femmes avaient même passé plusieurs jours à se confectionner chacune un nouveau chapeau garni d'une légère voilette pour l'occasion. Elles avaient également pris soin d'aérer les manteaux de printemps sur la corde à linge.

— Il reste juste à prier pour qu'il fasse beau demain, déclara Germaine en déposant sur la table le cruchon dans lequel son père irait recueillir de l'eau de Pâques, au lever du jour.

— Il y a pas mal de nuages, fit remarquer Eugène qui était allé vérifier les bâtiments une dernière fois. S'il se met à mouiller pendant la nuit, les chemins seront pas passables, ajouta-t-il en allumant l'une des quatre petites lampes à huile déposées sur une tablette près du poêle. En tout cas, la nuit va être pas mal fraîche.

— On trouvera bien le moyen de se rendre pareil au village, déclara Germaine.

— Moi, ce que j'haïs le plus, c'est de pas boire et de pas manger à partir de minuit pour être capable d'aller communier. Il me semble que c'est dans ce temps-là que j'ai le plus faim ou le plus soif.

— Voyons donc, Rémi, rétorqua sa belle-sœur. T'es plus un enfant. C'est pas une grosse privation.

— Pour moi, c'en est une. Il y a ben des dimanches où j'irais pas communier si c'était pas de me faire regarder avec des gros yeux par tout le monde. À Saint-Jacques, quand t'as le malheur de rester assis dans ton banc à l'heure de la communion, tout le monde s'imagine que t'es en état de péché mortel, torrieu !

Magloire se leva péniblement de sa chaise berçante, jeta un rondin dans le poêle à bois et se dirigea vers l'escalier qu'il se mit à gravir lentement. Eugène regarda son vieux père et secoua la tête avant d'ouvrir la porte de sa chambre, située au pied de l'escalier. Sa femme le suivit un instant plus tard, après être allée s'assurer que Claire était bien couverte pour la nuit.

— Quand je vois le père avoir de la misère à monter comme ça, je me dis qu'on aurait pu lui laisser sa chambre en bas, dit-il en retirant son pantalon.

— T'oublies que c'est lui qui voulait plus de son ancienne chambre, lui fit remarquer Thérèse. Quand ta mère est morte il y a cinq ans, il tenait absolument à ce qu'on s'installe en bas.

Quelques minutes plus tard, le silence de la maison ne fut plus troublé que par le tic-tac de l'horloge installée dans un coin de la grande cuisine.

À un certain moment, Thérèse se réveilla brusquement. Elle ouvrit les yeux dans le noir, se demandant ce qui avait bien pu la tirer du sommeil. Immobile dans son lit, elle crut entendre un chuchotement venant de la cuisine. La jeune femme allongea le bras pour réveiller son mari. La place était vide. Eugène n'y était pas. Il lui fallut faire un véritable effort pour quitter la chaleur des couvertures et déposer ses pieds sur le plancher glacial. Le contact avec le parquet acheva de la réveiller. Elle se couvrit les épaules de la grosse veste de laine déposée au pied du lit et ouvrit la porte de la chambre.

Un spectacle des plus inattendus l'attendait dans la cuisine. Les trois hommes de la maison étaient installés autour du poêle en train de fumer leur pipe avec une satisfaction évidente. Thérèse se souvint tout à coup que c'était le bruit d'un rond de poêle remis en place qui l'avait réveillée.

— Voulez-vous bien me dire ce que vous faites debout en plein milieu de la nuit ? demanda-t-elle à voix basse aux trois hommes.

— Ils avaient trop envie de fumer, lui expliqua Rémi sur le même ton. Ils fêtent la fin du carême, batèche! Mon père est descendu s'allumer une pipe. Ton mari l'a entendu marcher dans la cuisine. Il faut croire que l'envie le travaillait lui aussi parce qu'il est venu fumer avec lui.

— Et toi? Qu'est-ce que tu fais là? lui demanda sa belle-sœur. C'est tout de même pas l'envie de fumer qui t'a fait descendre?

— Moi, je suis juste venu voir comment c'était laid ce vice-là, plaisanta Rémi. C'est ben de valeur qu'il soit passé minuit, parce qu'un petit verre de caribou avec une bonne pipe, ça aurait pas été méchant pantoute.

— Des vrais enfants, dit Thérèse avant de retourner se coucher.

Chapitre 5

Pâques

Quelques heures plus tard, bien avant le lever du jour, une lueur apparut à l'une des fenêtres de la maison voisine de celle des Hamel. Fernande Fournier venait de se lever. Après avoir déposé sur ses épaules un gros châle de laine noire, elle avait allumé la lampe à huile qu'elle avait laissée la veille au soir sur sa table de chevet.

— Grouille-toi de te lever, Laurent, ordonna-t-elle sèchement à son mari qui ne faisait pas mine de bouger. Je sors allumer le poêle.

Sans plus s'occuper de son mari, la petite femme de quarante-six ans quitta la chambre et entra dans la cuisine où régnait une température glaciale en ce matin de Pâques. Elle déposa sa lampe sur la table et se mit en devoir d'allumer le gros poêle à bois. Quand elle entendit le ronflement des flammes, elle sembla hésitante durant un court instant, habituée qu'elle était de faire chauffer de l'eau pour son thé matinal. Mais ce matin-là, évidemment, il n'était pas question de boire ou de manger avant son retour de la grand-messe.

Elle retourna dans sa chambre autant pour vérifier si son mari était bel et bien en train de s'habiller que pour y prendre sa brosse à cheveux. De retour dans la cuisine, elle se planta devant le petit miroir fixé au-dessus du réchaud du poêle et se mit à brosser ses cheveux noirs parsemés de quelques fils gris. Chez Fernande Fournier, on remarquait surtout son front haut et ses petits yeux noirs fureteurs. Son nez en bec d'aigle et son menton pointu ne conféraient aucune douceur à son visage étroit.

Le léger grincement provenant de la porte de la chambre lui fit tourner la tête.

— J'ai mis la cruche proche de la porte, dit-elle à son mari. C'est pas parce qu'on a changé de siècle que j'ai plus besoin d'eau de Pâques.

Laurent Fournier se contenta de grogner une vague réponse avant d'allumer le fanal accroché près de la porte d'entrée. Il mit ses bottes et endossa son manteau avant d'ouvrir la porte de communication de la cuisine d'été. Il sortit et se dirigea vers les toilettes sèches installées à l'arrière de la maison. Il revint quelques minutes plus tard en grelottant.

Le maître des lieux avait le même âge que sa femme. De taille moyenne, il arborait une grosse moustache brune qui ne parvenait pas à faire oublier ses traits grossiers et sa calvitie prononcée. C'était un homme de peu de mots, mais on sentait chez lui une force tranquille, impression confirmée par ses bras noueux et ses larges mains. Le cultivateur prit le temps d'allumer sa pipe avant de saisir la cruche déposée près de la porte, la veille. De l'autre main, il saisit le fanal.

— Bon. J'y vais, annonça-t-il sans sentir le besoin de préciser où.

Fernande s'approcha un moment de la fenêtre et le regarda s'éloigner. À l'extérieur, il faisait encore nuit noire. Au moment où son mari arrivait à la route, elle aperçut les lueurs de deux fanaux qui semblaient danser sur la route.

— Ça doit être Adrien Comeau et Marcelin Léger, dit-elle à voix haute.

Fernande ne risquait guère de se tromper en nommant ses deux voisins de gauche parce que, à part eux, il ne restait que les Tougas. Or, ces derniers étaient beaucoup plus près du ruisseau qui coulait au bout de leur terre que de la source appartenant à Léon Desjardins. Joseph Gariépy, Adjutor Beaulieu, Isidore Hamel, Magloire Tremblay et Napoléon Veilleux devaient avoir déjà rejoint Desjardins et attendre le lever du soleil pour se procurer de l'eau de Pâques.

Malgré les mises en garde répétées du curé Joyal, qui criait à la superstition, il n'y avait pas une mère de famille de Saint-Jacques-de-la-Rive qui aurait pris le risque de ne pas avoir une provision suffisante d'eau de Pâques dans sa maison. Il était unanimement reconnu que l'eau vive recueillie à la barre du jour, le matin de Pâques, possédait des vertus curatives presque miraculeuses. On l'utilisait aussi bien pour soigner les maux de tête, de reins et de foie que pour les entorses et les écorchures. Des générations de mères canadiennes-françaises avaient même soigné les maux de dents et les diarrhées avec cette eau.

Les hommes présents chez Desjardins avaient déposé leur fanal allumé à leurs pieds et discutaient entre eux à voix basse. À les voir ainsi, on aurait juré se trouver en présence d'un groupe de conspirateurs projetant un mauvais coup. Lorsque la première lueur du jour apparut à l'est, on se tut. Le rituel annuel commença. Chacun s'empressa de remplir son contenant d'eau en n'oubliant pas de faire une brève prière. Ensuite, après avoir éteint son fanal devenu inutile, chacun rentra chez lui pour aller soigner ses animaux.

À son retour, Laurent Fournier déposa la cruche d'eau sur la table de cuisine. Sa fille Florence était en train d'endosser une épaisse chemise à carreaux.

— Où est ta mère? lui demanda-t-il.

— En haut. Elle prépare le linge propre de Germain pour la messe. Lui, il est déjà à l'étable. Je m'en allais le rejoindre.

La jeune fille un peu grassouillette avait pour elle la fraîcheur de ses vingt ans. Elle avait hérité de son père ses cheveux châtains et ses yeux bruns, comme son frère de dix ans.

— On n'a pas à courir, fit son père en prenant le temps d'aller soulever l'un des ronds du poêle pour s'assurer qu'il y avait suffisamment de bois. La grand-messe est juste à neuf heures et demie.

— C'est ce que j'ai dit à m'man tout à l'heure, mais elle veut que tout le monde ait le temps qu'il faut pour se laver et s'habiller pour la messe.

— En tout cas, on n'aura pas trop de misère pour se rendre au village, dit Laurent. Le vent a nettoyé le ciel et il va faire beau aujourd'hui.

Sans rien ajouter, le cultivateur sortit de la maison au moment même où sa femme descendait de l'étage des chambres.

∽

Comme à l'accoutumée, la famille Fournier arriva à l'église bien avant que les cloches annoncent qu'il ne restait qu'un quart d'heure avant le début de la grand-messe. Il s'agissait là d'une habitude imposée par Fernande à sa famille, au grand dam de son mari qui trouvait que les messes de deux heures du curé Joyal étaient déjà bien assez longues sans leur ajouter une demi-heure d'attente.

— Viens pas te lamenter, avait tranché sa femme d'une voix coupante. Ça fait bien ton affaire de pas avoir à courir pour attacher ton cheval trop loin de l'église. On n'est pas des païens. On n'est pas pour se mettre à compter les minutes qu'on donne au bon Dieu le dimanche. T'as juste à dire ton chapelet en attendant la messe.

— Il me semble qu'il y a déjà ben assez de la grand-messe et des vêpres, avait dit et répété son mari pour tenter de la convaincre.

Mais toutes ses tentatives avaient été faites en pure perte. Sa femme s'était montrée intraitable. Pas question d'arriver à la dernière minute à l'église le dimanche. Au fond, Laurent connaissait très bien la raison qui poussait sa femme à tenir mordicus à être l'une des premières à venir prendre place dans leur banc situé près de l'allée centrale, presque à l'arrière de l'église. C'était une bonne chrétienne, mais elle n'était pas particulièrement pieuse. Elle n'était certainement pas de la trempe d'Émérentienne Veilleux ou de Thérèse Tremblay. Sans le dire, il savait fort bien que sa Fernande voulait arriver tôt pour pouvoir examiner les toilettes et le comportement des fidèles de la paroisse. Cette inspection lui offrait des sujets de conversation pour la semaine entière.

Il s'était donc résigné pour sauvegarder la paix dans son ménage, mais, en contrepartie, il avait pris l'habitude de traîner à l'extérieur de l'église jusqu'au dernier moment, sous le prétexte de fumer une dernière pipe avant de s'enfermer dans l'église pour deux bonnes heures. Le curé Joyal ne tolérait pas qu'on sorte durant son sermon pour aller fumer sur le parvis. Le paroissien qui osait le défier sur ce point risquait d'être sévèrement et publiquement rabroué.

En ce dimanche de Pâques, Fernande n'était pas seule à surveiller du coin de l'œil l'entrée des paroissiens dans le temple. Sa fille, assise à ses côtés, attendait l'arrivée de quelqu'un. L'avant-veille, elle avait aperçu Rémi Tremblay par la fenêtre de sa chambre et son cœur s'était mis à follement battre la chamade. Le beau Rémi était enfin de retour. Maintenant, elle allait pouvoir le voir de temps à autre. Qui sait s'il ne finirait pas par la remarquer ? La jeune fille eut une grimace involontaire en songeant soudainement à Corinne Hamel.

Si sa mère ne s'en était pas mêlée l'été précédent, c'est avec elle que le jeune homme serait venu passer ses soirées. Quand elle avait parlé de l'inviter à venir veiller au mois de juin, Fernande Fournier l'avait sèchement remise à sa place, en lui rappelant que ce n'était pas à elle de faire les premiers pas avec un garçon. De quoi aurait-elle l'air ? D'une dévergondée et d'une fille facile ! La jeune fille avait eu beau bouder durant toute une semaine, rien n'y avait fait. Sa mère était demeurée inflexible. Le plus beau garçon de la paroisse s'était alors jeté dans les bras de la Hamel, et elle, comme une belle dinde, devait attendre qu'il finisse par la remarquer. Qu'est-ce que sa rivale avait de plus qu'elle ? Elle n'était ni plus belle ni mieux faite. Elle savait coudre, cuisiner et tenir maison aussi bien que cette sainte nitouche !

Perdue dans ses pensées, Florence n'eut pas à attendre bien longtemps avant de voir entrer les Hamel dans l'église en compagnie de leur fille Corinne et de leur fils Georges. Il était plus que probable qu'Aimé et Omer avaient assisté à la basse-messe de l'abbé Groleau, à huit heures.

Le cœur de la jeune fille fit un bond en constatant l'absence de Rémi Tremblay aux côtés de sa rivale. Était-il allé à la basse-messe lui aussi ? À cette pensée, son cœur se serra. Elle s'était frisé les cheveux et s'était coiffée du nouveau chapeau qu'elle avait confectionné surtout pour lui plaire. Toute à sa déception, elle ne remarqua pas la mine réjouie arborée par les fidèles, contents d'en avoir fini avec le carême. Elle n'avait pas davantage noté que le bedeau avait retiré les voiles violets qui recouvraient les statues et les crucifix. Puis, peu à peu, son anxiété céda le pas à une étrange allégresse. L'idée venait de l'effleurer que si Rémi n'était pas agenouillé aux côtés de la voisine, c'était probablement qu'il l'avait laissée tomber. À cette seule pensée, son âme se gonfla des plus folles espérances et un vague sourire vint éclairer ses traits.

Le curé Joyal apparut au pied de l'autel, encadré par ses deux enfants de chœur vêtus de leur soutane rouge agrémentée d'un large surplis blanc. Au moment où le célébrant, dos au public, commençait la récitation du chant d'entrée de la messe de la Résurrection, Laurent se glissa dans le banc près de sa femme, qui lui jeta un regard lourd de reproches.

Un instant plus tard, Rémi Tremblay apparut dans l'allée centrale et vint s'agenouiller près de sa sœur Germaine. De l'autre côté de l'allée, Corinne Hamel tourna la tête vers lui et ne consentit à la détourner que lorsque sa mère lui eut donné un coup de coude pour la rappeler à l'ordre. À aucun moment, le jeune homme ne posa le regard sur elle, laissant croire ainsi qu'il ne s'était pas rendu compte que son amie de cœur le regardait.

Pourtant, la fille aînée d'Isidore Hamel espérait encore un signe de son amoureux. Après l'avoir attendu vainement vendredi et samedi, elle avait été convaincue qu'il viendrait la rejoindre avant la messe pour assister à la cérémonie près d'elle. À son arrivée devant l'église en compagnie de ses parents, elle avait aperçu sa haute silhouette aux côtés de son père et de son frère Eugène. Les trois hommes s'entretenaient avec le notaire Poirier, debout près de sa fille Charlotte, de l'autre côté de la route.

Contrairement à son habitude, l'homme de loi avait une mine réjouie en cette matinée pascale. Son air heureux s'expliquait probablement par l'arrivée de sa fille unique à Saint-Jacques-de-la-Rive, quelques jours plus tôt. Dans la paroisse, on disait que la jeune fille avait passé les derniers mois à Montréal, chez ses grands-parents, pour perfectionner ses connaissances musicales.

À cet instant même, si Corinne avait pu suivre les regards de son Rémi, elle se serait inquiétée. Debout dans le banc de sa famille, le Beau Brummell ne cessait de fixer le dos bien droit de la fille du notaire, installée quelques bancs devant lui.

Après la lecture de l'Évangile de saint Marc racontant comment Marie Madeleine avait découvert la résurrection du Christ, l'officiant monta en chaire pour l'un de ses longs sermons dont lui seul avait le secret.

— Et on ne sort pas! dit-il d'une voix tonnante au moment où l'un des frères Tougas tentait de se glisser vers la porte de l'église. On écoute la parole de Dieu!

Bon nombre de fidèles se tordirent le cou pour regarder vers l'arrière dans l'espoir de découvrir l'identité de celui qui avait cherché à s'esquiver durant le sermon. Ils ne le virent pas parce que Charles Tougas, la mine basse et jurant entre ses dents, avait déjà regagné son banc en catimini.

Après avoir longuement expliqué l'Évangile, le pasteur de Saint-Jacques-de-la-Rive dériva vers le devoir du chrétien de faire ses Pâques sous peine de péché mortel et de mériter les flammes de l'enfer pour l'éternité. Lorsqu'il se mettait à parler de l'enfer, le curé Joyal faisait preuve d'une imagination débordante et était capable de faire trembler de peur n'importe lequel de ses paroissiens. Pour terminer, il rappela qu'il ne restait qu'une toute petite semaine aux habitués des Pâques de renard pour se mettre en règle avec Dieu et avec l'Église, et menaça même de nommer en chaire ceux qui ne se seraient pas acquittés de leur devoir le dimanche suivant. Un sourd murmure répondit à sa menace.

Puis le prédicateur changea encore de sujet. Pendant près de quarante minutes, il tempêta contre l'impureté et l'alcoolisme. Par quel biais en était-il venu à traiter de ces deux thèmes ? Bien peu de ses auditeurs auraient pu l'expliquer. La plupart d'entre eux, mal à l'aise dans leurs vêtements du dimanche, ne souhaitaient qu'une chose : qu'il en finisse. Les hommes se sentaient étouffés par le col dur trop étroit et souvent trop empesé de leur chemise et les enfants n'en pouvaient plus d'être assis, immobiles, depuis si longtemps sur les bancs en bois inconfortables de l'église.

Enfin, le curé Joyal descendit de la chaire et entreprit de chanter l'offertoire pendant que deux marguilliers passaient à tous les bancs pour recueillir les aumônes des fidèles. La plupart des familles déposèrent un ou deux sous noirs dans l'assiette au moment où on la leur tendait.

La cérémonie religieuse se termina enfin avec le *Ite missa est* du prêtre. Le flot des fidèles s'écoula lentement par la porte centrale de l'église et des dizaines de personnes s'arrêtèrent sur le parvis pour saluer des connaissances et des parents, et prendre aussi de leurs nouvelles.

Corinne Hamel, pleine d'espoir, attendait la sortie de Rémi tout en faisant semblant de s'intéresser à ce que sa mère disait à la famille Pouliot, propriétaire du magasin général, situé juste en face de l'église. Un peu plus loin, Florence Fournier la surveillait du coin de l'œil.

Rémi fut parmi les derniers à sortir de l'église. Il s'entretenait en souriant avec le notaire Poirier et sa fille. Sa sœur Germaine venait de l'apercevoir et secoua la tête avant d'accorder toute son attention à Emma Tougas et à Hélèna Pouliot qui lui demandaient dans quel état son frère était revenu du chantier.

Un instant plus tard, le notaire et sa fille quittèrent Rémi et entreprirent de traverser la route. Ils habitaient la maison voisine du magasin général. Le jeune homme demeura un long moment à les regarder s'éloigner avant de jeter un coup d'œil autour de lui et d'adresser enfin un large sourire à Corinne. Sûr de lui, il se dirigea lentement vers elle. Il salua Angèle Hamel et les Pouliot avant de prendre la main de celle qui l'attendait depuis cinq longs mois. Il l'attira un peu à l'écart. À la vue de ce spectacle, Florence ne put s'empêcher de pincer les lèvres de dépit et se dirigea, la tête bien droite, vers le boghei dans lequel son père et son frère venaient de monter. Tous les trois attendirent avec impatience que Fernande cesse de discuter avec Yvette Veilleux.

Pour sa part, Corinne était rayonnante et ne cachait pas sa joie de revoir celui auquel elle n'avait cessé de rêver durant tout l'hiver.

— Je pensais bien te voir avant aujourd'hui, dit-elle doucement en laissant poindre une trace de reproche dans sa voix.

— Tu sais ce que c'est. Les gars ont voulu fêter un peu en descendant du chantier. Je pouvais pas les planter là comme ça. Ils auraient pas compris.

— Mais t'es revenu depuis vendredi.

— Une journée et demie pour se décrotter et remettre de l'ordre dans ses affaires, c'est pas de trop après cinq mois dans le bois.

Corinne se rapprocha un peu plus de lui pour lui murmurer :

— Est-ce que tu viens passer l'après-midi avec moi ? J'ai fait deux recettes de sucre à la crème pour fêter la fin du carême.

— Si tu m'invites, c'est sûr que je vais venir.

Sur ces mots, le jeune homme l'accompagna jusqu'à la voiture des Hamel.

Ce midi-là, Thérèse Tremblay déposa sur la table une fesse de jambon fumé à l'érable et un plat débordant de pommes de terre.

— Profitez-en bien, dit-elle. C'est l'avant-dernier jambon qui nous reste. Après ça, il va falloir attendre de faire boucherie l'automne prochain pour en manger.

— Encore une couple de semaines, reprit sa belle-sœur, et il va falloir mettre ce qui nous reste de viande dans la chaudière, dans le puits. J'ai remarqué que la glace commence déjà à fondre, même si la couche de bran de scie est pas mal épaisse.

Personne autour de la table ne releva la dernière remarque de la jeune femme. Durant un long moment, on mangea en silence. Ce n'est qu'au moment où la tarte au sucre fut servie que les membres de la famille Tremblay semblèrent retrouver la parole.

— Maudit que c'est bon, un vrai dessert! s'exclama Eugène qui avait pourtant continué de manger sucré durant tout le carême, contrairement aux deux femmes et à la petite Claire.

Les autres acquiescèrent avec enthousiasme.

— Il y a pas à dire, Thérèse, reprit Rémi, t'as pas perdu la main pantoute pour les tartes.

— C'est vrai, renchérit Germaine. Tu les fais aussi bonnes que ma mère les faisait. Toi, tu perds pas le tour de faire des tartes et j'en connais d'autres qui perdent pas le tour de chanter la pomme à toutes les filles qu'ils aperçoivent.

Magloire leva la tête et jeta un coup d'œil à son fils cadet.

— Est-ce que c'est de moi que tu parles? demanda ce dernier.

— Fais donc pas l'innocent, Rémi Tremblay, répliqua sèchement sa sœur. Comme si on n'avait pas remarqué ton petit manège à matin avec la fille du notaire Poirier.

— Quel manège ?

— T'as pas arrêté de lui faire de l'œil à la messe.

— Durant la messe ? demanda Thérèse, offusquée. T'es pas sérieuse, Germaine ?

— Puisque je te le dis. Si t'as rien remarqué, c'est que tu connais pas mon frère comme moi je le connais.

— T'as des visions, toi ! protesta mollement Rémi.

— Je suis certaine que toute la paroisse doit être en train d'en parler, poursuivit sa sœur, imperturbable. Tu trouves pas que t'es rendu que tu les prends pas mal jeunes ? Si je me trompe pas, cette fille-là a pas plus que dix-huit ans, à tout casser.

Le jeune homme se contenta de secouer la tête en s'emparant de sa tasse de thé.

— À part ça, ça a dû faire bien plaisir à Corinne de te voir tourner autour de la petite Poirier, conclut la jeune fille, réprobatrice.

— J'ai juste été poli, tu sauras, Germaine la fouineuse. À ta place, au lieu de t'occuper des affaires des autres, je chercherais à me caser moi-même.

— Bon. C'est correct vous deux, intervint le père. Laissez-nous manger tranquillement. Rémi est pas fou. Les Poirier, c'est pas de notre monde pantoute. Le notaire vient pas de chez nous et tout le monde dit qu'il restera pas à Saint-Jacques ben longtemps.

Par ces seuls mots, Magloire Tremblay venait de rappeler aux siens qu'Albéric Poirier, veuf de son état, était un pur étranger. L'unique attache qu'il avait avec Saint-Jacques-de-la-Rive était la vieille maison héritée deux ans auparavant de sa vieille tante, Hortense Charron.

Ce notaire montréalais avait d'abord tenté de vendre sans succès la petite maison en bois située en face du presbytère. Puis, au début de l'automne précédent, les habitants du village, surpris, l'avaient vu emménager seul dans l'antique demeure. Comme le nouveau venu tardait à annoncer l'ouverture de son étude, des villageois un peu curieux lui avaient demandé quand ils pourraient lui confier leurs affaires. L'homme de loi leur avait alors avoué, un peu embarrassé, qu'il n'avait nullement l'intention d'exercer sa profession durant son séjour à Saint-Jacques-de-la-Rive. Il avait déjà une étude à Montréal, qu'il avait dû laisser temporairement entre les mains d'un associé. À l'entendre, son médecin lui avait prescrit une longue convalescence loin de l'agitation de la métropole. C'est pourquoi il avait choisi de venir habiter la demeure héritée de sa tante en compagnie de sa vieille cuisinière.

De fait, il n'y avait qu'à regarder ce grand homme « maigre à faire peur », comme disaient les commères, pour se rendre compte qu'il ne jouissait pas d'une très bonne santé. D'ailleurs, plusieurs cherchèrent les raisons de l'absence de sa fille Charlotte, qu'on avait eu l'occasion d'apercevoir en visite chez son père à une ou deux occasions. Quand on apprit par une indiscrétion que la jeune fille étudiait la musique à Montréal, certains ne se gênèrent pas pour affirmer que sa place était beaucoup plus aux côtés de son père malade.

En ce matin de Pâques, le notaire Poirier semblait avoir renoncé momentanément à sa réserve habituelle. Il avait annoncé avec une fierté évidente aux Tremblay qui s'informaient de sa santé que sa fille demeurerait quelque temps à Saint-Jacques-de-la-Rive pour prendre soin de lui.

⌘

Un peu après le dîner, Rémi se rendit chez les Hamel, comme il le faisait avant son départ pour le chantier l'automne précédent. À son arrivée, Angèle lui fit grise mine, mais Isidore et ses fils l'accueillirent comme une vieille connaissance. Corinne, rose de plaisir, l'invita à passer au salon. Quand Aimé, Omer et Georges eurent quitté la maison pour aller voir leurs cousins au village, leur mère retira son tablier.

— Pauvre petite fille, dit Angèle à voix basse à son mari. Elle l'a attendu sans rien dire depuis qu'il a remis les pieds dans la paroisse. Grand seigneur, il lui a fait la grâce de venir la voir aujourd'hui. Je te dis que des fois, j'aurais envie… Hier soir, elle s'est frisée pour lui et elle s'est même lavée avec le savon d'odeur qu'elle met dans un de ses tiroirs pour que son linge sente bon, comme si le savon du pays était pas assez bon.

Isidore Hamel ne répliqua rien.

— Moi, je m'en vais faire un somme, déclara alors la mère de famille. Tu les surveilles. Jette un coup d'œil de temps en temps dans le salon pour voir ce qui se passe et endors-toi pas dans ta chaise berçante. Tu m'entends ?

— C'est correct, fit son mari avec un certain agacement. Va donc te coucher. S'il revient à soir, c'est toi qui vas les chaperonner.

Le cultivateur alluma sa pipe et se mit à se bercer avec vigueur pour se tenir réveillé. Seuls les tic-tac de l'horloge et les vagues murmures en provenance du salon venaient troubler le silence de la maison.

Chapitre 6

Aline Turcotte

En ce dernier mercredi d'avril, Eugénie Dupras était en train d'étendre de la literie sur la longue corde à linge du presbytère quand un coup de sonnette impératif la fit sursauter.

— Bon! Qu'est-ce qu'il y a encore? demanda-t-elle à haute voix, grincheuse. Je suis pas capable d'avoir la paix cinq minutes dans cette maison de fous.

La vieille ménagère abandonna sa tâche pour se précipiter vers le couloir qui conduisait à la porte d'entrée quand l'abbé Groleau l'intercepta en sortant du salon où il lisait paisiblement son bréviaire.

— Laissez faire, madame Dupras, je m'en occupe.

— Merci, monsieur l'abbé, fit la veuve en retournant sur ses pas.

Roland Groleau ouvrit la porte à un jeune homme qui retira précipitamment sa casquette.

— Bonjour, monsieur l'abbé. Je viens vous voir par rapport à ma mère, dit-il en rougissant légèrement.

L'imposant ecclésiastique fit entrer le visiteur et referma la porte derrière lui. Ce dernier semblait avoir près de vingt ans et était d'une laideur surprenante. Sa figure lunaire grêlée par l'acné attirait l'attention autant par son étrange menton fuyant que par son important nez bulbeux.

— Qu'est-ce qui se passe avec ta mère? demanda l'abbé.

Avant même que le jeune homme ait eu l'occasion de répondre, le curé Joyal passa la tête par la porte de son bureau.

— Bon. Il me semblait bien avoir reconnu ta voix, Elphège, dit-il en s'avançant vers le visiteur. Je suppose que c'est encore ta mère qui est malade?

— En plein ça, monsieur le curé. Je crois ben qu'elle passera pas la journée.

— C'est le docteur Patenaude qui t'a dit ça? demanda Antoine Joyal, incrédule.

— Non, monsieur le curé. Je suis allé le chercher à Pierreville, mais il était déjà parti soigner quelqu'un à Sainte-Monique. Il est supposé venir la voir au commencement de l'après-midi.

— Pourquoi tu dis que ta mère passera pas la journée?

— C'est elle qui le répète, monsieur le curé. Elle a l'air de souffrir sans bon sens. Elle m'a demandé de venir vous chercher pour que vous veniez la confesser et lui donner les derniers sacrements.

— Bon. C'est correct. Attends-moi dans ta voiture. J'arrive, dit le pasteur en faisant signe à l'abbé Groleau de laisser sortir le visiteur.

Elphège Turcotte retourna à son boghei pendant que le prêtre se dirigeait sans se presser vers son bureau.

— Voulez-vous que j'y aille, monsieur le curé? offrit obligeamment son vicaire.

— Merci, l'abbé, mais je connais Aline Turcotte depuis des années et elle est habituée à moi.

— Pauvre garçon, il a l'air pas mal bouleversé par la mort prochaine de sa mère, dit le jeune prêtre, plein de compassion.

— Tit-Phège ? Pourtant, il devrait s'être habitué avec le temps ! Depuis cinq ans, je suis appelé à donner l'extrême-onction à sa vieille mère au moins trois fois par année. Ce n'est pas pour rien que je lui ai demandé si le docteur Patenaude était passé. Chaque fois que j'entends parler d'elle, elle est à l'agonie. Alors, je me dépêche d'aller la confesser et de lui porter les saintes huiles puis, ô miracle, elle revient à la vie. Quelques jours après l'avoir administrée, je la revois, toute pimpante, à l'église, le dimanche suivant.

— C'est étonnant, non ?

— Non. Agaçant, l'abbé, tout au plus agaçant, répéta le curé Joyal en saisissant la sacoche dans laquelle étaient placées les saintes huiles et une hostie consacrée.

Il prit également une clochette.

— Vous avez pas besoin du bedeau pour sonner la cloche et pour vous servir d'enfant de chœur ?

— Non. Tit-Phège est bien capable de faire ça.

Le vicaire aida son supérieur à endosser son manteau et le regarda descendre l'escalier du presbytère puis monter dans le boghei poussiéreux d'Elphège Turcotte. Le conducteur excita par un cri sa jument noire, qui démarra sèchement.

— Énerve-toi pas, Elphège, il y a pas le feu, fit le curé en se cramponnant après avoir tendu au jeune homme la clochette qu'il devrait agiter s'ils croisaient des passants. C'est pas en nous faisant verser dans le fossé qu'on va arriver plus vite.

Quelques minutes plus tard, l'attelage tourna dans la cour d'une petite ferme du rang Saint-Pierre. Le curé et son conducteur n'avaient croisé que deux personnes qui s'étaient empressées de s'arrêter et de se découvrir au passage des saintes espèces que le curé allait administrer à un mourant.

On aurait juré que la ferme des Turcotte était à l'abandon tant elle semblait mal entretenue. Il n'y avait aucun signe de vie autour des bâtiments. Des outils et des instruments aratoires achevaient de rouiller près de la maison. À la vue de l'état des lieux, Antoine Joyal se contenta de secouer la tête. Ce n'est pas du vivant d'Alfred Turcotte qu'on aurait vu l'endroit dans cet état. Malheureusement, le pauvre homme était décédé au milieu des années 1890, laissant à sa femme et à ses deux enfants le soin de poursuivre son œuvre. Pauvre homme ! Laisser son bien à une femme fantasque et à deux paresseux n'avait pas dû trop le rassurer.

Le curé du village fut tiré de ses pensées par le fils de la maison qui venait de crier à pleins poumons : « Cloclo, arrive ! » Pendant un moment, rien ne bougea et le prêtre entreprit de descendre de voiture. Quand il se retourna, il aperçut la tête allongée aux larges oreilles décollées de Cléophas Provost, un orphelin un peu simplet d'une quinzaine d'années qu'Aline Turcotte avait recueilli pour aider Elphège aux travaux de la ferme. Le garçon malingre s'approcha sans précipitation de l'attelage.

— Qu'est-ce que tu niaisais encore dans la maison ? lui demanda Elphège sans montrer le moindre signe de mauvaise humeur. Envoye ! Grouille ! Occupe-toi du cheval. Est-ce qu'il faut que je fasse tout ?

— OK, monsieur Turcotte, dit Cloclo en saisissant les guides que lui tendait le conducteur.

La porte de la maison s'ouvrit à ce moment précis sur Rose-Aimée Turcotte, la copie féminine de son frère aîné. Non seulement la jeune femme de vingt-cinq ans avait les mêmes traits, mais encore, son visage s'ornait d'un début de moustache et de deux magnifiques verrues parées d'un long poil. Et on avait beau vivre à une époque où une femme bien en chair était signe de prospérité, il y avait tout de même des limites à ne pas dépasser. Or, Rose-Aimée les dépassait largement.

Dès que le curé posa les pieds dans la maison, il devina que la mère devait être malade depuis quelques jours déjà parce que tout était dans un désordre indescriptible. La vaisselle sale jonchait la table et il y avait des objets et des vêtements qui traînaient dans tous les coins. Les fenêtres étaient malpropres au point qu'on avait peine à distinguer quoi que ce soit à l'extérieur. Quand Aline Turcotte était en santé, l'intérieur était tout de même un peu mieux entretenu, même s'il était connu partout dans la paroisse qu'elle lésinait sur le ménage pour s'adonner au plaisir du tricot.

Un coup d'œil au livre ouvert sur le siège de la chaise berçante que venait de quitter Rose-Aimée selon toute vraisemblance confirma au prêtre que celle qui venait de coiffer la Sainte-Catherine était occupée à lire paisiblement un roman. Le prêtre eut toutes les peines du monde à se retenir de faire remarquer à la jeune femme que son rôle était plutôt de s'assurer de la propreté des lieux et de la préparation des repas.

— Pauvre femme ! dit le pasteur en tendant son manteau à Rose-Aimée, sans préciser si sa pitié visait la mère malade ou la fille.

Le prêtre croyait que si Aline Turcotte avait convenablement accompli son devoir de mère, la ferme familiale ne ressemblerait en rien à ce qu'elle était présentement. Il saisit sa sacoche et ordonna sèchement à Rose-Aimée :

— Conduis-moi à la chambre de ta mère.

Il la suivit dans l'unique chambre du rez-de-chaussée. La pièce surchauffée était plongée dans une obscurité presque complète.

— Ouvre-moi les rideaux, dit-il à Elphège qui les avait suivis. Et attendez-moi tous les deux dans la cuisine.

Au son de la voix de son curé, Aline ouvrit des yeux fiévreux qui ne semblèrent pas le voir. Toute menue, la femme était recroquevillée au fond d'un grand lit. Sa tête reposait sur une taie d'oreiller jaunie qui avait dû connaître son dernier lavage longtemps auparavant. La pièce empestait les médicaments, odeur qui se mêlait à bien d'autres, peu appétissantes.

— Vous nous faites encore une autre fausse sortie, madame Turcotte ? dit Antoine Joyal, en s'efforçant de faire montre d'une belle humeur qu'il était loin de ressentir.

Il ouvrit sa sacoche pour y prendre son étole et le missel dans lequel il savait retrouver les prières du sacrement de l'extrême-onction.

— Je pense qu'aujourd'hui, c'est la bonne, chuchota difficilement la moribonde.

— Seul Dieu a le pouvoir de vous rappeler à lui, dit le prêtre dans une tentative d'apaisement.

— J'ai pas peur de mourir… Ça fait longtemps que je suis prête, reprit Aline dans un souffle. Je vais aller retrouver mon vieux qui m'attend depuis longtemps.

— Voulez-vous vous confesser ?

La malade hocha la tête. Le curé Joyal confessa sa vieille paroissienne et lui administra les saintes huiles, comme il l'avait fait plusieurs fois les années précédentes. Il récita à son chevet la prière des mourants. Sans trop s'en rendre compte, quelque chose lui disait que cette fois pourrait bien être la bonne.

Lorsqu'il sortit de la chambre quelques minutes plus tard, la vieille dame semblait s'être endormie. Les traits de son visage reflétaient une grande paix intérieure. Le curé de Saint-Jacques-de-la-Rive suggéra au frère et à la sœur de venir le prévenir au presbytère si la situation de leur mère s'aggravait. Il refusa la tasse de thé offerte par Rose-

Aimée, enfila son manteau et quitta la maison en compagnie d'Elphège, qui allait le ramener au village.

Le boghei n'avait pas encore quitté la cour de la ferme que la porte de la maison s'ouvrit à la volée devant une Rose-Aimée complètement affolée.

— Maman est morte ! Maman est morte ! Elle respire plus ! cria-t-elle, hors d'elle. Venez !

Elphège et le prêtre retournèrent dans la maison et se précipitèrent au chevet de la mère. Rose-Aimée, à côté du lit, se tordait les mains, le visage inondé de larmes. Son frère, le visage défait, se retenait avec peine de pleurer. Cloclo, les yeux dans l'eau, était demeuré debout près de la porte de la chambre.

— Apporte-moi un miroir, ordonna le curé à Elphège.

Ce dernier prit le miroir de sa mère sur sa table de toilette et le tendit au prêtre. Aucune buée n'y apparut lorsque ce dernier le plaça près de la bouche de la vieille femme.

— Je vais rester à prier pour elle avec vous autres jusqu'à ce que le docteur Patenaude soit passé, déclara Antoine Joyal en enlevant, encore une fois, son manteau. Aère un peu la chambre, Rose-Aimée. De toute façon, j'ai bien l'impression que l'air froid du dehors ne fera plus de mal à ta mère.

Ce disant, il abaissa les paupières de la morte et s'agenouilla près du lit, immédiatement imité par Cléophas Provost et les deux enfants de la disparue.

Un peu après midi, le docteur Ulric Patenaude entra à son tour dans la maison des Turcotte. L'air affairé, il salua toutes les personnes présentes en déposant sa trousse sur la table de cuisine pour retirer son manteau.

— Vous êtes passé avant moi, monsieur le curé, se contenta de dire le praticien en ajustant son lorgnon.

— Oui, pour une fois, fit le curé Joyal avec un mince sourire sans joie. J'ai bien peur que vous arriviez trop tard.

— Donnez-moi deux minutes pour m'en assurer, chuchota le médecin en se dirigeant vers la chambre, comme un vieil habitué des lieux.

Quelques instants plus tard, le docteur Patenaude sortit de la pièce en enlevant son stéthoscope.

— Vous avez malheureusement raison, monsieur le curé. La pauvre femme a fini de souffrir.

Après avoir offert ses condoléances aux deux enfants de la disparue, il s'assit à table pour rédiger le certificat de décès.

— Je suppose que tu vas aller chez Desfossés à Pierreville pour commander un cercueil ? demanda le médecin à Elphège qui semblait aussi dépassé par la situation que sa sœur.

— C'est ce qu'il va faire après être venu me conduire au presbytère, assura le curé Joyal. Après ça, Elphège, tu pourrais demander à de la parenté de venir vous donner un coup de main pour préparer votre mère et remettre de l'ordre dans la maison.

— On n'en a pas, monsieur le curé, répondit le jeune homme, passablement secoué.

— Voyons donc ! Vous avez bien un oncle, une tante, des cousins quelque part. Non ?

— Il y a ben les deux sœurs de mon père, mais elles restent en Gaspésie.

— Bon. Dans ce cas-là, vous n'avez pas le choix, reconnut le prêtre. Vous allez être obligés de vous débrouiller tout seuls.

— Et moi, qu'est-ce que je dois faire ? demanda Rose-Aimée d'une toute petite voix.

— Toi, tu fais la toilette de ta mère avant de l'exposer, lui dit le curé, partagé entre sa compassion pour sa douleur et son agacement devant son inertie.

— Je serai jamais capable de faire ça, monsieur le curé.

Antoine Joyal poussa un soupir d'exaspération.

— C'est correct. Je vais essayer de te trouver quelqu'un pour t'aider.

Le ciel s'était passablement ennuagé durant le temps où le prêtre avait été à l'intérieur. À sa sortie de la maison, il commanda à Elphège en montant dans le boghei :

— Amène-moi chez les Veilleux, dans le rang Sainte-Marie. Après, tu me laisseras au presbytère en passant avant d'aller à Pierreville, chez Desfossés.

Le jeune homme ne dit pas un mot. Il se contenta de faire parcourir à son attelage tout le rang Saint-Pierre avant de tourner dans le rang voisin. La brise avait tourné au nord, apportant un air beaucoup plus frais. En ce début de printemps, les champs finissaient de s'assécher. La campagne était calme, immobile.

Quand le boghei s'immobilisa près de la maison de Napoléon Veilleux, le curé de Saint-Jacques-de-la-Rive se borna à dire au conducteur :

— Attends-moi ici. J'en ai juste pour deux minutes.

Napoléon, qui avait vu l'attelage entrer dans sa cour, ouvrit la porte avec empressement.

— Batèche, monsieur le curé ! s'exclama-t-il en s'effaçant pour laisser entrer son pasteur, ça doit être toute une urgence qui vous amène comme ça à venir frapper ailleurs qu'à la porte d'en avant.

— C'est pas ma visite paroissiale, monsieur Veilleux, expliqua Antoine Joyal en retirant son chapeau. Je m'excuse d'arriver en pleine heure de dîner, ajouta-t-il en voyant toute la famille quitter précipitamment la table à son entrée dans la pièce.

— Vous dérangez rien pantoute, monsieur le curé, dit Émérentienne en s'avançant vers le prêtre. On a fini de manger. On traînait à table.

— Enlevez donc votre manteau, monsieur le curé, dit Yvette à son tour. Vous mangerez bien un peu de dessert avec nous autres.

— Vous êtes bien aimable, mais je n'ai pas le temps. Madame Dupras m'attend pour dîner. Elle me disputerait si elle apprenait que j'ai mangé ailleurs. Pour dire vrai, je suis venu voir la présidente des dames de Sainte-Anne.

Ernest Veilleux jeta un coup d'œil à son père, mais ne dit pas un mot.

— À votre service, monsieur le curé, dit Émérentienne.

— Aline Turcotte vient de mourir.

— La pauvre femme! s'exclama Yvette.

— Elle a fini de souffrir, dit sa belle-mère.

— C'est ça, fit le curé Joyal avec une certaine impatience. Le problème, c'est que les enfants n'ont pas de parenté à qui demander de l'aide et, pour dire la vérité, sa fille n'a pas l'air trop débrouillarde. En tout cas, elle m'a dit qu'elle ne se sentait pas capable de faire la toilette de sa mère avant de l'exposer.

— Ça me surprend pas de Rose-Aimée, dit Émérentienne, d'une voix un peu acide.

— J'ai pensé que madame Turcotte était aussi une dame de Sainte-Anne et que ce serait peut-être un bel acte de charité chrétienne de votre part si vous acceptiez d'aller lui donner un coup de main à préparer sa mère.

— C'est sûr que je vais y aller. Napoléon, va atteler, commanda-t-elle à son mari.

— Moi aussi, je vais y aller, déclara Yvette, pleine de bonne volonté.

— Bon. Je m'en retourne au presbytère, dit le prêtre, satisfait. Elphège m'attend dans la voiture. Il doit aller à Pierreville pour le cercueil.

Sur ces mots, le curé Joyal salua tout le monde et sortit de la maison en même temps que Napoléon, qui prit la direction de l'écurie. À l'intérieur, Émérentienne posa une main sur un bras de sa bru.

— Laisse faire pour madame Turcotte, Yvette. Dans ton état, c'est mieux de pas prendre de chance. Ernest avait l'intention d'aller vérifier les clôtures avec son père cet après-midi. Reste à la maison pour t'occuper de Maurice. Ça évitera à ton mari de perdre son après-midi.

— Oui, mais toute seule…

— Je serai pas toute seule. Je vais arrêter à côté demander à Thérèse Tremblay de venir avec moi. Elle, ça la dérangera pas. Elle a Germaine pour s'occuper de Claire.

— En tout cas, madame Veilleux, si vous avez besoin d'aide, envoyez Tit-Phège me chercher.

Ernest était retourné à table finir de boire sa tasse de thé. À la seule évocation des Tremblay, il faillit s'étouffer.

Moins de cinq minutes plus tard, Émérentienne monta aux côtés de son mari. Debout devant l'une des fenêtres de la cuisine, Yvette regarda l'attelage tourner à gauche en sortant de la cour et s'arrêter un peu plus loin, chez les voisins. Comme prévu, Thérèse n'hésita pas un seul instant à accepter d'aller porter secours aux Turcotte.

Pour sa part, Eugène ne fit pas un geste pour aller dire quelques mots au voisin demeuré dans le boghei. Il se contenta de le regarder par la fenêtre pendant que sa femme s'empressait de mettre son manteau et de se couvrir la tête d'un fichu.

— Je sais pas quand je vais revenir, prévint-elle à l'intention de Germaine avant de sortir.

— Inquiète-toi pas, maman, la rassura sa petite fille de cinq ans. Je vais prendre soin de ma tante Germaine pendant que tu seras pas là.

Émérentienne éclata de rire en même temps que ses deux voisines.

À leur arrivée chez les Turcotte, Rose-Aimée vint leur ouvrir la porte, les yeux rougis par les larmes. La jeune femme était dans un état pitoyable. Elle remercia avec effusion les deux visiteuses de venir à son aide pendant que ces dernières jetaient des regards dégoûtés à la pièce malpropre dans laquelle elles venaient de pénétrer. Après avoir offert leurs condoléances à l'hôtesse, Émérentienne et Thérèse retirèrent leur manteau et cherchèrent durant un court moment où les déposer, tant tout leur semblait sale.

— Bon, dit Émérentienne sur un ton décidé. On va s'occuper tout de suite de ta mère. As-tu fait chauffer de l'eau pour la laver?

— Non. Pas encore, répondit Rose-Aimée.

— As-tu au moins sorti le linge dans lequel elle va être exposée? demanda Thérèse.

— J'allais le faire quand vous êtes arrivées.

— Tu vas aller chercher de l'eau au puits pendant qu'on va commencer à la préparer, commanda Émérentienne, décidée à prendre rapidement les choses en main.

Au même moment, Cloclo entra dans la cuisine et se figea près de la porte en apercevant les visiteuses.

— J'ai faim, se contenta de dire l'adolescent en regardant la table où il n'y avait que de la vaisselle sale.

— C'est pas le temps de manger, Cloclo, dit Rose-Aimée. Je te l'ai dit tout à l'heure. Ma mère vient de mourir. On mangera plus tard.

— Il a pas dîné? demanda Thérèse.

— Non. J'avais pas le temps.

— On fait rien de bien avec le ventre vide, expliqua Thérèse. Cloclo, va nous chercher de l'eau. Pendant ce temps-là, je vais te préparer quelque chose à manger.

— Toi, Rose-Aimée, tu vas me nettoyer le dessus de cette table-là, reprit Émérentienne. De toute façon, on peut rien faire pour ta mère sans eau chaude.

En explorant les armoires, Thérèse découvrit des œufs et prépara une omelette en un tour de main.

— Où est ton pain ?

— J'en ai plus depuis hier. Depuis que m'man est malade, c'est madame Dubé qui nous le fait, expliqua Rose-Aimée. Mais là, elle est en visite chez sa sœur, à Yamaska.

— Tu sais pas faire du pain à ton âge ? demanda Émérentienne, éberluée.

— Bien non. Ma mère me l'a jamais montré.

— Bon. Cloclo, approche. Tu vas manger de l'omelette avec un reste de cretons.

L'adolescent s'assit à table et se mit à dévorer la nourriture déposée dans son assiette. Quand l'eau fut chaude, Rose-Aimée sortit des serviettes et accompagna les deux voisines dans la chambre de sa mère. Thérèse réprima un haut-le-cœur en constatant la malpropreté de la pièce et de la literie.

— Sors-nous des draps, des taies d'oreiller propres et le linge du dimanche de ta mère. Apporte-nous aussi une brosse à cheveux. Ensuite, tu nous laisseras la préparer, dit Émérentienne à la jeune femme qui se contentait de se tordre les mains depuis leur entrée dans la pièce. Après, tu vérifieras si tout est prêt dans le salon. Avec Cloclo, tasse tous les meubles qui sont proches du mur du fond.

— Oui, madame Veilleux, dit Rose-Aimée, apparemment très soulagée de ne pas avoir à procéder à la toilette funéraire de sa mère.

Lorsqu'elle fut sortie de la pièce, Thérèse, qui aidait sa voisine à enlever la robe de nuit de la morte, ne put s'empêcher de murmurer :

— C'est une vraie honte de vivre dans la crasse comme ça !

— Quand t'es sans-dessein, c'est pour longtemps, répliqua sa voisine. Si c'était ma fille, tu peux être certaine que ses maudits romans prendraient le chemin du poêle et qu'elle apprendrait à se décrotter et à faire à manger.

— Cette pauvre madame Turcotte a dû pas mal souffrir de voir sa maison dans cet état-là, reprit Thérèse en lavant doucement la figure de la femme.

— C'est sûr qu'Aline Turcotte était une femme plus propre que ça, mais c'est sa faute si sa Rose-Aimée est aussi empotée. Si elle l'avait élevée comme du monde, la maison ressemblerait pas à une soue à cochons.

La porte de la chambre s'ouvrit doucement dans le dos des deux femmes et Rose-Aimée déposa sur le pied du lit des draps et des taies d'oreiller propres ainsi que les vêtements de sa mère.

— C'est correct, Rose-Aimée. À cette heure, fais chauffer un gros *boiler* d'eau. On va en avoir besoin. Si t'en as fini avec le salon, commence à nettoyer la cuisine.

Quand la défunte fut coiffée et habillée, Émérentienne et Thérèse décidèrent de changer les draps et les taies d'oreiller avant de quitter la chambre. L'eau bouillait sur le poêle à bois et Rose-Aimée avait commencé à laver toute la vaisselle sale accumulée depuis plusieurs jours. Émérentienne alla inspecter le salon. Elle sortait de la pièce avec l'intention d'y retourner pour épousseter au moment où Elphège rentrait de Pierreville, suivi de près par la longue voiture noire des Desfossés.

Wilbrod Desfossés et son fils descendirent de voiture et prirent deux tréteaux à l'arrière avant de pénétrer à la suite du jeune homme dans la maison. Les deux hommes allèrent les déposer au fond du salon avant de retourner à l'extérieur y chercher un cercueil en pin. Elphège resta aux côtés de sa sœur le temps que les deux hommes déposent le corps de leur mère dans la bière. Seule Émérentienne entra dans la chambre avec eux. Un moment plus tard, elle les accompagna dans le salon où le cercueil fut mis en place.

— On reviendra samedi matin pour le service, dit le plus âgé des deux hommes après avoir renouvelé ses sympathies aux deux enfants de la disparue.

— Parfait, répondit Thérèse. On va s'occuper du reste.

Pendant un moment, les quatre personnes présentes dans la maison ne surent quoi faire. Émérentienne allait demander à Elphège de la ramener chez elle quand le bruit d'une voiture s'arrêtant près de la maison attira son attention. Un instant plus tard, Germaine Tremblay et son frère Rémi se présentaient à la porte, portant des plats.

— J'ai pensé que vous auriez peut-être besoin d'un coup de main, dit la jeune femme, pleine d'énergie. Ça fait que j'ai préparé le souper des hommes à la maison. Ils vont amener Claire avec eux aux bâtiments. Rémi va rester un peu et essayer de se rendre utile.

— C'est sûr que c'est pas l'ouvrage qui manque, affirma sa belle-sœur, en lui montrant la cuisine d'un air entendu.

— Avant de commencer, si madame Veilleux veut s'en retourner, je peux ben aller la conduire, proposa Rémi.

— Je suis pas si vieille que ça, protesta la voisine. Je suis encore capable de faire des bonnes journées, tu sauras.

— OK. Si c'est comme ça, pendant que vous travaillerez en dedans, je pense qu'on pourrait peut-être ramasser une couple de traîneries autour de la maison avant que le monde vienne voir madame Turcotte. Qu'est-ce que t'en penses, Tit-Phège ?

— C'est correct.

— Moi, j'ai cuisiné deux gâteaux après le dîner, dit Germaine en désignant les plats que son frère et elle avaient transportés.

— Bon, si c'est comme ça, on pourrait peut-être faire cuire un ou deux morceaux de viande, suggéra Émérentienne. Pour le pain, il est trop tard pour en faire cuire. On se débrouillera pour en apporter à soir en venant veiller au corps.

— Pendant que vous vous en occupez, madame Veilleux, on va laver les vitres et les planchers, dit Germaine à qui l'état de malpropreté des lieux donnait presque la nausée.

— Tant qu'à faire, Rose-Aimée, fit Thérèse, je pense que t'es mieux de sortir toute la vaisselle des armoires. On va la laver parce qu'elle va servir pas mal pendant que ta mère va être exposée.

Un peu après six heures, la maison brillait comme un sou neuf et toutes sortes d'odeurs appétissantes flottaient dans l'air. À l'extérieur, Rémi, aidé d'Elphège et de Cloclo, était parvenu à remettre un semblant d'ordre autour de la maison avant d'aller soigner les animaux. Satisfaite du travail accompli, la présidente des dames de Sainte-Anne prit congé.

— On va revenir prier avec vous autres après le souper, promit-elle aux Turcotte.

♋

À l'extérieur, la petite pluie tombée à l'heure du souper avait pris fin et la brise charriait des odeurs de terre mouillée. Dès sept heures, une bonne douzaine de voisins envahirent la maison pour venir offrir leurs condoléances aux enfants d'Aline Turcotte. Elphège, Rose-Aimée et Cloclo, endimanchés, se tenaient debout près du cercueil, raides et mal à l'aise d'être les objets d'autant d'attention.

L'orphelin, les yeux rougis, était peut-être celui des trois qui manifestait le plus sa peine. Durant les cinq dernières années, la vieille dame avait été une véritable mère pour lui et sa disparition semblait le laisser en état de choc. Le travail auquel il avait été astreint durant tout l'après-midi l'avait empêché de trop penser à sa peine. On aurait juré qu'il réalisait brusquement l'ampleur de la perte qu'il venait de subir.

Elphège et Rose-Aimée semblaient plus sereins. Leur mère était malade depuis si longtemps qu'ils avaient eu le temps de s'habituer à l'idée de sa mort.

L'abbé Groleau se présenta chez les Turcotte dès le début de la veillée. À la vue de son gabarit imposant, ceux et celles qui ne l'avaient pas encore approché murmurèrent de stupéfaction. D'autres personnes de Saint-Jacques-de-la-Rive se joignirent aux voisins dans les minutes qui suivirent. Le vicaire invita alors toutes les personnes présentes à s'agenouiller. D'une voix neutre et forte, il commença à réciter le chapelet pour le repos de l'âme de la disparue.

Après la prière, les visiteurs s'éparpillèrent autant que les dimensions de la cuisine et du salon le permettaient. Ils auraient bien envahi la petite cuisine d'été mais, apparemment, on s'en était servi comme pièce de débarras et il y régnait un désordre extraordinaire.

Les hommes finirent par se rassembler sur la galerie pour fumer, tandis que les femmes se partagèrent entre les deux pièces centrales de la demeure. Émérentienne Veilleux avait eu la même idée que Thérèse Tremblay. Toutes deux avaient apporté de grosses miches de pain qu'elles avaient déposées dans la huche en arrivant sur place. Elles n'avaient pas été les seules paroissiennes de Saint-Jacques-de-la-Rive à avoir apporté de la nourriture. De proches voisines, connaissant bien les talents culinaires limités ou la paresse de Rose-Aimée, avaient eu la charité de cuisiner quelques plats.

Eugène et son père discutaient avec le maire et Isidore Hamel sur la galerie quand Ernest Veilleux était arrivé en compagnie de sa mère et de sa femme. Le petit homme sec était entré dans la maison à la suite des deux femmes sans tourner la tête et avait fait une courte prière devant le corps de la défunte avant de sortir à l'extérieur en prenant bien soin de se placer à l'extrémité opposée de la galerie où se trouvait son ennemi juré. Il rejoignit là deux des frères Tougas et Adjutor Beaulieu avec lesquels il engagea la conversation.

Un peu après neuf heures, les femmes déposèrent sur la table de cuisine d'épaisses tranches de pain, de la charcuterie et des morceaux de gâteau. Plusieurs s'approchèrent pour se servir avant de prendre congé. L'abbé Groleau surprit plus d'une personne par son solide appétit.

— Mon Dieu, murmura Germaine à Yvette, j'espère que c'est monsieur le curé qui va venir prier au corps demain soir. S'il renvoie son vicaire, on n'aura jamais assez de manger pour durer jusqu'à vendredi soir.

— Qu'est-ce que tu veux ? fit Yvette qui venait justement de voir son Ernest apparaître à côté du colosse. Une pièce d'homme comme ça, tu nourris pas ça avec de l'air.

Germaine aperçut du coin de l'œil son frère Rémi en grande conversation avec Corinne Hamel. Elle vit aussi Florence Fournier, à l'écart, qui épiait le couple avec un regard noir. Cette dernière ne se faisait plus beaucoup d'illusions sur ses chances d'attirer l'attention du beau Rémi. Depuis son retour, le jeune homme avait recommencé à fréquenter assidûment Corinne. Elle le voyait entrer chez les voisins au moins deux fois par semaine.

Il y eut peu de visiteurs durant les journées du jeudi et du vendredi, mais plusieurs personnes se présentèrent chaque soir.

⁓

Un peu après quatre heures, le vendredi après-midi, Eugénie Dupras mit sur ses épaules son châle noir et sortit du presbytère pour tenter d'interpeller Anatole Duchesne. Son coffre à bois était pratiquement vide. Voir à ce que le presbytère ne manque pas de bûches faisait partie des attributions du bedeau et la vieille ménagère n'appréciait pas du tout d'avoir à lui courir après pour le lui rappeler constamment. Après avoir scruté les environs, la servante se rendit à l'évidence : le petit homme à la mine chafouine ne se trouvait pas autour de l'église ni du presbytère.

— Il doit être encore en train de bavasser comme une vieille pie avec les autres commères du village au magasin général, dit-elle à haute voix avec mauvaise humeur. Si je suis obligée d'aller le chercher là, lui, il va s'en rappeler !

L'abbé Groleau, qui revenait de l'école du village, l'entendit.

— Qu'est-ce qui se passe, madame Dupras ? demanda-t-il avec un large sourire. On dirait que vous êtes fâchée après quelqu'un.

— Je cherche notre maudit bedeau qui se cache encore quelque part. J'ai besoin de bois pour chauffer le poêle sinon le souper sera jamais prêt à temps.

— Laissez faire. Je vais vous en monter une couple de brassées.

— Vous savez que monsieur le curé aime pas bien ça vous voir faire ce genre d'ouvrage-là, lui fit-elle remarquer, tout de même reconnaissante de sa proposition.

— Il n'est pas obligé de le savoir. Je pense qu'il est parti à Nicolet, à l'évêché, non ?

— Oui.

— Bon. Rentrez, madame Dupras. Je m'occupe de votre bois.

Le colosse fit le tour du presbytère et entra dans la remise, là où le bois avait été cordé au début de l'automne par des jeunes de la paroisse. Dès l'ouverture de la porte, le prêtre eut la surprise de découvrir le bedeau dormant comme un bienheureux, recroquevillé sur un vieux banc d'église, la tête posée sur une épaisse couverture. Le prêtre heurta du pied une bouteille aux deux tiers vide en voulant s'approcher du dormeur. Il se pencha et en renifla le contenu : du caribou.

— Monsieur Duchesne ! Monsieur Duchesne ! cria-t-il au vieil homme en le secouant d'importance. Réveillez-vous !

L'autre ne broncha pas d'un poil, trop ivre pour reprendre pied dans la réalité. Le prêtre saisit un broc vide accroché au montant de la porte et alla le remplir d'eau froide au puits. Il revint et en laissa couler lentement le contenu sur la figure de l'ivrogne qui se contenta de s'ébrouer avant de se tourner de l'autre côté pour continuer sa sieste. L'abbé n'insista pas plus longtemps et décida de le laisser cuver en paix. Il fit trois allers-retours jusqu'à la cuisine du presbytère les bras chargés de rondins. Il allait rejoindre sa chambre quand une idée subite le frappa.

— Et la fosse ? se demanda-t-il à mi-voix. Est-ce qu'il l'a creusée ? Il manquerait plus que ce soit pas fait avec l'enterrement qui a lieu de bonne heure demain matin.

Le jeune prêtre retourna sur ses pas et prit la direction du cimetière voisin, à la recherche du monticule qui lui aurait révélé que le bedeau avait bien rempli son rôle de fossoyeur avant de s'enivrer. Il ne vit aucune trace de terre fraîchement remuée. Il parcourut quelques allées du petit cimetière paroissial avant d'identifier le lot des Turcotte. Il ne pouvait se tromper. Le bedeau y avait déposé sa pelle sans avoir toutefois commencé son travail. Pendant un instant, Roland Groleau hésita sur la conduite à suivre. Il pouvait retourner à la remise et tenter de faire reprendre ses esprits au vieil ivrogne ou encore se mettre à la recherche d'un paroissien qui accepterait de se charger de la tâche désagréable de creuser dans un lot déjà pourvu de trois locataires, s'il se fiait à la pauvre pierre tombale déposée à son extrémité. Mais alors, le pauvre bedeau allait être l'objet de racontars dans la paroisse et il ne couperait pas à de sérieuses remontrances de la part du curé Joyal.

Le vicaire n'hésita qu'un moment. Il jeta un coup d'œil autour de lui pour s'assurer d'être bien seul dans les lieux. Il retira rapidement sa soutane et retroussa ses manches sur ses bras musculeux. Il empoigna la pelle appuyée contre la pierre tombale et se mit à creuser avec une vigueur qui témoignait bien de sa force physique exceptionnelle. Moins d'une demi-heure plus tard, il déposa la pelle à l'endroit où il l'avait trouvée, s'essuya le front avec son large mouchoir et remit sa soutane. Heureux de son geste, il retourna ensuite tout souriant au presbytère.

Au passage, le vicaire remarqua que le bedeau avait disparu. C'était tant mieux. S'il avait fallu que le curé Joyal le découvre dans cet état à son retour de Nicolet, Anatole Duchesne aurait passé un mauvais quart d'heure.

☙

Le lendemain matin, les Desfossés arrivèrent chez les Turcotte sur le coup de huit heures. Les quelques voisins venus assister le frère et la sœur ce matin-là récitèrent une prière devant la dépouille de la disparue avant que Wilbrod Desfossés ne tende à Rose-Aimée le chapelet qui avait été enroulé autour des mains de sa mère décédée. Ensuite, il pria les gens de sortir du salon dont il referma soigneusement la porte derrière lui. Quand il la rouvrit une dizaine de minutes plus tard, le couvercle du cercueil avait été vissé et, avec l'aide de son fils, il le sortit à l'extérieur en passant par la porte qui s'ouvrait sur la façade de l'humble maison.

Les hommes présents se découvrirent respectueusement au passage du cercueil. Tout le monde s'installa ensuite dans les voitures et un court convoi se dirigea lentement vers l'église paroissiale en soulevant derrière lui un nuage de poussière. Il y avait très peu de gens dans l'église quand le curé de la paroisse, vêtu de sa chape noire et coiffé de sa barrette, vint accueillir le corps de sa défunte paroissienne à l'arrière du temple.

Le service funèbre fut une cérémonie toute simple durant laquelle l'officiant s'attacha à vanter les mérites de la disparue avant d'inviter l'assemblée à le suivre au cimetière pour la confier à la terre où elle reposerait en paix pour l'éternité. Entouré de deux servants de messe, le curé prit la tête du cortège qui contourna l'église pour pénétrer dans le cimetière. Le vicaire, même s'il n'officiait pas, se joignit au groupe.

Deux paroissiens aidèrent les Desfossés à transporter le cercueil jusqu'au lot des Turcotte. Le bedeau, le visage chiffonné, se tenait un peu à l'écart, déjà armé de la pelle qui lui servirait à combler la fosse. Les fidèles présents entourèrent leur pasteur pour réciter avec lui une dernière prière avant que le cercueil ne soit descendu lentement à l'aide de câbles au fond de la fosse. Les gens se dispersèrent ensuite, soudainement assez pressés de retourner à leurs occupations.

L'abbé Groleau attendit que la petite foule ait quitté les lieux pour s'approcher du bedeau qui avait commencé à jeter des pelletées de terre dans la fosse. À la vue du vicaire, Anatole Duchesne s'arrêta et se gratta la tête en passant un doigt sous sa casquette.

— J'espère que vous avez pas eu trop de misère à creuser la fosse hier, monsieur Duchesne, demanda le prêtre, narquois.

— Pan… Pantoute, monsieur l'abbé, bégaya le vieil homme. Vous sa… savez, quand on a l'ha… l'habitude, ça se fait presque tout seul.

— Presque tout seul ? fit le jeune prêtre.

— Ben oui, fit l'autre d'une voix assurée.

— Comme ça, vous vous souvenez d'avoir creusé cette fosse-là hier ?

— Qui voulez-vous que… que ce soit, si c'est pas moi ? demanda Anatole, un peu intrigué.

— Moi, par exemple, dit l'abbé avec le sourire.

— Pour… Pourquoi vous auriez fait ça ?

— Peut-être parce que le bedeau était trop soûl pour le faire lui-même.

— Moi, soûl ? Vo… Voyons donc, monsieur l'abbé ! Je bois pra… pratiquement pas, s'insurgea le bedeau sur un ton offusqué.

— Pour moi, hier, vous avez fait toute une exception. Vous dormiez dans la remise. Un broc d'eau froide vous a même pas réveillé. Madame Dupras vous cherchait partout, vous savez. Elle voulait du bois pour son poêle. J'ai transporté le bois et après, quand j'ai vu que vous étiez pas en état de creuser la fosse, je l'ai fait à votre place.

— Ah ! C'est… C'est pour ça que j'ai tant mal à la tête à ma… matin, fit le bedeau avec l'air de comprendre soudainement ce qui n'allait pas. C'est pas que j'ai trop bu hier, c'est… c'est que j'ai dû boire de la mau… mauvaise boisson. Vous savez, monsieur l'abbé, juste un verre de mau… mauvais caribou, ça peut vous a… assommer ben net.

— Ça doit être ça, fit le prêtre en réprimant difficilement un sourire. La prochaine fois, essayez donc de prendre un verre pas mal moins grand. Ça videra pas votre bouteille des deux tiers et ça vous fera moins mal si le caribou est pas bon.

— Merci du con… conseil, monsieur l'abbé. Vous êtes pas mal a… arrangeant d'avoir fait mon ouvrage sans aller vous plaindre à mon… monsieur le curé.

— N'en parlons plus, monsieur Duchesne, mais prenez-en tout de même pas l'habitude. Oubliez pas que l'alcool rend l'homme semblable à la bête.

Chapitre 7

Un bien joli mois de mai

Après quelques jours de bouderie, le mois de mai avait fait une entrée triomphale à Saint-Jacques-de-la-Rive. Le soleil s'était sérieusement mis dès lors de la partie pour tout assécher et les feuilles des arbres passèrent du vert tendre au vert foncé. En fait, il suffit d'une seule semaine pour faire disparaître les teintes ternes du paysage. Tout se mit à pousser, comme si la nature était impatiente de profiter de la trop courte saison chaude.

Dans la plupart des maisons, l'heure était au grand ménage du printemps avant d'emménager jusqu'à l'automne dans la cuisine d'été, une pièce beaucoup mieux aérée et plus fraîche.

Ce lundi matin là, Thérèse Tremblay se leva pleine d'énergie, bien décidée à commencer ce qu'elle appelait son « grand ménage ». Lorsque les hommes vinrent s'attabler pour déjeuner après avoir soigné les animaux, elle leur annonça que Germaine et elle auraient besoin de leur aide pour nettoyer les tuyaux du poêle de la cuisine d'hiver avant qu'elles ne s'affairent au lavage des plafonds, des murs, des fenêtres et des parquets.

— On n'a pas le temps de s'occuper de ça, s'empressa de lui répondre son mari, qui détestait particulièrement cette tâche. La semaine passée, on a laissé sortir les vaches, mais elles sont pas dans le bon pacage. Il reste à aller relever la clôture dans le dernier champ parce que c'est là qu'elles vont passer l'été. C'est à matin que ça doit se faire.

— Eugène Tremblay, dans l'état de ta femme, il est pas question qu'elle grimpe dans un escabeau pour faire cette *job*-là, tu m'entends? protesta sa sœur. Elle commence son cinquième mois, au cas où tu l'aurais oublié.

Les hommes assis autour de la table prirent un air gêné tant il n'était pas coutume d'évoquer ouvertement l'état d'une femme enceinte. Magloire resta silencieux, se limitant à lancer à sa fille un regard de reproche pour son manque de retenue. Il jeta ensuite un bref coup d'œil à Rémi, qui venait de s'emparer de la miche de pain déposée sur la table devant lui.

— Ils vont être deux pour s'occuper de la clôture, temporisa Rémi. Je vais m'occuper des tuyaux du poêle et je vais même vous laver les plafonds, si ça vous dit.

Évidemment, les deux femmes s'empressèrent d'accepter son offre. Après le déjeuner, Thérèse alluma le poêle de la cuisine d'été pour la première fois depuis l'automne précédent et mit à bouillir une importante quantité d'eau que son mari, un peu honteux d'avoir esquivé la tâche ingrate de nettoyer les tuyaux, s'empressa d'aller chercher au puits.

Après le départ de Magloire et de son aîné aux champs, Rémi se mit résolument au travail. Il désassembla les tuyaux du poêle de la cuisine d'hiver et les transporta à l'extérieur pour les nettoyer. Pendant ce temps, Germaine en profita pour astiquer le poêle après avoir recueilli une bonne quantité de cendres qu'elle écrasa soigneusement avant de les déposer dans un gros pot. Elles allaient servir au brossage quotidien des dents.

Lorsque l'eau fut chaude, Rémi en remplit un seau et, à l'aide du savon du pays, lava le plafond et les murs de la cuisine pendant que sa belle-sœur se chargeait de laver les rideaux et la literie de toute la maison. Armée de sa planche à laver, elle s'était installée sur la galerie, à l'arrière de la maison, et étendait le linge au fur et à mesure sur la corde. Lorsqu'elle termina son lavage, elle ne prit aucun repos. Elle réajusta son chignon et commença le nettoyage des fenêtres.

Pour sa part, Germaine, aussi infatigable, s'était attaquée au salon avec son énergie coutumière. Quand Rémi vint lui proposer son aide, elle préféra l'envoyer laver les pièces à l'étage, se réservant le récurage de la chambre d'Eugène et de Thérèse, au rez-de-chaussée.

— Laisse faire, dit Thérèse. Je suis au moins capable de laver notre chambre.

— Il est pas question que tu grimpes dans quoi que ce soit, répliqua sa belle-sœur, en repoussant une mèche qui avait échappé à son chignon. S'il t'arrivait quelque chose, je me le pardonnerais pas. On a l'aide de Rémi, on serait bien bêtes de pas en profiter, ajouta-t-elle avec un sourire malicieux.

— Si c'est comme ça, je vais transporter la vaisselle dans les armoires de la cuisine d'été, dit Thérèse, reconnaissante. Je les ai lavées tout à l'heure. Elles sont propres.

— Et moi, je vais aider maman, ajouta la petite Claire qui suivait sa mère comme une ombre depuis le début de la matinée.

La petite équipe travailla si bien qu'à l'heure du midi il ne restait à s'occuper que de l'une des chambres de l'étage. Thérèse fit réchauffer des restes de fricassée de la veille pour le repas pendant que Claire, sous la supervision de Germaine, terminait de dresser le couvert.

— À partir d'aujourd'hui, vous oubliez pas d'accrocher votre linge en passant dans la remise quand vous revenez de l'étable, précisa cette dernière aux hommes. La même chose pour vos bottes. La cuisine d'été est propre et on veut pas que ça sente la vache.

Les cultivateurs recevaient la même mise en garde chaque printemps, dès la fin du grand ménage. Si les femmes acceptaient qu'on utilise leur cuisine d'été comme pièce de rangement durant la mauvaise saison, c'était une tout autre histoire lorsque le beau temps revenait. Malheur à celui qui oubliait que cette pièce faisait partie intégrante de la maison.

— Après ta sieste, Eugène, tu vas me transporter toutes les paillasses dans la grange et me les vider, dit sa femme au moment où elle commençait à desservir.

— Pas aujourd'hui?

— Aujourd'hui, précisa sa femme sur un ton sans réplique. Et tu m'attends pour les remplir, tu m'entends?

Il y eut des ricanements autour de la table des Tremblay. Eugène prit un air agacé, mais se garda bien de répliquer. La remarque de Thérèse était justifiée par une mésaventure survenue l'automne précédent.

Comme dans la plupart des foyers, le remplacement du contenu des paillasses se faisait deux fois par année chez les Tremblay: à l'automne et au printemps. Si on désirait avoir un matelas assez confortable, il fallait changer à ce rythme la paille dont était remplie l'enveloppe en grosse toile. Le travail n'était pas très éreintant. Il suffisait de transporter la paillasse à la grange, d'en découdre un coin pour en retirer la vieille paille tassée et remplacer cette dernière par de la paille propre. Le tout était de mettre suffisamment de paille pour que le matelas soit confortable durant près de six mois.

Or, durant les préparatifs de l'automne, Eugène s'était chargé du travail sans y apporter trop de soin. Le soir même, Thérèse venait à peine de se mettre au lit qu'elle se tourna vers son mari.

— Tu trouves pas que ça sent drôle ici-dedans? lui avait-elle demandé.

Eugène s'était soulevé sur un coude et avait bruyamment reniflé avant de laisser tomber :

— Non.

— Je te dis qu'il y a quelque chose qui sent mauvais, avait repris Thérèse, une minute plus tard. Cette senteur-là me tombe même sur le cœur.

Son mari s'était bien gardé de dire un mot, peu intéressé à rallumer la lampe à huile pour se mettre à chercher la source de cette odeur.

— Ça y est, je l'ai ! avait fini par dire sa femme en s'assoyant carrément dans le lit. Ça sent le mulot mort. Il y a un mulot qui est venu crever dans notre chambre.

— Ça se peut ben, avait dit Eugène. On le trouvera demain matin, quand il fera clair.

— Il est pas question que je dorme dans une odeur pareille, avait repris Thérèse en allumant la lampe. Lève-toi et viens m'aider à chercher. Si ce maudit mulot-là a mangé mon linge dans mes tiroirs, je pique une crise.

Malgré sa placidité, Eugène n'avait pu s'empêcher de dire sur un ton rageur :

— Torrieu que t'es fatigante !

Durant de longues minutes, le mari et la femme avaient cherché partout dans la pièce. Le contenu de chaque tiroir avait été répandu sur le lit avant d'être remis en place.

— Dis-moi pas qu'on va être obligés de vider la penderie ? s'était plainte Thérèse.

À contrecœur, ils s'étaient exécutés, sans obtenir plus de succès. Ils avaient fouillé le moindre recoin de la chambre sans mettre la main sur la cause de ces relents nauséabonds.

— Bon ! Ça va faire ! s'était écrié Eugène, exaspéré. On se couche et on cherchera demain, à la clarté.

Ce n'est qu'en se remettant au lit que Thérèse avait pensé à la paillasse. Elle avait soulevé les couvertures et le drap, et avait reniflé de près l'enveloppe de toile.

— Eugène Tremblay! s'était-elle exclamée. T'as pas regardé pantoute ce que tu faisais quand t'as rempli la paillasse. La senteur vient de là. Envoye! On sort ça de notre chambre et on va aller vider cette cochonnerie-là dans la grange demain matin. Il va falloir que je lave l'enveloppe.

Le lendemain matin, ils avaient découvert, comme il se doit, le cadavre d'un mulot à moitié desséché mêlé à la paille. Cette bévue d'Eugène n'était pas prête de s'effacer de la mémoire de sa femme, qui s'était fait la promesse de surveiller son mari lors des corvées de nettoyage de la maison et de remplissage des paillasses.

À la fin de l'après-midi, « le grand barda », comme se plaisait à l'appeler Germaine, était terminé. Chaque lit était pourvu d'une paillasse bien remplie et couverte d'un drap et de couvertures fraîchement lavés. Les femmes avaient même trouvé le temps d'ajouter des plumes d'oie à certains oreillers un peu trop mous.

Cependant, malgré la fatigue d'une pareille journée, Thérèse insista pour participer à la récitation du chapelet à l'église, à sept heures.

— Le mois de mai est commencé depuis une semaine, et j'y suis pas encore allée une fois, dit-elle en finissant d'essuyer la vaisselle. Monsieur le curé va finir par s'apercevoir que je suis pas là souvent.

— Monsieur le curé doit ben comprendre que tout le monde est dans le gros de l'ouvrage ces temps-ci, répliqua Eugène qui se doutait bien que sa femme allait lui demander d'atteler et de l'accompagner.

— C'est pas une excuse, répliqua sa femme, l'air sévère. On va y aller. On a amplement le temps de se préparer, ajouta-t-elle sur un ton décidé.

— Je vais y aller demain, déclara Germaine.

— Moi, je vais monter avec vous autres, dit Rémi.

— Dis-moi pas que tu deviens pieux ? se moqua son frère. Dans ce cas-là, je te laisse y aller avec Thérèse.

— Pantoute, fit son frère. Tu y vas avec ta femme. Moi, je suis pas un mangeux de balustres. J'ai ben assez d'aller à la messe du dimanche. Je veux juste aller jaser au magasin général pour savoir ce qui se passe dans la paroisse.

⁓

Au même moment, le curé Joyal facilitait sa digestion laborieuse en faisant les cent pas sur la large galerie qui ceinturait le presbytère. La tête protégée par sa barrette, le digne ecclésiastique lisait son bréviaire en jetant des regards inquisiteurs sur les gens qui commençaient à se rassembler sur le parvis de l'église. L'air transportait des effluves de terre mouillée. De temps à autre, les cris des jeunes enfants occupés à leurs jeux venaient seuls troubler la paix du village. Anatole Duchesne était en train d'ouvrir les portes de l'église pour aérer les lieux. L'abbé Groleau était entré dans la sacristie quelques minutes plus tôt pour procéder aux derniers préparatifs de la récitation du chapelet.

Ce soir-là, le curé Joyal n'était pas particulièrement heureux. Il réprima difficilement une grimace de mécontentement en se rappelant le nombre peu élevé de ses paroissiens qui s'étaient donné la peine de se présenter à la récitation du chapelet les soirs précédents. De toute évidence, ses rappels répétés n'avaient pas été entendus. Il lui faudrait probablement encore rugir du haut de la chaire le dimanche suivant pour les inciter à venir plus nombreux. Selon lui, il était anormal que la majorité des fidèles soient les personnes âgées, les dames de Sainte-Anne et les enfants de Marie. S'il fallait qu'il se fâche pour décider les autres à venir prier Marie, la mère de Dieu, il allait le faire. Dans cet état d'esprit, le pasteur referma son bréviaire, le glissa dans l'une des vastes poches de sa soutane et descendit l'escalier pour se diriger vers la porte de la sacristie.

À cet instant, le boghei des Tremblay s'arrêta dans le stationnement de l'église. Rémi en descendit et aida sa belle-sœur à en faire autant pendant que son frère Eugène attachait solidement le cheval à un pieu dressé à cet effet.

— On se voit plus tard, dit Rémi avant de prendre la direction du magasin général situé en face, à l'intersection des rangs Sainte-Marie et Saint-Edmond.

Il y avait déjà une demi-douzaine de jeunes gens rassemblés sur la galerie de la maison jaune aux ouvertures peintes en rouge appartenant à Joseph Pouliot.

— Si tu décides de rester à veiller avec la belle Hélèna, se moqua Eugène, oublie pas de venir nous avertir avant qu'on rentre.

— Es-tu fou, sacrement! jura le jeune homme à mi-voix. Tu peux être certain que je serai jamais assez mal pris pour aller veiller avec elle.

— Qu'est-ce que t'as à lui reprocher? lui demanda Thérèse en vérifiant du bout des doigts que son chapeau était correctement posé sur sa tête.

— Rien, mais elle me donne froid dans le dos, la petite noiraude, admit son beau-frère en riant. Ça, ça va faire tout un *boss*! Quand je la regarde, elle me rappelle mon *foreman* au chantier...

— Voyons, Rémi, protesta Thérèse. Elle a juste vingt ans.

— Peut-être, mais elle promet. Elle est mauvaise comme la gale, cette fille-là. Je voudrais ben voir le premier gars de la paroisse qui essaierait de lui manquer de respect. Elle est ben capable de lui arracher les yeux... Sans parler que son père et sa mère sont pas un cadeau non plus.

Au moment où il quittait le couple, Hélèna Pouliot passa près d'eux, la voilette de son petit chapeau baissée sur les yeux. Elle leur adressa un mince sourire avant de poursuivre dignement son chemin vers l'église. Rémi fit quelques pas vers la route, mais bifurqua soudainement vers la droite. Il venait d'apercevoir Charlotte Poirier, toute pimpante, en train de traverser la route. Il s'empressa d'aller au-devant d'elle pour lui dire quelques mots. Il l'aurait bien accompagnée jusqu'à l'église s'il n'avait pas remarqué les deux frères de Corinne qui le regardaient, debout sur la galerie du magasin général en compagnie du grand Charles Tougas.

Rémi quitta à regret la jeune fille et rejoignit les jeunes de la paroisse qui parlaient fort et se donnaient des airs de matamores à l'entrée du magasin général.

— Dis donc, Tremblay, est-ce que tu ferais de l'œil à une autre fille qu'à ma sœur ? l'apostropha Aimé Hamel sur un ton plaisant quand ce dernier posa un pied sur la première marche de l'escalier conduisant au commerce de Joseph Pouliot.

— Elle va être contente en maudit d'apprendre ça ! reprit son jeune frère Omer en allumant sa pipe.

— Aïe, vous deux ! Ça va faire, hein ! Je suis pas encore votre beau-frère, se défendit Rémi avec un peu d'humeur. Allez surtout pas partir ce genre de bruit pour lui faire de la peine pour rien. Je suis juste poli.

Il y eut un bref silence. Rémi se tourna vers son meilleur ami, Charles Tougas. Ce dernier était un grand type dégingandé à peu près du même âge que lui, tout en nerfs et en muscles. Si Rémi était un bel homme qui adorait jouer au joli cœur, l'autre était d'une laideur sympathique. Il était reconnu dans la paroisse pour être aussi fantasque qu'imprévisible. Les deux jeunes hommes avaient fait les quatre cents coups ensemble et descendaient dans le même chantier depuis trois ans, chaque automne.

— Dis-moi pas que t'es déjà tanné de Montréal ? lui demanda Rémi en le frappant sur le bras.

Une dizaine de jours auparavant, un Charles Tougas enthousiaste lui avait appris une grande nouvelle : il abandonnait tout derrière lui et allait se chercher un emploi à Montréal. Selon ses dires, il était « écœuré de la campagne » et voulait connaître la vie facile et confortable de la ville. Il partait avec d'autant moins de remords que la terre paternelle allait revenir à son frère aîné, Antonius, déjà pourvu d'une femme et de trois enfants. De plus, son frère Lionel, âgé de vingt et un ans, travaillait déjà à la ferme avec son père et son frère.

— Pantoute, répliqua le jeune homme en prenant une pose avantageuse. Je suis venu en train de Montréal pour deux ou trois jours. Je commence à travailler dans une *shop* de la rue Notre-Dame dans une semaine.

— Cré maudit ! s'exclama l'un des frères Hamel. On peut dire que t'as pas eu trop de misère à te trouver une *job*.

— Ben non. Le plus beau, c'est qu'ils vont me donner six piastres par semaine, à part ça.

— Six piastres, répéta, rêveur, le jeune Omer Hamel.

— C'est pas le Pérou, fit remarquer Rémi en allumant sa pipe. Je suppose que tu vas travailler treize heures par jour et six jours par semaine pour ce salaire-là… C'est pas plus payant que le chantier, ton affaire.

— Peut-être, fit son ami, mais oublie pas que ça dure douze mois par année, pas juste cinq.

— Ouais, répliqua l'autre en affichant un air peu convaincu.

— En plus, dis-toi ben que vivre en ville, c'est autre chose que vivre à la campagne, reprit Tougas. C'est la vraie vie. Il y a l'électricité à cette heure.

— En v'là toute une affaire, fit Rémi sur un ton dédaigneux.

— J'ai entendu dire qu'il y en avait pas partout, intervint le propriétaire du magasin général, sorti à l'extérieur pour respirer un peu d'air frais.

— C'est vrai, reconnut Tougas, mais il y a les petits chars pour aller où tu veux. C'est épeurant comme ça va vite. Tu payes une cenne et ils t'amènent n'importe où dans la ville. Tu peux aller au parc Sohmer, sur le bord du fleuve ou au parc Royal. Tu te rappelles de Labrie ? ajouta-t-il à l'intention de Rémi.

— Ouais, le petit gros qui marquait le bois au chantier ?

— En plein ça. C'est chez eux que je suis resté à Montréal. OK, son logement de la rue Panet est sombre et pas mal petit. Les toilettes sont encore dehors, au fond de la cour, mais il paraît que cette année, ils vont installer l'électricité dans sa rue et qu'il va y avoir l'eau courante et les toilettes dans chaque logement. Ça, c'est ce que j'appelle la belle vie. En plus, c'est proche de tout. Le soir, on est allés marcher rue Sainte-Catherine. C'est pas croyable, il y avait du monde là jusqu'à minuit n'importe quel soir de la semaine.

— Sacrifice ! s'exclama Aimé. On rit pas !

— Labrie m'a dit que l'été, les gens prennent les petits chars pour aller faire des pique-niques au Bout-de-l'Île, au Saut-au-Récollet et même à Cartierville, à l'autre bout de la ville.

— Tout ça, c'est ben beau vu de loin, intervint Joseph Pouliot qui avait l'âge d'être le père des quatre jeunes gens rassemblés sur sa galerie. Mais oubliez pas que ça doit pas être si drôle que ça de travailler pour un *boss* treize heures par jour enfermé entre quatre murs. Moi, j'aurais jamais été capable d'endurer ça.

— Je suis pas sûr que je serais capable de vivre comme ça, moi non plus, renchérit Rémi.

— Vous êtes juste des jaloux, fit Tougas en déposant sa bouteille de boisson gazeuse vide à ses pieds. Au fond, vous haïriez pas ça pantoute être à ma place.

⁓

Le lendemain, à la fin de l'avant-midi, Émérentienne Veilleux était occupée à touiller le contenu malodorant d'un gros chaudron en fonte déposé sur le foyer, au bout du jardin, quand son fils Ernest revint à la maison. Toujours aussi nerveux, il arrêta près du jardin la voiture sur laquelle avait été déposés des pieux de cèdre, un rouleau de barbelés, une pelle et une masse.

— Torrieu! m'man, ça sent jusqu'au bout du champ, cette cochonnerie-là! dit-il à sa mère en grimaçant de dégoût.

— Si tu connais une autre recette pour faire du savon du pays, gêne-toi pas pour me la donner, répliqua sa mère avec humeur. À moi aussi, ça me donne mal au cœur, mais il faut ce qu'il faut si on veut être capables de se laver.

Le grand ménage du printemps avait donné le coup de grâce aux dernières provisions de savon des Veilleux et il avait fallu se décider à en fabriquer. Ce matin-là, Émérentienne et sa bru avaient déposé dans le grand chaudron noir tous les os et le gras amassés durant les dernières semaines et avaient fait bouillir le tout depuis l'aube avant d'y ajouter de la soude caustique et des cendres. Il ne restait qu'à surmonter la mauvaise odeur pour venir remuer le contenu du chaudron de temps à autre. À l'heure du dîner, on laisserait éteindre le feu et on coulerait le liquide épais et malodorant dans une grande casserole. Le lendemain, il ne resterait plus qu'à démouler et à couper le produit en pains bruns. Le savon ainsi fabriqué ne sentait peut-être pas très bon, mais son efficacité n'était plus à prouver.

— Est-ce que p'pa est revenu de chez Crevier ?

— Il vient de rentrer. Il est dans l'étable.

Ernest laissa sa mère et se dirigea vers le bâtiment où il trouva son père en train de nettoyer.

— As-tu déjà fini de redresser la clôture ? demanda Napoléon en cessant, un moment, de déposer du fumier dans une grosse brouette en bois.

— J'ai presque fini, répondit son fils, la mine sombre.

— Même au bout de la terre, du côté de chez Tremblay ?

— Je suis rendu là.

— Qu'est-ce que t'as à avoir l'air bête comme ça ?

— Il y a que je suis certain que le gros maudit voleur d'à côté a tassé la clôture d'au moins deux pieds !

— Bon. V'là autre chose ! s'exclama Napoléon. Qu'est-ce qui te fait dire ça ?

— La clôture fait un croche à cette place-là. Les piquets ont été changés. On voit tout de suite que ce sont des piquets neufs.

— Au bout, proche du bois ?

— Ouais.

— Tu sais comme moi qu'elle a toujours fait un croche à cette place-là, lui fit remarquer son père.

— Mais pas comme ça. Je connais notre terre, p'pa. Je suis capable de me rendre compte quand on nous en vole un bout ! L'enfant de chienne, il l'emportera pas au paradis, celle-là !

— As-tu ben regardé avant de t'énerver ?

— Venez voir si vous me croyez pas.

— Non. Toi, reste ici et finis de ramasser le fumier, répliqua sèchement son père. Je suis capable d'aller voir tout seul. Tu sais aussi ben que moi qu'il y a juste à *tchéquer* la borne.

— Ça se tasse une borne, p'pa.

Napoléon sortit de son étable sans se presser, monta dans la voiture et prit la direction du bout de sa terre. Parvenu au dernier champ, il en descendit après s'être emparé de la pelle déposée dans la voiture. Il se mit ensuite à suivre la double rangée de fil barbelé qui séparait sa terre de celle du voisin. Il vit la demi-douzaine de vaches des Tremblay en train de brouter paisiblement à faible distance de la clôture. Les bêtes tournèrent la tête vers lui à son passage sans pour autant se déplacer. Parvenu à l'endroit où la clôture obliquait légèrement vers son bien, le vieux cultivateur regarda avec soin autour de lui. À première vue, rien n'avait changé depuis la dernière fois qu'il était venu, la semaine précédente.

Pour en avoir le cœur net, Napoléon se rendit au dernier piquet de clôture. Le piquet de cèdre était neuf, de toute évidence. Mais cela ne prouvait rien. Le voisin pouvait fort bien avoir pris sur lui de changer un poteau de cèdre pourri par un nouveau pour solidifier la clôture. Après tout, cette clôture lui appartenait autant qu'aux Veilleux. Pourquoi risquer de voir ses bêtes s'égailler dans le bois?

Il examina la terre autour du piquet. Il y avait de nombreuses traces de pas, probablement celles d'Eugène Tremblay et d'Ernest. Nulle part, il ne releva un trou révélant que la clôture avait été déplacée.

— Maudit torrieu! jura Napoléon. Comme s'il était pour s'amuser à tasser une clôture pour deux pieds de terre.

Malgré tout, il se mit à creuser avec précaution au pied du nouveau piquet de cèdre. Il n'eut pas à travailler longtemps avant que le fer de sa pelle ne heurte un objet qui rende un son clair. Il abandonna alors son outil et s'agenouilla pour vérifier: c'était bien de la vaisselle cassée que sa pelle avait touchée. Le cultivateur savait qu'on avait scrupuleusement respecté son bien. Il remplit le trou qu'il venait de creuser. Au moment où il allait rebrousser chemin pour regagner sa voiture, il s'arrêta brusquement.

Le vieil homme se rendit compte que deux sections de fil de fer barbelé avaient été coupées entre deux poteaux donnant sur la terre à bois des Tremblay.

— Maudit innocent! dit le vieux cultivateur, furieux.

Il retourna à sa voiture pour aller y prendre du fil de fer et des crampons, et travailla une quinzaine de minutes à réparer la clôture du voisin avant de revenir à ses bâtiments. Au moment où il arrêtait son attelage devant l'étable, Ernest en sortait.

— Viens donc ici, toi! lui ordonna-t-il sur un ton cassant.

Le petit homme à l'épaisse moustache suivit son père dans l'étable.

— Qu'est-ce qu'il y a?

— Il y a, baptême, que je me demande si t'es pas en train de virer fou à cause de ta chicane avec le voisin! La clôture a pas bougé d'un pouce, tu sauras. J'ai vérifié. Mais lui, la clôture au bout de sa terre, qu'il vient juste d'inspecter, elle s'est pas coupée toute seule.

— J'ai rien à voir là-dedans, mentit effrontément Ernest.

— Aïe! Prends-moi pas pour un fou! Tremblay est peut-être paresseux, mais il laisserait jamais ses vaches dans un champ où la clôture est défaite. Refais-moi plus jamais ce genre de niaiserie-là, tu m'entends?

Chapitre 8

Quelques nouveautés

La première semaine de juin tirait à sa fin et il régnait une chaleur écrasante sur la région. Il faisait si chaud que l'air semblait vibrer. L'odeur entêtante du lilas se mêlait à celle, plus délicate, des pivoines et des fleurs des champs. Depuis quinze jours, il n'était pas tombé une seule goutte de pluie et les voitures soulevaient sur la route un épais nuage de poussière qui mettait beaucoup de temps à retomber. Les enfants fréquentant les écoles de rang musardaient sur le chemin, apparemment peu pressés d'aller s'enfermer dans une classe surchauffée. D'ailleurs, les élèves les plus âgés avaient déjà abandonné leurs études pour participer au travail des champs.

Depuis quelques jours, on assistait à l'habituel spectacle de familles entières en train de parcourir les champs en long et en large. On scrutait soigneusement le sol à la recherche de toutes les roches que le dégel avait ramenées à la surface. Lorsqu'on en découvrait une, on la jetait dans un seau. Quand ce dernier était plein, on s'empressait d'aller le vider dans la voiture qui suivait au pas avant de poursuivre le travail. On devait à tout prix éviter de briser le soc de la charrue ou une faux sur une pierre.

Chez les Fournier, on termina ce travail éreintant un peu avant midi, ce jour-là. Après s'être rafraîchies au puits,

Fernande et ses deux filles rentrèrent dans la maison, heureuses de fuir la chaleur étouffante. La cuisine d'été, protégée par des érables centenaires, était fraîche et bien aérée. Pendant qu'elles préparaient le dîner, Laurent et son fils Germain allèrent jeter dans une cavée toutes les pierres amassées durant l'avant-midi.

À son retour, le père de famille annonça qu'il allait être obligé, après le repas, de se rendre au village, chez Crevier, le maréchal-ferrant, afin de faire réparer une roue de la voiture.

— Encore des dépenses, ne put s'empêcher de dire sa femme, un pli amer aux lèvres.

— On n'a pas le choix, se contenta de dire Laurent en s'approchant de la table, suivi de près par son garçon.

— Il y a jamais moyen d'avoir une maudite cenne devant nous autres.

— On mange trois repas par jour, c'est déjà ben beau, laissa tomber son mari dont le crâne partiellement dénudé luisait.

Florence et sa jeune sœur Annette déposèrent sur la table une miche de pain et de la tête fromagée avant de s'asseoir. Leur mère les suivit avec une soupière. Durant quelques minutes, le silence régna dans la pièce.

— M'man, est-ce que je peux aller chez les Pouliot cet après-midi ? demanda Annette.

— Pourquoi tu veux aller traîner là ? lui demanda Fernande en scrutant de ses petits yeux soupçonneux le visage de l'adolescente de quinze ans assise à sa droite.

— Sœur Sainte-Ursule m'a promis de me montrer comment broder avant de partir.

— Il y a le jardin à désherber, fit sa mère, mécontente. C'est pas le temps d'aller traîner au village.

Laurent leva le nez de son assiette et vit la mine désolée de sa fille.

— Tu peux ben lui laisser une heure ou deux pour aller apprendre ça. Elle fera sa part en revenant.

Sa femme lui lança un regard mécontent avant de répliquer sèchement à l'intention de sa fille :

— Tu y vas avec ton père et tu reviens avec lui quand il en aura fini chez Crevier. La broderie, c'est pas ce qui est le plus utile dans la vie.

— Elle est chanceuse, elle, fit Florence, envieuse.

Sœur Sainte-Ursule était une vieille religieuse de la congrégation des Sœurs grises. Cette tante de Joseph Pouliot était en convalescence chez son neveu depuis près de deux mois et elle semblait avoir adopté Annette Fournier, qu'elle avait gavée de conseils et d'images saintes depuis son arrivée à Saint-Jacques-de-la-Rive. La piété de la jeune fille semblait l'avoir beaucoup impressionnée. Sa présence à la messe trois ou quatre matins par semaine avait nourri l'étrange lien qui semblait s'être tissé entre la religieuse et l'adolescente. Elles s'entendaient à merveille et tenaient de longs conciliabules chaque fois qu'elles se rencontraient. Une semaine auparavant, Annette était revenue à la maison en disant que son amie religieuse lui avait promis de lui apprendre tous les secrets de la broderie.

— Tu ferais bien mieux d'apprendre à coudre comme du monde plutôt que de perdre ton temps à ça, s'était contentée de lui dire sa mère, peu impressionnée par la nouvelle. Comme si on avait de l'argent à gaspiller pour acheter de la soie.

En ce début d'après-midi, la chaleur était tellement intense que Fernande décida de remettre le désherbage à la fin de la journée, quand le soleil serait moins chaud. Après le départ d'Annette et de Laurent, elle annonça à son aînée qu'elle souffrait d'une légère migraine et qu'elle allait s'étendre un peu sur son lit. Florence alla s'asseoir à l'ombre, sur la galerie, avec un tricot commencé la semaine précédente.

Depuis le début du printemps, Florence était morose et inquiète. Pourquoi n'y avait-il pas un garçon de la paroisse pour s'intéresser à elle ? Elle n'était ni laide ni infirme, après tout. Bien sûr, elle n'était pas aussi jolie que Corinne Hamel, Charlotte Poirier ou Laure Gariépy, mais elle était tout de même mieux qu'une Hélèna Pouliot ou une Rose-Aimée Turcotte. Quand elle s'examinait dans le miroir, la jeune fille de vingt ans voyait une figure ronde assez agréable éclairée par de beaux yeux bruns. Elle protégeait bien sa peau et son épaisse chevelure des rayons du soleil. Et sa taille était encore fine… Dans la région, si Rémi Tremblay lui préférait la voisine, il restait tout de même d'autres garçons peut-être moins beaux, mais tout aussi intéressants. Elle se serait contentée d'Aimé Hamel, de Charles Tougas ou même de son frère Lionel. Il y avait cinq ou six autres garçons dans Saint-Jacques-de-la-Rive qui pourraient venir veiller avec elle… Étaient-ils tous aveugles ? Y avait-il quelque chose chez elle qui déplaisait aux hommes ? Elle avait beau s'examiner et se questionner, elle ne comprenait pas.

La jeune fille était si profondément plongée dans ses pensées qu'elle n'aperçut qu'à la dernière minute la voiture rouge facilement identifiable du commerçant ambulant qui s'arrêtait dans la cour des Gariépy, les voisins d'en face. Pourtant, l'événement était d'importance. L'homme ne venait en général à Saint-Jacques-de-la-Rive que deux fois par année proposer une foule de marchandises qu'on ne trouvait pas chez Murray, à Pierreville et, encore moins, chez Pouliot, au village.

Déjà debout sur la galerie, Florence hésitait entre aller réveiller immédiatement sa mère, qui venait à peine de s'étendre dans sa chambre, ou attendre que le marchand soit à la ferme. Finalement, elle se rassit, tout excitée. Il serait toujours temps de réveiller sa mère quand le marchand arriverait. Le vieux Corriveau ne se presserait sûrement pas pour venir frapper à leur porte. Depuis le temps qu'il passait dans les foyers de Saint-Jacques-de-la-Rive, il savait que ce n'était pas avec des clients comme les Fournier qu'il risquait de faire fortune. Elle se remit donc à son tricot.

Quelques minutes plus tard, la jeune fille sursauta violemment en entendant les clochettes de l'attelage tout près, sur la route. La voiture rouge vin couverte de poussière pénétra dans la cour et vint s'immobiliser près de la maison. Un jeune homme de taille moyenne en descendit prestement au moment même où elle quittait sa chaise, sur la galerie.

Malgré la chaleur, le commerçant, coiffé d'un chapeau melon noir, portait une chemise blanche et une légère veste noire. Lorsqu'il souleva son chapeau pour la saluer, Florence remarqua qu'il avait des cheveux bruns bouclés et que seul un nez un peu fort déparait sa figure glabre aux traits particulièrement mobiles. Fait important : il ne portait pas d'anneau à la main gauche. Immédiatement, elle lui adressa son plus beau sourire.

— Bonjour, mademoiselle. Sam Cohen, pour vous servir. Je viens vous montrer toutes sortes de choses dont une femme peut avoir besoin.

— Attendez. Je vais aller chercher ma mère, répondit Florence en se dirigeant déjà vers la porte de la cuisine d'été. En attendant, vous pouvez toujours faire boire votre cheval. Le puits est à côté.

— Merci bien, mademoiselle. C'est pas de refus.

— Vous pouvez boire vous aussi, si le cœur vous en dit. Il y a une tasse sur la margelle.

— Merci.

La jeune fille s'empressa de disparaître dans la maison d'où elle sortit un moment plus tard précédée par une Fernande Fournier mal réveillée.

— Tiens ! un nouveau *peddler*. Où est passé le vieux monsieur Corriveau ? demanda-t-elle au marchand qui tendait un seau d'eau à sa bête.

— Il s'est retiré des affaires, madame, répondit le jeune homme avec un léger accent. Je le remplace. Je fais tous les villages entre Nicolet et Yamaska.

— Mais vous êtes pas canadien-français, vous, dit la petite femme au nez pointu en scrutant avec attention le nouveau venu. Vous vous appelez comment ?

— Sam Cohen.

— J'espère que vous êtes pas juif au moins ?

— Presque pas, madame, répondit le marchand itinérant sur un ton léger en ouvrant les panneaux latéraux de sa lourde voiture. Laissez-moi vous montrer ce que j'ai. Pendant que vous commencez à regarder, je vais finir de faire boire mon cheval.

Sur ce, le jeune vendeur s'éloigna avec son seau en direction du puits. La mère et la fille s'approchèrent vivement de la voiture pour commencer à regarder la marchandise exposée.

— Si c'est un Juif, je lui achète rien, murmura Fernande à sa fille. J'ai pas confiance en ce monde-là.

— Voyons, m'man. Il parle français comme vous et moi, protesta Florence à mi-voix. Vous voyez bien qu'il peut pas être juif.

— Vous voyez là tout mon *stock* d'été, mesdames. J'ai du velours, du coton, du lin, de l'organdi et même une belle pièce de soie, dit Cohen en revenant près des deux femmes. J'ai de la dentelle, des chapeaux, des patrons, des boutons, du fil, de la laine, des aiguilles, des broches à tricoter. J'ai des souliers pour hommes, pour femmes et pour enfants.

De l'autre côté, j'ai des ustensiles, des ciseaux, des marmites, de la vaisselle, des casseroles, du savon d'odeur, du parfum, de l'huile à lampe, des fanaux, des lampes à l'huile, des chandelles. J'ai tout ce qu'il vous faut.

Florence et sa mère se mirent à palper les tissus exposés par le marchand en discutant à voix basse. Puis elles les abandonnèrent à regret pour regarder de près les chapeaux de paille ainsi que les hautes bottines de femmes en cuir noir vendues par Cohen. Il était inutile de demander le prix des articles puisqu'il avait pris soin d'attacher une étiquette à chacun. Voyant que ses clientes ne se décidaient pas à acheter, le jeune vendeur se rapprocha d'elles pour préciser :

— Vous savez, je peux vous faire une réduction si vous achetez assez.

— On n'achètera pas pour le plaisir de dépenser, lui répondit sèchement Fernande en déposant avec brusquerie le chapeau de paille qu'elle tenait.

— Vous pressez pas, madame, dit le jeune homme en adressant une œillade en cachette à une Florence dont les yeux pétillaient de malice.

De toute évidence, la jeune fille lui plaisait et elle en était consciente. Finalement, Fernande choisit d'acheter une pièce de cotonnade, des épingles de nourrice et quelques plumes qu'elle se proposait d'utiliser pour garnir l'un de ses chapeaux. Après s'être informée du prix de ses achats, elle rentra dans la maison pour aller chercher sa bourse. Le marchand voulut en profiter.

— Si vous me dites votre prénom, mademoiselle, je vous offre mon meilleur savon d'odeur, dit-il à Florence en lui présentant un savon d'où se dégageait une forte senteur de rose.

— Florence Fournier, dit la jeune fille, aguicheuse, tout en s'emparant du savon qu'elle se dépêcha de cacher dans la poche de son tablier. Pourquoi vous voulez savoir ça?

— Parce que vous êtes la plus belle fille que j'ai rencontrée dans ma *run*.

— Je gage que vous dites ça à toutes les filles que vous voyez.

— Je vous jure que non. Je viens de Montréal et je peux dire que j'en ai vu des filles, mais pas des comme vous. J'espère que vous êtes pas déjà fiancée? demanda Cohen en prenant un air inquiet assez émouvant.

— Non. Pourquoi?

— Parce que j'aimerais vous écrire, chuchota-t-il au moment même où la porte moustiquaire s'ouvrait sur Fernande. Est-ce que je peux?

La surprise fit rosir le visage de la jeune fille, qui se contenta d'adresser à l'homme un hochement de tête discret en signe d'acceptation. Une fois payé, Sam Cohen ne put que monter dans sa voiture et quitter la ferme des Fournier. Au moment de se diriger vers la maison des Hamel, il fit un grand salut à Florence, demeurée sur la galerie alors que sa mère était déjà retournée s'étendre dans sa chambre.

À la fin de l'après-midi, la mère et la fille préparaient le souper dans la cuisine d'été quand Fernande fronça le nez en se mettant à regarder autour d'elle.

— Veux-tu bien me dire d'où vient cette senteur-là? demanda-t-elle.

— Quelle senteur?

— Ça sent comme la rose. C'est à donner mal à la tête.

La jeune fille n'eut pas le choix. Elle avoua avoir accepté du marchand itinérant le savon qu'elle tira de la poche de son tablier.

— Ah bien! J'aurai tout vu! À quoi t'as pensé d'accepter un cadeau d'un pur inconnu? lui reprocha sa mère, furieuse.

— C'est juste un savon, m'man.

— Ça fait rien, rétorqua sèchement cette dernière. Une fille qui sait se tenir accepte pas ça d'un homme qu'elle connaît pas. À part ça, à quoi il va te servir, ce savon-là ?

— Je vais le mettre dans un tiroir avec mon linge.

— Vas-y donc tout de suite avant que mon mal de tête me revienne. Je te garantis, toi, qu'avant que je te laisse toute seule avec un homme, il va faire beau !

        ❧

Magloire Tremblay se pencha devant le petit miroir qui ornait le réchaud du poêle pour se peigner avant de coiffer son chapeau du dimanche. Il débroussailla ensuite son imposante moustache poivre et sel.

— Sacrifice p'pa ! On dirait que vous allez passer l'après-midi chez votre blonde, lui dit Rémi, moqueur, en le voyant sortir de la maison, son veston sur le bras.

— Dis donc pas n'importe quoi, fit le veuf en vérifiant du bout des doigts l'alignement de sa cravate. Notre curé aime ben ça quand ses marguilliers viennent à leur réunion ben habillés. Il dit que c'est une preuve de savoir-vivre.

— C'est sûr que ça doit lui faire plaisir, fit sa fille. Comme ça, il est pas tout seul à souffrir de la chaleur avec sa grosse soutane sur le dos.

— Germaine ! s'exclama Thérèse.

— Ça devrait pas être trop long, ajouta le patriarche en se dirigeant vers le boghei. On a juste à choisir où va être le reposoir de la Fête-Dieu cette année.

— J'espère, en tout cas, que ce sera pas encore chez les Crevier cette année, fit remarquer Germaine. Ça fait trois ans que Blanche Crevier s'en occupe. Ce serait bien le temps de penser à une autre.

Son père ne répondit rien, monta dans son boghei et prit la direction du village. À son arrivée au presbytère, il croisa Joseph Pouliot qui traversait la route en compagnie de Conrad Boudreau, le fromager. Un peu plus loin, Alexandre Lambert tentait d'extirper sa masse imposante de sa voiture. Armand Couturier, du rang des Orties, attendait déjà les autres au pied de l'escalier du presbytère. Les cinq hommes se présentèrent ensemble à la porte. La ménagère vint leur ouvrir et les fit passer dans la pièce où se tenaient habituellement les réunions de la fabrique. Un moment plus tard, le curé Joyal fit son entrée.

— J'espère qu'on vous réveille pas trop tôt, monsieur le curé ? demanda le président de la fabrique, narquois.

— Inquiète-toi pas, Magloire, répliqua Antoine Joyal, pince-sans-rire. Ton curé peut pas se permettre de dormir trop longtemps dans une paroisse où il y a autant de mécréants.

— Ah ! je le sais ben, monsieur le curé. C'est pour ça que vous avez l'air d'un homme ben épuisé, plaisanta le cultivateur.

— Je suis content que tu t'en sois aperçu, répliqua le prêtre en prenant place au bout de la table. Tu sauras que les pires, ce sont les vieux veufs malfaisants qui traînent dans ma paroisse. On dirait qu'ils sont sur la terre juste pour faire damner leurs prochains et faire gagner son ciel à leur pauvre curé.

Un éclat de rire général salua la saillie du pasteur de Saint-Jacques-de-la-Rive.

— Bon. Si on passait aux choses sérieuses avant que j'aille célébrer les vêpres, fit ce dernier, cessant de plaisanter.

— Bonne idée, approuva Boudreau. Je pense qu'on doit décider de la procession de la Fête-Dieu, non ?

— Pas de la procession, Conrad, mais de l'endroit où on va installer le reposoir, le corrigea le curé.

— Moi, je continue à trouver que la maison des Crevier est la meilleure place, intervint Joseph Pouliot. C'est la dernière maison du village. C'est ni trop loin ni trop proche de l'église.

— Le problème, c'est que ça fait trois ans que c'est à la même place et que les autres femmes de la paroisse commencent à être jalouses, fit remarquer Magloire.

— Si on fait pas ça, on va être obligés d'entrer dans un rang, dit Couturier. Si on regarde ben, la première maison est toujours pas mal loin. Dans Sainte-Marie, les Tougas sont trop loin. Dans des Orties, chez nous, c'est encore plus loin. Il y a juste dans le rang Saint-Pierre où la première maison serait à une distance raisonnable.

— Oui, mais c'est la maison de… commença à dire Pouliot.

— Tsut! Tsut! intervint aussitôt Antoine Joyal, la mine sévère. Pas de médisance!

— C'était pas mon intention pantoute, monsieur le curé, reprit le propriétaire du magasin général. Moi, personnellement, ça me dérange pas que le reposoir soit chez les Turcotte. Mais Rose-Aimée et son frère sont deux jeunes et ils viennent de passer à travers un deuil…

— S'il faut absolument changer de place, renchérit Magloire, on n'a pas le choix. C'est là qu'il faut que le reposoir soit… là ou à la croix du chemin.

— Pas à la croix du chemin, s'opposa Boudreau. On a fait ça il y a cinq ans et ç'a été un aria du maudit pour tout installer. On s'était promis de plus jamais recommencer ça.

Il était évident que le curé Joyal n'était guère enthousiaste à l'idée de laisser la responsabilité de la confection et de la décoration du reposoir aux Turcotte. Mais il était également conscient de la jalousie que certaines paroissiennes avaient développée envers Blanche Crevier.

On vota finalement sur la proposition et il fut décidé qu'on allait confier le reposoir de l'unique procession annuelle de la paroisse aux Turcotte.

— Ta bru pourrait peut-être aider Rose-Aimée pour la décoration, suggéra le curé à Magloire avant de clore la réunion.

— Vous la connaissez, monsieur le curé, si je lui dis que c'est vous qui le demandez, elle pourra pas dire non.

— Je sais que c'est une bonne chrétienne.

— Ce qui m'inquiète, c'est que dans son état, mon garçon aimerait peut-être mieux qu'elle se ménage, surtout qu'elle a perdu ses deux derniers. Je pense que je vais plutôt en parler à ma Germaine.

— Fais ce que tu veux, consentit le prêtre. Il reste quinze jours. L'important, c'est que quelqu'un donne un coup de main aux enfants d'Aline Turcotte. Je pense que ça leur laisse tout le temps nécessaire pour nous faire un beau reposoir.

Un peu plus tard, les marguilliers quittèrent le presbytère. Magloire fit attendre les autres, le temps de parler quelques minutes à Eugénie Dupras, avec qui il se plaisait à converser chaque fois qu'il la rencontrait. Même si les quatre hommes s'étaient mis à l'abri sous l'un des érables centenaires plantés le long de l'allée qui menait au presbytère, ils avaient très chaud. Ils avaient desserré leur cravate et enlevé leur épais veston noir.

— Dis donc, Magloire, achèves-tu de faire de l'œil à la servante du curé ? lui demanda Couturier, en s'épongeant le front avec un large mouchoir au moment où le président du conseil vint enfin les rejoindre.

— Il nous le dit pas, renchérit Pouliot, mais son veuvage commence à lui peser.

— Arrêtez donc vos farces plates, dit l'homme à la stature imposante, apparemment flatté qu'on lui prête des intentions coquines.

— Attends que le curé Joyal apprenne que t'essayes de lui voler sa ménagère, le menaça Boudreau, tu vas te faire parler dans la face, mon Magloire.

— Bon. Vous arrêtez ça, dit le cultivateur en adoptant un ton sérieux. À cette heure, il faut voir comment on va s'y prendre pour avoir un reposoir qui a du bon sens. Moi, le Tit-Phège, j'ai pas une grande confiance en lui pour nous bâtir quelque chose qui a de l'allure.

Les cinq hommes, debout dans l'allée conduisant au presbytère, se turent durant un bref instant. Le sujet était important et méritait réflexion.

— Qu'est-ce que vous diriez si on demandait à Florentin Crevier de prêter au petit Turcotte tout ce qu'il a bâti pour faire le reposoir les années passées ? suggéra le propriétaire du magasin général.

— C'est pas bête comme idée, ça, reconnut le président de la fabrique. Mais il va falloir que ce soit toi, Joseph, ou encore Alexandre qui lui demande. Vous votez du même bord que lui. Moi, je suis un rouge et ça lui ferait ben trop plaisir de me dire non.

— Je m'en occupe demain matin, promit Joseph Pouliot.

— Bon, je passerai te voir avant la fin de l'avant-midi, demain, pour savoir ce qu'il a décidé. Après, j'irai voir les Turcotte pour leur apprendre la nouvelle.

Les membres du conseil poursuivirent la discussion durant encore quelques minutes avant de se séparer. Même le dimanche, chacun avait à faire.

Magloire rentra à la maison. Après avoir changé de vêtements, le vieil homme aida ses deux fils à soigner les animaux avant de venir s'attabler pour souper.

— Puis, monsieur Tremblay, avez-vous décidé où serait le reposoir cette année ? demanda Thérèse en prenant place à gauche de son mari.

— C'est fait, mais ça a pas été facile de trouver une autre place que chez Crevier, par exemple.

— Où est-ce que ça va être ?

— Chez les Turcotte, dans le rang Saint-Pierre.

— Hein ! s'exclama Germaine. Voyons donc, p'pa, ça a pas d'allure ! Rose-Aimée et Tit-Phège ont les deux pieds dans la même bottine. Ils seront jamais capables de faire un reposoir.

— Whow ! Énerve-toi pas, la calma son père en prenant un air sévère. Ce sera pas si compliqué que ça. On va demander aux Crevier de leur prêter ce qu'il faut.

— C'est vous qui allez demander ça à Florentin Crevier, p'pa ? fit Eugène, étonné.

— Ben non. Tu sais ben que je vais laisser un bleu comme Pouliot lui demander son barda.

— Et monsieur le curé était d'accord ? demanda Thérèse, pas du tout enchantée par la nouvelle.

— Oui, mais il aurait voulu que t'ailles leur donner un coup de main. Je lui ai dit que dans ton état...

— Je suis encore capable d'y aller.

— Je pense que t'es mieux de laisser faire, Thérèse, intervint son mari.

— C'est ce que j'ai dit au curé Joyal, intervint Magloire. Ça fait qu'il aimerait que Germaine y aille à ta place.

— Je te dis que c'est fin, ça, répliqua sèchement la jeune femme, mécontente. Je suis juste la cinquième roue du carrosse, à ce que je vois. Moi, on me demande quand les autres peuvent pas y aller.

— Fâche-toi pas, Germaine, l'apaisa sa belle-sœur. Tu peux être certaine que monsieur le curé aurait envoyé

Blanche Crevier à ma place s'il avait été sûr qu'elle aurait accepté.

— On sait bien. Une vieille fille, ça sert juste à boucher les trous, fit Germaine, loin d'être calmée par la remarque.

⌒⌀⌒

Le lendemain, Magloire s'arrêta au magasin général après être allé porter son lait à la fromagerie Boudreau. Joseph Pouliot lui apprit que le maréchal-ferrant avait accepté sans trop se faire prier de prêter aux Turcotte tout ce qui avait servi à l'érection du reposoir durant les trois dernières années.

— Mais t'aurais dû voir la face de Blanche quand elle a appris qu'elle aurait pas à s'occuper du reposoir cette année. Je te dis qu'elle était pas de bonne humeur! Si monsieur le curé avait été là, sa soutane l'aurait pas protégé, je te le garantis. Il en aurait entendu des vertes et des pas mûres. En tout cas, tout ce qu'elle m'a dit, c'est qu'on avait juste à prendre tout le bastringue, mais qu'il était pas question qu'elle donne de ses pivoines pour orner le reposoir comme les années passées.

— À cette heure, il faut que j'aille apprendre tout ça aux Turcotte, déclara Magloire, la main sur la poignée de la porte du magasin général.

Le vieux cultivateur traversa le village, dépassa la forge de Florentin Crevier et tourna dans le rang Saint-Pierre. Quelques arpents plus loin, il pénétra dans la cour de la ferme des Turcotte. Dès le premier coup d'œil, Magloire se rendit compte avec dépit qu'il ne restait aucune trace du nettoyage auquel Rémi avait participé cinq semaines auparavant, lors du décès d'Aline Turcotte. Rien n'avait été convenablement entretenu. Au moment de descendre de voiture, il aperçut Rose-Aimée, assise dans une chaise berçante installée sur la galerie à l'arrière de la maison. La jeune femme au tour de taille imposant était en train de lire paisiblement. À la vue du visiteur, elle se leva péniblement et vint l'accueillir.

— Ah bien, monsieur Tremblay…

— Bonjour, Rose-Aimée, la salua Magloire. Est-ce que Tit-Phège est dans le coin?

— Il est dans l'étable. Il vient de commencer son train.

— Batèche! Il le fait ben tard! ne put s'empêcher de dire Magloire.

— Il a pour son dire qu'une vache donne pas plus de lait à six heures le matin qu'à onze heures, monsieur Tremblay.

— Bon. C'est correct. Je vais aller le chercher. Je reviens avec lui. J'ai affaire à vous deux.

L'homme se dirigea vers l'étable, d'où s'échappaient des beuglements. Il poussa la porte et entra dans un bâtiment où tout traînait. Il aperçut Elphège en train de traire l'une de ses vaches, assis sur un petit banc à trois pattes. Il s'en approcha en regardant où il posait les pieds. Considérant l'épaisseur de fumier qui souillait le sol, il estima que le nettoyage de l'endroit datait d'une bonne semaine.

Le jeune homme l'aperçut au moment où il se levait après avoir déposé à l'écart le seau du lait de la traite. Les traits de son visage s'illuminèrent.

— Tiens! De la visite rare, dit-il avec un grand sourire en détachant la bête qui prit seule le chemin de la sortie. Je verse mon lait dans le bidon et j'arrive.

Magloire le suivit.

— As-tu cassé ta fourche, Tit-Phège? demanda-t-il en lui montrant l'épaisseur de fumier dans l'étable.

— Pantoute, monsieur Tremblay. C'est juste que je manque de temps pour tout faire.

— Pourquoi tu te fais pas aider par Cloclo?

— C'est ce que je fais.

— Je le vois pas autour pourtant.

— Il est allé redresser la clôture dans le clos.

— Parce que t'as pas encore fini de réparer tes clôtures? fit le vieux cultivateur, stupéfait.

— Ben non.

— T'as au moins ramassé les pierres, j'espère?

— Non plus. J'y arrive pas, reconnut le jeune homme en sortant de l'étable en compagnie de son visiteur.

— Je veux pas trop rien dire, fit le vieil homme, diplomate, mais j'ai dans l'idée que t'es mal organisé. Vous êtes deux pour faire l'ouvrage et ta terre est petite. T'as pas de raison d'être aussi en retard.

— La mort de ma mère nous a pas mal jetés à terre…

— On sait ben, fit Magloire, tout de même peu convaincu de la valeur de l'excuse évoquée.

Elphège, suivi de sa sœur, fit entrer son visiteur dans la cuisine d'été. Il régnait dans la pièce un fouillis indescriptible. La table et le comptoir étaient encombrés de vaisselle sale et de nourriture d'où se dégageait une odeur indéfinissable. Des dizaines de mouches bourdonnaient dans la pièce. Des vêtements traînaient dans tous les coins et une épaisse couche de poussière maculait les vitres.

— Excusez le désordre, fit la maîtresse de maison en se déplaçant avec la grâce d'un vaisseau amiral, j'allais commencer mon ménage quand vous êtes arrivé.

— Je te retarderai pas trop longtemps, déclara Magloire, sarcastique, en cherchant des yeux un endroit propre où s'asseoir.

Elphège devina l'objet de sa quête et lui présenta une chaise après en avoir retiré la vieille chemise suspendue à son dossier. Sa sœur et lui demeurèrent debout, attendant qu'il leur explique le but de sa visite.

— Bon. Voilà. Hier, il y a eu une réunion de la fabrique et monsieur le curé a décidé de faire le reposoir de la Fête-Dieu chez vous.

— Chez nous! s'exclamèrent en même temps le frère et la sœur.

— Oui. C'est tout un honneur qu'il vous fait. Il y en a qui feraient des pieds et des mains pour avoir cette chance-là.

Il y eut un bref silence embarrassé dans la cuisine. De toute évidence, les Turcotte ne savaient pas trop quoi dire. Elphège finit par prendre la parole après avoir jeté un coup d'œil à la figure congestionnée de Rose-Aimée.

— Savez-vous, monsieur Tremblay, je pense pas qu'on soit capables de faire ça. Il reste juste quinze jours. On aimerait ben ça construire et décorer le reposoir, mais on n'a rien pour le faire. J'ai pas de bois sec dans la remise et, comme vous avez pu voir, on n'a pas une fleur autour de la maison...

— J'ai jamais rien décoré, intervint Rose-Aimée, en triturant l'une des verrues qui paraient son visage lunaire. J'ai rien pour arranger un bel autel devant la maison. J'ai les mains pleines de pouces.

— À votre place, j'y penserais à deux fois avant de dire non à monsieur le curé, les mit en garde le président de la fabrique. Pour vous faire plaisir, il a arraché le reposoir à Blanche Crevier. Si vous le décevez, j'ai l'impression qu'il va vous en vouloir pas mal.

Devant l'air malheureux des deux jeunes gens, le vieux cultivateur finit par se décider à leur révéler l'arrangement que les marguilliers avaient pris avec le forgeron et sa femme.

— Écoutez. La fabrique s'est ben doutée que vous seriez mal pris pour faire un reposoir. Ça fait qu'on a demandé à Florentin Crevier de vous prêter tout le *stock* qu'il a. Il va vous apporter ça cet après-midi. Vous aurez juste à l'installer.

Cette nouvelle parut soulager un peu Elphège.

— En plus, Rose-Aimée, Germaine va venir te donner un coup de main pour décorer l'autel, ajouta-t-il.

— Ça fait bien mon affaire, monsieur Tremblay. Et pour le ménage? osa-t-elle demander.

— Quel ménage?

— Est-ce que je vais avoir de l'aide pour nettoyer un peu la maison?

— Je pense que t'en demandes peut-être un peu trop, répondit sèchement Magloire. Le monde entrera pas chez vous. Le ménage de ta maison, c'est ton affaire. T'es tout de même capable de le faire toute seule, non?

— C'est certain, monsieur Tremblay, répondit la jeune femme en rougissant.

— Et moi? Est-ce que quelqu'un va venir me donner un coup de main pour monter le reposoir?

— Écoute Tit-Phège. Le reposoir, c'est juste une arche et un autel au-dessous. C'est pas la mer à boire, torrieu! Fais-toi aider par Cloclo. À tout casser, c'est une question de deux heures d'ouvrage.

Là-dessus, Magloire se leva et se dirigea vers la porte, heureux d'échapper à l'odeur nauséabonde qui régnait dans la cuisine. Elphège le suivit. Après être monté dans son boghei, le visiteur ne put s'empêcher de dire:

— Essaye donc, Tit-Phège, de mettre un peu d'ordre dans ta cour avant que Florentin Crevier arrive avec le matériel. Je voudrais pas qu'il pense que t'es sans-dessein.

Au dîner, Magloire raconta sa visite chez les Turcotte.

— Vous devinerez jamais ce que faisait Rose-Aimée quand je suis arrivé là ? demanda le patriarche de la famille Tremblay.

— En plein lundi matin, je suppose qu'elle était en train de faire son lavage, dit Germaine en se versant une tasse de thé.

— Ben non.

— Dites-moi pas qu'elle lisait ?

— En plein ça.

— C'est pas drôle d'être arrangée comme ça, fit remarquer Thérèse.

— La meilleure, c'est que la grosse Rose-Aimée a osé me demander qui viendrait l'aider à faire le ménage de sa maison, reprit Magloire en riant.

— Elle manque pas de front, celle-là ! s'emporta Germaine. En tout cas, je vous préviens. Je suis bien prête à aller lui donner un coup de main pour décorer l'autel du reposoir la veille, mais j'en ferai pas plus.

— Ça valait bien la peine de tant se désâmer à les décrasser quand leur mère est morte, conclut Thérèse qui se rappelait encore l'après-midi de travail intense que Germaine, Émérentienne Veilleux et elle-même avaient dû fournir pour nettoyer l'endroit.

Chapitre 9

Petite politique

Napoléon Veilleux sortit de la maison au moment même où son fils immobilisait la voiture devant la porte de la grange.

— Whow ! hurla Ernest en voyant son cheval broncher. Reste là ! cria-t-il en descendant de la charge de planches sur laquelle il avait voyagé depuis Saint-Gérard.

Avec des gestes brusques, l'homme commença à dételer sa bête alors que les premiers grains de pluie se mettaient à tomber. Son père s'approcha et ouvrit toute grande la porte de la grange.

— T'as pas eu de misère au moulin ? demanda-t-il à son fils en empoignant quelques planches pour les ranger dans le bâtiment.

— Non. J'ai même pas eu à attendre. Le bois a été scié il y a deux jours. J'ai juste eu à le mettre dans la waggine. Mais j'avais peur d'être poigné par la pluie en revenant, par exemple.

— On va se dépêcher à rentrer tout ça avant que ça tombe plus fort, fit son père en disparaissant dans la grange.

— C'est ça. Et après, je vais vous en raconter une ben bonne, promit le jeune cultivateur en entraînant derrière lui son cheval pour le conduire à l'écurie.

Le père et le fils étaient en train de retirer leurs bottes sur la galerie quand la pluie se mit à redoubler de violence.

— Ça, ça va faire du bien aux fraises et au foin, déclara Napoléon en pénétrant dans la cuisine où Émérentienne et Yvette s'activaient.

— Et cette pluie-là va peut-être enlever un peu d'humidité dans l'air, ajouta sa bru en s'essuyant le front avec un coin de son tablier.

— Éloigne-toi du poêle et laisse-moi finir de préparer le dîner, lui ordonna sa belle-mère.

Ernest alluma sa pipe avant de s'asseoir à la table.

— Puis? Qu'est-ce que tu voulais me raconter?

— J'ai rencontré Rosaire Savard au moulin.

— L'échevin de Saint-Gérard?

— En plein ça. Vous devinerez jamais ce qu'il m'a dit. Il paraît que le conseil de Saint-Gérard a rencontré notre député la semaine passée.

— Ça en fait tout un honneur, ça! se moqua Napoléon qui, comme tous les bleus de la paroisse, n'avait pas une très haute opinion de Lucien Poulin, le député libéral du comté.

— C'est pas la meilleure, reprit le petit homme nerveux. Le maire voulait savoir ce qui était arrivé avec sa demande de subvention pour ouvrir un nouveau rang dans Saint-Gérard. Il paraît que ça fait deux ans que Poulin les niaise avec ça. Tout le monde attend que le chemin soit ouvert. Le député leur a dit qu'il pouvait plus leur avoir une maudite cenne cette année parce que ses deux cents dernières piastres, il venait de nous les donner…

— Nous les donner! s'exclama Napoléon. À Saint-Jacques? Première nouvelle! Comment ça se fait que Desjardins nous a pas parlé de ça à la dernière réunion du conseil? Je savais même pas qu'il avait demandé une subvention au député. Qu'est-ce qu'il veut faire avec cet argent-là?

— J'en n'ai pas la moindre idée, moi non plus, p'pa. Je suis arrêté chez Crevier en revenant pour savoir s'il était au courant de cette histoire-là. Il n'en avait pas entendu parler, lui non plus.

— Il y a quelque chose de pas net là-dedans, prédit Napoléon. Ça sent mauvais à cent pieds, cette affaire-là! À la réunion de la commission scolaire, demain soir, Desjardins aura pas le choix de nous en parler.

⁓

Le lendemain soir, une quarantaine de cultivateurs de Saint-Jacques-de-la-Rive s'entassèrent dans l'unique salle de classe de l'école du village, un peu après sept heures. Eugénie Boisclair, l'institutrice, avait pris la précaution d'ouvrir toutes les fenêtres de sa classe avant d'aller se réfugier dans son appartement de fonction, à l'étage. Par chance, la pluie de la veille avait ramené un peu de fraîcheur sur la région et une petite brise rafraîchissante pénétrait par les fenêtres en apportant des odeurs d'herbe coupée.

Lorsque le président de la commission scolaire entra dans la salle en compagnie des deux commissaires de Saint-Jacques-de-la-Rive et de l'abbé Groleau, il sembla surpris de se trouver devant tant de contribuables. Deux fois plus de gens que d'habitude s'étaient déplacés pour assister à la réunion du conseil et il se demandait bien pourquoi. Il ne pouvait pas deviner que Joseph Pouliot et Florentin Crevier avaient encouragé tous les conservateurs de la paroisse à venir assister à sa réunion.

Le gros homme bourru, un peu inquiet, prit place derrière la table installée à l'avant du local. Le vicaire s'assit à sa droite, imité par Osias Gingras et Léopold Bélanger.

Quand le prêtre se leva un moment plus tard pour réciter une prière, toute l'assistance se recueillit. Après le signe de la croix, Léon Desjardins prit la parole.

— Bon. C'est la dernière réunion de la commission scolaire avant septembre prochain. Tout d'abord, je tiens à signaler que nous avons réengagé les quatre mêmes maîtresses d'école. Aucune n'a l'intention de se marier cette année. L'année prochaine, elles auront le même salaire que cette année et elles resteront toutes dans l'école, sauf la petite Dupré qui s'est arrangée pour être pensionnée chez Aristide Boisvert. Comme cette année, on va encore leur fournir le bois pour se chauffer et chauffer l'école.

Un murmure salua la nouvelle.

— J'espère que vous avez tous remarqué qu'on a ben commencé l'année 1900. Toutes nos écoles ont été chaulées ce printemps et il y a pas une paroisse autour qui a des écoles plus propres que les nôtres, se rengorgea le président de la commission scolaire.

— Et l'école dans notre rang? demanda Antonius Tougas, dont deux des fils devaient fréquenter l'école du village.

— J'y arrive, Antonius, fit le président, impatient.

Desjardins se pencha vers Osias Gingras pour lui murmurer quelque chose à l'oreille.

— Parlons à cette heure de l'école du rang Sainte-Marie. Ça fait trois ans qu'on pense d'en construire une parce que ça fait trop loin à marcher jusqu'au village pour les enfants, surtout pendant l'hiver.

— On le faisait ben, nous autres, quand on était jeunes, dit Ernest Veilleux, assis au fond de la salle. On n'en est pas morts.

— Oui, mais regarde-toi aujourd'hui, fit un loustic nommé Lafontaine. Il te reste juste la peau sur les os, mon pauvre Ernest.

Plusieurs personnes ricanèrent et le président dut taper sur la table pour rétablir le silence dans la salle.

— Je me suis informé, déclara-t-il en prenant un air important. C'est enfin réglé. On va pouvoir construire une école où les enfants du rang Sainte-Marie et ceux du rang du Petit-Brûlé vont pouvoir aller. Lucien Poulin m'a juré que le chèque du gouvernement est déjà posté.

— Est-ce qu'il t'a dit aussi quand notre pont va se construire ? demanda un nommé Laramée.

— Il est pas question de pont ici, à soir, protesta Desjardins. C'est une réunion de la commission scolaire, pas une réunion du conseil municipal.

— Non, je sais ben, reprit le même Laramée. Il en est question juste dans le temps des élections. Mais tu pourrais peut-être glisser dans l'oreille de notre maudit député qu'on l'attend toujours, notre pont ?

— On en reparlera dans le temps comme dans le temps, conclut Léon Desjardins en jetant un regard assassin à l'intervenant.

— Revenons à l'argent, fit Joseph Pouliot. Est-ce que c'est un gros chèque ?

— Juste assez pour payer le salaire de la nouvelle maîtresse d'école et le gréement dans l'école comme les pupitres, le tableau, les livres, les armoires, la fournaise et ce qu'il faut dans l'appartement de la maîtresse, répondit le président de la commission scolaire, apparemment soulagé de revenir à l'objet de la réunion.

— Qu'est-ce qu'on va faire pour la construction ? demanda Conrad Boudreau.

— Comme pour toutes les autres écoles de la paroisse, on va faire une corvée pour la bâtir cet été et on va quêter le bois à tout un chacun.

— Est-ce qu'il a été décidé sur quel terrain cette école-là va être construite ? fit Eugène Tremblay.

— Sur le seul terrain qui reste à la commune dans le rang, entre chez Gariépy et Beaulieu.

— Whow! s'exclama Florentin Crevier en se levant. Tu trouves pas que tu vas un peu vite, Léon? Tu portes deux chapeaux dans cette affaire-là: celui de président de la commission scolaire et celui de maire. Ce terrain-là appartient pas à la commission scolaire, mais à la municipalité. T'as pas le droit de décider de le donner à la commission scolaire sans en parler à une réunion du conseil municipal.

— Énerve-toi pas, Florentin. Ça va être fait à la prochaine réunion.

— Je suis ben content d'apprendre ça, fit Ernest Veilleux en se dressant de toute sa petite taille, mais j'aimerais ben savoir par quel miracle les enfants du Petit-Brûlé vont être capables de venir à l'école dans mon rang. Ils vont marcher à travers le bois pour traverser dans Sainte-Marie?

— Pantoute, Ernest. On va ouvrir un chemin à travers le boisé entre les deux rangs.

— Ah oui? fit le cultivateur en feignant la surprise. Quand ça?

— Ça va se faire cet été, précisa Desjardins sur un ton assuré.

— Est-ce que c'est ce chemin-là que les Tremblay ont promis d'ouvrir quand la municipalité leur a vendu le boisé ce printemps? demanda Ovide Paquet, du rang Saint-Pierre.

— C'est en plein ça.

— Est-ce que c'est commencé? fit une autre voix.

— Pas encore, mais ça s'en vient, répondit Magloire Tremblay à la place du maire.

— Si je comprends ben, reprit Ernest Veilleux, sarcastique, c'est pas pour ce chemin-là ni pour l'école que Poulin vient de donner à Saint-Jacques une subvention de deux cents piastres.

— Quelles deux cents piastres ? demanda Desjardins, sincèrement étonné.

— Sacrement, Léon ! jura Florentin Crevier sans tenir le moindre compte du regard noir que lui jetait l'abbé Groleau. Tu me feras pas croire que tu savais pas que ton cher député t'a fait cadeau de deux cents piastres.

— Première nouvelle. D'où ça vient cette histoire-là ?

— De Poulin lui-même, reprit Ernest, tout fier de mettre le maire dans l'embarras. C'est ce qu'il a dit au conseil de Saint-Gérard la semaine passée.

— Est-ce que ça voudrait dire que quelqu'un aurait mis tout cet argent-là dans ses poches sans que tu le saches ? demanda Crevier d'une voix sarcastique.

Les gens présents dans la salle se mirent à murmurer de plus en plus fort alors que Magloire consultait ses fils Rémi et Eugène à voix basse. Le maire dut frapper à plusieurs reprises sur la table pour ramener un semblant d'ordre. Quand le silence revint, Magloire se leva pour prendre la parole.

— Je suis pas obligé de vous le dire, mais je vais le faire pareil, laissa-t-il tomber d'une voix forte. C'est à moi que notre député a donné les deux cents piastres parce que je me suis engagé à ouvrir un chemin à travers mon boisé. J'aime autant vous dire tout de suite que c'est pas de l'argent volé. On va travailler pour le gagner, cet argent-là.

— Torrieu ! explosa Paquet. Tu vas être gras dur avec autant d'argent. Moi, je travaille d'une étoile à l'autre, douze mois par année, pour même pas la moitié de ce montant-là.

— Moi, je trouve ça écœurant que l'argent de mes taxes serve à engraisser les amis des rouges ! fit une voix courroucée au fond de la salle.

— Je veux pas jeter de l'huile sur le feu, ajouta Constant Loiselle, une espèce de fier-à-bras du rang Saint-Paul, mais il me semblait que la municipalité t'avait laissé le boisé pour soixante-dix piastres justement parce que tu promettais d'ouvrir ce chemin-là. Si je comprends ben, tu te fais payer deux fois… et ben payer.

— Mais on demandera pas une corvée pour l'ouvrir ce chemin-là! protesta Rémi avec véhémence après s'être levé à son tour.

De toute évidence, comme son frère Eugène d'ailleurs, il était désarçonné par la virulence de la réaction d'une bonne partie de l'auditoire.

— Il manquerait plus rien que ça! s'écria à nouveau Loiselle. Il y a ben assez que vous autres, les Tremblay, vous nous volez notre argent.

Rémi pâlit sous l'injure. Il repoussa violemment sa chaise et, avant même que son frère ou son père puisse l'en empêcher, il enjamba ses voisins pour se précipiter sur celui qui venait d'insulter sa famille. Il y eut une bousculade, des cris et des encouragements dans l'assistance. La foule se leva et libéra le centre de la pièce. Personne ne songea à séparer les adversaires. Les hommes présents étaient trop heureux d'assister à une bagarre opposant deux costauds de la paroisse. Les coups se mirent à pleuvoir de part et d'autre, et chacun était ponctué par des cris.

Soudain, l'abbé Groleau écarta sans ménagement les spectateurs massés devant lui. Sans aucun effort apparent, il attrapa et immobilisa les deux combattants en les retenant par la peau du cou, comme s'il s'était agi de jeunes chiots.

— Ça va faire! tonna-t-il d'une voix qu'on ne lui avait jamais entendue.

Rémi abandonna immédiatement la lutte, mais Loiselle, peu désireux de perdre la face, se mit à se débattre, prêt à poursuivre le combat. Sans rien ajouter, le vicaire l'empoigna par la ceinture, lui fit traverser la salle au pas de charge, poussa la porte de l'école et le propulsa à l'extérieur en lui faisant exécuter un magnifique vol plané.

— Je pense que les pieds lui touchaient même pas à terre, chuchota quelqu'un.

L'effet fut instantané. Chacun regagna son siège en commentant l'intervention du jeune prêtre à mi-voix. Pour sa part, Rémi Tremblay remit de l'ordre dans sa tenue avant de s'asseoir près de son père et de son frère. L'abbé Groleau, apparemment insensible aux regards admiratifs que certains lui lançaient, reprit place à la table et le président de la commission scolaire annonça qu'il avait déjà engagé une enseignante pour la nouvelle école et que la corvée pour la construction débuterait à la fin de la première semaine de juillet, même si c'était la grosse période de la cueillette des fraises.

La réunion prit fin quelques minutes à peine après qu'on eut dû allumer les lampes à huile dans la classe. Le vicaire quitta les lieux en même temps que la plupart des gens.

— Attends-moi une minute, Magloire, ordonna Desjardins au moment où le cultivateur s'apprêtait à partir en compagnie de ses fils. J'ai deux mots à te dire.

Le maire attendit que Magloire et lui soient seuls dans la pièce.

— Il me semble que t'aurais pu me mettre au courant que Poulin t'avait eu une subvention pour ouvrir le chemin, reprocha-t-il à mi-voix à celui qui venait de le plonger dans un profond embarras.

— Je pouvais pas deviner que ce maudit insignifiant-là allait ouvrir sa trappe et le dire à gauche et à droite, expliqua Magloire, mécontent.

— Tu le connais pourtant, lui fit remarquer son voisin. C'est une grande gueule qui est pas capable de la fermer.

— Ouais. En tout cas, t'as remarqué qu'il y a juste les bleus pour avoir crié au vol. Tous les autres ont compris que cet argent-là va servir à nous payer pour travailler tout l'été à l'ouvrir ce chemin-là. C'est pas du vol.

— Je le sais, le rassura Léon Desjardins. Mais traîne pas trop avant de commencer à l'ouvrir. J'ai l'impression qu'il y en a qui t'attendent au détour.

— C'était pas mon intention non plus.

— Il reste que t'as tout de même fait un bon coup en jériboire avec cette terre à bois là, conclut le maire sur un gros rire.

— Je me plains pas non plus, fit Magloire en assenant une tape sur le ventre de son vis-à-vis.

Le lendemain midi, le curé Joyal prit place au bout de la table de la salle à manger en affichant un air mécontent. Après le bénédicité, il mangea sa soupe aux légumes sans adresser une seule parole à son vicaire qui lui jetait de temps à autre des regards inquiets. Finalement, le pasteur déposa sa cuillère et regarda son subordonné par-dessus ses lunettes à monture métallique.

— Dites donc, l'abbé, il paraît qu'il s'en est passé de belles à la réunion de la commission scolaire, hier soir ?

— Pas tellement, monsieur le curé. La réunion a seulement été un peu agitée.

— C'est pas tout à fait ce que vient de me raconter le bedeau, reprit sèchement Antoine Joyal. Il paraîtrait que vous avez joué au Jos Montferrant.

— Pas du tout, monsieur le curé, protesta le jeune vicaire. Il y a eu une bagarre entre deux paroissiens et je me suis contenté de les séparer avant qu'ils se blessent et que ça devienne sérieux.

— J'espère que vous comprenez que c'était pas à vous d'intervenir.

— Je le sais bien, monsieur le curé, mais tout le monde se contentait de les regarder se battre. Il fallait faire quelque chose.

— Une bagarre entre Constant Loiselle et Rémi Tremblay... C'était une affaire pour vous faire blesser en vous mettant entre les deux.

L'abbé Groleau baissa les yeux. Il avait honte, même s'il n'avait agi que pour ramener la paix et le sérieux durant la réunion. Il accepta humblement la réprimande de son supérieur. Pour sa part, le curé soupira. On discuterait longtemps de l'incident dans toute la paroisse. Il en était certain.

❧

Quelques jours plus tard, la chaleur et l'humidité étaient revenues, aussi intenses qu'elles l'avaient été avant les deux journées de pluie. L'école du village, comme celles des rangs, avait fermé ses portes et les enfants, tout heureux, étaient retournés à la maison en poussant des cris de joie. Pour eux, c'était le début des grandes vacances estivales. Les enseignantes avaient nettoyé et rangé leur école une dernière fois avant de la quitter à leur tour jusqu'à la fin du mois d'août.

La veille de la Fête-Dieu, Germaine Tremblay décida de tenir parole et d'aller aider Rose-Aimée Turcotte à décorer le reposoir où l'ostensoir allait être déposé le dimanche matin, à la fin de la procession. Après le déjeuner, sa belle-sœur l'aida à couper des pivoines dans le parterre qui ornait la façade de la maison. Elle lui prêta ensuite une nappe de lin fraîchement repassée pour l'autel improvisé.

— Je pense que t'es mieux d'apporter ça. Tu connais Rose-Aimée. Ça me surprendrait pas mal qu'elle en ait une.

— C'est correct, accepta la jeune femme en déposant la nappe à côté d'elle, sur le siège du boghei. Je devrais être revenue pour dîner.

— Essaye de pas trop te fatiguer avec cette chaleur-là, la mit en garde Thérèse.

— Inquiète-toi pas pour moi. Je vais travailler pas mal moins dur que les hommes dans le bois. De toute façon, j'ai pas l'intention d'entrer dans la maison. Je sais que je serais trop tentée de commencer à décrotter.

À son arrivée chez les Turcotte, Germaine vit Cloclo en train de clouer une planche sur le côté du reposoir. Elle fut étonnée de constater qu'Elphège et sa sœur s'étaient contentés d'installer tant bien que mal l'arche et l'autel sans chercher à dissimuler par la moindre décoration les planches grossières de l'ouvrage. De plus, le terrain à l'avant de la maison n'avait pas été fauché et les fenêtres qui donnaient sur la galerie étaient poussiéreuses au point d'en être opaques.

— Où est Elphège ? demanda Germaine à l'adolescent.

— Il dort encore, répondit Cloclo.

— Et Rose-Aimée ?

— Elle s'en vient. Elle est allée chercher des œufs dans le poulailler.

— Va me réveiller Elphège, lui ordonna la jeune femme sur un ton sans appel.

— Il aimera pas ben ça, la prévint Cloclo, hésitant.

— Vas-y pareil et qu'il se grouille de descendre.

Au même moment, Rose-Aimée apparut à la porte du poulailler, tenant un plat dans lequel il y avait une demi-douzaine d'œufs. Germaine décida immédiatement de ne pas prendre de gants blancs.

— Bonjour, Rose-Aimée, lui dit-elle sur un ton sec. Est-ce qu'on t'avait prévenue que je viendrais t'aider à décorer le reposoir aujourd'hui ?

— Oui. Tit-Phège m'a dit ça au début de la semaine.

— Bon. Je suis là pour ça.

— Mon Dieu! s'exclama la jeune fille en s'essuyant le front. Mon ménage est même pas encore fait.

— C'est pas grave. J'ai pas l'intention d'entrer dans la maison, fit sèchement la visiteuse. Mais je suis surprise qu'Elphège et toi ayez pas eu le temps de faire plus de choses en quinze jours.

— Tit-Phège a eu ben de l'ouvrage.

— Je vois ça, répliqua Germaine, mordante. Il dort encore à neuf heures du matin.

À cet instant précis, la porte moustiquaire s'ouvrit sur un Elphège Turcotte hirsute et mal réveillé.

— Qu'est-ce que tu fais encore couché à cette heure-là? lui demanda Germaine, moqueuse. T'as pas peur de faire des plaies de lit?

— J'ai eu une journée ben éreintante hier et…

— Laisse faire. Tu me raconteras ça une autre fois, le coupa Germaine, à bout de patience. À matin, on n'a pas le temps. Il faut que tu finisses le reposoir aujourd'hui. Tu peux pas le laisser comme ça. C'est demain qu'il va servir.

— Mon train est même pas encore fait, protesta le jeune homme en se grattant la tête.

— Grouille-toi d'aller le faire tout de suite, lui ordonna la visiteuse. Moi, je peux pas passer la journée ici pour aider. Je dois repartir à onze heures et demie. Pendant que tu vas être à l'étable, on va commencer à le décorer. Mais perds pas de temps; on va avoir besoin de toi.

Elphège rentra dans la maison pour finir de s'habiller. Tout le reste de l'avant-midi, Germaine dut houspiller le frère et la sœur pour les inciter à travailler. Elle retrouva dans l'entrée de la remise les ornements prêtés par les Crevier et aida à les installer. À de nombreuses reprises, la jeune femme dut s'en prendre à Elphège qui la regardait sans rien faire.

— Envoye, Tit-Phège! Arrête de bayer aux corneilles et travaille.

Un peu avant midi, tout était en place. Le terrain avait été fauché et les planches étaient dissimulées par des pièces de jute que Blanche Crevier avait teintes en jaune et blanc, les couleurs papales. Les énormes pivoines roses des Tremblay, déposées dans deux pots, décoraient l'autel recouvert de la nappe de lin d'une blancheur étincelante. Une croix en bois avait été fixée à un montant de la galerie.

— Bon. Je m'en retourne, dit Germaine au moment où Elphège finissait d'atteler son cheval à son boghei. Faites bien attention au reposoir. Il y a apparence de pluie. Si jamais il se met à mouiller, enlevez toute la jute des Crevier, les fleurs et, surtout, la nappe de ma belle-sœur. Vous aurez juste à tout réinstaller demain matin de bonne heure, avant que la procession commence.

À son retour à la maison, Germaine trouva son père et ses deux frères en train de se rafraîchir au puits. Les trois hommes rentraient du boisé où ils avaient bûché durant tout l'avant-midi.

— Maudite vie de chien! fit Eugène en retirant ses bottes avant d'entrer dans la cuisine d'été. On se fait manger tout rond par les maringouins et les mouches noires.

— En enfer, ça doit pas être ben plus chaud, à part ça, ajouta son père en l'imitant.

— J'ai l'impression que vous avez déjà oublié tous les deux ce que c'était que la vie de chantier, leur fit remarquer Rémi avec une contrastante bonne humeur. Moi, je me plains pas. Au moins, on gèle pas comme en hiver.

— Il manquerait plus que ça! s'exclama son frère aîné.

— Puis, Germaine, est-ce que le reposoir est prêt pour demain? demanda Magloire à sa fille.

— Oui, mais je vous dis, p'pa, que ça a tout pris. Si Blanche Crevier avait vu ce que nos deux sans-dessein avaient fait de son matériel pour faire le reposoir, elle aurait eu une attaque. Ils avaient pratiquement encore rien fait quand je suis arrivée. Ça traînait dans la poussière à l'entrée de la remise.

— Ayoye! fit Rémi, malicieux. Je sens qu'ils ont dû se faire brasser pas mal par la mère supérieure.

— Laisse faire la mère supérieure, le drôle, rétorqua sèchement sa sœur. Moi, le Tit-Phège, qui passe son temps à me regarder avec les yeux dans la graisse de binnes, il me tape sur les nerfs. Et la grosse Rose-Aimée est pas mieux.

— T'as jamais pensé que Tit-Phège était peut-être l'homme qu'il te fallait? plaisanta Rémi en allumant sa pipe.

— Oui. Je suis même prête à le marier le jour où t'en feras autant avec Rose-Aimée, répliqua Germaine du tac au tac. Il me semble que vous feriez un bien beau petit couple tous les deux.

— Bon. J'ai plutôt l'impression qu'on va finir vieux garçon et vieille fille, fit Rémi en riant.

— C'est Corinne Hamel qui aimerait t'entendre dire ça.

— Si vous arrêtiez de vous étriver, qu'est-ce que vous en pensez? demanda Thérèse, qui avait suivi la passe d'armes entre le frère et la sœur. On dîne dans dix minutes.

À ce moment précis, une voiture entra dans la cour. Thérèse, debout devant l'une des fenêtres de la cuisine, regarda à l'extérieur.

— Veux-tu bien me dire? C'est un homme qui arrive avec un enfant, dit-elle à mi-voix aux autres qui n'avaient pas encore bougé. Je le connais pas.

Rémi fut le premier à se rendre à la porte moustiquaire, précédé de peu par la petite Claire.

— Ah ben, batèche! s'exclama-t-il, tout joyeux, en poussant la porte pour sortir sur la galerie. T'es-tu perdu en chemin, Xavier Lemire?

Une voix grave lui répondit, à l'extérieur.

— Viens. Entre que je te présente à ma famille, lui ordonna Rémi avec bonne humeur. Il commence à mouiller. Reste pas dehors avec le petit.

Il y eut des bruits de pas et un homme grand et mince, portant un enfant dans ses bras, pénétra dans la cuisine d'été à la suite de Rémi. Il semblait avoir une trentaine d'années. Sa peau était tannée par le soleil. Son épaisse chevelure noire et sa moustache soigneusement taillée mettaient en valeur ses yeux gris. Il avait une mâchoire énergique qui captivait tout de suite l'attention.

— Je vous présente Xavier Lemire, de Saint-Zéphirin, dit Rémi au moment où le visiteur déposait par terre un petit garçon d'environ trois ans pour être en mesure de tendre la main à ses hôtes.

Rémi présenta à tour de rôle son père, son frère Eugène, sa femme et leur fille Claire ainsi que sa sœur Germaine. Il leur expliqua que l'homme avait travaillé au chantier avec lui l'hiver précédent.

— Vous excuserez l'heure où j'arrive, fit le visiteur, un peu gêné, mais j'avais promis à Rémi d'arrêter lui dire bonjour si jamais je passais par Saint-Jacques. À matin, je devais aller chercher mon gars chez une vieille cousine de ma mère qui le gardait à Pierreville. Je me suis dit que ce serait une bonne idée de m'arrêter en passant.

Déjà, le petit garçon était allé rejoindre Claire et les deux enfants s'étaient assis au fond de la pièce.

— Vous avez bien fait, déclara Thérèse. Vous allez dîner avec nous autres. Le repas est presque prêt.

— Ben non. Je fais juste m'arrêter en passant, protesta Lemire.

— Si vous, vous avez pas faim, le petit, lui, doit manger à une heure raisonnable, dit Germaine.

— Je pense que t'es mieux de pas te faire prier, fit Magloire. Tu gagneras pas contre deux femmes.

— Comme ça, vous faites partie de ceux qui sont allés fêter avec mon frère après le chantier ce printemps? fit Germaine, malicieuse.

— Malheureusement pas, dit le visiteur d'une voix posée. Je suis plus assez jeune pour ça.

— Et je suppose que votre femme vous aurait attendu avec un rouleau à pâte quand vous auriez remis les pieds à ·la maison, poursuivit la jeune femme en riant.

— Non, répondit l'homme, le visage brusquement assombri. Ma femme est morte en couches il y a deux ans.

Cette révélation jeta un froid sur le petit groupe.

— Excusez-moi, dit Germaine, gênée. Je savais pas.

— Vous pouviez pas savoir. C'était une ben bonne femme. Elle est morte en même temps que le petit. Il me reste juste Jocelyn, ajouta-t-il en désignant de la tête le petit bonhomme qui avait dû hériter de sa mère sa tête blonde bouclée et ses yeux noisette. À la fin du chantier, je m'étais tellement ennuyé de mon gars que j'avais juste une idée en tête, revenir le plus vite possible pour le voir.

— Je comprends, dit Thérèse.

Pendant que les hommes parlaient de chantier et de travail dans le bois, Thérèse et Germaine mirent les couverts et déposèrent sur la table des tranches de veau, des pommes de terre et du pain. Quand vint le moment de prendre place, le petit garçon vint se blottir contre Germaine, qui le servit avec un plaisir non dissimulé.

— Qu'est-ce que vous faites quand vous travaillez pas au chantier? demanda Thérèse à leur invité.

— J'ai une petite terre à Saint-Zéphirin. J'ai hérité de mon père parce que mes deux frères ont jamais voulu rester sur la terre. À vingt ans, ils ont pris le bord des États et ils ont plus jamais donné de leurs nouvelles. Les parents de ma femme sont morts depuis longtemps et ma seule belle-sœur est religieuse. Il me reste juste une vieille cousine de ma mère. Ça fait que chaque automne, je m'entends avec mon voisin pour qu'il prenne mes animaux en pension et je monte au chantier jusqu'au printemps.

— Et votre petit? demanda Germaine.

— J'ai ben essayé de persuader la vieille cousine de venir s'en occuper à la maison, mais elle a jamais voulu. Je suis déjà chanceux qu'elle ait accepté de le garder. Je peux le voir juste le dimanche quand je monte à Pierreville.

— Comment ça se fait que tu l'as avec toi aujourd'hui? On est samedi… fit Rémi, curieux. Elle t'a laissé l'amener?

— J'avais pas le choix. À partir d'aujourd'hui, elle peut plus le garder. Elle est tombée malade cette semaine. Elle s'en va vivre à l'hospice de Nicolet la semaine prochaine. Il va falloir que je me trouve une gardienne. Je peux pas le laisser tout seul à la maison pendant que je travaille. L'amener avec moi dans le champ, ce serait trop dangereux.

Après le repas, les Tremblay profitèrent de la fin de l'averse pour amener leur invité jusqu'à leur terre à bois nouvellement acquise. Il put observer le travail accompli pour ouvrir le chemin entre le rang Sainte-Marie et celui du Petit-Brûlé. Les hommes de la famille avaient choisi de débroussailler et de défricher un espace d'une vingtaine de pieds de largeur en bordure du boisé, le long de la terre du maire Desjardins. En une semaine, ils étaient parvenus à abattre une quantité appréciable d'arbres dont les fûts étaient empilés à trois ou quatre endroits.

À la maison, Thérèse et Germaine finissaient de laver la vaisselle et ranger la cuisine.

— Cet enfant-là est un ange, dit Thérèse en parlant du petit Jocelyn.

— C'est vrai qu'il est pas tannant, approuva sa belle-sœur, à qui le petit garçon avait tendu la main sans rouspéter quand elle avait parlé d'une sieste.

— J'espère que son père va trouver une gardienne qui le maganera pas trop.

— Voyons donc, Thérèse! Qui aurait le cœur de faire du mal à un enfant? protesta sa jeune belle-sœur qu'une telle possibilité dépassait.

— Tu sais que c'est probablement une femme qui a déjà plusieurs enfants à elle qui va peut-être le prendre en pension. Ses enfants vont passer en premier, et c'est normal.

— Son père laissera pas faire ça.

— Comment veux-tu qu'il le sache? Il est pas là. Si le petit reste pas trop loin, il va peut-être aller le voir une fois par semaine, pas plus. À cet âge-là, un enfant a pas de défense.

— Ce serait bien de valeur, dit Germaine.

— Même si j'ai déjà Claire et que j'en attends un autre, je le prendrais bien.

— Tu peux pas faire ça, Thérèse. T'as déjà une grosse tâche, la raisonna sa belle-sœur.

— Mais toi, ça te tente pas de le garder?

— Moi? Mais je connais rien aux enfants, protesta la célibataire, d'une voix peu convaincante.

— Ce serait un bon moyen pour apprendre. Le petit a déjà l'air de t'aimer. En plus, ce serait un bel acte de charité chrétienne.

— Je le sais pas trop, fit Germaine, indécise.

— Penses-y. Tu pourrais essayer. C'est pas comme avoir un petit à soi. Si tu t'aperçois que c'est trop fatigant pour toi, t'auras juste à demander à son père de venir le chercher.

Le silence régna dans la cuisine d'été surchauffée durant un long moment. Lorsque les deux femmes sortirent s'asseoir quelques instants sur la galerie pour un repos bien mérité, Germaine sortit de son mutisme.

— En supposant que mon père accepte que je garde le petit de Xavier Lemire, es-tu sûre que ça vous dérangera pas, Eugène et toi ?

— Pantoute. Tu vas voir. Il va s'amuser avec Claire qui va l'adopter comme si c'était son petit frère.

— En tout cas, je peux toujours essayer.

De toute évidence, la jeune femme venait de se décider. Au retour des hommes, elle prit son père en aparté durant quelques instants avant d'aller tirer les deux enfants de leur sieste.

À son retour, elle prit place sur la galerie en compagnie des autres pendant que les petits s'assoyaient sur la première marche de l'escalier.

— Monsieur Lemire, j'ai pensé à une affaire, dit la jeune femme. Est-ce que vous auriez assez confiance en moi pour me laisser votre petit ? J'en prendrais bien soin et ça vous ferait pas trop loin pour venir le voir quand vous en auriez envie.

L'ami de Rémi tourna vers elle ses yeux gris perçants et demeura sans voix durant un long moment.

— Pour avoir confiance, mademoiselle, j'ai confiance. Mais je suis pas arrêté chez vous pour attirer votre pitié.

— C'est pas une question de pitié, protesta Germaine. Je vous l'offre parce que ça me tente d'essayer. Si je m'aperçois que je suis pas capable de m'en occuper comme il faut, vous aurez juste à revenir le chercher. Soyez pas inquiet : on le maganera pas.

— Si c'est comme ça, j'accepte sans hésiter, dit le veuf, le visage éclairé par un large sourire de reconnaissance.

Vous pouvez pas savoir combien vous me soulagez! Je savais vraiment pas à qui demander de me le garder.

— Et tu pourras passer le voir quand tu voudras, ajouta Magloire. J'ai l'impression qu'il pourrait tomber entre de plus mauvaises mains. Ma fille est haïssable, mais elle a ben bon cœur.

— P'pa! s'écria Germaine, feignant la colère.

— Je le crois pas, mademoiselle, dit en riant le visiteur. Il reste à nous entendre sur le prix de la pension.

— Inquiétez-vous pas avec ça, dit Germaine. On en parlera plus tard.

— J'ai toutes ses affaires dans le boghei. La cousine de ma mère m'a tout donné avant de partir.

Quand Xavier Lemire s'apprêta à quitter la ferme des Tremblay à la fin de l'après-midi, le petit Jocelyn vint embrasser son père, mais ne pleura pas en constatant qu'il le laissait derrière lui.

— Sois fin avec ma tante Germaine, lui recommanda-t-il.

Le petit garçon se contenta de hocher la tête en prenant la main de sa nouvelle gardienne.

Ce soir-là, au moment de se mettre au lit, Eugène ne put s'empêcher de dire à sa femme:

— Veux-tu ben me dire ce qui a pris à Germaine de s'encombrer de ce petit-là?

— Je l'ai encouragée à le faire, répondit Thérèse.

— Pourquoi?

— Juste pour lui donner le goût du mariage. Crois-moi, ça pourra pas faire de tort…

∽

Le lendemain matin, les habitants de Saint-Jacques-de-la-Rive entrèrent dans l'église sous un ciel gris. Magloire

Tremblay et les autres marguilliers, réunis autour du curé Joyal dans la sacristie, étaient peu optimistes quant à la possibilité de pouvoir effectuer la procession de la Fête-Dieu. Il avait plu abondamment une partie de la nuit et tout laissait présager que la pluie allait bientôt reprendre.

— On verra après la messe, annonça Antoine Joyal, résigné. S'il pleut, on remplacera la procession par une courte cérémonie dans l'église.

— Les gens seraient ben déçus, fit remarquer Joseph Pouliot.

Pourtant, à dix heures trente, après le *Ite missa est* marquant la fin de la messe, les paroissiens se massèrent sur le parvis sans avoir à se couvrir. Le soleil était dissimulé derrière une épaisse couche de nuages, mais il ne pleuvait pas. Magloire s'empressa d'aller communiquer la bonne nouvelle au curé de la paroisse.

— On la fait, déclara ce dernier. Dis au bedeau de sortir le dais.

Dès que les marguilliers eurent annoncé que la procession allait avoir lieu, les chevaliers de Colomb, les enfants de Marie et les dames de Sainte-Anne déployèrent leurs bannières agitées mollement par une faible brise. Les croisés des écoles de la paroisse se regroupèrent autour de l'abbé Groleau. Les marguilliers, l'air affairé, allaient d'un groupe à l'autre pour indiquer à chacun sa place dans le défilé.

Pour leur part, les paroissiens libérèrent le parvis et attendirent avec impatience que le curé Joyal fasse son apparition. Quelques minutes plus tard, on ouvrit les grandes portes de l'église pour laisser passer le pasteur. Ce dernier avait revêtu une lourde chape dorée et brandissait bien haut l'ostensoir. Derrière venait une demi-douzaine d'enfants de chœur vêtus d'une soutane rouge et d'un surplis blanc. Le prêtre descendit lentement les marches du parvis et vint prendre place sous le dais porté par quatre marguilliers. Quand le curé entonna le premier cantique d'une voix de stentor, un paroissien, porteur de la croix, prit la tête de la procession. Derrière le dais qui protégeait le prêtre, les différentes confréries paroissiales se mirent aussitôt en branle, et les fidèles leur emboîtèrent le pas.

La procession de la Fête-Dieu prit alors la forme d'un long serpent se déplaçant lentement dans le rang Saint-Edmond. Tout en contournant les flaques d'eau laissées par les averses, les fidèles récitaient des prières et entonnaient des cantiques. Le défilé dépassa la forge de Florentin Crevier et parcourut quelques centaines de pieds avant de tourner à droite dans le rang Saint-Pierre.

Germaine Tremblay marchait aux côtés de Thérèse. Eugène était allé à la basse-messe et s'était proposé pour garder Claire et le petit Jocelyn, trop heureux d'échapper à la corvée de la procession.

— Regarde Rémi, chuchota Germaine en désignant de la tête son frère à sa belle-sœur. Même s'il est à côté de Corinne, c'est plus fort que lui, il peut pas s'empêcher de faire de l'œil à la petite Poirier, le grand insignifiant! Et je te gage qu'il s'imagine que personne s'aperçoit de son manège.

Thérèse se contenta de hocher la tête, signifiant qu'elle l'avait bien entendue.

— On est en train de crotter nos bottines et le bas de notre robe avec toute cette bouette, reprit Germaine à voix basse.

— Il y a pas moyen de faire autrement, dit Thérèse sur le même ton.

— En tout cas, j'espère que Tit-Phège et sa sœur ont pensé à enlever les décorations du reposoir hier soir, comme je leur avais dit de le faire. Il a pas mal mouillé la nuit passée. S'ils l'ont pas fait, on va avoir tout un reposoir.

Au moment où la jeune femme prononçait ces mots, la foule s'immobilisait devant le reposoir dressé près de la façade de la maison des Turcotte. Pendant que le curé Joyal quittait l'abri du dais pour aller déposer majestueusement l'ostensoir au centre de l'autel improvisé, les gens se regroupaient devant la maison en chuchotant.

Comme par magie, Blanche Crevier, furieuse, apparut aux côtés de Germaine au moment où Thérèse s'avançait pour mieux entendre ce que le curé disait aux fidèles.

— As-tu vu ce que nos deux sans-génie ont fait du reposoir ? demanda-t-elle, les dents serrées. Regarde ! On n'a jamais eu un reposoir aussi chenu. Ils m'ont gâché tout mon matériel. Moi qui avais pris la peine de tout repasser, ils l'ont laissé à la pluie. Ça pend de partout. C'est pas regardable ! Une vraie honte !

Pendant que la femme du forgeron exhalait sa mauvaise humeur, Germaine examinait le désastre. De toute évidence, Elphège et Rose-Aimée n'avaient touché à rien après son départ et la pluie avait tout ruiné. Même les pivoines avaient pauvre allure et perdaient leurs pétales sur la nappe de lin.

— J'espère que ça gâchera pas la plus belle nappe de ma belle-sœur, ne put-elle s'empêcher de dire.

Au même moment, six petites filles habillées en blanc et bleu prirent place de part et d'autre de l'autel et le curé Joyal fit une courte homélie pour rappeler aux fidèles l'importance de la célébration à laquelle ils participaient. Quand la procession se remit en marche pour retourner à l'église, Germaine quitta Thérèse durant quelques instants pour aller dire deux mots à Rose-Aimée Turcotte, qui semblait vouloir renoncer à suivre le défilé.

— Où est Tit-Phège ? demanda-t-elle.

— Il vient d'entrer.

— Il suit pas la procession ?

— Pauvre lui, le plaignit sa sœur. Je pense qu'il a trop mal aux pieds pour continuer. Moi aussi, je pense que je vais rester ici.

— Tu lui diras de me rapporter ma nappe cet après-midi, dit sèchement la jeune femme. Comment ça se fait que vous avez pas rentré les décorations avant qu'il mouille, comme je vous l'avais demandé ?

— Parce qu'on pensait pas qu'il mouillerait autant. Une fois toutes les affaires mouillées, on s'est dit que ça valait plus la peine de tout défaire.

— C'est correct. Je te laisse, sinon je vais être obligée de courir pour rejoindre la procession, la coupa abruptement Germaine en se dirigeant vers la foule qui s'éloignait déjà.

Le curé Joyal venait à peine de tourner au coin du rang Saint-Edmond à la tête du défilé qu'une petite pluie fine se mit à tomber. Le vent se leva. Les marguilliers qui portaient le dais eurent tout le mal du monde à maintenir en place l'immense voile doré qui protégeait le prêtre et l'ostensoir qu'il portait. On accéléra progressivement le pas et les cantiques se turent. Ce fut presque au pas de course que la procession prit fin sur le parvis de l'église où le curé s'engouffra, suivi par l'abbé Groleau et les servants de messe. Les fidèles se dispersèrent rapidement, pressés de se mettre à l'abri de l'averse.

De retour chez eux, tous les Tremblay s'empressèrent de changer de vêtements et les femmes examinèrent les dégâts causés par la pluie à leurs toilettes.

— Je vous dis qu'on va se souvenir longtemps de la Fête-Dieu de cette année, déclara Germaine aux siens. Un reposoir miteux et un retour à la course.

— C'est pas si grave que ça, temporisa Thérèse en cassant des œufs dans un bol pour préparer une omelette.

— Peut-être pas pour toi, reprit sa belle-sœur, mais t'aurais dû entendre Blanche Crevier. Je te dis qu'elle était pas heureuse quand elle a vu ce que les Turcotte ont fait avec ses affaires! Si Rose-Aimée avait été à côté d'elle, je pense qu'elle lui aurait arraché les yeux.

— Elle finira bien par se calmer.

— De l'eau, ma tante, vint demander le petit Jocelyn.

Germaine le souleva et l'assit sur le comptoir avant de lui verser un grand verre d'eau. Elle embrassa l'enfant sur le front pendant qu'il buvait et le déposa par terre lorsqu'il eut terminé.

— Es-tu sûre que tu veux garder le petit lit que Rémi a monté pour lui hier dans ta chambre? lui demanda Thérèse en regardant l'enfant aller rejoindre Claire sur la galerie.

— Certaine. Il me dérange pas. Comme ça, s'il se réveille pendant la nuit, je suis sûre de l'entendre.

— Comme tu voudras.

Au début de l'après-midi, il y eut une percée de soleil et la pluie cessa. Un peu avant deux heures, Rémi endossa son veston et s'apprêtait à quitter la maison quand une question de sa sœur l'arrêta sur le seuil de la porte.

— Vas-tu passer l'après-midi chez Corinne?

— Ben oui, répondit-il sans aucun entrain. Pourquoi tu me demandes ça?

— Je sais pas. À te voir frétiller à matin quand tu regardais la petite Poirier, je pensais que tu t'en allais au village.

— Dis donc pas n'importe quoi! la rabroua le jeune homme en se penchant devant le miroir pour vérifier si ses cheveux étaient correctement coiffés.

— En tout cas, si j'étais à la place de Corinne Hamel, je t'enverrais paître, le grand. J'accepterais pas de faire rire de moi devant toute la paroisse.

Rémi se contenta de soulever les épaules et de sortir de la maison. Thérèse regarda son jeune beau-frère prendre la direction de la ferme voisine en traînant les pieds. Elle vit Corinne, déjà installée dans la balançoire située près de la maison, attendant son prétendant.

— Pauvre Corinne ! dit-elle à mi-voix à sa belle-sœur. Elle en a de la grâce de se pendre après lui comme ça. Regarde-le aller. On dirait un condamné à mort qui s'en va à l'échafaud.

— À sa place, moi…

Germaine fut interrompue par le bruit d'un attelage qui entrait dans la cour.

— Bon. V'là l'autre à cette heure, dit-elle, exaspérée, en désignant Elphège Turcotte, tout endimanché, qui descendait de sa voiture.

— Regarde ce qu'il a fait avec ma nappe, fit Thérèse, outrée.

Elphège avait empoigné la nappe en lin encore dégouttante comme un vulgaire torchon.

— Attends donc, toi ! fit Germaine, avec humeur.

Elle sortit sur la galerie et se campa en haut des marches, les deux mains plantées sur les hanches. Elphège lui tendit la nappe.

— Bonjour, dit-il en lui adressant un grand sourire. Je te rapporte ta nappe.

— Dis-donc, Tit-Phège, ça aurait pas tenté à Rose-Aimée de la laver et de la repasser, par hasard ? demanda-t-elle sur un ton acerbe.

— Ben, je sais pas, répondit l'autre, pris de court par la mauvaise humeur évidente de Germaine.

— Je sais pas si tu t'en doutes, mais ce que tu tiens comme une guenille, c'est notre plus belle nappe, celle qu'on met sur la table juste dans le temps des fêtes. T'as vu dans quel état tu me la rapportes ?

— Si j'avais su, j'aurais dit à Rose-Aimée de s'en occuper mieux que ça, fit le jeune homme, piteux.

Sans rien ajouter, Germaine descendit les trois marches de l'escalier, saisit la nappe et se dirigea vers l'arrière de la maison dans l'intention de la mettre à sécher. Elle sursauta légèrement quand elle se rendit compte que son visiteur l'avait suivie.

— Est-ce que je peux t'aider ? demanda-t-il.

— Laisse faire ; c'est de l'ouvrage de femme, lui répondit-elle abruptement. De toute façon, je vais juste la laisser sécher un peu avant de la laver tout à l'heure quand j'aurai de l'eau chaude.

Germaine fixa la nappe sur la corde en utilisant des épingles à linge qu'elle puisait dans un panier d'osier déposé sur la galerie. En tournant la tête, elle constata que le frère de Rose-Aimée n'avait pas bougé d'un pouce.

— T'attends quoi, Tit-Phège ? finit-elle par lui demander.

— Ben, j'ai pensé que comme il faisait pas mal beau, on pourrait peut-être aller marcher dans le rang, dit-il en rougissant légèrement.

Germaine hésita un moment entre se fâcher et éclater de rire. Décidément, Elphège Turcotte ne doutait de rien. Par un énorme effort de volonté, elle parvint à se contrôler.

— T'es pas sérieux, Tit-Phège ? T'as bien trop mal aux pieds pour aller traîner dans le chemin. Ta sœur m'a dit à matin que t'avais même pas pu finir la procession tellement t'avais mal.

— Rose-Aimée exagère toujours un peu, balbutia le jeune homme, un peu confus. Je pensais que t'haïrais pas ça passer l'après-midi avec moi.

— C'est bien de valeur, mais tu t'es trompé. Ça va être pour une autre fois, déclara tout net Germaine en se dirigeant vers la maison d'un pas décidé. Aujourd'hui, j'ai trop d'ouvrage. En plus, il faut que je m'occupe d'un enfant que je garde. Je t'offrirais bien d'aller jaser avec mon père ou mon frère Eugène, mais ils dorment tous les deux. Rémi, lui, est parti passer l'après-midi avec son amie.

Là-dessus, elle l'abandonna près de son boghei et rentra dans la maison. Un moment plus tard, elle entendit l'attelage reprendre la route.

— Bon débarras! s'exclama-t-elle à mi-voix.

— Qu'est-ce qui se passe? lui demanda Thérèse, qui revenait de l'étage où elle était allée coucher Claire pour sa sieste quotidienne. Contre qui t'es fâchée comme ça?

— Contre Tit-Phège Turcotte! Tu parles d'un maudit effronté!

— Qu'est-ce qu'il a encore fait?

— Rien de moins que de me proposer de me fréquenter.

— Quoi?

— Bien oui. Il pensait me faire plaisir en venant passer l'après-midi avec moi. J'aurai tout entendu! Tu parles d'un agrès, toi! C'est laid à faire peur et c'est sans-cœur au point d'avoir de la misère à mettre un pied devant l'autre, mais ça vient faire le joli cœur! Il doute vraiment de rien, celui-là.

— C'est vrai qu'il est un peu jeune pour toi, lui fit remarquer Thérèse.

— C'est pas une question d'âge! s'emporta Germaine. On a peut-être que quatre ou cinq ans de différence, mais me vois-tu me laisser fréquenter par Tit-Phège Turcotte? Toute la paroisse serait morte de rire.

Chapitre 10

L'heure des décisions

En cette matinée de juillet, l'air était comme immobile. Un soleil aveuglant dardait ses chauds rayons sur toute la campagne. Seules les stridulations des insectes venaient troubler la torpeur dans laquelle semblaient plongés tous les êtres vivants. Mais les apparences étaient trompeuses… du moins chez les Veilleux.

Le déjeuner venait à peine de prendre fin quand Émérentienne remarqua une crispation soudaine dans le visage de sa bru.

— Qu'est-ce qu'il y a ? lui demanda-t-elle à voix basse, pleine de sollicitude.

Les mains fortement pressées sur son ventre proéminent, Yvette prit un moment avant de pouvoir articuler dans une grimace :

— Je pense que le travail est commencé, madame Veilleux.

— T'as fait ton temps, la rassura sa belle-mère. Va t'étendre dans ta chambre. Je vais m'occuper du reste. Je te rejoins dans cinq minutes.

À peine Yvette venait-elle de quitter la pièce que sa belle-mère prit les choses en main.

— Marcelle, dit-elle à sa petite-fille de huit ans, tu prends des paniers vides dans la remise et tu amènes tes deux petits frères cueillir des fraises avec toi. Ton grand-père va aller vous donner un coup de main dans cinq minutes.

— Mais, grand-mère, j'ai pas fini la vaisselle, protesta la fillette.

— Laisse faire la vaisselle. Je vais la finir à ta place. Fais ce que je te dis.

Napoléon, qui venait d'allumer sa pipe, jeta un regard interrogateur à sa femme.

— Déjà? demanda-t-il.

— On dirait. Va dire à Ernest d'atteler et d'aller avertir le docteur à Pierreville. Fais ça vite. Moi, je vais rester ici pour tout préparer et l'aider. Après, t'iras t'occuper des enfants dans le champ de fraises. Organise-toi pour qu'ils traînent pas autour de la maison tant que ce sera pas fini.

Une fois alerté, Ernest se précipita vers la maison. Yvette avait beau ne pas en être à son premier accouchement, l'événement l'énervait toujours autant. Sa mère l'intercepta dès qu'il mit les pieds dans la cuisine d'été.

— Qu'est-ce que tu fais là? Dépêche-toi à atteler et à aller chercher le docteur. On n'a pas besoin de toi ici-dedans. Et c'est pas nécessaire de crever Prince en chemin, le travail vient juste de commencer.

Quelques minutes plus tard, le jeune cultivateur quittait la ferme. Lorsqu'il revint de Pierreville près d'une heure plus tard, il vit son père et ses trois enfants encore en train de cueillir des fraises dans le champ, derrière la grange. Dans la maison, il n'y avait personne dans la cuisine d'été et la porte de communication avec la cuisine d'hiver était entrouverte.

Au moment où il pénétra dans ce que les Veilleux appelaient le «haut côté», il fut accueilli par des vagissements suivis par des exclamations de sa mère. La porte de la chambre s'ouvrit sur une Émérentienne Veilleux portant un enfant nouveau-né qu'elle déposa sur une couverture étendue sur la table de la cuisine d'hiver. Levant la tête, elle aperçut son fils.

— Le docteur s'en vient, parvint-il à dire.

— C'est correct. Mais reste pas là comme un membre inutile, lui lança-t-elle. Va me chercher de l'eau tiède sur le poêle dans la cuisine d'été. Fais ça vite.

L'ordre de sa mère sembla tirer Ernest de sa léthargie et il se précipita vers la pièce voisine d'où il revint avec un récipient. Émérentienne vérifia d'abord la température de l'eau du bout des doigts avant de nettoyer soigneusement le bébé.

— T'as une deuxième fille, lui déclara-t-elle en finissant de laver l'enfant et en l'enveloppant dans une petite couverture après l'avoir habillée. Prends-la et échappe-la pas. Tu viendras la montrer à Yvette dans dix minutes, le temps que je fasse un peu sa toilette et que je remette de l'ordre dans la chambre. Ta femme l'a bien mérité.

Quand Ernest déposa la petite dans les bras d'Yvette, la jeune mère rayonnait de fierté en examinant son quatrième enfant.

— C'est notre petite Céline, déclara-t-elle en serrant l'enfant contre elle.

— Céline ? demanda sa belle-mère.

— On a décidé de l'appeler Céline, répondit Ernest en ne quittant pas l'enfant des yeux.

— C'est un beau nom, admit Émérentienne. Mais ça vous a pas tenté de l'appeler Émérentienne ?

— Ben, m'man, c'est un nom qui fait pas mal vieux.

— Merci, mon garçon, répondit sa mère d'une voix acide en s'épongeant le front avec son tablier. Bon. On va laisser reposer Yvette en attendant le docteur. Je vais coucher la petite dans son berceau et toi, tu vas aller prévenir monsieur le curé. Il va probablement vouloir faire le baptême dimanche prochain.

Durant l'absence d'Ernest, le vieux docteur Patenaude s'arrêta chez les Veilleux. Après un bref examen de la mère et de l'enfant, le praticien ne put que les déclarer en parfaite santé et reprit la route. La grand-mère se décida enfin à aller chercher son mari et ses petits-enfants dans le champ, derrière la grange. Elle les trouva tous les quatre assis à l'ombre d'un vieux chêne. Le petit Maurice avait le menton et les joues maculés de fraises.

— Tout est fini, annonça-t-elle à son mari. C'est une petite fille. On n'a même pas eu besoin du docteur Patenaude. Il vient de repartir. Ernest est allé au presbytère.

— Bon. Il était temps que tu viennes les chercher. Je pense qu'ils en ont assez de cuire au soleil, fit Napoléon. On a rempli de fraises tous les paniers qu'on avait.

— J'espère que tu les as pas laissés se bourrer dans les fraises tout l'avant-midi. Il manquerait plus qu'ils me fassent une indigestion, fit la grand-mère en jetant un regard suspicieux aux enfants.

— Ben non. Inquiète-toi donc pas, la rassura son mari. Ils en ont mangé juste un peu. Pas vrai, les enfants ?

Les trois petits approuvèrent bruyamment ce que venait d'affirmer leur grand-père.

— En tout cas, reprit Émérentienne, ça a bien l'air qu'on n'aura pas le choix d'équeuter ça cet après-midi et de faire des confitures si on veut pas les perdre.

— Je te donnerai un coup de main, promit Napoléon. Il fait trop chaud pour aller traîner dans le champ aujourd'hui.

— Venez les enfants. Les sauvages viennent de passer. Ils vous ont laissé une belle petite sœur.

Très excités, les enfants suivirent leurs grands-parents jusqu'à la maison, impatients de voir le nouveau bébé de la famille. Si Marcelle et Albert trouvèrent Céline jolie, le petit Maurice, pour sa part, la trouva particulièrement laide et trop rouge.

⟨⟩

Au même moment, Léon Desjardins s'engageait à pied sur la route que les Tremblay s'évertuaient à défricher depuis plus de deux semaines à la limite de sa terre. Ils avaient déjà abattu une quantité respectable d'arbres et la trouée commençait à être importante. Malgré l'intense chaleur de cette journée de juillet, Rémi avait attelé les deux chevaux et, à l'aide de chaînes, il leur faisait arracher des souches du sol en les encourageant avec de grands cris. Son père et son frère Eugène bûchaient, un peu plus loin. Les trois hommes suaient sang et eau, et se battaient contre une légion de moustiques qui les harcelaient de toutes parts.

Magloire fut le premier à apercevoir le maire et fit signe à ses fils de s'arrêter.

— Maudit enfer noir ! jura Eugène en s'épongeant avec un large mouchoir. Avoir su qu'on en arracherait autant à ouvrir ce chemin-là, je me serais jamais embarqué là-dedans.

— C'est certain que ça aurait été moins pire en automne, reconnut Desjardins en appréciant de l'œil la quantité de travail déjà accompli par les trois hommes.

— Le trouble, c'est pas seulement les moustiques, déclara Magloire en se penchant pour saisir une cruche d'eau déposée au pied d'un arbre. Il faut trouver un moyen de brûler les broussailles, les branches et les souches. On peut pas les brûler ici parce qu'on va sacrer le feu dans tout le bois. On n'est quand même pas pour charrier tout ça sur notre terre ; on finira jamais.

— C'est sûr que ce serait ben trop dangereux de faire ça, même quand il y a pas de vent, approuva le maire en regardant les tas impressionnants de broussailles et de branches empilés un peu partout sur l'espace déjà défriché.

— En attendant de trouver un moyen, on a commencé à charrier les plus beaux arbres au moulin à scie. Ça va nous faire pas mal de bons madriers et de la belle planche, conclut Magloire en écrasant un maringouin qui s'entêtait à vouloir se poser sur l'une de ses joues.

Il y eut un bref silence entre les deux hommes pendant qu'Eugène et son frère se désaltéraient, s'échangeant à tour de rôle la cruche d'eau.

— Je suis venu vous voir pour la corvée, finit par dire Desjardins. Ça va être comme on l'a fait annoncer par monsieur le curé à la grand-messe, dimanche passé. On va commencer à bâtir l'école après-demain. J'ai pensé qu'on est aussi ben de s'organiser pour faire le gros de l'ouvrage avant les foins.

— C'est ben correct. On va faire notre part comme tout le monde, voulut le rassurer Magloire. On va faire comme les autres, nous aussi. On va aller donner une couple de jours.

— Ça, j'en n'ai jamais douté, fit le maire. Mais j'ai pensé à une affaire.

— Laquelle ? demanda Magloire, sur le qui-vive.

— Tu sais que ben du monde de la paroisse jasent pas mal sur l'argent que vous avez eu du député pour ouvrir le chemin.

— Et comme tu peux le voir, on le vole pas, cet argent-là, l'interrompit le cultivateur en lui montrant tout le travail déjà exécuté.

— Je le sais ben, mais j'ai pensé qu'un bon moyen de fermer la boîte aux chialeux, ce serait peut-être que vous fournissiez une partie du bois qui va servir à la construction de l'école. Vous manquez pas de bois avec tout ce que vous abattez et ça aiderait pas mal la paroisse.

Magloire consulta du regard ses deux fils qui s'étaient rapprochés de lui.

— C'est un pensez-y-bien, déclara finalement le père de famille.

— On pourrait peut-être fournir la moitié des madriers et de la planche, avança Eugène.

— Oui, confirma Rémi, mais à la condition que la commission scolaire paie le moulin à bois, par exemple. On paiera pas le sciage en plus.

— C'est ben correct, accepta Desjardins, tout content. C'est ben généreux de votre part. Je vais le dire partout et tout le monde va vous en être reconnaissant et...

— Attends, Léon, l'interrompit Magloire. Je pense qu'un petit service en attire un autre, non?

— Certain, fit le maire, devenu subitement méfiant.

— Ton champ à côté est en friche, si je me trompe pas.

— Ouais. Je le laisse reposer cette année. Il donnait plus rien.

— Tes vaches sont dans un autre clos.

— Oui. Pourquoi tu me dis ça?

— Je viens de penser à quelque chose. Ça te dérangerait pas, je suppose, qu'on fasse brûler nos branchages là, les jours où il y aurait pas de vent. Ce serait pratique en batèche. On couperait deux sections de ta clôture et on empilerait là tout ce qui doit être brûlé. Quand on ferait un feu, on le surveillerait pour qu'il s'étende pas. Ça nous rendrait ben service et ça te nuirait pas pantoute.

Léon Desjardins pivota sur lui-même et regarda attentivement autour de lui pour s'assurer que sa maison et ses bâtiments étaient assez éloignés de l'endroit désigné par ses voisins.

— C'est correct, accepta-t-il un peu à contrecœur, mais vous allez me remettre tout ça d'aplomb quand vous aurez fini.

— Inquiète-toi pas. On va tout arranger, le rassura Magloire, satisfait d'avoir obtenu cette concession de la part du maire.

Eugène et Rémi apprécièrent à sa juste valeur, eux aussi, l'accord de Léon Desjardins. Cette permission de brûler les branchages dans le champ qui longeait la route étroite qu'ils étaient en train d'ouvrir allait leur simplifier singu-lièrement la tâche.

❧

Au même moment, Fernande Fournier était occupée à remplir une dizaine de pots de confiture de fraises dans sa cuisine d'été quand elle vit le postier arrêter son attelage dans un nuage de poussière devant leur boîte aux lettres, plantée le long du chemin. Intriguée, elle s'essuya les mains sur son tablier et sortit de la maison pour aller voir ce que le père Côté avait laissé dans leur boîte.

Les Fournier ne recevaient pratiquement jamais de courrier. La mère de famille jeta un coup d'œil machinal vers le jardin où Florence était occupée à désherber avant de porter le regard vers le champ voisin. Annette et son jeune frère Germain cueillaient les dernières fraises de la saison.

Satisfaite, la petite femme ouvrit la boîte aux lettres et en tira une enveloppe blanche adressée à «Mademoiselle Florence Fournier». Curieuse, elle la soupesa et chercha même à voir en transparence ce qu'elle contenait.

— Veux-tu bien me dire d'où ça vient, cette lettre-là? demanda-t-elle à mi-voix.

Si son souvenir était exact, la dernière lettre reçue à la maison datait de l'hiver précédent et provenait d'un loin-tain cousin de son mari qui voulait qu'il lui fasse parvenir un certificat de baptême.

— Florence! cria-t-elle à sa fille agenouillée dans le jardin. Viens ici une minute.

La jeune fille se releva sans marquer trop d'empressement et vint rejoindre sa mère, debout au pied de l'escalier menant à la galerie.

— Tu viens de recevoir une lettre, dit-elle à sa fille en lui tendant l'enveloppe avec une certaine réticence. Veux-tu bien me dire qui t'écrit?

— Je vais vous le dire, m'man, si vous me donnez une chance de l'ouvrir, dit Florence, sur un ton où pointait l'insolence.

— Ouvre-la qu'on sache, lui ordonna sèchement sa mère.

La jeune fille releva son large chapeau de paille et décacheta fébrilement l'enveloppe. C'était la première lettre qu'elle recevait. L'enveloppe ne contenait qu'un unique feuillet noirci par une petite écriture serrée. Elle se mit à lire en remuant les lèvres, consciente de l'impatience de sa mère, qui attendait une explication.

— Puis? demanda Fernande. De qui ça vient, cette lettre-là?

— Vous me croirez pas, m'man. C'est le *peddler* qui m'écrit.

— Qui?

— Sam Cohen, le *peddler* qui est passé ici le mois dernier.

— Le *peddler*! Qu'est-ce qu'il te veut?

— Il veut juste avoir de mes nouvelles, répondit Florence en s'efforçant d'afficher une insouciance qu'elle était loin d'éprouver.

— En quel honneur?

— Je le sais pas, mentit la jeune fille. Il dit juste qu'il aimerait qu'on s'écrive.

— J'aime autant te dire que j'aime pas trop ça, répliqua sèchement sa mère. Si je me rappelle bien, c'est même pas quelqu'un de notre race.

— Il m'écrit qu'il est juif, m'man. C'est tout de même pas un crime.

— Si ça se trouve. Il est même pas catholique, à part ça, poursuivit Fernande d'une voix acide.

— Il veut juste m'écrire, m'man. Il m'a pas demandé en mariage, s'impatienta Florence.

— Il manquerait plus que ça ! En tout cas, avant de lui écrire, t'es mieux d'en parler à ton père.

Florence ne répliqua pas, mais son air buté voulait tout dire. Elle retourna au jardin où elle poursuivit sa tâche sous le soleil de plomb. À l'heure du dîner, Annette et Germain rentrèrent en portant chacun un grand panier de fraises.

— C'est fini, m'man, déclara l'adolescente. Il reste plus une fraise dans le champ.

— C'est correct. Tu peux commencer à les équeuter sur la galerie avec ton frère. Aussitôt que ton père va être rentré, on va dîner. Dis à Florence d'apporter des petites fèves et de la salade, et de venir m'aider à préparer le repas.

Quelques minutes plus tard, toute la famille Fournier était attablée. Florence venait de déposer sur la table l'une des grosses miches de pain frais qu'elle avait fait cuire au début de l'avant-midi. Au moment où Laurent Fournier se versait une tasse de thé, sa femme lui apprit que sa fille avait reçu une lettre du jeune marchand itinérant.

— En plus, c'est un Juif et il parle français avec un drôle d'accent, ajouta Fernande en affichant un air dégoûté.

— Qu'est-ce qu'il te veut ? demanda le père de famille, en tournant vers son aînée son visage buriné.

— Il veut juste qu'on s'écrive pour se donner des nouvelles, se contenta de dire Florence, le cœur battant.

Elle n'ignorait pas que si son père opposait son *veto*, il lui serait impossible d'entretenir une correspondance avec celui qu'elle appelait déjà Sam en pensée.

— Qu'est-ce que t'en penses, toi? demanda Fernande à son mari, son petit menton pointu dressé agressivement.

— Bah! Si elle a du temps à perdre, elle peut ben lui écrire, laissa tomber Laurent en passant une main sur sa large calvitie.

— J'aime pas bien ça, déclara tout net sa femme. C'est gaspiller un timbre d'une cenne pour rien. En tout cas, ma fille, fais bien attention à ce que tu vas lui raconter à ce garçon-là. On le connaît pas. On sait pas pantoute quelle sorte de monde c'est.

Laurent fit comme si sa femme n'avait rien dit et se mit en devoir de bourrer sa pipe après avoir tiré sa blague à tabac de l'une de ses poches.

Le lendemain matin, Florence afficha son indépendance. Sans le dire à quiconque, elle alla porter une enveloppe dans la boîte aux lettres et releva le drapeau rouge pour signaler au facteur qu'il avait du courrier à prendre. Fernande ne se rendit compte de tout cela qu'au moment où Elzéar Côté reprenait la route après avoir récupéré l'enveloppe.

— Tu lui as pas déjà écrit? demanda-t-elle, mécontente, à sa fille qui revenait du poulailler.

— Bien oui.

— Et sans nous en parler?

— Vous parler de quoi, m'man? demanda Florence, frondeuse. Je suis tout de même pas pour vous lire les lettres que j'écris.

L'air farouche de sa mère lui suffit. La jeune fille prit immédiatement la ferme résolution de bien cacher toutes les lettres que Sam allait lui envoyer. Elle savait que sa mère chercherait par tous les moyens à en connaître le contenu.

❦

Deux jours plus tard, Joseph Gariépy était en train de faucher le petit terrain de la commune sur lequel la nouvelle école du rang Sainte-Marie allait être construite quand deux cultivateurs du rang Saint-Pierre arrivèrent avec un chargement de pierres qui allaient servir à établir les fondations du bâtiment.

— Crevier s'en vient avec du sable et du ciment, annonça l'un d'eux.

— Sacrifice! fit Gariépy, je crois ben que tout va arriver en même temps. Magloire Tremblay et un de ses garçons s'en viennent avec des madriers et de la planche.

Une heure plus tard, une douzaine d'hommes était déjà au travail, en train de creuser les fondations de la petite école. À la fin de l'avant-midi, trois autres hommes s'étaient joints à eux pour gâcher du ciment qui servirait à boucher les interstices entre les pierres utilisées pour constituer le solage de vingt-quatre pieds sur vingt-quatre du petit bâtiment.

À l'heure du dîner, Rémi Tremblay disparut du chantier. Il revint quelques minutes plus tard avec deux tréteaux et des bancs qu'il avait tirés de la remise familiale. Deux hommes déposèrent plusieurs madriers sur les tréteaux de manière à fabriquer une table grossière.

— C'est pas parce qu'on n'est pas chez nous, déclara Magloire, qu'on est obligés de manger assis à terre comme des sauvages.

Après le repas, Onésime Parenteau, un grand homme maigre qui aimait jouer au maître d'œuvre déclara:

— On creuse pas de cave, mais on va prendre de la pierre pour asseoir solidement les soliveaux. Ça va être solide en masse.

On se remit alors au travail en fixant des arbres grossièrement équarris sur le carré en pierre de l'édifice. On plaça de grosses pierres à divers endroits sous chacun de ceux qui furent cloués en perpendiculaire.

— On a ben le temps de commencer à monter le premier plancher avant d'aller faire notre train, déclara alors Léon Desjardins en consultant sa montre de gousset. Qu'est-ce que vous en pensez?

Il y eut des murmures d'approbation chez les hommes qui se mirent à transporter des madriers et à les clouer. Le travail entamé ne s'acheva qu'au coucher du soleil.

Le lendemain, quelques-uns des ouvriers bénévoles de la veille revinrent. D'autres volontaires se joignirent à eux et on se mit à construire la charpente de l'école. Pendant que certains mesuraient et sciaient le bois, d'autres clouaient. Quand vint l'heure du dîner, la plupart sortirent du pain et du fromage qu'ils avaient mis à l'abri du soleil, sous le siège de leur voiture. Amanda Gariépy et Germaine Tremblay se déplacèrent jusqu'au chantier pour apporter de l'eau fraîche et des biscuits aux ouvriers.

Magloire Tremblay et ses deux fils travaillèrent trois jours à l'érection de l'école. Ils retournèrent au déboisement de leur chemin dès le début de la semaine suivante. Lorsque Thérèse aperçut Napoléon et Ernest Veilleux en train de travailler à leur tour au chantier de l'école, elle en profita pour aller voir le nouveau bébé de sa voisine et s'informer de sa santé. Enceinte de plus de six mois, elle commençait elle-même à attendre sa délivrance avec impatience.

Une douzaine de jours suffirent pour bâtir la petite école du rang Sainte-Marie. Les fenêtres avaient été posées ainsi que la couverture en tôle. Il ne restait plus qu'à finir la classe du rez-de-chaussée et l'appartement de l'enseignante, à l'étage, mais on s'entendit pour remettre ce travail après les foins.

L'été de 1900 avait été jusqu'à présent extraordinaire. Depuis le mois de mai, il y avait eu juste assez de pluie pour assurer de belles récoltes. Les averses périodiques avaient empêché celles-ci de sécher sous les rayons ardents du soleil. Déjà, l'avoine, le blé et le seigle avaient belle allure et promettaient, si la nature continuait à y mettre du sien. Un tel été était considéré comme une véritable bénédiction du ciel et les cultivateurs, si prompts habituellement à rendre la nature responsable de tous leurs maux, ne pouvaient que se réjouir d'un temps pareil.

— C'est à matin qu'on commence les foins, dit Magloire Tremblay. Le temps de déjeuner et la rosée va avoir disparu. On fauche.

À peine le père finissait-il sa phrase qu'une voiture s'arrêtait près de leur maison.

— C'est Lemire, dit Rémi, surpris, en voyant le visiteur descendre de son boghei. Qu'est-ce qu'il vient faire en visite en pleine semaine?

Depuis qu'il avait laissé son fils en pension chez les Tremblay, un mois auparavant, le jeune veuf venait le samedi ou le dimanche après-midi lui rendre visite. Chaque fois, il se faisait discret. Il arrivait toujours après l'heure de la sieste de Jocelyn, l'amenait habituellement jusqu'au village et le ramenait à l'heure du repas, refusant obstinément de rester pour le souper.

— T'arrives juste à l'heure pour venir déjeuner avec nous autres, lui dit Magloire en l'invitant à entrer.

— Merci, monsieur Tremblay, mais c'est fait depuis longtemps. Je suis parti de Saint-Zéphirin à six heures.

— Qu'est-ce qui se passe? lui demanda son ami Rémi.

— Mes trois vaches sont en pension chez le voisin et en échange, je l'ai aidé à faire les foins la semaine passée. Moi, je fais pas de foin cette année ; ça vaut pas la peine. Ça fait que je me suis dit hier soir que ce serait peut-être pas une mauvaise idée de venir vous donner un coup de main à faire les vôtres.

— Es-tu sérieux ?

— Je sais que vous avez pas mal d'ouvrage à faire encore sur votre chemin. Moi, cette année, je cultive juste de l'avoine, du sarrasin et du blé. À part de mon petit jardin et de l'entretien de mes bâtiments et de la maison, j'ai pas grand-chose à m'occuper ces temps-ci.

— T'es le bienvenu, fit Magloire avec le sourire. Entre. On commence justement à matin, après le déjeuner.

En entendant des voix dans la cour, Germaine, en train de faire les lits à l'étage, regarda par la fenêtre. En reconnaissant le père du petit, elle eut le réflexe de vérifier l'ordonnance de sa coiffure dans le miroir de sa chambre. Pendant un bref moment, son cœur se serra à la pensée que Xavier Lemire venait peut-être chercher son fils pour le ramener chez lui. Elle jeta un regard attendri au petit garçon qui dormait paisiblement dans le lit étroit installé dans le coin de sa chambre avant de descendre au rez-de-chaussée. Elle entra dans la cuisine au moment même où Magloire expliquait à sa bru qu'ils allaient pouvoir compter sur une paire de bras supplémentaire ce jour-là pour faire les foins.

Après avoir salué Xavier, Germaine s'empressa d'ajouter un couvert sur la longue table et aida sa belle-sœur à servir.

— J'ai déjà mangé, se défendit le visiteur.

— Mangez, lui ordonna Thérèse. Vous avez juste la peau sur les os. Ça vous fera pas de tort.

Le veuf finit par se laisser tenter et mangea sa part du plat de crêpes que les cuisinières avaient déposé sur la table.

— Comme ça, on va être six pour faire les foins, dit Thérèse en offrant la théière à son beau-père.

— Non, cinq, répondit Germaine. Dans ton état, tu restes avec les enfants. On va être bien assez pour faire l'ouvrage dans le champ. Pas vrai, p'pa ?

— T'as raison. Reste ici pour faire l'ordinaire, Thérèse, lui conseilla Magloire.

— J'aurais pu t'aider à faire les meules pendant que les hommes fauchent, dit Thérèse à sa belle-sœur.

— Je vais vous remplacer, déclara Lemire, si votre belle-sœur veut ben m'endurer. Je vais faucher un bout et après, je prendrai ma fourche.

— Je vais faire un effort spécial, dit Germaine en lui adressant un sourire chaleureux.

Après le repas, le petit groupe se dirigea vers le champ, armé de faux et de fourches. Les hommes prirent quelques instants pour aiguiser leur faux et se mirent à couper le foin sous un soleil qui brûlait déjà leur nuque. Pour éviter tout risque de blessure, Rémi commença le premier et les autres le suivirent en quinconce, prenant soin de laisser un espace respectable entre eux. On n'entendait dans le champ que le crissement des lames coupant les hautes herbes et le bruit des grillons. De temps à autre, des mulots imprévoyants détalaient entre les jambes des intrus pour se mettre à l'abri, plus loin.

Xavier Lemire abandonna bientôt sa faux et retourna sur ses pas. Il saisit une fourche et se mit à confectionner des meules en compagnie de Germaine, dont le visage était dissimulé par son large chapeau de paille.

Au milieu de l'avant-midi, les travailleurs s'accordèrent une pause à l'ombre. Dans les champs voisins, les Veilleux, les Hamel et les Fournier accomplissaient le même travail.

— Il y a pas à dire, dit Xavier à Germaine en s'épongeant le cou, vous avez des bras solides.

La jeune femme venait d'enlever son large chapeau et replaçait son lourd chignon. Elle tourna vers lui ses yeux noisette un peu moqueurs.

— Ça a l'air de vous surprendre. Je suis pas plus endurante qu'une autre, répondit-elle sans fausse modestie, mais je suis capable de tenir mon bout à l'ouvrage.

— Sans vouloir vous flatter, dit le père de Jocelyn en la scrutant de ses yeux gris, j'ai pas vu souvent des femmes aussi vaillantes que vous, mademoiselle Tremblay.

— Commence pas à la flatter, intervint Rémi. Si elle finit par être orgueilleuse en plus de tous ses autres défauts, ça va être l'enfer. On a déjà ben de la misère à l'endurer comme elle est, notre mère supérieure.

— Mère supérieure? répéta Xavier sur un ton interrogateur.

— T'as pas remarqué? reprit Eugène. Elle nous mène par le bout du nez comme une mère supérieure dans un couvent.

— Si vous étiez moins sans-dessein tous les deux, je serais pas obligée de vous dire tout le temps ce qu'il y a à faire, répliqua Germaine, avec humeur.

— Bon. Je pense qu'on est aussi ben de retourner travailler avant que ça tourne en chicane de famille, intervint Magloire en se relevant.

Au début de l'après-midi, ce dernier immobilisa la première voiture de foin sous la porte du fenil. Eugène et Rémi allèrent s'y positionner pendant qu'il s'installait sur la charge de foin, accompagné de Xavier.

— Vous pouvez commencer à nous en envoyer, leur cria Rémi, debout dans l'ouverture. Il y a de la place en masse dans la tasserie.

Les deux hommes se mirent aussitôt à projeter dans le fenil de pleines fourchées de foin que les frères Tremblay reprenaient immédiatement pour les lancer à la volée au fond du grenier surchauffé de la grange. Comme les hommes n'avaient plus besoin d'elle, Germaine les avait quittés pour aller aider à la préparation du souper.

À l'heure du train, les Tremblay avaient eu le temps d'engranger trois pleines voitures de foin. Les travailleurs étaient en nage, épuisés d'avoir œuvré sous le soleil toute la journée.

— C'est assez pour aujourd'hui, décréta Magloire en s'emparant de l'une des serviettes que Thérèse avait déposées sur une petite table, à côté d'un seau d'eau fraîche, près de la remise. On fait le train et on continuera demain. On risque rien ; c'est sûr qu'il va faire encore beau, ajouta le vieil homme en regardant le ciel.

— Bon. Je pense que je vais y aller, moi, annonça Xavier après s'être rafraîchi comme les autres.

— Il est pas question que vous partiez avant le souper, dit Germaine qui venait d'apparaître sur la galerie. Vous soupez avec nous autres.

— Il est déjà presque six heures, dit le visiteur après avoir jeté un coup d'œil à sa montre de gousset.

— Le manger va être prêt dans quinze minutes. Venez voir Jocelyn pendant qu'ils vont faire le train.

— Qu'est-ce que je t'avais dit ? T'as pas le choix, fit Eugène. Elle a déjà décidé pour toi. Vas-y.

Xavier Lemire se dirigea vers la galerie sans plus se faire prier. Jocelyn vint se blottir contre son père aussitôt qu'il le vit apparaître dans la maison.

— Aviez-vous l'intention de revenir demain ? lui demanda Germaine sans aucune gêne.

— Certain. Votre père a l'air de vouloir donner un bon coup pendant qu'il fait beau.

— À ce moment-là, s'il y a rien qui vous oblige à retourner à Saint-Zéphirin, je vois pas pourquoi vous dormiriez pas ici à soir. On a une chambre qui sert à rien en haut. Vous aurez juste à dormir là.

— Ben non, c'est ben trop de trouble, se défendit mollement l'homme.

— Ça dérange pas personne, assura Germaine avant de rentrer dresser le couvert.

Ce soir-là, Rémi trouva l'énergie nécessaire pour faire sa toilette après le souper. Sans rien dire, il alla atteler.

— Je reviens dans une heure, dit-il aux trois hommes qui venaient de sortir prendre l'air sur la galerie après le repas.

— Où est-ce qu'il va ? demanda Xavier.

— Il s'en va traîner au village, répondit Eugène en allumant sa pipe.

Dans la cuisine, Germaine ne put s'empêcher de se confier à sa belle-sœur.

— Espèce de grand insignifiant ! À force de courir deux lièvres à la fois, il va se ramasser le bec à l'eau. Pendant qu'il va chanter la pomme à la petite Poirier au village, Corinne l'attend comme une belle dinde. Je te dis que si j'étais à sa place, je lui mettrais les points sur les «i» au beau Rémi.

— Elle se doute peut-être de rien, fit Thérèse, en se gardant bien de blâmer son beau-frère, pour qui elle éprouvait un étrange sentiment de profonde affection.

— Corinne est pas folle, poursuivit Germaine. En plus, penses-tu que ses frères qui traînent souvent devant chez Pouliot le soir lui ont pas rapporté qu'ils voyaient son cavalier en train de faire des belles façons à Charlotte Poirier ?

— Peut-être pas.

— En tout cas, je vois pas ce qu'une fille de notaire peut trouver à un cultivateur qui a six ou sept ans de plus qu'elle. Ils sont pas du même monde.

Sans le savoir, Germaine s'inquiétait bien inutilement. Ce soir-là, Rémi Tremblay, le visage assombri, revint à la maison quelques minutes à peine après en être parti. Les deux femmes, occupées à faire la toilette de Claire et de Jocelyn, le virent passer près de la maison et arrêter son attelage devant l'écurie.

— Sainte bénite ! s'exclama sa sœur, moqueuse, on dirait bien que les amours de mon petit frère vont pas si bien que ça. Si je me trompe pas, la petite Poirier a pas pris de temps à retourner de bord le don Juan de Saint-Jacques.

La réalité était passablement plus pénible que ce qu'elle croyait deviner.

À son arrivée au village, Rémi avait attaché son cheval devant le magasin général, comme il le faisait à deux ou trois occasions chaque semaine depuis le début de l'été. Il était entré acheter une bouteille de bière d'épinette fabriquée par le propriétaire pour sauver les apparences et s'était installé sur la galerie du magasin, guettant, sans trop le montrer, l'apparition de Charlotte Poirier dont la maison était voisine du commerce. Chaque fois, la jeune fille se laissait désirer de longues minutes avant de venir s'asseoir dans la balançoire installée sur le côté de la maison.

La jeune fille était coquette et trouvait extrêmement flatteur qu'un homme aussi séduisant que Rémi Tremblay lui fasse les yeux doux. Pendant que son père faisait une courte sieste après le souper, elle soignait sa toilette et sa coiffure avant de sortir de la maison, prête à entendre les compliments d'un Rémi frétillant.

Ce dernier était tellement tombé sous le charme de la demoiselle qu'il ne s'encombrait même plus depuis quelque temps de dissimuler son jeu devant les clients du magasin général. Dès qu'il la voyait, il s'empressait de venir s'appuyer à la balançoire pour converser avec celle dont la fraîcheur le séduisait. Pourtant, à aucun moment, elle ne l'avait invité à prendre place dans la balançoire à ses côtés. Lorsque Rémi lui en avait demandé la permission, elle avait répliqué que son père n'apprécierait pas de le trouver là.

Ce soir-là, le jeune homme était seul sur la galerie du magasin général. Il eut beau guetter l'apparition de Charlotte, il ne se passa rien. Personne ne sortait de la maison, même s'il s'était planté debout, bien visible, tout près du magasin de Joseph Pouliot.

— Si tu viens pour le déménagement, t'arrives trop tard, fit une voix sèche dans son dos.

Rémi se tourna et aperçut Hélèna Pouliot qui sortait du magasin général armée d'un balai dans l'intention évidente de nettoyer la galerie. Il n'avait jamais beaucoup apprécié celle qu'il appelait la « noiraude » et la « porte-panier » à l'époque où ils fréquentaient ensemble l'école du village.

— Quel déménagement ? demanda-t-il à la jeune fille qui le regardait, le visage fermé.

— Le déménagement des Poirier. Le notaire est parti à matin avec sa fille. Ils sont retournés vivre à Montréal.

— Pour de bon ? demanda Rémi, la voix légèrement altérée.

— Ça en a tout l'air, répliqua la jeune fille avec une sorte de joie mauvaise. T'aurais dû voir la quantité de bagages que Florentin Crevier a transporté dans sa waggine au train de midi, à Pierreville.

— Ils vont probablement revenir de temps en temps.

— Si je me fie à ce que le forgeron a raconté à mon père tout à l'heure, ça me surprendrait pas mal. Le notaire lui a dit qu'il était guéri et qu'il retournait s'occuper de son étude. Il a laissé les clés de la maison à mon père et lui a demandé de la faire visiter à ceux qui seraient intéressés à l'acheter.

Devant la mine sombre de Rémi, Hélèna ne put se priver du plaisir d'ajouter :

— Selon monsieur Crevier, la plus contente était la fille du notaire, la fraîche. Il paraît qu'elle a pas arrêté de dire à son père qu'elle serait heureuse de retrouver ses amis et de rencontrer autre chose que des habitants.

Son coup porta. Déprimé bien plus qu'il ne l'aurait voulu, Rémi avait bu sa bouteille de bière d'épinette et était rentré à la maison.

                                                ⤳

Le dernier matin de juillet, l'abbé Groleau se réveilla à l'aube. Après avoir vainement tenté de se rendormir, il se résigna à se lever et procéda à sa toilette avant de descendre au rez-de-chaussée.

À l'extérieur, une petite pluie fine tombait et noyait le paysage. Durant un bref moment, le vicaire hésita entre lire son bréviaire dans le salon en attendant sept heures, l'heure de la célébration de sa messe quotidienne, ou sortir et aller lire en marchant dans la sacristie. Il choisit finalement la seconde option. Le prêtre athlétique avait besoin de bouger, de se dépenser. Il sortit du presbytère en prenant soin de ne pas claquer la porte, descendit l'escalier et franchit rapidement le terrain séparant le bâtiment de l'église. Il déverrouilla la porte de la sacristie et entra.

Même si le soleil était déjà levé depuis quelques minutes, il éclairait chichement l'endroit. Le prêtre décida donc d'aller lire dans l'église, mieux éclairée par les hauts vitraux. Il laissa sa barrette sur une crédence dans la sacristie et pénétra dans le temple dont il se mit à arpenter l'allée centrale d'un pas vif tout en lisant son bréviaire.

Soudain, il s'immobilisa en tendant l'oreille. Il lui avait semblé entendre un bruit en provenance de sa gauche. Il était trop fort pour avoir été causé par un mulot. Le bedeau avait sûrement verrouillé l'église la veille, vers six heures, comme il le faisait tous les soirs. Tirant sa montre de gousset, le vicaire la consulta pour s'assurer qu'il n'était que six heures quinze. Trop tôt pour qu'Anatole Duchesne ait ouvert la porte de l'église.

Intrigué, le prêtre à l'imposante stature abandonna son bréviaire sur la sainte table et s'avança lentement dans l'église, à l'affût du moindre bruit et scrutant les rares coins encore dans l'ombre. Il ne vit rien. Il quitta alors l'allée centrale pour vérifier dans l'allée de gauche. C'est alors qu'un mouvement dans le quatrième banc attira son attention. Sans aucune crainte, il s'avança vers l'endroit, bien décidé à éclaircir le mystère.

Stupéfait, il découvrit un adolescent étendu sur le banc, la tête reposant sur un baluchon. Le dormeur avait remué dans son sommeil et avait ainsi attiré l'attention du vicaire. L'abbé Groleau attrapa un pied du garçon et le secoua pour le réveiller. L'autre s'assit en sursaut et poussa un cri. Son visage étroit était surmonté de cheveux en broussaille et sa pomme d'Adam ne cessait de monter et de descendre sous le coup de l'émoi dont il était la proie.

— Veux-tu bien me dire ce que tu fais ici? demanda le prêtre.

— Je dormais, balbutia le garçon en clignant des yeux.

— J'ai bien vu ça. Mais comment as-tu fait pour entrer dans l'église quand toutes les portes sont barrées?

L'adolescent tourna la tête dans toutes les directions comme pour vérifier l'exactitude de ce que lui disait le vicaire. Il avait l'air surpris de se retrouver dans l'église. Puis ses traits s'éclairèrent comme s'il se rappelait soudain ce qui s'était produit.

— Je suis entré me reposer hier après-midi, mais je me suis endormi. Quand je me suis réveillé, j'ai voulu sortir, mais toutes les portes étaient barrées.

— Je comprends, dit l'abbé sur un ton apaisant pour calmer la crainte très apparente du jeune homme. Ça peut arriver. C'est pas bien grave. T'as rien cassé ?

— Non, monsieur l'abbé.

— T'es de la paroisse, toi ?

— Oui, monsieur l'abbé.

— Il me semblait bien aussi t'avoir déjà vu à la basse-messe, le dimanche matin. Comment tu t'appelles ?

— Cléophas Provost.

— T'as pas peur que tes parents te cherchent partout ?

— J'ai pas de parents.

Le vicaire de Saint-Jacques-de-la-Rive regarda durant un long moment l'adolescent chétif assis devant lui. Il se rappela vaguement l'avoir aperçu en quelques occasions dans la paroisse sans parvenir toutefois à le situer exactement. Il pensa alors que cela avait bien peu d'importance et prit une brusque décision. Après avoir encore une fois brièvement consulté sa montre de gousset, il lui dit :

— Si t'es ici depuis hier après-midi, tu dois avoir pas mal faim, non ?

La figure du garçon s'illumina en entendant parler de nourriture, mais ce dernier fut trop timide pour répondre.

— Viens avec moi. On va arranger ça.

Roland Groleau se dirigea à grandes enjambées vers la sacristie, suivi par Cléophas Provost. Tous les deux quittèrent l'église et pénétrèrent dans le presbytère. Des bruits en provenance de la cuisine apprirent au prêtre que la cuisinière avait déjà entrepris de préparer le premier repas de la journée.

— Attends-moi une minute, chuchota-t-il au garçon qu'il laissa derrière lui dans le vestibule. Je reviens tout de suite.

Tout sourire, il entra dans la cuisine.

— Bonjour, madame Dupras, dit-il à mi-voix. Je viens de découvrir un nommé Cléophas Provost endormi dans l'église. Il a passé la nuit enfermé là. Il est de la paroisse. Vous devez le connaître. En tout cas, il a l'air affamé.

— Cléophas Provost ? Je connais personne de ce nom-là à Saint-Jacques, monsieur l'abbé.

— Vous en êtes sûre ?

— Certaine. Je suis venue au monde dans la paroisse et j'ai toujours vécu ici, monsieur l'abbé. Je connais tout le monde. Il y a jamais eu de Cléophas Provost à Saint-Jacques.

— L'important, c'est qu'il a l'air d'avoir pas mal faim. Il dit qu'il a pas mangé depuis hier. Est-ce que vous pourriez essayer de lui donner quelque chose ? Je vais aller dire ma messe et, après, j'aimerais lui parler.

— J'aime pas beaucoup voir traîner des quêteux dans ma cuisine, moi, monsieur l'abbé, fit la ménagère sur un ton réprobateur. On sait jamais sur quelle sorte de monde on peut tomber.

— Il a pourtant l'air bien inoffensif, plaida le vicaire.

— Où est-ce qu'il est ?

— Je l'ai laissé une minute dans le vestibule.

Eugénie Dupras ouvrit la porte de la cuisine pour jeter un coup d'œil dans le couloir. Elle la referma immédiatement en étouffant une exclamation.

— C'est lui, Cléophas euh ?...

— Cléophas Provost, oui.

— Première nouvelle, laissa tomber la veuve avec un petit rire. C'est le Cloclo des Turcotte, votre Cléophas, monsieur l'abbé.

— Ah oui ! Il me semblait bien que je l'avais déjà vu ailleurs qu'à l'église.

— C'est un orphelin pas trop déluré qu'Aline Turcotte a pris en pension sur sa terre pour aider, il y a quatre ou cinq ans.

— Je me demande bien ce qu'il faisait dans l'église plutôt que d'être chez les Turcotte, reprit le vicaire, intrigué.

— En tout cas, vous avez raison. Il est pas méchant pour deux cennes, dit la ménagère. Je vais le faire déjeuner et après votre messe, vous pourrez lui parler.

— Merci, madame Dupras. J'y vais.

Quelques minutes plus tard, le curé Joyal descendit au rez-de-chaussée. Il lui restait plus d'une heure avant d'aller dire sa messe. Au moment où il allait sortir sur la galerie, il entendit des bruits de voix dans la cuisine. Intrigué, il poussa la porte pour découvrir l'adolescent attablé devant un grand bol de gruau qu'il venait de saupoudrer de sucre brun.

— Je vois que vous avez de la visite, dit-il à sa ménagère après avoir jeté un coup d'œil inquisiteur à l'adolescent.

— Oui, monsieur le curé. J'ai deux mots à vous dire, si vous avez le temps.

La cuisinière sortit de la pièce et suivit le pasteur dans son bureau.

— L'abbé Groleau l'a trouvé dans l'église à matin. Il paraît qu'il a passé la nuit là. Il me l'a amené pour que je le nourrisse. Il veut lui parler après sa messe.

— C'est correct, madame Dupras, la rassura le prêtre. J'en parlerai avec l'abbé quand il aura trouvé ce qui cloche dans cette affaire-là.

Après sa messe, l'abbé Groleau alla retrouver Cloclo que la ménagère avait installé dans la petite salle d'attente du presbytère après qu'il lui eut rempli son coffre à bois. Le prêtre s'assit sans façon à côté de son jeune paroissien et adopta un ton propre à le mettre à l'aise.

— Est-ce que c'était bon ce que madame Dupras t'a servi ? lui demanda-t-il, souriant.

— Oui, monsieur l'abbé.

— Est-ce que tu manges aussi bien chez les Turcotte ?

Le visage de l'adolescent se ferma immédiatement et il hocha la tête à plusieurs reprises.

— C'est pas bon chez eux ?

— Quand maman Turcotte était là, c'était bon, mais à cette heure, on mange pas souvent.

— Tu t'ennuies d'elle ? fit le prêtre sur un ton compatissant.

Les yeux de Cléophas Provost s'embuèrent, mais il ne répondit pas. L'ecclésiastique se rappela alors précisément où et quand il avait vu le garçon. Il le revit brusquement debout près du cercueil d'Aline Turcotte, aux côtés des deux enfants de la disparue. Un doute naquit dans son esprit.

— Es-tu bien chez les Turcotte ? Ils ont dû être pas mal inquiets de voir que t'étais pas rentré coucher, hier soir.

— Je pense… je pense que ça les dérange pas, monsieur l'abbé, balbutia l'adolescent.

Roland Groleau ne dit rien, attendant que le garçon s'ouvre à lui. Il avait un visage pitoyable et sa pomme d'Adam ne cessait ses va-et-vient. Sa chemise bleue était sale et il lui manquait deux boutons. Son pantalon, beaucoup trop court pour lui et déchiré à un genou, était retenu par de vieilles bretelles.

— Je veux m'en aller, finit-il par dire au prêtre. Je veux plus rester chez eux. J'ai tout le temps faim, avoua-t-il d'une voix éteinte. Ça me dérange pas de travailler, mais je veux manger.

L'abbé réalisa soudain l'immense effort que cet aveu venait de coûter à Cloclo et il eut pitié de l'adolescent.

— Écoute. Je te promets rien, finit-il par lui dire en se levant. Je vais parler à monsieur le curé pendant le déjeuner et on va essayer de régler ça. En attendant, tu pourrais peut-être aller voir le bedeau tout à l'heure pour lui demander ce que tu pourrais faire pour l'aider.

Pour la première fois depuis qu'il l'avait réveillé dans l'église, l'abbé Groleau aperçut un sourire dans la figure du garçon. Quand le curé Joyal rentra pour déjeuner, son vicaire l'attendait avec impatience. Tout en mangeant, il raconta à son supérieur ce que Cloclo lui avait dit et attendit de connaître son opinion.

— Ça me surprend pas, déclara ce dernier en s'essuyant la bouche avec sa serviette. Aline Turcotte l'a pris en pension parce que son Elphège se plaignait qu'il avait besoin d'aide. Il me semble que l'orphelin avait dix ou onze ans dans ce temps-là.

— Est-ce qu'il est allé à l'école ?

— Je pense pas. Il est comme bien des garçons de la paroisse, il sait ni lire ni écrire. Par contre, la mère Turcotte en a fait un bon catholique et elle en a pris soin comme s'il avait été son garçon. Je pense qu'il l'aimait bien.

— Je le pense aussi. Quand je lui en ai parlé tout à l'heure, il avait les yeux pleins d'eau.

— Là, il doit avoir quinze ou seize ans. Si je connais bien les enfants Turcotte, ils doivent pas le maganer.

— Je le pense pas non plus, monsieur le curé. En tout cas, il s'est pas plaint de ça.

— Ça m'aurait pas mal surpris. Tit-Phège est pas un méchant garçon ; il est seulement paresseux. Celui qu'on appelle Cloclo dans la paroisse doit pas chômer chez eux.

— Il se plaint pas non plus du travail, confirma le vicaire. Il y a juste à le regarder pour se rendre compte que personne s'occupe de son entretien et, en plus, il a pas l'air de manger à sa faim. On peut pas laisser les choses continuer comme ça.

— Le problème, l'abbé, fit le curé, c'est que si on le renvoie à l'orphelinat, il risque d'être envoyé chez du monde où il va manger plus de misère encore.

— Et si on parlait aux Turcotte ?

— On peut toujours faire ça, mais j'ai peur que ça change pas grand-chose. Voulez-vous vous en charger, l'abbé ?

— Je peux toujours essayer. Même s'il pleut un peu, je vais y aller cet avant-midi si ça vous dérange pas, monsieur le curé.

— Allez-y.

❧

Lorsque l'abbé Groleau monta dans le boghei auquel le bedeau venait d'atteler l'unique cheval appartenant à la fabrique, le prêtre demanda au vieil homme :

— Est-ce que Cloclo est allé vous voir, monsieur Duchesne ?

— Je com... comprends. Il est trav... travaillant sans bon sens, ce garçon-là. Il est en train de bal... balayer dans l'église.

— Parfait.

Quelques minutes plus tard, le vicaire entra dans la cour de la ferme des Turcotte. Il était un peu plus de dix heures et une pluie fine continuait à tomber. Les vaches, rassemblées près de la porte de l'étable, beuglaient, impatientes d'être traites. Le vicaire descendit de voiture et, levant la tête, vit un coin de rideau se soulever à l'une des fenêtres. Immédiatement, la porte s'ouvrit sur Rose-Aimée Turcotte, tout sourire, qui l'invita à pénétrer dans la maison. L'abbé monta les deux marches donnant accès à la galerie.

— On dirait que vos vaches ont hâte d'être traites, dit le prêtre en tournant la tête vers le maigre troupeau des Turcotte.

— Ce sera pas long, monsieur le curé, mon frère est en train de s'habiller. Il va aller faire le train.

— Il fait ça pas mal tard, non ? fit remarquer le vicaire.

— Ça lui arrive des fois, mentit la femme dont la taille respectable était ceinte par un tablier maculé de diverses taches.

Rose-Aimée tint la porte à son visiteur qui pénétra dans une cuisine dont la malpropreté aurait fait frémir n'importe quelle ménagère de la paroisse. La vaisselle sale qui traînait un peu partout avait attiré à l'intérieur une multitude de mouches dont les vrombissements incessants étaient insupportables.

La maîtresse de maison libéra une chaise des vêtements qui y étaient entassés et invita l'abbé Groleau à s'asseoir en faisant des mines.

— Excusez le désordre, monsieur l'abbé. Mais j'ai tellement d'ouvrage que j'y arrive plus, dit-elle sur un ton geignard.

— C'est pas grave, lui dit le vicaire de Saint-Jacques-de-la-Rive en prenant toutefois la précaution de bien regarder où il s'assoyait.

Des bruits de pas se firent entendre à l'étage et Elphège Turcotte apparut dans l'escalier, les bretelles battant sur ses cuisses, l'air à demi réveillé. À la vue du visiteur, il s'empressa de passer ses bretelles et finit de boutonner sa chemise.

— Bonjour, monsieur l'abbé, dit-il en tentant de rabattre de la main une mèche de cheveux qui rebiquait.

— Bonjour, fit Roland Groleau. Je veux pas vous retarder trop longtemps dans votre ouvrage, mais je suis passé vous voir à propos de Cléophas.

— Cléophas ? demanda Elphège.

— Cloclo, Tit-Phège, lui dit sa sœur avec impatience. Excusez-nous, monsieur l'abbé. Ça fait tellement longtemps qu'on l'appelle Cloclo qu'on oublie presque son vrai nom.

— Au fait, où il est passé celui-là ? demanda Tit-Phège.

— C'est justement pour ça que je viens vous voir, reprit le vicaire. Il a passé la soirée et la nuit enfermé dans l'église. Je l'ai trouvé couché sur un banc, ce matin.

— C'est ben lui, ça, l'interrompit le jeune cultivateur. Jamais là où il devrait être. Je voudrais ben savoir ce qu'il niaisait là !

— Oui. Qu'est-ce qu'il faisait là ? reprit Rose-Aimée.

— Vous vous êtes pas aperçus, ni l'un ni l'autre, qu'il était pas chez vous à l'heure du souper ?

Rose-Aimée regarda son frère et finit par soulever les épaules.

— Vous savez, monsieur l'abbé, ces temps-ci, on a tellement d'ouvrage, qu'on mange un peu chacun de notre côté, à n'importe quelle heure.

— Je vois, dit le prêtre. En tout cas, j'ai parlé à votre Cloclo. Il a pas l'air heureux de vivre chez vous et il veut plus revenir.

— Ben, voyons donc ! protesta Elphège. C'est pas le temps pantoute de faire des caprices. On a de l'ouvrage à plus savoir quoi faire. Il peut pas partir comme ça quand on a le plus besoin de lui. Il est tellement gâté ici…

L'abbé Groleau se leva, dominant le frère et la sœur de sa haute stature. Son ton de voix se fit beaucoup plus sévère.

— À le voir, votre Cloclo, on n'a pas l'impression qu'il est si gâté que ça chez vous. Son linge est sale et mal entretenu.

— C'est parce qu'il est bien négligent, monsieur l'abbé, prétexta Rose-Aimée.

— Il se plaint de pas manger à sa faim.

— On l'a jamais privé sur rien pourtant, poursuivit-elle. Je pense qu'on a affaire à un ingrat. Il a toujours été bien traité ici. C'était pratiquement comme notre frère.

— C'est possible, admit Roland Groleau, incrédule, mais il veut pas revenir. Si on le force à revenir chez vous, il va s'enfuir et vous serez pas plus avancés.

— Si c'est comme ça, il reste juste à le renvoyer à l'orphelinat d'où il vient, conclut Elphège. Au fond, on peut se passer de lui. Ben mal pris, on pourra toujours trouver un homme engagé pour nous aider. Ce sera juste moins de trouble.

— Je suppose que votre mère l'a fait venir de l'orphelinat par monsieur le curé.

— Il me semble, oui, fit Rose-Aimée.

— Bon. Si c'est comme ça, monsieur le curé va décider quoi faire de lui, leur annonça le prêtre.

L'abbé Groleau prit congé du frère et de la sœur, et monta dans sa voiture, tout heureux de respirer un peu d'air pur en sortant de la maison. La pluie avait cessé et la chaleur était plus supportable. À son retour au village, il aperçut Anatole Duchesne en train de travailler dans le cimetière paroissial en compagnie de Cloclo. Il détela son cheval et, au lieu d'entrer dans le presbytère, se dirigea vers le bedeau.

— Est-ce que je peux vous dire deux mots, monsieur Duchesne ? demanda-t-il au vieil homme.

— B... ben sûr, mon... monsieur l'abbé, répondit l'homme en déposant son râteau.

L'adolescent tourna la tête vers le vicaire qui le salua de la main avant de s'éloigner avec le bedeau.

— Êtes-vous satisfait de votre aide, monsieur Duchesne ?

— Cer... Certain. Je trouve qu'il tra... travaille ben et qu'il apprend pas mal vite.

— Je pense qu'on le renverra pas chez les Turcotte. Il n'est plus heureux chez eux depuis la mort de la mère, dit le prêtre sans donner de plus amples explications.

— Qu'est-ce que vous… vous allez en faire ?

— On n'a pas grand choix; il va falloir le renvoyer à l'orphelinat d'où il vient, dit le prêtre en guettant la réaction du bedeau.

— C'est ben de va… valeur. Il a l'air d'un bon garçon.

— À moins que… reprit l'abbé en ne complétant volontairement pas sa pensée.

— À m… moins que quoi ?

— À moins qu'on le garde ici, dans la paroisse, pour vous donner un coup de main à l'entretien de l'église et du cimetière. Je sais que c'est pas mal d'ouvrage pour vous et que ça vous fait des grosses journées.

— Ça, c'est… c'est pas mal vrai, acquiesça Anatole.

— Pensez-vous qu'il pourrait vous être utile ? demanda hypocritement Roland Groleau à l'homme en train de s'essuyer les mains sur son pantalon.

— C'est sûr qu'il me do… donnerait un ben bon coup de main, bégaya le bedeau, tout heureux à la perspective d'avoir une aide.

— Il reste juste le problème de lui trouver une place où rester, reprit l'abbé Groleau. Monsieur le curé a pas de place pour lui au presbytère et il peut tout de même pas coucher dans la remise…

— Ouais, dit Anatole en se grattant furieusement la tête.

— En plus, il faudrait le nourrir. Je vois mal madame Dupras en train de lui préparer ses repas.

— C'est… C'est certain.

— Si on trouvait une famille dans le village qui serait prête à le prendre, il y aurait pas de problème. Je suis certain que monsieur le curé accepterait de faire cadeau de sa dîme à cette famille-là en échange de l'entretien de Cloclo. Sans parler qu'il pourrait rendre de bons services dans la maison quand il travaillerait pas à l'église… Vous connaissez mieux le monde de la paroisse que moi, monsieur Duchesne. À qui est-ce qu'on pourrait demander de garder ce garçon-là ?

Le bedeau tourna machinalement la tête vers Cléophas Provost qui n'avait pas cessé de couper l'herbe autour des pierres tombales du cimetière. Après un bref moment de réflexion, il finit par dire au prêtre :

— Do… Donnez-moi le temps d'en parler à ma vieille. Si elle a… accepte qu'on le prenne à la maison, je se… serais pas contre.

— Parfait, déclara l'abbé Groleau en affichant une mine réjouie. Je suis certain que Dieu apprécierait beaucoup votre acte de charité chrétienne.

Le vicaire rentra sans plus attendre au presbytère et mit le curé au courant de ses démarches.

— C'est parfait, déclara Antoine Joyal. J'aurais pas fait mieux. Si le père Duchesne prend le jeune chez lui, on pourra peut-être décider la fabrique de lui donner un petit montant pour sa pension.

— Et peut-être quelques sous à Cléophas pour l'encourager à bien travailler, suggéra le jeune prêtre. En tout cas, monsieur le curé, ça lui ferait du bien de connaître une maison bien tenue où des gens seraient capables de s'occuper de lui.

Le midi même, Anatole Duchesne s'arrêta au presbytère pour annoncer que sa femme acceptait de garder Cloclo à la maison. Quand l'adolescent fit son apparition le lendemain matin sur le parvis de l'église, on lui avait coupé les cheveux et ses vêtements avaient été raccommodés.

— Déjà à l'ouvrage, monsieur Duchesne, dit l'abbé Groleau en le voyant arriver en compagnie de Cléophas Provost.

— Oui, mais je… je suis pas tout seul. Je suis avec mon… mon bras droit, dit le vieil homme en lui montrant du pouce l'adolescent qui se tenait à ses côtés.

Le garçon releva fièrement la tête et sourit au prêtre. Il avait déjà perdu son air de chien battu.

Chapitre 11

Des bouleversements

À l'extrémité du rang Sainte-Marie, la trouée effectuée par les Tremblay dans leur boisé depuis près de deux mois ressemblait à une large blessure. Le futur chemin qui donnerait accès au rang du Petit-Brûlé était maintenant ouvert aux deux tiers. Il ne restait pratiquement plus de billes de bois le long de la voie étroite débroussaillée par le père et ses deux fils. Par contre, les tas de branches et de broussailles empilées dans le champ voisin avaient pris des proportions impressionnantes.

Ce matin-là, Magloire dit à ses fils après le déjeuner :

— On a le temps idéal pour commencer à brûler les branches chez Desjardins. Il y a pas de vent et il menace de mouiller. On va en allumer trois et en surveiller un chacun.

— Vous avez pas peur que ça fasse trop de boucane ? lui demanda Eugène.

— Pour en faire, ça va en faire, intervint Rémi. Mais calvaire, c'est le seul inconvénient que le monde va avoir à endurer pour avoir un chemin ! C'est pas la fin du monde !

— On va remplir d'eau deux tonneaux et les mettre sur la waggine au cas où le feu chercherait à s'étendre, dit Magloire. Mais ça me surprendrait pas mal. Il a mouillé un peu la nuit passée et l'herbe autour doit être pas mal humide.

Quelques minutes plus tard, les Tremblay immobilisèrent leur voiture sur le nouveau chemin, entre deux tas de broussailles. Ils n'eurent aucun mal à mettre le feu à trois monticules de branchages. Le bois s'embrassa immédiatement en crépitant et les flammes s'élancèrent, hautes et claires. En quelques instants, d'importantes colonnes de fumée s'élevèrent bien droites dans le ciel gris.

— Ça me surprendrait pas pantoute de voir arriver des écornifleux pour venir voir ce qui se passe, dit Eugène à son frère.

— Tant mieux, dit ce dernier. Ils nous aideront à surveiller les feux.

Eugène ne s'était pas trompé. Le premier arrivé sur place fut, bien entendu, le propriétaire du champ lui-même. Léon Desjardins semblait un peu inquiet de l'ampleur des brasiers allumés dans son champ et fit le tour de chacun des bûchers avant d'aller rejoindre Magloire, qui s'était réfugié un peu à l'écart pour échapper à la chaleur dégagée par les feux.

— Simonac, Magloire ! T'aurais pu en allumer juste un à la fois, non ? Tes feux vont se voir jusqu'à Saint-Gérard et le monde va croire que toute la paroisse est en train de brûler.

— Inquiète-toi pas, Léon. On les surveille, nos feux. Il y a pas de danger pantoute. Il faut tout de même les brûler, ces maudites branches-là.

Dans les minutes suivantes, plusieurs cultivateurs du rang Sainte-Marie et des rangs voisins vinrent voir ce qui arrivait. Certains, plus inquiets que d'autres ou n'ayant rien à faire de particulier par ce temps maussade, demeurèrent près des feux durant plusieurs heures, prêts à intervenir en cas de besoin. Les Tremblay profitèrent pleinement de cette journée, brûlant les cinq autres monticules, tout aussi imposants que les trois premiers. À la fin de l'après-midi, il ne restait plus un tas de branches à offrir en pâture aux flammes. Pendant que Rémi et Eugène allaient soigner les animaux, leur père demeura sur place pour s'assurer que les dernières braises étaient bien éteintes. Il n'était pas question qu'une étincelle poussée par le vent qui venait de se lever mette le feu à la forêt toute proche.

Ce soir-là, Magloire déclara fièrement aux siens en s'approchant de la table :

— Dans une dizaine de jours, au plus, le chemin va être fini. On aura même eu le temps de planter notre clôture tout le long.

— Ouais, acquiesça Eugène. Cette terre à bois là, on l'aura pas volée, malgré tout ce que dit l'autre, à côté.

Personne ne dit mot. Germaine jeta un coup d'œil à son frère aîné avant de servir une tasse de lait au petit Jocelyn. Quand Thérèse voulut se lever pour aller chercher la théière sur le poêle, sa belle-sœur lui fit signe de demeurer assise. L'épouse d'Eugène, enceinte de huit mois, avait de plus en plus de mal à se mouvoir.

❦

Le lendemain, un véritable drame éclata chez les Fournier, peu après que le postier ait laissé dans la boîte aux lettres une autre missive de Sam Cohen. La correspondance entre Florence et le marchand itinérant avait été ininterrompue depuis le début de l'été, au plus grand mécontentement de Fernande, qui voyait son aînée poster une lettre chaque lundi matin.

— Un gaspillage de timbres et de papier ! répétait chaque semaine la mère de famille, réprobatrice.

La jeune fille ne répliquait pas, mais continuait à écrire. Elle n'ignorait pas que sa mère avait fouillé partout dans la maison pour mettre la main sur les lettres écrites par son amoureux. Elle avait eu beau les chercher, elle n'en avait pas trouvé trace. Et pour cause : elles étaient dissimulées dans une vieille poche de jute, au fond du poulailler.

Ce mercredi-là, Florence s'empressa de décacheter la lettre qu'elle venait de recevoir et se mit à la lire, debout près de la boîte plantée sur le bord de la route. Elle la replia ensuite avec soin avant de la glisser dans la poche de son tablier.

— Regarde-moi l'excitée, dit Fernande à Annette, qui l'aidait dans la cuisine. Même pas capable d'attendre d'être dans la maison pour lire sa lettre.

L'adolescente demeura silencieuse. Si sa mère avait été observatrice, lorsque Florence était rentrée dans la maison, elle aurait remarqué que les traits du visage de sa fille aînée s'étaient durcis, comme si elle venait de prendre une décision irrévocable.

— Sam vient de m'écrire, dit-elle en s'assoyant à la table, près de sa jeune sœur, pour continuer à peler les tomates que sa mère avait ébouillantées dans l'intention de les mettre en pot.

— Puis ? fit cette dernière, feignant d'éprouver peu d'intérêt.

— Il veut venir me voir en fin de semaine.

— Pourquoi il viendrait ici ?

— C'est normal, m'man. On s'écrit depuis presque deux mois.

— Je veux pas le voir dans ma maison, déclara tout net Fernande Fournier, le menton en avant.

— Mais pourquoi ?

— Parce qu'on le connaît pas, ce garçon-là. Il est pas de par ici. Si ça se trouve, il est peut-être déjà marié et il a des enfants. On le sait pas. En plus, il est même pas de notre race.

— Voyons donc, m'man, protesta Florence en élevant la voix. Vous voyez le mal partout. Sam est un gars correct qui a un bel avenir devant lui.

— Ah oui ! Naturellement, c'est lui qui t'a raconté ça, lui dit sa mère, sarcastique.

— M'man, c'est pas parce que c'est pas un cultivateur qu'il est pas du bon monde. Sam travaille fort. Il ramasse son argent pour s'acheter un magasin à Montréal. Il aimerait ça vendre juste du linge pour hommes. Il a toutes sortes d'idées pour réussir. Il est sûr d'être capable de lâcher sa *run* l'année prochaine ou dans deux ans pour se mettre à son compte.

— C'est un Juif ! s'exclama Fernande d'un air dégoûté.

— Puis après ? Les Juifs, c'est du monde comme nous autres ! s'emporta la jeune fille.

— Justement pas, la coupa sa mère, furieuse. Oublie pas que c'est eux autres qui ont fait mourir Notre-Seigneur.

— Sam est catholique, m'man. Il me l'a écrit.

— C'est ce qu'il te raconte, mais tu devrais savoir, ma fille, que tous les Juifs sont des menteurs. Il te fait des accroires.

— Sam est pas comme ça ! protesta Florence avec fougue.

— En tout cas, je te le dis, moi, je veux pas le voir ici.

— Si c'est comme ça, dit Florence, furieuse, je vais attendre d'avoir vingt et un ans au mois de novembre. Vous pourrez pas m'empêcher de partir pour Montréal. Je vais être majeure. À ce moment-là, si j'ai envie de le marier, je vais le faire, que vous le vouliez ou non.

Fernande Fournier lâcha alors le plat qu'elle tenait et gifla à toute volée l'impolie dont le visage devint blanc de rage, mis à part la marque rouge laissée par la main de sa mère sur l'une de ses joues.

— Monte dans ta chambre, mal élevée ! lui hurla-t-elle,

hors d'elle. Tu parleras pas de même à ta mère deux fois, je te le garantis. Quand ton père va rentrer, on va régler le problème une fois pour toutes.

Florence, furieuse et les larmes aux yeux, repoussa brutalement le banc sur lequel elle était assise et sortit de la cuisine d'été en claquant la porte. Fernande jeta un coup d'œil inquisiteur à Annette qui se contenta de continuer à peler les tomates sans rien dire.

— J'espère que tu deviendras pas une tête folle comme ta sœur, lui dit-elle, la voix mauvaise.

Annette resta silencieuse et se concentra sur sa tâche. Fernande ne pouvait rien reprocher à sa cadette. Il y avait bien cette piété un peu exagérée qui la faisait aller à la messe trois ou quatre matins par semaine, mais ce n'était pas un défaut. Si sa fille était prête à marcher trois milles chaque fois pour aller au village et en revenir, elle n'y voyait pas d'inconvénient. Cependant, elle aurait été bien étonnée d'apprendre ce qui trottait dans la tête de la jeune fille.

Ce midi-là, quand Laurent Fournier rentra du chantier de l'école du rang où il avait travaillé tout l'avant-midi avec son fils Germain, il trouva sa femme, le visage fermé et de fort mauvaise humeur.

— La corvée achève, dit-il en se lavant les mains. Encore une semaine, et il y aura plus rien à faire dans l'école. Tout le monde va avoir fait sa part, comme nous autres.

— On va laisser faire l'école, lui dit sèchement sa femme. Il faut qu'on s'occupe de ta Florence.

Cette dernière, le visage buté, était occupée à laver des légumes. Elle ne broncha pas en entendant sa mère.

— Qu'est-ce qui se passe encore ? demanda le cultivateur en passant sa main sur sa moustache épaisse.

— Il y a que le Juif qui lui écrit veut venir la voir, à cette heure.

— Puis ?

— Puis on n'est pas pour laisser un Juif venir veiller dans notre salon avec notre fille.

Laurent regarda son aînée durant un bref moment avant de répondre à sa femme.

— Pourquoi pas ? Il la mangera pas.

— As-tu pensé à ce que monsieur le curé va dire de ça ?

— Une minute, répliqua le père de famille en haussant la voix. Le curé Joyal viendra pas me dire qui recevoir ici-dedans. Je suis encore roi et maître dans ma maison, baptême !

— Bon. Tu décides quoi ? reprit Fernande, nullement ébranlée par le ton de son mari.

— Il peut venir veiller le samedi soir, si le cœur lui en dit, dit Laurent Fournier d'une voix définitive. Pas plus, pas moins.

— Merci, p'pa, lui répondit Florence sans montrer une joie excessive.

Il était écrit quelque part que cette journée du 5 août 1900 ferait date chez les Fournier parce que ce soir-là, à peine les parents venaient-ils de s'installer sur la galerie pour prendre le frais avant de se mettre au lit, qu'ils virent arriver chez eux le curé de la paroisse.

— Dis-moi pas que monsieur le curé est déjà au courant pour le Juif ? fit Fernande à voix basse, les dents serrées.

— Voyons donc ! la réprimanda sèchement son mari. Comment tu veux qu'il sache ça ?

À la vue du boghei entrant dans leur cour, Florence et Annette, assises dans la balançoire, cessèrent de se balancer.

— Ah, non ! Dis-moi pas que monsieur le curé vient se mêler de mes affaires, dit rageusement l'aînée à sa jeune sœur.

— Non. Je pense qu'il vient pour moi, répondit Annette dont la tension faisait trembler la voix.

— Comment ça ? demanda sa sœur, surprise.

— Attends. Tu vas le savoir, fit l'adolescente se levant du siège de la balançoire pour s'avancer vers le prêtre qui venait de descendre de voiture.

Fernande et Laurent avaient déjà quitté la galerie de leur maison pour aller au-devant du prêtre.

— Germain, va attacher le cheval de monsieur le curé et donne-lui à boire, ordonna Laurent à son fils de dix ans.

— Venez vous asseoir en dedans, monsieur le curé, invita Fernande. On restera pas dehors ; les maringouins sont en train de se réveiller.

Le prêtre un peu bedonnant s'essuya la figure avec un mouchoir qu'il venait de tirer de l'une des poches de sa soutane et suivit ses hôtes à l'intérieur. Comme il n'avait pas mentionné avoir affaire à l'une ou l'autre d'entre elles, les filles de la maison demeurèrent à l'extérieur, sans toutefois s'éloigner.

On fit passer le pasteur dans le salon dont on ouvrit largement les fenêtres pour aérer l'endroit. Le couple prit place sur le vieux divan, l'air un peu emprunté, s'interrogeant sérieusement sur les raisons de la visite du curé.

— Si je suis venu vous voir après le souper, commença Antoine Joyal, c'est que je voulais être sûr de vous trouver tous les deux à la maison.

Le mari et la femme se regardèrent sans très bien comprendre où le prêtre voulait en venir.

— J'ai reçu hier la visite de sœur Sainte-Ursule, la tante de Joseph Pouliot. Vous avez dû en entendre parler par votre Annette, je pense.

Fernande poussa un soupir de soulagement. Elle était persuadée que le curé de la paroisse avait eu vent de la correspondance de sa fille avec Sam Cohen.

— Elle arrête pas d'en parler, admit-elle.

— Sœur Sainte-Ursule aime bien votre fille. Elle la trouve vive, intelligente et surtout, très pieuse. C'est tout à votre honneur. On voit qu'elle a été bien élevée par ses parents.

— Merci, monsieur le curé.

— Est-ce que votre fille vous a parlé de ses projets ? demanda abruptement l'ecclésiastique.

— Quels projets ? fit Laurent, nettement dépassé par la situation.

— Première nouvelle, laissa tomber Fernande. Qu'est-ce que c'est ?

— J'aurais aimé mieux qu'elle vous en parle d'abord elle-même.

— Attendez une minute, monsieur le curé, dit Fernande en se levant et en s'approchant de l'une des deux fenêtres du salon. Annette ! cria-t-elle. Viens donc ici une minute.

Un instant plus tard, la porte moustiquaire de la cuisine d'été claqua et l'adolescente fit son entrée dans le salon, sentant sur elle le regard pénétrant des trois adultes.

— C'est quoi cette histoire de projet ? lui demanda sa mère en l'examinant de ses petits yeux noirs fureteurs.

L'adolescente rougit violemment et demeura un long moment sans voix.

— Grouille. On n'est pas pour y passer la nuit, la pressa sa mère, nerveuse.

— J'aimerais entrer chez les Sœurs grises cet automne, balbutia Annette, intimidée autant par l'attention qu'on lui portait que par le silence étrange qui régnait dans la pièce.

— Hein ! Les Sœurs grises ! Pourquoi ?

— J'aimerais ça devenir garde-malade. Sœur Sainte-Ursule dit que les sœurs Grises ont ouvert une école de gardes-malades à l'hôpital Notre-Dame. Elle dit que j'ai tout ce qu'il faut pour être une bonne sœur et une bonne garde-malade. Après avoir eu mon diplôme, je pourrais devenir missionnaire dans l'Ouest.

— J'aurais dû me douter qu'il se passait quelque chose de pas clair quand t'allais la voir au magasin général, dit sèchement Fernande qui semblait avoir oublié la présence du curé Joyal. T'as tout arrangé ça dans notre dos, en cachette. C'est ça, hein ?

— Mais il y a rien d'arrangé, m'man, protesta faiblement l'adolescente en affichant un air malheureux.

— Énerve-toi pas trop vite, ma fille, intervint alors le curé Joyal, sévère, en s'adressant à la mère de famille. Il y a rien de décidé et il se fera rien sans la permission de ton mari. Sœur Sainte-Ursule a pas essayé de dresser votre fille contre vous. Tout ce qu'elle a fait, c'est qu'elle est venue me voir pour me dire que votre Annette avait l'air d'avoir une belle vocation religieuse et des capacités suffisantes pour devenir une bonne infirmière, ici ou dans l'Ouest, où elle voudrait aller. Elle m'a demandé de vous en parler si j'en avais la chance avant la fin de l'été parce que les cours d'infirmière commencent en septembre.

Cette mise au point sembla calmer un peu les appréhensions de Fernande, qui changea de ton.

— Vous comprendrez, monsieur le curé, que j'ai bien besoin d'elle à la maison, se défendit-elle.

— Je sais bien, dit l'ecclésiastique d'une voix onctueuse. Mais tu dois aussi savoir que tes enfants t'appartiennent pas. Ils te sont juste prêtés. Tu peux pas refuser de les mettre au service de Dieu s'ils sont appelés par Lui.

— Je sais ça, monsieur le curé, reconnut la mère de famille en jetant un coup d'œil à son mari.

Ce dernier ne dit pas un seul mot dans un sens ou dans l'autre. Il garda le silence, même si, de toute évidence, le curé Joyal attendait une réponse de sa part.

— Bon. Je vous laisse réfléchir, dit le prêtre en se levant. Pensez-y bien. Vous êtes des bons parents ; vous devez savoir ce qui est le mieux pour votre fille.

Sur ce, il se leva et quitta la maison des Fournier, au moment où le soleil descendait à l'horizon. Debout sur la galerie, Laurent, impassible, regarda le boghei sortir de la cour et prendre la direction du village. Le cultivateur alluma ensuite sa pipe avant de reprendre sa place dans sa chaise berçante, aux côtés de sa femme.

— Va fermer les fenêtres du salon, ordonna Fernande à Annette qui s'apprêtait à rejoindre Florence, restée assise dans la balançoire.

L'adolescente obéit et ne sortit pas de la maison après avoir fait ce que sa mère lui avait demandé. Elle s'empressa plutôt de monter dans sa chambre. Un moment plus tard, elle entendit sa sœur gravir l'escalier et pénétrer dans la chambre voisine. À l'extérieur, Germain, assis à l'une des extrémités de la galerie, s'amusait à sculpter un bout de bois avec son canif. À l'autre bout, ses parents se berçaient en silence jusqu'au moment où Fernande, incapable de se retenir plus longtemps, laissa éclater sa mauvaise humeur.

— Maudits enfants ! Ils ont juré de me faire damner aujourd'hui. Une qui veut juste en faire à sa tête en recevant un garçon qu'on connaît ni d'Ève ni d'Adam et l'autre qui voudrait devenir une bonne sœur et devenir garde-malade à l'autre bout du monde. Tout en même temps, à part ça !

— Arrête donc de faire des drames avec rien, lui commanda son mari d'une voix exaspérée. C'est pas la fin du monde. Florence va recevoir au salon samedi prochain un gars à qui elle a jamais parlé. Il y a rien qui te dit que ça va aller plus loin. Pour Annette, on a ben le temps d'y penser.

Ce soir-là, on ne revint pas sur ces sujets. Un peu avant dix heures, Laurent Fournier rentra, suivi par sa femme.

Il alluma une lampe à huile et remonta le mécanisme de la vieille horloge murale suspendue à un mur de la cuisine pendant que Fernande se dirigeait vers la chambre pour se préparer pour la nuit. Quelques minutes plus tard, le silence retomba sur la maison. À l'extérieur, on n'entendait que les vrombissements des insectes et le meuglement lointain d'une vache.

⤳

Le samedi soir suivant, Angèle Hamel finissait de ranger la cuisine lorsqu'elle aperçut Rémi Tremblay sortir à pied de la ferme voisine.

— Dis à ta sœur que son grand fendant s'en vient, dit-elle à son fils Georges qui venait de déposer une brassée de rondins dans le coffre à bois installé près du poêle.

Le garçon pénétra dans la cuisine d'hiver et prévint sa sœur, debout au pied de l'escalier. Malgré quelques efforts, Angèle ne parvenait vraiment pas à dissimuler son antipathie pour le jeune voisin qui fréquentait sa fille. Même si son Aimé, un ami de Rémi, s'était bien gardé de rapporter à la maison les bruits qui couraient au village au sujet de la cour qu'il faisait à la fille du notaire Poirier, la mère de famille en avait entendu parler au magasin général. Elle aurait bien aimé interdire sa porte au coureur de jupons, mais son mari, un homme pondéré, lui avait défendu de s'en mêler.

— Corinne a vingt-deux ans, avait-il patiemment expliqué à sa femme. Elle est assez vieille pour voir elle-même à ses affaires. Elle est pas folle. S'il rit d'elle, elle est capable de s'en apercevoir. En plus, on n'est pas pour se chicaner avec les voisins pour une histoire comme ça.

La grande femme aux traits sévères avait accepté à contrecœur la décision de son mari, en se promettant toute-

234

fois de surveiller de près l'oiseau rare qui fréquentait son aînée.

Il y eut un bruit de pas précipités dans l'escalier conduisant à l'étage et la porte de la cuisine d'été s'ouvrit. Corinne, pimpante dans sa robe de cotonnade fleurie, retoucha rapidement son chignon blond en entrant dans la pièce. Il était évident que l'amour lui allait bien. Sa figure aux traits fins était illuminée par ses yeux bleus. Sa mère lui jeta un regard désapprobateur. Au fond d'elle-même, elle cherchait à protéger sa fille, qu'elle jugeait trop douce, trop tendre et trop naïve.

— Casse-toi pas une jambe dans l'escalier pour lui ouvrir plus vite la porte, dit-elle sèchement à sa fille. Ça le fera pas mourir d'attendre un peu dehors.

La jeune fille à la taille élancée se précipita tout de même vers l'entrée pour aller accueillir son cavalier sur la galerie où son père et ses frères se reposaient après une épuisante journée de travail à défricher un bout de terre gagné sur leur boisé. Elle laissa Rémi s'entretenir quelques instants avec les hommes de la famille avant de l'entraîner vers la balançoire.

Depuis une quinzaine de jours, son cavalier se montrait étrangement plus amoureux, plus empressé auprès d'elle. Alors que, quelques semaines auparavant, elle devait presque le supplier de venir veiller au moins le dimanche soir, voilà qu'il avait soudainement commencé à venir lui tenir compagnie le samedi soir et même le dimanche après-midi. Avait-elle deviné que ce changement de comportement coïncidait avec le départ de Charlotte Poirier de la paroisse ? Nul n'aurait pu le dire.

Corinne était une jeune fille secrète et assez fière pour ne pas étaler ses véritables sentiments. Sa mère la jugeait peut-être naïve et trop douce, mais depuis le retour de son Rémi du chantier, elle s'était tout de même montrée assez habile pour ne pas se lancer dans des récriminations arides, ce qui aurait été le meilleur moyen de l'éloigner définitivement d'elle. Elle s'était contentée de l'attendre avec une patience que sa mère ne comprenait pas. Elle aimait follement le voisin et était prête à tout lui pardonner afin de ne pas le perdre. Contrairement à ce que croyait Angèle, elle était persuadée qu'un jour ou l'autre, Rémi Tremblay la demanderait en mariage. Il lui avait d'ailleurs rapporté que le curé Joyal lui avait fait des allusions assez claires sur les dangers des longues fréquentations, et ce, à deux reprises. Elle avait fait comme si elle ne comprenait pas, tout en attendant, fébrile, qu'il se déclare. L'automne approchait déjà et elle ne se voyait pas passer un autre hiver seule à se languir, sans savoir ce qui l'attendrait au printemps, quand le jeune homme reviendrait du chantier.

Les jeunes gens demeurèrent dans la balançoire jusqu'à l'arrivée de l'obscurité.

— Je pense qu'il est l'heure de rentrer, dit Angèle au couple qui ne faisait pas mine de suivre son mari et ses fils qui quittaient la galerie.

Il n'était évidemment pas question que Corinne demeure seule dans les ténèbres avec un garçon. Cette dernière comprit qu'il s'agissait d'un ordre et invita Rémi à passer au salon.

Isidore et Angèle les chaperonnèrent en jetant de temps à autre un coup d'œil à ce qui se passait dans la pièce voisine.

— J'ai trouvé trois belles talles de bleuets le long de notre chemin, dit Rémi, quelques minutes avant de partir. Ils sont presque gros comme le bout de mon petit doigt. Tu devrais en profiter cette semaine. Si tu veux savoir exactement où elles sont, t'as juste à venir un après-midi quand je travaillerai là. Je te les montrerai.

— Le chemin est pas encore ouvert, lui fit remarquer la jeune fille.

— C'est pas grave, la rassura son amoureux. Il est presque fini. Dans une semaine, tout le monde va pouvoir passer dessus.

Vers dix heures, Rémi se leva pour prendre congé. Il trouva Aimé et Omer dans la cuisine d'été, en train de jouer aux cartes à la lueur de la lampe à huile pendant que leur mère tricotait.

— As-tu entendu parler de Charles Tougas au village? demanda Rémi en passant près de son ami.

— Ben, aux dernières nouvelles, il était toujours à Montréal.

— Pantoute. J'ai rencontré son frère Lionel, à midi. Il a fait savoir chez eux qu'il était ben tenté de s'engager dans le contingent que l'armée va envoyer en Afrique du Sud à la fin de l'automne.

— Charles dans l'armée? s'exclama Aimé, stupéfait.

— Ben oui. À ben y penser, c'est le meilleur moyen de voir du pays gratis. T'es habillé et nourri, et t'as une paye à part ça, plaida Rémi. T'as pas à t'occuper de rien. Moi aussi, je trouve ça ben tentant.

En entendant ces paroles, le visage de Corinne se décomposa littéralement. Sa mère le remarqua et ne put s'empêcher de dire sur un ton bourru :

— C'est surtout le meilleur moyen de se faire estropier ou tuer à l'autre bout du monde.

— Ils disent que c'est une guerre facile contre les Boers, madame Hamel, répliqua Rémi.

— Ben voyons ! Je suppose que c'est pour ça que les Anglais ont besoin de venir chercher les Canadiens français pour se battre à leur place, laissa tomber Angèle d'un ton acerbe.

Lorsque le voisin eut finalement quitté la maison pour rentrer chez lui, Corinne monta à sa chambre. Elle ne pourrait sûrement pas fermer l'œil de la nuit. Le cœur lui faisait mal à la seule pensée que son amoureux puisse préférer l'armée au chantier. Quand elle s'agenouilla au pied de son lit pour sa prière du soir, elle demanda à Dieu de protéger son cavalier contre cette tentation et de lui faire comprendre à quel point elle l'aimait.

⁓

Durant cette même soirée, Sam Cohen arriva chez les Fournier un peu après sept heures. Coiffé d'un chapeau melon à la dernière mode et soigneusement cravaté, le jeune homme descendit de voiture sous le regard suspicieux de Fernande et de Laurent Fournier, qui s'étaient approchés d'une fenêtre de la cuisine en entendant l'attelage entrer dans la cour. Sans rien dire à ses parents, Florence sortit de la maison pour accueillir son correspondant.

— Il est plus petit qu'elle, fit remarquer Fernande à son mari.

— Bah !

— En plus, il est gras comme un voleur, ajouta-t-elle d'une voix un peu méprisante.

— C'est un signe qu'il meurt pas de faim, rétorqua son mari.

— J'aime pas son visage. Je trouve qu'il a un drôle de nez, poursuivit la femme, sans se rendre compte que le prétendant de sa fille avait un nez en bec d'aigle assez semblable au sien.

Le couple se tut quand des pas sur la galerie annoncèrent l'entrée imminente de Florence et du visiteur. Très à l'aise, le jeune marchand itinérant salua les Fournier en souriant, après avoir retiré son chapeau. En retour, les parents lui présentèrent Annette et Germain, les deux autres membres de la famille. Il s'informa de la santé de chacun et expliqua qu'il avait loué un boghei à Pierreville pour venir voir leur fille. Le jeune homme feignit d'ignorer l'accueil polaire de la mère de Florence, qui, sans sourire, se contenta de le scruter d'un regard peu amène. La jeune fille l'entraîna ensuite au salon tandis que Fernande s'installait ostensiblement près de la porte de la pièce avec sa trousse de couture pour réparer l'ourlet d'une jupe.

Quelques heures plus tard, lorsqu'il entendit quelqu'un remonter l'horloge placée dans la cuisine, le jeune homme comprit qu'il était temps pour lui de terminer sa visite. Il salua Fernande Fournier, seule dans la pièce, et quitta les lieux sur un « À demain, madame Fournier ». Cette dernière se contenta d'un sec hochement de tête.

Debout devant la porte moustiquaire, Florence vit bientôt s'éloigner la lueur du fanal allumé à l'avant du boghei de son amoureux.

— Comment ça, « à demain » ? lui demanda sa mère en repliant son ouvrage de couture.

— Il va revenir me voir demain après-midi. Son train pour Montréal est juste à six heures et demie, expliqua Florence sur un ton désinvolte.

— Il a jamais été question qu'il revienne une deuxième fois ! s'emporta sa mère.

— Voyons donc, m'man ! protesta la jeune fille. Il est pas pour faire un voyage de Montréal et payer une nuit à l'hôtel juste pour venir me voir un soir.

— Ça, c'est pas notre problème, ma fille, dit Fernande, vindicative. On lui a pas demandé de venir, nous autres.

— C'est dimanche, demain. On n'a rien à faire de la journée, plaida Florence.

— C'est dimanche, et je suppose que ton Juif va aller à la messe…

— Pour le savoir, il aurait fallu l'inviter à dîner demain. Comme ça, vous auriez pu voir par vous-même s'il va à la messe comme nous autres le dimanche, répliqua Florence, frondeuse.

— J'ai hâte de voir ce que ton père va penser de tout ça, fit la mère de famille en allumant une petite lampe avant de se diriger vers la cuisine d'hiver sur laquelle ouvrait la porte de sa chambre.

Florence ne répliqua pas. Elle se borna à allumer à son tour une petite lampe avant de souffler la grosse lampe à huile du salon, qu'elle rangea sur sa tablette. Elle quitta la pièce à son tour pour monter à l'étage. Après avoir fermé la porte de sa petite chambre peinte en rose, elle se prépara pour la nuit. Dès qu'elle fut étendue dans le noir, elle se mit à songer à la soirée qu'elle venait de vivre. C'était la première fois qu'elle recevait un jeune homme au salon. Elle avait conscience d'avoir quitté le monde de l'adolescence pour entrer dans celui des adultes, même si elle ne serait majeure que trois mois plus tard.

À son arrivée, son prétendant l'avait d'abord déçue. Elle avait oublié son apparence physique depuis qu'il s'était présenté à la ferme à la fin du printemps précédent. Au fil des jours, elle l'avait imaginé plus grand et plus svelte qu'il n'était en réalité. Elle avait cependant vite oublié son embonpoint et sa petite taille dès qu'il lui avait parlé. Sam était, dans le quotidien comme dans ses lettres, un homme doux et sensible, capable de parler de tous les sujets. Il était ambitieux et, surtout, il semblait l'aimer. Elle aurait pu discuter avec lui durant des heures encore tant elle avait appris à bien le connaître par ses lettres hebdomadaires.

Dans la chambre, au rez-de-chaussée, Fernande avait fini par réveiller son mari à force d'aller et de venir dans la pièce. Laurent l'avait précédée de quelques minutes et venait à peine de sombrer dans le sommeil.

— Est-ce que t'achèves de faire du bruit ? demanda-t-il, exaspéré, à sa femme en train de passer sa robe de nuit.

— J'ai presque fini. Sais-tu la meilleure ? Le Juif vient de partir en disant « à demain ».

— Puis ?

— Puis ? Ça veut dire qu'il va revenir demain passer l'après-midi avec ta fille. Si tu le laisses faire, je te garantis que c'est toi qui vas les chaperonner. Si tu penses que je vais passer l'après-midi assise dans une chaise berçante à attendre qu'il parte, tu te trompes.

— On verra ça demain, dit Laurent en se tournant de l'autre côté pour signifier qu'il avait la ferme intention de ne pas poursuivre la discussion et de se rendormir.

Sa femme éteignit la lampe en grommelant.

Le lendemain après-midi, Sam Cohen, tout sourire, apparut chez les Fournier et passa quelques heures en compagnie de la jeune fille avant de quitter Saint-Jacques-de-la-Rive.

❧

Le lundi suivant, à la fin de l'après-midi, le curé Joyal rentrait de Nicolet, fourbu et mécontent. Il faisait une chaleur étouffante et le brave homme suait sang et eau sous son épaisse soutane noire. La voiture soulevait un nuage de poussière sur la route étroite et la pauvre bête qui y était attelée peinait à escalader la côte à la sortie du village de Sainte-Monique. Toute la campagne environnante semblait baigner dans une étrange torpeur.

— Hou donc ! cria le prêtre avec impatience en faisant claquer les guides sur le dos du vieil étalon noir.

La bête réagit à peine à l'ordre du conducteur et maintint la même allure. Abruti par le soleil de plomb, Antoine Joyal se perdit peu à peu dans ses pensées moroses.

Plein d'enthousiasme, il avait quitté le presbytère de Saint-Jacques-de-la-Rive après le déjeuner. Quelques jours auparavant, triomphant, il avait révélé à son jeune vicaire la teneur d'une lettre de la supérieure générale des Sœurs de l'Assomption reçue le matin même. Pour la première fois en quatre ans, la religieuse affirmait que sa communauté serait prête à envisager la possibilité de s'implanter au village, sous certaines conditions faciles à satisfaire. Il y avait vraiment de quoi se réjouir, si on considérait qu'il s'agissait là d'une véritable ouverture face à son projet de couvent pour jeunes filles.

Après la lecture de la missive, il n'avait pas perdu une minute et avait immédiatement pris sa plume pour demander un rendez-vous à la supérieure générale ainsi qu'à monseigneur Cousineau, à Nicolet. Tous les deux lui avaient répondu qu'ils étaient prêts à le recevoir le lundi après-midi.

Enfin ! Quatre années de démarches qui allaient aboutir ! Quand le prêtre s'était rendu compte, après la reconstruction de l'église paroissiale, qu'il ne serait pas en mesure de fournir des vocations sacerdotales au diocèse, il s'était consolé à la pensée qu'il pourrait au moins surpasser les paroisses voisines en faisant ériger un couvent. Le brave homme ne se doutait pas de toutes les difficultés qui l'attendaient. Pendant quatre ans, il avait sonné à toutes les portes pour obtenir qu'une congrégation accepte de déléguer quelques religieuses à Saint-Jacques-de-la-Rive pour former des institutrices. Partout, la réponse avait été identique. Sorel, Drummondville et Nicolet possédaient déjà de fort bons couvents et les religieuses disponibles y étaient déjà employées. Si son évêque avait appuyé son projet, peut-être aurait-il eu plus de chance. Mais monseigneur Cousineau lui avait sèchement fait savoir, à l'époque, qu'il n'était pas question de lui apporter son aide en défavorisant les paroisses voisines qui entretenaient les mêmes ambitions que lui dans la région.

Bref, cette lettre de la supérieure générale après tant d'échecs répétés était une véritable bénédiction.

Le curé Joyal avait dîné chez l'un de ses frères, à Nicolet, avant de se présenter chez les sœurs de l'Assomption. L'entrevue avec la religieuse avait été brève et très satisfaisante. Elle avait accepté de lui envoyer cinq enseignantes aussitôt qu'il pourrait mettre à leur disposition un couvent avec ses dépendances, construits sur un terrain qui n'était pas trop éloigné de l'église. Les seules exigences de la supérieure avaient été que le bâtiment contienne une petite chapelle et, au moins, quatre classes bien séparées des appartements privés qui serviraient aux religieuses. L'ecclésiastique, euphorique, avait promis tout ce qui lui était demandé. Il était persuadé d'être en mesure de mettre le nouveau couvent à leur disposition dès le printemps suivant.

À deux heures trente, il s'était présenté à l'évêché où il avait été reçu par l'abbé Adélard Doucet, le secrétaire de monseigneur Cousineau. Le jeune prêtre à la figure ascétique ne l'avait fait attendre que quelques minutes avant de l'introduire dans son bureau.

— J'espère que je dérange pas trop monseigneur ? avait dit Antoine Joyal, d'excellente humeur.

— Pas du tout, monsieur le curé, avait répondu son vis-à-vis en prenant place derrière son bureau. Malheureusement, vous pourrez pas le voir aujourd'hui ; il a d'autres obligations cet après-midi. Il m'a demandé de vous recevoir à sa place.

— Vous savez de quoi il s'agit, je suppose ? avait demandé le visiteur, un peu déçu de ne pouvoir rencontrer son supérieur.

— Parfaitement, monsieur le curé, avait fait le secrétaire en le regardant par-dessus ses lunettes à fine monture en acier. Monseigneur m'a expliqué de quoi il était question et m'a chargé de vous répondre qu'il regrette, mais vous ne pourrez pas faire construire votre couvent cette année.

— Mais pourquoi ? s'était insurgé le prêtre, le visage subitement congestionné. Après quatre ans, j'ai enfin une réponse affirmative des Sœurs de l'Assomption, qui sont prêtes à venir y enseigner et…

— Monsieur le curé, l'avait interrompu un peu sèchement le secrétaire de l'évêque du diocèse de Nicolet, laissez-moi vous expliquer la raison de la décision de monseigneur. Cette année, le diocèse n'a pas les moyens de payer la construction d'un couvent. C'est aussi simple que ça.

— Je comprends, mais la fabrique peut…

— Même pas en partie, monsieur le curé. Le diocèse manque d'argent pour la reconstruction de la cathédrale. Nous allons même demander aux paroisses un pourcentage plus élevé de leurs quêtes pour nous aider à remplir nos obligations. Vous comprendrez que dans ces conditions, monseigneur ne puisse pas approuver votre projet.

— Est-ce que ça veut dire que j'ai fait tout ça pour rien ? avait demandé Antoine Joyal en dissimulant difficilement l'irritation qui commençait à le submerger.

— Pas du tout, monsieur le curé, avait dit le jeune prêtre sur un ton apaisant. Monseigneur m'a chargé de vous dire qu'il se fera un devoir d'examiner votre demande l'an prochain ou dans deux ans, au plus tard, quand les finances du diocèse seront en meilleur état.

Sur ces mots, l'abbé Doucet s'était levé, signifiant ainsi que l'entrevue était terminée. Le curé de Saint-Jacques-de-la-Rive l'avait remercié du bout des lèvres et avait quitté le palais épiscopal.

— Bonjour, monsieur le curé ! dit une voix qui fit sursauter Antoine Joyal.

Le prêtre se secoua et découvrit avec surprise devant lui un Florentin Crevier, goguenard, tenant d'une main ferme les rênes de la bête attelée à sa voiture. Il jeta un coup d'œil autour de lui, cherchant de toute évidence à se situer.

— Bonjour, Florentin.

— Je sais pas si je me trompe, mais j'ai l'impression que vous cogniez des clous, monsieur le curé.

— Bien non. Pourquoi tu dis ça ?

— Parce que ça fait un gros cinq minutes que votre cheval est au milieu de la route sans bouger et que j'attends que vous passiez pour continuer mon chemin.

— Es-tu sérieux ? fit l'ecclésiastique, étonné et un peu honteux.

— Sérieux comme un pape, monsieur le curé, se moqua le forgeron. Une chance que votre bête est pas méchante parce qu'elle aurait ben pu vous faire verser dans le fossé.

— C'est probablement le soleil, se jugea-t-il obligé d'expliquer, gêné par la situation. J'espère que tu iras pas colporter ça partout dans la paroisse.

— Vous me connaissez assez, monsieur le curé, pour savoir que je suis capable d'être muet comme une tombe… À la condition, ben sûr, que vous soyez pas trop dur avec moi quand vous me donnerez une pénitence à ma prochaine confession.

— On verra ça à ce moment-là, dit le curé en faisant avancer sa voiture pour libérer le passage à son paroissien.

Chapitre 12

La faute

Durant la seconde semaine du mois d'août, on termina la construction de la nouvelle école du rang Sainte-Marie. La veille, des bénévoles avaient chaulé l'extérieur, quelques jours à peine après qu'on eut terminé de peinturer l'intérieur. Le samedi précédent, Napoléon Veilleux avait aidé le maire Desjardins et Aimé Hamel à transporter tout le matériel scolaire ainsi que les meubles dans le petit bâtiment qui s'élevait maintenant, pimpant, au centre du rang.

Cet après-midi-là, le soleil venait d'apparaître entre les nuages après une brève averse qui avait rafraîchi un peu l'air. Lorsque Corinne Hamel aperçut Rémi sortir de la ferme des Tremblay pour se diriger vers le boisé où il avait travaillé pratiquement tout l'été, elle se rappela soudain sa proposition de lui indiquer des endroits où elle pourrait cueillir de beaux gros bleuets.

La jeune fille entra dans la maison pour faire part à sa mère de son intention d'aller cueillir des bleuets quand elle se souvint soudainement qu'elle était partie une demi-heure plus tôt voir le bébé d'Yvette Veilleux. Sans plus de cérémonie, elle se coiffa d'un large chapeau de paille et attacha les longues manches de son chemisier avant de s'emparer d'un petit seau dans la remise où elle trouva son frère Georges en train de nettoyer le boghei. Elle lui demanda de prévenir leur mère qu'elle ne serait absente qu'une heure ou deux.

Corinne sortit de la cour et emprunta le rang Sainte-Marie, longeant sans se presser la ferme des Tremblay et celle des Veilleux avant de traverser de l'autre côté et de dépasser le dernier champ d'Adjutor Beaulieu. Elle atteignit enfin le boisé qui appartenait aux Tremblay depuis le printemps précédent. Elle s'engagea dans la trouée exécutée par les nouveaux propriétaires, cherchant déjà des yeux son amoureux qui devait être au travail quelque part sur le nouveau chemin.

Quelques minutes lui suffirent pour le repérer. Elle l'aperçut une centaine de pieds plus loin, en bordure du boisé, en train de planter des piquets de cèdre. Elle s'approcha sans qu'il l'ait vue, heureuse et émue de le contempler en plein travail.

Le jeune homme dut sentir une présence parce qu'il suspendit soudain son geste et tourna la tête dans sa direction. En la découvrant là, seule, un grand sourire illumina immédiatement sa figure et il déposa sa masse contre le piquet qu'il venait d'enfoncer avant de s'avancer vers la jeune fille.

— Je veux pas te déranger dans ton ouvrage, dit-elle en lui adressant son plus beau sourire. Je suis juste venue voir tes fameuses talles de bleuets, à moins que Germaine ou ta belle-sœur soient déjà passées avant moi.

— Ben non, tu sais ben que je les ai gardées pour toi. Viens. Je vais te les montrer, dit-il en tendant la main pour l'aider à franchir une dénivellation.

— Et ton ouvrage ?

— Inquiète-toi pas, la rassura-t-il. C'est pas si pressant que ça. Je suis en train de planter une clôture de fil barbelé tout le long de notre boisé. Comme ça, les limites du chemin vont être ben visibles entre notre clôture et celle de Desjardins.

Heureuse de se retrouver seule en compagnie de son amoureux, Corinne, confiante, le suivit sur une distance d'une cinquantaine de pieds à l'intérieur du boisé. Il s'arrêta si brusquement qu'elle faillit le heurter.

— Tiens! C'est ici, lui dit-il en lui montrant un bosquet couvert de petits fruits bleus. Et il y a deux autres talles aussi grosses un peu plus loin, à gauche.

— C'est vrai qu'ils sont gros! s'exclama la jeune fille, ravie, en écartant des feuilles pour découvrir des grappes de bleuets encore plus nombreuses. Ma mère va être contente quand je vais lui rapporter ça. Ça va faire de la bonne gelée et surtout des bonnes tartes.

— Si je te donne un coup de main, proposa Rémi, est-ce que tu me promets de me réserver une pointe de tarte?

— C'est promis, fit Corinne en déposant son seau près d'elle pour se mettre au travail sans perdre de temps.

Comme son amoureux ne possédait pas de contenant, il s'installa à ses côtés et commença à cueillir des bleuets qu'il déposait dans son seau.

La brise avait fini par repousser les nuages. Le soleil tapait dur en ce début d'après-midi et le silence n'était troublé que par le bourdonnement des insectes et le bruit des fruits que les deux cueilleurs laissaient tomber dans le récipient en métal.

Après quelques minutes, Rémi se redressa et se contenta d'admirer la jeune fille, agenouillée à ses côtés. Se sentant singulièrement émoustillé par cette présence féminine si près de lui, il se mit à détailler Corinne sans vergogne. Il voyait ses chevilles fines et devinait aussi bien la ligne de ses hanches que la forme de sa poitrine sous les vêtements tendus sur son corps incliné vers l'avant. Progressivement, il sentait une excitation intense monter en lui. Dans un ultime effort pour se contrôler, il dit à Corinne :

— Je reviens dans une minute. Je vais aller chercher ma cruche d'eau que j'ai laissée à l'ombre, pas loin de mon tas de piquets.

Il s'exécuta et revint près de son amie quelques instants plus tard. La jeune fille était toujours affairée à cueillir les petits fruits.

— Qu'est-ce que tu dirais si on s'arrêtait une minute pour souffler un peu ? lui proposa-t-il sur un ton faussement désinvolte. Viens t'asseoir à l'ombre pour boire un peu d'eau ; ça va te faire du bien.

Corinne abandonna sur place son seau aux trois quarts rempli de bleuets et suivit son amoureux jusqu'au pied d'un gros érable dont le feuillage dispensait une ombre rafraîchissante. Rémi s'assit par terre et lui indiqua une place à ses côtés. La jeune fille s'assit près de lui après avoir bu une large rasade d'eau.

— Sais-tu que c'est la première fois qu'on est tout seuls, tous les deux, lui fit-il remarquer.

— C'est vrai, reconnut Corinne, qui se sentait étrangement bien en sa compagnie en ce chaud après-midi estival.

Elle ferma à demi les yeux pour profiter de cet instant agréable pendant que son compagnon se rappelait les rares baisers qu'elle lui avait accordés depuis qu'il la fréquentait. La surveillance sans faille des parents de la jeune fille ne lui avait pas permis autre chose que quelques attouchements furtifs par-dessus ses vêtements. Cette simple évocation suffit à lui échauffer les sangs.

Il passa insidieusement son bras autour de la taille de Corinne et l'attira sans brusquerie vers lui pour l'embrasser. Elle résista d'abord un peu, mais devant l'insistance de son amoureux, elle s'appuya contre lui et lui abandonna ses lèvres. Quand il entreprit de la caresser doucement par-dessus ses vêtements tout en prolongeant leur baiser, elle tenta de le repousser. Mais comme il était plus grand et surtout plus fort qu'elle, elle ne parvint pas à s'écarter de lui. En avait-elle d'ailleurs vraiment envie ? Elle fondait sous ses caresses et se sentait perdre toute volonté. Elle l'aimait tellement ! Une petite voix lui disait que ce qu'elle faisait n'était pas bien, qu'elle devait immédiatement mettre fin à tout cela, mais elle ne se décidait pas à faire un geste, qui lui paraissait de plus en plus au-dessus de ses forces. Était-ce la crainte de perdre son Rémi ? Elle n'aurait su le dire, tant elle était bouleversée.

Brusquement, Corinne se retrouva étendue, sous son amoureux, les vêtements en désordre. Elle sentit ses mains calleuses s'attarder un peu partout sur sa peau. Toutes ses forces l'avaient soudainement abandonnée et elle cessa alors de lutter. Elle ferma les yeux, incapable de résister plus longtemps à la vague qui la submergeait.

Dans une demi-conscience, elle éprouva comme une brûlure intense à l'intérieur de son corps. Puis, bientôt, le poids qui l'écrasait se fit moins lourd. Rémi s'était laissé tomber à ses côtés.

La jeune fille eut soudainement l'impression que toute vie autour d'elle était en suspens. Elle n'entendait que le souffle rauque de son amoureux. Sans dire un mot, ce dernier glissa son bras sous elle et l'attira contre lui. Nichée au creux de son épaule, incapable de prononcer une parole, elle tentait de reprendre pied dans la réalité.

Il y eut entre les deux amants un long silence troublé par le tac-tac-tac d'un pic-bois acharné à trouer le tronc d'un arbre voisin. Pendant un moment, Rémi regarda la figure aux traits doux de celle qu'il fréquentait depuis plus d'un an. Corinne avait fermé les yeux, mais il remarqua deux larmes qui glissaient lentement sur ses joues.

— Pleure pas, lui ordonna-t-il doucement.

— Qu'est-ce qu'on a fait là ? demanda Corinne, à mi-voix, tremblante.

— C'est tout de même pas la fin du monde, dit-il pour la rassurer.

— Pas pour toi, mais pour moi, ce l'est. Qu'est-ce qui va nous arriver ?

— Pourquoi tu veux qu'il nous arrive quelque chose ? On s'aime, non ? On vient juste de se le prouver, ajouta-t-il sur un ton qui se voulait convaincant.

Corinne n'osa pas continuer, ayant décelé dans la voix de son amoureux un certain agacement. Elle se releva lentement et remit de l'ordre dans ses vêtements en tournant pudiquement le dos à un Rémi Tremblay qui tentait d'afficher une désinvolture qu'il ne ressentait pas. En fait, il n'était pas tellement fier de ce qu'il venait de faire.

— Je vais t'aider à finir de remplir ta chaudière, offrit-il.

— J'aime autant que tu me laisses finir toute seule, dit la jeune fille d'une toute petite voix, mal à l'aise.

— Comme tu voudras, accepta-t-il, soulagé de ne pas avoir à la rassurer après ce qui venait de se passer entre eux. Si t'as besoin d'aide, je serai pas loin de toute façon.

Rémi s'éloigna en emportant avec lui sa cruche d'eau. Il ne se retourna pas une seule fois pour regarder celle qu'il venait de posséder.

Peu de temps après, sa compagne sortit du boisé et rentra chez elle après avoir vérifié à plusieurs reprises l'ordonnance de ses vêtements. Elle espérait de toutes ses forces que sa mère se trouve encore chez Yvette Veilleux, le temps de lui permettre de se laver et de reprendre ses esprits.

Pendant qu'elle marchait sur la route, une idée la frappa comme un coup de poing, si bien qu'elle s'immobilisa au milieu du chemin. Le sang s'était soudainement retiré de son visage. Elle venait de réaliser brusquement qu'elle était en état de péché mortel. Les flammes de l'enfer la guettaient. Elle ne pourrait jamais avouer en confession au curé Joyal ce qu'elle venait de faire... Par contre, si elle ne le faisait pas, elle ne pourrait plus aller communier à la grand-messe et son abstention serait vite remarquée et probablement commentée par tout le village. Lorsqu'elle se remit en marche, elle était malheureuse comme les pierres. Incapable de voir une issue à la situation, elle se sentait traquée, coincée.

Comble de malchance, sa mère était déjà revenue de chez la voisine et s'activait dans la cuisine à la préparation du souper lorsqu'elle pénétra dans la pièce.

— Seigneur ! Veux-tu bien me dire où t'as trouvé ça ? s'exclama Angèle à la vue du seau aux trois quarts rempli de gros bleuets juteux.

— Sur le bord du boisé, à côté de chez Beaulieu, se contenta de dire la jeune fille d'une voix lasse, craignant que sa mère se rende compte de son trouble.

— Est-ce qu'il y en a d'autres ?

— Il en reste.

— On va y retourner demain, déclara-t-elle, réjouie. Tu peux commencer à les trier pendant que j'épluche les patates.

— Si ça vous fait rien, m'man, je ferai ça après le souper. Je pense que j'ai pris trop de soleil ; j'ai mal à la tête. Je vais aller m'étendre deux minutes pour faire passer ça.

— Vas-y, mais reste pas étendue trop longtemps. Je peux pas tout faire toute seule.

Corinne s'empressa de monter à sa chambre. Après avoir refermé la porte de la pièce, elle s'empressa de se déshabiller et de verser la moitié du broc d'eau dans la cuvette. Elle s'empara ensuite d'une serviette et du savon, et se mit à se laver en se frottant vigoureusement, comme si elle cherchait à faire disparaître définitivement toute trace de l'acte impur qu'elle venait de poser.

À compter de ce soir-là, les remords et les regrets vinrent tourmenter la jeune fille. Entre les quatre murs de sa chambre, elle revécut sa brève aventure mille fois et, à chaque occasion, en sortait plus malheureuse. Pour ajouter à son malaise, elle craignait maintenant que Rémi la considère comme une fille malhonnête, le genre de femme avec lesquelles les hommes s'amusent tout en n'en voulant pas comme compagne et mère de leurs enfants.

Quelques jours plus tard, sans tambour ni trompette, les Tremblay retirèrent les barbelés interdisant l'accès au chemin auquel ils avaient travaillé pratiquement tout l'été. Celui-ci était dorénavant accessible à toute la population et permettait de traverser du rang Sainte-Marie au rang du Petit-Brûlé. La trouée effectuée à la limite du boisé familial était rectiligne et juste assez large pour que deux voitures puissent se croiser. Le sol était peut-être un peu inégal, mais il avait été dégagé de tous les obstacles.

Le lendemain après-midi, Ernest Veilleux profita de la présence d'une demi-douzaine de clients au magasin général pour laisser éclater sa mauvaise humeur quand Gratien Jutras, un libéral à tout crin du rang du Petit-Brûlé, dit à la cantonade :

— Je vous dis que ça fait tout un changement à cette heure qu'on a un beau raccourci qui nous permet d'aller dans Sainte-Marie sans avoir à faire le grand détour par le village.

— Arrête-moi donc ça, un beau raccourci ! s'emporta le fils de Napoléon Veilleux, debout devant le comptoir. Il faut avoir du front en torrieu pour appeler ça un chemin !

— Pourquoi tu dis ça ? lui demanda Joseph Pouliot en retirant le lorgnon qu'il avait posé sur son nez pour inscrire dans son cahier de comptes ce que le cultivateur venait d'acheter.

— Baptême ! Parce qu'il est ben trop étroit ! fit l'autre en prenant Conrad Boisvert et Florentin Crevier à témoin. Je suis allé voir ça à matin. Ce chemin-là a pas d'allure, je vous dis. Qu'est-ce qu'on va faire cet hiver, quand il va y avoir des bonnes bordures ? Deux traîneaux pourront jamais se rencontrer là. Il va falloir qu'il y en ait un qui apprenne à sauter leur maudite clôture, je suppose !

— T'exagères, Ernest, laissa tomber le vieux Télesphore Riendeau, du rang Saint-Pierre, qui l'avait écouté jusqu'alors sans rien dire. T'haïs tellement le grand Eugène que t'en vois plus clair.

— Ça a rien à voir, se défendit énergiquement Ernest, dressé devant lui comme un petit coq. L'avez-vous vu ce chemin-là, le père ? Je vous dis, moi, qu'il est pas assez large. Est-ce qu'il y a quelqu'un ici qui a pensé à ce qu'il va avoir l'air au printemps et en automne quand il va mouiller à boire debout ? Il y aura pas un maudit chat qui va pouvoir passer là. C'est une baissière et, naturellement, les Tremblay se sont pas donné la peine de creuser des fossés de chaque côté. D'après vous autres, où est-ce que l'eau va aller ? Nulle part. Ça va être un lac. Allez voir vous-mêmes et vous viendrez me le dire après si je me trompe, Christ ! Je suis pas fou. C'est visible comme le nez au milieu du visage que cette route-là vaut rien.

— Peut-être que les Tremblay pen... pensent creuser des fossés de ch... chaque côté cet automne, après avoir ren... rentré leurs récoltes, hasarda Anatole Duchesne qui venait de se joindre au groupe de clients de Joseph Pouliot.

— Voyons donc, monsieur Duchesne ! protesta Ernest, toujours aussi colérique. S'ils se mettent à creuser un fossé de chaque côté, ce qui va rester de leur route suffira même pas cet hiver à faire passer une *sleigh* quand il va y avoir des bordures.

— Mais pourquoi ils l'ont pas fait plus large ? demanda Boisvert, à haute voix.

— Il me semble que ça crève les yeux, répondit Florentin Crevier, toujours du même avis que Veilleux. Ils ont pas voulu jeter à terre trop de leurs arbres.

— Je comprends, mais le maire…, reprit Gratien Jutras.

— Laissez faire Desjardins, reprit Ernest. C'est un rouge comme les Tremblay et comme toi.

— Toi, fais ben attention à ce que tu vas dire, s'écria Jutras sur un ton menaçant.

Même si le cultivateur se dressait de toute sa masse imposante devant lui, Ernest Veilleux ne recula pas.

— Essaye pas ça avec moi, Gratien, le prévint-il, l'air mauvais. Je suis pas tout seul dans la paroisse à penser que Desjardins s'est entendu avec les Tremblay pour leur laisser le boisé de la commune pour une bouchée de pain en échange d'un peu d'argent glissé sous la table. Si ça se trouve, il a partagé avec eux autres les deux cents piastres données par le gouvernement.

— Moi, à ta place, Ernest Veilleux, je fermerais ma gueule, le menaça à nouveau Jutras, rouge de colère. T'es mieux d'avoir des preuves de ce que tu dis là. Si jamais Magloire Tremblay ou Léon Desjardins apprend ce que tu racontes, ils vont te traîner en cour et je te garantis que ça tardera pas.

Cette phrase de l'habitant du rang des Orties jeta un froid dans le groupe. Plus d'un se demanda s'il ne serait pas celui qui irait tout rapporter au maire ou aux Tremblay, uniquement pour le plaisir de mettre le feu aux poudres ou pour jeter le discrédit sur un bleu notoire de Saint-Jacques-de-la-Rive. Ernest Veilleux dut sentir intuitivement qu'il s'était peut-être trop avancé sans preuves en présence d'adversaires politiques.

— C'est sûr que je raconterai pas ça à gauche et à droite, admit-il sur un ton plus raisonnable. Mais ce qui est certain, c'est que je vais demander qu'on envoie un inspecteur provincial pour voir si ce chemin-là est correct, par exemple.

⁓

Ce jeudi-là, Fernande Fournier travaillait dans son jardin en compagnie de ses filles quand elle entendit la voiture du facteur s'arrêter une nouvelle fois devant la boîte aux lettres. Elle se releva en se tenant les reins et jeta un coup d'œil vers la route : le petit drapeau rouge avait été levé.

— Ça a tout l'air que t'as encore reçu une lettre, dit-elle à Florence en affichant son habituel air de mécontentement.

La jeune fille n'avait pas attendu le commentaire de sa mère. Elle se dirigeait déjà vers la sortie du jardin.

— Il y a pas le feu, fit sa mère. Tu pourrais bien attendre l'heure du dîner pour aller la chercher.

Florence fit comme si elle ne l'avait pas entendue et poursuivit son chemin. Comme d'habitude, elle ouvrit l'enveloppe en demeurant près de la boîte aux lettres et en sortit la missive. Un sourire de joie illumina son visage quand elle lut que Sam se proposait de venir la visiter le samedi et le dimanche suivants. Heureuse, elle replia la lettre et la glissa derrière le ruban de son chapeau de paille.

Elle avait craint que la froide réception que lui avaient réservée ses parents quinze jours auparavant l'ait découragé, même s'il n'en avait rien laissé paraître dans ses lettres.

Elle aimait de plus en plus celui que sa mère s'entêtait à appeler le «Juif» de façon méprisante. Elle appréciait son aplomb et ressentait une admiration sans bornes pour son ambition. Elle était persuadée qu'il irait loin et pensait de plus en plus qu'il serait l'homme qui la sortirait de Saint-Jacques-de-la-Rive, où elle n'avait pas du tout l'intention de s'éterniser. Elle rêvait de plus en plus souvent de vivre en ville, loin de l'odeur de fumier et de la routine ennuyeuse de la vie à la campagne. Pas un seul instant, elle ne pensa à la difficulté de faire accepter cette seconde visite par ses parents, et par sa mère en particulier.

Sortant de sa rêverie, la jeune fille allait refermer la boîte aux lettres quand elle aperçut un carré blanc qu'elle n'avait pas vu lorsqu'elle avait pris son courrier. C'était une seconde missive, qui était cette fois-ci adressée à Annette. Elle revint au jardin et tendit la petite enveloppe blanche à sa sœur sous le regard interrogateur de sa mère.

— Je suppose que c'est encore ton Juif qui t'a écrit? fit Fernande, la voix dure.

— Il s'appelle Sam, m'man, répondit Florence, exaspérée. Oui, il m'a envoyé une lettre pour me dire qu'il viendrait me voir samedi et dimanche prochains.

— Sans demander notre permission, à part ça! lui fit remarquer sa mère. Il a décidé ça, lui!

— Voyons, m'man. Vous avez accepté qu'il vienne me voir il y a deux semaines. Pourquoi vous voudriez pas qu'il revienne?

— T'en parleras à ton père. Je suis pas sûre qu'il va vouloir le revoir ici.

— Mais il vous a rien fait! protesta Florence. Qu'est-ce que vous avez à tant lui en vouloir?

— Tu le demanderas à ton père, fit sèchement sa mère.

Fernande se détourna ostensiblement de son aînée pour regarder sa fille Annette, qui avait profité de la dispute entre Florence et sa mère pour lire la missive qu'elle venait de recevoir.

— Et toi ! Qui est-ce qui t'écrit ? lui demanda sa mère, soupçonneuse.

— Sœur Sainte-Ursule, m'man, répondit l'adolescente d'une voix égale.

— Qu'est-ce qu'elle te veut encore ?

— Elle m'écrit juste pour me donner de ses nou- velles. La supérieure vient de la nommer responsable des novices.

Annette replia la lettre et la fit disparaître dans la poche de son tablier. Elle reprit sa cueillette des concombres du jardin sans plus s'étendre sur le contenu du message et sa mère, après un dernier regard inquisiteur dans sa direction, s'occupa de protéger ses plants de tomates surchargés en installant des tuteurs. De toute évidence, elle était beaucoup plus préoccupée par la visite du cavalier de sa fille aînée que par le message reçu par sa cadette. C'était une erreur ; elle aurait dû se méfier.

Depuis la visite du curé Joyal, il n'avait plus été question de la vocation religieuse d'Annette. L'adolescente avait continué à se rendre à la messe trois ou quatre matins par semaine sans rien dire. À première vue, on aurait juré que tous les Fournier avaient oublié ce bref intermède dans un été où chacun avait été surchargé de travail. Il fallait reconnaître que l'apparition inattendue de Sam Cohen dans le paysage familial avait suffisamment perturbé les parents pour qu'ils ne songent plus au désir secret de leur seconde fille.

Annette avait volontairement été vague avec sa mère sur le contenu de la lettre envoyée par sœur Sainte-Ursule. Son amie lui avait surtout écrit pour lui rappeler que si elle désirait entrer au noviciat et, en même temps, entreprendre les études qui allaient la conduire à un diplôme d'infirmière,

il lui fallait se présenter au plus tard le 15 septembre prochain, soit dans trois semaines. En outre, elle lui apprenait
avec doigté que la communauté attendait de chacune de
ses novices qu'elle arrive avec un trousseau et, surtout, avec
une dot qui servirait à défrayer une partie de son entretien.
Elle suggérait la somme de quarante dollars, sans trop insister toutefois.

L'adolescente avait frissonné d'appréhension en constatant quelle somme astronomique les Sœurs grises lui
demandaient. Ce serait, assurément, une difficulté presque
insurmontable. Qui avait de tels moyens financiers ? Pas
un cultivateur, en tout cas ! À cause de cette somme, ses
parents n'accepteraient jamais de la laisser partir. Sa mère,
surtout, serait intraitable. Elle connaissait assez son avarice
pour lui faire craindre le pire. Lui faire sortir quelques sous
de son bas de laine suffisait à la faire grincer des dents et à
la jeter dans de noirs emportements. Pensez donc : quarante
dollars ! Elle allait bien avoir une attaque !

Cependant, l'adolescente considérait qu'elle avait assez
attendu et que ses parents avaient eu tout le temps nécessaire
pour songer à son avenir. L'été tirait à sa fin et il n'y avait
plus de temps à perdre. Mis à part la dot, il y avait aussi le
fameux trousseau décrit par sœur Sainte-Ursule dans sa
lettre. Il lui faudrait du temps pour le constituer, si on la
laissait finalement partir. À cette seule pensée, la jeune fille
fut en proie à un profond découragement. Elle fit une
prière silencieuse pour que Dieu fasse en sorte qu'on lui
accorde le droit d'entrer en religion.

Plus tard, au moment du repas, Annette se rendit
compte que le moment était visiblement mal choisi pour
parler du projet qui lui tenait tant à cœur. Sa mère servait
le dîner en grommelant et Florence présentait le visage
fermé qu'elle adoptait toujours quand elle sentait qu'une
tempête se préparait. En réaction à ces deux attitudes,

Laurent Fournier mangeait en silence. À ses côtés, le petit Germain l'imitait.

— Il veut revenir encore en fin de semaine, dit Fernande à brûle-pourpoint, en s'assoyant au bout de la table.

Son mari ne dit rien et entreprit de couper une tranche de pain dans la miche tendre placée à sa droite.

— T'as entendu ce que je viens de dire ? lui demanda sa femme, impatiente.

— Ben oui. Je suis pas sourd, Jésus-Christ ! Qui veut encore venir ?

— Le Juif !

— M'man ! protesta Florence, rouge de colère. Il s'appelle Sam. Je vous l'ai dit tout à l'heure.

— Calme-toi et change de ton, toi ! lui ordonna son père sans élever la voix.

— Il m'écrit deux fois par semaine, p'pa, fit Florence en faisant un effort méritoire pour contrôler son caractère bouillant. Il dit que ça fait deux semaines qu'il m'a pas vue et qu'il s'ennuie de moi.

— Ouais, fit Laurent, pas plus enchanté que sa femme de voir revenir chez lui cet étranger qui ne lui plaisait pas particulièrement.

Tout le monde autour de la table attendait la décision paternelle, le nez dans son assiette. Florence se préparait déjà à avancer qu'elle serait majeure dans trois mois et qu'à ce moment précis, elle serait libre de faire ce qu'elle voulait.

— Qu'il vienne, dit Laurent, sans plus d'explications.

Sa femme allait protester, mais il lui jeta un tel regard qu'elle pinça les lèvres et préféra se taire. Son mari était habituellement un homme pondéré, mais malheur à celui qui se mettait en tête de contester son autorité dans la maison. Fernande Fournier en avait de cuisants souvenirs pour l'avoir tenté à quelques reprises.

— En tout cas, qu'il s'attende pas que je l'invite pour un repas, dit-elle sèchement.

Personne ne répliqua.

— Annette a reçu une lettre de la tante de Joseph Pouliot, reprit la mère de famille en se versant une tasse de thé.

— Qu'est-ce qu'elle voulait? demanda Laurent en se tournant vers sa cadette.

Annette eut un pincement au cœur. À cause de sa mère, elle se voyait obligée de faire sa demande à un moment qu'elle jugeait particulièrement défavorable. Faisant contre mauvaise fortune bon cœur, l'adolescente tira de la poche de son tablier la lettre reçue à la fin de l'avant-midi. Si son père avait su lire, elle se serait contentée de la lui tendre pour qu'il la lise. Mais comme bien des hommes de son âge, il n'avait jamais fréquenté l'école, trop occupé à trimer d'un soleil à l'autre pour pouvoir survivre.

— Pas nécessaire de me la lire, lui dit son père. Dis-moi juste ce qu'elle veut.

— C'était pour me dire que le noviciat commençait dans trois semaines…

— Bon.

— Et que si je voulais être novice chez les Sœurs grises…

— Il me semblait qu'elle t'avait écrit pour te donner de ses nouvelles? fit sa mère, l'air mauvais, en déposant bruyamment ses ustensiles sur la table.

— Elle m'a donné de ses nouvelles, m'man, protesta doucement la jeune fille, mais elle m'a aussi parlé du noviciat et des cours qui commencent en septembre. Si je veux devenir un jour une garde-malade…

— Je me souviens pas qu'on a dit qu'on te laisserait entrer chez les sœurs, laissa tomber sa mère.

— Je le sais, m'man, mais sœur Sainte-Ursule veut avoir une réponse avant la fin de la semaine prochaine.

Pendant cet échange, Laurent se contenta de scruter le visage de sa fille sans rien dire.

— Après le dîner, tu laisseras ta lettre à ta mère. On va en parler ensemble et on te dira ce qu'on a décidé, dit-il sur un ton sans appel.

À la fin du repas, les deux jeunes filles entreprirent de laver la vaisselle pendant que leurs parents allaient s'asseoir dans les chaises berçantes, placées à l'ombre, sur la galerie. Fernande s'empressa de déposer sur son nez en bec d'aigle les petites lunettes qu'elle ne portait que pour lire. Elle lut la lettre adressée à sa fille avec attention. Son mari, la pipe entre les dents, se contenta de la regarder.

— Ah bien! J'aurai tout vu! s'exclama-t-elle sur un ton outré en repliant la feuille. Tu sais pas la meilleure?

— Quoi encore?

— Les sœurs demandent qu'elle apporte une dot de quarante piastres. Et ça, c'est à part du trousseau. Elles sont complètement folles, ma parole! Où est-ce qu'elles veulent que des pauvres cultivateurs comme nous autres trouvent autant d'argent?

— On leur donnerait une fille en pleine santé avec du linge neuf et ce serait pas assez? demanda Laurent, interloqué.

— Ça a tout l'air que non, fit sa femme. J'en reviens pas! Elle va travailler toute sa vie pour la communauté sans jamais toucher une cenne de salaire et, en plus, il faudrait qu'on donne quarante piastres pour que les sœurs la prennent!

Laurent Fournier laissa planer un long silence sur la galerie avant de reprendre la parole.

— Elle a l'air de pas mal tenir à son idée de devenir une bonne sœur, fit-il remarquer à sa femme.

— C'est sûr qu'elle y tient. C'est la tante de Joseph Pouliot qui lui a mis cette idée folle dans la tête. Comme si on avait autant d'argent à gaspiller...

— Toi, si c'était pas de l'argent que les sœurs demandent, serais-tu prête à la laisser partir?

— Je le sais pas trop, avoua sa femme, soudainement un peu plus calme.

— À peu près toutes les familles de la paroisse ont au moins un religieux. Refuser, ça se fait pas tellement, ajouta Laurent, pensif. Je pense même que ça nous porterait pas chance pantoute.

— Elle est encore pas mal jeune pour aller s'enfermer dans un couvent.

— Si on se fie à ce que tu viens de lire, ça a tout l'air qu'elle a le bon âge, répliqua son mari. Remarque que je la laisserais pas partir de gaieté de cœur, mais s'il le faut, je le ferais. Toi?

— C'est pareil. Si jamais monsieur le curé entendait dire qu'on l'a empêchée d'entrer au couvent, on n'aurait pas fini d'en entendre parler.

— Ouais! approuva Laurent.

— Dans la maison, j'ai encore Florence pour me donner un coup de main, reprit Fernande, déjà à moitié prête à renoncer à sa seconde fille. Je pourrais toujours me passer de son aide, mais l'argent... T'imagines tout ce qu'on pourrait se payer avec autant d'argent? Quarante piastres, on rit pas.

— On verra à ça plus tard, décréta le cultivateur. Pour le trousseau, je suppose que t'es capable de te débrouiller.

Fernande jeta un coup d'œil à la lettre pour retrouver le passage dans lequel la religieuse énumérait ce que devait contenir le trousseau d'une novice avant de répondre.

— Pour ça, je pourrais toujours y arriver. Je pense avoir assez de lin et de coton pour lui faire ce que les sœurs demandent.

— C'est correct, dit son mari, en donnant une tape sur le bras de sa chaise berçante, comme s'il venait de prendre une brusque décision. Annette ! cria-t-il à sa fille encore en train d'essuyer la vaisselle dans la cuisine d'été. Viens ici une minute !

L'adolescente sortit de la maison, les jambes un peu tremblantes et vint rejoindre ses parents, à l'extrémité de la galerie. Elle savait que son sort avait été décidé et mourait de peur d'apprendre qu'on lui refusait la joie de réaliser son rêve le plus cher. Elle était persuadée que la dot avait été le principal obstacle.

Sa mère la regarda sans dire un mot. Elle attendit en tremblant que son père lui fasse part de sa décision. Ce dernier eut pitié de sa fille dont le visage blême et les mains triturant son tablier disaient assez l'énervement.

— Ta mère et moi, on est ben prêts à te laisser entrer chez les sœurs, lui annonça-t-il.

— Oh ! Merci, p'pa ! s'exclama Annette, folle de joie.

— Attends, lui ordonna-t-il. J'ai pas fini. J'ai pas besoin de te dire qu'on n'est pas assez riches pour donner aux sœurs quarante piastres.

— Il en est même pas question, ajouta sa mère d'une voix tranchante.

Le visage de l'adolescente se décomposa en apprenant la mauvaise nouvelle.

— Est-ce que ça veut dire que je pourrai pas entrer au noviciat ?

— Je le sais pas encore, répondit son père. À soir, je vais aller en parler à monsieur le curé.

— Merci, p'pa, dit Annette, pleine de reconnaissance, avant de retourner à l'intérieur.

Cet après-midi-là, l'adolescente entreprit avec ferveur une neuvaine pour obtenir l'aide de la Vierge. Quand elle vit son père, après le souper, atteler l'un de leurs deux chevaux à la voiture pour se rendre au village, elle monta dans sa chambre et se mit à prier, à genoux, au pied de son lit.

Quelques minutes plus tard, le curé Joyal introduisit Laurent Fournier dans son bureau.

— Bonsoir, monsieur le curé. Vous devinez un peu pourquoi je viens vous voir, dit le cultivateur en s'assoyant sur la chaise que le prêtre lui désignait.

— Pas pour la dîme, j'espère, fit ce dernier avec bonne humeur.

— Non, monsieur le curé. Je suis pas si en avance que ça. Je viens vous voir pour ma fille Annette.

— Bon. En fin de compte, qu'est-ce que vous avez décidé, ta femme et toi ?

— On a un problème, monsieur le curé, un gros problème, avoua Laurent, un peu gêné.

— Lequel ?

— On savait pas que les Sœurs demandaient autant d'argent pour… pour je sais pas trop quoi.

— Pour une dot ?

— C'est en plein ça, monsieur le curé.

— Toutes les communautés demandent une dot, dit Antoine Joyal comme s'il trouvait cela normal.

— Ma femme et moi, on trouve ça pas mal exagéré de demander quarante piastres à du pauvre monde quand on vient leur chercher leur fille qui va travailler toute sa vie pour eux autres sans jamais avoir une cenne.

— Ce que tu dis là est pas bête, reconnut le curé de Saint-Jacques-de-la-Rive. C'est vrai aussi que quarante piastres, ça me semble pas mal.

Le prêtre réfléchit un long moment avant de demander finalement à son paroissien :

— Est-ce que dix piastres, c'est dans tes moyens ?

— Ça va tout prendre, mais je peux y arriver.

— Bon. Dis à ta femme de préparer ta fille à entrer au noviciat. Moi, je vais m'arranger avec les Sœurs grises. Je les connais. Je vais leur écrire un mot. Elles vont accepter ton Annette avec plaisir, même avec une petite dot. Elles ont le sens pratique et je me souviens pas les avoir vues refuser une novice parce qu'elle avait pas les moyens de payer une grosse dot.

Quand le père de famille apprit la bonne nouvelle à sa fille ce soir-là, dès son retour du village, cette dernière en pleura de joie. Les jours suivants, jamais neuvaine ne fut respectée avec autant de ferveur et de reconnaissance.

❧

Le dimanche après-midi suivant, la voiture conduite par Sam Cohen croisa celle de Xavier Lemire. Si le premier arborait un petit air satisfait de lui, l'autre montrait un front soucieux. Le jeune veuf de Saint-Zéphirin voyait approcher la fin de l'été avec inquiétude.

Le petit Jocelyn semblait heureux chez les Tremblay, mais Germaine ne s'était engagée à s'en occuper que pour l'été. Qui allait prendre soin de son fils au cours des prochains mois ? Même si la jeune femme ne se cachait pas pour montrer son attachement au petit garçon, rien n'indiquait qu'elle était prête à s'en charger jusqu'au printemps suivant. Comment allait-il pouvoir descendre au chantier s'il ne trouvait personne pour veiller sur lui ?

En fait, Xavier voyait en Germaine une jeune femme généreuse et une ménagère accomplie, même si elle se montrait parfois un peu brusque. Il regrettait que le mariage ne semblât pas l'attirer parce qu'elle lui paraissait posséder tous les atouts d'une excellente femme de cultivateur et d'une bonne mère. Sur certains aspects, elle lui rappelait même sa défunte femme. Derrière cette apparence un peu rude, il était de plus en plus convaincu que la jeune femme cachait un cœur d'or.

Il avait eu beaucoup de chance. Si Germaine avait eu un prétendant, elle n'aurait probablement pas accepté de s'occuper de son fils durant tout l'été. Mais il lui fallait tout de même commencer à penser à l'automne qui approchait. Le veuf savait bien qu'en définitive il devrait trouver une mère à son fils. Jocelyn avait besoin d'une mère autant que lui d'une femme capable de prendre en main sa maison. Il ne pouvait pas continuer ainsi indéfiniment. Passer cinq mois par année à s'éreinter dans un chantier pour trouver une maison vide au retour lui devenait peu à peu insupportable. Il lui fallait un ancrage, une vraie famille, des gens pour qui il aurait de l'importance.

Depuis quelques semaines, il pensait de plus en plus à Germaine Tremblay et portait sur elle un regard nouveau. Il en était venu à aimer sa figure ronde et ses manières franches et directes. Elle avait une apparence soignée et agréable en plus de posséder toutes les qualités qu'il recherchait chez une femme. Et elle aimait le petit. L'unique problème était sa timidité face à la froideur de la jeune femme. À chacune de ses visites, elle l'accueillait toujours bien, mais s'empressait de s'esquiver, probablement pour le laisser profiter seul de son fils. Cette façon qu'elle avait de demeurer sur son quant-à-soi lui enlevait tous ses moyens et le rendait semblable à un adolescent à son premier rendez-vous. Pourtant, il aurait aimé parler plus avec elle, apprendre à mieux la connaître…

Quand Xavier arriva chez les Tremblay ce dimanche-là, il trouva son fils sagement assis sur la galerie en compagnie de Germaine qui lui avait fait endosser ses plus beaux vêtements et l'avait coiffé. Toute la campagne environnante paraissait endormie en cette chaude journée d'été. Seuls les chants des oiseaux perchés dans les ramures des érables voisins venaient troubler le silence.

Germaine laissa le petit aller au devant de son père. Ce dernier le souleva au bout de ses bras pour l'embrasser et le reposa par terre avant de venir rejoindre la jeune femme qui s'était levée pour l'accueillir.

— Bonjour, mademoiselle Tremblay. Mon gars a pas été trop malcommode cette semaine?

— Il a été sage comme une image, répondit Germaine en adressant un sourire au petit qui s'était emparé de l'une des mains de son père.

— En tout cas, il est en train de devenir gras comme un voleur tellement vous le gâtez. Il me semble qu'il change de semaine en semaine. Pour moi, vous lui faites de la trop bonne cuisine.

— Tant mieux si ça lui profite, dit la jeune femme, flattée par le compliment.

— J'ai l'impression qu'il vous aime pas mal, reprit le visiteur.

— On peut pas dire que c'est un enfant bien difficile, lui fit remarquer Germaine en prenant la main que l'enfant lui tendait.

Tout dans le comportement de la célibataire prouvait qu'elle s'était sérieusement attachée au petit garçon. Elle ne s'en cachait d'ailleurs pas le moins du monde. Elle éprouvait à son endroit une tendresse si visible que sa belle-sœur Thérèse avait confié à Eugène que sa sœur allait faire une excellente mère si elle se décidait à se marier un jour. «Peut-être, lui avait-il répondu, mais ma sœur fait tellement peur aux hommes que c'est pas demain la veille qu'on va en voir un venir faire sa grande demande au père.»

— Bon. Je vous laisse jaser ensemble, dit Germaine en s'apprêtant à rentrer dans la maison. Rémi est allé passer l'après-midi chez les Tougas et les autres sont en train de se reposer.

Xavier tourna vers elle ses yeux gris et lui demanda, la voix un peu hésitante :

— Est-ce que ça vous dérangerait beaucoup de venir vous asseoir quelques minutes avec le petit et moi ? J'aurais à vous parler.

Germaine se contenta de hocher la tête. Il était visible qu'elle était intriguée.

— On peut peut-être s'asseoir dans la balançoire, proposa-t-elle.

Tous les trois se dirigèrent vers la vieille balançoire installée à l'ombre d'un chêne centenaire. Jocelyn choisit de prendre place près de Germaine pendant que son père s'asseyait sur l'autre siège. Il y eut d'abord un silence embarrassé avant que le cultivateur de Saint-Zéphirin prenne la parole.

— Je voulais vous demander jusqu'à quand vous accepteriez de garder le petit.

— Pourquoi vous me posez cette question-là ?

— Ben, parce que vous m'avez dit que vous me le garderiez pour l'été, et l'été achève. En plus, votre belle-sœur a l'air d'être à la veille d'avoir son petit.

— Je vois pas le rapport, dit abruptement Germaine.

— J'ai pensé que ça vous ferait deux enfants à vous occuper avec la petite Claire. Un troisième serait peut-être de trop.

— Pantoute. Ma belle-sœur a pas besoin de moi pour prendre soin de ses enfants. Moi, je m'occupe de Jocelyn.

— Est-ce que ça veut dire que vous êtes prête à le garder tout l'hiver ? demanda Xavier, plein d'espoir.

— Certain, se contenta de répondre Germaine.

— Vous pouvez pas savoir à quel point ça me soulage ! Je vais partir pour le chantier l'esprit tranquille parce que je vais savoir qu'il est entre de bonnes mains. Pour lui, vous êtes la mère qu'il a pas connue, vous savez.

— Ça fait plaisir à entendre, dit la jeune femme en serrant le bambin contre elle.

Il y eut à nouveau un bref silence que Xavier Lemire meubla en donnant un élan à la balançoire. Il reprit la parole au moment où il sentit que Germaine s'apprêtait à se lever pour le laisser seul avec son fils.

— Est-ce que je peux vous demander autre chose? dit-il en hésitant. Mais gênez-vous pas pour me dire non. Si ça vous dérange, je comprendrai, s'empressa-t-il d'ajouter avant que Germaine ne puisse lui répondre.

— Qu'est-ce que vous voulez me demander?

— Est-ce que ça vous dérangerait ben gros de rester avec moi et le petit quand je viens le voir le dimanche?

— Pourquoi? ne put s'empêcher de demander la jeune femme.

Il y eut un autre silence embarrassé du jeune cultivateur avant qu'il ne se décide à dire à voix basse:

— Parce que j'ai autant de plaisir à vous voir que j'en ai à voir le petit.

La femme rougit légèrement et il lui fallut un moment avant de retrouver son aplomb coutumier.

— Ça me dérange pas, répondit-elle sur un ton neutre. Quand j'aurai pas d'ouvrage pressant à faire, je viendrai m'asseoir avec vous deux.

Ce soir-là, elle ne put s'empêcher de rapporter cette conversation à sa belle-sœur en affichant une certaine fierté.

— Dis-moi pas que tu t'es fait un cavalier! s'exclama Thérèse.

— Non, non. C'est pas mon cavalier, se défendit Germaine. Il veut juste que je lui parle plus quand il vient voir le petit. Pour moi, il s'ennuie pas mal pendant toute la semaine, tout seul, chez eux.

— En tout cas, reconnais qu'il va être plus intéressant qu'un Tit-Phège Turcotte.

— Parle-moi pas de ce fatigant-là! s'emporta la célibataire en refermant une porte d'armoire d'un geste brusque.

Elphège Turcotte était revenu à la charge à deux ou trois reprises depuis la Fête-Dieu et, chaque fois, Germaine avait dû l'éconduire sèchement. L'idée de pouvoir enfin s'en débarrasser la ravissait presque autant que celle de se trouver plus souvent en compagnie du père du petit Jocelyn.

⁓

Quelques jours plus tard, tout Saint-Jacques-de-la-Rive allait s'amuser de la mésaventure vécue par le fils d'Aline Turcotte.

La quatrième ferme du rang Saint-Pierre avait appartenu à un certain Gédéon Ferland, un vieil ours un peu dérangé. L'homme avait vécu seul pendant de nombreuses années et avait eu la réputation d'être extrêmement violent. Le soir, lorsqu'on passait devant sa maison passablement délabrée, on pouvait l'apercevoir en train de se bercer devant l'une des fenêtres de sa cuisine, à la lueur d'une lampe à huile. De la route, on l'entendait tenir des conversations à tue-tête alors qu'on le savait seul chez lui. Peu à peu, la rumeur publique voulut que le vieux fou conversait avec le diable et que s'il vous surprenait en train de l'épier, il pouvait vous jeter un mauvais sort.

Au début de juin 1897, des voisins s'étaient inquiétés d'entendre ses vaches meugler durant des heures sans le voir sortir pour s'en occuper. Deux d'entre eux décidèrent alors de venir voir ce qui n'allait pas. Ils avaient découvert le vieux Gédéon Ferland, mort, assis dans sa chaise berçante. À l'odeur qui se dégageait de la pièce, il était évident que l'homme était décédé depuis quelques jours. Comme on ne lui connaissait aucune famille, les autorités municipales avaient pris sur elles de le faire enterrer. Ses animaux avaient été vendus à l'encan et la ferme avait été abandonnée, en attente d'un héritier qui finirait bien par se faire connaître un jour ou l'autre.

Dès la fin de l'été, on s'était rendu compte que des gamins de Saint-Jacques-de-la-Rive avaient brisé des carreaux aux fenêtres de la maison inhabitée, poussant même l'audace jusqu'à en vandaliser l'intérieur. Autant pour faire cesser ces actes répréhensibles que pour calmer les enfants un peu trop turbulents, les parents avaient alors pris l'habitude de dire à leurs enfants que s'ils n'étaient pas sages, le bonhomme Ferland allait venir les chercher. Peu à peu, au fil des ans, la légende avait grandi dans la paroisse et certains avaient répandu le bruit que le vieux fou se promenait certains soirs dans le rang, à la recherche de quelqu'un qu'il forcerait à le suivre en enfer. Les jeunes, comme les habitants les plus impressionnables, évitaient donc de se balader seuls, le soir, dans le rang Saint-Pierre.

L'idée de la plaisanterie germa dans l'imagination fertile de Rémi Tremblay, un soir qu'il traînait devant le magasin général en compagnie d'Aimé Hamel, de Lionel Tougas et de quelques autres jeunes de la paroisse.

En cette dernière soirée du mois d'août, la clarté déclinait déjà un peu avant huit heures. Si on se fiait à ce qu'ils racontaient, Aimé Hamel et Lionel Tougas songeaient sérieusement à s'engager dans le second corps expéditionnaire que le gouvernement canadien s'apprêtait à envoyer en Afrique du Sud. Une connaissance habitant Pierreville leur avait mis cette idée dans la tête et ils n'en démordaient pas. Ils auraient bien aimé que Rémi les accompagne. À vingt-cinq ans, ce dernier était le plus âgé du groupe et faisait figure de chef. En fait, à cet âge, les garçons de Saint-Jacques-de-la-Rive étaient habituellement mariés et pères de famille.

— Tiens! v'là Tit-Phège, dit Tougas en voyant ce dernier venir à pied dans leur direction.

— Je te dis qu'il marche pas vite, le Tit-Phège, fit remarquer un certain Roméo Meunier, du rang Saint-Pierre. Je suppose que c'est pour pas s'épuiser qu'il traîne de la patte de même, ajouta-t-il, goguenard.

— Ça, ce serait le gars qu'il faudrait avec vous autres pour aller se battre, se moqua Rémi en ricanant. Il me semble que l'armée lui donnerait un peu de nerf.

— En tout cas, je suis certain qu'il marcherait pas mal plus vite s'il avait une bonne peur, dit Aimé Hamel. Brave comme on le connaît, il trouverait ben le moyen de courir.

— Vous me donnez une idée, intervint Rémi en baissant la voix. Qu'est-ce que vous diriez si on lui jouait un bon tour à soir?

— Quel tour? demandèrent les autres, tout excités à l'idée de s'amuser aux dépens d'Elphège Turcotte.

Rémi prit un moment pour réfléchir avant d'exposer son plan.

— Il est à pied. Roméo reste dans son rang. Qu'est-ce que tu dirais, Roméo, de l'inviter à venir boire un petit coup de caribou chez vous à soir?

— C'est faisable, admit le jeune homme à la figure chafouine. Puis?

— Tu le fais boire un peu et tu le laisses partir juste quand il fait ben noir. Trouve-toi une défaite pour pas avoir à le ramener chez eux en voiture.

— Correct. Qu'est-ce que t'as en tête, le grand?

— Nous autres, on va aller organiser quelque chose dans la maison du bonhomme Ferland. On va le guetter et on va lui faire peur pour la peine quand il va passer devant, je te le garantis.

Des ricanements se firent entendre dans le groupe et on eut du mal à reprendre un semblant de sérieux quand Tit-Phège approcha finalement de la demi-douzaine de jeunes de Saint-Jacques-de-la-Rive assis, les jambes pendantes, sur la galerie de Joseph Pouliot.

— Tit-Phège, d'où est-ce que tu sors à pied ? lui demanda Rémi.

— J'ai pas de voiture parce que j'ai été obligé de la laisser chez Crevier pour qu'il répare une roue. Il est supposé m'arranger ça pour demain matin.

— Si ça fait ton affaire, intervint Meunier, je peux te laisser chez vous en passant. Ça t'évitera de marcher pour rien, surtout que t'as l'air fatigué sans bon sens.

— Ça tomberait ben en sacrifice, accepta Tit-Phège, en accentuant son air épuisé. J'ai eu une ben grosse journée.

Il y eut dans le groupe des sourires entendus. Pendant quelques minutes, les jeunes discutèrent de tout et de rien et, sur un coup de coude discret de Rémi, Meunier annonça qu'il devait rentrer.

— Viens-tu, Tit-Phège ?

— Je suis prêt, répondit l'autre en quittant la galerie.

— Est-ce que ça te tente de goûter au caribou que le père a fait la semaine passée ? J'en ai caché une bouteille dans la grange.

— Je cracherais pas dessus, fit le jeune Turcotte en dissimulant mal son enthousiasme.

— Puis nous autres ? firent les autres jeunes.

— Vous autres, vous boirez le vôtre, répliqua Roméo. Vous pensez tout de même pas que je vais traîner toute la paroisse à la maison, non !

Les garçons feignirent d'être déçus et Roméo Meunier fit monter dans son boghei un Elphège Turcotte tout fier de l'invitation reçue. Dès que la voiture se fut éloignée, Rémi se leva, imité par les autres.

— Venez me rejoindre à la maison du bonhomme Ferland après vous avoir trouvé un drap, leur commanda-t-il. Perdez pas de temps. Il commence déjà à faire noir et Roméo pourra pas le retenir ben longtemps. Essayez de laisser votre voiture proche de chez Crevier et venez dans Saint-Pierre à pied et sans fanal. Faites-vous pas voir.

Sur ces mots, le jeune homme monta dans la voiture d'Aimé Hamel, avec qui il était venu au village. Une vingtaine de minutes plus tard, il faisait nuit noire. Le ciel couvert ne permettait pas à la lune d'éclairer la route. Munis d'un fanal éteint, les deux amis abandonnèrent leur boghei à l'entrée du rang Saint-Pierre et marchèrent silencieusement jusqu'à la vieille maison abandonnée.

— Blasphème! jura Aimé, il fait noir comme chez le diable.

— Ouais. On aurait l'air fin en maudit si on marchait sur une mouffette, se força à plaisanter Rémi, tout de même impressionné par l'obscurité profonde.

Aucune lumière n'était visible à l'intérieur des premières maisons du rang, autant dans celle des Turcotte que dans les deux suivantes.

— On dirait ben que Rose-Aimée reçoit pas son amoureux à soir, plaisanta Rémi à mi-voix. Elle a l'air déjà couchée.

— Au moins, il y a personne qui va nous voir, fit Aimé en épiant le moindre bruit.

Parvenus à l'ancienne ferme de Gédéon Ferland, les deux jeunes firent d'abord le tour de la vieille demeure. Par cette soirée sans lune, l'endroit avait de quoi donner le frisson au plus brave. Sans le dire ouvertement, Rémi n'aurait lui-même jamais eu l'idée de s'y aventurer seul, le soir. Ils montèrent sur la galerie à demi pourrie et forcèrent la porte de la maison qui s'ouvrit en grinçant. Le plancher craqua sous leur poids et il y eut des bruits de pas précipités à l'intérieur.

— Allume au plus sacrant! ordonna Rémi à son complice. On va finir par se casser la gueule dans le noir.

À peine venaient-ils d'allumer le fanal que Tougas et Grenier entrèrent à leur tour dans la maison.

— Puis, qu'est-ce qu'on fait? demanda le grand Tougas.

— Vous avez chacun un drap; c'est correct, approuva Rémi. Je vais rester en dedans et m'asseoir dans la chaise berçante du bonhomme qu'on va placer devant la fenêtre. Je vais laisser le fanal allumé dans la cuisine, comme quand il était vivant. Vous autres, vous allez vous cacher dans le fossé et attendre que Tit-Phège soit passé pour me faire signe. Tiens, Aimé, prends la guenille qui traîne dans le coin. Tu me feras signe avec aussitôt qu'il vous aura dépassés. Quand il va être juste devant la maison, je vais me mettre à crier comme le bonhomme faisait. À ce moment-là, il aura pas le choix, notre Tit-Phège : il va être obligé de me voir derrière la fenêtre éclairée. Vous autres, vous mettrez votre drap sur votre tête et vous courrez sur la route en criant, comme si vous couriez après lui. C'est clair?

— Pas de problème, affirmèrent les trois jeunes, pris d'un fou rire en anticipant la réaction de leur victime.

— Bon. Allez-y et faites-vous pas voir avant le temps. J'ai l'impression qu'il devrait être à la veille d'arriver.

Tougas, Grenier et Hamel sortirent de la maison et se tapirent sans bruit dans le fossé

Laissé seul dans la maison, Rémi s'installa dans la chaise berçante du disparu, éclairé à contre-jour par le fanal allumé. L'ambiance lugubre qui se dégageait des lieux lui donnait la chair de poule et il eut bientôt hâte d'en avoir fini avec sa plaisanterie. Heureusement, moins de quinze minutes plus tard, Aimé Hamel effectua le signal convenu. Rémi guetta par la fenêtre le passage d'Elphège Turcotte.

Lorsqu'il crut apercevoir sa victime en face de la maison, au milieu de la route, il se mit à pousser des cris inarticulés et se précipita sur la porte moustiquaire qu'il repoussa en hurlant dans la nuit. Un cri horrifié lui répondit en provenance de la route. Au même moment, trois fantômes recouverts d'un drap blanc arrivèrent derrière lui en gesticulant et en vociférant.

C'en était trop. Fou de terreur, Elphège Turcotte trébucha et tomba d'abord sur les genoux au milieu de la route. En un clin d'œil, il se retrouva sur ses pieds en train de se signer. La vue du fantôme de Gédéon Ferland gesticulant et l'invectivant, debout sur sa galerie, sembla d'abord le paralyser. Puis il aperçut soudain les trois revenants qui fonçaient sur lui. Sans demander son reste, Tit-Phège Turcotte détala alors en hurlant comme si tous les démons de l'enfer s'étaient lancés à ses trousses.

Les cris de la victime se faisant de plus en plus lointains, les jeunes se regroupèrent au centre de la route et retirèrent les draps sous lesquels ils avaient passablement chaud. Roméo Meunier les rejoignit.

— Bande de niaiseux! Vous auriez pu me le dire que vous vouliez vous cacher dans le fossé. Vous avez failli me donner une syncope quand je vous ai vus sortir devant moi avec votre drap sur la tête.

Un grand éclat de rire lui répondit. Rémi alla chercher son fanal dans la maison et vint rejoindre ses complices, demeurés au bord de la route.

— Pauvre Tit-Phège, dit Meunier. Il aurait ben aimé que j'attelle pour le ramener chez eux. Il a fallu que je le traite de peureux pour qu'il se décide à revenir tout seul à pied.

— J'ai ben l'impression qu'on lui a fait la peur de sa vie, dit Rémi.

— On la trouverait peut-être moins drôle s'il nous attendait sur sa galerie avec le fusil de chasse qu'il a hérité de son père. En nous voyant passer, il pourrait penser qu'on est ses fantômes et nous tirer comme des lapins, dit Tougas, à demi sérieux.

— On prendra pas de chance, décida Rémi. On éteint le fanal et on fait pas de bruit sur la route en passant devant chez eux.

Les cinq jeunes hommes marchèrent en silence sur le bas-côté du rang Saint-Pierre jusqu'au village où ils se séparèrent, heureux de l'effet de leur farce.

Dès le lendemain, une bonne partie des habitants de Saint-Jacques-de-la-Rive fut mise au courant du mauvais tour qui avait été joué à Elphège Turcotte. Le soir venu, les compères, encore rassemblés devant le magasin général, virent arriver leur victime avec une certaine excitation. Joseph Pouliot avait même quitté son comptoir pour assister à l'arrivée de celui que d'étranges fantômes avaient poursuivi. Tous s'attendaient à ce qu'il raconte ce qui lui était arrivé avec force détails et en l'enjolivant, comme à son habitude. Ils se réjouissaient d'avance à l'idée de l'entendre se camper dans le rôle d'un brave.

— Puis, Tit-Phège, qu'est-ce que t'as de neuf? lui demanda un Rémi Tremblay beaucoup trop poli pour être honnête.

— Pas grand-chose, répondit le garçon à la laideur sympathique.

Les personnes présentes se jetèrent des regards étonnés.

— Dis donc, Tit-Phège, as-tu entendu parler qu'il y aurait eu des cris bizarres dans Saint-Pierre hier soir? lui demanda Lionel Tougas, décidé à le faire parler.

— Non, pantoute. Est-ce qu'il s'est passé quelque chose dans mon rang? fit Elphège en regardant d'un air candide autour de lui.

— On a entendu dire qu'il y avait eu pas mal de bruit hier soir autour de la maison abandonnée du bonhomme Ferland, dit Aimé Hamel.

— Ça se peut ben, reconnut le jeune homme, mais je reste trop loin de là pour entendre quelque chose.

Le comportement du jeune homme fit que les gens ne surent plus qui croire. Comme personne de Saint-Jacques-de-la-Rive ne parvint à faire admettre sa mésaventure à Elphège Turcotte, on en vint finalement à douter de la véracité du récit des cinq loustics qui s'étaient vantés partout de lui avoir fait la plus grande peur de sa vie.

Chapitre 13

La fin de l'été

— On va laisser les carottes grossir encore une semaine ou deux, dit Angèle à sa fille qui déterrait un peu plus loin les pommes de terre avant de les déposer dans un panier qu'elle allait vider ensuite dans le caveau à patates.

Chez les Hamel, on travaillait à ramasser les derniers légumes du jardin. Après avoir cuisiné une bonne réserve de ketchup rouge et de ketchup vert, le temps était venu de songer aux autres marinades et de rentrer la provision de pommes de terre pour l'année. Alors que Corinne poursuivait son travail, le visage bien protégé par son large chapeau de paille, Angèle lui jeta un regard à la dérobée. Depuis quelques jours, la jeune fille avait un air tourmenté qui l'inquiétait un peu.

— Si c'est le beau Rémi Tremblay qui s'amuse à lui faire de la peine, il va avoir affaire à moi, dit la grande femme à mi-voix d'un air mauvais alors que sa fille se dirigeait vers le caveau.

Angèle avait remarqué que sa fille était devenue plus renfermée, plus silencieuse, comme si quelque chose la rongeait de l'intérieur. Ça ne pouvait pas être autre chose que ses amours… Était-ce la jalousie ?

Depuis près de deux semaines, le jeune voisin n'était pas venu veiller à la maison et la mère de famille n'était pas crédule au point de croire les excuses avancées par sa fille pour expliquer les absences surprenantes de celui qui la fréquentait maintenant depuis plus d'un an. Elle avait des yeux pour voir et des oreilles pour entendre les rumeurs qui circulaient dans la paroisse…

Une dizaine de jours auparavant, une jeune fille blonde toute pimpante était arrivée un beau matin en compagnie de son père à la nouvelle école du rang. Constance Prévost, originaire de Sainte-Monique, avait été engagée pour faire la classe aux enfants des rangs Petit-Brûlé et Sainte-Marie, dans la nouvelle école. Elle avait emménagé quelques jours auparavant avec l'aide de son père. À la fin de la journée, Adélard Prévost avait quitté sa fille, la laissant à la préparation de ses classes. Les habitants du rang avaient vite remarqué que le petit bâtiment était maintenant habité et, évidemment, les garçons de la place avaient pu constater que la jeune enseignante était plutôt agréable à regarder.

Comme on pouvait s'y attendre, Rémi Tremblay fut l'un des premiers à aller lui offrir ses services. Par la suite, les gens du voisinage le virent souvent traîner autour de l'école à la fin de la journée. C'était suffisamment évident pour que Léon Desjardins, à titre de président de la commission scolaire, se soit cru obligé de venir rencontrer Constance Prévost pour lui rappeler, sans trop de ménagement, qu'il lui était formellement interdit de recevoir un garçon dans son appartement de fonction.

Pour sa part, Angèle était persuadée que sa fille avait eu vent de la conduite de son cavalier. Elle ne comprenait toujours pas pourquoi Corinne s'entêtait à se laisser fréquenter par le jeune voisin. Un grand flanc mou! Un an et demi de fréquentation et toujours pas de demande en mariage. Il lui faisait visiblement perdre son temps. S'il ne se réveillait pas avant la fin du mois, la mère de famille allait lui parler, afin de connaître ses intentions.

Mais Angèle se trompait. Corinne ne s'était pas rendu compte du manège de Rémi. Elle était tellement persuadée qu'il l'aimait après la preuve qu'elle lui avait donnée qu'elle n'imaginait même pas qu'il pût tourner autour d'un autre jupon que le sien. Bien sûr, elle avait du mal à accepter qu'il boude son salon depuis deux semaines, mais comment l'obliger à revenir veiller à ses côtés ? Chaque fois, son amoureux avait trouvé un excellent prétexte. Quand ce n'était pas une surcharge de travail causée par la moisson, c'était une sortie inévitable avec Tougas ou son frère Aimé. Dans les circonstances, elle n'avait qu'à prendre son mal en patience. Il allait lui revenir, comme il l'avait toujours fait.

Les absences de Rémi la tourmentaient beaucoup moins que le salut de son âme. Depuis le jour de sa faute, elle était plongée dans un désespoir sans nom, déchirée par les affres de la culpabilité. Depuis l'après-midi où elle avait perdu la tête, elle vivait dans la peur des flammes de l'enfer.

Chaque nuit, elle faisait des cauchemars dont elle sortait toute tremblante et couverte de sueur. Pour un second dimanche consécutif, elle avait osé s'approcher de la sainte table pour communier, même si elle se savait en état de péché mortel. Quand elle y songeait, elle était immédiatement secouée par un frisson d'angoisse. Mais elle ne parvenait pas à entrevoir un moyen d'agir autrement. Si elle était demeurée dans son banc au moment de la communion, elle était certaine que beaucoup de paroissiens, ses parents surtout, se seraient demandé quelle faute grave elle avait bien pu commettre pour l'empêcher d'aller communier. Maintenant, l'heure de la confession approchait dangereusement. Le curé Joyal allait sûrement remarquer bientôt qu'elle ne se présentait plus à la confesse. Allait-elle aussi être obligée de mentir en confession ? La jeune femme avait beau tourner le problème dans tous les sens, elle n'entrevoyait aucun moyen de s'en sortir.

Si encore elle avait pu en parler avec Rémi. Mais ce dernier était revenu veiller au salon le samedi soir suivant, comme d'habitude, et n'avait fait aucune allusion à la faute qu'ils avaient commise quelques jours auparavant. Il s'était conduit comme si tout avait été oublié. Au point où Corinne se demandait parfois si elle n'avait pas rêvé. L'unique changement dans le comportement du jeune homme avait été qu'il avait voulu se permettre quelques privautés dès que leur chaperon relâchait sa surveillance un instant. Elle l'avait remis à sa place avec une telle détermination qu'il n'avait pas insisté. Et peu après, il n'était plus venu la voir.

— J'ai l'intention d'aller à Pierreville demain après-midi, dit Aimé au moment de monter à sa chambre ce vendredi soir là. Est-ce que quelqu'un a besoin de quelque chose ?

— Je comptais sur toi pour battre, lui dit son père en train de vider le contenu du fourneau de sa pipe dans le poêle.

— Ça me surprendrait ben gros qu'on batte demain, p'pa. Le temps est couvert et le vent vient de se lever. S'il mouille pas, c'est sûr que je vais rester pour vous donner un coup de main.

Le cœur de Corinne eut un raté. Enfin, une chance se présentait. Elle savait que le curé de Pierreville confessait le samedi après-midi, tout comme le curé Joyal.

— Si tu y vas, veux-tu m'emmener ? demanda-t-elle à son frère. J'irais voir ce que Murray a reçu de nouveau et j'en profiterais pour dire un petit bonjour à Odette Lafleur que j'ai pas vue de l'été.

Sa mère allait protester, mais Aimé fut plus rapide.

— Tu peux ben monter si le cœur t'en dit, mais je t'avertis que j'ai pas l'intention de te courir dans tout Pierreville. Je reste là pas plus qu'une heure, une heure et demie.

— C'est correct.

— J'aime pas ben ça te voir aller traîner à Pierreville, lui fit remarquer sa mère. C'est pas comme ça que l'ouvrage va se faire ici-dedans.

Cependant, Angèle n'insista pas au point que sa fille renonce à son projet de sortie. Aller à Pierreville lui ferait peut-être du bien.

En fait, cette sortie effectuée sans la surveillance encombrante de sa mère ou de son père était apparue aux yeux de la jeune fille comme une véritable planche de salut. Elle s'était brusquement souvenue des paroles que son amie Odette lui avait dites le printemps précédent. Le curé Bernier était bien à la mode et n'imposait pas de pénitences particulièrement dures quand il confessait. Elle avait réalisé à temps qu'aller avouer sa faute à l'église de Pierreville était la solution tant recherchée. Elle allait s'accuser d'avoir commis le péché de la chair avec son amoureux ainsi que d'avoir communié deux dimanches, même si elle se savait en état de péché mortel. Le prêtre l'absoudrait, lui donnerait une bonne pénitence et tout serait réglé. Grâce à Dieu, son tourment prendrait bientôt fin.

De plus, elle était pratiquement assurée de garder l'anonymat à cause de la taille de la paroisse. Pierreville n'était pas Saint-Jacques-de-la-Rive. Ce n'était pas un village. Elle imaginait mal comment le confesseur pourrait l'identifier parmi tous les gens qui venaient lui confier leurs péchés.

Le lendemain, une pluie fine se mit à tomber dès le milieu de l'avant-midi, donnant ainsi raison à Aimé. Après le repas, Corinne aida à ranger rapidement la cuisine pendant que son frère allait atteler. Lorsqu'elle descendit de sa chambre tout endimanchée, sa mère intervint.

— Il mouille. Il me semble que t'aurais pu au moins mettre ton linge de semaine. Tu vas gaspiller ta robe du dimanche.

— Mais non, m'man, se défendit la jeune fille en cherchant à fixer sur sa tête son chapeau à voilette avec des épingles. Je suis pas pour aller chez Odette Lafleur habillée comme une souillon. En plus, regardez, ajouta-t-elle en faisant un signe vers la fenêtre de la cuisine, Aimé a remonté la capote du boghei.

— En tout cas, viens pas te plaindre si tu reviens avec un bas de robe tout crotté, la prévint sa mère au moment où elle sortait de la maison.

Les deux jeunes gens prirent lentement la route en direction du village. En passant devant la nouvelle école du rang, le conducteur ne put s'empêcher de scruter le petit édifice, même s'il se doutait bien que la nouvelle institutrice était partie passer la fin de semaine chez ses parents, à Sainte-Monique.

— Qu'est-ce que tu cherches à voir? lui demanda Corinne.

— Ben, la petite maîtresse d'école, répondit son frère. Elle est pas laide pantoute.

— Qu'est-ce qu'elle a de spécial?

— Elle est pas laide et elle est fine, en plus. Tous les gars de la paroisse lui font de l'œil et seraient prêts à aller la conduire chez son père pour avoir la chance de veiller avec elle.

— Pas Rémi, en tout cas, protesta Corinne avec une intonation qui traduisait malgré elle son inquiétude.

— Ben non, la rassura Aimé. Si c'était pas de ce blasphème de Desjardins qui la surveille comme si c'était sa propre fille, je te dis que moi...

— Ça te sert à rien de te décrocher le cou pour chercher à l'apercevoir, lui fit remarquer sa sœur sur un ton narquois. Tu dois bien te douter qu'elle est pas dehors quand il mouille comme ça. En plus, ce serait pas mal surprenant qu'elle passe la fin de semaine toute seule dans l'école.

Quelques minutes plus tard, Aimé arrêta sa voiture devant le nouveau magasin Murray. Il s'empressa de descendre pour baisser la capote puisque la pluie avait cessé au moment même où ils avaient quitté le village de Saint-Jacques-de-la-Rive. Corinne descendit avec précaution du boghei pour ne pas couvrir ses souliers de boue et se réfugia sur le nouveau trottoir de bois que la municipalité avait fait installer à grands frais sur le côté droit de la rue principale, qui donnait accès à l'église un peu plus loin.

— Il est une heure et demie, fit Aimé en consultant sa montre de gousset. À trois heures, je te reprends ici. Je t'avertis ; fais-moi pas attendre. Je dois être revenu pour faire le train.

— Qu'est-ce que tu vas faire ? demanda Corinne, curieuse.

— Occupe-toi pas de ça, dit le jeune homme à sa sœur en attachant sa bête à une borne.

Corinne haussa les épaules et entra dans le magasin. Par la vitrine, elle épia son frère. Elle le vit traverser la rue et prendre la direction du nouvel hôtel Traversy dont la taverne, au dire des curés des paroisses environnantes, était un antre de péché de plus en plus fréquenté par les ivrognes de la région. Après qu'Aimé eut poussé la porte de l'établissement, la jeune femme quitta le magasin en priant pour ne pas rencontrer une connaissance de Saint-Jacques venue faire des emplettes à Pierreville en ce samedi après-midi nuageux. Elle parcourut les quelques centaines de pieds qui la séparaient de l'imposante église de Pierreville dans laquelle elle pénétra après avoir abaissé sa voilette.

Quand la porte se referma derrière elle, Corinne se retrouva plongée dans une rassurante semi-obscurité. Aucun rayon de soleil ne venait éclairer les grands vitraux colorés. Elle aperçut une demi-douzaine de fidèles, surtout des femmes âgées, agenouillés ici et là, attendant de toute évidence l'arrivée du confesseur. Elle les imita.

À peine venait-elle de s'agenouiller que la porte menant à la sacristie s'ouvrit pour livrer passage à un petit prêtre au pas vif vêtu d'un ample surplis sur lequel il avait passé une étole mauve. Corinne fut soulagée en constatant qu'elle ne le connaissait pas. Était-ce le curé Bernier ou l'un de ses vicaires? Cela n'avait aucune importance. Elle attendit que le prêtre ait pris place dans le second confessionnal situé à gauche de l'église pour se rapprocher de l'endroit. Comme aucun fidèle présent ne faisait mine de vouloir se confesser immédiatement, elle s'avança, un peu tremblante, et entra dans le confessionnal en refermant soigneusement la porte derrière elle.

Agenouillée dans le noir, elle eut d'abord l'impression d'étouffer. Elle entendait la respiration du prêtre derrière la mince cloison et aurait donné tout ce qu'elle possédait pour se trouver ailleurs. Au moment où elle songeait sérieusement à fuir, le petit panneau coulissant qui la séparait du confesseur glissa et elle aperçut vaguement la tête de l'ecclésiastique, coiffé de sa barrette, derrière le grillage. Le prêtre toussota pour signifier qu'il attendait qu'elle prononce la formule consacrée. Corinne se ressaisit et dit d'une voix un peu chevrotante:

— Pardonnez-moi, mon père, parce que j'ai péché et j'ai le ferme propos de ne plus recommencer.

Le prêtre attendit qu'elle termine la formule sans même tourner les yeux vers elle. Corinne s'accusa d'abord de quelques fautes vénielles; il ne broncha pas. Il y eut un long silence dans le confessionnal et, un bref moment, la jeune femme songea à ce que les paroissiens en attente à la porte devaient penser de celle qui prenait autant de temps pour décharger sa conscience.

— Rien d'autre, ma fille? chuchota le prêtre.

Corinne ne voulait pas laisser échapper cette chance de se libérer de la faute grave qui la faisait vivre en état de péché depuis plus de deux semaines. La peur de l'enfer était trop grande. Il lui fallait la confesser, quel que soit le prix qu'elle devrait payer. Rassemblant tout son courage, elle finit par avouer d'une voix presque inaudible :

— Mon père, je m'accuse d'avoir commis un péché d'impureté.

— En pensée ou en acte ? interrogea le prêtre.

— En acte, mon père.

— Seule ou avec une autre personne ? s'enquit le confesseur d'une voix beaucoup plus sévère.

— Avec une autre personne, mon père.

— S'agissait-il d'attouchements ou d'un geste beaucoup plus grave ?

— D'un geste plus grave, mon père, avoua Corinne, morte de honte.

— S'agissait-il de l'acte auquel seuls un homme et une femme mariés ont le droit et le devoir de se livrer ?

— Oui, mon père, balbutia la pénitente, à bout de force.

— Combien de fois ?

— Une fois, une seule fois, mon père, répondit-elle dans un souffle.

— Est-ce tout ? demanda sèchement le prêtre.

— Je m'accuse aussi d'être allée communier deux fois en état de péché mortel, ajouta Corinne en penchant encore plus la tête de peur que le confesseur finisse par chercher à identifier la pécheresse à genoux près de lui.

— Est-ce tout ? répéta-t-il.

— Oui, mon père.

— Rien n'est pire que l'impureté, chuchota-t-il d'une voix sévère. J'espère que tu te rends compte qu'en commettant ce péché mortel, c'est la damnation éternelle qui t'attendait. Si tu étais morte après l'avoir commis, tu aurais brûlé dans les flammes de l'enfer pour l'éternité.

Le reste de la longue admonestation du prêtre ne fut plus qu'un vague murmure aux oreilles de la pénitente qui n'avait qu'une hâte : quitter cet endroit clos où elle étouffait.

— J'espère que tu as la ferme résolution de ne plus jamais recommencer ?

— Oui, mon père, promit Corinne.

— Pour ta pénitence, tu réciteras trois rosaires à genoux. Maintenant, récite ton acte de contrition.

En entendant ces paroles, elle se sentit brusquement revivre.

— Mon Dieu, j'ai un très grand regret de vous avoir offensé parce que vous êtes infiniment bon, infiniment aimable et que le péché vous déplaît. Je prends la ferme résolution, avec votre sainte grâce, de ne plus vous offenser et de faire pénitence, récita Corinne d'une toute petite voix.

— Va en paix ; tes fautes te sont pardonnées, dit à son tour le confesseur avant de faire glisser la petite porte derrière le grillage.

Les jambes molles, Corinne sortit du confessionnal et alla s'agenouiller loin des autres personnes présentes. Après un bref moment de recueillement, elle fit une génuflexion et se dirigea vers l'une des portes de l'église. Elle se sentait légère, soulagée et finalement en paix avec elle-même. Soudain, la vie lui semblait belle et prometteuse. Plus rien ne l'empêchait de profiter pleinement du bonheur apporté par cette journée de septembre.

Au moment où elle posait le pied sur le parvis, le ciel sembla vouloir participer activement à cette nouvelle vie qui s'ouvrait devant elle. Un premier rayon de soleil se glissa dans une trouée au milieu des nuages. Corinne releva sa voilette et, d'un pied léger, prit la direction du magasin Murray. En y entrant, elle jeta un coup d'œil à l'horloge murale suspendue derrière le grand comptoir et fut surprise de constater qu'il lui restait près d'une heure à tuer avant de pouvoir rentrer à la maison.

Un peu après trois heures, debout près du boghei, elle vit sortir son frère de la taverne. Il était en compagnie de Charles Tougas et d'un autre homme qu'elle ne connaissait pas. Tous les trois semblaient passablement éméchés. Quand Aimé arriva près de la voiture, sa sœur se contenta de lui dire :

— Monte. C'est moi qui conduis.

— Je suis encore ca… capable de…, commença à dire le jeune homme.

— Laisse faire. Monte. J'ai pas envie de me ramasser dans le fossé. M'man va être de bonne humeur quand elle va te voir comme ça.

— C'est pas gra… grave, finit par dire son frère, étrangement guilleret. Je vais vous faire une belle, une ben belle sur… prise, la semaine pro… prochaine.

— En tout cas, dans cet état-là, tu seras pas d'une grande aide pour le train.

Corinne ne tint plus aucun compte des élucubrations de son frère ivre et entreprit de rentrer à la maison.

Quelques minutes plus tard, elle immobilisa le boghei près de la résidence paternelle et descendit de voiture après avoir secoué son frère qui avait somnolé à ses côtés durant une bonne partie du voyage de retour.

— Es-tu au moins capable d'aller dételer ? lui demanda-t-elle.

— Ben oui, maudit blasphème ! Je suis pas soûl, répondit Aimé en s'emparant brusquement des guides.

Corinne allait entrer dans la maison quand son frère, Omer, l'intercepta.

— Je viens de parler à Rémi Tremblay, lui dit l'adolescent. Il te fait dire qu'il va venir veiller à soir.

Le visage de la jeune fille s'illumina à cette nouvelle et elle entra précipitamment dans la maison. Sa mère, assise à la table de la cuisine d'été en train de trancher des betteraves, avait tout entendu.

— Va dire à Georges d'aller quérir les vaches dans le champ pour le train, dit-elle sèchement à Omer qui entrait sur les talons de sa sœur. Toi, Corinne, va te changer et viens m'aider.

Ses deux enfants lui obéirent sans dire un mot. Aussitôt que la cuisine se fut vidée, Angèle se leva et alla rejoindre son mari en train de réparer une faux dans la remise. Le quadragénaire à l'épaisse barbe poivre et sel leva la tête en apercevant sa femme devant lui.

— Qu'est-ce qu'il y a?

— Le beau Rémi Tremblay vient d'annoncer à ta fille qu'il va venir veiller avec elle à soir.

— Puis après? C'est normal, non?

— Aïe, Isidore Hamel! Est-ce qu'il prend notre fille pour une folle? Ça fait deux semaines qu'il a pas mis les pieds à la maison. En plus, tout le monde dans le rang le voit tourner autour de la nouvelle maîtresse d'école. Et là, tout à coup, monsieur lui fait la grâce de venir veiller avec elle. Là, je trouve que ça va faire! Il va pas continuer à rire d'elle dans notre face.

— Corinne est assez vieille pour lui dire ce qu'elle a à lui dire, fit observer son mari d'une voix apaisante.

— Non! Elle l'aime au point qu'elle en voit plus clair! s'emporta Angèle. Il faut que tu lui parles, m'entends-tu?

— À Corinne?

— Bien non, au voisin! s'écria Angèle, exaspérée.

— Qu'est-ce que tu veux que je lui dise?

— C'est à soir que tu dois lui demander ses intentions. Ça fait plus qu'un an qu'il fréquente notre fille ; il faut qu'on sache s'il veut la marier ou pas.

Isidore fourragea un bref moment dans sa barbe d'un air pensif avant de déclarer :

— C'est correct. Je vais lui parler.

❧

Chez les Hamel, le repas du soir fut presque silencieux. Pendant que Georges et Omer dévoraient le contenu de leur assiette, les deux aînés chipotaient, mais pour des raisons différentes. Aimé, à demi dégrisé, avait une migraine carabinée et Corinne était trop excitée par l'arrivée prochaine de son amoureux pour avoir faim.

Après avoir lavé la vaisselle avec sa mère, la jeune fille se dirigea rapidement vers l'escalier intérieur dans l'intention d'aller faire un brin de toilette dans sa chambre.

— Presse-toi pas trop, lui conseilla fermement sa mère. Ton père a affaire à parler à ton Rémi avant qu'il passe au salon.

Corinne, soudainement alarmée, se figea sur la première marche de l'escalier.

— Qu'est-ce que p'pa lui veut, m'man ?

— Il me l'a pas dit, mentit sa mère. Je t'appellerai quand il aura fini de lui parler.

Assis dans sa chaise berçante, sur la galerie, Isidore fumait paisiblement sa pipe en attendant l'arrivée de Rémi Tremblay. Quelques minutes après sept heures, il vit le jeune voisin arriver à pied. Ce dernier avait revêtu son costume du dimanche et soigneusement coiffé ses cheveux noirs ondulés. Il arborait cet air conquérant qui plaisait tant aux jeunes filles de Saint-Jacques-de-la-Rive.

— Vous trouvez pas que ça commence à être pas mal frais pour veiller sur la galerie, monsieur Hamel ? dit-il en gravissant le petit escalier.

— C'est sûr que c'est plus cru à cette heure que le soleil se couche plus de bonne heure, reconnut le père de Corinne après avoir retiré de sa bouche sa pipe recourbée. Mais je suis pas dehors pour prendre l'air. Je veux te dire deux mots, entre hommes.

Surpris, le jeune homme s'immobilisa.

— Viens t'asseoir une minute, lui ordonna Isidore en lui désignant la chaise berçante placée près de la sienne.

Rémi, intrigué, s'assit et attendit que le voisin parle.

— Ça fait combien de temps que tu fréquentes ma fille ?

— À peu près un an, monsieur Hamel.

— Vous vous entendez ben ?

— Si vous me dites ça parce que je suis pas venu la voir les deux dernières semaines, je peux…

— Non. Je te demande pas ça pour ça, le coupa-t-il.

— Ah ! bon, se contenta de dire Rémi, intrigué.

— À dire vrai, ma femme et moi, on se demande si t'as des intentions sérieuses. Corinne va avoir vingt-trois ans au mois de novembre. On voudrait pas que tu lui fasses perdre son temps. Comprends-tu ça ?

— C'est sûr.

— Puis ?

— J'ai des intentions sérieuses, monsieur Hamel. J'en ai pas encore parlé avec votre fille, mais vous pouvez être certain que je la fréquente pour le bon motif.

— C'est correct, dans ce cas-là, déclara Isidore en affichant un air satisfait. C'est tout ce qu'on voulait savoir, ma femme et moi. Viens. Entre. J'ai l'impression que Corinne a dû te voir arriver et elle doit se demander de quoi on jase. T'es pas obligé de lui dire de quoi on a parlé.

Rémi, nullement secoué par la brève conversation qu'il venait d'avoir avec le voisin, suivit ce dernier dans la cuisine d'été où Corinne vint le rejoindre un instant plus tard. Dès que les deux jeunes gens furent entrés dans le salon, Angèle s'empressa d'intercepter son mari.

— Puis? Qu'est-ce qu'il a dit? demanda-t-elle à mi-voix.

— C'est ce que je pensais, répondit Isidore. Tu t'es énervée pour rien, encore une fois. Il m'a dit qu'il la fréquentait pour le bon motif.

— Pour le bon motif? En v'là une réponse! s'insurgea sa femme. Est-ce qu'il t'a dit quand il compte faire la grande demande?

— Il en a pas encore parlé avec Corinne, mais je pense que ça s'en vient, répliqua Isidore en s'emparant de l'une des deux lampes à huile que sa femme venait d'allumer.

Ce soir-là, Corinne avait accueilli son Rémi sans lui faire le moindre reproche de n'avoir pas pu lui consacrer une heure de son temps durant les deux dernières semaines. Pourtant, au moment de la quitter, son amoureux la prévint qu'il ne pourrait pas venir la voir le lendemain parce qu'il avait promis de conduire sa sœur Germaine et le petit Jocelyn à Saint-Zéphirin, chez le père du petit. À l'entendre, Xavier Lemire tenait absolument à leur montrer sa maison, qu'il avait passé une bonne partie de l'été à retaper.

Corinne eut beaucoup de mal à dissimuler son dépit. Son bonheur d'avoir retrouvé la paix intérieure grâce à sa confession de l'après-midi était gâché. Soudain, elle était forcée de constater que son cavalier trouvait de plus en plus souvent des excuses pour ne pas venir la voir. L'aimait-il moins parce qu'elle lui avait cédé? Cherchait-il à se débarrasser d'elle? Cette seule pensée lui causa une peine indicible. Elle en aurait pleuré… Mais intuitivement, elle se contrôla, devinant que des larmes n'aideraient en rien à le retenir. Elle avait deviné la raison qui avait poussé son père à avoir une brève discussion avec lui, mais le jeune homme avait refusé de lui en parler, alléguant qu'il s'agissait d'histoires d'hommes qui ne la concernaient pas.

Après le départ de son amoureux, Corinne retrouva sa mère en train de ranger son tricot. Elle avait pris la relève de son mari pour chaperonner le jeune couple durant la dernière heure.

— P'pa est déjà couché ?

— Tout le monde est couché, dit Angèle à mi-voix. Est-ce que ton Rémi t'a dit de quoi il avait parlé avec ton père ?

— Il a rien voulu me dire. De quoi ils ont parlé ?

— Tu demanderas ça à ton père, demain matin, répondit sa mère d'une voix évasive. Bon. Il est l'heure d'aller se coucher si on veut être capables de se lever pour la messe, déclara-t-elle en se dirigeant vers la porte de sa chambre, située près du salon. Oublie pas de souffler la lampe avant de monter.

Chapitre 14

L'heure des départs

La mi-septembre arriva sans qu'on l'ait vraiment vue tant le travail pressait. Les journées étaient franchement plus courtes et le soleil réchauffait de moins en moins. Déjà, l'extrémité des feuilles des érables commençait à changer de couleur. Pendant que les hommes profitaient des derniers beaux jours de la saison pour rentrer les récoltes ou pour aller les faire battre au moulin de la Visitation, les femmes avaient entrepris de faire leur compote de pommes. Dans la plupart des foyers du rang Sainte-Marie, on projetait déjà d'emménager bientôt dans la cuisine d'hiver.

Chez les Veilleux, Yvette avait repris sa tâche après la naissance de Céline, mais contrairement aux aînés, le bébé était capricieux et ne cessait de l'éveiller durant la nuit, au grand dam d'Ernest. Si le père était encore plus nerveux que d'habitude, la mère, elle, était au bord de l'épuisement. Par chance, sa belle-mère avait de l'énergie pour deux et était capable de prendre la relève.

Ce lundi-là, Émérentienne se leva avec une idée bien précise en tête: on allait lui construire un four décent, et pas plus tard que le jour même. Elle avait gâché ses deux dernières fournées parce que son four chauffait mal. Il n'était pas question de continuer ainsi ce gaspillage de temps, d'efforts et de nourriture.

Quand son mari revint de l'étable en compagnie d'Ernest, Marcelle et Albert avaient eu le temps d'aller nourrir les poules et les cochons. Les deux enfants étaient déjà attablés avec leur jeune frère Maurice, prêts à déjeuner avant de partir pour l'école. Yvette avait installé le berceau du bébé près du poêle et était occupée à couper d'épaisses tranches de pain.

— C'est notre dernier pain, belle-mère, dit-elle à Émérentienne.

— Je le sais, ma fille, et je peux te dire que c'est aujourd'hui qu'on va y voir, fit la petite femme au visage rond sur un ton décidé. Vous deux, reprit-elle en s'adressant à son mari et à son fils, je vous ai dit jeudi passé que le four cuisait mal. Vous avez assez bretté. Ou vous m'arrangez ça aujourd'hui ou on va se passer de pain dans cette maison, je vous le garantis. Vous m'avez entendue ?

Napoléon jeta un coup d'œil à son fils avant de répondre :

— C'est correct. Énerve-toi pas. On va te le réparer après le déjeuner ton four.

— T'as vu, Yvette ? C'est comme ça qu'il faut leur parler pour les faire bouger, dit Émérentienne à sa bru.

Après le déjeuner, Ernest et son père allèrent examiner le four situé à l'arrière de la maison, près du jardin. Sa base était formée d'un foyer en pierre des champs alors que sa partie supérieure, de forme arrondie, était en glaise. Le tout était protégé par un toit très pentu en vieilles planches grises délavées par le temps. L'avant du four était fermé par une porte en fer.

— Baptême ! Je pense ben qu'on va être obligés de brasser de la glaise pour le réparer, dit Napoléon, mis de mauvaise humeur par cette corvée inattendue. Comme si on n'avait pas assez d'ouvrage ! Regarde sur le dessus et sur le côté, il y a deux fentes. Pour moi, c'est par là que la chaleur sort.

— Si vous voulez aller chercher la farine au moulin, p'pa, je peux le réparer tout seul, offrit Ernest.

— Tu te rappelles comment faire ? Ajoute pas mal de paille dans la glaise pour que ça fasse un bon mortier. Oublie pas d'agrandir les fentes avant de les boucher avec ta glaise, sinon, ça tiendra pas.

— Inquiétez-vous pas. Le four va être correct quand je vais le lâcher.

⌁

Trois fermes plus loin, c'était le grand branle-bas de combat. Depuis cinq heures trente, Fernande Fournier houspillait tout son monde. Après avoir envoyé Germain chercher les vaches dans le champ, elle avait exigé de Florence qu'elle aille donner un coup de main à son père et à son frère pour faire le train. De son côté, Annette eut à aller nourrir les autres animaux pendant que sa mère se chargeait de la préparation du déjeuner.

Il n'y avait pas de temps à perdre. Annette entrait au couvent ce jour-là. Deux religieuses allaient l'attendre à la gare Windsor, à Montréal, au début de l'après-midi. C'est ce qu'une lettre de la supérieure des Sœurs grises avait appris à la future novice quelques jours auparavant. Pour respecter cet horaire, l'adolescente devait donc avoir quitté la maison paternelle pour neuf heures puisqu'elle prenait le train à Pierreville à dix heures trente.

Depuis plus d'une semaine, Fernande affichait une mauvaise humeur permanente. Un étranger aurait pu croire que c'était l'approche du départ de sa cadette qui la rendait si morose. Pour sa part, Florence savait qu'il n'en était rien. Elle connaissait trop bien sa mère. Elle était certaine qu'elle les rabrouait depuis quelques jours parce qu'elle ne cessait de songer à tout l'argent qu'elle avait dû dépenser pour que sa cadette puisse réaliser son rêve. À aucun moment elle n'avait eu un mot de gratitude à l'endroit du curé Joyal, qui était parvenu à faire ramener la dot de la future novice à dix dollars. Elle n'avait pas plus remercié Sam Cohen de lui avoir obtenu au prix du grossiste le tissu qui lui manquait et dont elle avait eu besoin pour confectionner certains vêtements du trousseau de sa fille.

— Je serais la dernière surprise au monde que ton Juif ait pas fait un profit sur notre dos, avait-elle osé dire à Florence, le lendemain qu'elle eut remis à contrecœur les deux dollars de son achat au jeune vendeur.

En entendant sa mère parler ainsi de son amoureux, la jeune fille avait vu rouge.

— Je vous trouve pas gênée, m'man, de dire ça de Sam ! s'était-elle emportée. Il s'est donné la peine d'aller vous barguigner le matériel dans un magasin de Montréal et il a traîné ce paquet-là jusqu'ici, juste pour vous faire plaisir et vous sauver de l'argent.

— C'est normal, avait déclaré sèchement sa mère. Il te fréquente. C'est pas comme s'il était un pur étranger.

Cette phrase avait momentanément sidéré Florence.

— Si c'est pas un étranger, comme vous dites, pourquoi vous continuez à l'appeler le « Juif » ?

— Parce que c'en est un, avait affirmé Fernande d'une voix tranchante.

— En tout cas, on peut pas dire qu'il doit quelque chose aux Fournier, avait repris Florence, rancunière. Ça fait presque trois mois qu'il me fréquente et vous l'avez même jamais invité à manger.

— Et c'est pas demain la veille, avait laissé tomber sa mère en s'emparant d'une paire de ciseaux dans le but de tailler le tissu neuf.

Florence avait alors renoncé à discuter avec sa mère plus longtemps de l'injustice dont elle faisait preuve à l'égard de son amoureux. C'était à n'y rien comprendre. Même si Sam s'était toujours montré poli et serviable à son égard, sa mère continuait à le détester ouvertement.

Pour sa part, Laurent Fournier était devenu particulièrement silencieux depuis quelques jours. Le fermier à l'épaisse moustache brune et à la peau burinée par le soleil semblait éprouver de la difficulté à accepter de se séparer de son enfant préférée. Germain et Florence étaient sages et bien élevés, mais ils étaient loin de posséder la douceur de caractère de son Annette. Pourtant, il était conscient qu'il n'y avait rien à faire. Si sa fille avait la vocation, il savait depuis le début qu'il n'avait pas le droit de s'opposer à son départ.

Après le déjeuner, Fernande et son mari s'étaient rapidement endimanchés pendant que Florence aidait Annette à ranger ses derniers effets personnels dans le petit coffre déposé la veille au milieu du salon. Quelques minutes plus tard, Laurent immobilisa le boghei près de la galerie et transporta le coffre à l'arrière du véhicule. Fernande et la plus jeune de ses filles prirent place dans la voiture après que Florence et Germain eurent embrassé leur sœur.

— Il faut y aller, dit Laurent en grimpant dans le boghei, sinon tu vas manquer ton train. En plus, on dirait qu'il a envie de mouiller.

Quand Annette, le cœur un peu serré, tourna une dernière fois la tête vers la maison paternelle, elle aperçut son jeune frère et sa sœur aînée, debout sur la galerie, la saluant de la main.

Les Fournier eurent le temps de parcourir les cinq milles qui les séparaient de Pierreville avant que la première goutte de pluie ne tombe. Le père et la mère entrèrent avec leur fille dans la petite gare, déserte en ce lundi avant-midi. Laurent paya le billet et enregistra le coffre d'Annette avant d'aller s'asseoir avec sa femme et sa fille sur l'un des bancs en bois mis à la disposition des voyageurs dans la salle d'attente de la gare. Durant quelques minutes, Fernande, plus nerveuse que d'habitude, débitait d'une voix saccadée ses dernières recommandations à Annette. Les Fournier remarquèrent à peine les trois voyageurs qui entrèrent, l'un après l'autre, dans le petit bâtiment rouge.

Soudain, le bruit d'un train approchant de la gare emplit la pièce. Immédiatement, les voyageurs sortirent et se dirigèrent vers le quai, accueillis par quelques grains de pluie. Puis le sol vibra et une énorme locomotive à vapeur s'arrêta au bout du quai dans un grincement métallique de freins martyrisés en faisant trembler jusqu'aux fenêtres de la gare.

— Si t'aimes pas ça au couvent, t'as juste à nous l'écrire et on ira te chercher, dit Laurent, la gorge nouée, à sa cadette après l'avoir embrassée.

— Écris-nous, lui recommanda sa mère en embrassant sa fille à son tour. On va attendre de tes nouvelles.

Annette promit à ses parents de ne pas les oublier et monta la dernière dans le wagon devant la porte duquel un employé venait de crier un « *All aboard !* » retentissant. Les parents regardèrent leur fille prendre place derrière l'une des vitres. Puis le train s'ébranla lentement, en direction de Montréal.

Sans dire un mot, Laurent et Fernande regagnèrent leur voiture. Comme la pluie semblait vouloir s'intensifier, le fermier releva la capote de la voiture avant de reprendre la direction de Saint-Jacques-de-la-Rive.

◦◦◦

Le dimanche suivant, une température anormalement fraîche surprit Germaine Tremblay lorsqu'elle posa les pieds sur le parquet de sa chambre, à son réveil.

— Ma foi du bon Dieu! s'exclama-t-elle, on se croirait en plein cœur du mois d'octobre.

Après s'être assurée que Jocelyn, couché dans son petit lit, était bien couvert, la jeune femme descendit dans la cuisine où sa belle-sœur venait d'allumer le poêle.

— Je t'avais dit de rester couchée plus longtemps à matin, reprocha-t-elle à Thérèse qui, enceinte de neuf mois, avait de plus en plus de mal à se déplacer.

— J'aimais autant me lever en même temps qu'Eugène; j'avais trop mal aux reins pour rester couchée.

— Les hommes sont déjà à l'étable? demanda Germaine.

— Seulement ton père et Eugène. Rémi est pas rentré coucher. Son lit est pas défait.

— Veux-tu bien me dire où est-ce qu'il est encore allé traîner, le grand fendant? dit sa sœur d'une voix réprobatrice. Je pense qu'il vieillira jamais... Je suppose que tu vas pas à la messe à matin? demanda-t-elle à Thérèse en changeant de sujet de conversation.

— Je suis correcte, affirma la jeune femme en posant une main au creux de ses reins pour les soulager. Je suis au moins capable d'aller à la basse-messe de l'abbé Groleau.

— Ça doit pas être bien bon pour toi de te faire brasser dans le boghei dans ton état, lui fit remarquer Germaine.

— Je suis pas à l'article de la mort, dit sa belle-sœur avec un mince sourire que démentaient ses traits tirés. Je l'attends juste dans quinze jours. J'ai pas de raison de manquer la messe.

— Si c'est comme ça, je vais garder les enfants et j'irai à la grand-messe avec p'pa.

Sur le coup de sept heures, Eugène aida sa femme à monter dans la voiture et ils se dirigèrent vers le village pour assister à la messe. À leur arrivée, l'église était plus qu'à demi remplie de paroissiens attendant le début de la célébration par le vicaire. Plusieurs d'entre eux assisteraient aussi à la grand-messe de neuf heures. Ils venaient à cette célébration pour y communier, ce qui leur permettait d'aller déjeuner avant de revenir participer à la grand-messe. Eugène et Thérèse se glissèrent dans le banc que la famille Tremblay avait loué même si Magloire, marguillier, avait droit à son banc gratuit à l'avant du temple.

Quinze minutes avant la messe, le bedeau alla sonner les cloches. La plupart des fidèles, agenouillés pieusement sur les prie-Dieu, récitaient leur chapelet en attendant le début de l'office. Eugène salua d'un signe de tête le maire Desjardins et sa femme qui venaient de passer près de lui dans l'allée centrale. Un peu plus loin, Elphège Turcotte et sa sœur chuchotaient avec une voisine. Plusieurs bancs devant elle, Thérèse pouvait apercevoir Yvette Veilleux de même que les Hamel.

Quelques minutes plus tard, l'abbé Groleau fit son entrée dans le chœur en compagnie de ses deux servants. Tous les trois s'arrêtèrent au pied de l'autel, dos au public, pour la récitation du chant d'entrée. Tous les fidèles se levèrent dans un bruit de raclements de pieds. En s'exécutant, Thérèse fut traversée par une douleur fulgurante qui lui coupa le souffle. Elle s'accrocha au dossier du banc devant elle et retint sa respiration. Pendant un bref instant, une panique folle l'envahit. Eugène, debout à ses côtés, n'avait rien remarqué.

La jeune femme n'en était pas à sa première grossesse, mais cela ne l'empêcha pas d'espérer de toutes ses forces se tromper. Dieu n'allait tout de même pas permettre que cela se produise là, dans l'église, au beau milieu de la messe… Pendant un moment, elle crut réellement que ce n'était qu'une fausse alerte, une crampe provoquée par sa trop longue station à genoux sur le prie-Dieu inconfortable. Mais à l'instant où elle allait pousser un soupir de soulagement, la douleur revint, plus brutale, et elle sentit un liquide chaud couler le long de ses cuisses. Une honte sans nom l'envahit et elle jeta des regards affolés autour d'elle pour vérifier si quelqu'un avait remarqué ce qui venait de lui arriver. Elle attrapa la manche du veston d'Eugène et la secoua de façon convulsive.

— Quoi? Qu'est-ce qu'il y a? lui demanda-t-il en se penchant vers elle.

— Le petit… Le petit s'en vient! lui dit-elle dans un souffle, en s'étreignant le ventre à pleine main, en proie à une autre crampe.

Le grand et gros homme placide était tellement stupéfait qu'il resta d'abord sans réaction. Sa femme chancela à ses côtés. Il la soutint. Ce geste soudain n'échappa pas à Hermance Bourget, debout derrière le couple. La veuve toute vêtue de noir, âgée d'une soixantaine d'années, se pencha vers Thérèse.

— Est-ce qu'il y a quelque chose qui va pas?

— Mon petit arrive, répondit la jeune femme dans un souffle, sans se retourner.

Ne perdant pas un instant, la vieille dame quitta son banc sous les regards curieux des voisins et s'approcha du couple.

— Envoye, mon garçon! Aide ta femme à sortir de là! dit-elle à mi-voix, les dents serrées, à Eugène qui ne bougeait pas assez vite à son goût. Attends-tu qu'elle accouche dans l'église? Viens-t-en!

Subjugué par l'autorité de la veuve Bourget, Eugène se décida à aider Thérèse à quitter le banc. Il y eut des murmures dans l'église autour du couple et l'officiant tourna la tête vers les fidèles pour connaître la raison de cette perturbation. Il aperçut alors toutes les têtes tournées vers une femme soutenue par deux personnes en train de quitter l'église. Il y eut un bruit de porte refermée, aussitôt suivi d'un relatif silence. Il put poursuivre la messe.

À l'extérieur, Eugène allait se diriger vers sa voiture pour y faire monter sa femme qui venait soudainement de s'arrêter, en proie à des contractions.

— Tu t'imagines tout de même pas que tu vas la ramener à la maison en boghei comme elle est là, fit Hermance sur un ton cinglant. Tu vois bien que ses contractions sont de plus en plus rapprochées.

— Ben…

— Ben non ! Il est trop tard. Elle va accoucher dans la voiture. Grouille-toi un peu ! Prends-la dans tes bras et transporte-la chez nous. On va l'installer dans ma chambre. Fais ça vite !

Sans plus se préoccuper de lui, la dame se mit en marche. Elle traversa la route et se dirigea vers la petite maison blanche située devant le presbytère. Eugène était sur ses talons, portant sa femme souffrante dans ses bras. La veuve ouvrit la porte et le fit entrer chez elle.

— Suis-moi, dit-elle en poussant la porte de la pièce qui lui servait de chambre à coucher.

Elle retira précipitamment la courtepointe pendant qu'Eugène déposait sa femme aussi doucement que possible sur la paillasse.

— C'est pas ton premier ? demanda-t-elle à Thérèse.

— Non.

— Ça s'est bien passé avec les autres ?

— Oui.

— On peut pas dire que t'as été bien prudente en venant à la messe à matin, ma fille.

— Je voulais pas la manquer, s'excusa la future mère, dans un souffle au moment où les contractions revenaient.

— Bon. C'est inutile de revenir là-dessus. Je vais t'aider à accoucher. Ce sera pas la première fois que ça m'arrive. Déshabille-toi.

— Et moi ? demanda Eugène, embarrassé.

— Toi ? Tu débarrasses le plancher. À cette heure, tu sers plus à rien, lui dit abruptement la veuve. Retourne chez vous et va lui chercher ce qu'il faut pour elle et pour le petit. Fais ça vite.

Eugène ne se fit pas répéter l'ordre. Quand Germaine entendit un attelage pénétrer dans la cour de la ferme, elle se dirigea vers la fenêtre la plus proche pour connaître l'identité du visiteur.

— Si c'est encore Tit-Phège Turcotte qui vient m'offrir de m'amener à la grand-messe, je l'étrangle, dit-elle à mi-voix à son père demeuré assis dans sa chaise berçante.

Avant même d'atteindre la fenêtre, elle entendit des pas précipités sur la galerie et la porte de la cuisine s'ouvrit toute grande sur un Eugène congestionné.

— Où est Thérèse ? demanda la jeune femme, alarmée.

— Chez la veuve Bourget.

— Qu'est-ce que ta femme fait là ? fit Magloire en se levant précipitamment de sa chaise berçante.

— Elle est en train d'accoucher. Ça lui a pris pendant la messe.

— Saudite affaire ! s'exclama Germaine. Ça me le disait aussi à matin quand j'ai vu qu'elle avait de la misère à grouiller.

— Bon. Hermance Bourget veut que je lui rapporte ce qu'il faut à Thérèse et au petit. Elle dit qu'elle va l'aider à accoucher parce que c'est trop dangereux de la ramener à la maison.

— P'pa, vous donnerez à dîner à Jocelyn et à Claire, dit Germaine. J'y vais avec Eugène. Je vais apporter tout ce qu'il faut.

Quelques minutes plus tard, le frère et la sœur reprenaient la route du village. Ils croisèrent quelques paroissiens qui revenaient de la basse-messe.

Dès son entrée dans la petite maison blanche, Germaine se montra efficace. Elle étala sur la table de cuisine les articles destinés au bébé avant d'aller rejoindre la sage-femme improvisée et sa belle-sœur. Cette dernière, le front couvert de sueur, obéissait du mieux qu'elle pouvait aux objurgations d'Hermance Bourget qui lui ordonnait de pousser de toutes ses forces quand survenaient les contractions qui se faisaient de plus en plus rapprochées.

— Ça s'en vient, dit la dame au chignon blanc autant à la future mère qu'à la nouvelle arrivée. Aux prochaines douleurs, le petit va être là. On lui voit déjà la tête.

— Tout est prêt sur la table et il y a de l'eau chaude sur le poêle, se contenta de dire Germaine en relevant les manches de sa robe.

— Et le mari ? demanda la veuve.

— Je lui ai dit de rester sur la galerie. Comme ça, il nuira pas à personne. On le fera entrer quand tout sera fini, expliqua Germaine.

En entendant sa belle-sœur, un pâle sourire illumina brièvement le visage de Thérèse, qui cherchait à récupérer des forces avant l'arrivée des prochaines contractions.

Quelques instants plus tard, les contractions revinrent, plus fortes. Sous les encouragements pressants de Germaine et d'Hermance, la future mère parvint à expulser son bébé en lâchant un grand cri. Immédiatement, la veuve saisit l'enfant par les pieds et lui donna une légère tape sur le derrière pour le faire pleurer. Ensuite, le cordon ombilical fut coupé et l'enfant, un garçon, confié à Germaine qui alla le laver et le vêtir sur la table de la cuisine. Lorsque la jeune femme revint dans la chambre, la veuve finissait la toilette de la mère. Sa belle-sœur lui tendit son petit.

— J'appelle Eugène, dit-elle à Thérèse.

Germaine trouva son frère faisant les cent pas près de la maison. Quand il vit sa sœur à la porte, il s'empressa d'aller la retrouver.

— Viens voir ton gars, l'invita Germaine. Ta femme t'a fait un beau garçon en bonne santé.

Eugène traversa la maison et pénétra dans la chambre où il trouva Thérèse tenant dans ses bras son premier fils. Il se pencha pour embrasser sa femme sur le front tout en regardant le nouveau-né.

— Puis, qu'est-ce que t'en penses? demanda Thérèse à son mari.

— Il est ben beau, déclara ce dernier avec fierté.

— C'est parce qu'il ressemble à sa tante Germaine, plaisanta sa sœur, présente dans la chambre.

Il y eut un bref silence avant que la jeune mère prenne la parole d'une voix un peu affaiblie.

— Il faudrait bien que tu nous ramènes à la maison à cette heure que le petit est au monde.

— Il en est pas question! déclara la veuve Bourget. T'es trop faible pour prendre le chemin avec ton petit. Tu vas d'abord dormir une couple d'heures pour reprendre des forces et après le souper, on verra comment tu te sens.

— Oui, mais je prends votre chambre, madame Bourget.

— Puis après? T'imagines-tu, ma fille, que je passe mes journées couchée parce que je suis vieille? J'ai pas besoin de mon lit dans la journée. En plus, j'ai deux autres chambres en haut si j'ai envie de dormir. Tu déranges pas personne.

Eugène se rendit compte que sa femme semblait heureuse à l'idée de profiter d'un répit avant de retourner à la maison et il n'insista pas pour la ramener avec son fils.

— Vous êtes ben fine, madame Bourget, se contenta-t-il de dire à l'hôtesse.

— Voulez-vous que je reste pour en prendre soin ? offrit Germaine qui avait quitté la chambre derrière les deux autres.

— Pantoute. Tu m'as dit qu'il y avait deux enfants qui t'attendaient à la maison. Tu vas être plus utile là qu'ici-dedans. Comme tu peux le voir, ta belle-sœur et son bébé demandent juste à dormir. Il y a pas de trouble à avoir avec du monde qui dort.

— Si c'est comme ça, on va revenir à la fin de l'après-midi, promit Eugène.

Une fois à l'extérieur, Germaine suggéra à son frère :

— Je pense que t'es aussi bien de traverser tout de suite au presbytère pour déclarer le petit et pour demander à le faire baptiser. Ça t'évitera de revenir demain. J'espère que vous avez pas changé d'idée. Est-ce que c'est toujours p'pa et moi qui sommes dans les honneurs ?

— Certain, la rassura son frère.

— Bon. Vas-y. Je vais t'attendre dans la voiture.

Eugène alla sonner à la porte du presbytère. La servante vint lui répondre.

— Ce serait pour déclarer la naissance d'un bébé, dit-il à Eugénie Dupras, qui affichait un air peu aimable.

— C'est que c'est une drôle d'heure. Monsieur le curé est encore à l'église et monsieur le vicaire vient juste de commencer à déjeuner.

— Bon, ben je reviendrai, fit Eugène, gêné. J'ai pas regardé l'heure.

— Qu'est-ce qu'il y a ? dit une voix dans le dos de la ménagère.

L'imposante stature de l'abbé Groleau apparut dans l'embrasure de la porte.

— Bonjour, monsieur l'abbé, le salua Eugène.

— Bonjour. Merci, madame Dupras. J'ai fini de manger. Je vais m'occuper de monsieur Tremblay.

La servante s'esquiva, laissant toute la place au vicaire qui invita d'un geste son paroissien à entrer.

— C'est vous que j'ai vu quitter l'église durant ma messe ? Votre femme était malade ?

— Non. Elle vient d'accoucher, en face, chez madame Bourget. Avant de retourner à la maison, j'ai pensé que c'était une bonne idée d'arrêter au presbytère pour que vous puissiez l'entrer dans les registres. Et puis, il y a le baptême…

— Vous avez bien fait, l'approuva le prêtre en entraînant le père vers la petite pièce qui servait de bureau.

Roland Groleau ouvrit un registre relié en cuir noir et dévissa le couvercle d'un encrier dans lequel il trempa une plume après avoir pris place derrière le bureau.

— Bon. Quel nom voulez-vous donner à l'enfant ?

— Joseph Clément Tremblay.

— Qui vont être ses parrain et marraine ?

— Magloire Tremblay, son grand-père, et Germaine Tremblay, sa tante.

— Très bien, fit le vicaire. La mère va bien ?

— De première classe, monsieur l'abbé, répondit Eugène avec un grand sourire.

— Il reste juste à le faire baptiser le plus vite possible, cet enfant-là, dit le prêtre en se levant pour aller conduire à la porte son visiteur. Ce serait trop triste qu'il aille dans les limbes s'il lui arrivait quelque chose, pas vrai ? Voulez-vous faire ça demain après-midi, à deux heures ?

— C'est ben correct. Merci, monsieur l'abbé.

En pénétrant dans la maison, Germaine aperçut Xavier Lemire en train de discuter avec son père, le petit Jocelyn assis sur ses genoux. À son entrée, les deux hommes cessèrent leur conversation, attendant visiblement qu'elle leur communique les dernières nouvelles.

— Je vais laisser Eugène vous dire ça. Il est parti dételer.

Le visiteur se leva immédiatement pour se diriger vers la porte.

— Je vais aller m'occuper de son cheval, fit-il. Je vous l'envoie, monsieur Tremblay.

Lorsque Eugène apprit à son père, quelques instants plus tard, qu'il avait maintenant un petit-fils et que Thérèse se portait bien, Magloire, tout joyeux, sortit une bouteille de caribou pour célébrer l'événement.

— Faites-le pas trop boire avant qu'il mange, fit Germaine. Il est comme moi, il a pas encore dîné. Est-ce que vous avez fait manger les enfants, p'pa ?

— Ça fait déjà un bon bout de temps, la rassura ce dernier en versant une rasade à chacun des deux hommes.

— Et Rémi ? Est-ce qu'il est revenu ?

— Pas encore, répondit Magloire.

— Il doit être en train de cuver dans un fossé entre Pierreville et Saint-Jacques, dit Eugène en riant, toujours prêt à excuser les frasques de son cadet.

— Saudite tête folle ! fit Germaine, furieuse. Il va avoir vingt-six ans et il s'amuse comme un enfant de quinze ans. Je me demande ce que Corinne Hamel peut bien lui trouver. S'il peut se marier, ça va lui mettre un peu de plomb dans la tête.

Xavier la regarda s'activer, pleine d'énergie, entre le poêle et la table alors qu'Eugène attendait qu'elle lui serve son assiette. La voir ainsi le rendait un peu plus amoureux. Il l'imaginait de plus en plus facilement dans sa maison de Saint-Zéphirin, qu'il lui avait fait visiter le dimanche précédent.

En début de soirée, Eugène alla finalement chercher Thérèse et le bébé chez Hermance Bourget. Cette dernière avait accepté avec plaisir d'être porteuse de l'enfant sur les fonts baptismaux, le lendemain après-midi. Après avoir brièvement déposé dans les bras de la petite Claire le nouveauné, on installa le berceau dans la chambre des parents. À l'arrivée de l'enfant sous son toit, Magloire l'avait scruté avec attention avant de dire avec une fierté évidente :

— Il a une vraie tête de Tremblay.

✤

Dans la maison voisine, ce soir-là, Corinne se mit au lit avec le cœur gros. Jusqu'au milieu de la soirée, elle avait espéré le retour de son Rémi, mais son amoureux n'avait pas donné signe de vie de la journée.

Elle savait pourtant qu'il était parti pour Sorel le samedi matin en compagnie de son frère Aimé, de Charles Tougas et du garçon de Pierreville qu'elle ne connaissait pas. Selon Aimé, ils voulaient fêter la fin des récoltes et s'amuser un peu avant d'être obligés, dans un mois, de monter au chantier pour l'hiver. Isidore Hamel n'avait rien trouvé à redire à l'affaire.

— C'est normal qu'ils fêtent un peu, avait-il dit à sa femme. Ces jeunes-là sont pas mariés et ils privent personne.

— J'aime pas pantoute voir notre gars traîner avec Tougas et même avec Rémi Tremblay. Je trouve qu'ils ont une mauvaise influence sur lui. Quant à l'autre de Pierreville, on le connaît même pas.

— Aimé est assez vieux pour savoir ce qu'il fait, déclara Isidore sur un ton égal.

— Peut-être, mais pas le voisin. Il se permet d'aller courir à Sorel pendant que ta fille va, encore une fois, passer sa soirée à l'attendre.

— C'est juste un soir. C'est pas la fin du monde, répliqua son mari, ennuyé par cette discussion.

C'était vrai samedi matin, mais en ce dimanche soir, Rémi n'était pas encore revenu de Sorel. Pas plus que son frère, d'ailleurs.

⁓○⁓

La date du 27 septembre 1900 allait demeurer gravée longtemps dans la mémoire des familles Tougas et Hamel.

Depuis maintenant quatre jours, on était sans nouvelles des trois jeunes de Saint-Jacques-de-la-Rive. Si, chez les Tougas et les Tremblay, on était habitués aux frasques de Charles et de Rémi, il en allait tout autrement chez les Hamel. Angèle était morte d'inquiétude pour son Aimé, absent de la maison depuis trop longtemps.

Le mercredi matin, elle se leva après avoir passé une fort mauvaise nuit. La pluie crépitait sur les fenêtres et elle s'empressa d'allumer le poêle pour chasser l'humidité qui avait envahi la maison. Au moment où Isidore entrait dans la cuisine, suivi de près par Corinne et son frère Omer, elle déclara sur un ton péremptoire :

— Isidore, c'est aujourd'hui que tu vas aller me chercher notre gars à Sorel. Je sais pas ce qu'il lui est arrivé, mais c'est pas normal. Il devait revenir dimanche matin et on est rendus mercredi.

— Tu vas te calmer un peu, lui dit son mari en chaussant ses bottes laissées sur le paillasson pendant que son fils de

314

seize ans sortait pour aller rassembler les vaches. Il est pas tout seul. Ils sont quatre.

— Ça fait rien.

— En tout cas, tu peux être sûre que je monterai pas à Sorel à la pluie battante, lui déclara-t-il sur un ton sans appel.

Corinne ne dit pas un mot, mais il était évident qu'elle aurait bien aimé, elle aussi, que son père parte à la recherche des jeunes gens.

La pluie cessa un peu après l'aube. Dans le jour gris, les flaques d'eau miroitaient faiblement sur la route. Les Hamel finissaient à peine de déjeuner quand ils entendirent une voiture entrer dans la cour. Corinne fut la première à se précipiter vers la fenêtre.

— Mon Dieu ! s'écria-t-elle, le visage subitement pâle.

— Qu'est-ce qui se passe ? lui demanda sa mère en s'approchant d'elle pour regarder à son tour.

Le cœur d'Angèle eut un raté à la vue de son fils revêtu d'un uniforme kaki et coiffé d'un képi incliné sur l'œil. Elle s'élança vers la porte de la cuisine au moment même où le jeune homme entrait.

— Bonjour tout le monde, salua Aimé, l'air faraud, en faisant le salut militaire.

La stupéfaction était tellement grande et subite qu'un silence général l'accueillit. Le visage d'Isidore s'était brusquement fermé à la vue de son fils habillé en soldat.

— Mais qu'est-ce que vous avez ? demanda Aimé en retirant son képi de façon désinvolte. On dirait que vous venez de voir le diable en personne.

— Qu'est-ce que c'est que ce déguisement-là ? lui demanda son père après avoir craché dans le crachoir en cuivre déposé près de sa chaise berçante.

— C'est un uniforme.

— Je le vois ben, torrieu, que c'est un uniforme !

— Comment ça se fait que t'as ça sur le dos ? fit sa mère en prenant la relève.

— Je me suis engagé dans l'armée, annonça Aimé.

— Qui t'a mis cette idée de fou là dans la tête ? explosa son père en se levant.

— Personne, p'pa, répondit le jeune homme, de plus en plus ébranlé par l'accueil hostile des siens. Je suis pas le seul de la paroisse qui s'est engagé, assura-t-il comme si c'était une excuse à son geste.

— Pas Rémi ! s'écria Corinne, prête à défaillir.

— Ben non. Pas lui, la rassura son frère. Mais Tougas, par exemple, s'est engagé en même temps que moi. Ton Rémi a pas voulu venir parce qu'il disait qu'il pourrait pas endurer de se faire donner des ordres.

Les couleurs revinrent presque instantanément au visage de sa sœur.

— Pourquoi t'as fait ça ? lui demanda sa mère, furieuse.

— Pour voir du pays, m'man. L'armée engage pour former ce qu'ils appellent un corps expéditionnaire. Ils vont l'envoyer quelque part en Afrique, pour se battre contre les Boers. La paye est pas mal.

— Mais t'es devenu complètement fou, Aimé Hamel ! Tu vas te faire tuer dans cette affaire-là ! reprit son père.

— Il y a pas de danger, p'pa. Il paraît que nous autres, on a des fusils. Eux autres en ont même pas.

— Ils t'ont dit ça et tu les as crus ! explosa sa mère. Ma foi du bon Dieu, t'es encore plus innocent que je le pensais !

Isidore hocha la tête, soudainement à court de mots pour dire ce qu'il éprouvait à voir son fils aîné le quitter pour aller se battre au loin. Il dut se secouer pour enfin prendre la parole.

— Et la terre ? finit-il par articuler.

— Ben, elle va m'attendre, p'pa. Vous avez Omer. Il va avoir dix-sept ans dans une couple de mois. Il est ben assez vieux pour faire sa part, comme un homme.

L'adolescent, silencieux depuis l'entrée fracassante de son frère aîné, acquiesça.

— T'es là-dedans pour combien de temps ?

— J'ai signé pour deux ans, p'pa.

— Je suppose qu'il est trop tard pour faire quelque chose. Pourquoi tu nous en as pas parlé avant ? demanda-t-il, sévère.

— L'idée m'est venue comme ça, p'pa. Onésime Drolet, mon *chum* de Pierreville, m'en a parlé une couple de fois pendant l'été. Puis là, en passant devant les bureaux de l'armée, Tougas et moi, on a décidé de s'engager. On s'est dit que ça pouvait pas être pire que le chantier. Et ça va être aussi payant.

— Peut-être, mais au chantier, tu risques pas de te faire tuer, maudit sans-dessein ! s'emporta sa mère, hors d'elle.

— Quand est-ce que tu pars ?

— Demain avant-midi. Drolet est supposé venir nous chercher. On va rentrer à Sorel par le train. Avec ça sur le dos, on peut prendre le train gratis.

Un lourd silence tomba sur la cuisine des Hamel. Pendant quelques instants, on eut dit que chacun cherchait une façon de rendre la situation moins dramatique.

— As-tu déjeuné au moins ? lui demanda Angèle, dont la colère semblait s'être éteinte aussi rapidement qu'elle s'était allumée.

— Je mangerais ben un morceau, avoua le soldat.

— Approche. Je vais te faire cuire des œufs, lui ordonna sa mère en saisissant une poêle déposée sur le réchaud.

Les larmes aux yeux, la mère de famille plaça son instrument en fonte sur le feu pendant que Corinne allait chercher des œufs dans le garde-manger. Isidore avait repris sa place dans sa chaise berçante et rallumé sa pipe.

— Ah! j'oubliais de vous dire, p'pa, reprit le jeune homme en se tournant vers son père. Il paraît que le premier ministre est mort avant-hier.

— Voyons donc! s'exclama Isidore.

— C'est ce qu'on raconte partout à Sorel.

Corinne dressa le couvert de son frère sans vraiment écouter ce qu'il racontait. La jeune fille était soulagée au-delà de toute expression. Rémi ne s'était pas enrôlé. Il allait revenir. Elle se sentait revivre, encore une fois.

∽

Chez les Tremblay, le retour – à jeun – de Rémi avait passablement surpris sa sœur. Lorsqu'elle le vit entrer dans la maison, solide sur ses deux jambes, les vêtements propres et bien rasé, cette dernière eut du mal à en croire ses yeux. Claire et Jocelyn étaient installés à la table et s'amusaient avec de vieux jouets fabriqués par Magloire.

— Tiens! Un revenant! s'écria-t-elle en le voyant. Dis-moi pas que t'as eu le temps de cuver ce que t'as bu pendant la fin de semaine. C'est vrai qu'en quatre jours, ça t'a donné en masse le temps.

— Whow, la noire! Laisse-moi respirer un peu! dit le jeune homme sur un ton sarcastique. Où sont p'pa et Eugène?

— À l'étable, si tu tiens à le savoir. Au cas où ça t'intéresserait, il y a eu du neuf pendant que tu courais les chemins.

— Qu'est-ce qui est arrivé?

— T'as un neveu et il a même été baptisé il y a deux jours.

— C'est pas vrai!

— Je te le dis. Thérèse l'a eu dimanche passé.

— Je peux le voir ?

Germaine entraîna son frère jusqu'à la porte de la chambre de Thérèse à laquelle elle frappa. Leur belle-sœur les invita à entrer et les laissa admirer son Clément, qu'elle venait de nourrir.

Quelques minutes plus tard, Germaine, sans rancune, prépara un déjeuner à son frère qui dévora avec un bel appétit le contenu de son assiette. Au moment où il allait quitter la table, Magloire et Eugène entrèrent dans la cuisine. Leur surprise de le voir en si bon état était à ce point évidente que Rémi ne put s'empêcher de leur faire remarquer :

— On dirait que vous vous attendiez à me voir revenir soûl comme un cochon.

— Ça aurait pas été la première fois, fit Germaine, acide.

— Tu sauras que je bamboche pas chaque fois que je sors. Je pense que cette fois-ci, j'ai été le plus raisonnable de la *gang*. J'ai bu une bière ou deux, pas plus.

— C'est un miracle, ça ! lui fit remarquer sa sœur.

— J'ai ben fait, à part ça. Vous savez pas ce qui est arrivé à Tougas et à Hamel, vous autres ?

— Non, fit son père, intéressé.

— Ils ont passé la moitié de la journée du samedi à boire à l'hôtel, puis après, ils sont allés s'engager dans l'armée, comme deux beaux nonos.

— Arrête donc ! dit son frère, qui n'en croyait pas ses oreilles.

— Comme je te le dis. J'ai ben essayé de les faire changer d'idée ; il y avait rien à faire… C'est pour ça que je suis resté aussi longtemps à Sorel. Je les ai attendus. Ils sont sortis seulement hier après-midi avec un uniforme sur le dos. Le pire, c'est qu'ils voulaient m'embarquer là-dedans.

Vous me connaissez : il en était pas question. Moi, me faire donner des ordres à cœur de jour par n'importe qui, je serais pas capable d'endurer ça.

— Tu parles d'une affaire ! dit Eugène en se levant de sa chaise pour aller secouer sa pipe dans le poêle.

— J'ai ben l'impression qu'Isidore Hamel et Henri Tougas vont être en beau maudit quand ils vont apprendre ça, fit remarquer Magloire.

— Ils sont tous les deux majeurs, p'pa. Leur père peut pas les empêcher de partir. En plus, je suppose qu'il y a rien à faire pour casser leur contrat.

Pendant un long moment, le silence régna dans la cuisine d'hiver que les Tremblay n'avaient réintégrée que quelques jours plus tôt.

— Mais c'est pas ça, la grande nouvelle, annonça Rémi après s'être coupé deux tranches épaisses dans la miche que Germaine avait déposée devant lui sur la table.

— De quoi tu parles ? lui demanda son frère aîné.

— Tenez-vous ben ! Marchand est mort avant-hier.

— Quel Marchand ?

— Notre Marchand, le premier ministre.

— C'est pas vrai ! s'exclama Magloire Tremblay, sidéré par la nouvelle. Il peut pas être mort…

— D'après ce qu'on dit, il serait mort subitement, p'pa. Vous savez, c'était tout de même pas une jeunesse. Il y a quelqu'un qui m'a dit qu'il avait soixante-huit ans.

— Soixante-huit ans, c'est pas vieux pantoute, s'insurgea Magloire, en songeant à son âge. Tu parles d'une maudite malchance ! On a attendu pendant trente ans pour avoir un gouvernement libéral et v'là que Marchand meurt. Et ça fait même pas trois ans qu'il est au pouvoir.

— Il a tout de même duré plus longtemps que Flynn, qui a même pas fait un an, lui fit remarquer Eugène, aussi passionné de politique que son père.

— On s'en sacre de Flynn, c'était un bleu, rétorqua sèchement son père. Mais Marchand !

— Faites-vous en pas, p'pa, fit Germaine, moqueuse. Le monde va continuer à tourner pareil sans lui.

— Mêle-toi pas de ça, toi, la rabroua son père. Les femmes comprennent rien à la politique. C'est trop sérieux pour vous autres.

— C'est vrai, dit Germaine, sarcastique. On est des niaiseuses, nous autres.

— En tout cas, je vais essayer d'en savoir un peu plus tout à l'heure, ajouta le père de famille sans plus se préoccuper de sa fille. Après être allé porter le lait à la fromagerie, je dois arrêter voir monsieur le curé au presbytère. Il m'a fait dire qu'il voulait me voir. Lui, il lit le journal. Il doit savoir ce qui s'est passé.

— Je vous dis que j'aimerais ça être président de la fabrique, moi aussi, dit Eugène, mi-sérieux. Je pourrais aller me promener au village plutôt que de nettoyer l'étable.

Son père lui jeta un regard sévère.

— Si t'as absolument besoin d'aide, intervint Germaine, moqueuse, t'as juste à te faire aider par Rémi. Il arrive de se promener. Je suis certaine qu'il est bien reposé. Ton frère doit savoir que c'est bien épuisant de regarder sa femme accoucher…

— Germaine, ma maudite haïssable, arrête de faire étriver tes frères et occupe-toi de l'ordinaire, dit son père en réprimant difficilement un sourire.

∽

À la fin de l'avant-midi, comme convenu, Magloire déposa trois bidons de lait à l'arrière de la voiture, fit un brin de toilette et prit la direction du village. Après un bref arrêt à la fromagerie de Conrad Boudreau, le cultivateur vint sonner à la porte du presbytère.

— Entrez, monsieur Tremblay, l'invita la ménagère en esquissant l'un de ses rares sourires. Monsieur le curé vous attend dans son bureau.

Le cultivateur enleva son chapeau melon, s'essuya soigneusement les pieds sur le paillasson et la suivit jusqu'au bureau du curé Joyal dont la porte était ouverte.

— Entre, Magloire, et viens t'asseoir, dit le prêtre en se levant du fauteuil où il était en train de lire son bréviaire.

Le petit homme rondelet déposa l'ouvrage sur son bureau et s'assit en face du premier de ses marguilliers. Ce dernier remarqua immédiatement le pli soucieux qui barrait le front de son pasteur.

— Vous m'avez fait dire que vous vouliez me voir, monsieur le curé ?

— Oui et c'est assez pressant, lui avoua-t-il en replaçant par automatisme les rares mèches de cheveux qui garnissaient encore sa tête.

— Qu'est-ce qui se passe ?

— L'harmonium de l'église est brisé, avoua le curé, la mine catastrophée.

— On a juste à faire venir l'accordeur, monsieur le curé.

— C'est ce que j'ai fait. Tancrède Dubuisson m'a dit qu'il pouvait rien faire, qu'il fallait le faire réparer à la compagnie, à Saint-Hyacinthe.

— Voyons donc ! protesta Magloire. C'est pas possible. Il a même pas un an, cet harmonium-là.

— Je le sais bien. C'est ce que j'ai dit à Rose Grenier.

— Puis ?

— Tu connais notre organiste. Elle est tout énervée. Elle jure ses grands dieux qu'elle y est pour rien. Elle dit que l'harmonium était parfait quand elle s'en est servi lundi soir pour la pratique de la chorale.

— J'aurais tendance à la croire, fit Magloire. Elle est pas mal précautionneuse d'habitude. C'est pas elle qui maganerait quelque chose.

— C'est aussi ce que je me suis dit. Selon elle, il y aurait quelqu'un qui aurait touché à l'harmonium après elle.

— Qui ça pourrait ben être, d'après vous ?

— Je vois juste notre bedeau et son aide, le jeune Cléophas, dit le prêtre après un moment de réflexion. Ce sont les seuls qui montent au jubé à part les membres de la chorale.

Un toussotement près de la porte força les deux hommes à tourner la tête. Ils découvrirent alors Roland Groleau dont l'imposante stature obstruait l'entrée de la pièce.

— Oui, l'abbé ? demanda Antoine Joyal, surpris de la présence de son vicaire.

— Excusez-moi de vous déranger, monsieur le curé. Madame Dupras vient de m'apprendre pour l'harmonium.

— J'ai oublié de vous en parler.

— J'ai bien peur, monsieur le curé, d'être le coupable, avoua le colosse en affichant un air piteux.

— Comment ça ?

— Hier matin, après ma messe, je suis monté au jubé. Quand j'ai vu l'harmonium, je n'ai pas pu m'empêcher d'essayer d'en jouer.

— Et ?

— Je pense que j'ai dû jouer un peu trop fort, expliqua le jeune prêtre, rouge de confusion, en tendant devant le curé et le marguillier ses deux mains énormes.

— Batèche ! ne put s'empêcher de s'exclamer Magloire Tremblay en regardant les mains du vicaire. Sans vouloir vous offenser, monsieur l'abbé, avec des battoirs pareils,

323

vous êtes plus gréyé pour faire les foins que pour jouer de l'harmonium.

— Je vais m'excuser auprès de madame Grenier, dit le vicaire, plein de remords.

— C'est pas nécessaire, l'abbé. Personne l'a accusée d'avoir brisé l'harmonium, fit le curé Joyal sur un ton résigné. Ça sert à rien d'en faire toute une histoire. Vous aurez juste à vous souvenir de plus y toucher quand on aura trouvé le moyen de le faire réparer. Je pense que cet instrument-là est trop délicat pour vous.

— Oui, monsieur le curé, répondit le jeune prêtre, encore plus piteux.

Sur ces mots, il s'esquiva, laissant le curé de la paroisse en tête-à-tête avec son marguillier.

— Bon. Tout ça règle pas notre problème, reprit le curé. Il va falloir trouver l'argent nécessaire pour faire réparer cet harmonium-là.

— Surtout qu'on vient juste de payer la nouvelle croix du cimetière, lui rappela le président de la fabrique. Je pense qu'il reste juste une dizaine de piastres dans les coffres de la fabrique, monsieur le curé.

Le pasteur de Saint-Jacques sembla s'abîmer dans des pensées peu réjouissantes.

— Mais la dîme est à la veille d'entrer, dit Magloire en mettant un peu d'optimisme dans sa voix.

— Voyons, Magloire! protesta Antoine Joyal avec un certain agacement. Tu sais aussi bien que moi que presque tous les paroissiens la paient en nature.

— À ce moment-là, on n'a pas le choix. Il va falloir faire une quête spéciale. Quand on aura ramassé assez d'argent, on le fera réparer. Je vois pas d'autre moyen. Qu'est-ce que vous en pensez?

— Si tu crois que les autres marguilliers vont penser la même chose, on va faire ça. Mais on pourra pas rien faire avant que j'aie obtenu la permission de monseigneur pour la quête.

— Ça devrait pas poser un problème, monsieur le curé. On demande rien au diocèse, argumenta Magloire en se levant.

— C'est toi qui le dis. Monseigneur aime pas tellement les quêtes spéciales et il va finir par trouver qu'il entend parler un peu trop souvent du curé de Saint-Jacques-de-la-Rive.

— À propos de la croix du cimetière, monsieur le curé, avez-vous choisi la date de sa bénédiction ?

— Ça peut pas être un autre jour que celui de la fête des Morts, dit le prêtre en le raccompagnant jusqu'à la porte d'entrée du presbytère,

Une fois parvenu au pied de l'escalier, le marguillier se rappela son intention d'interroger le curé Joyal sur ce qu'il savait de la mort du premier ministre de la province. Mais il était trop tard ; la porte du presbytère s'était maintenant refermée.

Dépité, Magloire traversa la route pour aller acheter un gallon d'huile à lampe au magasin général. En poussant la porte, il découvrit Pouliot en grande conversation avec le maire Desjardins, Adjutor Beaulieu et Florentin Crevier.

— Ah ben ! V'là un autre rouge en deuil, fit Crevier en le voyant entrer dans le magasin.

— À ce que je vois, t'es au courant, toi aussi.

— Ben oui, fit le forgeron dont les opinions conservatrices étaient bien connues dans toute la paroisse. J'ai juste à regarder le visage long de notre maire pour me douter que c'est une grosse perte pour vous autres, les rouges.

— Marchand était un maudit bon homme, intervint Desjardins avec force. Pas vrai, Joseph ?

— Demande-moi pas mon avis, fit le propriétaire du magasin général en mettant son lorgnon. Tu le sais ben qu'à cause de mon commerce, je peux pas être ni rouge ni bleu. Je suis neutre.

— C'est quoi cette couleur-là ? lui demanda Crevier, narquois.

À cet instant précis, la porte du magasin fut poussée par Anselme Letendre, du rang Saint-Paul, un tout petit homme pourvu d'énormes favoris roux.

— Tiens ! Enfin un autre bleu ! s'exclama Crevier, heureux de la présence d'un habitant de Saint-Jacques-de-la-Rive partageant les mêmes opinions politiques que lui. T'arrives ben, Letendre. Je suis poigné avec deux maudits rouges et un vire-capot, ajouta-t-il en désignant de sa pipe Adjutor Beaulieu qui avait à peine ouvert la bouche depuis l'arrivée de Magloire.

— Mon maudit effronté ! s'écria le fermier visé. Tu sauras que je suis pas un vire-capot ! J'ai toujours voté…

— Ouais ! Ouais ! On connaît l'histoire, l'interrompit le gros homme. T'as toujours voté pour celui qui avait gagné.

Un éclat de rire accueillit la saillie et Beaulieu piqua un fard.

— On dira ce qu'on voudra, reprit Desjardins en défiant quiconque dans l'assistance de le contredire, Marchand a été un maudit bon premier ministre.

— Moi, je suis pas prêt à dire ça, le contredit Crevier après avoir enfourné dans sa bouche un gros morceau de tabac à chiquer. T'as juste à voir comment Chapais est arrivé à bloquer son idée de fou d'un ministère de l'Instruction publique.

— Tu sais aussi ben que nous autres, Florentin, que ton Chapais aurait jamais pu rien faire contre ça si monseigneur Bruchési l'avait pas aidé.

— C'est peut-être vrai, mais en tout cas, on va aller en élection, intervint Letendre en passant ses pouces dans ses larges bretelles grises. Et Chapais va remettre de l'ordre dans la province.

— Je veux pas te faire de la peine, mon Anselme, dit Magloire, mais c'est pas demain la veille que tu vas voir les bleus au gouvernement. T'oublies qu'on a encore un bon petit bout de temps avant d'être obligés de retourner en élection. Je te gage cinq cennes qu'un ministre va prendre la place de Marchand.

— Et il faudrait pas être surpris si un gars comme Parent finissait le terme. Notre député m'a dit l'été passé qu'il fait une ben bonne *job* comme ministre des Pêcheries et comme maire de Québec, intervint Desjardins, heureux d'étaler devant les autres ses contacts privilégiés avec le député du comté. En plus, il paraîtrait qu'il peut compter sur l'organisation de Laurier, à Ottawa. C'est pas rien.

— C'est vrai que vous êtes dans l'assiette au beurre, dit Crevier avec un ricanement plein de sous-entendus. Vous la lâcherez pas facilement…

— Vous êtes ben placés en torrieu pour le savoir, vous autres, les bleus ! s'exclama le maire à qui la moutarde commençait à monter au nez. Vous avez été là depuis la Confédération et en trente ans, rien a changé dans la province. On est plus qu'un million et demi. On est dans un nouveau siècle, au cas où tu le saurais pas encore. Avec les rouges, y a enfin du progrès.

— Arrête donc, Léon ! l'interrompit Letendre, dressé devant lui comme un coq de combat. Tu nous racontes n'importe quoi ! Ouvre les yeux et arrête de croire tout ce que le gros Poulin te raconte, bout de viarge ! Le diable est aux vaches partout. Mon frère, qui lit les journaux, dit que ç'a jamais été aussi mal dans le pays. Il paraît que Laurier, un Canadien français, arrête pas de faire des lois pour les maudits Anglais. Il envoie nos soldats se faire tuer en Afrique. Il arrête pas de donner notre argent à ses amis pour construire des chemins de fer dans l'Ouest. Il a rien fait pour sauver les écoles françaises au Manitoba, même s'il avait promis de le faire pour gagner ses élections. Où est-ce qu'il est le progrès là-dedans ? Veux-tu ben me le dire ?

— Laisse faire Laurier, dit Magloire sur un ton raisonnable. Ottawa, c'est loin en batèche ! Regarde chez nous. Tu me diras pas qu'il y a pas eu des gros changements depuis deux ans. Les routes sont ben meilleures et le pont...

— De quel pont tu parles ? demanda Crevier, sarcastique. Pas de celui que Poulin nous a promis, j'espère ?

— Ben oui, il parle de notre pont, reprit Desjardins. D'après Poulin, c'est sûr qu'on va l'avoir le printemps prochain.

— Ça, c'est la farce de la journée, se moqua Letendre... Ça fait combien d'années que...

Le petit fermier n'acheva pas sa phrase, se rendant brusquement compte que c'étaient les conservateurs qui avaient promis durant deux décennies un pont sur la rivière Saint-François entre Saint-Jacques-de-la-Rive et Saint-Gérard. Cette promesse reformulée à chacune des élections provinciales par les candidats des deux partis n'avait évidemment jamais été respectée.

— T'as ben raison, fit le maire avec un sourire moqueur. C'était une promesse des bleus. Mais tu vas voir que nous autres, on va le faire construire ce pont-là.

Quelques jours plus tard, la première prédiction de Desjardins se réalisa. Simon-Napoléon Parent, ministre des Terres, Forêts et Pêcheries, fut désigné pour prendre la relève de Félix-Gabriel Marchand à la tête du gouvernement provincial.

Chapitre 15

Le drame

Moins d'une semaine après le départ pour l'armée de Charles Tougas et d'Aimé Hamel, l'automne s'installa résolument dans la région. À Saint-Jacques-de-la-Rive, il avait suffi de quelques journées froides et pluvieuses pour emporter les derniers souvenirs d'un été extraordinaire. Au moment où les ménagères les plus retardataires désertaient leur cuisine d'été afin de s'installer pour l'hiver, la belle saison avait fait des adieux discrets avant de disparaître définitivement.

La récolte de sarrasin se fit sous un ciel lourd et gris, et on entreprit d'épandre le fumier au moment où les journées plus fraîches raccourcissaient sérieusement. Maintenant, il fallait attendre le milieu de l'avant-midi pour que la rosée soit asséchée. Les premiers vols d'outardes en route vers le sud traversaient bruyamment le ciel. Si les champs avaient pris une vilaine couleur brunâtre, les arbres, par contre, ne tardèrent pas à exhiber des teintes éclatantes depuis l'orangé en passant par toutes les nuances du jaune et du rouge. Les jardins étaient maintenant vides. Leurs derniers produits, quelques citrouilles, avaient été déposés dans un coin, sur la galerie, en attendant d'être cuisinés par les ménagères.

Le lendemain de l'Action de grâces, Constance Prévost se tenait debout sur le perron de l'école du rang Sainte-

Marie, un peu avant huit heures trente. Elle serrait frileusement sur ses épaules un châle de laine grise. La jeune fille blonde aux traits délicats tenait dans une main la cloche qu'elle allait sonner dans quelques instants pour signifier à la quinzaine d'enfants rassemblés près du petit bâtiment le début de la journée de classe. L'institutrice était maintenant installée depuis plus de trois semaines dans la nouvelle école. Elle enseignait, de la première à la septième année, aux enfants de tous les âges habitant aussi bien le rang Sainte-Marie que celui du Petit-Brûlé. Elle n'ignorait pas que son groupe doublerait presque lorsque les parents laisseraient venir en classe leurs aînés, à la fin des travaux d'automne.

Au moment où elle allait consulter la petite montre suspendue à son cou par un ruban, un bruit d'objets métalliques heurtés les uns contre les autres lui fit lever la tête. Elle reconnut immédiatement le beau Rémi Tremblay conduisant une voiture dans laquelle quelques bidons de lait avaient été chargés. La tête nue, vêtu d'une épaisse chemise à carreaux, le conducteur se dirigeait vers le village. À la vue de l'institutrice, Rémi immobilisa son attelage devant l'école, descendit de voiture après avoir jeté un coup d'œil autour de lui et s'avança vers le perron, confiant. À sa vue, quelques enfants abandonnèrent leurs jeux pour s'approcher de leur institutrice.

— Allez jouer plus loin, les jeunes, leur ordonna Rémi en les éloignant d'un signe de la main.

Même si la jeune fille de dix-huit ans était toujours aussi flattée d'attirer l'attention du bellâtre, elle aurait tout de même préféré qu'il ne vienne pas lui parler alors que les enfants étaient présents. Visiblement mal à l'aise, elle jeta des regards inquiets autour d'elle. S'il fallait que quelqu'un aperçoive Rémi Tremblay en train de faire le beau devant les enfants, elle aurait de sérieux embêtements. Elle ne tenait pas du tout à perdre son premier poste d'enseignante. Le président avait été bien clair, quinze jours auparavant : il ne voulait pas voir un homme traîner autour de l'école et aucun d'entre eux n'avait le droit de lui rendre visite dans son appartement situé au-dessus de la classe.

Au moment où elle levait le bras pour sonner la cloche, Rémi s'immobilisa au pied du perron.

— Attendez juste une minute, mademoiselle Prévost, lui dit-il à mi-voix. J'irai pas plus loin et je veux pas vous déranger.

Constance suspendit son geste.

— J'arrête juste pour vous dire que je viens pas vous proposer de vous reconduire chez vous, à Sainte-Monique.

— Mon père vient me chercher chaque vendredi après-midi, se crut obligée de préciser le jeune fille.

— Oui, je le sais. C'est pour ça que je vous l'offre pas. Mais si j'arrêtais chez vous, à Sainte-Monique, un dimanche après-midi, pour vous dire un petit bonjour, est-ce que votre père me laisserait dehors ?

L'institutrice garda le silence un bref moment avant de répondre d'une petite voix :

— Vous pouvez toujours essayer.

Là-dessus, Rémi, satisfait, la salua de la main en lui envoyant un baiser et retourna à sa voiture. Cette dernière s'ébranla au moment même où la cloche de l'école de rang se faisait entendre.

Durant la semaine, la plupart des cultivateurs du rang Sainte-Marie achevèrent l'épandage du fumier et profitèrent de deux journées sans pluie pour entreprendre leurs labours d'automne. Arc-boutés aux mancherons de leur charrue, ils éventraient et retournaient la terre, traçant des sillons rectilignes aussitôt pris d'assaut par des mouettes criardes et affamées. Ici et là, on pouvait voir des colonnes de fumée s'élever au-dessus d'abattis. Certains avaient consacré quelques semaines durant le printemps et l'été à faire ce qu'ils appelaient avec fierté de la « nouvelle terre » en déboisant une centaine de pieds de forêt sur leur terrain. Les amoncellements de branchages et de racines qui avaient séché au soleil durant toute la belle saison étaient maintenant brûlés pour permettre aux laboureurs de profiter de ce sol vierge.

❦

Le dimanche matin, les habitants de Saint-Jacques-de-la-Rive se présentèrent comme à leur habitude à la messe, sous une petite pluie froide très désagréable. Après le repas du midi, Germaine Tremblay s'installa près du poêle et surveilla la route. Elle avait encouragé sa belle-sœur Thérèse à imiter son mari et son père, et à se permettre une sieste pendant qu'elle s'occuperait des enfants. Elle attendait Xavier Lemire qui, comme chaque dimanche, allait venir visiter son fils. Le bébé dormait à poings fermés dans son berceau, placé au pied du lit de ses parents. Pendant que la petite Claire s'amusait avec une poupée en chiffon, Jocelyn combattait tant bien que mal le sommeil. Le petit bonhomme de trois ans finit par venir se faire bercer par celle qu'il appelait « tante Maine ».

Les minutes s'écoulèrent lentement, à peine marquées par le tic-tac ennuyeux de l'horloge qui continuait à les égrener, solitaire dans son coin. Brusquement, Germaine eut un sursaut. Un coup d'œil à l'horloge lui apprit qu'il était plus de deux heures trente. Elle s'était assoupie. Elle avait les bras engourdis par le poids de l'enfant endormi sur elle. Elle se leva doucement, monta l'escalier et alla le déposer sans bruit dans son petit lit. Avant de quitter sa chambre, elle regarda à nouveau la route par la fenêtre. Elle ne vit qu'un long ruban boueux s'étendant sous un ciel nuageux.

— Veux-tu bien me dire où il est passé ? demanda-t-elle à mi-voix en pensant au père de l'enfant.

À peine venait-elle de descendre au rez-de-chaussée pour jeter une bûche dans le poêle qu'elle entendit une voiture entrer dans la cour et s'arrêter près de la maison. Par l'une des fenêtres de la cuisine, elle vit Xavier Lemire déposer une couverture sur le dos de sa bête avant de se diriger vers la galerie. Elle lui ouvrit la porte.

— Si ça a de l'allure ! s'exclama-t-elle en voyant le visiteur tout détrempé. Avez-vous attrapé un orage en chemin ?

— Pantoute, répliqua Xavier en ébauchant un sourire contraint.

— Vous avez pas une capote sur votre voiture ?

— Sur la mienne, oui. Mais c'est pas la mienne qui est dehors. J'ai brisé une roue de mon boghei dans un trou du chemin en sortant de Saint-Zéphirin. Ça a été le diable à quatre pour trouver quelqu'un pour me sortir de là et, surtout, pour me prêter une voiture. Celle que j'ai vaut pas cher. En plus, comme je vous disais, elle a pas de capote. Mais c'est toujours mieux que rien.

— Ça vous a pas tenté de retourner chez vous plutôt que de risquer votre coup de mort ? fit Germaine, préoccupée, en lui tendant une grande serviette.

— Pas une miette. Je me serais ben trop ennuyé.

— Il y a pas à dire : votre garçon vous manque, fit remarquer la jeune femme. Assoyez-vous ; je vais vous servir une bonne tasse de thé chaud.

Le visiteur passa une main dans son épaisse chevelure noire et tourna vers elle ses yeux gris.

— Je m'ennuie pas juste de mon gars, finit-il par dire d'une voix embarrassée.

— Ah bon ! fit Germaine en sortant une tasse de l'armoire.

— Je m'ennuie aussi pas mal de vous, avoua Xavier, visiblement mal à l'aise.

Germaine rosit et demeura sans voix, le temps de saisir la grosse théière sur le réchaud. Elle s'avança vers la table et remplit la tasse déposée devant le père de Jocelyn.

— Vous dites rien, mademoiselle Germaine ?

— Qu'est-ce que vous voulez que je réponde à ça ? dit la jeune femme en retournant poser la théière sur le réchaud.

Elle entendit quelqu'un remuer dans la chambre du rez-de-chaussée. Thérèse émergeait de son sommeil. Xavier entendit probablement le même bruit puisqu'il s'empressa d'ajouter à voix basse :

— Je pense que je m'ennuie de vous, mademoiselle Germaine, plus que de mon gars. Toute la semaine, j'ai hâte au dimanche.

— Vous me gênez pas mal, admit Germaine, les pommettes maintenant rouges de confusion.

Xavier sembla ramasser ses dernières forces pour demander d'une voix éteinte à celle qui venait de s'asseoir en face de lui, de l'autre côté de la table :

— Est-ce que vous me trouveriez trop vieux pour être votre amoureux ?

— N... Non.

— Est-ce que vous m'attendriez jusqu'au printemps ?

— Vous attendre ?

— Si vous êtes d'accord, j'aimerais demander votre main à votre père avant de monter au chantier.

— Je trouve que vous allez pas mal vite en affaire, vous, se défendit mollement Germaine, troublée par cette demande imprévue.

Xavier avait probablement décelé chez la jeune femme son accord tacite parce qu'un grand sourire illumina soudain son visage.

— Je suis vite parce que je veux pas que quelqu'un vienne prendre ma place quand je vais être parti au chantier. Je tiens à vous, moi, ajouta-t-il en étendant le bras pour toucher brièvement la main de Germaine.

Cette dernière ne retira pas sa main et lui sourit en retour.

— Je veux bien que vous parliez à mon père, mais à la condition que vous arrêtiez de me dire « vous ».

À l'instant même, la porte de la chambre de Magloire Tremblay s'ouvrit à l'étage. Germaine se leva.

— Il est temps que j'aille réveiller Jocelyn. Si je le laisse trop dormir, il voudra pas se coucher après le souper.

— Je t'attends pour parler à ton père, chuchota Xavier.

— Je reviens tout de suite.

Magloire descendit l'escalier en passant ses bretelles. Arrivé au rez-de-chaussée, il découvrit le visiteur dont les vêtements mouillés commençaient à peine à sécher.

— Batèche ! Es-tu tombé dans la rivière ? demanda-t-il à Xavier qui venait de se lever pour le saluer.

— Je reviens avec le petit, dit Germaine en se glissant derrière son père pour monter à l'étage.

Pendant qu'elle allait chercher Jocelyn, Xavier raconta à son hôte le bris de sa voiture. Quand la jeune femme revint en portant l'enfant dans ses bras, il se décida à aborder le sujet qui lui tenait à cœur depuis un bon moment. Magloire venait de s'asseoir dans sa chaise berçante.

— Monsieur Tremblay, je viens de parler avec votre fille, dit-il en demeurant debout au centre de la pièce.

Germaine s'approcha de lui après avoir déposé par terre le petit qui vint saisir la main de son père. Magloire ne broncha pas, attendant placidement la suite.

— Si j'ai ben compris, je pense qu'elle accepterait qu'on se marie quand je vais revenir du chantier, le printemps prochain.

— Ah bon ! se contenta de dire le père en jetant un coup d'œil à sa fille qui avait légèrement rougi.

— Ça fait que je vous demande sa main, compléta abruptement Xavier Lemire, un peu nerveux.

— C'est ben ce que tu veux ? demanda Magloire à Germaine.

Cette dernière se contenta de hocher nerveusement la tête.

— Si c'est ce qu'elle veut, je vois pas pourquoi je te la donnerais pas, déclara le père en s'adressant à son futur gendre. Prends une chaise.

Xavier préféra s'asseoir sur le grand banc placé sur un côté de la table. Germaine vint s'asseoir à ses côtés.

— Naturellement, t'as l'intention de l'amener vivre sur ta terre, à Saint-Zéphirin ?

— Certain, monsieur Tremblay.

— Avez-vous pensé quand est-ce que vous aimeriez vous marier le printemps prochain ?

— On n'en a pas encore parlé, admit Xavier en jetant un regard interrogateur vers celle qu'il considérait dorénavant comme sa fiancée.

— Le mieux serait peut-être au commencement de mai, p'pa, intervint Germaine après avoir quêté du regard l'approbation de son futur mari.

— Ce serait pas mal un bon temps, approuva Xavier. Cette année, je vais essayer de revenir le plus de bonne heure possible du chantier. Ça me donnerait le temps de remettre la maison d'aplomb.

— Si je me fie à ce que j'ai vu quand Rémi m'a amené en visite, elle est pas mal comme elle est là, lui fit remarquer Germaine.

— Peut-être, mais je pense qu'elle peut être encore plus propre, dit Xavier en souriant.

Au même moment, la porte de la chambre du rez-de-chaussée s'ouvrit sur Thérèse portant dans ses bras son Clément qui venait de se réveiller en geignant. Eugène la suivit, les yeux bouffis de sommeil. Quand Magloire annonça à son fils et à sa bru que Xavier venait de demander Germaine en mariage, ils se réjouirent bruyamment et offrirent leurs félicitations aux futurs époux.

— Où est passé Rémi ? finit par demander Thérèse.

— On l'a pas vu de l'après-midi, lui répondit sa belle-sœur. Il a attelé et pris le chemin à la pluie battante, tout de suite après le dîner.

— Il est pas chez les Hamel ? demanda Magloire, surpris.

— S'il était là, il aurait pas pris la peine d'atteler, laissa tomber Eugène en allumant sa pipe. Encore une fois, il sera pas là pour nous aider à faire le train.

❦

Germaine n'était pas la seule à avoir aperçu Rémi quitter la ferme au début de l'après-midi. Par l'une des fenêtres de sa cuisine, Angèle avait vu passer sur la route le cavalier de sa fille, tout endimanché, au moment où elle finissait de laver la vaisselle du dîner.

— Tiens ! s'était-elle exclamé. On dirait bien que ton beau Rémi viendra pas passer l'après-midi avec toi. Il s'en va vers le village.

Corinne, le cœur battant, s'était précipitée vers la fenêtre devant laquelle se tenait sa mère.

— Il était pas supposé venir non plus, dit-elle pour défendre son amoureux. Vous savez bien, m'man, que c'est plutôt rare qu'il vient me voir le dimanche après-midi. Il aime mieux le dimanche soir.

— Je comprends. Je suppose que comme ça, ça lui permet surtout de courir à gauche et à droite, lui fit sèchement remarquer sa mère.

Isidore avait eu un rictus d'agacement en entendant sa femme, mais s'était contenté de s'adresser à ses fils Omer et Georges.

— Les garçons, oubliez pas de remplir la boîte à bois.

Malgré ce qu'elle venait de dire à sa mère, Corinne était déçue. La veille, avant de la quitter à la fin de la soirée, son amoureux lui avait laissé entendre qu'il pourrait bien venir passer l'après-midi avec elle. Mais il fallait tout de même reconnaître qu'il ne lui avait rien promis. Ce soir, il allait se présenter et elle trouverait enfin le courage de lui parler. Il le fallait absolument. Depuis près de deux semaines, elle était de nouveau torturée, se demandant comment elle allait lui faire comprendre qu'il était possible qu'elle soit enceinte. Elle n'en était pas certaine, mais elle n'avait pas eu ses «affaires de femme», comme le disait sa mère, depuis près de deux mois. Bien sûr, cela pouvait s'expliquer de multiples façons. Un tel retard lui était même déjà arrivé en une occasion au début de son adolescence, mais, au plus profond d'elle-même, elle sentait que quelque chose n'allait pas. À cette pensée, une angoisse folle s'était emparée d'elle et elle s'était mise à prier pour que Dieu la protège.

Depuis quelques semaines, il lui fallait faire des efforts surhumains pour se raisonner. Il n'était pas possible qu'une pareille chose lui soit arrivée pour avoir succombé une seule fois. La Vierge n'allait pas le permettre. Pour se rassurer davantage, elle se répétait certaines remarques faites à voix basse par des parentes et des voisines enceintes en visite chez les Hamel. Elle n'avait aucun des symptômes que ces visiteuses avaient évoqués. Elle n'avait encore éprouvé aucun malaise et les nausées matinales lui étaient totalement inconnues. Ce retard de deux mois l'affolait tout de même. Elle se sentait cruellement tiraillée entre son besoin d'être réconfortée et son désir de garder Rémi près d'elle. Depuis quelques jours, elle s'inquiétait au point qu'elle avait toutes les peines du monde à trouver le sommeil.

Quel que soit son état réel, il lui fallait en parler à son amoureux de toute urgence avant son départ pour le chantier. Dans quelques jours à peine, il allait s'absenter durant plus de cinq mois. Qu'allait-il lui arriver s'il partait sans s'être engagé à l'épouser à son retour si elle attendait un enfant ? Elle aimait autant ne pas y penser. Elle serait la honte de sa famille et du village de Saint-Jacques-de-la-Rive. Pour tous, elle serait une fille perdue. Ses parents refuseraient probablement de la garder sous leur toit. Pourquoi hésitait-elle depuis si longtemps à faire part de ses craintes au responsable de son état ? Tout simplement parce qu'elle commençait à bien le connaître et qu'elle avait peur de sa réaction.

Au fil des mois, Corinne avait fini par saisir quel type d'homme elle aimait passionnément. Sa naïveté ne l'avait pas empêchée de comprendre que son amoureux était une sorte de grand enfant peu sérieux qui aimait par-dessus tout s'amuser. Il avait tout pour plaire et savait se montrer charmant. Prendre des engagements qui limiteraient sa liberté semblait particulièrement l'apeurer. Comment allait-il réagir quand elle lui apprendrait qu'elle se croyait enceinte ? Allait-il demander sa main à son père, comme le ferait tout prétendant confronté à cette situation ou bien, tout simplement, claquer la porte et disparaître de Saint-Jacques-de-la-Rive en refusant de prendre ses responsabilités ?

❦

Pendant que Corinne se torturait à la pensée de ce qui risquait d'advenir, son amoureux se dirigeait allègrement vers Sainte-Monique dans l'intention de passer un après-midi agréable en compagnie de Constance. Mais s'il imaginait n'avoir qu'à entrer chez les Prévost avec un grand sourire pour être admis chez la belle, c'était bien mal connaître Roma et Artémise Prévost.

Le couple était parents d'une famille de douze enfants. Leur septième, la jeune enseignante de l'école du rang Sainte-Marie, avait reçu la même éducation rigide que ses frères et sœurs. Artémise Prévost ne badinait pas avec les principes et savait se montrer encore plus sévère que son mari. C'était une imposante matrone qui n'avait pas pour habitude de se répéter quand elle disait quelque chose dans son foyer. Elle était obéie au doigt et à l'œil, et malheur à celui ou celle qui osait protester.

À son retour à la maison, l'avant-veille, Constance n'avait pu faire autrement que de mettre ses parents au courant de la visite probable du cultivateur de Saint-Jacques-de-la-Rive.

— Quand est-ce qu'il t'a parlé, ce garçon-là? lui demanda sa mère, l'air soupçonneux.

— Cette semaine, m'man.

— Où est-ce que tu l'as rencontré? Il est venu te voir à l'école?

— Bien non, m'man. Vous le savez que c'est défendu par la commission scolaire. Il est passé sur la route pendant que je surveillais les enfants dehors. Il s'est juste arrêté une minute pour me demander la permission de passer me voir dimanche après-midi.

— Est-ce que c'est un des garçons de Magloire Tremblay? fit son père dont les joues creuses s'ornaient d'épais favoris poivre et sel.

— Il me semble que c'est ça, p'pa. Il reste tout près de l'école, dans Sainte-Marie.

— Tu lui as pas dit qu'il fallait que t'en parles d'abord à ton père et à ta mère pour savoir s'il pouvait venir te voir ? lui demanda Artémise, sévère.

— Je lui ai dit que je vous en parlerais. Il m'a pas promis qu'il viendrait.

— On verra ben quelle sorte de moineau c'est s'il se montre le bout du nez, laissa tomber le père.

Il ne fut alors plus question de cette visite jusqu'au dimanche après-midi. La jeune fille était occupée à placer dans une boîte la nourriture qu'elle allait emporter dans son appartement quand l'un de ses jeunes frères, posté à une fenêtre de la cuisine, avertit la maisonnée que quelqu'un venait d'entrer dans la cour. Immédiatement, deux autres jeunes le rejoignirent pour tenter d'identifier le visiteur.

— Enlevez-vous devant la fenêtre ! leur ordonna leur mère. Vous avez l'air d'une bande d'écornifleurs.

La jeune institutrice avait abandonné son travail pour regarder à l'extérieur.

— C'est lui, se contenta-t-elle de dire à ses parents, d'une voix un peu émue.

— Sacrifice ! Il tenait à te voir pour venir de Saint-Jacques avec une pluie pareille, lui fit remarquer son père en quittant sa chaise pour aller ouvrir la porte à celui qui était en train de descendre de son boghei.

Constance se hâta vers le petit miroir suspendu au-dessus de l'évier pour vérifier l'ordonnance de son chignon. Sa mère lui jeta un coup d'œil critique afin de s'assurer qu'elle portait bien son corset. Artémise Prévost ne concevait pas qu'une femme ne puisse porter cet accessoire le dimanche ou lors d'une sortie.

Rémi Tremblay, les vêtements un peu trempés, vint frapper à la porte. Le maître des lieux lui ouvrit et le fit entrer. Plein d'aisance, le jeune homme salua les Prévost, se présenta et s'excusa de les déranger. À l'entendre, il ne s'arrêtait que pour saluer leur fille Constance.

— Comment ça se fait que tu sois pas plus mouillé que ça ? lui demanda Roma après lui avoir offert un siège.

— J'ai une bonne toile goudronnée dans le boghei. Avec ça, on est pas mal à l'abri, monsieur Prévost, répondit poliment le visiteur.

Durant les deux heures que le jeune homme passa dans la maison, à aucun moment le père ou la mère ne suggéra à Constance de le faire passer au salon, au grand dépit de Rémi. Pendant tout ce temps, il dut faire la conversation au père et à la mère sans qu'on le laisse seul un moment avec l'institutrice. Il aurait aimé lui dire qu'il la trouvait belle et qu'elle lui plaisait beaucoup. Mais comment arriver à faire comprendre ses désirs à une jeune fille quand ses parents étaient aussi encombrants ?

Assise à une extrémité de la longue table de cuisine, Constance n'ouvrait pratiquement pas la bouche, se contentant de le regarder de ses grands yeux bleus. Elle écoutait beaucoup plus qu'elle ne parlait. Rémi trouvait difficile de parvenir à la charmer dans ces conditions.

— Bon. C'est bien beau tout ça, finit par déclarer Artémise sans trop de finesse en se levant de sa chaise berçante, mais il va falloir se mettre à préparer le souper.

Le coup d'œil d'avertissement qu'elle lança à son mari n'échappa pas à Rémi.

— C'est vrai, reprit Roma Prévost. Depuis que Constance fait l'école, je dois faire mon train plus de bonne heure pour pouvoir aller la conduire à Saint-Jacques avant qu'il fasse noir.

Rémi faillit proposer de ramener Constance à Saint-Jacques-de-la-Rive, mais sut d'instinct qu'une telle proposition était tout à fait déplacée et serait mal accueillie par les parents de la jeune fille. Il ne lui restait plus qu'à prendre congé et à remercier ses hôtes.

Le jeune don Juan reprit donc la route en direction du village, malgré une petite pluie froide qui le faisait frissonner. Il était déçu et particulièrement mécontent de son après-midi.

Après son départ, Roma alla changer de tenue avant de faire son train pendant que Constance était montée à sa chambre préparer les vêtements dont elle aurait besoin durant la semaine. Au moment de quitter la maison, le père ne put s'empêcher de demander à sa femme ce qu'elle pensait du visiteur qu'ils avaient reçu.

— Ça m'a l'air surtout d'un beau parleur, laissa tomber la matrone, la mine sévère. Moi, un garçon de son âge pas encore casé, je m'en méfie.

Un moment plus tard, Constance revint dans la cuisine pour aider sa mère à préparer le souper. La jeune fille était inquiète : ses parents n'avaient pas invité Rémi Tremblay à revenir.

— Puis, m'man, qu'est-ce que vous en pensez ? demanda-t-elle à sa mère.

— Ton père et moi, on pense que c'est pas un garçon pour toi, ma fille, décréta Artémise. Il est peut-être beau, mais il a pas l'air d'avoir bien du plomb dans la tête. Pas être marié à son âge, c'est pas normal.

— Mais, m'man…, voulut protester Constance.

— Les bons garçons de ton âge manquent pas dans la paroisse. J'en connais au moins deux ou trois qui se feraient pas trop tirer l'oreille pour venir accrocher leur fanal le samedi soir.

— Je le sais.

— En plus, t'es bien mieux de pas avoir de cavalier à Saint-Jacques. Ça fera moins jaser.

～

Ce soir-là, Rémi alla tout de même veiller chez les Hamel, mais sembla de si mauvaise humeur à Corinne qu'elle n'osa pas, encore une fois, lui faire part de ses inquiétudes. Quand il la quitta vers dix heures, elle était malheureuse comme les pierres. Elle savait qu'il ne restait pas beaucoup plus qu'une semaine avant qu'il ne quitte Saint-Jacques-de-la-Rive pour le chantier. À la prochaine visite de son cavalier, elle n'aurait plus le choix; elle lui parlerait sérieusement, quelle que soit son humeur.

Dès que Rémi eut franchi le seuil de la porte, sa mère, qui la chaperonnait depuis plus d'une heure, déposa son tricot dans son panier à ouvrage et se leva. Elle regarda Corinne déposer sur une tablette de la cuisine la lampe à huile qu'elle avait utilisée au salon.

— Ton Rémi t'a pas encore parlé? demanda-t-elle à sa fille.

— Parlé de quoi, m'man?

— Il t'a pas dit que ton père lui a demandé ses intentions?

— Il m'en a pas dit un mot, avoua Corinne, qui s'était bien doutée du sujet de la conversation que son père avait eue avec son amoureux quelques semaines auparavant.

— Je pense que t'es mieux de lui dire de se faire une idée avant de partir pour le chantier cet hiver, l'avertit Angèle. Ça me surprendrait pas mal que ton père soit patient encore bien longtemps.

— C'est pas mal gênant, m'man, protesta faiblement la jeune femme.

— On te demande pas de lui tordre un bras, répliqua sèchement sa mère. On veut juste qu'il te fasse pas perdre ton temps. Tu devrais comprendre, ma fille, que c'est pour ton bien qu'on fait ça.

— Je le sais, m'man.

Sur ce, Corinne monta à sa chambre. Elle se déshabilla rapidement, mais avant de passer son épaisse robe de nuit, elle examina longuement son ventre encore plat, à la recherche du moindre signe de la catastrophe qu'elle anticipait. Après quelques minutes d'intense observation, elle mit sa robe de nuit et s'agenouilla au pied de son lit pour demander d'être épargnée.

⤳

Durant la nuit, le vent du nord s'était levé et avait furieusement secoué les ramures des arbres. Au matin, un ciel débarrassé de tous ses nuages accueillit les gens à leur réveil. Dès le lever du soleil, chacun put constater que beaucoup de feuilles n'avaient pu résister aux assauts du vent. Elles jonchaient le sol et s'entassaient au pied du moindre obstacle, de même que dans les flaques d'eau laissées par la pluie.

En ce lundi matin frisquet, le curé Joyal combattit son envie de demeurer bien au chaud au presbytère et demanda à son bedeau d'aller atteler la voiture. Comme il l'avait annoncé en chaire la veille, à la grand-messe, il commencerait sa visite paroissiale durant la journée. Il débuterait par les familles du rang Sainte-Marie. Lorsque l'abbé Groleau lui avait proposé de le seconder en visitant les foyers à une extrémité du rang pendant qu'il se chargerait de l'autre, il avait immédiatement accepté ce changement de routine.

— Chaque automne, je me dis que je devrais commencer le tour de la paroisse le lendemain de l'Action de grâces, dit le prêtre à son vicaire au moment où ce dernier engageait la voiture dans le rang Sainte-Marie. Ce serait le meilleur temps de parler de la dîme. Les récoltes sont entrées à ce moment-là et tout le monde est un peu moins occupé.

— C'est vrai que ça aurait été un bon moment, reconnut le jeune prêtre.

— Mais vous l'avez vu comme moi, l'abbé, il arrive toujours quelque chose à la dernière minute qui nous empêche de le faire.

Roland Groleau se borna à hocher la tête.

— Qu'est-ce que vous diriez que je commence par la dernière ferme du rang, monsieur le curé ? Je vous laisserais le boghei et on se retrouverait probablement au milieu du rang à la fin de l'avant-midi.

Antoine Joyal accepta la suggestion de son subordonné et les deux ecclésiastiques se séparèrent chez le maire dont la ferme était la dernière du rang Sainte-Marie.

Lorsque le vicaire frappa à la porte des Veilleux quelques minutes plus tard, Émérentienne s'empressa de venir lui ouvrir et le fit passer au salon. Yvette, la petite Céline dans les bras, vint rejoindre sa belle-mère, suivie de ses trois autres enfants.

— Mon mari et mon garçon vous ont vu arriver, monsieur l'abbé, affirma Émérentienne en s'emparant du manteau du jeune prêtre. Ils s'en viennent. Assoyez-vous, ajouta-t-elle en lui désignant l'unique fauteuil de la pièce.

Très à l'aise, Roland Groleau prit place dans le siège offert et se mit à demander des nouvelles de chacun. Quand Napoléon et Ernest entrèrent dans la pièce, il les salua et continua à s'informer. Yvette s'absenta un court moment après avoir déposé le bébé dans les bras de sa belle-mère et revint avec une grande assiette remplie d'une quantité fort appréciable de sucre à la crème.

— Servez-vous, monsieur l'abbé, offrit-elle avec un grand sourire. Quand monsieur le curé passe, il en mange et on l'a jamais empoisonné.

L'invitation était inutile. Dès que l'assiette fut déposée devant lui, le visiteur se mit à piger des morceaux de sucrerie avec une régularité qui faisait plaisir à voir. Il se servit si abondamment qu'au moment de bénir la famille Veilleux, il avait vidé le plat.

Après son départ, Émérentienne fit partager sa surprise aux siens.

— Seigneur! C'est pas possible d'avoir un appétit pareil! Notre vicaire est peut-être un saint homme, mais il mange à faire peur. Cette pauvre madame Dupras doit bien passer ses journées devant son poêle pour arriver à le bourrer.

— J'espère en tout cas qu'il sera pas malade, conclut sa bru. J'avais fait deux grosses recettes.

Au moment où l'abbé Groleau allait frapper à la porte des Tremblay, le curé Joyal entrait chez les Fournier. Quelques minutes auparavant, Fernande, vêtue de sa plus belle robe, était venue examiner le salon pour s'assurer qu'il n'y avait pas un grain de poussière sur les meubles. Quand Laurent avait prévenu sa femme qu'il venait de voir le curé quitter la maison voisine, elle vérifia une dernière fois sa tenue avant d'inspecter celle des siens.

— Arrête de t'énerver! lui enjoignit Laurent, excédé. C'est tout de même pas monseigneur qui arrive.

— Laisse faire, répondit la petite femme, nerveuse. J'ai pas l'intention qu'on dise dans la paroisse que les Fournier sont négligés.

Antoine Joyal fut accueilli chaleureusement par Laurent, Fernande et leur fille Florence. Le prêtre demanda aux parents s'ils avaient reçu des nouvelles d'Annette, maintenant novice chez les Sœurs grises. Il s'informa ensuite de Germain, qui fréquentait la nouvelle école du rang Sainte-Marie depuis le début de septembre.

— La petite Prévost a l'air de bien connaître son affaire, dit Fernande. Elle sait se faire écouter par les enfants.

— Tant mieux, fit le curé en tournant les yeux vers Florence, qui n'avait pratiquement pas dit un mot depuis son arrivée. Et toi, ma grande fille, lui demanda-t-il, est-ce que t'as un cavalier?

— Oui, monsieur le curé, reconnut Florence qui appréhendait ce qui allait suivre.

— Quel garçon de la paroisse a commencé à te fréquenter?

— Il est pas de la paroisse, monsieur le curé, avoua la jeune fille au visage rond.

— De quelle paroisse il est? fit le curé, curieux.

— Il vient de Montréal, monsieur le curé.

— Un garçon de Montréal! s'exclama le prêtre. On peut dire qu'il vient chercher loin, ajouta-t-il, un brin soupçonneux.

Durant l'échange, Laurent et Fernande n'avaient pas ouvert la bouche. Mais devant l'air qu'affichait le curé, la mère de famille ne put s'empêcher d'ajouter:

— À dire la vérité, monsieur le curé, son ami de cœur est un Juif.

— Un Juif!

— Oui, mais il est catholique, s'empressa de préciser Florence en jetant un regard de reproche à sa mère.

— Il peut raconter n'importe quoi, ma fille, fit Antoine Joyal, subitement devenu sévère. Il vient de la grande ville et je suppose qu'il est bien assez vieux pour te mentir et te tromper.

— Sam est pas un menteur, monsieur le curé.

— Est-ce que ces fréquentations-là sont sérieuses ? demanda le prêtre sans tenir compte de ce qu'elle venait de dire.

— Oui, monsieur le curé.

— Depuis quand ça dure ?

— Depuis le commencement de juillet.

— Je ne me souviens pas de l'avoir vu à la grand-messe, le dimanche, ton prétendant.

— Quand il vient me voir, monsieur le curé, il couche à Pierreville et il va à la messe là.

— Eh bien, mon enfant, si j'étais tes parents, je me dépêcherais à exiger que ton amoureux t'apporte une lettre du curé de sa paroisse pour prouver que c'est un bon catholique.

— Vous pouvez être certain que c'est ce qu'on va faire, affirma immédiatement Fernande.

— Je vous le conseille, insista le curé de Saint-Jacques-de-la-Rive. De bons parents catholiques peuvent pas permettre qu'un mécréant appartenant à la race de ceux qui ont crucifié Notre-Seigneur entre dans leur maison et mette en péril le salut de leur fille.

Le visage blafard, Florence se tut, folle de rage contre sa mère qui avait révélé toute cette histoire.

— Et s'il nous apporte un mot de son curé ? demanda Fernande Fournier en feignant d'ignorer le regard noir que sa fille venait de lui adresser.

— Vous viendrez me le montrer au presbytère et j'écrirai à son curé pour m'assurer que tout est correct.

Il était évident que le prêtre craignait une fausse lettre de la part du prétendant. Il bénit sans plus attendre toute la famille avant d'endosser son manteau, que lui tendait l'hôtesse. En l'accompagnant jusqu'à la porte, Laurent tint à préciser qu'il acquitterait sa dîme avec un quartier de porc quand il ferait boucherie au mois de novembre. Le pasteur le remercia avant de quitter la maison.

Après le départ du prêtre en direction de la ferme des Gariépy, Laurent se changea et sortit pour aller travailler dans le poulailler. Fernande et sa fille se retrouvèrent en tête-à-tête dans la cuisine après avoir passé leurs vêtements de tous les jours. Immédiatement, Fernande, cinglante, se lança à l'attaque.

— Je te l'avais bien dit que ton Juif allait juste nous causer du trouble.

— Quel trouble ? Tout ce que monsieur le curé veut savoir, c'est si Sam est un bon catholique. Ayez pas peur, m'man, il va vous l'apporter la lettre de son curé.

— Je l'espère pour toi, sinon il remettra plus les pieds ici-dedans, je t'en passe un papier, lui promit sa mère sur un ton péremptoire.

⁓

Magloire Tremblay sortait de la grange au moment où l'abbé Groleau se présentait à sa porte.

— Batèche ! Monsieur l'abbé, je pensais ben connaître les finances de la paroisse, mais je savais pas qu'elles étaient rendues basses au point d'obliger nos prêtres à faire leur visite paroissiale à pied.

— C'est vrai qu'on n'est pas bien riches, dit Roland Groleau en tendant la main au président de la fabrique, mais je suis pas à pied parce qu'on manque d'argent. J'ai laissé le boghei à monsieur le curé qui visite les familles à l'autre bout du rang. D'ailleurs, il devrait pas être bien loin, ajouta le jeune prêtre en regardant vers la route.

— Tant mieux. Mais entrez donc.

Le cultivateur ouvrit la porte au vicaire et le laissa entrer devant lui.

350

— P'pa! s'exclama Germaine en s'avançant vers le prêtre, suivie par sa belle-sœur Thérèse. Si ça a de l'allure de faire entrer monsieur l'abbé par la porte de côté.

— Vous en faites pas pour ça, protesta Roland Groleau avec un large sourire. Comme vous pouvez le voir, je suis entré dans la maison quand même.

— Passez donc au salon, monsieur l'abbé, l'invita Eugène qui venait de pénétrer dans la pièce.

Le vicaire retira son manteau et le confia à Germaine qui le déposa sur le dossier d'une chaise. Tous les membres de la famille s'installèrent dans le salon, entourant le visiteur. Jocelyn vint s'asseoir sur les genoux de Germaine, tandis que la petite Claire se collait contre sa mère. L'abbé demanda d'abord des nouvelles de la santé du petit Clément qu'il avait baptisé quelques semaines plus tôt.

— Pour les autres hommes de la famille, j'ai pas besoin de demander s'ils sont en bonne santé, plaisanta le jeune prêtre. Je n'ai qu'à les regarder pour voir qu'ils sont aussi grands et aussi gros que moi.

— Presque, monsieur l'abbé, fit Germaine sur un ton moqueur. Il manque juste mon frère Rémi parti porter le lait à la fromagerie, au village. Mais lui non plus, il fait pas pitié.

— Et vous, mademoiselle, est-ce que c'est cette année que je vais célébrer votre mariage?

— En plein ça! intervint Magloire avec une certaine fierté. Ma fille va marier, le printemps prochain, Xavier Lemire, un cultivateur de Saint-Zéphirin.

— Un jeune homme chanceux qui vient chercher une de nos belles filles de Saint-Jacques, apprécia Roland Groleau.

— On peut pas dire que c'est un jeune homme, tint à préciser Germaine. Xavier a trente ans et il est veuf avec un petit garçon de trois ans.

— Tant mieux, fit le vicaire avec un large sourire. Vous allez reconstruire un foyer chrétien et donner une mère à cet enfant-là.

Le visiteur ne se fit pas prier pour bénir la famille, signifiant par le fait même la fin de sa visite. Magloire alla chercher son manteau.

— Vous direz à monsieur le curé que je vais lui apporter de la farine pour ma dîme, dit-il au prêtre au moment où il quittait la maison.

Le lendemain soir, Rémi Tremblay fit une brève toilette après le souper. En le voyant prendre son manteau et se préparer à quitter la maison paternelle, Germaine ne put s'empêcher de satisfaire sa curiosité une fois de plus.

— Dis-moi pas que les voisins t'ont donné la permission d'aller veiller avec Corinne en pleine semaine?

— Ben non, fit son frère, légèrement agacé. J'ai juste envie de marcher un peu dehors.

— Ça aurait été pas mal surprenant, intervint Thérèse, qui venait de faire boire Clément. Ils avaient l'air en plein barda aujourd'hui chez les Hamel.

— Ça va leur faire plaisir d'apprendre que tu les espionnes, se moqua son jeune beau-frère.

— Je les espionnais pas. Il y avait juste à sentir pour s'apercevoir qu'Angèle était en train de faire son savon du pays pour l'hiver. Et j'ai vu Omer et Corinne transporter des paillasses tout l'après-midi jusqu'à la tasserie pour les rembourrer.

— Moi, j'ai vu Isidore en train de nettoyer les tuyaux du poêle en arrière de la remise, ajouta Eugène en bourrant sa pipe de tabac du pays qu'il venait de hacher pour lui et son père.

— Bon. À cette heure que je sais ce que les Hamel ont fait de leur journée, je vais dormir pas mal mieux à soir, se moqua Rémi avant de sortir.

— J'ai pas demandé à Isidore comment il avait pris ça que son Aimé se soit engagé dans l'armée, dit Magloire en commençant à se bercer, mais mon idée est qu'il a dû avoir pas mal de misère à l'accepter. Il a beau avoir Omer pour lui donner un coup de main, c'est pas encore un homme fait.

— Pourtant, monsieur Tremblay, il devrait être habitué à se passer de lui. Son garçon montait au chantier chaque automne, depuis trois ou quatre ans.

— C'est vrai, Thérèse, mais oublie pas qu'il revenait toujours l'aider quand arrivait le temps de s'occuper de la terre.

— C'est tout de même moins pire que pour une femme poignée toute seule avec les enfants quand son mari est parti au chantier, fit remarquer Germaine, en songeant à ce qui allait probablement être son sort après son mariage.

— Peut-être, convint Magloire, mais toutes les femmes mariées connaissent ça et j'ai pas entendu dire nulle part qu'il y en avait une qui en était morte.

Pendant que les Tremblay discutaient paisiblement dans la cuisine où le poêle à bois dégageait une douce chaleur, Rémi s'était engagé à pied, sur la route, dans l'obscurité. De loin en loin, il ne voyait aux fenêtres que la pâle lueur d'une lampe à huile. Sans la moindre hésitation, il se dirigea vers l'école du rang, construite à quelques arpents de la ferme des Tremblay.

À son arrivée devant le petit bâtiment blanc, il se rendit compte avec satisfaction que l'institutrice ne s'était pas encore réfugiée pour la nuit dans son appartement, à l'étage. L'une des fenêtres du rez-de-chaussée était éclairée par la lueur d'une lampe. Il pénétra dans la cour sur la pointe des pieds et s'approcha de l'une des fenêtres qui ouvraient sur la façade. Il ne s'était pas trompé. La jeune et blonde institutrice était assise à son pupitre placé sur une estrade à l'avant de la classe et écrivait dans un cahier.

La vue de la jeune fille seule dans cette demi-obscurité émoustilla immédiatement le voyeur. Pendant un bref moment, il chercha le meilleur moyen de s'entretenir avec elle sans l'effrayer. Il ne trouva finalement rien d'autre que de frapper doucement contre la vitre pour attirer son attention après avoir jeté un coup d'œil vers la route pour s'assurer que personne ne pouvait le voir. La première fois, Constance Prévost se contenta de tourner la tête légèrement vers la fenêtre, croyant peut-être qu'une branche d'arbre poussée par le vent avait heurté la vitre. Quand le bruit se reproduisit, elle se leva, s'empara de la lampe à huile posée devant elle et s'approcha de la fenêtre.

Elle sursauta violemment en apercevant le visage de Rémi contre la vitre. Aussitôt un air de vif mécontentement apparut dans sa figure éclairée par la lampe.

— J'aimerais te parler, lui dit-il assez fort pour qu'elle l'entende à travers la fenêtre.

S'il avait cru qu'elle allait tout simplement lui ouvrir la porte de l'école, il se trompait lourdement. Après une brève hésitation, Constance entrouvrit la fenêtre.

— Qu'est-ce qu'il y a? demanda la jeune institutrice, sans grande amabilité.

— Je voulais prendre de tes nouvelles, voir si t'avais tout ce qu'il te fallait, fit Rémi, charmeur. Une femme toute seule peut avoir besoin d'aide.

— T'es bien fin, mais j'ai besoin de rien.

— T'aimerais pas que je t'entre un peu de bois pour le poêle?

— C'est pas nécessaire, répondit Constance, agacée par son insistance. Un de mes élèves s'en est occupé avant de partir cet après-midi.

— Il est encore pas mal de bonne heure, fit Rémi. Tu pourrais me laisser entrer et on pourrait jaser un peu.

— J'ai pas le temps. Il faut que je prépare ma classe pour demain et j'ai des corrections à faire. En plus, tu le sais aussi bien que moi que j'ai pas le droit de laisser entrer un garçon dans l'école.

— Un inconnu, précisa Rémi. Mais moi, tu me connais.

Constance laissa passer un bref moment, tenant toujours aussi solidement dans une main le battant de la fenêtre qu'elle avait entrouverte.

— Écoute, Rémi. Je pense que tu devrais chercher une autre fille dans Saint-Jacques.

— Pourquoi tu me dis ça? demanda le galant, surpris d'être repoussé.

— Pour te dire la vérité, il y a un garçon de Sainte-Monique qui vient veiller à la maison depuis le début de l'été, mentit la jeune fille.

— T'es pas fiancée avec lui, voulut la raisonner Rémi. Il y a rien qui t'empêche de voir quelqu'un d'autre.

— Je suis pas comme ça, expliqua Constance. En plus, mes parents l'aiment bien. C'est un voisin.

— Est-ce que ça veut dire que tes parents m'aiment pas la face?

— C'est pas ça, protesta la jeune femme, mais ils te trouvent un peu vieux pour moi.

— Un peu vieux! répéta Rémi, ulcéré. Et toi, qu'est-ce que t'en penses?

— Ils ont peut-être raison, affirma Constance pour se débarrasser définitivement de l'importun. J'ai seulement dix-huit ans et tu m'as dit que t'allais en avoir vingt-six juste avant Noël…

— C'est correct, j'ai compris, fit sèchement le galant. Bonne nuit.

Le jeune homme tourna les talons et s'éloigna de l'école, les mains profondément enfouies dans les poches de son manteau. Arrivé sur la route, il regarda la fenêtre qu'il venait de quitter. Le battant avait été refermé et la lueur de la lampe s'était déplacée. Songeur et mécontent, il retourna à la ferme paternelle.

Les jours suivants, les siens trouvèrent Rémi étrangement silencieux. Il travailla chaque jour à réparer le toit de l'étable avec Eugène et son père, mais ne sortit pas de la maison après le souper pour aller traîner devant le magasin général, comme il avait l'habitude de le faire.

— Je sais pas ce qui tracasse ton frère, finit par faire remarquer Thérèse à Germaine, mais il a pas l'air dans son assiette depuis un bout de temps.

— Il est à la veille de monter au chantier; c'est peut-être ça qui le travaille, répondit cette dernière, désinvolte.

Chapitre 16

La grande demande

Un vol d'outardes traversa bruyamment le ciel de Saint-Jacques-de-la-Rive. Lorsque Magloire et ses deux fils s'étaient dirigés vers l'étable, à l'aube, pour soigner les animaux, les toitures des bâtiments étaient couvertes de givre.

— C'est pas chaud à matin, s'était contenté de faire remarquer le père de famille. On est à la veille d'hiverner. Le mois d'octobre achève.

— Je pense ben que je vais monter au chantier la semaine prochaine, laissa tomber Rémi. C'est le temps.

Son père et son frère ne commentèrent pas sa décision. Ils avaient, eux aussi, passé plusieurs hivers dans un chantier et savaient que les patrons n'engageaient que rarement après la première semaine de novembre. Le temps de l'embauche se terminerait bientôt. Les derniers départs s'effectueraient sûrement dans les prochains jours.

Au milieu de l'avant-midi, la température s'adoucit un peu, mais le ciel s'ennuagea et une pluie froide et drue se mit à tomber. Rémi fut surpris de voir subitement entrer Xavier Lemire dans l'étable où il était occupé à réparer une mangeoire en compagnie d'Eugène.

— Cré maudit! T'es pressé de venir voir ma sœur! s'exclama-t-il, moqueur. As-tu peur que quelqu'un vienne te la voler?

— Ça pourrait ben arriver, lui répondit son futur beau-frère, mi-sérieux. C'est sûr que je suis venu pour la voir. Je viens aussi pour t'avertir que Martel nous fait dire que si on veut de l'ouvrage dans son chantier cet hiver, on est mieux de monter avec lui lundi matin. Il va nous attendre à Drummondville demain midi avec huit autres gars. On va tous monter ensemble à La Tuque. Il paraît qu'avec nous deux, son *staff* va être complet pour l'hiver.

— C'est ben correct.

— Mon voisin m'a offert de m'amener à Drummondville demain matin. Veux-tu monter avec nous autres? On pourrait te prendre de bonne heure, en passant.

— C'est parfait, accepta Rémi. Avec la pluie qui tombe, comment sont les chemins?

— Ils étaient déjà pas beaux. Tu peux être certain que c'est pas cette pluie-là qui va les améliorer.

— Tout à l'heure, je vais aller jeter un coup d'œil sur le chemin qu'on a ouvert au bout du rang, expliqua Rémi.

— Pendant que vous finissez votre ouvrage, dit Xavier aux deux frères, votre sœur m'a demandé d'aller lui chercher son métier à tisser dans la remise et de le nettoyer avant de l'entrer dans la maison.

— J'espère que tu commences à comprendre ce qui t'attend quand tu vas l'avoir mariée, plaisanta Eugène. Moi, j'ai l'impression que tu vas trouver tout un *boss*.

— C'est même possible que tu trouves notre *foreman* au chantier pas mal plus doux qu'elle, ajouta Rémi en éclatant de rire.

— Vous êtes chanceux, vous deux, qu'elle vous entende pas. J'ai presque envie d'aller lui répéter ce que vous venez de me dire, plaisanta Xavier.

— Fais surtout pas ça! le prévint Eugène. Elle est ben capable d'essayer de nous empoisonner à midi juste pour avoir dit ça.

Au même moment, dans la cuisine, Thérèse déposa Clément dans son berceau, près du poêle, après avoir changé ses langes. Un mince sourire vint éclairer le visage sévère de l'épouse d'Eugène en entendant sa belle-sœur chantonner pendant qu'elle épluchait les pommes de terre qui allaient être servies au dîner avec le rôti de porc.

— Est-ce que c'est le fait de voir ton Xavier qui te rend de si bonne humeur ? demanda-t-elle à Germaine.

— D'après toi ?

— J'espère que tu t'ennuieras pas trop de lui cet hiver. Moi, je me suis bien ennuyée d'Eugène quand il passait ses hivers au chantier, avoua Thérèse en replaçant une mèche qui s'était échappée de son chignon.

— C'est sûr que je vais m'ennuyer un peu de lui, reconnut Germaine en baissant involontairement la voix, mais j'ai mon trousseau à finir et j'ai Jocelyn. J'en mourrai pas.

Quand Xavier lui avait annoncé quelques minutes auparavant qu'il partirait pour le chantier dès le lendemain matin, la jeune femme avait éprouvé un choc, même si elle savait depuis des semaines que son départ était inévitable. Elle avait beau ne savoir que depuis le début de l'automne qu'il tenait à elle au point de vouloir l'épouser, les liens qui s'étaient tissés entre eux étaient solides. C'était l'homme de sa vie, le seul qui avait vu en elle toute la tendresse qui se dissimulait sous ses manières un peu brusques. En un mot comme en cent, elle l'aimait et comptait déjà les jours qui la séparaient de son mariage.

Évidemment, Germaine fit en sorte que son fiancé demeure près d'elle toute la journée. Elle ne le laissa partir qu'en échange de la promesse qu'il l'accompagnerait à la basse-messe, le lendemain matin, avant de partir avec son frère.

⤸

Cet après-midi-là, Joseph Pouliot vit entrer dans son magasin général un Elphège Turcotte tout endimanché, les cheveux plaqués sur la tête par la pluie qui n'avait pas cessé de tomber depuis quelques heures.

À l'entrée du jeune cultivateur, Antonius Tougas était en train d'expliquer à Florentin Crevier, Adjutor Beaulieu et au bedeau comment il était parvenu à sauver une vache malade, la veille. Les quatre hommes fumaient, paisiblement, rassemblés près de la fournaise installée au centre de la grande pièce. À la vue d'Elphège, Florentin s'arrêta net au milieu de la phrase qu'il était en train de prononcer pour faire un clin d'œil à ses interlocuteurs. Il se tourna vers le nouvel arrivant.

— Ah ben! Si c'est pas notre Tit-Phège! s'exclama-t-il. Mais t'es ben *swell*! C'est pourtant pas dimanche. Où est-ce que tu t'en vas habillé comme ça?

— Nulle part, monsieur Crevier, fit le jeune homme en épongeant un peu l'eau qui lui coulait sur la figure avec un large mouchoir à pois qu'il venait de tirer de la poche de son veston un peu étriqué.

Au-dessus d'un cou étranglé par une cravate, on ne voyait que la grosse figure ronde marquée par l'acné. Sous son imposant nez bourbonien, le frère de Rose-Aimée Turcotte avait laissé pousser une étrange petite moustache.

— Veux-tu ben me dire ce que t'as en de... en dessous du nez? intervint à son tour Anatole Duchesne en s'avançant vers Elphège, les yeux plissés comme s'il avait du mal à identifier la nature de ce qu'il venait de repérer.

Il y eut quelques ricanements chez les spectateurs. Joseph, retranché derrière son comptoir, avait beaucoup de mal à garder son sérieux. Le jeune fermier tâta du bout du doigt ce que le bedeau venait de désigner en bégayant.

— C'est ma moustache, admit-il en jetant un regard furieux au petit homme dressé devant lui.

— Ah! T'a... T'appelles ça une moustache, toi? Elle m'a l'air pas mal mi... miteuse.

— Ça fait juste une semaine que je la laisse pousser; elle va devenir plus épaisse, se défendit Tit-Phège.

— À ta place, je couperais ces trois poils-là tout de suite, lui conseilla Beaulieu sur un ton paternel.

— C'est drôle, Tit-Phège, intervint pour la première fois le grand Tougas, moi, je trouve que t'aurais la face pour porter une belle barbe.

— C'est vrai qu'a... avec une barbe, il y a pas une cré... créature dans la paroisse qui va lui ré... résister, reconnut le bedeau, en affichant un air très sérieux.

— Arrêtez donc vos niaiseries! s'écria Crevier. Vous voyez ben que c'est pas possible. Il est même pas capable d'avoir une vraie moustache. Il a encore une vraie peau de bébé, notre Tit-Phège. Il y en a comme ça qui ont besoin de se faire la barbe juste une fois par semaine ou même une fois par mois, ajouta le maréchal-ferrant en prenant un air dédaigneux.

— Voyons, Florentin! T'as la mémoire courte en sacrifice, reprit le grand cultivateur dégingandé. Tu te souviens pas de moi quand j'étais jeune? J'avais encore moins de barbe que Tit-Phège. Regarde aujourd'hui. J'ai la barbe tellement forte que je devrais me raser deux fois par jour.

Il était exact qu'Antonius Tougas avaient les joues bleuies par la barbe.

— C'est pourtant vrai, reconnut Crevier. À vingt ans, si je me souviens ben, t'avais les joues comme des fesses de bébé.

— Il y a moyen d'avoir une belle barbe ou une belle moustache, reprit l'autre en passant ses pouces dans la large ceinture qui retenait son pantalon.

— Ah oui? demanda Beaulieu, en adoptant un air curieux.

Il n'y avait qu'à voir le visage intéressé d'Elphège pour comprendre qu'il était le premier à vouloir connaître la recette.

— C'est un moyen que le père nous a donné, à mes frères et à moi, quand on était jeunes. Il le tenait de son propre père, tint à préciser Antonius en baissant la voix.

— Puis, c'est quoi ? demanda Florentin d'une voix impatiente.

— C'est simple comme bonjour. Il y a juste à aller chercher du fumier de poule ben frais dans le poulailler et à s'en mettre deux fois par jour là où on veut que le poil pousse. C'est écœurant comme c'est fort, cette affaire-là !

— C'est pas vrai ? fit Crevier, faussement incrédule.

— Je te le dis. C'est pas croyable. C'est sûr que ça sent mauvais, mais ça marche, mentit Tougas, le visage impassible.

— Il me semble que j'ai déjà entendu parler de cette recette-là, prétendit alors Beaulieu, en prenant l'air de quelqu'un cherchant à se rappeler un événement.

— En tout cas, tu fais ça une semaine et ça te donne une barbe forte pour le reste de tes jours, conclut le grand cultivateur d'un air pénétré.

Il était inutile d'insister davantage. La recette donnée par Antonius Tougas n'était pas tombée dans l'oreille d'un sourd. Sur un signe de tête, Elphège quitta les quatre hommes et s'approcha du comptoir pour s'adresser au propriétaire, qui luttait toujours contre le fou rire qui cherchait à s'emparer de lui.

— Est-ce que je pourrais vous dire deux mots dans le particulier ? lui chuchota Elphège en se penchant vers lui.

Intrigué, le propriétaire du magasin général chaussa ses lorgnons et lui fit signe de le suivre jusqu'à la porte qui lui permettait de communiquer avec les pièces occupées par sa famille.

— Qu'est-ce qu'il y a ? lui demanda-t-il à voix basse.

— Ben, j'aurais aimé avoir la permission de fréquenter votre fille, dit le jeune fermier en rougissant légèrement.

— C'est pas à moi que tu dois demander ça, Tit-Phège ; c'est à elle.

Sur ces mots, Joseph Pouliot ouvrit la porte de communication pour crier à son épouse :

— Amanda, je t'envoie Tit-Phège Turcotte. Entre et parle à ma femme, ajouta-t-il à mi-voix en poussant le jeune homme devant lui.

Sur ce, le commerçant referma la porte et retourna derrière son comptoir, où il put enfin se laisser aller à ricaner.

Amanda Pouliot était une petite dame aussi large que haute. Elle souriait rarement. Le visage sévère, elle apparut devant Elphège pour s'informer de ce qu'il désirait.

— J'aurais voulu demander à votre fille si je pouvais venir la voir.

La mère de famille le dévisagea durant un bref moment avant de tourner la tête vers l'escalier qui ouvrait sur sa gauche.

— Hélèna, descends donc une minute ! ordonna-t-elle d'une voix forte.

Il y eut un bruit de pas à l'étage et Hélèna descendit l'escalier d'un pas vif. La jeune fille de vingt ans était un peu plus grande que sa mère, mais son petit visage étroit encadré par une chevelure d'un noir de jais n'avait aucune douceur. Elle avait hérité de sa mère ses yeux noirs aux paupières légèrement tombantes et, surtout, ses lèvres minces. Elle sursauta légèrement en apercevant Elphège Turcotte.

— Qu'est-ce qu'il y a, m'man ?

— Tit-Phège voudrait te parler, lui dit cette dernière en se retirant dans la cuisine.

Hélèna, surprise, regarda sa mère la laisser sur place en compagnie du jeune homme qu'elle connaissait depuis l'époque où ils fréquentaient tous deux l'école du village.

— Qu'est-ce qu'il y a ? fit-elle, intriguée par sa présence dans la maison.

— Ben, je me suis dit que ce serait pas une mauvaise idée de venir te demander… te demander si…

— Envoye, Tit-Phège ! dit Hélèna, incapable de réprimer son impatience.

Le jeune homme rougit violemment et se gratta la tête avant de se décider à avouer le but de sa visite inattendue.

— Je suis venu te demander si ça te dirait que je vienne te voir de temps en temps pour veiller avec toi.

La jeune fille, estomaquée, demeura d'abord sans voix. Devant son silence, Elphège la crut flattée par sa demande et un léger sourire apparut sur son visage ingrat.

— Es-tu sérieux, Tit-Phège ?

— Ben oui.

— Voyons donc ! On se connaît depuis la petite école et on n'arrêtait pas de se chamailler dans ce temps-là, dit Hélèna en faisant un effort pour lui faire bien entendre qu'elle ne voulait pas de lui comme cavalier.

— On était jeunes dans ce temps-là, plaida-t-il.

— Écoute, reprit-elle, le regard soudainement sévère. T'as été pas mal fin de penser à moi, mais essaye de comprendre. Moi, je veux pas me marier. Si tu me fréquentais, tu perdrais ton temps. Je me connais, je suis pas faite pour être une femme de cultivateur. Ça m'intéresse juste pas.

Le sourire s'effaça soudain de la figure du prétendant tandis qu'Hélèna lui ouvrait la porte de communication pour l'inviter à retourner dans le magasin général.

— C'est de valeur, trouva-t-il la force de dire pour sauver son amour-propre. Je suis certain que ça aurait ben marché entre nous deux.

La jeune fille ne se donna pas la peine de lui répondre. Elle se contenta de refermer la porte derrière lui.

— Qu'est-ce qu'il te voulait? lui demanda sa mère en la voyant entrer dans la cuisine.

— Vous me croirez peut-être pas, m'man, mais il voulait venir veiller avec moi.

— Puis?

— Voyons donc, m'man! Me voyez-vous recevoir Tit-Phège Turcotte au salon? Je deviendrais la risée de tout Saint-Jacques. L'avez-vous regardé? Il est laid comme les sept péchés capitaux.

— La beauté chez un homme, ma fille, c'est pas bien important. Oublie pas que ce garçon-là a une terre à lui. Sois pas trop difficile. Tu risques de rester vieille fille si tu repousses tous les garçons qui veulent te fréquenter.

— À dire bien franchement, m'man, j'aimerais mieux mourir vieille fille que d'être prise avec un agrès comme lui.

Quand Elphège traversa le magasin général en direction de la porte, le silence se fit chez les clients en train de discuter avec le propriétaire, près de son comptoir. Rouge d'humiliation, le jeune cultivateur les salua de la tête et sortit, persuadé qu'on le regardait par les deux fenêtres qui donnaient sur la large galerie du magasin.

À l'extérieur, la pluie n'avait pas cessé et, de plus, le vent s'était levé, faisant virevolter dans l'air les feuilles des arbres. Elphège tourna la tête vers la fenêtre la plus proche pour s'assurer qu'on ne l'épiait pas. Malheureusement, le vent avait entassé quelques feuilles mouillées dans l'escalier. Le jeune homme perdit pied et glissa sur les fesses au bas des quatre marches, se retrouvant assis dans une large flaque de boue.

— Maudit calvaire! jura-t-il en se relevant précipitamment.

Il entendit alors la porte du magasin général s'ouvrir dans son dos et une voix goguenarde lui demander :

— Tu t'es pas fait mal, j'espère ?

— Ben non ! Ben non ! répondit-t-il en s'empressant de monter dans son boghei.

Il n'entendit pas l'énorme éclat de rire qui accompagna son départ.

∽

En ce dernier samedi soir d'octobre, Corinne Hamel était montée changer de robe, en prévision de la visite de Rémi. Toute la semaine, la jeune femme avait tourné et retourné dans sa tête ce qu'elle allait dire à son amoureux. C'était ce soir qu'elle avouerait tout, quelles qu'en soient les conséquences. L'urgence de la situation lui dictait sa conduite. Son retard persistait et elle était maintenant persuadée qu'il se passait quelque chose d'inhabituel dans son corps.

Elle avait attendu assez longtemps. Elle n'en pouvait plus de supporter seule le calvaire qu'elle vivait. S'il fallait qu'elle soit enceinte, son monde s'écroulerait. Le curé allait dénoncer du haut de la chaire la Marie Madeleine de la paroisse ! Pour la millième fois, elle se répéta que sa mère ne voudrait jamais la garder à la maison. Qu'allait-elle faire seule ? À l'évocation de tout ce qui allait lui arriver, son cœur se serrait au point de l'étouffer.

Mais elle ne se faisait pas d'illusions. Même si Rémi acceptait de l'épouser, sa réputation allait être perdue pour toujours. Sa famille ne lui pardonnerait jamais sa faute et le déshonneur qu'elle allait entraîner. En attendant le retour du chantier de son fiancé, son état ne laisserait personne indifférent. Une grossesse de sept ou huit mois était impossible à dissimuler, surtout à l'œil averti des mères de familles nombreuses d'une petite paroisse comme Saint-Jacques-de-la-Rive.

Il fallait à tout prix que Rémi lui vienne en aide et qu'il s'efforce de la comprendre, juste un peu. Elle ne pouvait pas supporter cette situation seule. C'était au-dessus de ses forces.

Un claquement de porte au rez-de-chaussée la tira de ses pensées, et elle s'empressa d'observer son reflet une dernière fois dans le petit miroir de sa table de toilette.

— Corinne ! cria son frère Georges. Rémi vient d'arriver.

— J'arrive, répondit-elle en refermant derrière elle la porte de sa chambre.

À son arrivée au pied de l'escalier, elle vit Rémi en train de retirer son manteau tout en parlant avec son père. Sa mère, occupée à étaler sur la table de la cuisine des pièces de tissu qui allaient être utilisées pour confectionner une courtepointe, ne disait pas un mot. Tout dans son maintien disait assez à quel point elle n'aimait pas le cavalier de sa fille aînée.

Corinne salua son amoureux et attendit qu'il ait terminé sa conversation pour saisir l'une des deux lampes à huile rangées sur une tablette. Elle l'alluma, tandis que Rémi la suivait au salon.

— Je resterai pas ben longtemps à soir, lui dit-il en prenant place à ses côtés sur le divan, l'air sombre. Je monte au chantier demain matin, de bonne heure. Xavier Lemire est supposé passer me prendre après la basse-messe.

Corinne le regarda un long moment. Comme chaque fois qu'il était près d'elle, elle se sentait chavirer, subjuguée par le charme qui se dégageait de lui. Comment lui résister ? Elle aurait aimé lui dire à quel point il allait lui manquer durant tous ces longs mois d'hiver… Pendant un moment, elle se préoccupa de l'air contrarié qu'il affichait, oubliant toutes ses résolutions de la semaine.

— T'as l'air de mauvaise humeur, lui dit-elle. Est-ce qu'il y a quelque chose qui marche pas ?

— Non. Tout est ben correct.

— Est-ce que c'est parce que tu dois partir demain matin ? demanda-t-elle avec l'espoir d'une déclaration d'amour qui pourrait lui servir de prétexte pour lui avouer ses craintes.

— Non. Laisse faire. C'est pas ça.

Désarçonnée et déçue, la jeune femme se tut pendant de longues secondes, plongée dans ses sombres pensées, cherchant désespérément un moyen de lui révéler qu'elle était probablement enceinte. Il était évident qu'il ne se doutait pas le moins du monde de ce qui l'attendait. Ce qu'elle allait lui apprendre allait probablement l'assommer. À l'instant où elle s'apprêtait à ouvrir la bouche pour enfin lui expliquer le drame qu'ils avaient déclenché, elle s'aperçut qu'il la regardait fixement.

— Qu'est-ce qu'il y a ? demanda-t-elle à voix basse.

Rémi tourna la tête vers l'entrée du salon pour vérifier qu'Isidore Hamel, leur chaperon désigné, ne regardait pas dans la pièce, pour se pencher brusquement vers Corinne et l'embrasser. Sous la violence de l'attaque, la jeune fille sursauta et le repoussa.

— Aïe ! Fais attention ! Mon père est là !

— Bon. Écoute, répliqua Rémi sur le même ton. Je suis venu à soir juste pour te demander une chose.

— Laquelle ?

— Veux-tu te marier avec moi ?

Saisie, la femme ne sut d'abord quoi répondre à la question. Elle s'était tellement préparée à le supplier de l'épouser que se faire offrir ainsi d'être conduite au pied de l'autel la renversait. « Le petit va avoir un père », pensa-t-elle, soulagée au-delà de toute expression.

— Puis ? demanda Rémi.

— Certain, se contenta-t-elle de lui répondre en l'embrassant impulsivement sur une joue alors qu'il ne s'y attendait pas.

— Bon. Je vais demander ta main à ton père, dit Rémi en se levant, comme s'il était pressé de se débarrasser d'une corvée inéluctable.

Corinne, radieuse, le suivit dans la cuisine. Lorsqu'ils reviendraient au salon, elle lui révélerait la vérité, lui apprendrait qu'ils auraient tout intérêt à se marier très rapidement à son retour.

Isidore sursauta légèrement quand les deux jeunes gens pénétrèrent dans la cuisine. Il somnolait, assis dans sa chaise berçante, près du poêle.

— Hein ! fit-il.

— Tu cognais des clous, Isidore Hamel ! lui reprocha sa femme, assise à l'autre extrémité de la cuisine avec ses bouts de tissu. Tu fais tout un chaperon.

— Vous achevez cette *job*-là, monsieur Hamel, dit Rémi, plein d'aisance. Je viens vous demander la main de votre fille.

— Je te la donne, répondit le père sans la moindre hésitation.

Angèle, méfiante, fut plus étonnée que soulagée en entendant la demande du voisin. Elle était persuadée que le jeune Tremblay n'était pas le genre d'homme à se marier. Un « courailleux », ne cessait-elle de dire, une « vraie tête folle ». Combien de fois n'avait-elle pas mis sa fille en garde ? Elle savait que Corinne espérait cette demande depuis des mois... Pourquoi le Beau Brummell se décidait-il tout à coup ?

La mère de famille avait entendu certaines rumeurs à propos du beau Rémi, qui avait, jusqu'à tout récemment, poursuivi de ses assiduités la petite institutrice de l'école du rang. Elle n'en avait pas dit un mot à sa fille pour ne pas lui faire de la peine, mais cela confirmait ce qu'elle avait toujours pensé de ce bon à rien. Quand elle avait poussé son mari à exiger du jeune homme qu'il précise ses intentions, elle était certaine qu'il prendrait peur et fuirait... Mais ce soir, voilà qu'il voulait épouser Corinne. Déposant ciseaux et morceaux de tissu, elle ne put s'empêcher de scruter le visage du prétendant en se demandant s'il allait être capable de rendre sa fille heureuse.

— Où est-ce que vous avez l'intention de vivre ? demanda Isidore à son futur gendre en l'invitant à s'asseoir.

Corinne prit place à ses côtés pendant que sa mère s'assoyait dans l'autre chaise berçante.

— C'est sûr qu'on viendra pas vivre chez mon père, déclara Rémi. Il y a déjà Eugène, sa femme et ses enfants. Même si ma sœur Germaine est supposée se marier le printemps prochain, il y aura pas assez de place pour nous autres.

— On pourrait se tasser ici, suggéra Angèle, un peu à contrecœur. Depuis qu'Aimé est parti, il y a de la place. Sans compter qu'un homme de plus pour l'ouvrage...

— Merci, madame Hamel, fit Rémi. Mais je pense qu'en revenant du chantier, je vais avoir assez d'argent de ramassé pour m'acheter une petite terre.

— C'est vrai qu'il y a celle du père Ferland, dans Saint-Pierre, dit Isidore. La terre est bonne. La maison et les bâtiments, une fois réparés, seraient pas pires.

— Il y en a aussi une autre à l'abandon dans le rang Saint-Joseph, à Saint-Gérard, monsieur Hamel.

— Et le mariage ? demanda Angèle. Quand est-ce que vous voulez faire ça ?

— Le plus vite possible, le printemps prochain, intervint Corinne sans consulter son fiancé.

Ce dernier lui jeta un regard inquisiteur.

— Il y a tout de même pas le feu, fit sèchement sa mère. Vous pourriez vous marier au commencement ou à la fin de l'été.

Sentant que Rémi allait accepter le délai le plus long, Corinne s'empressa de répliquer.

— Je pense, m'man, qu'on est mieux de se marier le plus vite possible le printemps prochain. Ça va nous donner le temps de nous organiser. Je pourrai aider Rémi à mettre la maison d'aplomb avant que l'automne arrive. En plus, je serai là pour lui donner un coup de main pour les foins.

Pendant l'heure qui suivit, Isidore et Angèle parlèrent au jeune couple de l'avenir qui les attendait. Lorsque Rémi se leva dans l'intention de partir, Corinne s'aperçut qu'il était un peu plus que dix heures. Soudain, elle réalisa qu'à cette heure avancée, elle ne pouvait plus évoquer de raison pour entraîner son amoureux au salon et lui expliquer la véritable raison de l'urgence de leur mariage. La tête totalement vide, elle le regarda endosser son manteau et la saluer ainsi que ses parents avant de quitter la maison.

Ce soir-là, la jeune fille se mit au lit dès après le départ de son fiancé, dans un état de surexcitation extraordinaire. Elle était déchirée entre la joie de devenir bientôt l'épouse de son Rémi et la peur atroce qu'on la découvre enceinte. Il fallait absolument qu'elle le voie avant son départ. Pendant des heures, elle se retourna dans son lit, incapable de trouver le sommeil. Elle échafaudait toutes sortes de scénarios. Finalement, elle prit la résolution de se lever très tôt le lendemain et de se précipiter chez les Tremblay sous prétexte de voir son Rémi une dernière fois avant son départ. Personne n'y trouverait rien à redire. N'était-elle pas sa promise ? Il était certain que Magloire allait être heureux d'embrasser sa future bru. Elle offrirait ainsi à Germaine, Thérèse et Eugène l'occasion de la féliciter et de lui souhaiter la bienvenue dans sa future famille. Finalement réconfortée, elle trouva le sommeil, au milieu de la nuit.

⁓

— Corinne! Corinne! s'écria Angèle en la secouant par l'épaule. Vas-tu finir par te lever, à matin?

La jeune fille ouvrit péniblement les yeux et s'aperçut avec stupeur que sa chambre était éclairée par le soleil.

— Quelle heure il est? demanda-t-elle en s'assoyant brusquement dans son lit.

— Il est l'heure de t'habiller pour venir à la messe, répondit sa mère, prête à quitter la pièce.

— La basse-messe?

— Non. La grand-messe. Il est déjà huit heures et demie. Grouille-toi! Ton père est parti atteler.

— Mon Dieu! s'écria la jeune fille en se jetant sur ses vêtements.

Elle s'habilla en un tournemain, donna deux coups de brosse à ses cheveux et dévala l'escalier. Elle empoigna son manteau et ouvrit la porte.

— Où est-ce que tu t'en vas comme ça? lui cria sa mère.

— Je reviens tout de suite!

Angèle se pencha à la fenêtre juste à temps pour voir sa fille sortir de la cour et courir sur la route vers la ferme voisine.

— Une vraie folle! s'exclama-t-elle. Qu'est-ce que les voisins vont dire?

Lorsque Corinne, à bout de souffle, frappa à la porte des Tremblay, ce fut Thérèse qui vint lui ouvrir.

— Rémi est pas déjà parti ? demanda-t-elle, pleine d'espoir, à l'épouse d'Eugène Tremblay.

— J'ai bien peur que t'arrives trop tard pour le voir, répondit Thérèse, compréhensive, en l'invitant d'un geste à entrer.

— C'est pas vrai ! dit Corinne, le visage défait.

— Il a dû te dire qu'il voyagerait avec Xavier Lemire. Xavier est arrivé de bonne heure avec son voisin. Ils sont tous allés à la basse-messe. Germaine et mon beau-père y sont allés avec eux. Les hommes sont pas supposés revenir à la maison après la messe. Ils ont mis leur paquetage dans la voiture et ils ont dit qu'ils prendraient le chemin de Drummondville tout de suite après.

Cette nouvelle anéantit complètement Corinne. Elle se mit à pleurer doucement. Il lui fallut un long moment pour surmonter son désespoir. Sa peine était tellement visible que Thérèse, inquiète, lui offrit de s'asseoir dans la cuisine.

— Voyons ! Mets-toi pas à l'envers comme ça. Je sais que c'est pas mal décevant pour toi de pas avoir pu voir ton amoureux avant de partir, mais console-toi ; il va revenir le printemps prochain.

— Rémi vous a rien dit avant de partir ? demanda Corinne en s'essuyant les yeux avec un mouchoir tiré de sa poche.

— N... non, fit Thérèse, après une légère hésitation. Est-ce qu'il devait nous dire quelque chose ?

— Non, répondit Corinne en se reprenant.

Elle se leva et s'excusa du dérangement. En quittant la maison, elle croisa Eugène, qui rentrait du bâtiment dans l'intention de se préparer pour la grand-messe.

— Qu'est-ce que la blonde de Rémi voulait ? demanda-t-il à sa femme en se déchaussant.

— Elle aurait voulu le voir avant qu'il parte, se contenta-t-elle de lui répondre, tout de même un peu intriguée par la dernière question de la jeune voisine.

❧

Le lendemain, jour des Morts, presque tous les habitants de Saint-Jacques-de-la-Rive vinrent rendre hommage à leurs parents défunts au cimetière paroissial.

Mais en cette froide journée d'automne, ils avaient une autre raison de se réunir en ce lieu. Le curé Joyal avait en effet invité tous ses paroissiens à se joindre à lui à deux heures pour la bénédiction de la nouvelle croix, plantée au centre du cimetière. L'événement méritait d'être célébré en grande pompe parce que l'achat de cet ornement en fer forgé trônant sur un imposant socle de pierre avait mis passablement à mal le budget de la fabrique. Si certains paroissiens avaient critiqué la folie des grandeurs d'Antoine Joyal pour cette dépense onéreuse, Magloire Tremblay et les autres marguilliers, pour leur part, lui avaient apporté un appui inconditionnel.

Les habitants de Saint-Jacques-de-la-Rive se rassemblèrent donc au pied des marches du parvis de l'église pendant que les quatre seuls zouaves pontificaux de la paroisse déployaient le dais sous lequel le curé, les épaules couvertes par une lourde chape noire, vint prendre place. Devant lui, l'abbé Groleau, chargé d'un bénitier et suivi par une demi-douzaine d'enfants de chœur, attendait le signal de son supérieur pour se mettre en marche.

Derrière l'église, les deux portes de la petite clôture en fer forgé entourant le cimetière avaient été largement ouvertes. Anatole Duchesne, le vieux bedeau, avait soigneusement ratissé la pelouse de l'endroit avec l'aide de Cloclo et de quelques écoliers du village. Deux grandes gerbes de fleurs, les dernières de la saison, avaient été déposées au pied de la nouvelle croix. Lorsque le curé de la paroisse se mit en marche vers le cimetière, la petite foule de fidèles s'ouvrit devant le cortège avant de s'y joindre.

Les paroissiens pénétrèrent en silence dans le cimetière, derrière leur pasteur, qui s'immobilisa au centre de l'endroit, au pied de la nouvelle croix. Après une brève allocution dans laquelle il affirma que cette nouvelle acquisition proclamait aux yeux de tous le respect qu'on portait aux disparus à Saint-Jacques-de-la-Rive, Antoine Joyal la bénit en l'aspergeant abondamment. Ensuite, le prêtre consacra le reste de la cérémonie à la célébration de la fête du jour, soit celle des fidèles défunts.

La paroisse avait perdu en cette année 1900 six paroissiens, dont quatre enfants naissants ou en bas âge. Il convenait de les rappeler à la mémoire des vivants. Il était d'ailleurs assez facile de repérer les familles en deuil puisque leurs membres étaient engoncés dans des vêtements noirs. Parmi eux, au premier rang, on remarquait Elphège et Rose-Aimée Turcotte.

Le curé récita plusieurs prières et termina la célébration par le *De Profundis*. Après une dernière bénédiction adressée à l'assistance, le prêtre reprit le chemin de l'église, toujours protégé par le dais porté par les zouaves. L'abbé Groleau et les enfants de chœur lui emboîtèrent le pas.

Les paroissiens, pour leur part, s'égaillèrent dans le cimetière en chuchotant pour aller faire pieusement une prière devant le lot où des parents étaient ensevelis.

Chapitre 17

La fin de l'automne

On en était à la troisième semaine de novembre et, phénomène étrange, il n'était pas encore tombé un flocon de neige sur la région. Les journées froides alternaient avec des jours d'une pluie qui vous transperçait jusqu'aux os. Les anciens juraient qu'ils n'avaient jamais connu un automne aussi pluvieux. «Ben ben mauvais pour attraper toutes sortes de maladies», disaient-ils d'un air pénétré.

Au début de la semaine, Laurent Fournier avait décidé de faire boucherie, malgré les réticences de sa femme.

— Ça va faire, le taponnage! avait-il déclaré. On n'est pas pour attendre au mois de décembre, baptême! Il fait frais à matin. C'est aujourd'hui que je tue la vache. Viens me donner un coup de main.

Fernande l'avait suivi en rouspétant jusqu'à l'enclos où leurs huit vaches étaient parquées en attendant le jour prochain où elles seraient enfermées dans l'étable pour hiverner.

— On tue la noire, elle donne presque plus de lait, avait décidé le cultivateur, qui était entré dans l'étable pour cueillir un licou qu'il alla ensuite passer autour du cou de leur plus vieille bête.

Il avait fait sortir la vache de l'enclos et l'avait conduite jusqu'à l'entrée de la grange. La bête était passablement nerveuse, sentant probablement le sort qui l'attendait.

— Tiens ben la corde, avait ordonné Laurent en la tendant à sa femme. Je reviens avec la masse.

Moins d'une minute plus tard, l'homme s'était avancé armé d'une lourde masse. Avec un « han ! » de bûcheron, il avait frappé la vache en pleine tête. Celle-ci s'était immédiatement écroulée sur les genoux avant de rouler sur le côté, secouée par un dernier spasme.

— C'est correct, tu peux rentrer. Je suis capable de me débrouiller tout seul à cette heure, avait fait le fermier.

Pendant que Fernande regagnait la maison, son mari était entré dans l'écurie d'où il était sorti moins de cinq minutes plus tard en tenant l'un de leurs deux chevaux par la bride. De l'une des fenêtres, sa femme l'avait vu passer une longue chaîne dans le gros anneau fixé au-dessus de la porte de la grange. Après avoir enserré le cou de la vache avec l'une des extrémités de cette chaîne, il était parvenu sans mal à la suspendre à quelques pieds du sol, grâce au cheval qui l'avait tirée. Ensuite, il avait passé le reste de l'avant-midi à vider la bête et à lui enlever la peau.

Lorsque le cultivateur était rentré pour dîner, il avait été très fier d'annoncer aux siens que la bête abattue allait leur fournir un très bon cuir et qu'on pourrait préparer la viande dès le mercredi avant-midi, s'il faisait assez froid.

Le jour dit, le mercure était descendu sous zéro et, après le déjeuner, Laurent avait entrepris d'aiguiser ses meilleurs couteaux.

— Si on perd pas de temps, clama-t-il avec bonne humeur à Fernande et à sa fille Florence, après le départ de Germain pour l'école, on est bons pour s'occuper de la vache à matin. On tuera le cochon cet après-midi. Préparez tout ce qu'il faut. J'ai déjà installé les tréteaux et les madriers dans l'entrée de la grange. La table est prête.

Chez les Fournier, comme dans la plupart des autres foyers de la région, le jour de l'année où on faisait boucherie était un jour joyeux. Depuis plusieurs semaines, on ne mangeait pratiquement plus de viande, les provisions de l'automne précédent étant épuisées. On allait enfin pouvoir se régaler de viande fraîche.

Aussitôt après le départ de son mari, Fernande s'était activée pour rassembler les plats et la jute dans laquelle elle envelopperait la viande découpée. Florence la secondait avec une certaine nonchalance.

— Veux-tu te grouiller un peu ! s'emporta sa mère. Ton père nous attend. Arrive qu'on commence ! Apporte ces plats-là, ajouta-t-elle en lui montrant une pile de vaisselle déposée sur le comptoir.

Florence se contenta de tourner vers sa mère le même visage buté qu'elle avait depuis quelques semaines et ne montra aucun empressement à lui obéir. Elle était maintenant majeure depuis une semaine, mais cet état ne lui servait plus à rien puisque Sam l'avait oubliée. Les beaux rêves d'indépendance qu'elle avait entretenus durant tout l'été étaient terminés. Le commerçant l'avait abandonnée... Et tout ça à cause de sa mère ! Si elle n'avait pas dit au curé Joyal qu'il était juif, celui-ci n'aurait jamais exigé une lettre de son curé prouvant qu'il était catholique.

Le jour même de la visite du prêtre, Fernande avait été intraitable avec sa fille. Il n'était pas question que son Juif remette les pieds dans la maison s'il ne satisfaisait pas à la demande du curé de la paroisse. Florence n'avait pas eu le choix. Elle avait écrit à son cavalier pour lui expliquer la situation. Depuis, rien. Pas une lettre. Pas une visite. C'était comme si Sam n'avait jamais existé. Par la seule faute de l'attitude de sa mère. À cette simple évocation, Florence serra les dents.

La jeune fille endossa le vieux manteau troué qu'elle portait pour travailler à l'extérieur durant la saison froide et suivit sa mère jusqu'à la grange. Son père avait déjà commencé à découper un gros quartier de la vache qu'il déposa sur la table improvisée dans l'entrée du bâtiment. Aussitôt, Fernande commença à tailler des rôtis que Florence enroulait dans de la jute avant de les transporter dans un grand coffre de bois, dans la remise. Le printemps suivant, on conserverait la viande grâce à la glace enterrée sous une épaisse couche de bran de scie. Durant la seconde moitié de l'été, l'unique moyen de garder un peu de viande serait de la placer dans une grande chaudière plongée dans le puits.

— Fais-moi des cubes avec ça, commanda sèchement Fernande, quelques minutes plus tard, en poussant vers sa fille les moins beaux morceaux de viande.

Silencieuse, Florence s'empara de la viande et se mit à la découper. Même si elle était à l'abri dans la grange, le froid extérieur lui avait engourdi les doigts et les pieds. Sa respiration se transformait en une légère buée.

Le bruit d'un attelage s'arrêtant sur le bord de la route, à l'entrée de la cour, fit lever la tête des deux femmes au même moment. Elles étirèrent le cou pour connaître l'identité de celui qui s'arrêtait devant la maison.

— C'est le père Côté, dit Laurent en saluant de la main le facteur qui venait de l'apercevoir en train de débiter sa vache dans l'entrée de la grange.

— Ça doit être Annette qui nous écrit pour nous donner de ses nouvelles, fit Fernande. Va donc chercher sa lettre, ajouta-t-elle en se tournant vers sa fille.

Sans aucun enthousiasme, celle-ci déposa son couteau sur la table, s'essuya les mains sur un vieux linge et se dirigea vers la boîte aux lettres d'où elle tira une petite enveloppe blanche. Quand elle vit que la lettre lui était adressée, son cœur fit un bond dans sa poitrine. Elle venait de reconnaître la petite écriture serrée de Sam. Une intense chaleur l'envahit alors. Fébrile, elle décacheta l'enveloppe et en tira deux feuillets qu'elle se mit à lire avec avidité, debout près de la route. Au fur et à mesure que sa lecture progressait, un grand sourire illuminait son visage. Une fois sa lecture terminée, Florence replia avec soin la missive de son amoureux, la glissa dans la poche de son manteau et revint, toute joyeuse, vers la grange où sa mère l'attendait en dissimulant assez mal sa curiosité.

— Je suppose que c'est pas une lettre de ta sœur? dit-elle d'une voix qu'elle voulait neutre.

— Non, c'est Sam qui m'a écrit.

— Tiens! Je le pensais mort, lui.

— M'man! protesta Florence, indignée.

— Ça fait un mois qu'il t'a pas donné de ses nouvelles. Puis?

— Il va venir me voir samedi. Ça va vous surprendre, mais il a la lettre de son curé, ajouta Florence d'un air triomphant.

— Je le croirai quand je la verrai, laissa tomber sa mère, d'une voix acide. Ça lui a bien pris du temps à l'avoir, cette lettre-là.

— Il faut croire qu'il avait autre chose à faire que m'écrire, se contenta de répondre Florence en reprenant son travail.

Pour rien au monde, elle n'aurait révélé à sa mère que son Sam venait à Saint-Jacques-de-la-Rive le samedi suivant dans l'intention de lui apprendre une grande nouvelle. Sans rien préciser, il écrivait être certain qu'elle lui pardonnerait son silence de quelques semaines quand elle apprendrait ce qui lui était arrivé depuis sa dernière lettre. De plus, il avait promis de lui apporter un beau cadeau d'anniversaire.

— En tout cas, cette lettre-là est mieux d'être bonne, sinon ça va être la dernière fois que tu vas le voir, fit sa mère d'une voix dure.

Florence se contenta de hausser les épaules et reprit son travail.

À midi, toute la vache avait été dépecée et Fernande avait même préparé une bonne quantité d'os qu'elle avait l'habitude de conserver pour faire de succulentes soupes durant l'hiver. Après le repas, Laurent annonça son intention de finir la boucherie ce jour-là en tuant un des trois porcs que les Fournier avaient engraissés durant l'été.

— Pendant que vous faites la vaisselle, je vais aller allumer le fumoir. Quand vous serez prêtes, on s'occupera du cochon.

Le cultivateur sortit de la maison et se dirigea vers un étrange petit bâtiment recouvert de vieilles planches grises et dépourvu de toute cheminée. Il avait été bâti à l'arrière du poulailler, à une bonne distance de toutes les autres constructions. Le fumoir des Fournier était un petit édifice au toit pentu de trois pieds de côté qui faisait à peine la hauteur d'un homme.

Laurent ouvrit la porte du fumoir et y déposa un grand seau à demi rempli d'écorces et de bran de scie. Avant de refermer la porte, il vérifia la solidité des crochets en métal installés près du plafond auxquels il allait suspendre les pièces de viande dans quelques minutes. Il se dirigea ensuite vers la porcherie après s'être emparé d'une corde dans la grange. Non sans mal, il cerna l'un de ses porcs, le renversa et lui lia les pattes. La bête, affolée, couinait à n'en plus finir. Avec passablement de difficulté, il la traîna cependant jusqu'à la porte de la grange et arriva finalement à la suspendre, la tête en bas.

— Dépêche-toi à apporter les vaisseaux, cria-t-il à Florence qui venait d'apparaître sur la galerie.

Un instant plus tard, le cultivateur trancha la gorge du porc et sa fille recueillit avec une grimace de dégoût le sang qui giclait à grands jets. Sa mère, venue à la rescousse, l'aida à transvaser le liquide chaud qui serait utilisé pour confectionner un excellent boudin. Lorsque la bête fut au bout de son sang, Laurent l'ouvrit de bas en haut et la vida avant de commencer à la dépecer.

— On va finir la boucherie aujourd'hui, même s'il faut faire le train plus tard, dit-il aux deux femmes.

— Ce cochon-là est tellement gras qu'on va avoir du lard en masse, déclara Fernande en examinant le premier quartier de viande déposé devant elle par son mari.

— Je pense qu'on peut en faire au moins huit jambons et le reste en rôtis et en côtelettes, poursuivit Laurent.

— Brasse le sang pour l'empêcher de cailler, ordonna Fernande à sa fille en commençant à découper un rôti.

Pendant quelques minutes, chaque membre de la famille travailla en silence en se concentrant sur sa tâche propre. Ce fut le père de famille qui rompit le silence.

— Touche pas à ce quartier-là, c'est le morceau que j'ai promis au curé Joyal pour la dîme, avertit-il en déposant un quartier de porc sur le coin de la table.

Un peu après cinq heures, au moment où le soleil se couchait à l'horizon, il ne restait plus rien du porc. Toute la viande soigneusement enveloppée avait été rangée dans un second coffre, au fond de la remise. Il ne restait sur la table que huit jambons de belle taille.

— On devrait les fumer tous les huit à soir, dit Laurent.

— J'aime autant pas, lui répondit sa femme. On sait jamais, avec le fumoir. Si tu manquais ton coup, on perdrait trop de belle viande. Fais-en donc fumer quatre à soir et, demain soir, tu t'occuperas des quatre derniers.

Laurent n'insista pas. Pendant que sa femme transportait quatre pièces de viande dans la remise pour les ranger dans le coffre, il prit les quatre jambons qui restaient et alla les suspendre dans le fumoir. Il alluma ensuite le feu dans la chaudière puis vérifia que les flammes y étaient à demi étouffées par le bran de scie et les écorces. Quand il fut certain que son feu dégageait surtout beaucoup de fumée, il referma soigneusement la porte et se dirigea vers l'étable pour faire son train.

Le fermier était content de sa journée. La température était suffisamment froide pour ne pas risquer de perdre de la viande. À son retour, une odeur appétissante l'attendait. Fernande, aidée par sa fille, avait terminé la préparation de la viande assaisonnée de toutes sortes d'épices avec laquelle elles allaient confectionner de savoureuses saucisses.

— Penses-tu qu'on va avoir assez de viande pour faire l'année ? lui demanda Laurent en venant humer le mélange en train de mijoter sur le feu.

— Avec les poules, ça devrait faire l'affaire, fit-elle en l'écartant du chaudron.

En deux occasions durant la soirée, Laurent alluma son fanal et se rendit jusqu'au fumoir pour ajouter des écorces et du bran de scie dans la chaudière. Chaque fois, une épaisse fumée noire s'échappait de l'endroit dès qu'il en ouvrait la porte. Il répéta l'opération une dernière fois avant de se mettre au lit vers dix heures.

— Pour moi, demain matin, on va avoir du maudit bon jambon quand on va se lever, dit-il à Fernande avant de souffler la lampe à huile déposée sur sa table de chevet.

Le lendemain matin, avant même le lever du soleil, Germain alla chercher les vaches pour les conduire à l'étable. Il faisait un froid mordant et les champs étaient blancs de givre. Il trouva les bêtes serrées les unes contre les autres. Lorsque le garçon pénétra dans le bâtiment, après avoir fait entrer la dernière bête, il dit à son père :

— P'pa, ça sent pas mal le brûlé dehors.

— C'est normal, répondit ce dernier en train de laver les bidons dans lesquels le lait de la traite allait être recueilli.

Je suis allé ajouter de l'écorce dans la chaudière du fumoir tout à l'heure.

Pendant que le fils nourrissait les animaux, le père se mit à les traire, en silence. Une fois la traite terminée, il dit à son fils :

— Fais-les pas sortir. À partir d'aujourd'hui, on les garde en dedans. On gèle dehors.

Au même moment, la porte de l'étable s'ouvrit sur une Florence à l'air tout effaré.

— Qu'est-ce qui est arrivé au fumoir, p'pa ? demanda-t-elle un peu essoufflée.

— Quoi ? Qu'est-ce qu'il a, le fumoir ?

— Il a passé au feu ! Il est plus là !

— Voyons donc, sacrement ! jura Laurent en se précipitant à l'extérieur pour aller voir ce qu'il se passait.

Après avoir contourné le poulailler, il se retrouva devant un petit amoncellement de décombres fumantes. Le cultivateur, suivi par ses deux enfants, s'approcha de ce qui avait été son fumoir, comme s'il doutait de ce que ses yeux lui faisaient découvrir.

— Ah ben, cibolak ! Il manquait plus que ça !

— C'est m'man qui va être contente, ne put s'empêcher de dire Florence.

Son père n'ajouta rien, secouant la tête, incrédule.

— Je suis sortie pour nourrir les poules quand j'ai vu pas mal de fumée en arrière du poulailler. Je suis venue voir : c'est tout ce qui restait. M'man est en train de faire les chambres en haut. Je pense qu'elle a rien vu.

Quand Laurent, rentré pour déjeuner, apprit à sa femme que le fumoir venait de flamber avec quatre jambons à l'intérieur, Fernande demeura d'abord sans voix, assimilant lentement l'importance de la perte.

— Saudite malchance ! explosa-t-elle finalement. On vient de perdre la moitié de notre jambon ! Une chance que t'as pas mis les huit morceaux dans le fumoir hier soir… Il nous en reste juste quatre pour faire l'année. C'est de valeur que t'aies promis un morceau du cochon à monsieur le curé pour payer la dîme. Dans ce morceau-là, on aurait pu se faire d'autres jambons.

— On se débrouillera, laissa tomber Laurent. Ben mal pris, on pourra toujours s'entendre avec un voisin pour échanger de la viande. C'est toujours la même maudite affaire avec un fumoir, ajouta le cultivateur en prenant place à table devant un bol de gruau fumant. Ça flambe comme rien. Il faudrait presque rester debout à côté pour surveiller. En autant que je me rappelle, celui qui vient de brûler, c'est le troisième que mon père a construit.

— Tu vas m'en bâtir un autre, j'espère, fit Fernande en s'assoyant à son tour.

— J'ai pas le choix si on veut du jambon fumé. Cet avant-midi, je vais laisser ma dîme au presbytère en passant après être allé à la fromagerie. En revenant, je vais m'occuper d'en construire un autre. Ce sera pas long.

⁓

Cet après-midi-là, Corinne Hamel était installée près de l'une des fenêtres de la cuisine, tressant de vieux linges pour en confectionner une catalogne. Sa mère venait de monter à l'étage pour appliquer des cataplasmes bouillants sur la poitrine de son frère Omer qui avait attrapé une mauvaise grippe quelques jours plus tôt. Georges était parti à l'école.

Rémi avait quitté Saint-Jacques-de-la-Rive trois semaines auparavant et elle vivait depuis dans l'angoisse de la découverte inéluctable de son état. Il lui semblait déjà sentir l'enfant bouger en elle. Cent fois par jour, elle appliquait sa main sur son ventre, retenant sa respiration, pour percevoir une autre vie, indépendante de la sienne. Elle avait beau chercher à se raisonner en se répétant qu'elle pouvait encore boutonner sa jupe et qu'elle se sentait encore à l'aise dans ses vêtements, rien n'y faisait. Elle se méfiait de l'œil perspicace de sa mère et de ses questions insidieuses. Depuis quelques jours, elle lui avait fait remarquer son teint pâle. Chaque fois, Corinne avait mis cela sur le compte de la fatigue.

La jeune femme sursauta légèrement quand elle entendit frapper à la porte. Elle avait dû somnoler parce qu'elle n'avait entendu personne entrer dans la cour. En regardant à l'extérieur, elle aperçut un attelage. Elle se leva et alla ouvrir. Elle se retrouva devant Elphège Turcotte.

— Entre, Tit-Phège. Reste pas à geler dehors.

— Bonjour, Corinne. Je suis arrêté voir ton père en passant.

— Tu tombes mal, il est parti faire ferrer notre jument chez Crevier.

Au même moment, Angèle descendit l'escalier et aperçut Elphège debout sur son paillasson.

— Bonjour, madame Hamel, salua poliment le jeune cultivateur. J'ai rencontré votre mari au magasin général avant-hier et il m'a dit qu'il pouvait me montrer comment réparer un patin de ma carriole qui est brisé. Corinne vient de me dire qu'il est chez Crevier.

— C'est de valeur qu'Omer soit malade, dit Angèle. Il est aussi bon que mon mari pour réparer. Il aurait pu te montrer comment faire.

— Qu'est-ce qu'il a, votre garçon?

— Une grosse grippe, fit Angèle, laconique.

— Il paraît qu'elle est pas mal mauvaise cette année. Je regarde Corinne, j'espère qu'elle l'a pas, elle aussi.

— Pourquoi tu dis ça? demanda Corinne.

— Il me semble que t'es pas mal pâle et on dirait que t'as maigri depuis la dernière fois que je t'ai vue.

— Je suis peut-être pâle, répliqua la jeune femme avec un sourire forcé, mais je suis pas malade. Et j'ai pas maigri non plus. Comment va ta sœur ? s'empressa-t-elle de demander pour faire bifurquer la conversation

— Rose-Aimée ? Tu la connais. Tant qu'elle a quelque chose à lire, elle est heureuse.

Elphège ne s'attarda pas chez les Hamel. Après un bref échange de nouvelles, il quitta la ferme. Angèle déclara alors sur un ton ferme à sa fille :

— Si t'es toujours aussi pâlotte la prochaine fois qu'on ira à Pierreville, on va demander au docteur Patenaude de t'examiner.

— Voyons donc, m'man ! protesta Corinne qui avait des sueurs froides à la seule évocation du vieux praticien.

— T'as peut-être juste besoin d'un bon tonique.

Ce soir-là, Corinne monta tôt à sa chambre. Elle souffrait d'une atroce migraine. Elle parvint tout de même à s'endormir, mais elle émergea de son sommeil agité au milieu de la nuit, en proie à de fortes nausées.

— Pas ça ! dit-elle à mi-voix, au bord du désespoir.

Combattant son malaise du mieux qu'elle le pouvait, elle alluma la lampe à huile déposée sur son bureau, chaussa ses pantoufles et sortit de sa chambre sur la pointe des pieds. La maison était glaciale. Sans faire le moindre bruit, elle endossa son manteau, sortit et se rendit aux toilettes, installées au bout de la remise. Le contact de l'air froid lui fit un peu de bien. Pendant plusieurs minutes, elle demeura dans cet endroit incommode, vomissant son dernier repas.

À ce moment précis, elle éprouva une haine intense envers celui qui lui imposait une telle épreuve. Pendant qu'il était tranquille, insouciant, heureux dans la forêt avec ses compagnons de travail, elle était seule, angoissée, sans défense, pour faire face aux conséquences de son geste. L'injustice lui rongeait le cœur.

Lorsqu'elle se sentit un peu mieux, elle retourna dans la maison. Refermant sans bruit la porte derrière elle, elle entreprit de déboutonner son manteau quand elle entendit la porte de la chambre de ses parents s'ouvrir.

— Qu'est-ce qui se passe ? lui demanda sa mère d'une voix inquiète.

— Rien, m'man.

— Es-tu malade ? As-tu une indigestion ?

— Non. J'ai mangé quelque chose qui m'a pas fait. J'ai une diarrhée.

— T'aurais pu te servir de ton pot de chambre au lieu d'aller geler dans les toilettes.

— Il fait presque aussi froid dans ma chambre. Quant à geler, j'aimais autant aller aux toilettes et pas avoir à sentir ça dans ma chambre.

Apparemment rassurée, Angèle rentra dans sa chambre et Corinne, avec un soupir, monta à l'étage pour tenter de retrouver le sommeil.

⁓

Le samedi soir suivant, les Fournier venaient à peine de terminer leur repas qu'ils entendirent une voiture s'arrêter près de leur maison. Depuis le matin, une petite neige folle tombait sur la région et donnait au paysage un air de fête. Sam Cohen, la taille singulièrement épaissie par l'épais manteau de chat qu'il portait, descendit de son boghei, attacha son cheval au garde-fou de la galerie et prit le temps de couvrir sa bête d'une épaisse couverture. Le jeune homme, coiffé de son chapeau melon noir, avait les oreilles et le nez rougis par le froid. Il prit un paquet dans sa voiture et se dirigea vers l'escalier.

— De la visite pour toi, dit Germain à sa sœur aînée après avoir identifié le visiteur.

Florence s'empressa de retirer son tablier et porta machinalement sa main droite à son chignon, pour vérifier qu'aucune mèche ne s'en échappait. Fernande eut une moue de dépit, mais ne fit aucun commentaire. La jeune fille, le visage souriant, alla ouvrir.

Le prétendant salua les parents de Florence qui l'accueillirent sans manifester un grand intérêt, comme d'habitude. Le jeune homme ne sembla pas leur en tenir rigueur. Florence le débarrassa de son encombrant manteau et le fit passer au salon après avoir adressé un regard de reproche à ses parents. Les jeunes gens n'étaient pas dans la pièce voisine depuis cinq minutes que Fernande demandait à son mari, à voix basse :

— Et la lettre demandée par monsieur le curé ? Est-ce que tu penses qu'on va finir par la voir ?

— Attends un peu, dit Laurent pour l'apaiser. Il vient juste d'arriver.

— En tout cas, je t'avertis. S'il a pas la lettre, c'est la dernière fois qu'on le voit ici-dedans.

Dans le salon, les amoureux se retrouvaient après quasi six semaines de séparation. Le jeune homme au nez un peu fort commença par souhaiter un bon anniversaire à Florence en lui tendant le paquet qu'il avait apporté.

— Qu'est-ce que c'est ? demanda-t-elle, excitée.

— Ouvre-le, lui chuchota Sam, avec un large sourire.

La jeune fille détacha avec précaution l'emballage pour découvrir un ensemble de brosses à cheveux et de peignes rehaussés d'ivoire, assortis à un miroir.

— Mais c'est bien trop beau ! s'exclama Florence, folle de joie. T'as fait une folie. C'est bien trop cher !

— Rien n'est trop cher pour toi, répondit galamment le vendeur.

— En voyant des affaires aussi belles, j'ai presque envie de te pardonner de pas m'avoir écrit pendant plus d'un mois, dit-elle en regardant avec ravissement le cadeau princier qu'il venait de lui offrir.

— J'espère que tu vas me le pardonner, dit Sam, redevenu très sérieux. Je vais t'expliquer ce qui est arrivé. Tu vas comprendre.

— Je t'écoute, se contenta de dire Florence, débordante de confiance.

— Te rappelles-tu que je t'ai déjà parlé de mon oncle Aaron ?

— Celui qui a une boutique à Montréal ?

— En plein ça. Sa boutique sur la rue Saint-Laurent était pas juste à lui. Il avait un vieil associé.

— Oui, je me rappelle.

— Mon oncle est mort au mois de septembre. C'était un vieux garçon. Tu devineras jamais ce qu'il a fait ?

— Non.

— C'est moi son seul héritier.

— C'est pas vrai !

— Oh, il m'a pas laissé une fortune, temporisa le vendeur itinérant. Mais il m'a laissé sa part dans la boutique et assez d'argent pour racheter la part de son associé qui était bien content de lâcher.

— Qu'est-ce que ça veut dire tout ça ?

— Ça signifie que je suis maintenant le propriétaire d'une boutique de linge pour hommes. J'aurai pas à ramasser encore mon argent pendant deux ans, comme je le pensais, pour en acheter une.

— Mais t'es riche ! s'exclama-t-elle.

— Non, mais je suis pas pauvre non plus, se rengorgea le jeune homme avec une fierté bien apparente. Je suis plus obligé de vendre en faisant du porte-à-porte et j'ai trois employés à cette heure. Qu'est-ce que tu dis de ça ?

— J'en reviens pas!

— Avec les funérailles de mon oncle et l'achat de la boutique, j'ai manqué de temps pour t'écrire…

— Si je comprends bien, je passe après tes affaires? fit Florence en jouant les coquettes.

— Non. Tu passes bien avant. Je recommencerai plus jamais ça. Je me suis trop ennuyé de toi, avoua son amoureux.

— Est-ce que ça veut dire aussi que t'as pas eu le temps de t'occuper de la lettre demandée par le curé Joyal? demanda la jeune fille, se souvenant tout à coup que seul ce document leur permettrait de poursuivre leur relation.

— Non. J'ai pris le temps de m'en occuper, se défendit Sam.

— Où est-ce qu'elle est?

— Je veux pas manquer de respect à tes parents, reprit Sam Cohen à voix basse, mais je sens bien qu'ils m'aiment pas. Ça fait que j'ai laissé la lettre au presbytère en passant tout à l'heure. Je pense que la lettre du curé de ma paroisse devrait convaincre tout le monde.

— Tant mieux, fit Florence, soulagée.

— Peux-tu me dire pourquoi tes parents tiennent absolument à ce que je leur prouve que je suis catholique? demanda le jeune homme, narquois. Être un Juif orthodoxe, c'est pas avoir une maladie mortelle. Et on n'est pas contagieux.

— Mais t'es catholique? demanda Florence, soudain inquiète.

— Oui, je suis catholique, comme mes parents avant moi… Mais tu m'as pas répondu.

— Je le sais pas, avoua son amie.

— T'es sûre que tu me contes pas une menterie?

— Voyons, Sam!

— On dirait que tes parents s'attendent à ce que je te demande en mariage, se moqua-t-il gentiment en la regardant dans les yeux. Est-ce que je me trompe ?

— Ça me surprendrait pas mal, finit par dire Florence qui n'avait pas encore compris que son cavalier plaisantait. On se connaît juste depuis cinq mois et t'es venu ici cinq ou six fois.

— C'est vrai que ton père et ta mère me connaissent pas trop, dit Sam en laissant percer une certaine amertume. Comme ça leur prend tout leur petit change pour me dire bonjour, ils risquent pas de m'aimer demain matin.

— C'est pas important, l'interrompit Florence en appuyant brièvement sa tête sur son épaule. L'important, c'est que moi, je t'aime.

Son amoureux lui caressa doucement la main. C'était la première fois qu'elle lui disait de vive voix qu'elle l'aimait. Il en était tout remué.

Après le départ de Sam, à la fin de l'après-midi, Fernande ne perdit pas un instant pour s'informer de la lettre auprès de sa fille. Quand cette dernière lui apprit que son cavalier l'avait laissée au presbytère avant de venir à la maison, un air de doute se peignit sur les traits de la mère de famille.

— J'espère pour lui que c'est vrai, cette histoire-là, dit-elle, l'air mauvais.

— Prenez-vous Sam pour un menteur ? s'écria Florence, fâchée de voir sa mère mettre en doute l'honnêteté de son amoureux.

— J'ai pas confiance une miette dans un Juif, déclara Fernande, sans vergogne. J'oublie pas que c'est du monde de sa race qui ont fait mourir Notre-Seigneur sur la croix.

— C'est tout de même pas Sam, m'man ! protesta la jeune fille. Il était pas au monde dans ce temps-là, ironisa-t-elle.

— En tout cas, tu peux être certaine que je vais vérifier tout ça en parlant à monsieur le curé demain matin.

Pendant un moment, Florence avait eu envie de montrer son cadeau d'anniversaire aux siens et de raconter à ses parents ce qui était arrivé d'extraordinaire à son amoureux durant les dernières semaines. Devant leur hostilité affichée, elle changea d'avis. Elle retourna dans le salon, prit son cadeau et monta dans sa chambre, s'empressant de le dissimuler au fond du dernier tiroir de son bureau.

Le lendemain, après la grand-messe, Fernande se dirigea vers la sacristie au lieu de suivre le flot des fidèles en train de quitter l'église. Antoine Joyal rangeait ses vêtements sacerdotaux quand il l'aperçut à la porte.

— Entrez, madame Fournier. Restez pas là, dit-il en lui faisant signe de s'avancer.

— Bonjour, monsieur le curé. Je veux pas vous retarder plus qu'il faut. Je suis juste venue vous demander si l'ami de ma fille vous a bien laissé la lettre du curé de sa paroisse hier.

— Oui, madame Fournier. Ne vous inquiétez pas.

— D'après vous, tout est bien correct?

— Il m'a l'air d'un brave garçon, bien poli, dit le curé Joyal. Pour la lettre, je vais tout de même vérifier en écrivant au curé de sa paroisse.

— Qu'est-ce que vous nous conseillez de faire avec lui en attendant?

— Il peut bien continuer à voir votre Florence, si elle le veut, concéda le prêtre.

Lorsque le jeune Cohen vint visiter Florence durant l'après-midi, avant de prendre le train pour Montréal, Fernande et Laurent ne lui réservèrent pas un meilleur accueil pour autant. Comme l'avait affirmé Fernande un peu avant son arrivée, même s'il prouvait qu'il était bien catholique, il n'en était pas moins juif.

— C'est pas du monde de notre race et il a pas l'air franc pantoute, avait-elle conclu avec un air vindicatif.

Isidore n'avait rien dit, mais tout dans son comportement laissait croire qu'il partageait les réticences de sa femme.

Tout cela ne laissait présager rien de bon.

Chapitre 18

L'hiver

Le dernier mercredi de novembre, le jour sembla refuser de se lever tant le ciel demeura obscur à l'aube. Le vent du nord n'avait pas cessé de hurler durant une bonne partie de la nuit, comme s'il cherchait à arracher les toitures. Quand les habitants de Saint-Jacques-de-la-Rive s'étaient réveillés au petit matin, c'était le calme plat. Le vent s'était subitement tu. Il leur fallut attendre les premières lueurs du jour pour apercevoir les lourds nuages noirs et menaçants qui s'étaient accumulés au-dessus de leur tête.

Lorsque Magloire Tremblay rentra dans la maison en compagnie d'Eugène après avoir fait le train, il se borna à dire à sa fille et à sa bru en enlevant son manteau :

— On a peut-être pas encore eu un grain de neige, mais j'ai l'impression que c'est aujourd'hui qu'on va y goûter. On va en avoir toute une.

— Ça pouvait pas durer comme ça indéfiniment, laissa tomber Germaine en finissant de verser une omelette dans une grosse poêle en fonte.

Le bébé, installé dans son berceau à droite du poêle, se mit à geindre. Thérèse, occupée à trancher le pain, invita sa petite Claire à bercer Clément afin qu'il s'endorme.

Après s'être lavé les mains, Eugène et son père prirent place à table, prêts à déjeuner.

— Pendant que tu vas aller porter le lait à la fromagerie, dit Magloire à son fils, je vais jeter un coup d'œil sur la gratte. J'ai ben l'impression qu'elle va servir aujourd'hui.

— Pourquoi vous allez pas plutôt porter le lait à la fromagerie, p'pa? intervint Germaine. Vous pourriez laisser l'ouvrage forçant à Eugène.

— Whow! fit Magloire, offusqué. C'est pas parce que j'ai soixante-cinq ans que je suis plus capable de rien faire.

— On le sait, monsieur Tremblay, que vous êtes encore bien capable, dit sa bru en s'asseyant à son tour. Mais cette gratte-là est pesante sans bon sens. Il me semble que vous pourriez au moins attendre qu'Eugène soit là pour vous donner un coup de main. Vous allez finir par vous donner un tour de reins en forçant après cette grosse affaire-là.

— C'est vrai, p'pa, intervint mollement Eugène, qui souhaitait intérieurement ne pas hériter de cette tâche.

— Je vais m'occuper de la gratte à matin, déclara, sur un ton sans appel, le vieux cultivateur entêté. Pendant que j'y pense, prends donc le temps d'arrêter chez Crevier et fais-lui donc jeter un coup d'œil sur l'essieu d'en avant. Cet essieu-là a quelque chose de pas correct. Comme ça, le printemps prochain, on aura un boghei capable de rouler comme du monde.

— C'est correct, p'pa.

— Traîne tout de même pas trop au village. Je trouve le temps ben laid, poursuivit Magloire en jetant un coup d'œil par la fenêtre en face de lui.

Comme pour lui donner raison, à l'extérieur, les premiers flocons se mirent à voleter doucement dans l'air froid avant de venir s'écraser contre les vitres. Quelques minutes suffirent pour effacer le paysage triste et brunâtre de l'automne.

Après le déjeuner, Eugène alla atteler malgré tout la voiture sur laquelle il déposa les bidons remplis du lait. Au moment où il allait s'engager sur la route, la porte de la maison s'ouvrit sur Thérèse qui lui cria :

— Achète-moi un gallon de mélasse chez Pouliot en passant.

Son mari hocha la tête pour signifier qu'il l'avait entendue et prit la route du village. La neige s'était légèrement intensifiée.

Au moment où Magloire pénétrait dans la grange au fond de laquelle la gratte avait été remisée, le vent se leva soudain. La nature sembla alors se déchaîner. En un rien de temps, les gracieux flocons se transformèrent en véritables dards et il fut impossible de distinguer le ciel de la terre. Tout devint subitement blanc. Une véritable muraille de neige se dressa, obligeant Magloire à fermer à demi les yeux. Debout dans l'embrasure de la porte, il ne parvenait même pas à distinguer la maison, située à peine à cent pieds de distance. Il s'empressa d'allumer le fanal suspendu près de l'entrée et peina à refermer la grande porte derrière lui pour empêcher la neige d'envahir les lieux. À l'extérieur, le vent rugissait maintenant furieusement, comme s'il essayait de renverser tout ce qui lui faisait obstacle.

À la lueur incertaine du fanal, le vieil homme retrouva la gratte sous une épaisse couche de poussière, au fond du bâtiment, là où elle avait été rangée à la fin de l'hiver précédent.

Il s'agissait d'un engin rudimentaire constitué de trois épais madriers en chêne longs d'environ seize pieds reliés entre eux par des travers solides. On avait fixé à chacune des extrémités de l'ensemble des chaînes de longueur inégale qu'on attachait au harnais des chevaux. Le tout était lourdement lesté. Les madriers, tirés en oblique, repoussaient alors la neige sur le côté. Les fermiers de la région se servaient de ce type d'appareil tant pour dégager la neige qui les empêchait d'avoir accès à leurs bâtiments que pour déneiger la portion de route qui longeait leur ferme, comme la loi en vigueur les obligeait à le faire.

Durant plusieurs minutes, Magloire vérifia chacune des chaînes ainsi que leurs points d'ancrage dans les lourds madriers. Quand il fut assuré de leur parfait état, il s'empara d'un vieux seau à demi rempli de graisse et entreprit de les enduire généreusement. Une fois sa tâche terminée, le fermier voulut aller chercher un cheval pour déplacer la gratte jusqu'à l'entrée. Il s'arrêta au moment où il s'apprêtait à sortir, se souvenant tout à coup que son fils avait attelé Nelly, la jument, pour se rendre au village. Bijou, l'autre cheval de la famille Tremblay, était trop nerveux quand on l'attelait seul.

Il décida alors de se passer du cheval. S'emparant d'une extrémité de la gratte, il la souleva avec peine en bandant ses muscles et la déplaça sur quelques pieds avant de la laisser tomber, à bout de souffle. Il se rendit à l'autre bout de l'engin et accomplit les mêmes gestes. Sous l'effort, la sueur lui inonda le dos et il dut déboutonner son manteau et enlever sa tuque. Le souffle de plus en plus court, il répéta la manœuvre à deux autres reprises, parvenant ainsi à glisser lentement la gratte vers l'entrée du bâtiment.

Il était déjà à mi-chemin entre le fond de la grange et sa large porte quand, après un autre effort intense, son regard s'obscurcit soudain et ses jambes refusèrent de le soutenir plus longtemps. Le vieux cultivateur tomba sur les genoux, étourdi, incapable de se relever, à la recherche d'un peu d'air.

— Qu'est-ce qui m'arrive ? eut-il la force de demander d'une voix tremblante.

Au moment où il allait appuyer les mains au sol pour se relever, il sentit une douleur indicible traverser sa poitrine, lui emprisonner le cœur dans un étau et lui enlever ses dernières forces. Tout devint subitement noir.

Le vieil homme perdit conscience et s'écroula sur le côté.

Près d'une heure passa avant que Thérèse abandonne son métier à tisser pour aller jeter une bûche dans le poêle. Sa belle-sœur ourlait une pièce de lin qui allait rejoindre bientôt les quelques pièces de lingerie déposées dans le coffre contenant son trousseau. Claire et Jocelyn s'amusaient dans un coin de la grande cuisine tandis que le bébé dormait à poings fermés.

— Ton père prend bien du temps à revenir, fit remarquer la femme au visage sévère en s'approchant de l'une des fenêtres de la pièce.

— Il doit avoir de la misère avec la gratte, dit Germaine, à mi-voix pour ne pas réveiller Clément.

— Tu devrais voir ça, dehors! J'espère qu'Eugène traî-nera pas trop au village. Pour moi, il va en arracher sur le chemin, en boghei. Je vois même pas la maison des Beaulieu, en face. Eux autres sont partis chez de la parenté à Yamaska à matin. Ils sont pas près de revenir avec un temps pareil.

Germaine se leva et vint rejoindre sa belle-sœur, encore debout devant la fenêtre. À l'extérieur, tout était unifor-mément blanc et les violentes bourrasques projetaient la neige contre le moindre obstacle. Germaine tenta sans succès d'apercevoir la grange à travers l'opaque rideau de flocons. En proie à une sombre prémonition, la jeune femme se détourna brusquement de la fenêtre et se dirigea vers les manteaux suspendus à des crochets, près de la porte.

— T'es pas pour sortir par un temps pareil! s'exclama Thérèse en voyant sa belle-sœur se pencher pour chausser ses bottes.

— Je vais juste à la grange pour voir ce que mon père a à bretter comme ça.

— Mais on voit ni ciel ni terre.

— J'en ai pour deux minutes, dit Germaine en enfilant son manteau après s'être coiffée d'une tuque. Je reviens.

Lorsqu'elle ouvrit la porte pour sortir, le vent jeta un tourbillon de neige dans la pièce et la jeune femme dut s'arc-bouter pour parvenir à refermer derrière elle.

Inquiète, Thérèse retourna vers la fenêtre pour voir Germaine, pliée en deux, se diriger péniblement vers les bâtiments. Elle avait déjà de la neige à la hauteur des chevilles et, ici et là, des congères plus hautes l'obligeaient à les contourner. À mi-distance entre la maison et la grange, Thérèse perdit sa belle-sœur de vue, comme si cette dernière avait été happée par la tempête. Elle retourna à son métier pour mieux faire passer l'attente.

Soudain, des pas précipités sur la galerie la firent sursauter. Avant même qu'elle ait eu le temps de quitter sa chaise, la porte de la maison s'ouvrit toute grande sur une Germaine Tremblay hors d'haleine et au bord de la crise de nerfs.

— Viens vite, Thérèse ! cria la jeune femme affolée et couverte de neige. Je pense que mon père est mort. Il est étendu à terre, dans la grange. Il bouge plus.

— Bonne sainte Anne ! C'est pas possible ! s'écria Thérèse en se dépêchant d'aller refermer la porte derrière sa belle-sœur.

— Je sais pas ce qui lui est arrivé. Il saigne pas. Il est étendu à terre et il bouge pas, expliqua Germaine, à bout de souffle.

Sans perdre un instant, Thérèse empoigna son manteau et chaussa ses bottes.

— Tu surveilles Jocelyn et le bébé, dit-elle à sa fille de cinq ans. Maman revient tout se suite.

Thérèse sortit rapidement de la maison à la suite de sa belle-sœur dont le vent effaçait déjà les traces de pas dans la neige. Se tenant par le bras, les deux jeunes femmes baissèrent la tête pour résister au vent et se hâtèrent vers la grange dont la porte avait été laissée entrouverte par Germaine.

En pénétrant dans le bâtiment, elles se précipitèrent toutes les deux vers le vieil homme qui reposait, étendu sur le dos, à mi-chemin entre la porte et le fond de la grange. Sa bouche était ouverte comme sur un dernier cri. Sans perdre un instant, Thérèse s'agenouilla près de son beau-père et colla l'oreille contre sa poitrine. Rien. Elle lui toucha la figure : elle était déjà froide et d'une blancheur bleuâtre.

— On peut pas le laisser là comme un chien ! s'écria Germaine au bord de la panique. Il faut faire quelque chose.

— C'est certain. Mais il est bien trop pesant pour nous deux. Et Eugène qui est pris au village…

— Je vais aller chercher de l'aide chez Hamel, déclara Germaine en se dirigeant déjà vers la porte.

— T'arriveras jamais jusque-là avec la tempête qu'il fait, lui dit sa belle-sœur. On voit même pas à deux pieds en avant de nous autres.

— Laisse faire. Il faut que quelqu'un vienne nous aider. Reste ici avec mon père. En passant à côté de la maison, je vais voir si les enfants sont corrects et je vais continuer mon chemin jusque chez les voisins.

— Fais bien attention de pas sortir du chemin, la mit en garde Thérèse, alarmée.

Germaine ne se donna pas la peine de lui répondre. Elle enfonça sa tuque sur sa tête et se couvrit le bas du visage avec son grand foulard de laine rouge avant de sortir dans la tourmente. Quand Thérèse s'approcha de la porte de la grange dans l'intention de la fermer un peu plus, sa belle-sœur avait déjà disparu.

Seule, à genoux dans la grange à côté du corps de son beau-père, elle se mit à réciter son chapelet, espérant, contre toute attente, que le vieil homme se remette à respirer. Le temps sembla s'arrêter. La jeune mère de famille ne reprit conscience de la réalité que lorsqu'elle entendit la voix lointaine de Germaine crier à quelqu'un :

— Il est dans la grange !

Un instant plus tard, la porte fut repoussée et deux hommes pénétrèrent dans le bâtiment en se secouant pour faire tomber la neige qui couvrait leurs vêtements. Thérèse reconnut Isidore Hamel et son fils Omer. Elle se leva et s'avança vers eux.

— Vous êtes bien fins de venir nous aider, leur dit-elle, reconnaissante. Ça fait exprès, Eugène doit être pris chez Crevier, au village.

— On va le ramener à la maison, dit Isidore après s'être penché sur son vieux voisin pour vérifier s'il était vraiment mort.

— On l'aurait fait, Germaine et moi, expliqua Thérèse, mais il est bien trop pesant pour deux femmes.

Le voisin considéra durant un bref instant la masse importante que représentait le grand corps de Magloire Tremblay avant de demander :

— Où est-ce qu'il est le petit traîneau que vous prenez l'hiver pour transporter votre bois de la remise à la maison ?

— Je pense qu'il est dans la remise.

— Omer, va me chercher le traîneau. On va le mettre dessus.

L'adolescent traversa la cour tant bien que mal au milieu des bourrasques et s'engouffra dans la remise. Il en sortit un instant plus tard en tirant derrière lui un traîneau en bois. Le père et le fils soulevèrent le corps et le déposèrent dessus.

— Surveille-le pour qu'on le perde pas en chemin, recommanda Isidore à Thérèse au moment où le trio quittait la grange après avoir refermé la porte derrière eux.

Il leur fallut déployer passablement d'efforts pour se rendre jusqu'au pied de l'escalier qui conduisait à la galerie de la maison. Les deux hommes soulevèrent à nouveau le corps et parvinrent à le hisser sur le perron avant de le faire entrer dans la maison. Immédiatement, Thérèse comprit pourquoi Germaine n'avait pas accompagné les voisins jusqu'à la grange. Elle avait envoyé les enfants jouer dans le salon et s'était empressée de préparer sommairement la chambre du rez-de-chaussée à recevoir son père. Même si on n'était qu'au milieu de l'après-midi, il faisait si sombre à l'extérieur qu'elle avait dû allumer une lampe à huile pour éclairer la petite pièce.

— Si ça te dérange pas, Thérèse, on va l'installer dans ta chambre, fit Germaine en montrant le chemin à Isidore et son fils qui portaient le corps lourd de Magloire.

Ils le déposèrent sur le lit. Pendant qu'Omer quittait la pièce, Isidore aida les deux femmes à retirer le manteau et les bottes au vieil homme. Ensuite, tous les trois demeurèrent un long moment, debout autour du lit, incapables de se décider à faire quoi que ce soit.

Ce fut finalement Thérèse qui bougea la première. Elle s'empara de son petit miroir sur sa table de toilette et l'approcha doucement des lèvres de son beau-père. Aucune buée ne vint le ternir. Cette terrible constatation, dans le lourd silence, déclencha les pleurs convulsifs de Germaine qui réalisa à cet instant précis que son père était mort. Thérèse s'approcha d'elle et lui permit de pleurer sur son épaule un bon moment avant de lui dire doucement :

— Il faut que monsieur le curé vienne lui donner les derniers sacrements.

— Il faut aussi que vous avertissiez le docteur Patenaude, leur rappela Isidore, toujours debout au pied du lit. Mais avec la tempête qu'il fait dehors…

— Le docteur peut attendre, décida Thérèse. Les derniers sacrements sont plus importants.

— Je vais aller le chercher avec ma carriole, déclara le voisin en sortant de la chambre, suivi des deux femmes. Quand j'aurai attelé, je vais vous amener ma femme pour vous aider à faire sa toilette.

Au moment où Isidore et son fils s'apprêtaient à quitter la maison des Tremblay, la porte s'ouvrit avec fracas sur un Eugène couvert de neige.

— Maudit pays de misère! fit-il d'une voix rageuse en s'ébrouant pour faire tomber la neige de son manteau et de sa tuque. On voit ni ciel ni terre, torrieu! J'ai jamais…

Brusquement, Eugène se tut, constatant l'incongruité de la présence du voisin et de son fils dans sa cuisine en pleine tempête de neige.

— Toutes mes excuses, monsieur Hamel. Je vous avais pas vu. Partez pas tout de suite. Est-ce qu'il y a quelque chose que je peux faire pour vous aider?

Isidore jeta un regard embarrassé à Thérèse.

— Je pense que ta femme et ta sœur ont quelque chose à te dire.

— Qu'est-ce qui se passe? demanda le grand et gros homme, soudainement inquiet, en se tournant vers sa femme.

— C'est ton père, dit Thérèse.

— Qu'est-ce qu'il a, mon père?

— P'pa est mort, fit Germaine en éclatant à nouveau en sanglots.

— Voyons donc, baptême! protesta Eugène, refusant de croire une pareille nouvelle. Il peut pas être mort. Il était ben correct à midi.

— On l'a trouvé dans la grange. Monsieur Hamel et Omer sont venus nous aider à le transporter dans la chambre. Viens le voir.

Sans prendre la peine de retirer son manteau et ses bottes, Eugène suivit les deux femmes dans la chambre du rez-de-chaussée. Tout son sang sembla se retirer soudain de son visage lorsqu'il aperçut le corps de son père étendu sur le lit, éclairé faiblement par la lampe à huile déposée sur la table de chevet. Il était visible que l'homme faisait un effort méritoire pour ne pas pleurer.

— Et Rémi qui est même pas là, fit difficilement Eugène, la gorge nouée par l'émotion.

— Tu sais bien qu'il y a pas moyen de l'avertir au chantier. Il pourra pas le savoir avant le printemps prochain, dit sa femme.

Thérèse le laissa se recueillir un instant devant son père avant de lui chuchoter :

— Monsieur Hamel s'en allait chercher monsieur le curé au presbytère quand t'es arrivé. Il faudrait bien que tu y ailles.

La voix de sa femme sembla tirer Eugène de sa léthargie. Il sortit de la chambre.

— Donnez-moi une minute, monsieur Hamel. Je vais rentrer le boghei et atteler Bijou à la carriole. Après, je vais vous laisser chez vous avant d'aller au presbytère.

— Tu pourrais peut-être attendre un peu, suggéra le voisin qui venait de regarder par la fenêtre. Ça a pas l'air de se calmer pantoute dehors. C'est risqué de prendre le chemin avec un temps pareil.

— Je le sais ben, reconnut Eugène, mais il y a pas moyen de faire autrement.

— On va aller te donner un coup de main, fit Isidore en remettant ses grosses mitaines. Après nous avoir laissés à la maison, tu pourras ramener ma femme. Elle va venir donner un coup de main pour préparer ton père.

En posant le pied à l'extérieur, Eugène fut accueilli par une bourrasque qui l'obligea à pencher la tête pour échapper aux flocons qui le giflaient. Il fonça vers l'écurie, suivi par Isidore et son fils. Les trois hommes avaient de la neige à mi-jambes. Ils attelèrent le cheval à la carriole et Eugène ramena les deux voisins chez eux.

Lorsque Angèle apprit la nouvelle de la mort de Magloire Tremblay, elle s'empressa de rejoindre Germaine et Thérèse. À son arrivée, les deux jeunes femmes avaient allumé des cierges de chaque côté du lit après être allées installer les enfants à l'étage pour une sieste. Angèle prit immédiatement les choses en main, à l'aise dans un rôle qu'elle avait joué plusieurs fois durant les années précédentes.

Pour sa part, Eugène avait pris tant bien que mal la direction du village. Bijou, aveuglé par les rafales de neige, avait tendance à se cabrer, mais le fermier connaissait bien sa bête et tenait solidement les guides. Même s'il y avait plus de neige sur la route que lors de son retour du village, il se sentait beaucoup plus en sécurité en carriole qu'en boghei. Le véhicule, bas sur patins, risquait moins de se renverser en heurtant les amoncellements de neige sur la route. Il fixa les piquets de clôture, qu'on apercevait encore, se servant de ces balises improvisées pour demeurer tant bien que mal au centre du chemin.

À son arrivée au village, il arrêta sa bête à l'abri du presbytère et alla frapper à la porte. La ménagère sursauta lorsqu'elle entendit frapper.

— Doux Jésus ! s'exclama Eugénie Dupras en se dirigeant vers la porte, veux-tu bien me dire qui est dehors par un temps pareil ?

Elle ouvrit et fit entrer un Eugène Tremblay que la tempête avait transformé en bonhomme de neige.

— Secoue-toi sur le paillasson, mon garçon, le prévint-elle avant qu'il ait l'idée de faire un pas en avant. Je veux pas avoir à essuyer tout le plancher du couloir.

— Est-ce que je peux parler à monsieur le curé ? demanda le visiteur après s'être débarrassé en partie de la neige qui le couvrait.

— Pas aujourd'hui, en tout cas, répondit la ménagère. Il est à Nicolet. Avec un temps pareil, je serais bien surprise qu'il revienne avant demain.

Puis, réalisant subitement que le jeune homme n'était pas venu au village par une tempête semblable sans avoir une raison grave, elle lui offrit :

— Est-ce que l'abbé Groleau ferait l'affaire ?

— Oui.

La ménagère le laissa debout dans l'entrée et alla prévenir le vicaire. Ce dernier apparut dans le couloir un instant plus tard. Eugène lui apprit qu'on venait de trouver son père mort dans la grange.

— Pas monsieur Tremblay, le président de la fabrique ? demanda le colosse.

— Oui, monsieur l'abbé.

— Je lui ai parlé avant-hier ; il avait pourtant pas l'air malade.

— Même à midi, il était correct, lui révéla Eugène, la voix chargée d'émotion. Avec la tempête, on n'a même pas pu encore aller chercher le docteur. Je suis venu pour les derniers sacrements. Peut-être que vous aimeriez mieux attendre après la tempête pour venir à la maison ?

— Pas du tout. Si vous avez été capable de venir jusqu'au village, je vois pas pourquoi je serais pas capable de me rendre chez vous. Donnez-moi une minute. J'arrive.

L'abbé revint un instant plus tard, engoncé dans un épais manteau et la tête couverte par une grosse tuque. Il portait à la main une petite valise.

— Allons-y, se borna-t-il à dire à Eugène en lui désignant la porte.

Ils quittèrent le presbytère. Il neigeait si fort qu'ils étaient incapables de voir les petites maisons, situées de l'autre côté de la route. Eugène retira la couverture qu'il avait déposée sur le dos de son cheval et monta aux côtés du vicaire. Les hommes, tous deux de stature imposante, étaient un peu serrés sur le siège avant de la carriole.

— Hue donc ! hurla Eugène à la bête après avoir couvert ses jambes et celles de son passager avec une pesante peau de carriole.

Le traîneau se mit lentement en branle vers le rang Sainte-Marie. En cette fin d'après-midi, l'obscurité commençait déjà à tomber. On aurait juré que c'était la fin du monde. Il n'y avait aucun signe de vie nulle part. Le vent hurlait et tourbillonnait en bourrasques, poussant devant lui une neige aveuglante. Impossible de voir devant soi. La situation avait encore empiré depuis l'arrivée d'Eugène au presbytère quelques minutes auparavant.

Durant le court trajet d'à peine un mille et demi, la carriole faillit se renverser à plusieurs reprises en frappant des congères formées au centre de la route. Le conducteur et son passager, les yeux plissés et le visage protégé tant bien que mal par leur foulard de laine, surveillaient les piquets de clôture pour ne pas quitter la route. Finalement, Eugène tourna dans la cour de la ferme familiale et déposa l'abbé Groleau au pied de l'escalier conduisant à la porte d'entrée.

— Entrez, monsieur l'abbé, hurla-t-il à son passager pour se faire entendre. Je détèle mon cheval et je vous rejoins.

Le vicaire descendit du véhicule et alla frapper à la porte pendant que le jeune fermier poursuivait son chemin vers l'écurie. Thérèse sursauta quand elle aperçut Roland Groleau dont l'imposante masse bouchait totalement l'embrasure de la porte. Elle l'invita à entrer. Les deux belles-sœurs accueillirent le prêtre avec un grand soulagement.

— Ça a quasiment pas d'allure de vous avoir fait prendre le chemin par un temps pareil, s'excusa Germaine.

— C'est pas grave, fit le vicaire en retirant son manteau et ses bottes. J'ai déjà vu pire.

— Notre voisine est venue nous aider à préparer mon beau-père, dit Thérèse. Son mari est venu la chercher il y a pas cinq minutes.

L'abbé Groleau suivit en silence les deux femmes dans la chambre où le corps de Magloire Tremblay reposait. Tous les trois se recueillirent un instant devant la dépouille. Face au désarroi apparent des deux jeunes femmes, le prêtre prit le temps de leur dispenser des paroles consolatrices.

— On n'a même pas pu faire venir le docteur Patenaude, expliqua Thérèse au jeune prêtre pendant qu'il passait le surplis et l'étole qu'il venait de tirer de sa valise.

— Mais quand on l'a trouvé dans la grange, il respirait déjà plus, ajouta Germaine. On a pensé qu'il était plus pressant de faire venir le prêtre que le docteur.

— Vous avez bien fait, les rassura le vicaire. Je vais maintenant lui administrer les derniers sacrements.

Germaine et Thérèse se retirèrent à l'écart, laissant le prêtre commencer les prières de l'extrême-onction. À un certain moment, l'officiant trempa son pouce dans l'huile sainte et traça le signe de la croix sur les yeux, les narines, la bouche, les oreilles, les mains et les pieds du défunt en récitant:

— Au nom du Père, du Fils et du Saint-Esprit, que toute action du démon en toi soit réduite au néant par l'imposition de notre main et par l'invocation…

Le reste des paroles du prêtre se perdit dans les sanglots de Germaine, incapable de contenir sa douleur plus long-temps.

Au moment où l'abbé finissait d'administrer le sacre-ment, la porte de la maison s'ouvrit sur Eugène, qui s'em-pressa de venir rejoindre sa famille dans la chambre après avoir retiré son manteau. À la suggestion de l'abbé Groleau, tout le monde s'agenouilla près du corps pour la récitation du chapelet. Après, on passa à la cuisine où Thérèse servit du thé.

— Je pense ben qu'on va être obligés d'attendre demain pour aller avertir le docteur et Desfossés, dit Eugène. Même si j'étais capable de me rendre à Pierreville à soir, je suis sûr qu'ils viendraient pas avant demain matin avec les chemins pas nettoyés.

— C'est certain, approuva le vicaire à qui on avait offert la chaise berçante placée près du poêle.

— Le mieux est que j'aille atteler Nelly qui a eu le temps de se reposer un peu pour vous ramener au presbytère, monsieur l'abbé.

— Il y a rien qui presse avec une tempête comme ça. Je peux facilement attendre que le vent tombe.

— Vous êtes sûr ? demanda Eugène, apparemment très soulagé de ne pas reprendre la route dans de pareilles conditions.

— Certain.

— Si c'est comme ça, je vais aller faire mon train pen-dant que les femmes vont préparer le souper. Vous allez manger avec nous autres.

— Si ça vous dérange pas de vous contenter de binnes et d'un rôti de lard, comme de raison, poursuivit Germaine.

— Ça va être parfait pour moi. Mais j'ai pas l'intention de me bercer comme un petit vieux à côté du poêle pendant que vous préparez le repas, protesta le prêtre avec un large sourire. Je vais aller donner un coup de main à faire le train si vous pouvez me prêter un vieux manteau, proposa l'abbé à la stupéfaction des Tremblay.

— Voyons donc, monsieur l'abbé! Vous y pensez pas! protesta Thérèse, scandalisée qu'on puisse accepter une telle proposition.

— J'ai été élevé sur une ferme, madame Tremblay, pas dans de la soie. Ça va me faire du bien d'aller aider votre mari à soigner les animaux.

Germaine ne répliqua pas. Elle se contenta de tendre au colosse le vieux manteau de son père suspendu derrière la porte de la cuisine. Roland Groleau se retira dans le salon pour enlever sa soutane et endosser le manteau gris de Magloire Tremblay. Ce dernier avait eu beau être un grand et gros homme, le vicaire de Saint-Jacques-de-la-Rive avait l'air un peu boudiné dans son manteau et mettait les coutures à rude épreuve.

— Mon Dieu! ne put s'empêcher de s'écrier Germaine en voyant le jeune prêtre si à l'étroit. À vous voir dans le manteau de mon père, on pourrait croire qu'il était rachitique.

Roland Groleau eut un sourire comme pour s'excuser avant de sortir sur les talons d'Eugène. Le vent paraissait vouloir se calmer un peu, mais la neige tombait de plus belle. Les deux hommes eurent du mal à se rendre aux bâtiments. La neige leur arrivait maintenant à la hauteur des genoux. Ils durent dégager la porte de l'étable avant de pouvoir pénétrer à l'intérieur et allumer le fanal suspendu près de l'entrée.

Les deux hommes revinrent de l'étable près d'une heure plus tard. Après un souper durant lequel l'abbé fit preuve de son appétit habituel, on veilla le corps. Les Hamel furent les seuls à venir prier avec la famille en ce premier soir. Quand Eugène proposa d'atteler un cheval pour ramener le vicaire au presbytère, ce dernier refusa en lui faisant remarquer que la tempête n'était pas terminée, même si le vent était maintenant totalement tombé.

— Ça peut bien attendre demain matin, fit remarquer sagement le prêtre. Je dis ma messe seulement à huit heures.

— C'est pas mal gênant de vous obliger à rester, fit Thérèse.

— Il n'y a pas de gêne à avoir, madame Tremblay, rétorqua l'abbé. Comme vous, je prierai au corps une heure ou deux cette nuit.

Germaine et sa belle-sœur préparèrent alors la chambre de Rémi pour l'invité et on se répartit les heures de veille. Chaque personne tenait compagnie à Magloire, à tour de rôle, dans la chambre du rez-de-chaussée, à la lueur vacillante de la lampe à huile et des deux cierges allumés de chaque côté de la dépouille.

Au petit matin, la neige avait cessé de tomber. Lorsque Eugène sortit de la maison avant le lever du soleil, il fut accueilli par un ciel étoilé. Le froid vif l'obligea à enfoncer sa tuque sur sa tête. On ne voyait, de loin en loin, que la tête des piquets de clôture. Tout semblait figé dans un grand linceul blanc.

Le jeune cultivateur se rendit péniblement jusqu'à l'écurie pour atteler son meilleur cheval à la carriole pendant que Germaine se dirigeait vers l'étable pour traire les vaches à la place de son frère.

Eugène arrêta le traîneau près de la galerie pour permettre au prêtre de monter et prit lentement la direction du village. Même si la route était difficile, il devrait poursuivre son chemin jusqu'à Pierreville pour prévenir le docteur Patenaude et l'entrepreneur de pompes funèbres.

Il fallait que Desfossés apporte un cercueil pour que son père soit exposé convenablement au salon.

La bête peina à tirer le lourd traîneau sur la route enneigée. À trois reprises, Eugène et Roland Groleau durent descendre du véhicule pour franchir des accumulations de neige trop importantes. Finalement, ils parvinrent à parcourir le mille et demi qui les séparait du presbytère. Le vicaire quitta Eugène sur la promesse de revenir prier au corps. Il ne restait plus que deux jours avant les funérailles.

Lorsque l'abbé Groleau pénétra dans le presbytère, il fut accueilli par une Eugénie Dupras qui s'était rongée les sangs durant toute la soirée et toute la nuit en ne le voyant pas revenir.

— Seigneur! s'exclama-t-elle. Voulez-vous bien me dire d'où vous sortez? Je vous ai attendu jusqu'à minuit. Je vous pensais mort dans la tempête.

— Il y avait pas de danger, madame Dupras, dit le prêtre pour l'apaiser. J'ai pas pu revenir à cause de l'état du chemin.

Il y eut un bref silence et la ménagère fronça soudainement le nez en affichant un air légèrement dégoûté.

— Est-ce que c'est vous qui sentez la vache comme ça, monsieur l'abbé?

— Je pense pas, répondit le prêtre en reniflant bruyamment pour vérifier.

— On dirait que vous avez traîné dans une étable, reprit la grande femme sèche en l'inspectant.

— Ah! À bien y penser, c'est possible. J'ai donné un coup de main à faire le train.

— Mon Dieu! Un prêtre en train de traire les vaches! J'aurai tout entendu avant de mourir! s'exclama la ménagère. En tout cas, vous me donnerez votre linge pour que je le lave avant que les gens de Saint-Jacques se demandent où vous avez passé.

Pendant ce temps, Eugène couvrit péniblement les quelques milles qui le séparaient de Pierreville et parvint, malgré l'heure matinale, à prévenir à la fois le médecin et Desfossés. Avant midi, le docteur Patenaude avait précédé l'entrepreneur de pompes funèbres. Le vieux praticien avait examiné le corps et signé rapidement un permis d'inhumer. Quand Wilbrod Desfossssés était arrivé avec l'un de ses fils, on leur avait ouvert la porte avant de la maison pour leur permettre de transporter le cercueil en pin dans lequel fut déposé Magloire Tremblay. Comme la tradition le voulait, on repoussa les quelques meubles du salon pour installer le cercueil sur deux tréteaux au fond de la pièce.

La plupart des cultivateurs de Saint-Jacques-de-la-Rive occupèrent une grande partie de cette journée à déblayer la neige laissée par la première tempête de la saison. L'accumulation était si importante qu'Eugène Tremblay, comme tous ses voisins, dut atteler ses deux chevaux à la gratte pour dégager sa cour et la section de la route qui longeait ses terres. Il alla ensuite couper des branches de pin et de sapin, qu'il planta dans les bordures de neige pour baliser sa portion du chemin.

Au début de la soirée, le curé Joyal fit enfin son apparition, soucieux de venir consoler la famille du président de la fabrique. Il précéda de peu des voisins et des parents des environs qui s'étaient déplacés pour venir prier au corps. Le bouche à oreille avait fait en sorte que non seulement des gens de Saint-Gérard et de Pierreville étaient présents, mais aussi des parents de Yamaska et de Saint-Grégoire, qui avaient, eux aussi, bravé la route pour venir saluer une dernière fois Magloire Tremblay.

Germaine et Thérèse avaient prévu cette affluence et passé la journée à cuisiner pour satisfaire l'appétit de tous les visiteurs. Le poêle à bois de la cuisine d'été avait été allumé à la fin de l'après-midi pour réchauffer la pièce où les hommes et les jeunes gens s'entassaient au milieu d'un nuage de fumée de pipe. La cuisine et le salon furent surtout envahis par les femmes. Entre la récitation de dizaines de chapelet, les bouteilles de caribou circulaient entre les visiteurs et des histoires drôles alternaient avec le rappel de souvenirs auxquels était mêlé le disparu.

Vers huit heures, Napoléon et Émérentienne Veilleux, en compagnie de leur bru, vinrent frapper à la porte de leurs voisins. Ils allèrent à leur tour se recueillir près du corps de Magloire avant de se mêler aux autres visiteurs. Personne ne fit allusion à l'absence, pourtant remarquée, d'Ernest. Sa présence en ces lieux aurait été interprétée comme un geste hypocrite tant sa haine envers Eugène Tremblay était notoire.

À la fin de la soirée, Angèle et Corinne Hamel parvinrent à persuader Germaine et Thérèse de les laisser amener chez elles Jocelyn et Claire, prétextant que la maison où un corps était exposé risquait de leur donner des cauchemars.

— Tu as déjà bien assez de t'occuper de Clément que tu nourris encore, expliqua Angèle à Thérèse. Inquiète-toi pas ; on va en prendre soin. Après les funérailles, tu pourras venir les chercher.

— Vous êtes pas mal fines toutes les deux, dit Thérèse.

— C'est normal, on va être de la famille pas plus tard que le printemps prochain, rétorqua Angèle avec un sourire.

Thérèse regarda Germaine avec un tel air interrogateur qu'Angèle fut tout de suite mise sur ses gardes. Corinne, mal à l'aise, se tenait debout aux côtés de sa mère, silencieuse.

— On dirait que je vous apprends une nouvelle ? dit Angèle avec suspicion.

— Quelle nouvelle ? demanda Germaine, toujours aussi directe.

— Bien, ton frère a demandé Corinne en mariage avant de monter au chantier.

— Ah bien! Elle est bonne celle-là! s'exclama la jeune femme, estomaquée. Vous parlez d'une tête folle! Il a même pas pensé à nous le dire avant de partir.

— Comme ça, Rémi s'est enfin décidé à faire la grande demande? demanda Thérèse, comme pour s'assurer qu'elle ne rêvait pas.

— En plein ça, fit la voisine.

— Mes félicitations, Corinne, fit Thérèse en embrassant la jeune fille sur une joue.

— On espère que tu vas finir par en faire du monde, ajouta Germaine en embrassant sa future belle-sœur à son tour. Attends qu'il revienne du chantier, lui. Je te garantis qu'il va nous entendre.

Les quatre femmes sourirent à la pensée de la tête que ferait Rémi Tremblay quand il apprendrait que tout le monde connaissait maintenant son secret.

Vers dix heures, les Hamel rentrèrent finalement chez eux avec les deux jeunes enfants soigneusement emmitouflés.

Le lendemain, les visiteurs ne cessèrent d'affluer durant toute la journée et la soirée. Quand le dernier quitta la maison des Tremblay un peu avant minuit, Germaine et Thérèse envoyèrent Eugène dormir quelques heures en promettant de le réveiller au milieu de la nuit pour prendre la relève. Mais les deux femmes étaient si épuisées après avoir remis la maison en ordre qu'elles somnolèrent une grande partie de la nuit, assises sur leurs chaises placées près du corps.

Le samedi matin, un peu avant huit heures, Wilbrod Desfossés et son fils se présentèrent chez les Tremblay sous un ciel gris. Quelques voisins et parents priaient déjà dans le salon. L'entrepreneur de pompes funèbres attendit qu'on quitte la pièce après une dernière prière avant de visser le couvercle du cercueil. Pendant ce temps, tous les gens se préparèrent à sortir à l'extérieur. Le corps fut ensuite transporté sur le long traîneau noir immobilisé devant la porte.

Un petit convoi de carrioles et de *sleighs* se forma derrière le corbillard qui vint s'arrêter devant le parvis de l'église, au village. Le curé Joyal, vêtu de ses vêtements sacerdotaux noirs et encadré par deux servants, vint accueillir le défunt à l'arrière du temple. Le cercueil fut déposé sur un chariot et poussé jusqu'à l'avant de l'église. L'officiant le suivit pendant qu'une petite foule de fidèles prenait place dans les bancs. La cérémonie fut des plus simples et le pasteur fit la louange du disparu dans une brève homélie.

À la fin de la cérémonie, l'assistance emboîta le pas à l'officiant quand il quitta l'église derrière le cercueil pour l'accompagner jusqu'au charnier, situé au fond du cimetière. Avec l'aide de Cloclo, qui continuait à faire office d'assistant du bedeau, Anatole Duchesne était parvenu à dégager difficilement un étroit sentier jusqu'au petit édifice doté d'une épaisse porte métallique. La foule se regroupa un moment autour de la bière déposée sur des tréteaux devant le bâtiment en brique rouge et le curé Joyal fit une dernière prière avant que le corps ne soit placé à l'intérieur. C'était le premier décès de la saison. Son enterrement n'aurait lieu qu'au printemps, lorsque le sol serait dégelé.

Après qu'on eut refermé soigneusement la porte du charnier, les gens se saluèrent une dernière fois, soudainement pressés de rentrer chez eux pour se réchauffer.

Chapitre 19

L'approche des fêtes

Durant les trois semaines suivantes, l'hiver s'installa confortablement sur la région. Il n'y eut pas d'autre tempête, mais, par contre, quelques chutes de neige importantes vinrent s'ajouter à celle qui était déjà tombée. Tout laissait croire que la saison froide était là pour rester.

En cette mi-décembre, à Saint-Jacques-de-la-Rive, la routine hivernale était déjà solidement établie. Pendant que les femmes assemblaient des courtepointes, cousaient des vêtements, tressaient des catalognes et cuisinaient, les hommes bûchaient du matin jusqu'à la fin de l'après-midi, ne revenant à la ferme que pour dîner et soigner les animaux.

À huit jours de Noël, dans chaque foyer, on commençait à dresser le menu des repas des fêtes et on songeait aux invitations à faire.

Or, chez les Veilleux, l'atmosphère n'était pas à la fête depuis que Napoléon avait appris par le maire que son fils Ernest avait demandé une réunion spéciale du conseil municipal.

— Veux-tu ben me dire, baptême, ce qui t'a pris d'aller demander à Léon Desjardins une réunion spéciale demain soir? demanda le père au petit homme nerveux assis en face de lui, à la table de la cuisine.

— Pourquoi vous me dites ça, p'pa ? dit Ernest en prenant un air surpris. Desjardins a dû vous dire que c'est
Crevier qui lui a demandé une réunion, pas moi.

— Prends pas le maire pour un fou, Ernest Veilleux !
s'insurgea Napoléon. Il sait ben que c'est toi quoi es derrière toute l'affaire.

— Pas juste moi, p'pa. Il y a Crevier et trois cultivateurs
du Petit-Brûlé qui veulent qu'on en discute au conseil. On
veut juste régler une fois pour toutes l'affaire du chemin,
expliqua le jeune fermier, l'air buté.

— De quel maudit chemin tu parles ?

— Faites pas semblant de pas le savoir, le père, répondit
son fils en élevant la voix. Je parle du chemin des Tremblay.
Il est pas passable. Je l'avais dit cet automne, mais personne
a voulu me croire. Là, je trouve que ça va faire et je suis pas
tout seul à le penser. Il faut régler le problème, et pas plus
tard qu'avant les fêtes.

— Tu trouves pas que ça aurait pu attendre un
peu ? lui demanda sa mère. Les Tremblay sont en plein
deuil.

— Ça a rien à voir avec le chemin, s'entêta Ernest en
ajoutant un peu de sirop d'érable dans son assiette.

— En tout cas, il paraît que le député a promis à
Desjardins de venir faire un tour à la réunion, lui apprit
son père.

— Ça serait ben la première fois que notre gros Poulin
viendrait se mettre le nez dans la marmite quand ça chauffe,
fit remarquer Ernest, incrédule. D'habitude, vous le savez
comme moi, p'pa, ce maudit rouge-là fait ben attention où
il met les pieds.

— En tout cas, j'aime autant te dire que j'ai beau pas
trop aimer ce qui s'est passé entre les Tremblay, Desjardins
et le député à propos du bois de la commune et du chemin, je trouve que c'est faire ben des embarras pour pas

grand-chose, dit Napoléon sur un ton désapprobateur. On gagnera rien, personne, à semer la chicane dans la paroisse.

⁓

Le lendemain soir, une trentaine d'habitants de Saint-Jacques-de-la-Rive bravèrent un froid rigoureux pour venir s'entasser dans l'unique classe de l'école du village. À l'avant de la salle, le maire et ses deux conseillers discutaient avec Lucien Poulin, le député du comté, en attendant sept heures trente, heure prévue pour le début de la réunion spéciale. Le politicien était arrivé quelques minutes auparavant, engoncé dans un gros manteau de chat sauvage qu'il avait suspendu au dossier de l'une des chaises placées sur l'estrade, à l'avant de la classe.

Le curé Joyal entra peu après dans l'école, salua ses paroissiens et vint rejoindre les élus avant d'enlever son manteau à son tour. Les cinq hommes s'entassèrent sur la petite estrade où était placé le bureau de l'institutrice. Léon Desjardins frappa à trois ou quatre reprises sur le pupitre pour inciter les gens présents à se taire et à prendre place sur les chaises disposées dans la pièce.

Avant que tous aient regagné leur place, le curé Joyal se leva et récita une courte prière, après s'être tourné vers le crucifix suspendu au mur, au-dessus du tableau noir. Quand le prêtre s'assit, tout le monde prit un siège. Léon attendit qu'un silence relatif s'établisse dans la salle avant de commencer la réunion.

— Cette réunion du conseil est la dernière de 1900, dit-il d'entrée de jeu. Vous avez tous remarqué que nous avons l'honneur d'avoir parmi nous notre député, monsieur Lucien Poulin.

Quelques maigres applaudissements saluèrent l'homme qui se souleva un peu de son siège avant de s'y laisser retomber pesamment.

— J'ai convoqué cette réunion, poursuivit le maire, parce que plusieurs personnes de la paroisse pensent qu'il y a un problème à régler à Saint-Jacques. Comme c'est Florentin Crevier qui est venu m'en parler, je vais le laisser vous expliquer de quoi il s'agit.

Toutes les têtes se tournèrent vers le forgeron, assis au fond de la salle. L'homme à la grosse tête chauve se leva lentement, l'air avantageux.

— Je tournerai pas autour du pot pendant des heures pour dire ce que j'ai à dire, déclara d'emblée l'homme en passant les pouces dans ses larges bretelles. On est plusieurs dans la paroisse à penser que le bout de chemin ouvert cette année entre Sainte-Marie et Petit-Brûlé a pas d'allure.

— Comment ça, pas d'allure? demanda Eugène Tremblay, présent à la réunion à la demande expresse du maire.

— Il est pas assez large, blasphème!

— Pas assez large? Il est en masse large pour laisser passer une *sleigh*, une carriole ou n'importe quelle waggine, tu sauras. Il a au moins quinze pieds de large, si c'est pas vingt pieds, s'insurgea Eugène. On l'a mesuré autant comme autant du vivant du père.

— Je sais pas avec quoi tu l'as mesuré, mon Eugène, intervint Constant Loiselle. Tout ce que je sais, c'est que la semaine passée, je me suis retrouvé face à face avec Beaulieu sur ce chemin-là et on n'a pas pu passer de front. On avait l'air fin en torrieu! Il a fallu que j'oblige mon cheval à entrer dans la neige jusqu'au poitrail pour laisser passer Adjutor et ça a tout pris parce que t'as eu l'idée brillante de poser du barbelé le long de ton bois.

Il y eut des murmures d'approbation dans la petite foule et Eugène, un peu désarçonné par cette levée de boucliers contre la route à laquelle il avait tant travaillé avec son père et son frère, ne sut pas comment faire face à la critique.

— Le chemin est pourtant ben déneigé, avança-t-il. Le maire et moi, on l'entretient ben.

— Personne dit le contraire, convint le maréchal-ferrant. Le chemin que vous avez ouvert est pas assez large. Un point, c'est tout. C'est clair qu'il faut faire quelque chose.

— Est-ce que notre député libéral est capable de régler le problème? demanda Ernest Veilleux sans se donner la peine de se lever.

Lucien Poulin chercha d'abord à identifier celui qui venait de l'interpeller dans la salle envahie par la fumée des pipes. Y renonçant rapidement, il finit par se lever pour répondre à la question.

— Je vois pas ce que je peux faire de plus que ce que j'ai fait, dit-il d'un air suffisant. Je…

— Je veux ben croire, l'interrompit sèchement Ernest. Mais c'est pas tout de garrocher notre argent en subventions à gauche et à droite. Il faut aussi voir à ce que cet argent-là nous serve à quelque chose, pas juste à engraisser les amis.

Un silence pesant tomba sur la salle. Isidore Hamel, voisin d'Eugène, posa une main apaisante sur le bras du jeune cultivateur dont le visage avait violemment rougi sous l'insulte.

— L'argent qu'on a reçu, on l'a gagné, parvint à dire Eugène en serrant les poings, sans se donner la peine de regarder son ennemi de toujours. On a travaillé tous les trois comme des bêtes durant tout l'été pour le faire, ce maudit chemin-là. Il y a personne qui peut dire le contraire.

— On a demandé plusieurs fois qu'un inspecteur de la Voirie vienne l'examiner, ce chemin-là, le coupa Ernest en s'adressant toujours au député. Est-ce qu'il est venu?

— Oui, il est venu à la fin de l'automne et il a remis un rapport que ma secrétaire a oublié de poster à votre maire.

— Puis? demanda Crevier.

— Tout est conforme, déclara le député d'une voix assurée.

— Ah ben, torrieu! jura Ernest. J'aurai tout entendu! Un chemin de vingt pieds de large qui a pas de fossés est conforme! Il est conforme à quoi?

— Quelle sorte de maudits inspecteurs les rouges engagent? demanda Crevier, virulent. Des aveugles?

— Ben non, Florentin, dit une voix sarcastique dans la salle. Ils engagent juste des amis et des parents.

Il y eut alors dans la salle un retentissant charivari, suivi d'un échange d'insultes entre les bleus et les rouges de la paroisse. Le curé Joyal, les bras croisés, semblait se demander ce qu'il faisait dans une pareille galère et attendait, de toute évidence, que le maire fasse cesser le chahut. Pour sa part, le député en prenait largement pour son grade.

Le visage de Lucien Poulin avait blêmi sous les injures et le maire dut frapper à plusieurs reprises sur le bureau de l'institutrice pour ramener le calme. Léon Desjardins avait gardé un visage impassible durant toute l'altercation, refusant de se porter à la défense du député, même s'il avait travaillé à son élection. C'était sa façon bien personnelle de lui faire payer son entente secrète avec les Tremblay pour le versement de leur subvention. Il n'éprouvait pas plus de pitié pour les Tremblay, qui avaient profité de ses largesses quand il leur avait laissé l'érablière à un prix dérisoire en se gardant bien de le mettre au courant de leur entente avec Poulin. Que tous les gens impliqués se débrouillent maintenant avec la mauvaise humeur de ceux qui n'acceptaient pas la route dans son état actuel.

— Il y a pas ni ci ni ça, dit abruptement Crevier. Il va falloir élargir ce chemin-là d'une dizaine de pieds au moins.

— Jamais ! hurla Eugène, en colère. On viendra pas me manger dix autres pieds de mon érablière !

— À ce moment-là, fit Constant Loiselle, sarcastique, il y aura juste à prendre une dizaine de pieds sur les champs de notre maire, de l'autre côté du chemin.

Desjardins se contenta de faire les gros yeux au plaisantin.

— Est-ce qu'il y a quelqu'un qui a pensé à quoi va ressembler ce maudit chemin-là le printemps prochain quand la neige va se mettre à fondre ? reprit Ernest.

— Je vois pas pourquoi il serait pire qu'un autre, dit le député, hautain.

— Ah oui ! fit le jeune cultivateur, moqueur. Moi, j'ai entendu dire qu'un chemin sans fossés, quand la neige fond, ça devient un beau lac… À ce moment-là, j'aimerais que vous m'expliquiez comment les enfants qui viennent à l'école du rang en prenant ce chemin-là vont faire ? Est-ce que vous avez prévu des chaloupes ?

L'assistance éclata de rire. Le député se pencha alors vers Léon Desjardins, avec qui il s'entretint durant un bref moment avant de reprendre la parole.

— Bon. Je pense que ça sert pas à grand-chose de se chicaner durant des heures, dit-il en prenant un ton raisonnable. Ça changera rien. Tout le monde sera d'accord pour reconnaître qu'il est trop tard cet hiver pour changer quoi que ce soit. Mais je vous promets que le printemps prochain, je vais voir à régler une fois pour toutes votre problème.

Quelques applaudissements saluèrent la déclaration du député. Le maire profita de cette accalmie pour annoncer la fin de la réunion. Immédiatement, tout le monde se leva et on s'habilla en continuant de discuter.

— Tu dois être fier de toi, Léon Desjardins, déclara Lucien Poulin à voix basse au maire en affichant un air furieux. Tu m'as ben coincé! Pas de danger que tu m'aurais dit pourquoi tu m'invitais à ta réunion…

— Serais-tu venu pareil si je te l'avais dit? lui demanda ce dernier, assez content de lui. Tu t'es entendu avec les Tremblay au-dessus de ma tête le printemps passé. Je vois pas pourquoi j'aurais dû me faire critiquer pour ça.

Le député se contenta de serrer la main du curé avant de quitter précipitamment la salle.

— T'as pas peur qu'il cherche à se venger? demanda l'un des conseillers au maire.

— Pas de danger pour ça. Un politicien, ça a pas de cœur et ça a la mémoire ben courte. Aie pas peur. Quand les élections vont approcher, il aura tout oublié et il va se dépêcher à venir me demander de l'aider à se faire réélire.

Au moment où Desjardins allait sortir à son tour de l'école, il se retrouva devant un Eugène Tremblay courroucé.

— C'est pas raisonnable pantoute, cette affaire-là, monsieur Desjardins! Ils peuvent pas m'obliger à élargir et à creuser des fossés.

Le maire éprouva soudainement de la pitié pour ce grand gaillard encore secoué par la perte de son père. Il choisit de se faire rassurant.

— Énerve-toi pas trop avec tout ça. On est encore loin du printemps. Poulin est ben capable de trouver une solution raisonnable à ce problème-là.

— En tout cas, il y a du Veilleux là-dedans, déclara Eugène, la rage au cœur. Je suis sûr que c'est lui qui a monté la tête de Crevier et des autres.

— C'est pas certain pantoute, lui mentit le maire pour le calmer. Il y a pas mal de cultivateurs de la paroisse qui se sont plaints depuis la tempête de neige. Vous auriez dû penser qu'avec les bordures, l'hiver, le chemin serait pas assez large.

⁓

Ce soir-là, Ernest Veilleux rentra chez lui en arborant un air triomphant assez déplaisant. Lorsqu'il raconta le déroulement de la réunion à son père, ce dernier ne fit montre d'aucune satisfaction. Il se contenta de secouer sa pipe dans le poêle avant d'y jeter deux bûches.

— Te v'là ben avancé, laissa-t-il tomber. Qu'est-ce que ça va t'avoir donné au bout de la ligne ?

— L'autre, à côté, nous prendra plus pour des fous.

Napoléon Veilleux hocha la tête pour marquer sa désapprobation et alla rejoindre sa femme qui venait de se retirer dans leur chambre.

⁓

Le lendemain avant-midi, le curé Joyal trouva le jeune Cléophas Provost attablé dans la cuisine du presbytère, en train de manger des biscuits au gingembre que la ménagère venait de retirer du four.

— À ce que je vois, le bedeau adjoint est mieux traité ici que le curé de la paroisse, fit-il sur un ton faussement sévère.

— Si vous en voulez, monsieur le curé, offrit Eugénie en s'essuyant les mains sur son tablier, je peux toujours vous en servir un ou deux avant le dîner, mais je voudrais pas que vous gâchiez votre repas.

— Merci, madame Dupras, refusa le prêtre avec bonne humeur. Je disais ça pour vous taquiner.

L'adolescent s'était levé précipitamment de table à l'entrée du curé Joyal.

— Assis-toi, Cléophas, et finis de manger tes biscuits, ordonna-t-il avec bienveillance. Après, j'aimerais que tu traverses au magasin général pour demander à monsieur Pouliot de venir me voir avant le dîner.

— Tout de suite, monsieur le curé.

Depuis sa quasi-adoption par les Duchesne, Cléophas était presque méconnaissable. L'adolescent portait des vêtements propres et avait une apparence soignée. Il était évident que Berthe Duchesne, la femme du bedeau, le traitait bien. Pour sa part, Eugénie Dupras l'invitait parfois à des goûters improvisés quand il venait remplir le coffre à bois ou déneiger les marches des escaliers du presbytère.

Quelques minutes plus tard, le propriétaire du magasin général vint frapper à la porte du presbytère, intrigué par l'invitation inhabituelle de son curé. La ménagère le fit passer immédiatement dans le bureau du pasteur de la paroisse.

— Entre, Joseph, et ferme la porte derrière toi.

— Est-ce qu'il y a quelque chose de grave qui vient d'arriver, monsieur le curé ?

— Non. Je t'ai fait venir pour te dire que c'est toi qui vas remplacer Magloire comme président de la fabrique.

— Moi ? Mais Couturier et Boudreau sont marguilliers depuis plus longtemps que moi, protesta le marchand, flatté de sa nomination.

— Oui, je le sais, mais Couturier a pas une grosse santé et Boudreau a trop d'ouvrage avec sa fromagerie. Pour Lambert, il en est juste à la première année de son mandat.

— Je vous remercie, monsieur le curé.

— Bon. C'est une bonne chose de faite. À cette heure, tu te doutes pourquoi c'était pressant de te nommer. Tu vas avoir à organiser la guignolée dans la paroisse pour dimanche prochain.

— C'est correct. Je vais m'en occuper.

— Je pense que le mieux est de confier la préparation des paniers à Blanche Crevier encore cette année. Elle a le tour de trouver du monde pour l'aider.

— Je vais l'avertir pas plus tard que demain, promit Joseph.

— En plus, il faut penser à trouver un bon homme pour remplacer Magloire sur le conseil, ajouta le curé d'un air pensif.

Le silence tomba dans le bureau du prêtre. Les deux hommes réfléchirent durant quelques instants à la nomination d'un nouveau marguillier. L'affaire était évidemment d'importance et plus d'un paroissien attendait cet honneur depuis des années.

— Qu'est-ce que vous diriez de Napoléon Veilleux? proposa Pouliot d'une voix un peu hésitante.

— N… non, finit par dire le pasteur. Napoléon est déjà maître chantre. Ce serait trop d'honneurs pour un seul homme.

— Léopold Ladouceur, dans Saint-Paul…

— Il est encore trop jeune pour être marguillier. Il nous faut un homme mûr, un bon père de famille, un exemple pour la paroisse.

— Qu'est-ce que vous penseriez de Laurent Fournier, dans Sainte-Marie? demanda Joseph après un bref moment de réflexion. Il a une fille qui vient d'entrer en religion…

Antoine Joyal prit, lui aussi, un instant pour réfléchir à la proposition du nouveau président du conseil.

— Pourquoi pas? finit-il par laisser tomber. Il a tout ce qu'il faut pour être un bon marguillier. Va le voir aujourd'hui ou demain et apprends-lui la bonne nouvelle. Pendant que j'y pense, demande donc au nouveau marguillier de distribuer les paniers avec toi au début de la semaine prochaine.

— Avez-vous une raison pour ça, monsieur le curé?

— Je veux que ça reste entre nous, dit le pasteur de Saint-Jacques-de-la-Rive en baissant involontairement la voix. L'année passée, Magloire s'est fait aider par Boudreau et j'ai pas aimé entendre dire que notre fromager avait fait après coup des remarques sur les pauvres de la paroisse. Tu comprends ce que je veux dire?

— Ben sûr, monsieur le curé.

— Tu passeras me voir lundi après-midi. Je vais te donner la liste des familles à qui vous donnerez un panier. J'aimerais bien que tu passes le plus tard possible le soir. Les gens sont fiers et aiment pas que les voisins sachent qu'ils ont eu besoin d'aide.

— Je comprends, monsieur le curé, approuva le marchand. Vous devriez voir les comptes impayés au magasin. J'en ai qui traînent depuis six mois. Je voudrais pas être trop curieux, mais est-ce que je peux vous demander s'il y en a qui sont venus demander de l'aide?

— Tu connais aussi bien le monde de Saint-Jacques que moi, dit le prêtre. Tu sais que les gens dans la misère sont bien trop orgueilleux pour venir demander.

❧

Quand Joseph Pouliot apprit à Laurent la nouvelle de sa nomination au conseil de fabrique, Fernande eut du mal à réprimer sa fierté. Après le départ du marchand, Florence et son jeune frère Germain manifestèrent à leur tour leur joie de voir un tel honneur échoir à leur père. Pour sa part, le cultivateur resta humble, même s'il était flatté.

Le dimanche suivant, le curé Joyal annonça du haut de la chaire la nomination de Laurent Fournier au poste de marguillier. Il confirma ensuite que la guignolée aurait lieu l'après-midi même, incitant longuement ses paroissiens à se montrer généreux envers les plus déshérités de la paroisse.

C'est donc sous un soleil étincelant que les cinq marguilliers, aidés par un membre de leur famille ou un voisin, sillonnèrent ce jour-là tous les rangs de Saint-Jacques-de-la-Rive pour amasser des denrées et des vêtements qu'ils rapportèrent à la sacristie où Blanche Crevier et trois autres femmes s'empressaient de constituer des paniers de Noël. Comme les années précédentes, ces derniers furent entreposés dans la remise du presbytère afin de mieux conserver la viande qui avait été offerte.

❧

Le même jour, Elphège Turcotte fit mentir son curé sans le savoir. Le jeune homme se présenta au presbytère un peu après trois heures. Quand la ménagère le fit entrer dans la salle d'attente, il ne parut pas du tout impressionné par le cadre où il se trouvait.

— À qui veux-tu parler ? lui demanda Eugénie Dupras, qui ne se donnait aucun mal pour cacher l'antipathie qu'elle éprouvait à son égard.

— À monsieur le curé.

— Tu peux t'asseoir. Je vais voir s'il peut te recevoir, dit-elle avant de quitter la pièce.

Quelques minutes plus tard, Antoine Joyal fit entrer Elphège dans son bureau. De toute évidence, le prêtre avait été tiré de sa sieste et son humeur en était légèrement altérée.

— Qu'est-ce qu'il y a de si urgent, Elphège ? demanda-t-il sans grande aménité.

— C'est au sujet des paniers de Noël, monsieur le curé, répondit le jeune cultivateur en faisant tourner sa casquette entre ses doigts.

— Qu'est-ce qu'ils ont, les paniers de Noël ?

— Je vous ai entendu dire à matin que c'était pour aider ceux qui en avaient besoin et…

— En plein ça, l'interrompit le prêtre non sans manifester une certaine impatience.

— Ben, si c'est comme ça, je viens vous dire que ma sœur et moi, on en aurait besoin d'au moins un.

— D'au moins un ?

— Ben oui. Si c'était possible d'en avoir deux, ce serait encore mieux, monsieur le curé.

— Comment ça ? demanda Antoine Joyal en élevant la voix.

— Rose-Aimée est pas ben portée sur la cuisine et moi, j'ai pas pu faire boucherie cet automne. J'avais trop mal au dos.

— Mais ton mal de dos a tout de même pas duré des semaines ? fit le prêtre, incrédule. À part ça, si t'as de la misère à arriver, pourquoi tu t'es pas engagé dans un chantier ? T'aurais pu faire comme presque tous les jeunes de la paroisse, non ? Il me semble qu'un garçon de ton âge qui est en bonne santé est capable d'aller bûcher et de rapporter une bonne paye au printemps.

— C'est là qu'il est, le problème, monsieur le curé, affirma Elphège sur un ton volontairement pitoyable. J'ai presque pas de santé. Quand je force le moindrement, ça me jette à terre pour des jours.

— Est-ce que tu bûches sur ta terre cet hiver, au moins ? demanda le curé, d'une voix sévère.

— Pas encore, reconnut le jeune cultivateur. Mais aussitôt que je vais aller mieux, j'ai ben l'intention d'aller bûcher.

— En d'autres mots, si je comprends bien, tu passes tes journées les pieds sur la bavette du poêle ?

— Ben non, monsieur le curé. Je soigne mes animaux. J'ai des vaches, des cochons et des poules.

L'ecclésiastique hocha la tête, apparemment dégoûté par une paresse aussi évidente.

— Écoute-moi bien, mon garçon, reprit-il. La guignolée, c'est pour aider ceux qui sont dans le besoin, pas les paresseux. Ta sœur peut faire la cuisine comme toutes les femmes de la paroisse. Quant à toi, secoue-toi un peu et arrête de t'écouter. T'es capable de travailler comme tout le monde. À ta place, je compterais pas trop recevoir un panier de Noël. Les gens de la paroisse accepteraient pas qu'on encourage ta paresse.

Sur ces mots bien sentis, Antoine Joyal se leva et ouvrit la porte de son bureau pour signifier à son visiteur la fin de la rencontre. Ce dernier, rouge de confusion, quitta le presbytère après avoir salué le prêtre.

Le lendemain, le curé de Saint-Jacques-de-la-Rive remit à Joseph Pouliot la liste de ceux qu'il estimait avoir le plus besoin d'aide. Il s'agissait d'une demi-douzaine de familles, dont la plupart comptaient plus de dix enfants et dont le père et les aînés s'étaient engagés jusqu'au printemps dans un chantier. Les Turcotte représentaient l'unique exception de la liste. À la vue de ce nom, des rides apparurent au front du président de la fabrique.

— Tit-Phège et sa sœur ont droit à un panier ? demanda-t-il, incrédule.

— La charité chrétienne, Joseph, la charité chrétienne....

435

— Ah bon! se contenta de dire le marchand. J'espère juste qu'ils iront pas se vanter de ça dans toute la paroisse parce qu'il y en a pas mal qui comprendront pas pourquoi on leur en a donné un.

— Il est venu en demander un hier après-midi, se crut obligé d'expliquer le prêtre. Comme de raison, j'ai d'abord refusé. Après, j'ai eu des remords, parce qu'au fond, c'est pas donné à tout le monde d'être débrouillard.

— J'espère, monsieur le curé, que vous vous rendez compte que Tit-Phège est pas mal plus débrouillard qu'on le pense, ajouta Joseph Pouliot, narquois.

— Pourquoi dis-tu ça?

— Au magasin général, je suis ben placé pour savoir tout ce qui se passe dans la paroisse. J'ai entendu dire que Tit-Phège a entrepris une sorte de tournée de quêteux depuis une quinzaine de jours.

— Voyons donc!

— Il est pas bête pantoute, notre Tit-Phège, monsieur le curé. Il fait une belle façon à ceux qui le laissent entrer, il jase un bout de temps puis il se plaint que sa sœur est pas capable de faire à manger. Ça fait qu'on finit toujours par lui donner un pain, une tourtière, une tarte, un pot de ketchup ou de confiture. J'ai pas l'impression que sa sœur et lui vont crever de faim cet hiver avec tout ce qu'il ramasse. Il y a juste à regarder la corpulence de Rose-Aimée pour s'apercevoir qu'elle mourra pas de faiblesse demain matin.

Le curé Joyal eut beaucoup de mal à réprimer un petit rire avant d'ajouter dans un soupir:

— Ça fait rien. Laisse-leur quand même un panier quand tu feras ta tournée, ce soir.

Tôt, le soir même, Joseph Pouliot et le nouveau marguillier, Laurent Fournier, placèrent dans une *sleigh* les paniers de Noël préparés par Blanche Crevier et ses aides, et ils allèrent les livrer. Les deux hommes exécutèrent leur travail de bons samaritains si discrètement qu'aucun des bénéficiaires n'eut à leur ouvrir la porte pour les remercier. À chacune des maisons, ils se contentèrent de laisser la boîte de nourriture sur la galerie avant de reprendre la route.

❧

Quatre jours avant Noël, Germaine Tremblay fut la première à se lever à l'aube. La maison était si glaciale qu'elle réprima difficilement un frisson en repoussant ses couvertures pour se lever.

— Sainte bénite ! s'exclama-t-elle à mi-voix pour ne pas réveiller Jocelyn qui dormait dans son petit lit placé au bout du sien, ils ont encore laissé éteindre le poêle.

La jeune femme s'empressa de sortir de la chambre après avoir vérifié si le petit garçon était bien recouvert avec ses trois couvertures de laine. Elle descendit l'escalier et se dirigea immédiatement vers le poêle dans lequel il ne restait que quelques tisons. Elle s'empressa d'y jeter des éclisses de bois. Quand elle entendit ronfler les flammes, elle déposa une théière sur le poêle. Au même moment, Thérèse sortit de sa chambre.

— Il fait bien froid, dit-elle en s'approchant du poêle. J'ai pourtant mis deux bonnes bûches à trois heures quand je me suis levé pour nourrir Clément.

— Comme d'habitude, c'est Eugène qui s'est pas levé plus tard pour l'entretenir, dit Germaine.

— Il faut le comprendre, dit Thérèse en resserrant autour d'elle son épaisse robe de chambre. Il a pas mal de misère à s'habituer à faire ça. Avant, c'était toujours ton père qui se levait la nuit pour chauffer. C'était bien rare qu'on se levait dans une maison gelée.

— Surtout qu'il a toujours été dormeur, le petit frère.

— Inquiète-toi pas, la rassura sa belle-sœur, il va finir par prendre le pli et ça prendra pas tout l'hiver pour qu'il s'habitue.

Un peu plus tard, après le train, Germaine annonça à son frère :

— C'est pas parce que p'pa est parti qu'on fêtera pas cette année. S'il était encore vivant, il voudrait pas ça.

— C'est vrai, approuva Thérèse. On peut pas priver les enfants des fêtes.

— Je vois pas ce qui vous inquiète, dit Eugène en finissant d'avaler une dernière bouchée de pain. Moi, j'ai fait une petite voiture pour le garçon de Xavier et vous deux, vous avez cousu une poupée pour Claire. Il me semble qu'on est parés pour le jour de l'An.

— C'est pas pour ça que je dis ça, reprit Germaine. Je veux que tu me rapportes un arbre de Noël cet avant-midi.

— Je sais pas si c'est bien indiqué en plein deuil, intervint la femme d'Eugène.

— Voyons, Thérèse. En quoi ça va contre notre deuil ? C'est sûr qu'on donnera pas de veillée et qu'on n'ira pas danser nulle part pendant les fêtes, mais ça veut pas dire qu'on doive priver les enfants d'un arbre de Noël. Ils vont trouver ça beau. En plus, on va faire du bon manger, comme les années passées.

— T'as raison, reconnut Thérèse. Il y a pas de raison de pas faire ça. Eugène va s'en occuper. Pas vrai, Eugène ?

Eugène aurait bien voulu refuser. Aller chercher un sapin dans le bois était une tâche qu'il détestait particulièrement parce que sa sœur trouvait toujours à redire à l'arbre qu'il rapportait à la maison.

— C'est correct, finit-il par accepter, mais Germaine, tu vas mettre tes raquettes et venir le choisir avec moi. J'ai pas de temps à perdre avec cette niaiserie-là cette année. Oublie pas que j'ai plus l'aide du père.

Germaine ne protesta pas. Après le déjeuner, elle s'habilla chaudement.

— Je prépare la pâte pour les tartes et les tourtières pendant que tu vas être partie, la prévint sa belle-sœur au moment où la jeune femme quittait la maison.

Au milieu de l'avant-midi, Germaine revint en tirant derrière elle un traîneau sur lequel était attaché un sapin haut d'environ six pieds. Après l'avoir passablement secoué pour en faire tomber la neige, la jeune femme l'entra dans la maison.

— C'est un sauvageon qui est pas bien fourni en bas, expliqua-t-elle à Thérèse, mais il va faire l'affaire une fois décoré. On va s'arranger.

Sur ce, elle appuya l'arbre contre le mur de la cuisine et sortit un moment pour aller chercher un seau à demi rempli de terre prélevée dans la grange. De retour à la maison, elle versa une bonne quantité d'eau dans le seau et y planta solidement le sapin qu'elle alla finalement installer dans un coin du salon.

Elle monta ensuite à l'étage pour y prendre une boîte débordant de petites décorations qu'elle renversa sur l'unique divan de la pièce. À la vue de tous ces rubans, cocottes de pins vernissées et guirlandes, les enfants poussèrent un «oh!» d'admiration.

— Venez aider ma tante, dit-elle à la petite fille de cinq ans et à son compagnon qui allait bientôt fêter son quatrième anniversaire. On va faire un bel arbre. Si vous m'aidez assez, je vais planter un bel ange en haut, ajouta-t-elle en agitant sous leur nez un ange aux dentelles un peu défraîchies.

Pendant près d'une heure, Germaine décora le sapin avec tant d'entrain que les deux enfants ne cessaient de rire. Lorsqu'elle eut fixé la dernière cocotte de pin, elle appela sa belle-sœur pour avoir son avis.

— C'est le plus beau que t'as fait ! déclara Thérèse avec enthousiasme en scrutant l'arbre.

— Tu dis ça tous les ans, Thérèse, dit Germaine en riant. En tout cas, si ma mère vivait encore, elle serait fière de voir qu'on se sert encore des décorations qu'elle a faites il y a bien des années, ajouta-t-elle, soudainement nostalgique.

— Tu te rappelles encore combien ton père aimait ça voir l'arbre dans le coin du salon ? reprit Thérèse, attristée au souvenir de son beau-père. Si on l'avait écouté, il aurait fallu le garder dans le salon jusqu'à la fin de janvier. On avait beau lui dire qu'il perdait ses aiguilles et qu'il sentait plus rien…

— Bon. C'est bien beau tout ça, fit Germaine en se secouant, mais il va falloir s'occuper du dîner. Eugène est à la veille de revenir du bois. Est-ce qu'il t'a parlé qu'il pensait sérieusement à engager quelqu'un pour bûcher avec lui ? Il trouve ça pas mal dur de travailler tout seul à cette heure que mon père est plus là.

— Il m'en a parlé un peu.

— Est-ce qu'il t'a dit qui il pensait engager ?

— Il m'a parlé de Tit-Phège Turcotte.

— T'es pas sérieuse ! s'exclama Germaine. Pas cet agrès-là ! Ça va être une nuisance plus qu'autre chose.

— C'est ce que je lui ai dit. Il est pas encore décidé. Il va peut-être changer d'idée.

Quand Eugène rentra à la fin de l'avant-midi, il se dépêcha d'aller se réchauffer près du poêle.

— Vous devriez voir les enfants d'école comment ils sont énervés sur le chemin, dit-il à sa femme et à sa sœur. Ça crie et ça se lance de la neige comme des déchaînés.

440

— Probablement parce que la petite Prévost vient de les envoyer en vacances, fit remarquer Thérèse en s'approchant de la fenêtre pour voir si des enfants passaient sur la route.

— Ça doit être ça, dit Eugène en s'assoyant dans sa chaise berçante. Je pense que c'est son père que j'ai vu entrer dans la cour en carriole. Il doit venir la chercher.

Ce jour-là, la cuisine des Tremblay, comme celle de la plupart des habitants de Saint-Jacques, fut le centre d'une intense activité. Les deux femmes de la famille confectionnèrent tartes et tourtières pour toute la durée des fêtes.

— Maudit que c'est de valeur d'avoir à attendre encore trois jours pour manger ça, répéta Eugène en plusieurs occasions durant la soirée. Juste sentir, ça me donne la faim.

— Essaye pas de me faire des façons, répliquait sa femme. Tu vas attendre le réveillon comme les autres. Demain, je vais cuisiner de la tête fromagée pendant que Germaine va faire des beignes. Avec tout ça, on devrait être prêtes.

❦

Le matin du 24 décembre, Laurent Fournier revint à la maison après avoir fait son train avec son fils Germain.

— Je pense qu'on va avoir un drôle de temps pour la messe de minuit, dit-il à sa femme occupée à préparer le déjeuner avec l'aide de Florence.

— Pourquoi ?

— T'es pas sortie dehors, toi. On se croirait en plein printemps. Ça fond et on dirait qu'il va mouiller. J'ai jamais vu ça une veille de Noël.

Fernande n'ajouta rien. Depuis près d'une semaine, elle affichait une mauvaise humeur que les siens avaient du mal à supporter. Elle ne cessait de rabrouer tout le monde. Les sourcils froncés et les lèvres serrées en un pli amer, elle promenait sur eux ses petits yeux noirs fureteurs à la recherche de la moindre chose à critiquer. C'était au point où Germain, son fils de dix ans, regrettait presque d'être en vacances.

Son mari, pour sa part, faisait preuve d'une patience inhabituelle, persuadé que cette humeur morose était provoquée par l'absence de leur Annette, que les religieuses ne laisseraient pas revenir à la ferme durant les fêtes. Il se trompait pourtant.

Fernande s'ennuyait bien de sa cadette, mais une autre cause nourrissait son mécontentement. En fait, la mère de famille était de cette humeur depuis sa dernière confession, le vendredi précédent. Cet après-midi-là, au moment où elle s'apprêtait à quitter l'église après avoir exécuté la pénitence donnée par son confesseur, le curé Joyal lui avait fait signe de le suivre dans la sacristie.

— J'ai une bonne nouvelle pour vous, madame Fournier, avait dit le prêtre avec un large sourire.

— À quel sujet, monsieur le curé ?

— Au sujet du cavalier de votre fille.

— Ah oui ! s'était-elle contentée de dire, sans aucun entrain.

— Je sais que ça a pris pas mal de temps à mon confrère de la paroisse Saint-Stanislas, mais il a fini par répondre à ma lettre. Si je me fie à ce qu'il m'a écrit, Sam Cohen est un bon catholique pratiquant. Vous n'avez pas à vous inquiéter.

— Il est sûr de ça ? demanda Fernande, incrédule. Un Juif...

— Bien oui, madame Fournier. Même s'il est juif, il paraît qu'il est catholique. Je compte sur vous pour apprendre la bonne nouvelle à votre Florence.

La mine sombre, la mère de famille avait remercié son curé du bout des lèvres avant de rentrer chez elle. Depuis, elle n'avait pas dit un mot à Florence de cette nouvelle.

Son mari et elle avaient refusé à leur aînée la permission de recevoir Sam Cohen aussi longtemps que le curé de sa paroisse n'aurait pas certifié qu'il était catholique. Leur fille avait eu beau tempêter et menacer de partir, rien ne les avait fait revenir sur leur décision. L'amoureux avait continué d'écrire régulièrement, mais il n'avait pas eu le droit de mettre les pieds chez les Fournier depuis un mois.

Il fallait croire que Sam tenait à revenir voir sa Florence, parce qu'il lui avait écrit, au début de la semaine, que son curé lui avait certifié avoir adressé une lettre au pasteur de Saint-Jacques-de-la-Rive. Par conséquent, il avait planifié de venir la visiter à Noël, persuadé que l'interdit serait levé.

Ce matin-là, Florence aborda le sujet à table, durant le déjeuner.

— Avant la messe de minuit, je vais aller voir monsieur le curé, annonça-t-elle à ses parents.

— Pourquoi ? lui demanda son père.

— D'après Sam, il a dû recevoir la lettre du curé de sa paroisse. Je veux savoir si tout est correct.

— Il y a rien qui presse, dit sèchement sa mère.

— Ça fait un mois que je l'ai pas vu, m'man, protesta vivement la jeune fille. J'ai hâte de le revoir.

— Dérange pas monsieur le curé pour rien, finit par dire Fernande à contrecœur. Je lui ai parlé après la confession, vendredi passé.

— Puis ? demanda Florence, les yeux brillants d'espoir.

— Il paraît que tout est correct. Mais je trouve ça louche pareil, prit la peine d'ajouter sa mère, la mine farouche.

443

Laurent jeta à sa femme un regard lourd de reproches, mais sa fille, toute à son bonheur, ne songea même pas à blâmer sa mère de son évidente mauvaise foi.

— Je suis bien contente que tout soit réglé. Comme ça, Sam aura pas loué une chambre pour rien chez Traversy.

— Qu'est-ce qu'il fait là ? lui demanda sa mère.

— Il a l'intention de venir à la messe de minuit avec moi.

— Ah bien ! On peut dire qu'il a du front tout le tour de la tête, ton Juif ! s'exclama Fernande, furieuse. Il a décidé ça tout seul, sans qu'on ait notre mot à dire. Tu pourras lui dire en tout cas qu'il y a pas de place pour lui dans notre banc.

— Si c'est comme ça, répliqua Florence, piquée au vif, on ira s'asseoir tous les deux dans le jubé !

— Et il est pas question qu'il vienne réveillonner ici, poursuivit sa mère, prête à exploser de rage.

— Il vous demande pas la charité, m'man ! répliqua aussi vivement la jeune fille, rouge de colère.

— Bon, ça va faire toutes les deux ! s'écria Laurent en donnant un coup de poing sur la table.

Immédiatement, le silence se fit autour de la table.

— À soir, on se tassera dans notre banc pour faire une place à ton Sam. Après la messe de minuit, il pourra venir réveillonner avec nous autres, si le cœur lui en dit. Et je veux plus entendre un mot là-dessus, ajouta le chef de famille en lançant un regard d'avertissement à sa femme.

❧

Chez les Hamel, Omer et Georges avaient accompagné leur père dans le bois pendant que Corinne et sa mère mettaient la dernière main au repas du soir. Il n'était pas de tradition de réveillonner après la messe de minuit dans la famille, mais il y avait toujours un grand souper offert par le frère aîné d'Isidore, le soir du jour de l'An.

Depuis quelques jours, Angèle jetait de plus en plus souvent des regards inquiets vers sa fille. Elle ne l'avait jamais vue aussi pâle et nerveuse. Corinne ne souriait plus et semblait le plus souvent absente. Une ou deux fois par jour, elle finissait par lui dire :

— Corinne, sors de la lune ! Je viens de te parler.

La jeune fille s'ébrouait, s'excusant piteusement de ses absences. Angèle aurait été moins inquiète si sa fille avait été malade. Elle l'aurait soignée ou l'aurait amenée consulter le docteur Patenaude, à Pierreville. Mais sa fille lui objectait que tout allait bien. Peut-être n'était-ce que l'ennui de son Rémi qui la rendait aussi apathique ? «Vivement le mariage, ça va lui rendre ses couleurs ! Même si c'est avec Rémi Tremblay…» se disait la mère de famille.

Fallait-il être bête pour se morfondre de cette façon pour un homme, ne pouvait-elle s'empêcher de penser ensuite en réprimant difficilement un petit sourire moqueur. Cet espèce de grand bêta allait fort probablement lui faire une «tralée» d'enfants et la laisser se débrouiller à peu près toute seule pour les nourrir et les élever. S'il ne changeait pas, elle pressentait bien que son gendre allait se dépêcher à s'engager dans un chantier chaque hiver, que sa femme soit enceinte ou non, et qu'il allait trouver tout naturel qu'elle s'arrange pour faire vivre ses petits six mois par année. «Maudits hommes !» pensait-elle encore en serrant un peu les dents.

Pendant que sa mère s'inquiétait de l'avenir de sa fille, cette dernière, de son côté, glaçait des beignets, les yeux perdus dans le vague. Elle n'avait plus qu'une obsession, et elle était de taille : il fallait continuer à cacher son état le plus longtemps possible. Ses yeux cernés et sa pâleur étaient réellement dus à ses nuits d'insomnie et à son angoisse perpétuelle. Ses « affaires », comme le disaient toutes les femmes, n'étaient pas revenues. Il ne faisait plus aucun doute maintenant qu'elle attendait un enfant…

À cette seule évocation, sa terreur revenait et lui coupait le souffle. Elle se faisait de plus en plus l'impression d'être une souris prise au piège, incapable de trouver un moyen de se libérer. Chaque soir, avant de se mettre au lit, elle continuait à scruter avec soin son ventre devant le petit miroir suspendu au-dessus de son bureau, à la recherche du moindre signe révélateur. Elle refaisait le même examen chaque matin avant de s'habiller. Elle était persuadée que sa grossesse commencerait bientôt à paraître, même si son amaigrissement faisait en sorte que ses robes flottaient encore un peu sur elle.

Depuis quelques jours, la jeune femme était à la recherche d'une excuse afin d'éviter le souper du jour de l'An chez l'oncle Henri-Paul auquel tous les membres de la famille Hamel étaient conviés chaque année. Dire qu'elle avait rêvé de s'y retrouver au bras de son Rémi pour le présenter à la famille ! À tort ou à raison, elle avait la certitude que l'une de ses parentes perspicaces allait déceler son état. Elle avait trop souvent entendu certaines de ses tantes se vanter d'être capables de dire qu'une voisine ou une connaissance était « en famille » à la seule vue de ses yeux ou à sa façon de se tenir. Elle était certaine qu'on allait la confondre aisément. Lorsque cela se produirait, et cela ne manquerait certainement pas d'arriver, elle n'aurait jamais la force de survivre à une telle honte.

— Corinne, tu m'écoutes ?

— Bien oui, m'man, fit la jeune fille en réprimant mal un léger sursaut.

— Je viens de te dire que j'aurais bien aimé ça si ton frère nous avait écrit une lettre avant Noël pour nous dire que tout allait bien pour lui.

— Vous avez pas à vous inquiéter, m'man, dit sa fille pour la rassurer. Il vous l'a écrit qu'il est juste à l'entraînement et qu'il partira pas avant un bon bout de temps pour l'Afrique.

— Il y a quelque chose qui me dit qu'il nous a écrit ça juste pour qu'on s'inquiète pas.

— Voyons donc, m'man ! Aimé nous l'aurait dit qu'il partait.

— En tout cas, on va prier pour lui à la messe de minuit. Si on arrive assez avant la messe, on aura même le temps de dire un chapelet pour lui.

Le soir venu, Angèle eut tout le temps de réciter le chapelet promis parce que son mari la conduisit à l'église un peu avant onze heures de crainte que des étrangers à la paroisse n'occupent le banc familial. Même s'il était relativement tôt, les marguilliers étaient déjà sur place, prêts à intervenir quand la foule envahirait le temple.

Un peu avant onze heures, les carrioles et les *sleighs* commencèrent à arriver au village sous une petite pluie froide qui transperçait les vêtements des passagers et les poussait à pénétrer rapidement dans l'église. De mémoire d'homme, on ne se souvenait pas d'avoir déjà connu une température aussi douce une veille de Noël et les anciens prédisaient que cette pluie allait se changer en neige avant la fin de la messe. En attendant, les conducteurs s'empressaient de protéger leur cheval en étendant sur leur dos une épaisse couverture après les avoir entravés.

Les paroissiens de Saint-Jacques-de-la-Rive étaient accueillis par une bouffée d'air chaud et les voix de la chorale dès qu'ils ouvraient la porte de l'église. Au jubé, Rose Grenier dirigeait une dernière répétition avant la

447

messe. Napoléon Veilleux, campé près de l'harmonium réparé, comme lui en donnait le droit son titre de maître chantre, entonnait le *Venez divin Messie* pour la troisième fois en manifestant une certain agacement, la directrice ne semblant pas encore tout à fait satisfaite de sa performance. Remplis de leur importance, Anatole Duchesne et Cloclo accomplissaient leur rôle de bedeau. Ils disposaient des pots de fougères dans le chœur après avoir allumé les longs cierges.

Peu à peu, l'église s'emplissait de fidèles. Il s'élevait de la foule un ronronnement de murmures ponctué de temps à autre par une toux ou des pleurs d'enfant fatigué. Les marguilliers sillonnaient déjà les allées en prenant un air affairé, à la recherche de places libres à indiquer aux nouveaux arrivants. La chaleur montait progressivement dans l'église bientôt surpeuplée. Certains paroissiens avaient retiré leur manteau, qu'ils avaient étalé tant bien que mal sur le dossier de leur banc. Quelques mères quittaient de temps à autre leur siège en compagnie de leurs jeunes enfants. Elles se rendaient jusqu'à la sainte table pour leur montrer la crèche de Noël édifiée dans le chœur.

Joseph Pouliot avait remarqué qu'un jeune étranger à la paroisse demeurait debout au fond de l'église. Lorsqu'il lui avait aimablement proposé de lui trouver une place, ce dernier lui avait chuchoté qu'il attendait la famille Fournier. Le marguillier n'avait pas insisté.

Quand Laurent et Fernande Fournier entrèrent dans l'église quelques minutes plus tard, suivis par Germain et Florence, Sam Cohen s'approcha de la jeune fille qui lui adressa son plus beau sourire en guise de bienvenue. Le jeune homme lui emboîta le pas dans l'allée latérale. À leur arrivée à leur banc, Fernande découvrit qu'il était déjà partiellement occupé par deux personnes âgées, probablement des invités d'une famille de la paroisse. Elle s'arrêta et se tourna vers son mari, s'attendant de toute évidence à ce qu'il fasse comprendre aux intrus qu'ils étaient dans un banc loué un dollar chaque année. Laurent se limita à soulever les épaules. Après avoir jeté un bref coup d'œil à la ronde pour tenter de trouver des places libres dans l'église bondée, il chuchota à sa femme :

— Je suis tout de même pas pour les prendre par la peau du cou pour les jeter dehors. Ils ont l'âge d'être mon père et ma mère. On a tout de même trois places.

— Laissez faire, monsieur Fournier, chuchota Sam, qu'il n'avait pas encore remarqué. Florence et moi, on va essayer de trouver une place dans le jubé.

Après avoir toisé le jeune homme d'un regard hostile sans se donner la peine de le saluer, Fernande se tourna vers sa fille et lui répliqua sèchement :

— Tu nous attendras après la messe.

Les deux jeunes gens s'empressèrent de faire demi-tour et de descendre l'allée pour aller s'installer dans le jubé déjà passablement occupé. Ils découvrirent deux places libres tout au fond et s'assirent l'un près de l'autre, soulagés d'échapper durant près d'une heure au regard des parents de la jeune fille. Florence en profita pour apprendre à son amoureux qu'il était invité au réveillon.

— Si je comprends bien, ça veut dire que la lettre de mon curé est arrivée, en déduisit Sam.

— C'est ce que ma mère a dit. Le curé Joyal lui a appris ça la semaine passée, mais elle m'en a parlé juste aujourd'hui, par exemple.

— Je sais pas trop si je dois aller chez vous, dit Sam, hésitant. Ta mère a pas l'air de m'aimer pantoute.

— Qu'elle t'aime ou pas, c'est pas important, fit Florence sur un ton sans appel. L'important, c'est qu'on s'aime tous les deux. Et puis j'ai travaillé à préparer ce réveillon-là pour toi.

449

— Si c'est comme ça, c'est sûr que je vais y aller, même si ta mère me fait la baboune.

En signe de reconnaissance, Florence se serra un peu plus contre lui.

— Est-ce que tes parents vont vouloir que je revienne te voir quand même demain ? reprit le jeune commerçant montréalais, un peu inquiet.

— Je vois pas pourquoi tu pourrais pas. Il y a pas de raison. On n'a pas de famille à aller visiter. Du côté de ma mère, ils se fréquentent pas parce qu'ils sont en chicane pour une histoire d'héritage. Il reste juste un frère et un cousin à mon père, et ils restent trop loin.

Au même moment, le curé Joyal pénétra dans le chœur, encadré par deux servants de messe. La célébration débuta. Les marguilliers vinrent alors rejoindre les leurs dans les bancs qui leur étaient réservés, à l'avant. Les chants de la chorale donnèrent à cette messe solennelle une allure joyeuse.

Lorsque le curé monta en chaire après la lecture de l'Évangile, il ne fit aucune remarque à propos des quelques paroissiens qu'il venait de voir se glisser subrepticement par la porte dans l'intention d'aller fumer, et peut-être même de boire un coup à l'extérieur. Pendant près de vingt minutes, en dépit de la chaleur étouffante des lieux, Antoine Joyal s'étendit sur l'importance du mystère de la Nativité qui se répétait chaque année en cette nuit de Noël. Ici et là, dans l'assistance, quelques hommes dormaient, la bouche à demi ouverte, et certaines femmes assenaient des coups de coude bien sentis à leur compagnon en train de sombrer dans le sommeil.

Quand le *Ite missa est* du célébrant claqua dans l'église, Napoléon Veilleux entonna à pleine voix son *Minuit, chrétiens !* qu'il avait répété toute la semaine en faisant son train. Les fidèles, soudainement pressés d'échapper à la chaleur, quittèrent leur siège et se dirigèrent en une foule compacte vers la sortie. En posant les pieds à l'extérieur, chacun put se rendre compte que la pluie s'était transformée en légers flocons, mais que le temps demeurait tout de même particulièrement doux pour la saison.

La majorité des gens s'entassa sur le parvis couvert d'une mince couche de neige pour souhaiter un joyeux Noël à des parents et à des connaissances. Ensuite, peu à peu, on se dirigea vers les carrioles, les *sleighs* et les catherines. Pendant que le conducteur allumait le fanal qu'il allait suspendre à l'avant de son véhicule, les siens s'installaient à bord.

Fernande, le visage sévère, avait attendu sa fille aînée à la sortie de l'église alors que Laurent et Germain se tenaient déjà près de la carriole.

— Arrive, Florence. On t'attend. On n'est pas pour passer la nuit dehors, indiqua-t-elle à sa fille dès qu'elle l'aperçut au bras de son cavalier.

— Tu nous suis avec ta *sleigh* ? demanda la jeune fille en se tournant vers Sam, comme si sa mère n'avait rien dit.

Sam Cohen hocha la tête et se dirigea vers la *sleigh* qu'il avait louée à Pierreville. Dans la carriole des Fournier, Fernande dit en guise d'avertissement :

— On traînera pas trop longtemps debout. On mange en arrivant et on va se coucher. Il est déjà pas loin d'une heure et demie du matin.

— On va tout de même prendre le temps de goûter, j'espère ! s'insurgea sa fille. On a travaillé toute la semaine à préparer ce repas-là.

— Inquiète-toi pas pour rien, laissa tomber son père au moment où la carriole tournait dans le rang Sainte-Marie. Il y a pas le feu. On va prendre le temps qu'il faudra pour manger à notre faim.

Les deux grosses bûches d'érable déposées dans le poêle avant d'aller à la messe avaient suffi pour conserver une bonne chaleur dans la cuisine. Les Fournier eurent le temps d'entrer et d'allumer les lampes à huile avant que Sam arrive. Pendant que le maître de maison détélait son cheval à l'écurie, Florence installait son amoureux au salon. La table avait été mise avant la messe et il ne restait qu'à réchauffer la nourriture sur le poêle et dans le fourneau durant quelques minutes.

Après avoir aidé sa mère, la jeune fille vint rejoindre son amoureux au salon où il y eut des chuchotements jusqu'au moment où Laurent pénétra dans la maison. En entendant la voix de son père, Florence serra le bras de son ami. Ils se levèrent tous les deux.

— C'est le temps, Sam, lui dit-elle sur un ton décidé.

— OK, fit le jeune homme, le visage étrangement pâle.

Ils quittèrent la pièce et entrèrent dans la cuisine, qui baignait dans une odeur appétissante de tourtière et de ragoût. Le maître de maison venait de suspendre son manteau alors que sa femme vérifiait le degré de cuisson du contenu d'un chaudron sur le poêle. Florence, silencieuse, se tenait aux côtés du garçon.

— Monsieur Fournier, madame Fournier, j'aimerais vous parler, fit Sam Cohen d'une voix blanche.

Germain, assis sur la troisième marche de l'escalier qui menait à l'étage, cessa de manipuler son vieux jeu de cartes. Fernande et Laurent s'immobilisèrent.

— Qu'est-ce qu'il y a ? demanda Laurent, d'une voix neutre.

Le jeune homme toussota légèrement avant de reprendre d'une voix embarrassée :

— Ben, j'aimerais vous demander la main de votre fille.

Laurent et Fernande se regardèrent en affichant une surprise évidente.

— Voyons donc! protesta Fernande. Ça fait même pas six mois que vous vous connaissez!

— Vous avez raison, madame Fournier, reconnut Sam, devenu rouge comme un coq, mais on n'a pas l'intention de se marier demain matin.

— Et vous feriez ça quand exactement? demanda le père de famille, calmement.

— On a pensé qu'à la fin du printemps ou au commencement de l'été, ce serait un bon temps, si ça vous dérange pas trop, évidemment, dit Sam, conciliant.

— Moi, en tout cas, je trouve ça pas mal trop vite, insista Fernande en fixant le jeune homme de ses petits yeux noirs.

— C'est vrai que c'est pas mal vite, dit son mari à son tour.

— Mais, p'pa…, commença à dire Florence, blessée de voir comment était reçue la demande de son prétendant.

— On te cachera pas, mon garçon, la coupa son père, ignorant volontairement son intervention, qu'on aurait aimé mieux que notre fille marie un gars de par ici, un cultivateur, quelqu'un qui vient d'une famille qu'on connaît. Tu comprends?

— Oui, je comprends, monsieur Fournier.

— Mais on s'aime, p'pa, protesta Florence, qui faisait des efforts méritoires pour ne pas laisser éclater sa colère.

— Dans mon cas, il y a pas de cachette, monsieur Fournier, entreprit d'expliquer Sam, sans laisser voir le moins du monde qu'il se sentait piqué par l'insulte. Mon père et ma mère sont morts il y a quelques années et c'est un vieil oncle qui m'a élevé avec ma sœur.

— Et tu serais capable de la faire vivre? demanda une Fernande qui ne voulait pas désarmer.

— Je vous garantis qu'elle fera pas de misère avec moi, la rassura le jeune homme. Je travaille depuis six ans et j'ai hérité d'un commerce au commencement de l'automne.

— Ah oui? s'étonna Fernande. Florence nous avait pas dit ça.

— Où est-ce que vous auriez l'intention de vivre? fit Laurent.

— À Montréal, monsieur Fournier.

— Il reste quand même que j'aimerais bien consulter monsieur le curé dans cette affaire-là, laissa tomber Fernande en refermant la porte du fourneau qu'elle avait laissée ouverte.

Debout au centre de la pièce, le jeune commerçant avait l'air de plus en plus mal à l'aise devant l'accueil fait à sa demande. Il avait eu beau s'attendre à quelques réserves, surtout de la part de la mère de son amoureuse, il n'avait jamais imaginé se retrouver devant une fin de non-recevoir. Mais il tenait à sa Florence…

— Je vois pas pourquoi il faudrait aller en parler à monsieur le curé, intervint cette dernière, les yeux étincelants de rage. C'est pas lui que je veux marier, c'est Sam.

— De toute façon, on a encore ben le temps de penser à tout ça, déclara finalement Laurent. Il y a encore rien qui presse.

— C'est ça, fit Fernande. Il y a pas le feu; on a encore le temps d'y penser. En attendant, on passe à table et on mange. Mets un tablier et viens m'aider à servir, dit-elle à sa fille.

Le réveillon se prit presque en silence autour de la grande table. Le malaise était palpable. Les amoureux, déçus, mangèrent du bout des lèvres. Sitôt la dernière bouchée avalée, Florence entraîna Sam au salon.

Quelques minutes plus tard, le jeune homme quitta la maison après avoir remercié ses hôtes et, surtout, promis à celle qu'il considérait dorénavant comme sa fiancée de revenir veiller à ses côtés. S'il remarqua que les parents de sa belle ne l'invitaient pas à souper le soir de Noël, il n'en laissa rien paraître.

Après son départ, Florence ne desserra pas les lèvres durant les quelques minutes où elle aida sa mère à ranger la nourriture. Ensuite, elle s'empressa de monter se coucher, bouillant d'une rage telle qu'elle avait envie de tout casser autour d'elle. Quelques heures plus tard, Laurent fut le seul à se lever pour aller soigner les animaux. Sa femme et ses deux enfants n'émergèrent du sommeil qu'au milieu de l'avant-midi.

Après s'être versé une tasse de thé, Florence profita du fait qu'elle se retrouvait seule dans la cuisine avec sa mère pour lui faire connaître sa fureur, qu'elle avait retrouvée intacte à son lever. Même si elle s'était mise au lit, comme les autres, sur le coup de trois heures, elle n'avait trouvé le sommeil qu'à l'aube tant elle en voulait à ses parents.

— J'espère que vous êtes contente d'avoir traité Sam comme un chien? attaqua-t-elle sans préambule.

— On l'a traité comme du monde, ma fille, rétorqua Fernande. C'est pas de notre faute si c'est un Juif qu'on connaît ni d'Ève ni d'Adam.

— Vous appelez ça le traiter comme du monde! s'exclama Florence, emportée. Il vient vous demander de me marier, et vous lui dites pratiquement non sans aucune raison.

— C'est pour ton bien, si on n'a pas encore accepté. On n'a pas dit non, on a dit qu'on était pour y penser.

— Chaque fois qu'il met les pieds ici-dedans, vous le recevez comme s'il avait la peste, déclara la jeune fille.

— C'est un étranger et il fait pas encore partie de la famille! répliqua sa mère sur un ton sans appel.

— En tout cas, j'aime autant vous le dire tout de suite. J'ai vingt et un ans. Je suis majeure. J'ai pas besoin pantoute de votre permission pour le marier. Je le sais et il le sait. C'est tout ce que j'ai à vous dire, cria la jeune fille, exaspérée.

Sans plus attendre, la jeune femme quitta la cuisine d'un pas rapide et gagna sa chambre avant que sa mère ne soit tentée de lui asséner une gifle magistrale, comme il lui était déjà arrivé de le faire.

Chapitre 20

La délivrance

Le temps étrangement doux ne dura qu'une journée ou deux. Durant la semaine entre Noël et le jour de l'An, le froid revint en force. Pendant que les femmes s'étaient remises à cuisiner en vue de la célébration de la nouvelle année, les hommes étaient retournés bûcher. Il n'était pas question de demeurer à ne rien faire à la maison, même si on avait surtout envie de fêter. Il fallait voir à renouveler les provisions de bois de chauffage que le poêle consommait à une vitesse effarante.

Le matin du jour de l'An fut particulièrement triste chez les Tremblay quand on se rendit compte que Magloire n'était plus là pour bénir ses enfants, comme il l'avait toujours fait. À cette seule pensée, les yeux de Germaine se mouillèrent. Thérèse fit un effort pour surmonter ce moment pénible.

— Tu vas bénir Claire, dit-elle à son mari en poussant devant elle la petite fille de cinq ans. Elle est en âge de comprendre ta bénédiction.

Le jeune père de famille ne sembla d'abord pas savoir quelle contenance prendre devant sa femme et sa sœur quand il vit sa petite fille agenouillée devant lui dans la cuisine. Puis, il se rappela les gestes de son père quand il bénissait ses enfants et les répéta, perpétuant ainsi une tradition québécoise qui se perdait dans la nuit des temps.

Durant un bref moment, Germaine pensa à Xavier qui célébrait au même moment l'arrivée de l'année 1901, loin des siens, au chantier. À cette pensée, son cœur s'étreignit. Dans un an, ils seraient mari et femme et ce serait lui qu'elle verrait bénir Jocelyn, dans leur maison de Saint-Zéphirin, s'il n'était pas reparti travailler dans un chantier.

⁓

Chez les Fournier, on recevait à dîner ce jour-là. Le cousin de Varennes, qu'on ne voyait pratiquement jamais parce qu'il habitait trop loin, avait, à la surprise générale, annoncé sa visite dans une lettre reçue peu après Noël.

Contre toute attente, Fernande n'en avait pas profité pour inviter Sam Cohen. Florence l'avait tout de même prévenue la veille que son amoureux viendrait passer l'après-midi avec elle. La mère de famille s'était alors préparée à voir arriver le Juif à la grand-messe et à lui faire voir qu'il n'était pas le bienvenu dans le banc familial.

Or, Fernande n'eut pas à faire grise mine à celui qui avait demandé de devenir son gendre. Le jeune homme ne parut pas à l'église de Saint-Jacques-de-la-Rive. Durant toute la durée de la messe, Florence, passablement inquiète, se demanda si Sam n'avait pas décidé de simplement l'abandonner après s'être vu pratiquement refuser sa main la semaine précédente.

— Je pense qu'il a compris, chuchota Fernande à son mari en rentrant à la maison.

— De qui tu parles? demanda Laurent.

— Du cavalier de ta fille. Je pense qu'on le reverra pas de sitôt à Saint-Jacques. Il a compris qu'on l'aimait pas et qu'on n'en voulait pas dans notre famille.

Mais à peine venait-elle de desservir la table ce midi-là qu'elle entendit les grelots d'un attelage entrant dans la cour.

— J'ai l'impression que vous avez de la visite, fit remarquer le vieux cousin de Laurent en se penchant vers la fenêtre.

Le cultivateur regarda dehors à son tour avant de lui répondre :

— C'est le cavalier de Florence. Il vient passer l'après-midi avec elle.

Florence alla ouvrir à son amoureux qui offrit ses meilleurs vœux aux personnes présentes avant d'être entraîné au salon par la jeune fille. Si le cousin remarqua le manque d'enthousiasme de ses hôtes, il n'en laissa rien paraître.

— Est-ce qu'il y a du mariage dans l'air ? demanda-t-il sur un ton guilleret.

— Ça, c'est loin d'être fait, répondit sèchement Fernande, assez fort pour être entendu par les deux tourtereaux.

⌘

Au même moment, dans la maison voisine, Corinne Hamel sortait des toilettes, plus pâle que jamais. La jeune femme avait été prise de nausée quelques minutes à peine après le repas du midi et avait dû se précipiter hors de la cuisine.

— Je sais pas ce que j'ai. J'ai pas digéré mon dîner, se contenta d'expliquer la jeune femme.

— Monte donc t'étendre sur ton lit, lui suggéra son père. On partira pas pour Nicolet avant trois heures et demie. On va faire le train de bonne heure avant de partir.

Corinne suivit le conseil paternel. La veille, elle avait décidé qu'elle n'irait tout simplement pas au repas de son oncle Henri-Paul, même si ses parents allaient insister pour l'amener avec eux. Par chance, cette indigestion providentielle allait lui offrir une excuse en or.

Lorsque Angèle monta à l'étage vers trois heures pour dire à sa fille qu'il était temps de se préparer à partir, Corinne, encore dans son lit, lui répondit qu'elle ne se sentait vraiment pas assez bien pour accompagner sa famille à Nicolet.

— J'aime mieux rester ici, m'man. J'ai l'estomac encore à l'envers. Je vais chauffer la maison pendant que vous allez être partis.

— Ça va te faire un jour de l'An pas mal plate, lui fit remarquer sa mère. T'es sûre que t'aimerais pas mieux venir ? Peut-être qu'un peu d'air frais te ferait du bien.

— Je vais être mieux ici-dedans, dit Corinne en lui adressant un pauvre sourire.

— C'est correct d'abord. Bois un peu d'eau de Pâques ; ça va te faire du bien. J'ai mis le petit coffret que ton frère t'a donné comme étrennes dans les marches de l'escalier. Laisse-le pas traîner là. Serre-le quand tu te lèveras.

Corinne fit signe qu'elle avait compris et se tourna dans son lit dans l'intention de se rendormir. Sa mère quitta sa chambre en fermant la porte derrière elle, puis descendit au rez-de-chaussée. Durant de longues minutes, la jeune fille épia les bruits familiers dans la maison. Elle entendit son père rentrer en compagnie d'Omer et de Georges. Pendant un moment, elle perçut vaguement des voix. Finalement, la porte de la maison claqua et tout devint silencieux. Elle se leva un bref moment pour voir la carriole de ses parents s'engager sur la route. Elle baissa ensuite à demi la toile qui masquait la fenêtre de sa chambre et se remit au lit, heureuse d'échapper pendant quelques heures au regard des siens. Si elle pouvait vivre seule, comme la vie serait plus simple… Ce fut du moins la dernière pensée qu'elle eut avant de sombrer dans le sommeil.

Quand elle s'éveilla en sursaut, l'obscurité était tombée. Quelle heure pouvait-il être ? Impossible de le savoir. Durant un bref moment, assise dans son lit, elle guetta le moindre bruit dans la maison. Les lampes à huile se trouvaient dans la cuisine. La petite lampe qui aurait dû être sur sa table de chevet était demeurée en bas. Elle l'avait descendue avant le dîner pour la remplir d'huile à lampe, mais l'avait laissée près de l'évier.

Il lui fallut alors faire un véritable effort de volonté pour se lever dans le noir. Seule la crainte de laisser le poêle s'éteindre la poussa à quitter sa chambre et à se diriger à l'aveuglette vers l'escalier qui conduisait au rez-de-chaussée. Une fois parvenue à la première marche, il lui sembla qu'il faisait beaucoup moins sombre. Elle s'engagea dans l'escalier sachant être en mesure de se diriger. Elle ne vit pas l'obstacle. Ce n'est qu'en posant le pied dessus qu'en un éclair, elle se rappela les dernières paroles de sa mère avant son départ.

— Le coffre d'Omer ! eut-elle le temps de dire dans un souffle au moment où elle perdait l'équilibre et chutait lourdement jusqu'au pied de l'escalier.

Combien de temps demeura-t-elle étendue dans le noir ? Impossible de le dire. Quand elle reprit conscience, la jeune femme demeura d'abord immobile, sonnée, incapable de se relever. Elle devait s'être brisé quelque chose. On ne se sortait pas indemne d'une chute d'une dizaine de marches…

Finalement, Corinne rassembla son courage et entreprit de s'asseoir péniblement sur le plancher, dans le noir. Tout son corps était meurtri. Elle tâta d'abord précautionneusement ses bras. Apparemment, il n'y avait rien de cassé. Elle se releva doucement en déployant beaucoup d'efforts.

Ses jambes la portaient, mais de violents élancements dans sa cheville droite lui apprirent qu'elle souffrait probablement d'une foulure. Elle se dirigea alors en boitillant vers la tablette où étaient déposées les lampes à huile et en alluma une.

— Saudite affaire ! Tu parles d'une idée de fou de laisser traîner quelque chose dans l'escalier ! s'emporta-t-elle. J'avais bien besoin de ça !

Un coup d'œil vers l'horloge lui apprit qu'il était près de six heures trente. Elle se déplaça péniblement jusqu'au petit miroir suspendu au-dessus de l'évier pour scruter son visage. Sa tempe gauche était marquée d'une ecchymose déjà violacée. Toujours en boitant, elle alla jeter quelques rondins dans le poêle qui ne contenait plus que des braises puis fit fondre un peu de beurre dans lequel elle trempa un linge. Elle banda en grimaçant de douleur sa cheville blessée après s'être assise dans la chaise berçante de son père.

Elle demeura ainsi un long moment, tant pour apprivoiser la douleur que lui causait sa cheville que pour décider si elle mangerait quelque chose en guise de souper. Elle allait se lever pour explorer le garde-manger quand une crampe violente la fit se plier en deux. La respiration coupée par l'intensité de la douleur, elle lança un regard éperdu autour d'elle, à la recherche d'une aide qu'elle savait ne pas pouvoir trouver.

Une seconde crampe l'obligea à saisir son ventre à deux mains avant de pousser un profond gémissement. Qu'est-ce qu'elle avait bien pu manger qu'elle ne parvenait pas à digérer ? Si sa mère avait été là ! Mais elle était seule. Soudain, la peur de mourir la fit paniquer. Lorsqu'une autre crampe survint, les yeux affolés, elle poussa un cri déchirant.

Puis tout se calma en elle. Corinne demeura immobile pendant plusieurs minutes dans sa chaise berçante, attendant, angoissée, la prochaine douleur qui ne vint pas. À la place, elle sentit soudain un liquide chaud coulant entre ses cuisses. Atterrée, elle souleva lentement sa jupe et son jupon… Ce qu'elle vit la figea. Une petite mare s'était formée sur sa chaise et s'écoulait peu à peu sur le parquet.

Il lui fallut plusieurs minutes avant de comprendre qu'elle venait de perdre le bébé qu'elle portait. Elle demeura là, sans réaction, affaiblie, vidée de toute énergie, ne parvenant pas à se décider à se lever. Les bras serrés contre sa poitrine, elle se mit alors à pleurer en se berçant doucement, puis de plus en plus fort, comme pour endormir sa douleur.

Plusieurs minutes s'écoulèrent avant qu'elle ne puisse reprendre le contrôle de ses nerfs. Rassemblant finalement ses énergies pour se lever, elle se dirigea, toujours en clopinant, vers le poêle pour vérifier si l'eau du *boiler* était assez chaude. Elle puisa alors un plein broc d'eau et entreprit de faire sa toilette en utilisant l'évier de la cuisine.

Elle monta ensuite difficilement à l'étage pour revêtir son épaisse robe de nuit. Elle revint quelques instants plus tard avec ses vêtements souillés qu'elle lava soigneusement avant de les étendre près du poêle pour les faire sécher. Elle nettoya la chaise et le parquet puis se laissa tomber à nouveau dans la chaise berçante, trop épuisée pour manger.

La jeune femme somnola un bon moment près du poêle. Elle fut brusquement tirée du sommeil par l'horloge qui sonnait neuf heures. Après avoir mis des bûches dans le poêle, elle palpa ses vêtements : ils étaient secs. Elle se versa une tasse de thé et reprit sa place dans la chaise berçante. Seuls les tic-tac de l'horloge venaient briser le silence qui régnait dans la maison. Pour la première fois depuis des mois, Corinne se sentait étrangement légère, libérée du poids énorme qui l'étouffait depuis le milieu de l'automne. Elle réalisait peu à peu que ce qu'elle avait tant craint ne se produirait pas. Elle n'aurait pas d'enfant avant son mariage. Dieu avait fait en sorte de lui épargner la honte d'être une fille perdue. Il n'avait pas permis que sa faute rejaillisse sur sa famille…

Euphorique, elle promit de faire une neuvaine à la Vierge pour l'avoir protégée. Elle s'engagea à demeurer pure jusqu'à son mariage. Rémi allait la respecter et elle deviendrait une mère de famille exemplaire. Même si elle était seule, elle parlait à mi-voix, comme pour se persuader qu'elle ne rêvait pas, qu'elle était maintenant libre de vivre.

— Merci, mon Dieu ! pria-t-elle, folle de reconnaissance. Je vous promets de ne plus jamais succomber.

Elle était soudainement si heureuse qu'elle en oubliait ses meurtrissures ainsi que les élancements de sa cheville foulée. Elle avait faim tout à coup. Elle se leva en claudiquant et alla chercher le pâté au poulet, reste du repas du midi, qu'elle mit à réchauffer. Pendant que sa nourriture cuisait, elle alla porter dans sa chambre ses vêtements, effaçant ainsi les derniers signes de l'accident qui venait de se produire.

Après son repas, Corinne veilla encore un peu. Elle ne se décida à se mettre au lit qu'un peu après onze heures. Ses parents ne reviendraient probablement pas de Nicolet avant le début de la nuit. Avant de monter, elle déposa une grosse bûche dans le poêle pour s'assurer qu'ils trouveraient une maison chaude à leur arrivée. Elle prit le petit coffre, demeuré au pied de l'escalier, et gagna sa chambre.

Le lendemain matin, Angèle sursauta quand sa fille descendit péniblement l'escalier en boitillant.

— Ma foi du bon Dieu ! veux-tu bien me dire ce qui t'est arrivé ? s'exclama-t-elle, alarmée, en l'examinant.

— Je suis tombée dans l'escalier hier après-midi. J'ai pas vu le saudit coffre qu'Omer m'a donné.

— Ma pauvre petite fille, te v'là bien arrangée, constata Angèle en regardant de près le bleu sur sa tempe. T'aurais pu te tuer !

— Pour ce qui reste des fêtes, m'man… rétorqua Corinne. Cette idée aussi de mettre ça en plein milieu de l'escalier, ajouta-t-elle en feignant un ressentiment qu'elle n'éprouvait pas.

— T'avais juste à regarder où tu mettais les pieds. T'es tout de même plus une enfant. Qu'est-ce que tu t'es fait à la jambe ?

— Je me suis foulé la cheville.

— Montre-moi ça, ordonna Angèle en s'approchant.

— C'est correct, m'man, se défendit sa fille. J'ai mis du beurre chaud, c'est moins enflé qu'hier et ça fait déjà moins mal. Mais j'ai un bon bleu sur une cuisse.

— Bon. Assis-toi et marche pas trop, lui conseilla sa mère. Pour ton estomac, est-ce que ça va mieux au moins ?

— Je suis correcte. J'ai même mangé un peu hier soir.

— Enfin, une bonne nouvelle !

— Racontez-moi au moins la fête chez mon oncle et dites-moi ce qu'il y a de neuf dans la famille, demanda la jeune fille en s'assoyant pour préparer la pâte pour les crêpes qui seraient servies au déjeuner.

Quand Isidore revint de l'étable en compagnie d'Omer et de Georges, Corinne fut obligée de raconter une seconde fois sa chute dans l'escalier pour expliquer sa boiterie et le bleu qu'elle avait au visage.

— Tout ça, c'est à cause du coffre que tu m'as donné, dit-elle à son frère pour dédramatiser la situation.

— Avoir su que t'étais aussi aveugle, répondit l'adolescent, piqué au vif, je t'aurais gossé une canne blanche.

Les jours suivants, la mère de famille retrouva avec joie la Corinne enjouée et souriante qu'elle avait toujours connue. Elle se demanda même, pendant un moment, si le beau Rémi n'était pas revenu du chantier au jour de l'An pour lui rendre secrètement visite. Mais elle abandonna vite cette idée saugrenue. Si tel avait été le cas, cela se serait su dans la paroisse.

⌒

Entre le jour de l'An et les Rois, il y eut deux bonnes chutes de neige et le froid s'intensifia. En ce début de janvier 1901, l'humeur d'Eugène Tremblay s'assombrit et il devint irritable. Agacée par ses incessantes récriminations, sa sœur Germaine finit par exploser.

— Qu'est-ce que t'as encore à chiquer la guenille ? demanda-t-elle après être allée coucher Jocelyn et Claire pour leur sieste de l'après-midi. T'arrêtes pas de bougonner depuis deux jours.

Thérèse leva la tête de la courtepointe qu'elle était occupée à piquer, mais elle n'intervint pas.

— Envoye ! Accouche qu'on sache enfin ce que tu digères pas ! ordonna la femme énergique en se plantant devant son frère.

— Il y a, torrieu, que j'arrive plus à faire tout l'ouvrage qu'il y a à faire !

— Comment ça ?

— C'est facile à comprendre, il me semble, dit le cultivateur avec une certaine impatience. L'été passé, il y avait pas de problème. P'pa et Rémi étaient là pour me donner un coup de main. Là, je suis poigné tout seul pour faire le train, bûcher, aller couper de la glace et nettoyer le chemin. Ça a pas d'allure ; je me crève à l'ouvrage.

— À te voir, tu fais pourtant pas pitié, fit sa sœur, moqueuse, en faisant allusion au confortable tour de taille de son frère.

— Ça fait deux jours que je passe une bonne partie de la journée à nettoyer le chemin le long de notre terre et le long de notre érablière. On n'aurait jamais dû acheter cette terre à bois là à la municipalité. Toute la paroisse est sur mon dos aussitôt que le chemin est pas ouvert au goût de tout le monde.

— Il faut tout de même pas exagérer, intervint Thérèse, sévère. Les Beaulieu ouvrent la moitié du chemin en face et Léon Desjardins fait la même chose pour le chemin de traverse.

— Ça empêche pas que c'est encore trop pour un homme tout seul, répliqua Eugène à sa femme. Ça fait que j'ai parlé cet avant-midi au petit Turcotte. Il va venir me donner un coup de main demain pour couper de la glace sur la rivière.

— Bonne sainte Anne! s'exclama Germaine. Te v'là bien équipé en homme engagé.

— Est-ce que j'ai un gros choix dans la paroisse? Les bons hommes sont au chantier ou bûchent pour leur compte. De toute façon, il me coûtera pas ben cher. Je vais lui donner un peu de bois et de la glace qu'on aura taillée.

En ce jour de la fête des Rois, Thérèse et sa belle-sœur firent leur unique entorse à leur deuil. Pour faire plaisir aux enfants, elles confectionnèrent le fameux gâteau des Rois renfermant une fève et un pois qu'elles prirent soin, contrairement à la tradition, de placer bien en évidence sur les morceaux de gâteau destinés à Jocelyn et à Claire. Germaine leur avait expliqué qu'en héritant de la fève et du pois, ils devenaient le roi et la reine du jour, et avaient le droit d'exiger tout ce qu'ils voulaient, dans les limites du raisonnable, évidemment.

Ce soir-là, les enfants se couchèrent fatigués, mais heureux. La période des fêtes était définitivement terminée. Le lendemain, les enfants d'âge scolaire allaient réintégrer l'école. Germaine avait vu Constance Prévost et son père en train de décharger des bagages dans l'école du rang au milieu de l'après-midi, alors qu'elle s'amusait à tirer une traîne-sauvage sur laquelle Jocelyn et Claire avaient pris place.

～

Elphège Turcotte frappa à la porte des Tremblay le lendemain avant-midi. Germaine vint lui ouvrir. La tuque enfoncée au ras des sourcils et le nez rouge, le jeune homme était engoncé dans un vieux manteau de drap gris.

— Bonjour, Germaine, dit-il en pénétrant dans la cuisine. Je te dis qu'il fait pas chaud pantoute à matin.

— À te voir aussi rouge, on s'en douterait.

— Je t'ai pas vu au jour de l'An. Il faut que je te souhaite une bonne année, de la santé et le paradis à la fin de tes jours, reprit le visiteur en s'avançant vers elle avec la nette intention de l'embrasser.

— C'est ça, Tit-Phège, une bonne année, dit-elle un peu sèchement, en lui tendant les deux joues pour qu'il l'embrasse, comme le voulait la coutume. Mais marche pas sur mon plancher avec tes bottes pleines de neige; tu vas mouiller partout.

— Je m'en viens travailler avec Eugène, dit Elphège en commençant à déboutonner son manteau.

— Oui, je le sais. Déshabille-toi pas pour rien, Eugène t'attend déjà depuis une demi-heure. Il est en train de charger le traîneau devant la remise. Je pense que t'es mieux d'aller le rejoindre tout de suite.

Le jeune fermier prit tout de même le temps de souhaiter aussi une bonne année à Thérèse, qui venait de descendre de l'étage des chambres, avant de quitter la maison de son pas traînant habituel.

— Je te dis que mon frère s'est trouvé tout un homme pour l'aider! se moqua Germaine en l'épiant par l'une des fenêtres de la cuisine.

— Inquiète-toi pas pour Eugène, fit Thérèse. Si ça se trouve, il travaillera pas bien plus vite que lui. De son vivant, ton père lui poussait dans le dos. À cette heure, il y a plus personne pour le faire. J'ai hâte que Rémi revienne. Il va être capable de le brasser de temps en temps.

Elphège détela son cheval et le fit entrer dans l'écurie avant de monter dans le lourd traîneau des Tremblay où l'attendait Eugène. Les deux hommes prirent la direction du village, s'abritant du mieux qu'ils pouvaient du froid mordant de ce matin de janvier. Arrivés devant la forge de Florentin Crevier, Eugène fit descendre son véhicule sur la rivière en empruntant le chemin balisé de sapinage qui permettait, durant l'hiver, d'accéder à Saint-Gérard sans avoir à faire le long détour par Sainte-Monique.

À une trentaine de pieds de la berge, les deux hommes descendirent du traîneau et forcèrent la bête à franchir le remblai de neige pour aller s'immobiliser un peu plus loin. Deux autres attelages se trouvaient à faible distance. Leurs propriétaires étaient déjà occupés à couper de la glace.

— Est-ce qu'elle est épaisse? cria Eugène à un nommé Groulx du rang des Orties qui se tenait à une cinquantaine de pieds de distance.

— Un bon pied et demi, fit l'autre en lui montrant un bloc fraîchement découpé.

— Bon. Envoye, Tit-Phège. T'as déjà fait de la glace. Tu sais quoi faire. Prends la mèche et commence à percer pendant que je dégage la neige, ordonna Eugène. Si on se grouille pas, on va geler tout rond.

En effet, le vent venait de se lever et faisait tourbillonner la mince couche de neige qui couvrait la surface gelée sur la rivière. Les deux hommes s'activèrent. Dès qu'Elphège parvint à percer un trou avec la tarière, Eugène se mit à découper un premier bloc de glace. Durant leur avant-midi de travail, ils coupèrent une dizaine de blocs de deux pieds carrés qu'ils chargèrent péniblement sur le traîneau à l'aide de tenailles. Ils ne s'arrêtèrent que lorsqu'ils entendirent sonner l'angélus au clocher de l'église.

Totalement frigorifiés, Eugène et son homme engagé revinrent à la ferme des Tremblay.

— On déchargera après le dîner. On va juste dételer et mettre le cheval à l'écurie.

Quand ils entrèrent tous les deux dans la cuisine, Thérèse terminait de disposer les couverts sur la table.

— Vous arrivez juste à temps, annonça-t-elle aux deux hommes. J'ai une bonne soupe aux pois bien chaude pour vous réchauffer.

Eugène et Elphège s'empressèrent de retirer leurs manteaux raidis par le froid et s'approchèrent du poêle au-dessus duquel ils tendirent leurs mains.

— J'ai les pieds complètement gelés, se plaignit l'homme engagé en sautillant un peu devant le poêle.

Ce faisant, il attira l'attention de Germaine sur ses pieds. Le jeune fermier portait des chaussettes grises épaisses percées aux talons et laissant passer ses orteils à deux endroits.

— Mais veux-tu bien me dire à quoi tu penses de te chausser avec des bas percés comme ça? lui demanda-t-elle en lui montrant ses pieds. Arrangé de même, c'est sûr que tu peux pas faire autrement que de geler des pieds.

— Je le sais ben, répondit Elphège en prenant un air misérable. Du temps de ma défunte mère, ça arrivait pas. Elle prenait soin de mon linge.

— Mais Rose-Aimée est capable de repriser ça, intervint Thérèse qui venait, elle aussi, de jeter un œil aux pieds de l'homme engagé.

— Ma sœur a les mains pleines de pouces, admit Elphège. Ma mère a jamais été capable de lui apprendre à tricoter ou à coudre.

Même si elle savait que le jeune homme ne cherchait qu'à attirer sa pitié, Germaine monta à l'étage et revint, un moment plus tard, en tenant une paire de chaussettes ayant appartenu à son père.

— Tiens. Mets ça.

Ce dernier s'assit, enleva ses vieilles chaussettes trouées et chaussa les nouvelles avec un contentement non déguisé.

— Qu'est-ce que je fais des vieilles ? demanda-t-il en les tendant vers Germaine.

La jeune femme eut un mouvement de recul en fronçant le nez de dégoût.

— Enlève-moi ça d'en dessous du nez, Tit-Phège Turcotte ! s'emporta-t-elle, outrée. Je suis pas ta mère et encore moins ta femme. Tu penses tout de même pas que je vais te les laver et te les raccommoder. T'as juste à dire à ta sœur d'apprendre à réparer ton linge.

L'air piteux, Elphège roula ses chaussettes grises et les déposa près de la porte.

— Bon. Approchez. Le dîner est prêt, dit Thérèse en faisant signe aux deux enfants de s'installer sur le long banc placé à l'arrière de la table.

Après avoir avalé un grand bol de soupe aux pois, les deux hommes firent honneur aux grillades de lard, servies avec des fèves. À la fin du repas, au moment où ils allumaient leur pipe, Elphège, ravi d'avoir pris un si bon repas, annonça aux Tremblay :

— J'ai rencontré monsieur Hamel au magasin général hier après-midi. Je vous dis qu'il avait l'air fier d'avoir eu des nouvelles de son Aimé.

— Dis-moi pas que son garçon lui a écrit? demanda Eugène.

— Si j'ai ben compris, il paraît que c'est un gars dans l'armée avec lui qui l'a fait à sa place. Aimé sait pas écrire. D'après monsieur Hamel, c'est le même gars qui donne des nouvelles de Charles aux Tougas.

— Puis? demanda Germaine.

— D'après monsieur Hamel, Aimé va ben. Il a fini son entraînement en Ontario et il va partir pour l'Afrique dans pas longtemps. Charles aussi. Il paraît qu'il y a plus que mille gars qui vont s'embarquer avec eux autres.

— Pauvre monsieur Hamel, fit Thérèse, compatissante. J'ai bien peur que c'est pas demain matin qu'il va revoir son gars.

— Moi, j'aurais pas haï ça partir avec eux autres, fit le visiteur avec un air suffisant.

— Ah! Je suis certaine que t'aurais fait un bien bon soldat, se moqua Germaine en adressant un clin d'œil à sa belle-sœur.

— C'est ce que je pense aussi, dit le jeune homme, imperméable au sarcasme.

— Comment ça se fait qu'un gars aussi brave que toi soit pas dans l'armée? poursuivit Germaine.

— Ah! J'y ai ben pensé quand Aimé Hamel et Charles Tougas se sont engagés l'automne passé, mais moi, je suis pas comme eux autres. J'ai une ferme. Je pouvais pas laisser tout ça sur les bras de ma sœur.

— Bon. Avant de pleurer sur ton sort, mon Tit-Phège, je pense qu'on est mieux de retourner travailler, annonça Eugène en déposant sa tasse de thé. Si on fait un bon après-midi d'ouvrage et qu'on a du beau temps, on pourra finir nos provisions de glace demain. En la recouvrant avec du bran de scie, on aura ce qu'il nous faut.

Sur ces mots, les deux hommes allèrent décharger les blocs de glace au fond de la grange avant de reprendre la route du village. Debout devant la fenêtre, Germaine partagea ses impressions avec sa belle-sœur.

— Mon Dieu que c'est pas drôle d'être sans-dessein comme ça ! C'est attriqué comme la chienne à Jacques et ça compte toujours sur les autres pour se désembourber.

— Germaine ! Si tout le monde était débrouillard, on n'aurait pas la chance de faire la charité à personne.

— T'aurais dû être une bonne sœur, toi, répondit Germaine en riant. Je t'aurais vue avec une belle cornette sur la tête.

⁓

La température se montra clémente. Eugène et Elphège parvinrent à découper toute la glace dont ils croyaient avoir besoin. Vers la fin de l'après-midi du lendemain, les deux cultivateurs étaient occupés à charger les derniers blocs sur le lourd traîneau en bois quand l'accident se produisit.

Durant la dernière heure, ils avaient tiré les blocs nouvellement découpés sur la glace, près de l'eau libre. Lorsque Eugène décréta que c'était suffisant, il rapprocha le traîneau et se mit à charger la glace sur le véhicule avec l'aide d'Elphège. Quand les deux hommes soulevèrent le dernier bloc pour le déposer au sommet de la charge, ce dernier glissa. Elphège se précipita pour l'empêcher de basculer de l'autre côté du traîneau et tomber à l'eau.

— Attention, Tit-Phège ! hurla Eugène.

Mais il était trop tard. Elphège Turcotte perdit pied et tomba à l'eau dans un « plouf ! » sonore. Eugène se jeta vers le trou béant juste à temps pour attraper son employé par un bras alors que ce dernier cherchait vainement à se retenir à la glace. Eugène se laissa tomber à genoux sur le bord de l'eau en lui criant de se cramponner.

L'autre, le visage blanc de terreur, cherchait toujours à s'agripper avec sa main libre alors qu'Eugène commençait à le hisser peu à peu hors de l'eau glacée. Il craignait de lâcher prise à cause de ses moufles mouillées. Après ce qu'il lui parut être une éternité, il parvint à tirer sur la glace un Elphège Turcotte dégoulinant d'eau. Au même moment, deux cultivateurs de Saint-Jacques, alertés par les cris des deux hommes, arrivèrent sur les lieux, à bout de souffle. Ils étaient en train, eux aussi, de couper de la glace, une centaine de pieds plus loin. Elphège et Eugène, secoués par l'accident, ne bougeaient pas, tous deux étendus sur la glace.

— Est-ce que vous êtes corrects?

— Ouais! finit par dire Eugène en se relevant péniblement.

— Pour moi, tu ferais mieux d'amener Tit-Phège chez Crevier au plus sacrant, conseilla l'un des cultivateurs en lui montrant la forge dont la cheminée laissait échapper un épais nuage de fumée, de l'autre côté du chemin. Il a l'air d'une barbotte qui manque d'air.

En effet, le jeune cultivateur, encore blanc de peur, semblait incapable de se relever seul. Les deux hommes l'aidèrent à s'asseoir sur le chargement de glace et déposèrent sur ses épaules secouées de spasmes l'épaisse couverture du cheval. Eugène, un peu remis de ses émotions, prit les guides et dirigea son attelage vers la forge de Florentin Crevier.

Le cultivateur ne revint à la maison qu'après le coucher du soleil, après avoir laissé Elphège chez lui avec la glace qui lui revenait. Il déchargea seul ses derniers blocs en pestant contre son aide, qui avait préféré demeurer chez lui après sa mésaventure.

Le lendemain, il attendit vainement Elphège après avoir fait son train. Le jeune homme devait arriver tôt pour aller bûcher avec lui. Il n'apprit que quelques heures plus tard la raison de l'absence de son employé.

— Elphège a envoyé un petit voisin pour te dire qu'il va se reposer une couple de jours avant de venir bûcher, lui annonça sa femme au moment où il rentrait du bois à l'heure du dîner.

— Pourquoi? demanda Eugène, de mauvaise humeur.

— Il paraît qu'il s'est fait mal au dos en tombant à l'eau hier.

— Le torrieu de sans-cœur! Il s'est pas fait mal au dos pantoute. Il a juste peur de travailler. J'en veux plus. Je vais trouver quelqu'un d'autre.

— Tu devrais peut-être chercher à t'entendre avec un des petits Beaulieu, suggéra Thérèse. Je suis certaine que le voisin serait pas contre qu'un de ses garçons vienne travailler avec toi si tu lui donnes un petit salaire.

— C'est ben ce que je vais faire, et pas plus tard qu'aujourd'hui, promit Eugène.

⁓

Le lendemain après-midi, Germaine Tremblay eut la surprise de découvrir Corinne Hamel devant sa porte.

— Seigneur! De la visite rare! s'exclama la jeune femme en faisant entrer sa future belle-sœur dans la cuisine.

— Bonjour, Germaine, fit Corinne, un peu gênée. Je voudrais pas te déranger.

— Tu me déranges pas pantoute. Entre et ôte ton manteau.

— Je voulais juste te demander de me montrer le point de croix. Je suis en train de broder des taies d'oreiller pour mon trousseau. C'est bête, mais je me rappelle plus comment faire. Et ma mère est pas meilleure que moi en broderie. Je suis venue voir si toi ou Thérèse seriez pas capables de m'aider à faire ça.

— Assieds-toi. Je vais te montrer ça en deux minutes. Thérèse est montée faire une sieste avec Claire qui voulait pas aller se coucher sans sa mère.

Les deux voisines n'avaient jamais été très proches l'une de l'autre, même s'il n'y avait que trois ans qui les séparaient. Le caractère entier et énergique de Germaine était trop différent de celui de Corinne. La douceur et la timidité de cette dernière agaçaient la sœur de Rémi, qui aurait bien voulu que son frère fréquente une jeune fille plus ferme, capable de le « mettre à sa main », comme elle se plaisait à le dire.

Pour sa part, Corinne avait saisi le prétexte de la broderie pour commencer à mieux se familiariser avec ses voisines. Maintenant qu'elle n'était plus anéantie par la peur de devenir mère avant d'être mariée, elle sentait le besoin pressant de mieux connaître la famille dans laquelle elle allait devoir s'intégrer dans quelques mois.

Depuis le jour de l'An, elle était devenue fébrile à la pensée de tout ce qu'elle avait à accomplir avant son mariage. Elle aurait voulu tout régler en même temps. Bien sûr, il y avait son trousseau à compléter, mais elle réalisait qu'il existait une foule de préparatifs dont elle devait se charger avant la fin du printemps parce que Rémi arriverait sûrement trop tard pour s'occuper de tout cela. Les meubles, les ustensiles, la vaisselle et la literie n'étaient pas les moins importants. Une femme mariée devait se préoccuper de tout cela... La jeune femme frissonnait d'anticipation. Elle voulait devenir une épouse parfaite et rêvait de la vie agréable qu'elle allait connaître aux côtés d'un Rémi assagi et attentif aux besoins des siens. Elle se voyait déjà entourée d'une ribambelle d'enfants.

Chapitre 21

L'incendie

Durant les derniers jours de janvier, le centre du Québec reçut des chutes de neige si importantes que la tête des piquets de clôture disparut définitivement sous l'épaisse couverture blanche. Les cultivateurs durent passer la « gratte » à plusieurs reprises et baliser à nouveau les chemins de Saint-Jacques-de-la-Rive avec des branches de sapinage. Cependant, tout changea dès le début de février. Le ciel demeura libre de tout nuage et le mercure se mit à chuter, oscillant entre -25 °F et -30 °F.

Les poêles à bois eurent alors de plus en plus de mal à assurer un certain confort à l'intérieur des maisons. On ne s'éloignait plus qu'à contrecœur de cette source de chaleur alimentée à grands renforts de bûches d'érable. Les vitres, rendues opaques par le givre épais qui les recouvrait, ne laissaient plus entrer la clarté du jour que de façon diffuse. On entendait les têtes des clous éclater dans les murs. Dans la plupart des maisons, une fine couche de glace recouvrait même les plinthes dans certaines pièces. On avait l'impression qu'on ne parviendrait jamais à se réchauffer.

Évidemment, un froid aussi rigoureux empêchait les gens de travailler à l'extérieur. Il n'était pas question d'aller bûcher ou d'aller découper de la glace par un temps pareil. Seuls les hommes les plus endurcis osaient aller fendre du bois à l'abri de leurs bâtiments durant quelques heures, s'arrêtant de temps à autre pour aller se réchauffer à l'intérieur.

Cet après-midi-là, Germaine était occupée à repasser dans la cuisine quand sa concentration fut dérangée par des plaintes venant de l'étage. Aux aguets, elle déposa son fer sur le poêle et écouta avec plus d'attention.

— Bon. Jocelyn qui se réveille déjà, dit-elle à sa belle-sœur en train de rapiécer une vieille robe de Claire. Il a pas dormi longtemps et il a l'air de se réveiller «marabout».

Germaine monta à l'étage pour s'assurer que le petit mettait bien ses épaisses chaussettes de laine avant de quitter la chambre. Mais à sa surprise, elle trouva le garçon encore couché, les yeux fermés. Il geignait en pleurant. Croyant qu'il faisait un cauchemar, la jeune femme le secoua doucement, mais il n'ouvrit pas les yeux. Soudainement inquiète, elle posa sa main sur le front du bambin et se rendit compte qu'il était bouillant de fièvre.

Sans perdre un instant, elle le roula dans une épaisse couverture de laine et le descendit au rez-de-chaussée dans l'intention de l'installer près du poêle. Elle s'assit sur une chaise berçante en le gardant serré contre elle.

— Qu'est-ce qu'il a? demanda Thérèse en s'approchant du petit qui s'était mis brusquement à se débattre, comme s'il étouffait.

— Je le sais pas, fit Germaine. On dirait qu'il a attrapé la grippe. Il manquait plus que ça.

— Attends, on va lui donner une bonne cuillerée de sirop de gomme d'épinette, dit sa belle-sœur en se dirigeant vers l'armoire d'où elle tira une petite bouteille remplie d'un liquide blanchâtre.

Thérèse en versa dans une cuillère et l'approcha des lèvres de l'enfant qui continuait à gémir. Jocelyn recracha le sirop, comme s'il était incapable de l'avaler. Puis il se mit à tousser et son visage vira doucement au bleu, comme s'il étouffait.

— C'est pas normal pantoute, cette affaire-là, fit Germaine, alarmée. C'est pas la grippe qu'il a. Regarde-le ! On dirait qu'il est en train de passer. Il a de la misère à respirer, ajouta-t-elle en secouant l'enfant comme si cela pouvait l'aider. Regarde-le ! Jocelyn ! Jocelyn ! Ouvre les yeux ! Regarde ma tante ! cria-t-elle, en proie à la panique.

— Il faut faire venir le docteur, fit Thérèse, réalisant subitement l'état inquiétant de l'enfant.

— Et naturellement, Eugène est pas là !

— Mais on dirait qu'il a le croup ! s'exclama Thérèse, en se rendant compte tout à coup que le fils de Xavier Lemire présentait tous les symptômes de la maladie qui tuait tant d'enfants chaque année.

Cette révélation subite sembla agir comme une douche froide sur l'affolement de Germaine.

— Le croup ! T'es sûre de ça ?

— On dirait bien, confirma sa belle-sœur en examinant le petit de plus près.

Tout en berçant l'enfant, toujours enroulé dans sa couverture, Germaine réfléchit un moment avant de se lever brusquement et de le tendre à Thérèse.

— C'est pas le Maurice d'Yvette Veilleux qui a eu ça il y a trois ans ?

— C'est pourtant vrai, reconnut sa belle-sœur en prenant place dans la chaise berçante avec l'enfant.

— Je m'en vais la chercher. Elle, elle doit savoir quoi faire pour soigner ça.

Moins d'une minute plus tard, la porte de la maison claqua derrière la jeune femme qui se précipita chez les Veilleux. Pendant qu'elle courait vers la maison voisine, elle ne cessait de penser à Xavier et à la peine qu'il éprouverait s'il venait à perdre son fils. Et elle... Dieu n'allait tout de même pas lui enlever son fils adoptif! Il ne pouvait pas être aussi cruel! Elle l'aimait comme si elle l'avait mis au monde. Xavier ne lui pardonnerait jamais de l'avoir laissé mourir... À cette seule pensée, les larmes coulaient sur ses joues et gelaient sur son visage avant qu'elle ait pu les essuyer.

C'est dans cet état qu'Ernest Veilleux la trouva devant sa porte quand il vint lui ouvrir. Lorsqu'il s'aperçut qu'il s'agissait d'une Tremblay, il la fit entrer sans la moindre parole de bienvenue. Émérentienne et sa bru étaient attablées en train d'éplucher les pommes de terre. Elles se levèrent en reconnaissant leur jeune voisine.

— Mon Dieu! s'exclama Yvette en venant vers elle. Qu'est-ce que tu fais dehors par un temps pareil?

— Je pense que le petit que je garde a le croup. Je viens de me souvenir que ton garçon l'a eu. Qu'est-ce qu'il faut faire? Il étouffe. J'ai peur qu'il meure.

— J'arrive, dit résolument la femme en retirant son tablier qu'elle déposa sur une chaise.

— Apporte la bouteille d'expectorant, lui recommanda sa belle-mère en se dirigeant vers la petite armoire renfermant les quelques remèdes disponibles dans la maison.

Yvette prit son manteau suspendu près de la porte et chaussa ses bottes sans perdre un instant. Elle quitta précipitamment la maison en compagnie de Germaine. Debout devant l'une des fenêtres de la cuisine, Ernest ne put s'empêcher de dire à sa mère:

— Il faut ben être une Tremblay pour avoir le front de venir chercher de l'aide ici-dedans.

— Toi, tu ferais bien mieux de te taire, insignifiant! s'emporta Émérentienne en lui jetant un regard furieux. Quand c'est de la vie d'un enfant qu'il s'agit, des petites chicanes comme les tiennes, ça compte plus.

Yvette et Germaine arrivèrent chez les Tremblay en même temps qu'Eugène, qui avait passé une bonne partie de l'après-midi chez les Beaulieu, en face.

— Qu'est-ce qui se passe ? demanda-t-il en entrant dans la maison derrière sa sœur et la voisine.

— Jocelyn a attrapé le croup, dit Germaine. Ferme la porte avant de geler toute la maison.

Les deux femmes retirèrent leur manteau et s'approchèrent de Jocelyn qui continuait à geindre.

— T'as raison, on dirait bien que c'est le croup, dit la voisine. Ça ressemble à ce que mon Maurice a eu.

Sans perdre un instant, elle prit la cuillère demeurée sur la table et y versa de l'expectorant qu'elle força l'enfant à avaler.

— Le mieux serait d'installer son lit près du poêle, suggéra-t-elle.

— Viens, Eugène, on va le descendre tout de suite, dit Germaine en se dirigeant déjà vers l'escalier.

Quelques minutes plus tard, le petit était installé dans son lit, près du poêle. La voisine lui fit patiemment absorber une autre dose d'expectorant.

— Thérèse, apporte-moi de l'alcool à friction. Il faut le frotter avec ça pour faire tomber la fièvre.

La jeune femme s'empressa d'aller en chercher. Yvette s'empara de la bouteille et badigeonna tout le corps de l'enfant avec le produit avant de le couvrir. Elle demeura au chevet de Jocelyn avec Germaine tout le reste de la soirée. Elle ne s'inquiétait pas pour ses quatre enfants laissés à la maison. Sa belle-mère s'en occupait aussi bien qu'elle. Lorsqu'elle s'apprêta finalement à partir, un peu après neuf heures, la fièvre était tombée et le bambin respirait normalement.

— Je pense qu'il est sauvé, déclara Yvette. Demain, il va être un peu faible, mais tu vas voir, il va remonter vite

la pente, ajouta-t-elle avec un bon sourire d'encoura-
gement.

— Je sais vraiment pas comment te remercier, dit
Germaine, épuisée par toutes les émotions qu'elle venait
de vivre.

— Eugène, va atteler, commanda Thérèse à son mari.

— Bien non, c'est pas nécessaire, se défendit mollement
Yvette. Je reste juste à côté.

— Il manquerait plus qu'on te laisse marcher dehors
par un froid pareil ! À la noirceur, en plus !

Eugène alla atteler la carriole et, quelques minutes plus
tard, laissa Yvette à sa porte. Revenu chez lui, il trouva sa
sœur enveloppée dans une couverture, assise dans une
chaise berçante, près du petit lit de Jocelyn.

— Où est Thérèse ?

— Elle est partie se coucher.

— Toi, tu vas pas te coucher ? lui demanda-t-il en
s'approchant de l'horloge dans l'intention d'en remonter
le mécanisme, comme chaque soir.

— Je dors ici toute la nuit, répondit la jeune femme sur
un ton déterminé. Je veux surveiller le petit, au cas où il
ferait une rechute. Lève-toi pas pendant la nuit pour
chauffer le poêle ; je vais m'en occuper.

❧

Le lendemain matin, Germaine s'éveilla lorsqu'elle sentit une main la secouer doucement. Thérèse était penchée
au-dessus d'elle.

— Dis donc, la marmotte, t'es toute une gardienne, fit
sa belle-sœur avec bonne humeur.

— Quelle heure il est ? demanda Germaine en se levant,
toute courbaturée d'avoir dormi assise dans la chaise
berçante.

484

— Un peu passé six heures.

Les deux femmes se penchèrent en même temps au-dessus du petit lit voisin. Jocelyn dormait comme un bienheureux, le souffle régulier.

— Il a l'air pas mal bien, constata Thérèse en posant sa main sur le front de l'enfant pour vérifier s'il faisait de la fièvre.

— Il s'est pas réveillé une fois de la nuit. Moi, je me suis réveillée souvent. La dernière fois que j'ai mis du bois dans le poêle, il devait être pas loin de quatre heures et demie.

— En tout cas, il a l'air correct.

— Je voudrais pas avoir à revivre une autre journée comme hier, admit Germaine en soupirant. Je vais aller me laver et me peigner avant de venir te donner un coup de main pour préparer le déjeuner.

⟶ ∽ ⟵

Trois jours plus tard, le mercure était toujours aussi bas. Il faisait si froid à l'extérieur qu'on avait du mal à respirer. Le vent transperçait les vêtements et coupait la peau.

Pourtant vers huit heures ce soir-là, Isidore Hamel s'habilla chaudement avant de sortir de chez lui. Le cultivateur tenait absolument à s'assurer que son poulailler était bien à l'abri du renard dont il avait relevé les traces le matin même, en allant faire son train. Le prédateur était parvenu à pénétrer dans le poulailler en passant par un trou et s'était emparé de deux poules. Il avait beau avoir soigneusement bouché l'orifice, il n'était pas tranquille. Il ne voulait pas risquer de perdre d'autres volailles.

En posant le pied à l'extérieur, Isidore vit une lueur rouge à travers les arbres à quelques centaines de pieds, à sa gauche, de l'autre côté du chemin. L'homme courut jusqu'au bord de la route et découvrit que des flammes sortaient par la cheminée de la nouvelle école. Il revint vers la maison dont il ouvrit la porte à la volée.

— Omer, grouille-toi de t'habiller ! cria-t-il à son fils. Le feu est poigné à l'école ! Va avertir les voisins. Dépêche-toi !

L'adolescent se jeta sur son manteau, déjà prêt à sortir.

— Habille-toi comme du monde, lui ordonna sa mère en s'empressant d'endosser elle-même son manteau. On gèle tout rond dehors.

Corinne imita son frère et sa mère, et s'habilla rapidement elle aussi. Pendant ce temps, Isidore avait attrapé deux seaux dans l'entrée de la remise et traversé la route au pas de course. De toute évidence, personne ne s'était encore aperçu que le feu faisait rage dans les tuyaux du poêle de l'école.

— Qu'est-ce qu'elle niaise, la petite maîtresse d'école ? demanda-t-il à mi-voix en faisant référence à Constance Prévost. Elle est pas capable de voir que les tuyaux de son poêle sont rouges et qu'elle va sacrer le feu partout ?

Isidore se précipita vers l'école et arriva juste à temps pour apercevoir les fenêtres de la façade éclairées par les flammes qui rongeaient déjà tout à l'intérieur.

— Où est-ce qu'elle est, elle ? cria-t-il pour lui-même en montant sur la petite galerie où l'enseignante avait l'habitude de sonner la cloche pour annoncer la reprise des classes.

Au même moment les vitres des fenêtres de la façade éclatèrent, le forçant à reculer précipitamment. Un flot de fumée noire sortit par les deux ouvertures et des langues de feu apparurent, venant lécher les cadrages.

— Mademoiselle Prévost ! Mademoiselle Prévost ! hurla-t-il pour alerter la jeune fille qui devait se trouver à l'étage, dans son appartement.

Il avait beau s'égosiller, il ne percevait aucun signe de vie. Personne ne répondait à ses appels. Eugène Tremblay arriva au même moment, suivi de près par Corinne et Angèle. Napoléon Veilleux, son fils et sa bru s'en venaient déjà sur la route, en compagnie de Léon Desjardins, qui avait été alerté par Omer.

— Le feu est vraiment poigné là-dedans, dit Napoléon en s'approchant un peu du brasier où les flammes commençaient à gronder.

— Où est la maîtresse d'école ? demanda le maire. Elle doit ben être quelque part.

— Je l'ai pas vue nulle part, répondit Isidore qui venait de faire le tour du petit bâtiment. J'ai pas vu de traces de pas non plus.

— Bout de cierge ! jura Desjardins, viens pas me dire qu'elle est encore en dedans !

— Comment ça se fait qu'elle est pas sortie ? demanda Eugène. Elle est certainement pas couchée aussi de bonne heure. Il est même pas neuf heures.

— Mademoiselle Prévost ! Constance ! hurla Desjardins en levant la tête vers les fenêtres de l'étage, comme si ses appels pouvaient inciter la jeune fille à se présenter à l'une d'entre elles.

Rien ne se produisit. D'autres fenêtres du rez-de-chaussée éclatèrent et la fumée, de plus en plus dense, se mit à sortir du bâtiment.

— On a des chaudières, on est assez pour faire la chaîne, dit Ernest qui, comme la plupart de ses voisins, était venu avec des seaux.

— On pourrait toujours essayer d'entrer pour voir si la petite maîtresse est là, proposa Adjutor Beaulieu, encadré par ses deux aînés.

— Ça servirait à rien de défoncer la porte. Ça va juste faire un autre appel d'air, rétorqua le maire. En plus, personne pourra jamais arriver en haut pour aller la chercher.

Les Tougas arrivèrent sur les lieux à leur tour au moment où le premier seau de la chaîne était plongé dans le puits. Antonius Tougas aperçut alors une échelle en bois appuyée contre la petite remise où le bois de chauffage était entreposé.

— Viens m'aider, Eugène, commanda-t-il. Moi, je vais grimper pour voir si on peut pas la faire sortir par en haut.

Les deux hommes unirent leurs efforts pour dégager de sa gangue de glace la lourde échelle en bois et l'appuyèrent contre l'un des murs de l'école, sous une fenêtre. Pendant ce temps, les femmes s'étaient rassemblées en un petit groupe frileux à bonne distance du bâtiment et s'étaient mises à réciter un chapelet.

Ernest s'était placé d'autorité en tête de la chaîne et lançait à la volée le contenu des premiers seaux d'eau tirés du puits vers l'une des fenêtres.

Un peu plus loin, le grand Antonius Tougas escaladait l'échelle qu'Eugène maintenait fortement pour l'empêcher de glisser sur la neige durcie. Au moment où le jeune père de famille s'approchait de la fenêtre de l'étage, les vitres volèrent en éclats et une longue flamme sortit de l'édifice en grondant. Le sauveteur eut à peine le temps de se jeter sur le côté pour ne pas être brûlé. Aussitôt, la chaîne s'immobilisa et il y eut un cri de stupeur.

— Descends de là, Antonius ! lui ordonna le maire. Tu vas te faire tuer pour rien.

L'homme ne se fit pas répéter l'ordre : il dévala l'échelle.

— C'est l'enfer en haut, se contenta-t-il de dire. Ça a l'air de brûler comme une torche !

Comme pour lui donner raison, les premières flammes apparurent dans les combles, illuminant tout le terrain de l'école. La chaleur dégagée par le brasier était presque insoutenable. On entendait maintenant les flammes crépiter et il y eut des chocs sourds provenant de l'intérieur.

— Je pense que ça sert plus à rien d'essayer d'éteindre, déclara Desjardins en faisant signe aux hommes faisant la chaîne de cesser leurs efforts. On peut plus rien faire pour la petite Prévost. Il y a juste à espérer qu'elle ait pas trop souffert. C'est sûr à cette heure que toute l'école va y passer.

— On devrait peut-être aller chercher monsieur le curé, suggéra Thérèse Tremblay.

— Ce serait quasiment pas humain de l'obliger à venir prier dehors par un froid pareil, lui fit remarquer Émérentienne.

— C'est vrai, dit le maire. Il va être ben plus utile demain matin en venant avec moi à Saint-Gérard annoncer la nouvelle aux parents.

Il y eut des murmures d'approbation dans la petite foule qui s'était rassemblée autour de lui. Malgré le froid insoutenable de cette soirée de février, les gens demeurèrent regroupés, à faible distance de l'école en flammes, à prier pour l'âme de la jeune institutrice, victime de cet incendie meurtrier.

Personne ne quitta les lieux avant que le petit bâtiment à un étage ne s'écroule dans une pluie d'étincelles. Quand les dernières flammes s'éteignirent, les gens se dispersèrent, soudainement pressés d'aller se réchauffer dans leur foyer.

Au retour des siens à la maison, Germaine se précipita vers son frère et sa belle-sœur pour savoir ce qui s'était passé. Elle était demeurée à la maison pour ne pas laisser les enfants sans surveillance.

— C'est bien triste pour la petite Prévost; elle avait même pas vingt ans, conclut Thérèse, attristée, après lui avoir raconté la fin atroce qu'avait dû connaître la jeune fille.

— Mais comment ça se fait qu'elle se soit pas rendu compte de rien ? demanda Germaine.

— On gèle tellement… Elle a dû vouloir chauffer aussi bien la fournaise de sa classe que son poêle, en haut, dans son appartement.

— Ouais, acquiesça Eugène. D'après ce qu'on a vu, j'ai l'impression que le feu a commencé en bas et elle s'en est pas aperçu à temps.

⁂

Le lendemain matin, le cultivateur venait à peine de rentrer à la maison après avoir soigné ses animaux quand des coups frappés à la porte le firent sursauter.

— Cré maudit ! On a de la visite de bonne heure à matin, dit-il en ouvrant la porte au visiteur.

L'homme à la haute stature demeura sans voix en découvrant la personne qui était debout devant lui.

— Est-ce que je peux entrer ? lui demanda la petite femme blonde qui semblait hors d'elle.

— Ben oui ! Ben oui ! Entre, l'invita Eugène, stupéfait. Germaine ! Thérèse ! cria-t-il pour prévenir les deux femmes probablement occupées à l'étage à habiller les enfants. Descendez voir !

Constance Prévost, toute tremblante, demanda si elle pouvait s'asseoir. Eugène se contenta de lui montrer une chaise alors que Germaine et Thérèse descendaient précipitamment l'escalier.

— Mais c'est Constance Prévost ! s'exclamèrent-elles à l'unisson.

— Mais oui, c'est moi. Qu'est-ce qu'il y a ?

— D'où est-ce que tu sors? demanda Eugène, encore secoué par son apparition.

— Qu'est-ce qui est arrivé à mon école? demanda la jeune institutrice au bord de la crise de nerfs, sans se donner la peine de répondre à la question de son hôte. Qu'est-ce qui s'est passé?

— Ben. Elle a passé au feu hier soir.

— Elle a passé au feu!

— Elle a passé au feu et on était certains que t'avais brûlé avec l'école, poursuivit Thérèse. Tu peux pas savoir combien tout le monde a prié hier soir pendant que les hommes essayaient de te sortir de là.

— Elle a passé au feu! ne put que répéter la jeune fille, effondrée. J'ai plus d'école… J'ai plus d'école…

Germaine lui servit une tasse de thé bouillant pour tenter de la réconforter.

— Qu'est-ce que monsieur Desjardins va penser? Une école neuve! dit la jeune fille, pitoyable, incapable de s'empêcher de pleurer.

— Je pense que monsieur Desjardins va être bien fier de voir que t'es pas morte, la rassura Thérèse.

— Mais veux-tu ben nous dire où est-ce que t'étais passée hier soir? demanda à nouveau Eugène.

La jeune femme avala la gorgée de thé qu'elle venait de prendre avant de lui répondre:

— J'étais chez les Jutras, dans le rang du Petit-Brûlé. Madame Jutras m'avait invitée à souper. Son mari m'a amenée chez eux avec Odilon et Juliette, qui sont dans ma classe.

— Puis? demanda Germaine.

— Avant de partir, monsieur Jutras a bourré le poêle pour qu'il y ait au moins des tisons quand je reviendrais après le souper. Il disait que si je laissais mourir le poêle, ça me prendrait une éternité avant de réchauffer l'école.

— Mais à huit heures, t'étais pas revenue, dit Thérèse.

— Bien non. Les Jutras trouvaient qu'il faisait tellement froid après le repas qu'ils m'ont gardée à coucher en disant qu'ils viendraient me conduire assez de bonne heure à matin pour que je puisse réchauffer l'école avant l'arrivée des enfants.

— Ça a dû être un choc quand t'as vu ce qui restait de l'école…

— J'ai eu l'impression que j'allais mourir sur place. J'étais tellement énervée que je savais plus ce que je faisais. Monsieur Jutras vient de me laisser devant chez vous et il est parti avertir monsieur Desjardins.

Au même moment, une carriole entra dans la cour des Tremblay. Évariste Jutras et Léon Desjardins descendirent du véhicule et se présentèrent à la porte qu'Eugène s'empressa d'ouvrir. Rouge d'émotion, le maire de Saint-Jacques-de-la-Rive serra contre lui une Constance Prévost en larmes avant de lui demander de lui répéter le récit qu'elle venait de faire aux Tremblay. Quelques minutes plus tard, les deux hommes firent monter la jeune institutrice ébranlée dans la carriole et la ramenèrent chez ses parents à Sainte-Monique.

La bonne nouvelle fit le tour de la paroisse en quelques heures et tous se réjouirent que la jeune fille ait échappé aux flammes. Léon Desjardins, à titre de président de la commission scolaire, décida de partager la trentaine d'élèves de Constance Prévost entre l'école du village et celle du rang Saint-Pierre. On parla vaguement de reconstruire l'école incendiée l'été suivant, mais on sentait un manque évident d'intérêt dans la paroisse tant le coût de la reconstruction semblait important en cette période où l'argent était rare.

Chapitre 22

Le choix

Mars arriva sans vraiment apporter des jours plus doux. Depuis la mi-février, il neigeait pratiquement deux fois par semaine et des fenêtres des Fournier, on pouvait encore deviner le tas de décombres carbonisés de l'école enfoui sous la neige. Rien ne laissait encore prévoir l'arrivée prochaine du printemps, même si les journées allongeaient. Pourtant, on ne pouvait se tromper : la période du carême était bel et bien commencée et cela était un signe incontestable que l'hiver tirait à sa fin.

Le mercredi après-midi précédent, l'église de Saint-Jacques-de-la-Rive s'était remplie de fidèles et le curé Joyal avait procédé à l'imposition des Cendres. Le pasteur en avait profité pour inciter ses paroissiens à se mortifier pour sauver leur âme et avait fortement recommandé aux mères de famille de voir à ce que les leurs prennent et tiennent de bonnes résolutions durant les quarante prochains jours. Dans son prêche, il n'avait pas parlé de l'importance d'apprendre aux enfants à se priver, sachant très bien que l'abbé Groleau s'était chargé de les préparer aux sacrifices du carême dans sa tournée hebdomadaire des écoles de la paroisse. À la sortie de la cérémonie, la plupart des visages des hommes en disaient long sur ce qu'ils pensaient de la période de l'année qui venait de commencer.

Pendant que les femmes échangeaient des nouvelles sur le parvis de l'église, les hommes s'étaient regroupés à l'écart, loin des oreilles de leurs épouses.

— Batèche de carême ! fit Napoléon Veilleux à mi-voix en allumant sa pipe une dernière fois avant Pâques. On va encore se faire surveiller par la bonne femme comme si on était des enfants. J'haïs ça, ce temps-là, à m'en confesser, ajouta-t-il à l'intention de Laurent Fournier et d'Henri Tougas, qui se tenaient avec lui sur le parvis de l'église, après la messe.

— C'est pareil chez nous, dit Fournier avec une grimace significative. Plus moyen de fumer à son goût. J'ai ben essayé de chiquer, mais ça me lève le cœur et j'aime pas avoir un crachoir dans le milieu de la place.

— Le pire, c'est la retraite, dit Ernest Veilleux à mi-voix derrière son père. Il y a rien que j'haïs plus que de venir geler à l'église pendant deux heures, le soir, après une journée de bûchage.

— Moi, ça me dérange pas pantoute, fit le grand Tougas en gloussant. Je cogne des clous la plupart du temps pendant que le curé parle. Mon banc est en arrière, proche d'une colonne. Personne vient me déranger.

— Ben, j'ai l'impression que t'as dû en cogner quand le vicaire a annoncé qu'il allait prêcher la retraite des hommes mariés la semaine prochaine, mon Henri, ricana Napoléon.

— Pourquoi tu me dis ça ?

— L'abbé Groleau a pris la peine de dire qu'il rassemblerait les hommes dans les premiers bancs en avant de l'église pendant la retraite et qu'il verrait à ce que chacun écoute.

— Ah ben, baptême ! jura le cultivateur avec humeur. Les soirées vont être longues !

Ce soir-là, dans la plupart des foyers de la paroisse, les mères de famille virent à ce que les leurs ne se mettent pas au lit avant d'avoir pris une bonne résolution pour la durée du carême. Elles allaient elles-mêmes donner l'exemple à leur mari et à leurs enfants. Tant pis si l'humeur de certains risquait d'être affectée par l'effort exigé pour respecter leur promesse de carême ; Pâques finirait bien par arriver un jour.

಄

Le lendemain, un bruit de grelots à l'extérieur attira l'attention de Florence Fournier. La jeune fille se leva et regarda par l'une des fenêtres de la cuisine. À la vue du facteur en train de laisser du courrier dans la boîte aux lettres, elle abandonna son tricot sur sa chaise et alla endosser son manteau. Fernande suspendit son reprisage un instant pour regarder sa fille se précipiter à l'extérieur. Elle espérait une lettre d'Annette. Sa cadette ne lui avait pas écrit depuis près d'un mois et elle s'inquiétait.

À la vue de la mine réjouie de Florence lorsqu'elle rentra dans la maison, la mère de famille sut immédiatement à qui était adressée la lettre que la jeune fille tenait à la main. Cette dernière enleva son manteau et gagna immédiatement sa chambre pour lire son courrier. Depuis longtemps, sa mère ne cherchait plus à savoir ce que son Sam lui écrivait.

Le marchand ne semblait pas avoir été découragé par le comportement de la famille de celle qu'il aimait. Même s'il avait vu sa demande en mariage être mise à l'étude sans aucun enthousiasme par les parents de Florence, il ne semblait pas avoir abandonné l'espoir d'épouser sa belle. À la plus grande surprise de Fernande et de Laurent, il avait continué à écrire à leur fille une fois par semaine et il était venu lui rendre visite en trois occasions depuis le jour de l'An.

— Il a pas de cœur, ce gars-là! s'était exclamée Fernande, l'air mauvais après la visite inattendue du jeune homme à la fin du mois de janvier. Il me semble qu'on a été pas mal clairs quand il a fait sa grande demande. On n'en veut pas dans la famille.

— Énerve-toi pas pour rien, l'avait apaisée son mari. Il va finir par se tanner et il va chercher ailleurs.

Mais ce n'était pas du tout ce qui s'était produit. Sam Cohen avait continué à écrire régulièrement et était revenu visiter Florence en deux autres occasions durant le mois de février.

Assise sur son lit, la jeune femme lisait avec émotion la missive de son amoureux. Il annonçait sa visite pour le samedi suivant. Elle en était folle de joie.

Plus le temps passait, plus elle aimait Sam. Qu'il fût de petite taille et un peu grassouillet lui importait peu. Sa douceur et sa persévérance l'avaient conquise. Aucun garçon de la paroisse ne lui était comparable, même le beau Rémi Tremblay pour qui son cœur avait battu si longtemps. S'il y avait quelque chose à lui reprocher, c'était son entêtement à vouloir respecter la volonté de ses parents…

Lors de sa dernière visite, il avait eu l'intention de demander à nouveau sa main. La jeune fille s'était fâchée en l'entendant.

— Il est pas question que tu t'abaisses à demander ma main une deuxième fois! Tu m'entends, Sam? Mon père et ma mère le savent qu'on veut se marier ce printemps. On n'a pas à se mettre à genoux pour avoir leur permission.

Ce samedi-là, Sam Cohen se présenta chez les Fournier, toujours aussi poli, feignant d'ignorer, comme d'habitude, l'accueil glacial qu'il recevait. Comme à chacune de ses visites antérieures, le jeune homme quitta Florence ce soir-là en lui promettant de venir passer une heure ou deux avec elle le lendemain après-midi avant de prendre le train pour Montréal, en début de soirée.

L'humeur joyeuse de Florence durant les jours qui avaient suivi aurait dû alerter sa mère. Le mardi après-midi suivant, la jeune femme enfila son manteau après le départ de son père pour le bois et annonça à sa mère qu'elle avait besoin de prendre l'air.

— Arrange-toi pas pour attraper le rhume, la mit en garde Fernande. Il y a déjà bien assez de ton frère qui arrête pas de se moucher depuis quinze jours.

Florence ne répliqua pas. Pendant que sa mère prenait la direction de sa chambre pour sa sieste quotidienne, elle quitta la ferme et marcha d'un bon pas jusqu'au village. Elle prit tout juste le temps de s'arrêter au presbytère d'où elle sortit, quelques minutes plus tard, en enfouissant dans sa bourse une enveloppe blanche. Lorsqu'elle revint à la maison, sa mère venait à peine de se lever.

— T'es bien restée longtemps dehors, fit-elle remarquer à sa fille.

— Pas si longtemps que ça, m'man. J'ai rencontré Corinne Hamel. On a jasé un peu.

Sans en dire plus, Florence mit une bûche dans le poêle et reprit le jupon qu'elle avait entrepris de piquer durant l'avant-midi.

Le lendemain, la vie suivit son cours normal chez les Fournier, du moins jusqu'au moment de la sieste de la mère de famille. À peine cette dernière venait-elle de s'étendre sur son lit que sa fille montait dans sa chambre et se livrait à une activité pour le moins surprenante. Elle ouvrait un à un chacun de ses tiroirs et enfouissait dans une poche de jute ce qu'elle considérait comme faisant partie de son trousseau. Lorsqu'elle eut fini, elle dissimula sous son lit la poche aux trois quarts remplie et revint poursuivre son travail d'aiguille dans la cuisine.

Le jeudi midi, Florence aida sa mère à préparer et à servir le repas. La maison était silencieuse. Son jeune frère dînait à l'école du village qu'il fréquentait depuis l'incendie de l'école du rang Sainte-Marie. Son père ne disait rien, trop absorbé à mastiquer le rôti de bœuf déposé dans son assiette.

Après le départ de son père, Florence essuya la vaisselle lavée par sa mère. Ensuite, comme au début de chaque après-midi, cette dernière se retira dans sa chambre après avoir enlevé son tablier.

Florence demeura debout dans la cuisine durant cinq bonnes minutes, à épier le moindre bruit en provenance de la chambre de ses parents. Quand elle fut persuadée que sa mère était endormie, elle enleva prestement ses chaussures et gagna l'étage d'où elle revint presque immédiatement en portant la poche de jute. Elle la déposa près de la porte et s'empressa de chausser ses bottes et de mettre son manteau.

Durant un moment, la jeune fille demeura immobile, debout sur le paillasson, regardant soigneusement autour d'elle, comme pour graver dans sa mémoire ce qu'elle voyait. Elle secoua imperceptiblement la tête et fit un pas en direction de la table de cuisine au centre de laquelle elle déposa une petite enveloppe blanche. Puis, elle ouvrit la porte de la maison sans faire de bruit, empoigna son bagage de fortune et referma derrière elle.

Une fois à l'extérieur, Florence Fournier se précipita vers la route et entreprit de marcher en direction du village, encombrée par son fardeau. Elle n'eut cependant pas à marcher très longtemps. À peine avait-elle franchi une centaine de pieds qu'elle entendit derrière elle les grelots d'un attelage. Encore en vue de la maison paternelle,

elle s'arrêta brusquement, le cœur battant la chamade, priant pour que ce soit la carriole attendue.

— Est-ce que je peux vous faire monter, mademoiselle ? fit la voix joyeuse du conducteur en immobilisant son traîneau tout près d'elle.

— Sam ! s'exclama Florence, folle de joie. J'ai eu peur pendant une minute que t'aies pas pu venir. Là, j'aurais été mal prise.

Le jeune homme descendit rapidement de son véhicule, empoigna le sac tenu par sa fiancée et le déposa à l'arrière. Il aida ensuite Florence à s'installer à ses côtés avant de reprendre les guides et d'inciter son cheval à avancer. La bête partit au trot.

Florence enfouit ses mains dans son manchon en arborant un air satisfait. À aucun moment, elle ne se retourna pour jeter un dernier regard à la maison qui l'avait vue naître. Pour elle, la maison des Fournier et Saint-Jacques-de-la-Rive appartenaient dorénavant au passé. Sam était son avenir.

— As-tu tout ce qu'il te faut ? demanda le jeune commerçant.

— Oui. J'ai fait ce que tu m'as dit. Je suis allée chercher mon baptistaire au presbytère avant-hier.

— Parfait. Avant d'arriver à Pierreville, on s'arrêtera sur le bord du chemin pour mettre ton linge dans la valise que je t'ai apportée. Notre train pour Montréal part à trois heures et demie.

— Je trouve que t'as vraiment bien organisé tout ça, dit Florence, reconnaissante.

— Oublie pas qu'on l'a préparé tous les deux, répliqua Sam en se penchant pour déposer un baiser sur la joue de sa promise. Ma sœur t'attend à Montréal.

Les deux tourtereaux venaient à peine d'arriver à Pierreville quand Fernande Fournier sortit de sa chambre.

— Dis-moi donc, es-tu en train de laisser mourir le feu ? demanda-t-elle en entrant dans la cuisine sans s'apercevoir que sa fille ne se trouvait pas dans la pièce.

Personne ne lui répondit. Elle s'empressa d'aller jeter quelques rondins dans le poêle où il ne restait que des tisons.

— Où est-ce qu'elle est encore partie traîner ? demanda-t-elle à mi-voix en se rendant compte que le manteau de sa fille n'était pas suspendu près de la porte d'entrée.

Elle tourna son visage étroit en direction de l'horloge, qui indiquait deux heures et demie. Au moment où elle allait déposer la vieille théière sur le poêle, elle aperçut l'enveloppe sur la table. Pendant un bref moment, elle crut qu'il s'agissait d'un mot d'Annette reçu durant la matinée. Elle s'empara de ses petites lunettes rondes à monture d'acier, prit la lettre et s'approcha de l'une des fenêtres pour profiter d'un meilleur éclairage.

L'enveloppe, blanche, ne portait ni adresse ni nom de destinataire.

— Veux-tu bien me dire…, commença-t-elle en tirant de l'enveloppe une unique feuille de papier qu'elle déplia.

Maman, papa,

Attendez-moi pas. Je suis partie avec Sam. Je vais rester chez sa sœur, à Montréal, en attendant notre mariage. Tout est arrangé. On se marie le deuxième samedi d'avril.

Florence

Fernande se sentit défaillir. Elle se laissa tomber dans sa chaise berçante, incapable, pendant un long moment, d'évaluer la portée de ce qui venait de se produire. Puis, peu à peu, elle comprit. Sa fille était partie, définitivement partie, sans les prévenir.

— Comme une sauvage ! murmura-t-elle, dépassée par la situation.

Florence avait préféré leur laisser un petit mot plutôt que de leur parler.

— J'en reviens pas ! dit-elle à haute voix. C'est pas possible ! Je dois rêver.

La mère de famille enleva ses lunettes, se leva et monta à l'étage. Elle découvrit alors avec stupéfaction que la plupart des tiroirs de sa fille avaient été vidés de leur contenu.

— La petite maudite hypocrite ! jura-t-elle en refermant avec rage le premier tiroir qu'elle avait ouvert. Elle avait tout préparé en cachette !

Quand Laurent rentra après avoir laissé un chargement de bûches devant la remise, il trouva sa femme prostrée, assise à la table de cuisine.

— Germain est pas encore revenu de l'école ? lui demanda-t-il, debout sur le paillasson, déjà prêt à sortir pour aller faire son train.

— Non, Germain est pas encore revenu et ta fille reviendra pas de sitôt non plus.

— Bon, qu'est-ce qui se passe encore ?

— Il se passe qu'elle est partie rejoindre son Juif à Montréal.

— Qu'est-ce que tu racontes là, toi ? demanda Laurent en s'avançant vers sa femme qui venait de se lever.

— Quand je me suis levée, elle était partie. Tout ce que j'ai trouvé, c'est ce papier-là sur la table.

— Qu'est-ce qu'elle a écrit ?

Fernande lut à son mari le bref message laissé par leur fille.

— Ah ben, Christ ! jura le père de famille, bouleversé par la nouvelle. Il manquait plus que ça !

Il enleva sa tuque et se laissa à son tour tomber sur une chaise. Il se passa lentement une main sur le visage.

— C'est juste une ingrate ! dit sa femme. On s'est désâmés pour l'élever et regarde comment elle nous remercie.

— On lui avait pourtant pas dit non pour le mariage, reprit son mari avec une certaine mauvaise foi. On lui a juste dit qu'il y avait rien qui pressait, se défendit-il.

— J'ai toujours su qu'il arriverait jamais rien de bon avec ce gars-là, rétorqua Fernande, l'air mauvais. Regarde à cette heure.

— Oui, je regarde ! s'emporta Laurent en se relevant. Tout ce que je vois, c'est qu'il y a une couple de mois, on avait deux filles. À cette heure, il nous en reste plus une. Il y en a une chez les sœurs et l'autre est partie.

— On a pourtant bien essayé de…

— Laisse faire ! l'interrompit brutalement son mari. Quand Germain arrivera, tu me l'enverras à l'étable.

⁓

Les jours suivants, l'atmosphère chez les Fournier devint si pesante qu'on aurait juré qu'un deuil venait de s'abattre sur la famille. Après la grand-messe du dimanche, Fernande entraîna son mari dans la sacristie pour rencontrer le curé Joyal. À la vue de son marguillier et de sa femme, le prêtre retint difficilement un geste d'agacement. À jeun depuis la veille pour célébrer sa messe, il mourait de faim et n'avait qu'une hâte : aller dîner. Cependant, il fit un effort méritoire pour bien accueillir ses deux paroissiens.

— En quoi je peux être utile à mon nouveau marguillier ? demanda-t-il sur un ton plaisant en finissant de
retirer ses habits sacerdotaux.

Fernande ne laissa pas le temps à son mari de placer un
mot. À demi-voix, elle raconta au pasteur de la paroisse le
départ de sa fille pour Montréal ainsi que son intention
d'épouser le jeune Juif qui la fréquentait.

— Si je comprends bien, dit le prêtre, redevenu sérieux,
il s'agit du jeune homme au sujet duquel le curé de la
paroisse Saint-Stanislas m'a écrit pour me certifier que
c'était un bon catholique.

— C'est lui, monsieur le curé.

— Là, je vous comprends pas trop bien, tous les deux,
avoua le prêtre. Si ce garçon est un bon catholique et s'il
est sérieux, il a dû vous demander la main de votre Florence,
non ?

— Ben… oui, admit Laurent.

— Bon. Qu'est-ce qui s'est passé pour que votre fille
parte avec lui sans votre permission et surtout, sans être
mariée ?

— Ben…

— Je vous écoute, insista Antoine Joyal.

— Quand il a fait sa grande demande, aux fêtes, on lui
a dit que rien pressait et qu'on allait y penser, admit
Fernande.

— Et comme vous finissiez plus d'y penser, il a perdu
patience et il est parti avec elle, poursuivit le curé Joyal.
Au fond, s'il y a quelqu'un à blâmer dans cette histoire-là,
c'est un peu vous autres, non ?

— Il est pas de notre race, monsieur le curé, fit faiblement Fernande.

— Et alors ?

— Ben, on aurait aimé mieux quelqu'un d'ici, quelqu'un
qu'on aurait connu, reprit Laurent.

— Je vous comprends, mais c'est pas vous autres qui alliez le marier.

— À cette heure, on n'est pas sûrs pantoute qu'il va la marier, notre fille, dit Fernande.

— J'ai l'impression, moi, qu'il va la marier, la contredit Antoine Joyal. Il la déshonorera pas, ayez pas peur. La meilleure preuve, c'est que votre fille est venue chercher son baptistaire la semaine passée. Il vous reste plus juste à prier que le mariage se fasse le plus vite possible. De toute façon, à son âge, vous pouvez pas empêcher votre fille de se marier, que vous soyez d'accord ou pas.

— Merci, monsieur le curé, dit Laurent, s'apprêtant à prendre congé.

— Vous en faites pas trop, dit le prêtre d'une voix apaisante. Le temps finit toujours par arranger ce genre de choses. Un beau matin, vous allez voir revenir votre fille avec son mari et vous ferez la paix.

— Merci, monsieur le curé, répéta Laurent, soudainement pressé de mettre fin à l'entretien.

Sur un signe de tête, le couple quitta la sacristie. Ils retrouvèrent Germain, sagement assis dans la carriole en train de les attendre. Durant le court trajet qui les séparait de leur ferme, Fernande ne dit qu'une phrase, mais elle donnait la mesure de son ressentiment:

— C'est pas demain la veille que je vais leur pardonner cette affaire-là! On va avoir l'air fin quand ça va se mettre à jacasser dans la paroisse.

Il lui fut impossible de savoir à quoi pensait Laurent. Le visage fermé, ce dernier ne tourna même pas la tête vers sa femme pour lui montrer qu'il avait entendu ce qu'elle venait de dire.

Chapitre 23

L'arrivée du printemps

Quelques jours après la mi-mars, le soleil sembla tout à coup se rappeler qu'il existait pour réchauffer les pauvres gens et faire fondre les amoncellements de neige et la glace. Au début, la lutte sembla nettement inégale. Le froid s'empressait de couvrir d'une pellicule de glace les quelques flaques d'eau que le soleil était parvenu à créer de peine et de misère durant l'après-midi. Puis ce dernier se mit à l'œuvre avec de plus en plus d'ardeur, obligeant la neige à reculer autour des arbres et faisant disparaître de plus en plus tôt le givre qui couvrait les toits le matin. Quelques corneilles hâtives criaillaient déjà, perchées dans les branches, tandis que les premiers vols d'oies sauvages et d'outardes planaient haut dans le ciel.

Alors, les gens de Saint-Jacques-de-la-Rive surent que le temps des sucres était enfin arrivé. Partout, on s'empressa de planter les chalumeaux dans les troncs des érables avant d'y suspendre les seaux. Pour la plupart des cultivateurs, le plus beau temps de l'année était enfin arrivé. De loin en loin, on vit alors, dans la campagne environnante, s'élever les minces colonnes de fumée au-dessus des cabanes à sucre où on commençait à faire bouillir l'eau d'érable de la nouvelle saison.

Pour la première fois depuis des décennies, les Tremblay ne furent pas, parmi les cultivateurs de Saint-Jacques-de-la-Rive, ceux qui commencèrent à recueillir et à faire bouillir l'eau d'érable.

— Ça paraît que Magloire est plus là, dirent alors leurs voisins du rang Sainte-Marie.

En fait, le retard pris par Eugène était dû moins à son manque d'enthousiasme pour le travail qu'à une offre que lui avait faite Adjutor Beaulieu. Ce dernier était passé le voir au début de la semaine pour lui offrir de lui louer la partie de son érablière qui jouxtait sa terre. Il s'agissait évidemment de la «terre à bois» achetée à la municipalité le printemps précédent et en bordure de laquelle les Tremblay avaient défriché la fameuse route qui avait provoqué tant de critiques.

Le cultivateur avait pris quelques jours pour réfléchir à la proposition et, finalement, l'avait acceptée un peu à contrecœur en échange de la moitié du sirop produit. Quand Germaine s'était étonnée de voir son frère céder aussi rapidement la jouissance d'une érablière pour la possession de laquelle il avait consenti tant de sacrifices, ce dernier s'était contenté de lui dire :

— Tu peux ben parler, toi. L'année passée, j'avais le père pour me donner un coup de main pour faire les sucres. Cette année, je suis tout seul. Je viens juste de commencer à entailler.

— En tout cas, s'il y en a un à qui ça doit pas faire de la peine pantoute, cette affaire-là, ce doit être à Ernest Veilleux, à côté. Il se gênera pas pour colporter partout que les Tremblay ont encore eu les yeux plus grands que la panse en achetant ce bois-là.

— Lui, l'enfant de chienne, il est ben mieux de faire attention à ce qu'il va raconter ! s'emporta Eugène. C'est lui qui est derrière tous les troubles qu'on a eus avec le chemin.

— T'aurais peut-être pu engager Odilon, le garçon d'Adjutor, intervint Thérèse.

— Beaulieu est pas niaiseux, répliqua son mari. Il m'a dit qu'il avait besoin de son gars pour tout le temps des sucres.

— Ce qui est sûr, c'est que si p'pa voyait ça, il serait pas content, ajouta Germaine.

— Facile à dire, mais il est pas là pour m'aider, dit son frère sur un ton sans appel. Pour Rémi, on est aussi ben de pas en parler. Comme on le connaît, il va tellement se traîner les pieds avant de rentrer à Saint-Jacques à la fin du chantier que tout va être fini depuis longtemps.

— Sois pas si sûr de ça, dit Thérèse avec un sourire narquois. Moi, je pense que ton frère va être pas mal plus pressé de rentrer cette année.

— Pourquoi ça ?

— T'oublies qu'il se marie et qu'il va avoir hâte de voir Corinne après être parti pendant presque six mois.

— J'ai ben hâte de voir ça, moi, fit Eugène, sceptique. J'ai plutôt l'impression qu'il va être surtout pressé d'aller enterrer sa vie de garçon dans les tavernes… Et qu'il va entraîner Xavier Lemire avec lui.

Sa sœur ne se donna même pas la peine de lui répliquer. Son visage avait pris un air songeur. Elle se voyait déjà à Saint-Zéphirin, aux côtés de Xavier, au début de la période des sucres. Elle le connaissait assez maintenant pour savoir que si son futur mari avait été dans la position de son frère, il aurait choisi de garder l'érablière et se serait plutôt tué au travail pour en tirer le maximum.

Puis sa pensée dériva doucement et un mince sourire vint illuminer son petit visage rond. Dans deux ou trois semaines, Xavier serait là, devant elle, prêt à l'emmener avec Jocelyn vers sa nouvelle maison pour laquelle elle venait de finir de coudre des rideaux.

507

Dans la maison voisine, Isidore Hamel n'avait pas tardé à produire ses premiers galons de sirop, bien secondé par tous les siens. Omer était presque devenu un homme et aidait à la cueillette de l'eau d'érable pendant qu'Angèle faisait bouillir à la cabane. Pour sa part, Corinne demeurait à la maison et se chargeait de l'ordinaire tout en mettant la dernière main à son trousseau. Son mariage approchait et cette seule évocation lui mettait le cœur en joie.

Le gros coffre déposé dans un coin de sa chambre était maintenant presque plein de couvertures, de draps, de lingerie, de nappes et de serviettes que la jeune femme avait cousus, tricotés, ourlés ou brodés durant toute la saison froide. Ça en était au point qu'elle avait parfois l'impression d'en avoir le bout des doigts usés. Chaque fois qu'elle soulevait le couvercle, une bouffée de naphtaline envahissait la petite pièce. Mais elle était fière du résultat de tant de travail. Dès que les jours plus chauds arriveraient, elle étendrait sur la corde à linge toutes ces choses qui reposaient, soigneusement pliées, dans son coffre aux trésors.

Depuis plusieurs semaines, elle rêvait du retour de son Rémi. Elle se réveillait souvent le matin, frissonnante de joie. La vie allait être belle! Ils achèteraient sûrement la vieille maison du père Ferland dans le rang voisin. Le travail ne lui faisait pas peur. Pendant que son mari entreprendrait de remettre les bâtiments d'aplomb, elle allait nettoyer la maison de fond en comble et en faire un foyer agréable. Elle se voyait, le soir, se berçant sur la galerie en compagnie de son mari, en train de regarder le soleil se coucher. Depuis quelques jours, elle priait pour que son Rémi soit de retour pour Pâques. Quelle joie ce serait d'aller à la grand-messe de cette belle fête à ses côtés! Avec un peu de chance, la publication des bans pourrait même être faite ce dimanche-là.

❧

Durant une dizaine de jours, on connut à Saint-Jacques-de-la-Rive un temps idéal pour les sucres. Chaque jour, au gel de la nuit succédait un soleil de plus en plus chaud, favorisant ainsi une coulée abondante d'eau d'érable. Au moment où les cultivateurs envisageaient déjà une saison record, le ciel se couvrit de lourds nuages et de fortes pluies se mirent à tomber le lendemain du dimanche des Rameaux. En quelques jours, la neige disparut presque complètement dans les champs et les fossés débordèrent sous cet afflux d'eau de fonte. Même dans les sous-bois, il devint pratiquement impossible de circuler.

— Les glaces sont à la veille de lâ… lâcher sur la rivière, prédit Anatole Duchesne qui venait d'entrer dans le magasin général en compagnie de Cloclo, son inséparable adjoint.

— Entre nous autres, le père, il faut pas avoir la tête à Papineau pour deviner ça, dit Florentin Crevier avec une mauvaise humeur évidente. Il y a au moins un pied d'eau sur la glace. C'est sûr qu'elle est à la veille de lâcher.

— Il y en a mê… même qui ont déjà ramassé leurs chau… chaudières, poursuivit en bégayant le vieux bedeau.

— Simonak! Ils sont ben pressés, dit Joseph Pouliot, debout derrière son comptoir. Il y a rien qui dit qu'il gèlera pas encore deux ou trois nuits. Qui a fait ça?

— Tit-Phège. Quand je lui ai parlé au co… commencement de la semaine, il ve… venait de ranger son barda.

— Ah bon! fit le forgeron, moqueur. Savez-vous combien d'érables notre Tit-Phège avait percés?

— Il m'a dit qu'il avait a… accroché une douzaine de chau… chaudières, répondit Anatole, en riant.

— Baptême ! Il a pas dû faire grand sirop d'érable ! s'exclama Crevier. Pourquoi il a pas percé plus d'érables que ça ?

— Il m'a dit que ça ser… servait à rien de s'éreinter à ra… ramasser plus d'eau parce que sa sœur faisait pas pan… pantoute du bon sirop.

— Lui, il pourrait apprendre, fit remarquer fort justement Pouliot.

— Je pense qu'il aime mieux le sirop qu'il quête à gauche et à droite, dit Crevier. En tout cas, ce qui est sûr, c'est que au train où il est parti là, le jeune, il se crèvera pas à l'ouvrage.

Le soir même, la prédiction du bedeau se réalisa. Les glaces de la Saint-François se rompirent dans un fracas assourdissant, emportant, ici et là, des morceaux des rives. Par chance, il n'y eut pas d'embâcles et les glaces se contentèrent de descendre le courant en se bousculant un peu. Les villageois dont la maison était érigée près de la rive n'eurent donc pas à déplorer d'inondation. Pour la quatrième année consécutive, la rivière n'avait causé aucun dégât.

Si la Saint-François se libérait sagement de ses glaces, on ne pouvait en dire autant des routes de la paroisse, devenues de véritables bourbiers après une semaine complète de pluies abondantes. Maintenant, les champs étaient des étendues noirâtres où brillaient, ici et là, d'immenses flaques d'eau. À certains endroits, les fossés débordaient tellement que le chemin s'était transformé en un étang. Faute de neige, il avait bien fallu ranger carrioles, *sleighs* et traîneaux pour les remplacer par le boghei et la waggine, mais ces véhicules sur roues s'embourbaient tout de même facilement.

Évidemment, le chemin des Tremblay, comme on avait pris l'habitude d'appeler le tronçon de route défriché par Magloire et ses fils, avait été le premier à devenir impraticable, faute de fossés.

— Qu'est-ce que je vous avais dit? répétait Ernest Veilleux sur un ton triomphal à qui voulait bien l'entendre. Un chemin comme ça, ça a pas d'allure c'est même dangereux. Un vrai chemin pour les vaches! Ça va prendre des semaines avant que quelqu'un soit capable de passer là. Moi, je l'aurais fait comme du monde avec des bons fossés.

L'auditeur, quel qu'il soit, se contentait de hocher la tête sans dire un mot, peu intéressé à prendre parti dans la querelle qui opposait son vis-à-vis à Eugène Tremblay.

∽

Le Vendredi saint finit tout de même par arriver. Encore deux jours et le carême ne serait plus qu'un pénible souvenir qu'on s'empresserait d'oublier.

Ce jour-là, le facteur sonna à la porte du presbytère et remit à Eugénie Dupras une lettre destinée au curé Joyal. La ménagère laissa l'enveloppe sur le guéridon du salon, là où le prêtre avait l'habitude de cueillir son courrier chaque jour, avant le dîner.

Un peu avant midi, le pasteur de Saint-Jacques-de-la-Rive sortit de son bureau en compagnie de son vicaire avec qui il venait de mettre au point les derniers détails du récit de la Passion du Christ, le centre de la cérémonie qui allait se tenir cet après-midi-là, à l'église. Déjà, après sa messe du matin, il avait un peu houspillé le bedeau et son adjoint pour qu'ils couvrent de voiles violets les statues et les croix de l'église, témoignant du deuil des fidèles devant la mort du Christ. L'église ne retrouverait son aspect coutumier que lors de la cérémonie de la lumière, le lendemain soir.

— La journée va être pas mal longue, dit le petit homme replet en s'arrêtant un moment pour prendre l'enveloppe sur le guéridon avant d'entrer dans la salle à manger.

— Ça, vous pouvez le dire, monsieur le curé, répondit Roland Groleau, la mine sombre. Maigre et jeûne, aujour-d'hui, ajouta-t-il, comme s'il annonçait un décès.

— En tout cas, on se rend compte que la chair est bien faible, dit Antoine Joyal, compréhensif, en posant la lettre près de son assiette.

Les deux hommes n'avaient pas besoin d'en dire plus. L'un et l'autre étaient gourmands et une journée presque sans nourriture leur semblait une privation presque inhumaine. Avec des mines d'enterrement, ils s'assirent et déployèrent leur serviette qu'ils glissèrent ensuite entre leur cou et leur col romain. La ménagère entra au même moment dans la pièce en portant une soupière qu'elle déposa devant eux.

— Soupe aux légumes, sans bouillon de viande, annonça la petite femme au maigre chignon gris.

Le curé Joyal souleva immédiatement le couvercle de la soupière et se pencha au-dessus pour en examiner le contenu.

— Elle m'a l'air pas mal claire, cette soupe-là, madame Dupras. Je vois même les fleurs au fond de la soupière.

L'abbé Groleau se pencha à son tour au-dessus du plat.

— C'est vrai ce que vous dites, monsieur le curé, approuva-t-il. Mais on pourra toujours l'épaissir avec du pain.

— Pas de pain et, bien sûr, pas de dessert non plus, déclara sèchement la ménagère. Auriez-vous oublié qu'on est Vendredi saint? ajouta-t-elle sur un ton désapprobateur.

— On risque pas de l'oublier, dit Antoine Joyal en poussant un soupir de résignation. Je me sens déjà faible.

— Vous, monsieur le curé, ça va vous faire juste un peu de bien de vous passer de manger, dit la ménagère. Sans vouloir vous manquer de respect, vous êtes rendu avec un petit ventre de notaire.

Pendant que le curé se tapait doucement sur le ventre comme pour vérifier le degré de son importance, la ménagère quittait la pièce en réprimant un sourire moqueur. L'abbé Groleau déposa dans l'assiette de son supérieur deux pleines louches d'un liquide clair où surnageaient des morceaux de légumes. Après le bénédicité, les deux ecclésiastiques mangèrent en silence et sans aucun plaisir.

Antoine Joyal déposa bientôt sa cuillère et s'empara de l'enveloppe. Il l'ouvrit après avoir chaussé ses lunettes. Son vicaire le regarda lire sans dire un mot.

— Là, on peut dire que c'est ma journée de chance ! s'exclama le curé de Saint-Jacques-de-la-Rive en laissant tomber la missive sur la table.

— Qu'est-ce qui se passe, monsieur le curé ? Une mauvaise nouvelle ?

— Une mauvaise pour moi et, peut-être, une bonne pour vous.

— Comment ça ? demanda le colosse, intrigué.

— La lettre vient de monseigneur et elle vous concerne, l'abbé.

— Elle me concerne ?

— Monseigneur me donne l'ordre de vous laisser partir. Le curé Gervais, de Saint-Cyrille, vient de perdre son vicaire qui a été envoyé au sanatorium. Il paraît que lui-même vient de sortir de l'hôpital. Monseigneur écrit qu'il a besoin d'aide et il veut que vous alliez le seconder au moins jusqu'au commencement de l'été.

— Quand est-ce que le curé de Saint-Cyrille m'attend?

— Monseigneur aimerait que vous soyez là pour l'aider à faire faire les Pâques aux paroissiens. Je sais pas pourquoi cette lettre-là est en retard, mais elle a été envoyée au début de la semaine passée, précisa le quinquagénaire en examinant le cachet de la poste sur l'enveloppe.

— Si je comprends bien, je devrais déjà être parti? demanda le jeune prêtre en affichant un air dépité.

— On le dirait, l'abbé… Et allez pas croire que ça me fait plaisir de vous voir partir. En plus, j'aurais bien eu besoin de votre aide, moi aussi. Il y a les confessions pour Pâques et, surtout, la préparation des enfants de la paroisse pour leur première communion.

Roland Groleau hocha la tête. Tout dans sa physionomie disait à quel point il était désolé de quitter le presbytère de Saint-Jacques-de-la-Rive.

— Au moins, monseigneur écrit qu'il s'agit d'une affectation temporaire, reprit Antoine Joyal. J'espère que vous allez nous revenir le plus vite possible.

— Moi aussi, monsieur le curé. Bon. Si vous le permettez, je vais aller préparer mes affaires.

— C'est ça, l'abbé. Pendant ce temps-là, je vais faire prévenir Anatole pour qu'il attelle le boghei. Il va aller vous conduire à Saint-Cyrille. Je peux me passer de lui cet après-midi. Cléophas est capable de le remplacer.

L'abbé Groleau monta à l'étage pendant que son curé entrait dans la cuisine prévenir Eugénie Dupras du départ du vicaire.

— C'est pas vrai! s'exclama la ménagère, peinée par la nouvelle. Pour une fois qu'on avait un vicaire qui avait du bon sens! Là, on va être encore obligés de dresser un autre abbé.

— Non, madame Dupras. L'abbé Groleau est juste prêté à Saint-Cyrille jusqu'au commencement de l'été. Il va revenir.

— J'aime mieux ça, répondit celle-ci, soudainement rassérénée.

— Voulez-vous aller avertir Anatole que je veux qu'il aille conduire notre vicaire à Saint-Cyrille ?

— Vous pouvez le lui dire vous-même, monsieur le curé. Il est dans la cour, en arrière.

Le curé Joyal sortit parler à son bedeau et Eugénie s'empressa d'ouvrir son garde-manger d'où elle tira divers plats soigneusement couverts. Quand l'abbé Groleau descendit en portant sa grosse valise, la ménagère l'attendait au pied de l'escalier. Il était évident que la brave femme était émue. On aurait dit une mère qui voyait son fils la quitter.

— Le bedeau s'en vient avec le boghei, lui dit-elle. Monsieur le curé l'a prévenu.

— Merci, madame Dupras.

— Je vous ai préparé une couple d'affaires, fit la ménagère en lui tendant un paquet enveloppé dans du papier brun. Essayez de pas trop l'écraser. C'est du sucre à la crème et du fudge. J'ai aussi ajouté un gros morceau de gâteau et une tarte aux raisins. Toutes des affaires que j'avais cuisinées pour Pâques.

— Vous me gâtez bien trop, madame Dupras, dit le jeune prêtre en se penchant sur la ménagère pour déposer sur chacune de ses joues un gros baiser sonore.

— Bon. On dirait que j'arrive juste au bon moment, fit le curé Joyal en s'efforçant de prendre un ton joyeux. Je vous accompagne à la voiture, l'abbé. Donnez-moi ce paquet-là, que je le tienne pendant que vous traînez votre valise.

Les deux prêtres sortirent du presbytère. Une petite pluie froide noyait le paysage. Le curé Joyal descendit l'escalier derrière son vicaire et l'accompagna jusqu'au boghei tandis que la ménagère demeurait sur la galerie. Le véhicule tangua dangereusement quand l'abbé monta à bord après avoir déposé sa valise à l'arrière. Il échangea une dernière poignée de main chaleureuse avec son supérieur et salua Eugénie Dupras de la main. Le bedeau lança un « hue ! » sonore. Le boghei quitta l'allée et prit la route en direction de Pierreville.

La voiture venait à peine de dépasser la forge de Florentin Crevier qu'elle commença à être durement secouée. Le cheval peinait à la tirer à cause des profondes ornières du chemin étroit qui conduisait à la ville voisine.

— Hou donc ! Grouille ! cria le cocher d'une voix impatiente à la vue de sa bête qui avait considérablement ralenti en abordant une profonde flaque d'eau.

— Il y a rien qui presse, monsieur Duchesne, dit le vicaire.

— Je veux ben… ben le croire, répondit le bedeau d'une voix hésitante, mais on a un mau… maudit bon bout de che… chemin à faire avant d'arriver à Saint… Saint-Cyrille.

Roland Groleau tourna la tête vers son cocher pour vérifier ce qu'il devinait déjà. À la vue du nez enluminé, il comprit immédiatement qu'il ne s'était pas trompé.

— Ne me dites pas, monsieur Duchesne, que vous avez encore bu ? lui dit-il, la voix chargée de reproche.

— Juste une… une goutte pour me réchauffer, pour la rou… route, à cause de la pluie, lui répondit l'incorrigible ivrogne. Ayez pas peur, je vous ga… garrocherai pas dans le fossé.

— Tout de même, un Vendredi saint !

— On peut avoir soif, même ce jour-là, mon… monsieur l'abbé.

L'abbé Groleau remonta frileusement le collet de son manteau noir pour mieux se protéger de la pluie. Il jeta un coup d'œil au paysage désolé qui l'entourait. Il était identique à celui qu'il avait trouvé, un an auparavant, quand le bedeau de Saint-Jacques-de-la-Rive était venu l'accueillir à l'hôtel Traversy de Pierreville.

⁓

Deux jours plus tard, bien avant le lever du soleil, Thérèse Tremblay secoua doucement son mari qui dormait à ses côtés.

— Quoi ? Qu'est-ce qu'il y a ? demanda Eugène d'une voix ensommeillée.

— Pas si fort, Eugène, chuchota sa femme. Tu vas réveiller le petit. Il est l'heure de te lever si tu veux aller chercher de l'eau de Pâques. Traîne pas trop. Je vais aller allumer le poêle, ajouta-t-elle en se levant.

Depuis quelques jours, il faisait maintenant assez doux pour laisser éteindre le poêle durant la nuit. Thérèse sortit de sa chambre dans l'obscurité et n'alluma la lampe à huile qu'une fois parvenue dans la cuisine. Elle attisa le feu du poêle et attendit que son mari sorte de la chambre. Elle regrettait de ne pouvoir boire une bonne tasse de thé en attendant l'heure de la basse-messe, mais il lui fallait demeurer sans boire ni manger depuis minuit, la veille, si elle désirait pouvoir communier.

Des pas se firent entendre dans l'escalier et Thérèse vit Germaine s'approcher à son tour du poêle. La porte de la chambre du rez-de-chaussée s'ouvrit au même moment pour livrer passage à Eugène, qui se grattait furieusement le cuir chevelu.

— Les cruches sont proches de la porte, lui dit sa femme.

— Comment ça « les cruches » ? demanda l'homme, mal réveillé.

— La deuxième est pour moi, expliqua sa sœur. Si ça te fait rien, tu pourrais me l'emplir. Elle me servira chez nous, à Saint-Zéphirin.

Eugène se contenta de hocher la tête. Il jeta un coup d'œil à l'horloge avant de chausser ses bottes. Il endossa ensuite le manteau que sa femme lui tendait, empoigna les deux récipients vides et sortit. Par chance, le beau temps était au rendez-vous. Le cultivateur fut accueilli par un ciel étoilé et une brise rafraîchissante.

Il se mit lentement en marche en contournant les flaques d'eau stagnante de sa cour et prit la direction de la source de Léon Desjardins. Il eut alors une pensée fugitive pour son vieux père qu'il remplaçait pour la première fois dans cette tâche importante. Le ciel s'éclaircissait déjà à l'est. Il pressa le pas. Il entendit derrière lui des voix qu'il reconnut, celles d'Isidore Hamel et de Laurent Fournier.

Lorsqu'il arriva chez le maire, d'autres chefs de famille du rang Sainte-Marie attendaient déjà près de la source. Les hommes discutaient entre eux à voix basse tout en fumant avec un plaisir évident. Pour la plupart, il s'agissait de leur première pipe depuis le mercredi des Cendres.

Comme chaque matin de Pâques, depuis plusieurs générations, on attendait la première lueur du jour pour plonger un récipient dans l'eau vive. L'eau de Pâques, aux vertus incontestées, allait prendre place parmi les médicaments de la pharmacie familiale.

∽

Dans la région, Pâques avait réellement marqué le retour du beau temps. En cette troisième semaine d'avril, les branches des arbres commençaient à se couvrir de bourgeons et l'air charriait des effluves qui ne trompaient pas. Le printemps était maintenant bien installé. Les animaux avaient quitté l'abri des étables et des porcheries, et les fermiers avaient déjà entrepris de redresser leurs clôtures malmenées par l'hiver. Durant les après-midi les plus chauds, les ménagères n'hésitaient pas à entrouvrir les fenêtres pour aérer la maison et plus d'une les avaient déjà lavées pour mieux laisser pénétrer le soleil. La brise printanière agitait les vêtements suspendus aux cordes à linge comme des drapeaux.

Chez les Hamel, Angèle et sa fille avaient entrepris de faire le grand ménage du printemps. Les deux femmes lavaient les murs de la cuisine d'été où on emménagerait à la fin du mois.

— Sainte bénite! s'emporta Angèle, lâche la fenêtre, Corinne, et viens m'aider à finir de laver les murs.

La jeune femme retourna tremper son chiffon dans son seau d'eau savonneuse. Après avoir replacé une mèche de cheveux qui lui barrait l'œil gauche, elle tordit son linge au-dessus du seau et se remit au travail.

De plus en plus nerveuse, Corinne attendait depuis plus de deux semaines le retour de son fiancé. Jusqu'au dernier moment, elle avait cru qu'il serait à ses côtés le jour de Pâques. Le moment venu, elle n'avait pas eu de nouvelles de Rémi. Elle avait alors guetté l'arrivée de Germaine Tremblay à l'église pour voir si son Xavier était, lui, revenu du chantier. Quand elle avait constaté que sa future belle-sœur n'était pas accompagnée, elle en avait été secrètement soulagée. Elle n'était pas la seule à attendre l'être aimé.

La jeune femme n'était retournée qu'en une seule occasion chez les Tremblay durant l'hiver. Elle y était allée dans le vague espoir qu'on ait reçu des nouvelles du chantier, même si elle savait qu'il était pratiquement impossible aux bûcherons d'écrire à la maison. Cet espoir avait été évidemment déçu. Elle ne se sentait pas très à l'aise en compagnie de ses futures belles-sœurs. Le sérieux et la religiosité de Thérèse la gênaient autant que les façons directes et sans détour de Germaine. De plus, comme aucune des deux femmes ne semblait vouloir lui rendre ses visites, elle en avait déduit, peut-être faussement, qu'elle les dérangeait. Par conséquent, elle s'était limitée à les saluer et à prendre de leurs nouvelles lorsqu'elle les croisait à la sortie de la messe, le dimanche.

Angèle jeta un regard vers sa fille qu'elle savait malheureuse et regretta immédiatement sa saute d'humeur.

— Ça te sert à rien de manger les fenêtres chaque fois que t'entends du bruit sur la route, dit-elle d'une voix radoucie. Arrête donc de t'en faire pour rien. Aussitôt qu'il va arriver dans la paroisse, tu vas le voir sourdre ici.

— On a dépassé la moitié du mois d'avril, plaida Corinne. Il devrait être revenu depuis un bon bout de temps. Qu'est-ce qu'il attend ? À ce temps-ci du printemps, les chantiers sont fermés.

— Pour être fermés, ils doivent l'être. Mais tu connais Rémi Tremblay. Il a probablement voulu fêter avec des gars avec qui il a travaillé tout l'hiver. Si ça se trouve, il doit être dans une taverne de Sorel ou de Trois-Rivières en train de boire une partie de sa paye.

— Il faisait ça avant, le défendit Corinne, mais cette année, il sait qu'on a besoin de cet argent-là pour s'établir sur la terre du père Ferland.

— Ah ! J'oubliais ça, reconnut sa mère, sur un ton qui prouvait qu'elle doutait fort que son futur gendre soit devenu aussi sage.

— En plus, m'man, il a travaillé tout l'hiver avec Xavier Lemire. D'après Germaine, c'est un gars pas mal sérieux. Je pense qu'il est capable d'empêcher Rémi de faire des folies.

— En tout cas, perds pas patience, l'encouragea sa mère. Regarde pour Aimé. On a attendu une lettre de lui pendant des mois. On a fini par en avoir une il y a deux semaines.

Corinne hocha la tête et reprit son travail, combattant du mieux qu'elle pouvait l'anxiété qu'elle sentait monter en elle.

⌀

Chez les Fournier, Fernande avait entrepris de changer la paille des quatre matelas de la maison après avoir fait un grand ménage des chambres, à l'étage. Germain l'avait aidée à transporter les paillasses dans la grange où elle avait décousu un coin de l'enveloppe de chacune pour remplacer la vieille paille par de la paille fraîche.

Un pli soucieux barrait le front étroit de l'épouse de Laurent Fournier, même si l'annonce de la visite de sa fille Annette était une nouvelle propre à la réjouir. Pour la première fois depuis l'automne précédent, la novice avait obtenu la permission de venir passer quelques jours chez ses parents en compagnie d'une religieuse. C'était d'ailleurs pourquoi sa mère s'était tant dépêchée de faire son ménage de printemps. Elle voulait que la maison soit impeccable avant l'arrivée de sa fille et de sa compagne.

Le pli soucieux de Fernande avait une autre cause. Tout en bourrant les matelas, elle ne cessait de penser à un certain passage de la dernière lettre de sa cadette qui laissait sous-entendre qu'elle était en contact épistolaire avec sa sœur aînée. Plus elle y songeait, plus elle était partagée entre la curiosité et la rancœur. Qu'est-ce que Florence

521

faisait à Montréal ? Était-elle déjà mariée ? Où vivait-elle ? Elle aurait donné cher pour savoir ce qui était arrivé à sa fille aînée depuis sa fuite de la maison, plus de sept semaines auparavant. Sans l'avouer à personne, elle attendait de ses nouvelles. Chaque fois qu'elle voyait le facteur passer devant la maison sans s'arrêter, elle avait un petit pincement au cœur.

⌁

Le samedi matin, le soleil se leva dans un ciel sans nuage et éclaira les premières petites feuilles vert tendre qui avaient fait leur apparition dans les arbres quelques jours auparavant. Une paix extraordinaire régnait sur la campagne environnante.

Après avoir aidé à laver la vaisselle du déjeuner, Germaine avait habillé Jocelyn et l'avait amené à l'extérieur avec elle. Le petit garçon s'amusait dans la vieille balançoire en bois pendant qu'elle râtelait les plates-bandes devant la maison, la tête protégée par un large chapeau de paille.

À un certain moment, la jeune femme leva la tête et crut percevoir du coin de l'œil un mouvement sur la route. Elle se figea aussitôt et plissa les yeux pour mieux voir. Le cœur battant, elle fit quelques pas en avant, encore incertaine de l'identité de l'homme grand et mince qui s'avançait au centre de la route. Puis elle le reconnut. Xavier. Elle laissa tomber son râteau.

— Jocelyn ! Viens avec ma tante, dit-elle au petit en lui faisant signe.

Elle prit l'enfant par la main et se précipita vers la route. Le petit garçon avait du mal à la suivre tant elle était impatiente de rejoindre celui qu'elle aimait. En les apercevant venir à sa rencontre, Xavier hâta le pas. Lorsqu'il ne fut qu'à quelques pieds, Germaine lâcha la main de l'enfant pour qu'il puisse se précipiter dans les bras de son père qu'il venait de reconnaître à son tour.

— Papa! Papa! s'écria le petit garçon en se mettant à courir.

Xavier laissa tomber son bagage et souleva son fils dans les airs avant de le serrer contre lui. Germaine s'approcha, la figure rayonnante de joie. Xavier la prit par la taille et l'embrassa sans aucune retenue.

— Voyons, Xavier! protesta-t-elle pour la forme. Qu'est-ce que les voisins vont dire en nous voyant?

— Ils diront ce qu'ils voudront, dit son fiancé en riant. De toute façon, on restera pas assez longtemps dans la paroisse pour qu'on nous fasse une mauvaise réputation.

Toute à son bonheur, Germaine se contenta de rire.

— À ce que je vois, t'as pas changé d'idée pendant l'hiver, dit-elle moqueuse en déposant sa main dans la grande main calleuse de son futur mari.

— Pantoute. J'ai compté les jours, admit Xavier.

Jocelyn s'empara de l'autre main de Germaine et le trio se mit lentement en marche vers la maison des Tremblay.

— Comment ça se fait que t'es aussi propre après six mois au chantier? demanda Germaine, en l'examinant, un peu soupçonneuse.

— J'ai couché chez Legendre, à Pierreville, hier soir. C'est un gars qui a travaillé au chantier avec moi. J'ai eu le temps de me nettoyer comme il faut avant de partir à matin. Tout à l'heure, un nommé Tougas m'a amené jusqu'à la première maison du rang. Il revenait de chez Murray.

— Le chantier a fermé pas mal tard, cette année, non?

— Pas plus tard que d'habitude. Il a fermé à la fin de la troisième semaine de mars.

— Comment ça se fait que t'arrives juste aujourd'hui, d'abord?

— Parce que j'ai fait la drave.

— Non ! s'exclama Germaine. Des plans pour te noyer ! Pourquoi t'as fait ça ?

— Il manquait des draveurs. Comme la paye offerte par le *foreman* était pas mal bonne, j'ai décidé de le faire. Tu vas voir que cet argent-là sera pas de trop pour nous installer.

Tous les trois montèrent les marches qui permettaient d'accéder à la galerie. Thérèse finissait de changer les langes du petit Clément quand Germaine ouvrit la porte à son fiancé.

— Ah bien ! De la grande visite ! s'exclama la jeune femme en voyant Xavier. Eugène ! cria-t-elle, on a de la visite.

Ce dernier entra dans la pièce au moment même où Germaine débarrassait Xavier de son paquetage. Les deux hommes se serrèrent amicalement la main. Eugène invita son futur beau-frère à prendre place dans l'une des chaises berçantes et Germaine s'empressa de lui servir une tasse de thé.

— Vous avez l'air d'avoir passé un bon hiver, dit Xavier en regardant toutes les personnes présentes, en s'attardant, bien sûr, sur Germaine et Jocelyn.

— Sauf pour mon père... répondit sa fiancée.

— C'est vrai ça. Où est passé monsieur Tremblay ?

Il y eut un bref silence dans la pièce avant que Thérèse n'intervienne.

— Il est mort au mois de décembre.

— Comment ça ? Il avait pourtant l'air en bonne santé quand on est partis pour le chantier.

— Son cœur a lâché le jour où on a eu la première tempête, expliqua tristement Germaine. On l'a retrouvé dans la grange.

— Ça me fait ben de la peine d'apprendre ça, fit Xavier en hochant la tête.

— Quand Rémi va apprendre la nouvelle, ça va lui faire tout un choc, fit remarquer Eugène.

— C'est vrai, reprit Thérèse. J'y pense, Rémi a pas voyagé avec toi ?

— N... non, répondit le visiteur d'une voix un peu hésitante. Moi, j'ai fait la drave et...

— Ben sûr ! Rémi, lui, a jamais voulu la faire à la fin du chantier, dit son frère.

— Mais s'il l'a pas fait, il devrait être arrivé depuis longtemps, fit remarquer Thérèse fort justement.

— Oui.

Germaine finit par noter l'air embarrassé de son fiancé.

— Ça va pas ? On dirait que t'es mal à l'aise, fit-elle en ne s'encombrant pas de précautions inutiles. S'il y a quelque chose qu'on doit savoir, t'es aussi bien de nous le dire tout de suite.

— C'est correct, fit Xavier dans un soupir. Rémi a lâché le chantier au commencement de mars.

— Comment ça ? demanda Eugène. S'il a *jumpé* il y a plus que six semaines, il devrait être ici depuis longtemps.

— Tout ce que je sais, c'est ce qu'il m'a dit avant de partir. Il m'a dit qu'il s'en allait dans l'Ouest avec un nommé Johnson qui travaillait avec nous autres. Il paraît qu'il y a de l'ouvrage en masse là-bas et que c'est ben payé.

— Il est parti dans l'Ouest ! répéta Germaine, comme si elle ne parvenait pas à le croire. Mais quand est-ce qu'il va revenir ?

— Si j'ai ben compris, avoua Xavier avec une certaine gêne, il a pas pantoute l'intention de revenir de là-bas.

— Et Corinne, dans tout ça ?

— Corinne? Quelle Corinne?

— Mon niaiseux de frère t'a pas dit qu'il avait fait la grande demande au père de Corinne Hamel, à côté, juste avant de partir pour le chantier? Ils sont supposés se marier ce printemps. Corinne l'attend, elle.

— Rémi m'a jamais dit qu'il devait se marier, fit Xavier, sidéré.

— J'en reviens pas! s'exclama Thérèse.

— Le maudit sans-cœur! reprit à son tour Eugène, qui songeait beaucoup plus au fait qu'il ne pourrait pas compter sur l'aide de son frère.

— Il va peut-être revenir plus vite qu'on pense, suggéra Xavier Lemire sans trop y croire.

— En tout cas, qu'on compte pas sur moi pour aller dire à Corinne que mon grand sans-dessein de frère a changé d'idée et qu'elle perd son temps à l'attendre, reprit Germaine sur un ton décidé.

Personne ne dit mot pendant un long moment dans la pièce. Xavier attira son fils sur ses genoux et attendit que le malaise passe avant d'ajouter:

— Moi, j'ai pas changé d'idée. Si Germaine veut toujours, comme de raison…

Cette dernière cessa, pour un moment, de songer à la défection de son frère et adressa à Xavier son plus beau sourire en guise de réponse.

ش

Le lendemain, l'église de Saint-Jacques-de-la-Rive se remplit de fidèles pour la grand-messe. Il faisait beau et chaud en ce dernier dimanche d'avril. Pour la première fois de la saison, le bedeau laissa la porte du temple ouverte durant toute la célébration pour aérer les lieux.

À la fin de la cérémonie, les paroissiens sortirent lentement de l'église. Au moment où elle s'apprêtait à quitter le banc loué par les Hamel en compagnie de son père et de sa mère, Corinne aperçut les Tremblay qui descendaient l'allée principale. En apercevant Xavier Lemire aux côtés de Germaine, le visage de la jeune femme pâlit soudainement. Elle fixa sa future belle-sœur. Sans ralentir, cette dernière la regarda à son tour et se contenta de hocher la tête en prenant un air désolé.

Corinne n'avait pas été seule à remarquer le retour du fiancé de la jeune voisine. Sa mère, le visage fermé, la suivit jusqu'au boghei sans prendre le temps de s'entretenir avec des connaissances sur le parvis, comme elle le faisait toujours, le dimanche matin. Elle monta dans la voiture, précédée de peu par sa fille. Isidore, surpris de les voir si pressées de rentrer à la maison, prit place à son tour dans le boghei et mit son attelage en marche.

— Torrieu! Voulez-vous ben me dire ce qui presse tant, à matin? demanda-t-il avec mauvaise humeur. J'ai même pas eu le temps d'allumer ma pipe.

— T'as rien remarqué? lui demanda sèchement Angèle.

— Quoi? Qu'est-ce que j'aurais dû remarquer?

— Le futur de Germaine Tremblay est revenu du chantier, lui. Il était à l'église. On est presque rendus au mois de mai et…

— C'est correct, j'ai compris, fit Isidore, la mine sombre. Ça fait longtemps que l'autre aurait dû être revenu. Après-midi, je vais aller voir les Tremblay pour savoir ce qui se passe. Il y a tout de même des limites à rire du monde.

— Non, p'pa! dit Corinne d'une voix dure.

— Non, quoi?

— On n'est pas pour s'humilier pour savoir où Rémi est passé. J'ai ma fierté, moi aussi. Si ça se trouve, les Tremblay le savent pas plus que nous autres. Il finira bien par revenir. À ce moment-là, on tirera les choses au clair.

Quelques instants plus tard, Isidore immobilisa la voiture près de la maison pour laisser descendre les deux femmes. Il poursuivit ensuite son chemin jusqu'à l'entrée de l'écurie où Omer et Georges vinrent l'aider à dételer son cheval.

Sans dire un mot, Corinne monta à sa chambre afin de retirer sa robe du dimanche. Elle revêtit celle qu'elle portait tous les jours. Plantée devant l'unique fenêtre de la petite pièce, elle regarda la route durant un long moment, sans bouger. Elle ne voyait rien, pourtant. Les larmes coulaient sur ses joues comme si elles ne devaient jamais tarir.

C'était décidé. Elle n'accepterait pas que les gens de Saint-Jacques-de-la-Rive s'apitoient sur son sort. Elle allait partir pour ne jamais revenir.

FIN DE LA SAGA

Sainte-Brigitte-des-Saults
février 2008

Table des matières

Achevé d'imprimer en mars 2008
sur les presses de l'imprimerie Transcontinental-Gagné
Louiseville, Québec.